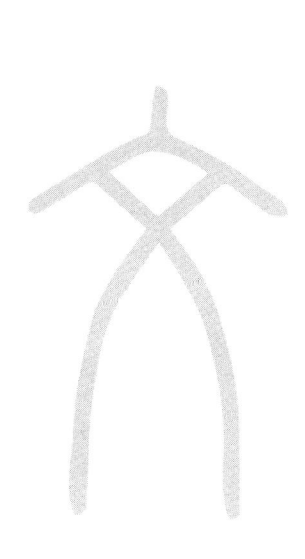

商务印书馆（上海）有限公司 出品

云南大学中文学科建设丛书

段炳昌 李森 主编

中国古代文学卷

（上册）

段炳昌 编

商务印书馆
The Commercial Press

图书在版编目(CIP)数据

云南大学中文学科建设丛书.中国古代文学卷:全两册/段炳昌编.—北京:商务印书馆,2024
ISBN 978-7-100-21501-5

Ⅰ.①云… Ⅱ.①段… Ⅲ.①云南大学-汉语-学科建设-研究 ②中国文学-古典文学研究-文集 Ⅳ.①G649.287.41②I206.2-53

中国版本图书馆 CIP 数据核字(2022)第 138957 号

权利保留,侵权必究。

云南大学中文学科建设丛书

中国古代文学卷(全两册)

段炳昌 编

商务印书馆出版
(北京王府井大街36号 邮政编码100710)
商务印书馆发行
山东韵杰文化科技有限公司印刷
ISBN 978-7-100-21501-5

2024年12月第1版　开本710×1000　1/16
2024年12月第1次印刷　印张49
定价:268.00元

出 版 说 明

云南大学中国语言文学学科设立于1923年建校之时,迄今已有一百年的历史。学科创设伊始即遵从"挽绝学于既往,牖文化于将来""发扬东亚文化,研究西欧学术,俾中西真理融会贯通"的办学宗旨,重视"吸收新文化",同时"阐旧学以培新知",延聘光绪二十九年(1903)"经济特科"状元袁嘉谷、著名学者谢无量等硕学鸿儒,主持国文讲席。

1938年,私立云南大学改国立,西南联大等内地高校迁滇,全国众多一流学者云集,云南大学中国语言文学学科与迁滇诸校共享师资,迈入辉煌时期。其中专任教师有刘文典、徐嘉瑞、胡小石、闻宥、楚图南、姜亮夫、施蛰存、吕叔湘、傅懋勣、邢公畹等,兼任教师有冯友兰、罗常培、罗庸、游国恩、萧涤非、吴宓等,笳吹弦诵一时。

新中国成立后,云南大学中国语言文学学科自强不息,与时俱进,以刘文典、汤鹤逸、叶德均、李广田、张若名、吴进仁、蒙树宏、张文勋、赵仲牧、李子贤、谭君强、张国庆、张维、段炳昌等著名学者为引领,在古典文献学、文艺学、中国古代文论、中国现当代文学、叙事学、民俗学、语言学与少数民族语言文学等诸多领域取得丰硕成果。2006年文艺学博士点招生,2011年中国语言文学一级学科博士点招生。本学科植根祖国边陲,筚路蓝缕,源远流长,代有人出,为国家培养了大批才俊,为边疆发展、民族团结做出了巨大贡献。

为展示云南大学中国语言文学学科的学术历史和学术成就,我们决定编纂

"云南大学中文学科建设丛书"。本丛书按不同专业方向,选取其代表性学者的学术论文或著作篇章,陆续汇编成册出版,约分《中国古代文学卷》《中国古代思想文化卷》《中国古代文论卷》《比较文学与世界文学卷》《中国现当代文学卷》《外国文学卷》《民间文学卷》《语言文字学卷》《文学作品卷》等。所选论著时序跨越近百年,从中可见不同时代学人个人的、集体性的学术认知、视野和话语系统,可为研究百年中国语言文学学术史提供一个清晰的文本迭代脉络,也可为百年中国语言文学教育史、西南地区高等教育史提供一个逐层展开的教育范例,具有重要的学术价值和史料价值,对促进中文学科的健康发展也有参考作用。此外,由于所收文章时间跨度大,涉及学科专业较多,作者行文语言亦各有特色,所以此次编选,除基本的文字、标点和体例校订外,不做过多改动以保持作品原貌。旧也新也,得乎失乎,器有可容,衡有可量。

编者
2024 年 4 月

目　　录

（上册）

袁嘉谷《卧雪诗话》（节选） ………………………………… 袁嘉谷 001
周代的民间诗歌
　——"国风"及其他 ………………………………………… 刘尧民 006
《诗经》大小《雅》所反映出的社会现实 …………………… 江逢僧 052
群书斠补 ……………………………………………………… 刘文典 070
庄子《逍遥游》探微 ………………………………………… 陈红映 081
《楚辞》郭注义徵 …………………………………………… 胡小石 092
论《远游》 …………………………………………………… 陶　光 096
《九歌》解题 ………………………………………………… 姜亮夫 104
《九歌》的组织 ……………………………………………… 徐嘉瑞 130
关于《天问》的若干问题 …………………………………… 刘尧民 151
《天问》题名考辨 …………………………………………… 殷光熹 175
《大招》探 …………………………………………………… 殷光熹 188
《天问》鲧禹神话考论 ……………………………………… 李道和 212
《逸周书·周祝篇、太子晋篇》和《荀子·成相篇》 ……… 杨宪益 236
汉代经学、神学对辞赋文学的影响 ………………………… 姜文清 242

简论汉儒《诗经》诠释的价值取向	孙兴义	255
汉代经、史、子与文的分离	冯良方	264
儒者的焦灼		
——扬雄"劝百讽一"说的深层动因	苏荟敏	276
曹子建《七步诗》质疑	张为骐	288
苦闷的象征		
——《洛神赋》新议	张文勋	294
"汉魏六朝乐府文学史"绪论	萧涤非	304
经典建构:《隋书·经籍志》总集的范式意义	许云和	323
李白之痛苦	李长之	347
杜甫对魏晋南北朝文学的继承与发展	吴珮珠	351
从对杜甫的评价看宋代诗风的演变	段炳昌	361
中唐诗乐关系及其社会功能的理论重构		
——以《箧中集》《新乐府》诗论转变为中心	张之为	375

(下册)

浩然斋读诗偶记	赵浩如	391
"无声诗"与"无形画"的现象直观	张　毅	402
存在的澄明:中国古典美学的人文意蕴	蒋永文	420
宣南杂志	刘文典	430
论山谷诗之渊源	游国恩	437

目 录

论宋词
　　——《宋词选》序 ………………………………………… 刘尧民　444
"诚斋体"简论 ……………………………………………… 殷光熹　481
论苏轼和辛弃疾的农村词 …………………………………… 李　平　491
文学与地理空间的互动
　　——以《吴船录》《石湖诗集》与《方舆胜览》为例 …… 段天姝　499
桐城派平议 …………………………………………………… 汤鹤逸　510
唐代俗讲考 …………………………………………………… 向　达　524
明代南戏五大腔调及其支流 ………………………………… 叶德均　556
董西厢和王西厢 ……………………………………………… 傅懋勉　605
《西厢记》的写作艺术与其主题思想 ……………………… 王兰馨　614
谢天香、杜蕊娘、赵盼儿
　　——关汉卿杂剧人物论之一 …………………………… 武显漳　635
《春阳曲》与《牡丹亭》
　　——兼论声诗与戏曲之间的关联性问题 ……………… 曾　莹　643
中国长篇白话小说起源 ……………………………………… 徐嘉瑞　657
关于水浒二三事 ……………………………………………… 刘尧民　667
《水浒传》中所反映的庄园和矛盾 ………………………… 李　埏　671
关于甲戌本《好了歌解》的侧批 …………………………… 杨光汉　720
"落了片白茫茫大地真干净"
　　——从"色""空"观念看《红楼梦》的悲剧意蕴 …… 周婉华　729
近代经世致用思潮与近代小说 ……………………………… 刘　敏　741
《海上花列传》的艺术成就 ………………………………… 傅懋勉　758

袁嘉谷《卧雪诗话》(节选)

袁嘉谷

诗话之兴,其权舆孔孟乎?阮文达《诗》《书》古训辑为专书。阮著之外,拟辑为古诗话。上自先秦,下迄隋室,广搜子史,旁及稗书小说,凡论古人诗,纪今人诗,及夫有为而作者,钞本文,详始末,注原书,以著唐宋后诗话之所由昉,殆亦一佳书矣。

今传诗话千百种,皆唐宋后著。约分三类:一曰论诗法,二曰评古今作,三曰存近人作。煌煌乎大观哉!家居多暇,复草此编。论诗评诗,自知多误。兢兢自信者,力避沿袭成说耳。若夫存近人作,有不厌其详者。士生末世,既未能一一显达,使天下共赏斯人。仅以声律字句之微,若隐若显,又适为区区闻见。余不传之,谁为传之?上观千载,下观十载,以言荒芜,则有之矣,如曰疏惰,则吾不敢。

余著诗话,厥来久矣。壮志有在,成且焚之,今则非复壮志矣!道之将废,予如命何?掉笔自乐,命如予何?家有先庐,榜曰卧雪。幽居则簌西一楼,眺远则天南万古。聊以见年来自得之趣而已。

武功非太平极轨,群雄角立,不得不尚武耳。《东山》"零雨",《九罭》"绣裳",古人尚武,见于诗词。汉之铙歌、碑铭,唐之从军、塞上诸作,激扬蹈厉。我中国之所以疆土日拓,雄视天下,蔚为大国,莫不于诗词见之。或执 二语为口实,谓中国从军之作,不外爷娘妻子牵衣拦哭,非洞观古今之论也。左延年《从军诗》云:"从军何等乐,一驱乘双驳。鞍马照人白,龙骧自动作。"阮籍《咏怀诗》云:"壮士何慷慨,志欲威八荒。驱车远行役,受命念自忘。良弓挟乌号,明甲有精光。临难不顾身,身死魂飞扬。岂为全躯士,效命争疆场。忠为百世荣,义使令名彰。垂声谢后世,气节故有常。"骆临海句云:"昔时闻道从军乐,今日方知行路难。"盖唐以前古人,无不以从军为乐者。第世界必有无军之一日,跂予望之。

我国文字始于结绳,后世圣人易为书契。《伪孔书序》谓伏羲造书契。伏羲只画八卦耳,只重六十四卦耳①。书契之作实始于黄帝君臣,当以《说文序》正之。但画卦即文字先声,谓造字萌于伏羲,亦无不可。段若膺云:"五帝以前亦有记识,非必成字,黄帝以下,乃各著其字。"真通论也。《说文序》:"仓颉之初作书,依类象形,谓之文。其后形声相益,即谓之字。文者物象之本,字者言孳乳而浸多也。著于竹帛谓之书。"夫帛起于秦,非古人所有也。《礼记》百名以上书于册,不及百名书于方,方册之难如此。盖古人简直,必非人人有书方、书册之能,文字流传,半恃口传。口之所以传而易晓者,声也。声之所以永而易记者,韵也。《易经》多韵,《尧典》首段亦韵②,《击壤》《卿云》之纯然为诗者,更无论已。声之始当为一言,韵之始当为二言。二言叠字如赫赫、明明、穆穆、皇皇之类,叠韵如崔嵬、𪩘隗之类,然声短节促,不足以发扬心志,不得不进为三言。三言之诗畅而和,简而达。《三百篇》及汉以后作,有全体三言者。盖初进化时,三数即为多数③。三言之变当为四言,再进为五言,而声韵益畅。再进为七言,天籁人籁,均臻极轨,不能再加乎其上。观于宫、商、角、徵、羽五音,增变宫、变徵二为七。俗乐:工、尺、上、四、合、一、凡,西乐亦七音为限,可知也。六言、八言、九言以至十数言,非不可用,但全篇者鲜耳。总之,古人声音简,诗以三四言为多。后人声音畅,诗以五七言为多。皆文之一体,不能别出于文外,法理均同,不过诗用韵耳。乃若五七律,则与古体大异,工对叶律,尤为古人所无,盖古诗实古

---

① 王弼说与《周礼》合。
② 五塘师《诗法萃编》详言之。
③ 如三人成众、三女为粲之类,不可悉数。古人言三,不啻言百言千。

袁嘉谷《卧雪诗话》(节选)

文之一体,而律诗又古诗之变相①。

古者太史辇轩采风,凡诗皆可宣民俗,资掌故,《三百篇》其最也。后唯杜子美纪事论理,既硋且明。《唐书》本传称为诗史,信哉!康乾之际,诗家类少言时事,殆鉴高启、袁凯之辙。咸同来国势日岌,始鲜顾忌,而有关史乘之章,风涌云起。广州、台湾、高丽诸役,海内吟咏者众。独越裳之役,僻在一方,咏者较少。先雪樵兄有《甲申腊日送人复安南》诗云:"岁暮寒初尽,春归雪未消。游人悲故国,战士恋征袍。羽檄红河外,干戈黑水遥。赠君腰下剑,飞渡斩长蛟。"又一诗云:"战马嘶风夜幕中,边城烽火接天红。请君此去莫回首,他日凌烟第一功。"日南、九真,中原故地,一旦沦丧,悲愤无穷。我国士夫几不过问,读先兄二诗,不禁愀然。

旗人与中原同化,以法梧门、成亲王、倭艮峰、盛伯熙为最。伯熙《郁华阁集》三卷,词一卷,诗刚词柔,卓卓可传。七律如"欹枕夜滩疑作雨,绕垣寒菜未经霜"。五绝如"残花卧雨红,醉竹含烟绿。红尘不敢来,秋在幽人屋"。五古如《哀林庆衍》句云:"大抵我所贤,必为世不喜。有才皆困厄,达者亦数子。王生居台谏,循默可绯紫。奈何击大奸,竟为真御史。秦生官水部,水部钱可使。奈何坚铲门,饥来研故纸。温生经人师,词曹谁可匹?奈何老空山,高卧誓不起。程生一持节,故事饱筐笈。奈何垂橐归,生计百不理。诸生好学我,我是陈人耳。生乃独善学,居然学我死。心死我可哀,身死生竟已。"奇思妙笔,得未曾有。《题小万柳堂图》一篇,感旗人生计之绌,慨旗官折扣之苛,欲破旗界,化于黄帝之胄,以同驱白种,识尤足多。

钱牧斋以堆垛涂饰之才,为明末诗雄,晚年所造尤深。元孝、翁山、梅村、竹垞、阮亭、初白固一时之杰,未见远过于牧斋也。和草堂《秋兴》八首,音韵层出不穷,卓然名手。一首中用"断烂"字,自注断字曰:"去。"又用"断愁"字,自注断

---

① 各国诗皆古体,无一律对者,与吾国古人同。夫吾国诗家能变古人之诗而卓然特创,此乃文字之美,人心之灵为之,不可不谓为进化。

字曰:"上。"此例恐人误会,古亦有之,究嫌小家气①。夫律诗必不可重字,乃末俗之言,唐宋不闻有此,盖应制体之恶习,移而误及律体耳。何必斤斤自辨一为"上"、一为"去"乎?即云一为"上"、一为"去",观者亦岂不知牧斋自注,适见其陋。

伯熙祭酒《郁华阁集》,乃没后门人所刊。不著姓名,盖以天下无不知祭酒者。顾传之千百年,观者何如?张文襄师相《广雅堂诗集》,乃生时门人所刊,亦无作者姓名。师相与祭酒交善一时,风尚如此。

归愚议仲长统诗叛散五经,灭弃《风》《雅》,未免太放。余读仲氏本传,知其才大槃槃,有志经世,而非根柢儒家者。儒家之学,吾生所宗。然必谓天下之理,唯一儒宗,虽尼山不自谓然也。仲氏不宗儒,故范晔作《后汉书》,与王充、王符合传,不入《儒林传》中。三人皆自学其学者,所著书虽判纯驳,各有千秋,不必以儒书绳之,诗更无论已。长卿云"焦冥已翔乎寥廓,罗者犹视夫薮泽",归愚是也。而范氏深远矣。

《三百篇》多重韵。今人学古,固不必以重韵为法,然必以重韵为病,亦不知诗者也。曹植《弃妇篇》、李白《高阳歌》、杜甫《饮中八仙歌》,皆押重韵。甫之五言排律,重押"萍"字,诗圣且如此。明宣宗《平沙落雁》诗:"鸿雁恒怜泽国秋,数声忽报楚天秋。"殆有一误。牧斋《列朝诗集》不敢议之。杨升庵夫人《寄升庵》:"雁飞曾不到衡阳,其雨其雨怨朝阳。"两韵俱不可易。而竹垞《明诗综》反采异说,欲改衡阳为衡湘,殆不然矣。荔扉《滇系》直改为"衡湘",不加注明,岂作诗者之本意哉!

沈休文首倡声律之说。方伯海曰:"人以为功首,吾以为罪魁。"其实不然。音韵至汉季,杂乱已甚,亭林尝言之矣。观杨戏《季汉辅臣赞》,可见一斑。曹子建千古天才,用韵多异于古。孙炎、李登之徒,始著音学书,即在汉、魏、晋时矣。休文稍后于周颙,著书均以四声为主,《南史》《隋书》皆可考见。殆发古人之秘,

---

① 《五塘诗草》句云:"登堂已受《诗三百》,庐墓曾无员半千。"亦自注员字云"去"。

而至今莫能外也。今传韵书，宋《广韵》最古。《广韵》本陆氏《切韵》，陈彭年等明言之。愚谓陆氏《切韵》，实本周、沈，近儒顾、江、戴、段、孔、王诸大家，直探六经本原，仍不能弃《广韵》而不顾也。唯"风"字从凡声，何以入之东韵，顾氏疑之。"中"字近侵韵，宜入冬而不入冬，孔氏疑之。诸如此类，细如茧丝，或以为非沈之旧。案：沈集《游沈道士金庭馆》诗："秦皇御宇宙，汉帝恢武功。欢娱人事尽，情性犹未充。锐意三山上，托慕九霄中。既表祈年观，复立望仙宫。宁为心好道，直由意无穷。曰余知止足，是愿不须丰[①]。山嶂远重叠，竹树近蒙茏。开襟濯寒水，解带临清风。所累非外物，为念在玄空。朋来握石髓，宾至驾轻鸿。都令人径绝，唯使云路通。一举凌倒景，无事适华嵩。寄言赏心客，岁暮尔来同。"诗之渊懿不待言，而以"风""中"俱入东韵，益信《广韵》之远祖休文矣。

原载张彭寅主编《民国诗话丛编》，上海书店出版社2002年版

[①] ［校］此处脱"遇可淹留处，便欲息微躬"二句。

周代的民间诗歌

——"国风"及其他

刘尧民

一、"国风"的地区及其时代

"十五国风"是《诗经》的最重要的一个部分,它是周代的一部民间诗歌。在这一部两千多年前的现实主义的诗歌里面,我们将看见当时劳动人民生活的真实情态和复杂的阶级斗争,并认识古代民间诗歌的艺术价值,和"雅""颂"的贵族文学可做一对照。

这部伟大的民间诗歌的原始是人民的口头创作,自从被"采诗之官"开始纪录的那一天起,经过多少次的悲惨的命运,删改,增减,涂抹,歪曲,一直到现在。我们要通过许多艰深古奥的已经死灭了的两千多年前的口语,并且要细致批判封建时代的文人对《诗经》的许多曲解曲说,才能读出它的真人真事来。

什么叫作"国风"?《诗经·关雎》诗序说的"风,风也,风以动之,教以化之""是以一国之事,系一人之本谓之风"。这是用统治的观点来解释"风",便把"风"曲解了。"国风"的真实意义,是带得有地方性的乐歌。《左传》成公九年:"乐操土风,不忘旧也。"襄公十八年:"吾骤歌北风,又歌南风,南风不竞,多死声……"这可知"风"之本义。所以郑樵说:"风是出于土风,大概小夫、贱隶、妇人、女子之言。""十五国风",即是十五个地方的土风歌谣,而大半是当时劳动人民的男女抒情的口头创作。所谓"大半是",是说其中还有少数贵族抒情之作。如《邶风》的《燕燕》,是一个贵族诸侯,送他的妹妹远嫁之诗(从闻一多说)。《卫风》的《载驰》,是许穆夫人要想回她娘家卫国而不得,悲愤而作这诗。《卫风》的《河广》,是宋襄公的母亲在娘家卫国想回夫家宋国而不得,感而作是诗,可知"国风"里是有少数贵族的作品。

所谓"十五国风",照今本《诗经》的次序是:

"周南","召南","邶","鄘","卫","王","郑","齐","魏","唐","秦","陈","桧","曹","豳"。

包括十五个地方的歌谣。但"周南"和"召南"两部分,并不是两个国家的诗,而是总合南方江汉流域一带许多小国的诗。因为"采风"的国数很多,不能一一分别国名,便把周以南所采得的诗,统为"周南";召以南所采得的诗,统为"召南"。这些地方,在古代统称"南国"。《小雅·四月》说:"滔滔江汉,南国之纪。"也称"南土"或"南邦"(《大雅·崧高》),都是江汉流域许多小国的总称。所以《困学纪闻》注(卷三"诗经类")引林艾轩说:"周召以南之国,如江汉、汝坟小国何数?其风土所有之诗,并见之二南。"因此,虽然说"十五国风",实际恐不止十五个地方。这是以地区的意义来说明"周南""召南"。

又以音乐的意义来说,《诗经》"风""雅""颂"都是音乐的名称(已见第四章),而"风"里所包括的十五国名,也即是十五种地方音乐的名。"周南""召南"的"南",即"小雅·鼓钟"的"以雅以南,以籥不僭"的"南乐"。南方的诗歌,伴奏以南方的音乐,这是诗与音乐的结合。所以"周南""召南"是地区的名称,也是音乐的名称。它和其他的"十三国风",都是周代民间的土风歌谣,同属"风"的性质。《左传》说"风有《采蘩》《采苹》",《采蘩》《采苹》二诗都在《召南》里,可证"南"即是风。有人因为"南"既是一种特殊的音乐,主张把"二南"从"风"里独立出来,合称"四诗"——"南""风""雅""颂",这是不对的(顾炎武和崔述都有此主张)。

"十五国风"以所在的地区来说,西方远到秦,在今陕西、甘肃之间,东方远到齐,在今山东的北部临淄一带,北方远到唐,在今山西的中部太原一带,南方远到"周南""召南",在江汉流域河南、湖北的地方。其余的"邶""鄘"(王国维说"邶"即"燕","鄘"即"鲁")"卫""王""郑""陈""桧"七国,都在今河南地方。"曹"在今山东的西部,"魏"在今山西的西南角,"豳"在今陕西的西北方。总起来说,"十五国风"中"十三国风"是产生在黄河流域的民歌,"周南""召南"是江汉流域的民歌。

有人怀疑"国风"里面为什么没有"楚风",认为"周南""召南"既在江汉流域,江汉流域属于楚地,则"周南""召南"便是"楚风"。此义宋人已发其端,《困学纪闻》引林艾轩与宋提举书说:"周、召以南之国,如江汉、汝坟小国何数?其风土所有之诗,并见之二南。则诗之萌芽,楚人为得之,又一变而为离骚。"郑樵的《通志·昆虫草木略》里也有此义。现在有些学者引申其说,便断定"周南""召南"是"楚风"。这种说法是值得商榷的。"周南""召南"这些小国后来是被南方强大的楚国所吞灭。即《左传》僖公二十八年所说的"汉阳诸姬、楚实尽之"这一回事。这些小国中有的是和周家同姓,所以说"诸姬"。但当作诗这个时代,西周末年东周初年时,楚国的势力还没有达到这些地方,这些小国还存在着,属于周家王朝。所以诗里所歌咏的人事,看不出有关于楚国的情形,还是和周家有关系。如《何彼秾矣》歌咏周家女儿(王姬)出嫁的事,《甘棠》歌咏周家一个官僚召伯"听讼"的事,《汝坟》说"王室如毁",当然是周家厉、幽时事,各诗的自身可以说明非"楚风"。若以后来为楚所灭和这些地方的诗风与楚辞有关系,便定为"楚风",那么"豳风"就应归并入"秦风",可知此种主张,不能成立。

下面我们要谈谈"国风"的时代。

"国风"中最早的诗要算《豳风》。《豳风》中《破斧》诗说"周公东征,四国是皇",是周公东征时诗,即是成王、康王时代的诗,约当纪元前一千〇九十年左右。但诗是作在周公时代,被记录的时代,可能在后,我们仍然要承认它是周公时代的作品,因为诗里明白点出它的时代来。

"国风"最晚的一篇诗,要算《陈风》里的《株林》,诗中"胡为乎株林,从夏南?

匪适乎株林,从夏南",很明白的说出是陈灵公和夏姬淫乱之事,这已是春秋鲁宣公年间纪元前六百年左右的事。

从最早的《豳风》的《破斧》到最晚的《陈风》的《株林》,时代是相隔四百多年以至五百年左右,那么全部"国风"的创作时代,就在这五百年的历史发展中,是相当长的一个阶段。其中有西周之诗,有东周之诗,而大部分的诗歌都是产生于东周的春秋时代,由各诗所歌咏的内容可以说明。

二、"国风"所反映的现实及其人民性

我们在前节已经讲过了"国风"的地区和时代,现在谈到"国风"所反映的现实,必须进一步来说明一下"国风"中那些诗歌是属于那些历史阶段,先大体明确了各部分诗歌的时代性,才好做具体的分析。

"国风"中《豳风》是属于西周初年的诗,既由《破斧》一诗的"周公东征"明白点出它的时代性,《七月》一诗也可能很早,诗中所反映的劳动人民还是人身隶属,所以范文澜先生的《中国通史简编》说"这样的生活,很像奴隶生活"这是正确的。但不能说它是"周先公居豳时的农事诗",可能是初期封建社会最早阶段的诗。此外如《东山》的抒写军旅行役,《鸱鸮》的哀诉室家破坏,也可能和《破斧》是同时的诗。

《豳风》以外,属于西周之诗,比较可考的有《桧风》,桧国在周平王的初年为郑武公所灭(《史记·郑世家》),则桧诗至少是在平王以前所作,郑康成《诗谱》说"周夷王、厉王之时……桧之变风始作"。这是可信的。

《秦风》的《驷驖》《小戎》诸诗,歌颂田猎尚武,和"石鼓文"的内容相同。《驷驖》《小戎》据《毛诗序》说是秦襄公时诗,"石鼓文"据郭沫若先生的《石鼓文研究》断为秦襄公时的作品,可以证明两样是同时所作,则"秦风"里边有西周末年东周初年之诗,这是可以肯定的。

《周南》《召南》里边有西周末年东周初年之诗,《召南》的《甘棠》所歌咏的

"召伯",决不是周初的召公奭,而是"大小雅"里周宣王时的"召伯",即召穆公召虎。《周南·汝坟》里的"王室如毁",分明是厉、幽王朝的情形,这都是西周末年的诗。《召南·何彼秾矣》的"平王之孙"是东周平王,决不是如《毛诗》说的什么"平正之王",这是东周初年之诗。

以外,其他"国风"里是否还有西周之诗?据郑氏《诗谱》,邶,鄘,卫,齐,唐,陈的"变风"都是开始于西周,是否可信?无从断定,即使如郑氏之说,也是开始于西周末年。其余如《王风》《魏风》《曹风》,郑氏《诗谱》也肯定它们完全是东迁以后的诗。

由上说来,"国风"的诗,有少数几篇是属于西周初年周公东征时的作品。有一部分是属于西周末年,夷、厉以后的作品,大部分是属于东周,特别是春秋时代的作品为最多。其间,从周公、成王以后到夷、厉这一个阶段,即是从纪元前一千一百多年到纪元前九百多年约两百年左右,是"国风"的一段空白。这是什么缘故呢?是不是这一个阶段没有"采诗"?这问题我们现在不能解答,只有存疑。

我们来看看有诗的这几个时代是什么时代?周公东征,是西周初期殷周两个部族决生死存亡的一场激烈的战争。这三年长期的战争,对于前方的"东土"和大后方的豳、岐一带的人民直接间接受到的影响,是不难想象的,这是一个极动荡的时代。

西周末年是一个什么时代?那是初期封建统治开始没落的时代,统治阶级内部分裂,政治昏乱,钳制言论,加紧剥削。外面的南北各族,四面围攻。西周的统治,就在这"内乱外患"的火焰中毁灭。

跟着东周以至于春秋的时代,是初期封建制加剧没落,而向着地主封建制逐渐转化的阶段,它所演出的社会形态是:第一,最高封建领主失去了全面统治的权力,降为次等领主——诸侯的地位。第二,大大小小的诸侯脱离了中央的统治,分裂割据,互相吞蚀,进行着长期剧烈的兼并战争。第三,各国世族领主的统治权逐渐下移于骄横跋扈的贵族世卿,不断地演出"臣弑其君,子弑其父"的内部矛盾的活剧。第四,因着社会动荡,手工业、商业的繁荣,新兴的商人阶层投机活跃，占有土地，取得经济地位，有少数商人并进而参加政治活动，贵族逐渐没落，宗法解体，开始了地主制的萌动。第五，环绕在华夏族的周围，戎、狄、夷、蛮诸族不断地向中原竞争，特别是日益强大的楚国，吞灭了江汉流域无数国家，进而问鼎中原，与北方诸侯争夺霸权，不断地发生部族战争。第六，在复杂混乱的统治阶级内部矛盾与部族矛盾之下，劳动人民的生活陷于极度的痛苦，一方面被残酷的剥削，一方面又被战争的威胁，生命牺牲，骨肉离散，阶级矛盾达到空前的尖锐。

东周春秋的时代，就是这样的一幅图画。

由此可知，"国风"有诗的时代，周初的东征时代，西周末年、东周春秋的时代，都是社会动荡、阶级矛盾尖锐化的时代。反映在劳动人民的诗歌里边有反抗残酷的封建剥削，追求圆满的生活愿望，呼号战争行役的创伤，控诉骨肉离散饥寒交迫的痛苦，咒诅在封建礼教重重束缚下的婚姻恋爱不得自由的苦闷，无情地揭发和尖锐地讽刺统治阶级荒淫无耻的罪行与丑恶的一些内容，所以全部"国风"，就是一部阶级斗争的诗歌。全部"国风"深刻地反映了各个时代、各个地区的封建社会真实的面貌，强烈地表达出人民的思想感情，它是一部现实性和人民性极强的诗歌。司马迁说"诗三百篇大抵贤圣发愤之所为作也"（《报任安书》）这是不错的。

现在，"国风"的时代性既经明确。让我们从这些时代下面，通过各种各类的作品，来接触我们两千多年前的劳动人民，由他们具体生动的形象，和丰富的语言，体会出他们的思想感情。从而认识当时真实的历史面貌和社会内容。我们反对站在反人民的立场，用封建士大夫阶级的"观风"的观点来看"国风"，歪曲了"国风"的人民性。同时也反对庸俗社会学的公式主义，用一些历史的框子和一些理论的标签嵌贴在作品上面，仅求满足于一般性概括性的东西，毁灭了"国风"生动活泼的现实性。

子　各类情诗

"国风"中各类情诗的比重是很大的，而在各类的情诗中，从女子方面来抒写的作品又占大多数。令我们想到两千多年前受着双重压迫的劳动妇女们,在那黑暗的礼教和生活环境的压迫下,是如何的挣扎!如何的痛苦!看我们毛泽东时代下的妇女们和男子一样的在各条战线上担负着建设社会主义的工作,过着幸福自由的生活,对两千多年前弱小的妇女们,不禁引下我们同情之泪。看罢!看她们所受到的各种灾难!

第一,受到薄情男子们的压迫和遗弃,造成许多离人弃妇的哀怨。《王风》的《中谷有蓷》说道:

中谷有蓷,暵其乾矣!有女仳离,嘅其叹矣!嘅其叹矣!遇人之艰难矣!

这是描写一个被遗弃的女子,遭到了仳离的命运,丝毫不敢反抗,只有自叹命薄。使我们读着如闻其声,如见其人,但为什么遗弃,诗中没有明说。《邶风》的《柏舟》说:

忧心悄悄,愠于群小。觏闵既多,受侮不少。静言思之,寤辟有摽。

这也是一篇弃妇的诗,丈夫别有所爱,虐待了她,她独自在静中思索,搥胸伤感。《邶风》的《谷风》也是同样的一篇诗:

行道迟迟,中心有违。不远伊迩,薄送我畿。谁谓荼苦,其甘如荠。宴尔新昏,如兄如弟。

丈夫有了新欢,把她遗弃了,当她离开时,丈夫勉强送她到门边。这种酸楚的滋味只好忍受着像吃菜一样地咽下肚里,写得如何曲折深刻。

"国风"里边最突出的一篇弃妇诗要算《卫风》的《氓》。这是一篇抒情诗,也可以说是一篇叙事诗。因为它以女主人公的口吻叙述自己三年以来的遭遇,虽然不是长篇具体描写的叙事诗,但它首尾完整,过程明晰,有客观的叙述,和别篇《柏舟》《谷风》等类的抒情诗不同。

诗的内容是叙述一个纺丝的劳动妇女,因市场交易而爱上了一个貌似忠实的小商贩("氓之蚩蚩,抱布贸丝。匪来贸丝,来即我谋")。她热情的爱他,不见一个时候,就要哭泣("不见复关,泣涕涟涟")。然而还是顾忌礼教,结婚必须经过媒妁("匪我愆期,子无良媒")。又还要决定于卜筮("尔卜尔筮,体无咎言")。等到人神双方都没有问题,这个善良的女人,连同自己由劳动所积蓄得的一点私方财物,被这个"氓"用一张车子来运走了("以尔车来,以我贿迁")。

到这人家三年了,都是过着贫穷的日子("自我徂尔,三岁食贫"),但没有什么关系,因为她爱他,忠实于他,耐心地操持家屋("三岁为妇,靡室劳矣")。终于感觉到彼此之间有了裂痕,自己一番心的对他,而他却冷淡下来,三心二意的("女也不爽,士贰其行。士也罔极,二三其德"),于是懊悔,一个女人不应当钟情于男子("吁嗟女兮,无与士耽"),向他吐诉罢,却触起他的暴怒("言既遂矣,至于暴矣")。回娘家去诉苦罢,倒反引得兄弟们哈哈大笑("兄弟不知,咥其笑矣"),在孤独绝望之中,她想起从前定情时的一番恩情和热诚的盟誓;想不到他会这样的翻脸无情("总角之宴,言笑晏晏,信誓旦旦,不思其反?")。这样地翻脸无情,简直想不到,罢了罢了("反是不思,亦已焉哉!")!

这篇诗写出一个善良、热情,有见识、有才能的女性,终究出不过男子之手,被一个贪财好色的流氓诱骗了去,结果被遗弃了,刻画出一个在冷酷无情的封建社会下被牺牲的妇女的典型。虽是两三百字的诗,却能鲜明的突出人物的形象,从抒情中暗示出事件的发展过程,也自然地点出当时的社会环境,在"国风"中是一篇优美的现实主义的诗。

第二,因着女子社会地位之低弱,受着严酷的封建礼教的束缚,有所恋爱而不敢大胆接近。怀念在心,顾虑万端,说不出心中矛盾的苦闷。如《郑风》的《将仲子》:

将仲子兮,无逾我里,无折我树杞!岂敢爱之,畏我父母。仲可怀也,父母之言,亦可畏也。

这是很典型的反映出一个在封建社会下被压抑的怯弱的女性。然而也有坚强勇敢地反抗专制婚姻拒绝父母之命的,如《鄘风》的《柏舟》:

泛彼柏舟,在彼中河。髧彼两髦,实维我仪,之死矢靡它!母也天只!不谅人只!

她自己已经有了对象，母亲要逼令她放弃，她以死自誓，决不改变意志，表现出积极坚强的高贵的女性品质，令我们想起乐府吴声歌曲的《华山畿》的诗来：

奈何许！天下人何限，慊慊只为汝！

奈何许！夜闻家人言，不得侬与汝！

《华山畿》的本事，也和《柏舟》一样。它的女主人公慊慊地只爱她自己选择的对象，以死来抗议家庭的专制婚姻。而《柏舟》却被从前"卫道"的经师们歪曲了，欺骗了一两千年的读者，真是一种罪行。

"国风"中反抗封建礼教，女子们对爱情争取主动，又有另外一种活泼浪漫的形象，如《郑风》的《褰裳》：

子惠思我，褰裳涉溱。子不我思，岂无他人！狂童之狂也且！

以外，青年男女们冲破了封建礼教的藩篱，做活泼自由的恋爱，在"国风"中颇不缺乏这类的作品，如《郑风》中的《溱洧》，《鄘风》中的《桑中》，《齐风》中的《东方之日》都是此类的诗，这些诗在以前一般"卫道"的先生们都指为"淫诗"。

第三，"国风"中的情诗，都是两千年前的劳动青年男女们所作的，他们的情诗，绝对不能用后来有闲阶级的文士们的情诗来比拟。他们的爱情是和劳动相结合的，如《郑风》的《女曰鸡鸣》：

女曰：鸡鸣。士曰：昧旦。子兴视夜？明星有烂。将翱将翔，弋凫与雁。弋言加之，与子宜之。宜言饮酒，与子偕老。

可以想见一对射猎生活的青年夫妻，在天不见亮，就互相警惕着起来，拿着弓箭走到黎明清澄的原野上射雁射凫，或打野兽。看他们"将翱将翔"的刚健活泼的一对影子。在那晨露晶莹的草原上，追射天空的飞鸟。那种情调，岂是后来的"才子佳人"在深闺幽阁里"赏花钓鱼"的闲情逸致所可比拟的？《召南·野有死麕》的情人，是在鸡叫狗咬，麋鹿出没的朴樕林中相会的。《鄘风·桑中》的情人，歌咏着"采唐""采麦""采葑"，他们都是劳动者，他们相会于"桑中"相要于"上宫"，这些情人的面貌，决不是那些涂脂抹粉、弱不胜衣的少爷小姐的样子。

然而一到后来的文人手里,就一定要把他们改变成自己的面貌,江淹的《别赋》写道:

> 桑中卫女,上宫陈娥。春草碧色,春水渌波。送君南浦,伤如之何!

这些劳动妇女变成了花枝招展的"宫娥彩女",在那柔媚的春光中,感伤惜别,缠绵万端,假若"国风"的作者活起来也不相信是自己的面貌。

丑　关于劳动生活之诗

"国风"是劳动人民所作的诗歌,论理,对于主要劳动的农业生活的诗篇应当很多。除了男女的抒情诗而外,应当有很多的而且是对农业生活从全面从正面来描写的诗篇。但是,出乎意外,全部"国风"除了《豳风》的一篇《七月》是从全面从正面来描写农业生活的诗篇以外,在"十四国风"里只有一两句从侧面,或从比兴里面轻微地映带一下关于农事的诗句,除此以外,简直是绝无仅有。

相反的在《小雅》和《颂》里面倒是有好多篇农事诗,《小雅》里面有:

《楚茨》《信南山》《甫田》《大田》

《周颂》里面有:

《臣工》《噫嘻》《丰年》《载芟》《良耜》

这些都是全篇描写农事的诗,以外还有《大雅·生民》的半篇歌颂后稷耕种庄稼的诗。这是很奇怪,为什么"国风"里面倒很少农事诗?是否"国风"里面的农事诗被孔子"删"掉?或是当时采诗之官没有采农事诗?我想不是这样,他为什么要"删"?他为什么不"采"?为什么又独采一篇《七月》?这是没有理由的,根本是民间就很少农事诗。

道理很显然,当时的农奴,虽然脱除了奴隶的羁绊,得到一部分的自由,但被压迫、被剥削是依然严重的。试想,在那"井田"的生活里面,农民一方面要无条件无酬劳地去耕"公田",绝大部分的劳力被榨取。"公事毕,然后敢治私事",耕了"公田",有余力才得来耕"私田"。那"公田"的沉重负担,像泰山一样地压在农民的身上。天上下雨,都唯愿先把"公田"下足,才卜到自己的"私田"里。——"雨我公田,遂及我私"。求其赶快把"公家"的沉重的任务完成以后,才敢料理私田的工作。除了公田的劳役以外,还有私田上的剥削——沉重的贡纳和军赋。在庄稼收获以后,还要到"公家"去服役。《七月》诗说:

嗟我农夫,我稼既同,上入执宫功,昼尔于茅,宵尔索绹。亟其乘屋,其始播百谷。

在农隙里都不得休息,刚才收获完毕,就要去帮"公家"盖房子。房子盖好,又要忙着去播种,是这样过着一年到头不得休息的牛马生活。但,这只是一年例行的劳役,还有无限制不定期的突击的军役,那就要丢着田地无条件地去服役,在家的父母妻子饿死也没有办法,《唐风》的《鸨羽》说道:

王事靡监,不能艺稷黍,父母何食?悠悠苍天,曷其有极!

照这样情形,农民对于主要劳动的农业,当然说不上生产情绪了。《齐风》的《甫田》说道:

无田甫田,维莠骄骄。无思远人,劳心忉忉。

放着大田大地没有情绪去耕种,愤怒地看着它长满野草。生产情绪低落到这样情形,那里还有心肠来对他们的农业生产做正面做全面来描写来歌咏。有的,只有《豳风》的《七月》一篇,然而那却不是积极的歌颂劳动之诗,而是消极的咒诅劳动、嗟叹运命的悲吟。这篇诗是全面暴露农民痛苦的劳动生活和消沉的生产情绪,全篇错综地叙述了豳地人民一年间的劳动过程和劳动生活的各个方面,反映了许多男男女女的动态和许多植物,鸟类、兽类、虫类以及天文气候的变化,概括着极生动丰富的自然环境和社会环境。它不是枯燥的"月令"式的叙述,在全部《诗经》中是最特出的一篇诗。重要的是在这诗的错综复杂的劳动生活的抒写里面,极强烈地反映出两个阶级的对立。

在衣的方面,农民们从春天采桑养蚕,秋天纺绩染布,为领主家的公子哥儿们做衣裳:

蚕月条桑,取彼斧斨,以伐远扬,猗彼女桑。

七月鸣䴗,八月载绩。

载玄载黄,我朱孔阳。为公子裳。

还要去打狐狸来为公子们做皮裘：

> 一之日于貉,取彼狐狸,为公子裘。

农民们为领主家做出很漂亮的衣裳和很暖和的衣袍给他们穿着,而自己却连一件粗布短衣都没有,在那陕北的冰天雪地里抖战：

> 一之日觱发,二之日栗烈。无衣无褐,何以卒岁?

在食的方面,农民们一年到头为领主栽菜种稻酿酒：

> 六月食郁及薁,七月亨葵及菽。八月剥枣,十月获稻。为此春酒,以介眉寿。七月食瓜,八月断壶,九月叔苴。

打猎的收获,把大兽送给领主吃,自己只敢留下小的。

> 载缵武功,言私其豵,献豜于公。

年底还要杀羊去孝敬。这些肠肥脑满的领主们坐享着吃好的喝好的,从六月间的甜蜜蜜的郁李子和山葡萄吃起,一直吃到年底肥嘟嘟的羔羊,而农民却去打那臃肿卷曲(见《庄子·逍遥游》说樗)的恶木来煮苦菜当顿吃：

> 采荼薪樗,食我农夫。

在住的方面,领主们有着巍峨的"公堂",房屋要农民去建造,农民的娘儿们却是住在那老鼠出没寒风逼人的屋子里：

> 穹窒熏鼠,塞向墐户。嗟我妇子,曰为改岁,入此室处。

在这诗里面很明白的看见统治阶级的全部生活,都是无条件地剥削农民的劳动来完成。农民们不仅绝大部分的劳动被剥削了,连女儿到了青春成熟,还要送给领主家的公子哥儿去蹂躏：

> 女心伤悲,殆及公子同归。

这样严重的剥削,残酷的人身隶属,农民被压抑到了麻木的状态,反映在诗里的没有像《魏风》中《伐檀》《硕鼠》的愤怒的讽刺,只有无可奈何的悲伤和命运的嗟叹：

> 女心伤悲。
>
> 嗟我农夫

嗟我妇子(嗟，不作"嗟来"解释，亦如"哀我征夫""哀我人斯"是哀嗟之词)

假如不站在人民的立场，从阶级观点来看《七月》，便看不见它的严重性，相反地，便要歪曲了这诗的意义，如封建时代的经师把它说成"陈王业也"(《毛诗小序》)，里面是一片"穆如春风"的"王道"。统治者还把《豳风图》画在"御屏"上随时欣赏骄傲。以致如资产阶级的右派分子陆侃如的《诗史》，把《七月》的诗刻画成一幅"田家乐"，欣赏这诗"带着农业的地方色彩"(重印本的《诗史》不知修改了没有?)，这都是对劳动人民的诬蔑和侮辱。

因此，"国风"里面没有正面全面描写劳动生活之诗，有之，如《七月》一诗却是对劳动生活悲哀咒诅的抒写，它的生产情绪是极端的消沉。倒是如上面所举的"雅""颂"里的各属农事诗却是正面全面的歌颂农事的诗。现在写出几段来对照着看罢!《小雅》的《信南山》说道：

信彼南山，维禹甸之。畇畇原隰，曾孙田之。我疆我理，南东其亩。上天同云，雨雪雰雰。益之以霡霂，既优既渥，既沾既足，生我百谷。

《甫田》说道：

倬彼甫田，岁取十千。我取其陈，食我农人。自古有年，今适南亩。或耘或耔，黍稷薿薿。攸介攸止，烝我髦士。

曾孙之稼，如茨如梁；曾孙之庾，如坻如京。乃求千斯仓，乃求万斯箱。黍稷稻粱，农夫之庆。报以介福，万寿无疆。

以外"颂"里的农事诗如《良耜》《载芟》等篇，都是兴高采烈地歌颂农业的兴旺和百谷的收成。看《甫田》里的曾孙对着那"如坻如京"的黍稷稻粱，如何地高兴! 可见他们的"生产情绪"之高，和《七月》诗完全不同。但是，这种高度的"生产情绪"却不是农民们的生产情绪，而是"曾孙""孝孙"们的"生产情绪"。他们看到农民送来给他们的"千斯仓""万斯箱"的黍稷稻粱，于是眉开眼笑地"曾孙是若"了，"孝孙有庆"了(《楚茨》)。这是"曾孙""孝孙"们的喜事，和农民们无关。但这不是他们的"生产情绪"之高，而是剥削情绪之高。至于农民们却正相反，一年到头辛辛苦苦地畔出庄稼来，却白白地送到领主老爷——曾孙的仓廋里面，领主老爷却拿陈米来招待他们，这样的生产情绪怎样会高。领主老爷却转过来虚情假意地奖励安慰他们道：这是你们"农夫之庆"啊！

"国风"里面既缺乏主要的农业劳动的诗篇，但却有不少的关于妇女们采集缝纫劳动的诗，有采"卷耳"的，有采"苤苢"的，有采"绿"的，"采蘋""采蘩"的，有"采葛"的，"采葑""采菲""采唐""采麦"的，"治衣"的，"缝裳"的。古代劳动妇女们的剪影，还闪灼在"国风"的许多诗里面。但，这些妇女们的辛苦的劳动，依然是要被剥削的。她们不是为自己服务而是为统治阶级服务的，你看《召南》的《采蘩》诗写道：

> 于以采蘩？于沼于沚。于以用之？公侯之事。

妇女们采蘩菜，是为公侯家服务，什么"夫人不失职"是汉儒的曲说（《毛诗序》）。《魏风》的《葛屦》诗写道：

> 纠纠葛屦，可以履霜。掺掺女手，可以缝裳。要之襋之，好人服之。好人提提，宛然左辟，佩其象揥。维是褊心，是以为刺。

这位佩着"象揥"（《卫风·硕人》，"玉之瑱也，象之揥也"）的"好人"①是一个贵族女人。可怜的女工们用她柔弱的双手，辛苦地缝好了衣裳给她穿，她还不大高兴，还要"宛然左辟"扭过身子去表示不满意，这种"褊心"当然要被讽刺。

寅　战争行役之诗

从西周末年以至东周春秋时代，部族间的战争和兼并战争，日益激烈频繁，统治阶级为着自己的利益，发动战争，驱迫着广大的劳动人民，放弃了生产，离开了父母妻子，送上战场去牺牲，人民是强烈反抗的。《诗经》里面有好多反战的作品，《小雅》里边如《蓼莪》《鸿雁》《渐渐之石》《何草不黄》等篇，即是属于人民反抗战争行役的作品。而在"国风"里边更有许多惊心动魄之作，无情地暴露

---

① "好人"，据《毛诗传》说"好女手之人"，意义不可通。按《小雅·巷伯》："骄人好好，劳人草草。"《毛传》说："好好，喜也；草草，劳心也。"陈奂《疏》说："喜，读与嬉同。郭璞云：小人得志愦憸之貌，亦嬉之意。"据此，"好"是骄贵的形态，这里的"好人"即是骄贵之人，与"劳人"对言。

战争的罪恶,深刻地抒写出战争行役的痛苦,如《魏风》的《陟岵》:

> 陟彼岵兮,瞻望父兮。父曰:嗟!予子,行役夙夜无已。上慎旃哉,犹来无止!陟彼屺兮,瞻望母兮。母曰:嗟!予季,行役夙夜无寐。上慎旃哉!犹来无弃!陟彼冈兮,瞻望兄兮。兄曰:嗟!予弟,行役夙夜必偕。上慎旃哉!犹来无死!

这是一个远出行役之人,思家念切,登上高山,遥望他的家庭。设想他的父母兄弟在迫切思念他,模拟父母兄弟思念他的口吻,和《周南·卷耳》的女人,设想她的丈夫在行役过程中的苦况,是一样的痛切。

《邶风》的《击鼓》诗,写一个征人出征时和妻子诀别之词更是惨痛:

> 死生契阔,与子成说。执子之手,与子偕老。于嗟阔兮,不我活兮。于嗟洵兮,不我信兮。

他临别时嘱咐他的妻子:在这生死模糊之际,我拉着你的手对你说,我是要和你白头偕老的,但是啊!永远的死别,不给我活下去了;悠悠的生离,不给我实践前言了。

"国风"中还有一篇抒写战争离别的情景最沉痛最真切的诗,即《豳风》里的《东山》。这却是周初周公东征时豳地人民反抗战争的诗歌。周公东征,镇压殷族的大叛乱,他不忘情于豳地的人民,他认为自己老家的"子弟兵"是最可靠的,所以豳地的劳动人民都被驱迫上战场,从陕北远征到山东,打了三年,战争才告结束。内中一个豳地的士兵,经过了长期残酷的战争,还幸而保留得一条生命,回到家来,重见他的妻子。在这荒凉的家园面前,在凄惨的久别重逢中,痛定思痛地歌咏出他这一幕悲剧的历程,就是《东山》这篇诗。中间历诉他在长期战争中风雨饥寒怀念妻子之苦。他想象那遥远的家园,展开了一幅荆棘封门,虫窠满窗,蚂蚁爬进寝室,打谷场上深印鹿迹,野草蒙茸,萤光闪烁的凄凉图画。当回到家时,妻子正在阴惨可怕的老鹳雀的鸣声中,打扫窑洞,等着征人回来。征人果然回来了,一到家门口,就看见一攒小瓜,蔓延在那棵枯了的栗树上。啊!我的家屋啊!我的女人啊!不见三年了:

> 我徂东山，慆慆不归。我来自东，零雨其濛。鹳鸣于垤，妇叹于室。洒扫穹窒，我征聿至。有敦瓜苦，烝在栗薪。自我不见，于今三年。

悲喜交集的情景，活跃如在目前。后来词人的名句"征人归日二毛生"，比之这诗，便觉得十分的轻描淡写，还隔着一层。我们读了《东山》诗，只感到战争之恐怖，夫妻离别的悲酸，并看不出丝毫"沙场效忠"的思想。然而封建阶级的经师学者们偏要把它说成是"悦以使民，民忘其死"赞美周公之诗，和"破斧"诗的解说，同样的歪曲了人民的创作（《毛诗序》）。

"国风"中关于战争行役的诗还很多，如《王风》的《君子于役》《扬之水》，《唐风》的《鸨羽》（已见前引）以及《召南》的《殷其靁》等篇，为篇幅所限不谈了，只举以上几首为例。

卯　反抗封建剥削之诗

一部"国风"是人民的阶级斗争的反映，而斗争的方式是很复杂的，它是多种多样的表现。如上面所举的《七月》一诗，好像情绪消沉，没有一丝反抗的意识，被压抑到了极点。然而在这篇诗中从生活的各方面错综陈述，很鲜明地摆出两个阶级的对照，很雄辩地说明了谁养活谁的事实。在战争行役的各诗中，陈诉着骨肉离散，生死模糊的痛苦，说明了为谁服务为谁牺牲的悲剧。在抒情诗中多少离人弃妇哀诉着她们仳离的惨痛，多少弱女子幽咽着婚姻不自由的悲吟，说明了封建礼教杀人不见血的罪恶。在这些各种各样的诉苦诗中，有着不可调和的阶级仇恨，对统治阶级是一种强有力的打击。所以帮忙帮凶的经师学者们，一定要把它歪曲了，说成另一种意义，掩盖了阶级斗争。

诉苦的诗歌，是反映斗争的一种形式，另外有一部分诗歌是直接指责统治者的罪恶，做正面的斗争，这里就要介绍《魏风》的两篇诗歌，一篇是《伐檀》：

> 坎坎伐檀兮，寘之河之干兮，河水清且涟猗！不稼不穑，胡取禾三百廛兮？不狩不猎，胡瞻尔庭有悬貆兮？彼君子兮，不素餐兮。

> 坎坎伐辐兮，寘之河之侧兮，河水清且直猗！不稼不穑，胡取禾三百亿兮？不狩不猎，胡瞻尔庭有悬特兮？彼君子兮，不素食兮。

> 坎坎伐轮兮,寘之河之漘兮,河水清且沦漪!不稼不穑,胡取禾三百囷兮?不狩不猎,胡瞻尔庭有悬鹑兮?彼君子兮,不素飧兮。

在河边伐木制造车轮的一个劳动人民,在他的劳动过程中,想起那些不劳而食的统治阶级不去种田而得到堆成山的禾,不去打猎而得到挂成串的兽。对这些"白吃大王"引起无比的愤怒。这诗的阶级意识非常鲜明,斗争性很强。而《毛诗序》却说:"伐檀,刺贪也。在位贪鄙,无功而受禄,君子不得进仕尔。"硬把阶级斗争的诗,说成统治阶级内部矛盾的诗,这是如何的歪曲;

另一篇是《硕鼠》:

> 硕鼠硕鼠!无食我黍!三岁贯女,莫我肯顾。逝将去女,适彼乐土。乐土乐土!爰得我所!
>
> 硕鼠硕鼠!无食我麦!三岁贯女,莫我肯德。逝将去女,适彼乐国。乐国乐国!爰得我直!
>
> 硕鼠硕鼠!无食我苗!三岁贯女,莫我肯劳。逝将去女,适彼乐郊。乐郊乐郊!谁之永号!

像大老鼠一样的统治者,坐享其成地吃着农民送来的各种粮食。为他服务,他却这样地冷酷无情。农民愤恨极了,要离开他而走到理想的乐国。这诗和《伐檀》一样,阶级意识,同样显明,和剥削阶级有着不可调和的对立。《毛诗序》说:"国人刺其君重敛,蚕食于民,不修其政,贪而畏人若大鼠也。"这是对的。"国风"的诗人,好用鼠来讽刺统治阶级,形象性很强,如《卫风》的《相鼠》也是用鼠来讽刺这些家伙:

> 相鼠有皮,人而无仪。人而无仪,不死何为?

愤怒指责,如闻其声。

辰 尖锐的讽刺诗

"国风"中另外还有一种最厉害的斗争方式的诗歌,即是无情地揭发和暴露统治阶级的罪恶和丑恶的尖锐的讽刺诗。

讽刺诗在民歌中是占有一个重要部分,不止"国风"里面有,从古代到现代的民歌里都有丰富的作品,而且不止中国有,凡世界各民族的被统治阶级都有对统治阶级的讽刺诗和幽默性的喜剧。铎尼克的《马克思主义的美学观》说道:

> 喜剧与讽刺诗,在由旧社会关系转变到新社会关系的过渡时代,特别雨后春笋地繁荣着……多少世纪以来,被奴隶社会、封建社会以及资本主义社会中统治阶级长期所剥夺的劳动大众,正是要在喜剧的艺术中,发泄他们对剥削者的仇恨,嘲笑他们的无耻,宣布他们的罪状。

因此,人民的讽刺诗并不是一种单纯的开玩笑的东西,而是很锐利的阶级斗争的武器。用这种武器来"嘲笑他们的无耻,宣布他们的罪状"。所以讽刺诗就常常是暴露现实的一种写实文艺。

好了,我们来看"国风"里的古代人民的讽刺诗,它一样的具有幽默的尖锐无比的刺击和揭发的力量。最好的例如《邶风》中的《新台》:

> 新台有泚,河水瀰瀰。燕婉之求,籧篨不鲜。
>
> 新台有洒,河水浼浼。燕婉之求,籧篨不殄。
>
> 鱼网之设,鸿则离之。燕婉之求,得此戚施。

这诗是讽刺卫宣公的荒淫无耻。卫宣公为儿子娶于齐,听说齐女貌美,便自己娶了,筑一座新台来迎接新妇,便是宣姜。诗中作为宣姜的口吻,表示本来想求年轻貌美的对象,而万想不到会碰着一个老丑的东西,好像张网打鱼,却打着一只鸿雁。"籧篨""戚施"是两种恶疾的名称,籧篨之疾是不能俯,戚施之疾是不能仰。用这种丑恶的疾病形象来描写卫宣公,讽刺得最深刻,以外还有《鄘风》里的《墙有茨》"鹑之奔奔"也同是讽刺卫国贵族家庭里的丑事。

《豳风》里有一篇《狼跋》:

> 狼跋其胡,载疐其尾。公孙硕肤,赤舄几几。

这篇诗究竟不晓作者的用意,据汉儒说"美周公也"。赞美周公在那四国流言,进退失据之时,仍然不失他"圣人"的度。好像一只老狼,前进要踏着下胡,后退要踏着尾巴。他赞美他们的"圣人"周公,却用狼来比拟,有点滑稽矛盾。这诗我们虽然不知他所描写的内容,但可以想见,决不是赞美诗而是讽刺诗,是不是讽刺周公,不知道。总是讽刺统治阶级的王孙公子,虽然长得长大美好(硕肤)但是有点装模作样,踏着红色的鞋子,踱着方步,举动迟滞,很像一只老肥狼,走步路都成问题,这样的刻画是有点幽默讽刺的意味。讽刺诗里的象征,不会有好东西,如《硕鼠》《雄狐》《鸱鸮》之类,可知这决不是赞美诗。

以外如《齐风》的《南山》《敝笱》《载驱》,《陈风》的《株林》等篇都是讽刺统治阶级家庭里边不可告人的丑行。讽刺的方面是很广泛的,生活作风、政治品质都在讽刺之列,如《相鼠》《硕鼠》都是讽刺诗。统治阶级是看不起劳动人民的,他们称劳动人民为"野人",为"小人",为"役夫"都是无文化无礼义的称谓。而他们自命是有文化、有礼义,而经人民把他们的丑史用幽默讽刺的艺术揭发暴露出来,流传在广大群众中,引起群众对统治者的鄙笑和愤怒,是会大大增强了斗争情绪的。

"国风"以外,在《左传》及其他古书里,我们还可以读到同时代的一些民间的讽刺作品,留到下面再谈。这里我引两篇现代人民的讽刺诗来作例,以见民间讽刺的传统。一篇是湖南农民的作品,叫作《废铜也会变黄金》:

三十晚上出月亮,
冒脚兔子偷茄秧。
聋子听见挖的响,
瞎子看见兔子行。
哑子开口连声唤,
跛子飞脚把兔赶。
手把冒櫺锄头连櫺一把丢,
吓得冒脚兔子四脚朝天跳过沟。
不管你信不信,
不管事情真不真。
只要是四太爷说的,
废铜也会变黄金。

一篇是江苏盐城农民的作品,叫作《大户人家吃顿饭》:

大户人家吃顿饭,

前门关,后门关,

只有窗户未曾关;

苍蝇衔去一颗米,

一直赶到太阳山,

不是桥神菩萨来拦路,

险些要到鬼门关。

——见《民间文艺集刊》第一辑

两首都是农民讽刺地主的作品,前者讽刺地主威权之大,后者讽刺地主的独占悭吝的丑形,都极尖锐幽默,和古代人民的作品同样是阶级仇恨的表现。

以上我们就"国风"的主要内容做了一些分析,令我们想起祖国两千多年前的劳动人民,在那封建社会里面受到残酷的经济的剥削和政治的压迫,而且文化权利的享有完全被了剥夺,但他们决不甘心放弃了内心的生活,在他们群集的劳动中,用自己的声音,自己的语言和自己的形式,歌唱自己的思想感情,表达出强烈的爱憎。由他们质朴的抒情和痛切的控诉中,真实地反映了当时的社会现实和历史的面貌,粉碎了统治阶级掩盖矛盾粉饰太平的歌颂和史传。统治阶级的经师们宣传在"王道"之下"男女以正,婚姻以时",而"国风"的抒情诗中却歌唱出多少离人弃妇的哀怨。"雅""颂"的农事诗,描写劳动人民丰衣足食,愉快地投入生产,而"国风"里却歌唱出"无衣无褐,何以卒岁"的哀音。统治阶级的历史文献中把周公东征的"功勋"宣染得极其辉煌,以至"天降嘉禾",神人共庆(《尚书》)。而在《破斧》《鸱鸮》《东山》各诗中,却看见人民的家屋遭到了毁灭,爱子被征发夺取,夫妻尝够了劳役离别的酸辛。统治阶级总想掩盖重重的社会矛盾,描写成太平景象,夸耀他们的"功德"。"国风"的诗人却从各方面来暴露现实,揭示出历史的真实面貌。而且在社会益发动荡,灾难益发深重的时代,他们歌唱得愈多愈响,揭发暴露得愈深刻愈广泛,形成一种群集的气氛和力量。使统治阶级也不能不注意而派遣他们的"行人",摇着木铎,到广大的农村里边来"观风""采诗",这是人民诗歌的辉煌的胜利。

尽管这一部人民的诗歌在当时和长期的封建社会里面,经过了无数为统治阶级服务的知识分子的删改、曲说、诬蔑和断章取义,而它的巨大的艺术力量,终于不可抗拒地影响了后代无数杰出的诗人和作家,成为创作的源泉。到了现在,更彻底清洗了敷在它上面的封建意识的厚壳,归还到人民的手中,放出它万丈的光芒。尽管它的时代已成为过去,正如马克思论希腊艺术似的,"在某种意义上还保存着一种规范和一种不可企及的标本底意","不应该作为一个永不复返的阶段对于我们显示着不朽的魅力呢?"(《政治经济学批判》)从"国风"的政治的意义和艺术的力量上,我们可以深刻地体会到"国风"的伟大的人民性和现实主义的精神,在下节要谈到"国风"的艺术。

三、"国风"艺术的特点

"国风"原来是各国劳动人民的口头创作,统治阶级为着他们政治上的某种目的,用他们所占有的文字工具把它记录下。又经过入乐的过程,所谓"比其音律,以闻于天子"(《汉书·食货志》)。这样把口语变为书面,把徒歌变为乐词要失去多少原来的面目?所以现在的"国风"形式,我们可以断言,绝对不是原来人民口头创作的形式。这层意思,郭沫若先生在《屈原研究》里曾具体地指出来:

> 大率古时白话的土俗歌谣是不遵守一定的格律的,而一到诗人手里,要经意做起来的时候,便立地为四言的格律所限定了。"国风"应该有大部分是民间歌谣,然也多是守着格律的,我相信是经过了孔门人的删改。"国风"所采集者十余国,"雅""颂"所概括者数百年,而诗之音韵格调无地方色彩与时代差异,即此便足以证明,诗是经过整齐划一的工作的,时当在春秋与战国之交,人当不限于一人。

"音韵格调无地方色彩与时代差异"和四言格律的"整齐划一",这是极正确的推断。我们只要看《左传》上所记录的诗歌,和"国风"的大部分诗歌,都是同时代的歌谣。但《左传》上的诗歌多数是参差不齐的形式,和《诗经》的整齐形式有些不同,可以说明《左传》所纪录的诗歌,还保持着原来的形式。譬如里面有一首《祈招》之诗:

祈招之愔愔,式昭德音。思我王度,式如玉,式如金。形民之力,而无醉饱之心。

这是《左传》昭公十二年楚令尹子革引祭公谋父谏周穆王之诗,应当属于"雅"类,但形式极不整齐,和"雅"诗不同。现在我们可以把它随便加工一下,就变成很好看的四言诗了:

祈招愔愔,式昭德音。思我王度,如玉如金。形民之力,无醉饱心。

大约"国风"的人民口头创作,变成整齐的四言形式,也就是这种办法,把助词、连词调整一下,就成为《诗经》的形式了。这种工作,我们以为早在孔子以前,史官采诗的时候就已经基本完成。到了孔子时代,是不是又经过一番删改?不得而知。但即使有所删改,也不会太多,前人所谓"篇删其章,章删其句,句删其字",未必尽然。"孔子删诗"是历来聚讼最多的一个问题,在这里无辩论之必要,我们还是谈重要问题罢!

"国风"既经过加工,失去它原来的面貌,是不是它的艺术价值完全损失了呢?这倒不见得,我们以为"国风"虽经删改,但它的形式和内容,基本上是保留下来的。因此,我们才有可能来谈"国风"艺术的特点,下面举出几点重要的来说。

(一)集体创作。"国风"最重要的一个特点,也即是所有民歌的最重要的一个特点是集体创作。所谓集体创作,有两点意义,第一是在集体生活中创作。第二,诗歌中有集体创作的形式。我们不可想象"国风"的诗歌是由于某一个劳动人民的"作家",离开了劳动,离开了集体去冥想苦吟而创作出来的。他们生活在集体劳动中,他们在同一劳动的节奏中,用自由的语言,自由的韵律,发抒他们的共同的思想感情，人人都是歌手，个个都是诗人，互相酬答，互相唱和来鼓舞劳动。这些酬答唱和的集体创作的形式还保留在"国风"里面。如《周南》的《芣苢》一诗，即是劳动妇女们在田野中采摘野菜时，互相唱和的诗，不是一人所作。方玉润对这篇诗体会得最好："读者试平心静气，涵泳其诗，恍听田家妇女，三三五五，于平原旷野，风和日丽中，群歌互答，余音袅袅，若远若近，忽断忽续。不知其情之何以移而神之何以旷，则此诗不必细绎而自得其妙焉。"(《诗经原始》)所谓"群歌互答"他也认为这诗是有唱和的意味，这诗各章的形式相同，格调相同，只是换着几个韵脚，我们读着并不感到它的单调，倒反感到它的回环重叠的音节的美；并且体会到它不是单纯的音乐的节奏，而是和劳动相结合的节奏，更使我们接触着《芣苢》诗人的跳动的脉搏而引起集体生活的共鸣。然而这种意义是为从前的文人所不能了解的，郑樵批评"国风"说："风是出于土风，大概小夫、贱隶、妇人、女子之言，其言浅近重复，故谓之风。"他觉得"浅近重复"，是阶级的偏见。

以外如《召南》的《采苹》一诗，也是一群劳动妇女在水边采摘苹菜和藻菜时所唱的歌，这诗一问一答，通篇对话到底，又另是一种集体创作的形式：

  于以采苹？南涧之滨。于以采藻？于彼行潦。于以盛之？维筐及筥。于以湘之？维锜及釜。于以奠之？宗室牖下。谁其尸之？有齐季女。

在这一问一答的层次之中，反映出她们被奴役的情绪，《毛诗序》说"大夫妻能循法度也"，又是歪曲。

"国风"里有对话，《楚辞》《九歌》里有对话，"晋宋乐府"的《子夜歌》里有对话，现代的民歌里有对话，这是民间集体创作的另一传统形式。

一篇诗不是一人所作，早在刘向的《列女传》的"黎庄夫人"条说《式微》诗是两人的对话。傅母劝黎夫人离开丈夫回去，作"式微式微！胡不归？"两句问她，黎夫人不愿去，作"微君之故，胡为乎中露？"两句答她。实际是不是这样，不得而知。在《左传》宣公二年，宋国的守城者和华元对讴和韵，还可以想见当时唱和酬答的情形，"国风"里面，一定不少此类集体互讴之诗。

由集体创作的意味再来推想,《豳风·七月》这篇长诗,概括着这样丰富的自然环境与社会环境,全面反映了豳地人民的劳动生活,集中控诉出豳地人民被奴役被剥削的内心的伤痛,这样错综复杂的结构,也可能不是一个人的创作,而必是一篇集体创作。

以上所说的"国风"的集体创作的诗歌是产生在集体的劳动生活的环境中,另外"国风"里有一部分集体创作的诗歌却是产生在另一种集体生活的环境中,而也是和劳动生活有密切关系的。即是"国风"里边比重占得很大的恋歌,它的创作的情形也不是像后来的"才子佳人"的情诗,是在静寂相思的环境中写成的,而是在青年男女的群集狂欢的环境中歌咏出来的。古代劳动人民为了劳动生产及生活的要求而举行种种祭神的宗教仪式,如"舞雩"之求雨,"蜡祭"之祈年,"高禖"之求子,"祓禊"之祛邪等类。在这些祈神的仪式中,男女群集,跳舞歌唱,尽情欢乐。墨子《明鬼》篇说:

> 燕之有祖,当齐之社稷,宋之桑林,楚之云梦也,此男女之所属而观也。

所谓"祖""社稷""桑林""云梦"等即是各地祭神的集会,男女不是袖手旁"观",而是热切地参加活动,它是一个劳动、恋爱、宗教和艺术相结合的集体活动。"楚辞"《九歌》即是古代湘南民间的这类复合体的活动,这种群集活动古代有,现代仍然存在,尤为在少数民族中,如云南白族的"绕山林",阿细族的"跳月",都属于此类。在这些活动中,青年男女们互相唱和,互相酬答,歌唱出不少的情诗恋歌,所谓"叔兮伯兮,倡予和女","国风"中大部分的抒情诗,就是在这种环境里面唱和出来的。法国格拉涅(Granet)在其所著《中国古代的祭礼与歌谣》(*Fêtes et Chansons anciennes de la Chine*)中说,形成"国风"的大部分的恋爱诗,是在古代农民社会的季节祭时,青年男女们竞争喧哗交互合唱时所作的,这是正确的。这种情形,由《郑风》的《溱洧》一诗很生动地反映出来:

> 溱与洧,方涣涣兮。士与女,方秉蕳兮。女曰:"观乎?"士曰:"既且!""且往观乎?洧之外,洵訏且乐。"维士与女,伊其相谑。赠之以芍药。

这诗是描写郑国的青年男女们,当暮春时节,到溱水和洧水的边上参加"祓禊"仪式时的群集欢乐的场面。下章说"溱与洧,浏其清矣!士与女,殷其盈矣!"可见青年男女集会之众多。诗中对话的"观乎?""既且!""且往观乎?……"中间必有很热闹很有趣的交互唱和的"对口曲子",在《溱洧》诗里只做简括的叙述。这种对话的形式,也保留在别篇恋歌中,《齐风》的《鸡鸣》:

> 鸡既鸣矣,朝既盈矣!匪鸡则鸣,苍蝇之声。东方明矣,朝既昌矣!匪东方则明,月出之光。虫飞薨薨,甘与子同梦。会且归矣,无庶予子憎。("子"当作"于"。)

通篇用对话的形式描写男女幽会的情形,《郑风》的"女曰鸡鸣"里也有相似的一段对话。这些对话可能就是当时群集歌舞时对唱之词。

反映劳动生活的集体创作的形式,是"国风"艺术的第一个特点。

(二) 形象的艺术。由上说来,可知"国风"中劳动人民的诗歌活动是他们集体生活的组成部分。他们共同创作,共同欣赏,不但有共同的思想感情,而且有共同的语言。他们诗歌艺术的语言,是人民大众在日常生活中共同使用的语言。如"狂童""狂且""狂夫""狡童""之子""伊人""美人""好人""硕人""彼其之子""彼姝者子"等类的人称,以及其他丰富的词汇,都是当时当地大众所用的词汇,大家都可以使用。而且有好多象征性的起兴语句,大家也可以通用,如"扬之水""有杕之杜""泛彼柏舟""日居月诸""习习谷风"等句,所见不止一诗。也如同云南各地民歌里的"大河涨水"成为普遍的开端语。更有其他的许多语句也成为公用语,最显著的如"喓喓草虫,趯趯阜螽""毋逝我梁,毋发我笱""春日迟迟,采蘩祁祁"也散见于《小雅》的诗歌中。可见诗歌是劳动人民的公共财产,语言和形式是无条件地交流通用。他们并不想出"作家专集",不主张"陈言之务去",不耻于"抄袭"。他们使用大众所熟习的语言,歌唱着大众所熟习的声音,便感到亲切无比的阶级感情,在劳动生活中是必要的条件。

必须说明的是,"国风"的诗歌虽然是在集体生活中创作出来的,却并不因为共同的生活,共同的意识,共同的诗的语言而泯去了人物的个性而成为一般化抽象化的人物。相反的"国风"人物的个性是非常鲜明突出,极生动极活跃的。"国风"虽然不是小说的描写,而在一百六十多篇抒情诗中用极精练极巧妙的手法,突现出不同性格的许多男男女女的形象。特别是许多不同类型的妇女。如《柏舟》女子的坚决不移的形象,《褰裳》女子的天真无邪的形象,《行露》女子的严正无畏,《将仲子》女子的怯弱顾虑,远不可及的"汉上游女",婉姿多情的"城隅静女",以及《柏舟》《谷风》《氓》《中谷有蓷》各篇的弃妇和被迫害的战士,被剥削的农民,都反映出各各不同的生活形态。

但是,"国风"的诗歌虽然不因为在集体生活中创作而泯去了人物的个性和形象,而这些生动的人物的个性和形象,又不是孤立起来描写的,而是通过社会环境、生活环境而体现出来。看《氓》和《七月》《东山》诸篇,社会环境和人是如何巧妙地织合起来。因此,"国风"中的人物都打下了鲜明的阶级的烙印,使这些人物的形象更生动更真实,而不是抽象的"人"。所以以上所举出的这些人物的形象,一读而知是被双重压迫的妇女的形象。另外又塑出一批对立的形象,有像"贪而畏人"的大老鼠的剥削者,有像"籧篨""戚施"奇形怪状的荒淫无耻的统治者,有举动蹒跚如老狼一样的王孙公子,有"宛然左辟"动辄发刃的"好人",这些形象也都刻画得非常鲜明生动。两种对立的形象,反映着爱憎分明的强烈的阶级感情。所以"国风"的诗是以"人"为中心的诗,国风里的"人"不是一般化抽象化的人,而是生活的人,社会的人。苏联伏·谢尔宾纳论"列宁和文学的人民性问题"说:

> 艺术反映现实的各方面。但是,描写的主要对象,即复杂的生活现象的中心,始终是人,人的活动,内心生活,人与人的关系,人与社会的关系。现实主义艺术的真实性,是通过在一定的具体历史条件下形成和发展起来的人物形象和典型性格而表现出来的。真正的现实主义艺术始终是富有人情味的。

由这里我们可以体会"国风"的现实主义的精神和人民性,《小雅》里的人物的形象没有"国风"人物的生动活跃,只要拿《小雅》的《谷风》和《邶风》的《谷风》做一比较,就可明白。至于《大雅》和《颂》,更不及《小雅》。

人不能离开社会环境和自然环境而生活，要求"典型环境中的典型性格"，你要真实的体现人物的性格，必须真实的描写环境。"国风"的诗人既很真实地很巧妙地映带出当时的社会环境，而又善于刻画各种自然形象。孔子说学习《诗经》可以"多识于草木鸟兽之名"，大概是特别指着"国风"说的，因为"国风"里的风云月露、草木鸟兽虫鱼的自然界的东西是极其丰富的。但是，孔老先生对于"国风"的"草木鸟兽"只想多记它的名称以广见闻，和后来经师们长篇阔论的考证《诗经》的"名物"，同样是失去了艺术的观点，不免"买椟还珠"之诮（当然"名物"是要了解的）。"国风"并不像汉代的辞赋和宋人的"演雅"似的，罗列堆砌一些自然物色用来夸多斗靡，无生命无形象之可言。"国风"描写自然现象以及一草一木、一只昆虫是极其生动极其形象化的，如"嘒彼小星，三五在东"，想见夜空的稀疏闪烁的星光，"燕燕于飞，下上其音"，真像听见忽上忽下若远若近的燕子声音，连着轻捷的燕子的姿态都联想起来，"桃之夭夭，灼灼其华"，鲜艳的桃花，写得如画。特别是《豳风》的诗人真是体物的圣手，把蟋蟀声音的时间性与空间性都暗示出来。《文心雕龙·物色》篇论《诗经》之善于状物说道：

  故"灼灼"状桃花之鲜，"依依"尽杨柳之貌，"杲杲"为出日之容，"瀌瀌"拟雨雪之状，"喈喈"逐黄鸟之声，"喓喓"学草虫之韵。皎日嘒星，一言穷理，参差沃若，两字连形，并以少总多，情貌无遗矣。

刘彦和究竟是文学批评家，和经师们的观点不同。

但是，"国风"的描写自然，并不是为描写而描写，不是单纯的刻画自然。"国风"的时代，还没有纯粹的"花卉""翎毛""山水"的绘画，就是说"国风"里面还没有单纯描写自然的诗。我们在前面说过，"国风"是以人为中心的，它是有着浓厚的"人情味"的诗歌。它里面的丰富的草木鸟兽虫鱼都是象征性的东西，是用来象征人描写人的，这就是《诗经》的"比""兴"方法。"比"是先有了一种思想感情，用一种具体的自然界的东西来比拟，李仲蒙所谓"索物以托情谓之比，情附物也"（《困学纪闻》卷三引）。如"我心匪石，不可转也；我心匪席，不可卷也"，用可转的石头和可卷的席子来反喻不可动摇的意志，这就是"比"。"兴"是所谓"触景生情",由外物而联想起人事,接入主题。李仲蒙所谓"触物以起情谓之兴,物动情也"。如"关关雎鸠,在河之洲。窈窕淑女,君子好逑"看见关雎而联想起"淑女"和"君子"来,这就是"兴"。不论是"情附物"也好,不论是"物动情"也好,"比"和"兴"都是象征隐喻的方法。从正面来描写人物,有时费尽千言万语,还写不得全写不得深,只要用外物来象征譬喻,不仅能把人物的声音笑貌体现得惟妙惟肖,而且能把人物的精神实质都刻画出来。《文心雕龙·比兴》篇说:"夫比之为义,取类不常。或喻于声,或方于貌,或拟于心,或譬于事。"比是这样,兴也有同样的作用。如用"硕鼠"来比拟"贪而畏人"的剥削者,用朝生暮死的"蜉蝣"来象征那些衣冠楚楚,徒具外表的上层人物,用很简单的手法,能把人物的内心和人格都形象化出来,这是民歌的特点。

可以明白"国风"真实的刻画自然界的物象,并不是单纯的写物。写物就是人,描写环境,就是为着突现人物。"国风"的每篇诗,每一句都是离不开"人"的,"蒹葭苍苍,白露为霜"并不是单纯地描写景色之诗,跟着下面是"所谓伊人,在水一方",蒹葭白露的景色中,是有着怀念"伊人"的一颗心,所谓"此中有人,呼之欲出"。

"国风"以后,到"楚辞"尤其是《九辩》中,对自然的铺张描写,已见端倪。从"骚"到"赋","人"的影子,逐渐淡薄,魏、晋以后,"老、庄告退,山水方滋"(《文心雕龙·辨诗》篇),离"人"更远,也如同唐以后出现了山水和花鸟画一样。这是说明士大夫阶级的艺术脱离生活的一段过程,而民间创作的洪流,自古迄今,是并没有离开生活,离开了"人"的。

"国风"的诗人为着要生动地刻画出丰富复杂的人的形象,而使用多种多样的"草木鸟兽"的比兴,这是"国风"诗的以"人"为中心的一方面的意义。同时,"国风"的诗人所以能生动地刻画出这些草木鸟兽的形象来象征人物的形象,是因为"国风"的诗人天天生活在劳动生产中,天天在和自然斗争,和自然吸在一块。自然界里的一草一木、一鸟一兽、一只昆虫都和他们成了血缘兄弟,观之深、察之熟所以能刻画得这样的生动。因此,自然界是劳动人民的生活圈和生命线,刻画草木鸟兽,即是刻画自己的生活和生命,自然环境的描写也即是社会环境的描写,这是"国风"诗以"人"为中心的另一重大意义。

因此,我们很可以明白为什么"雅""颂"诗的形象不及"国风"的生动,为什么"雅""颂"诗的"草木鸟兽"不及"国风"里的繁多。单以昆虫来说,"国风"里的昆虫种类是很多的,而在"颂"里面找不出一只昆虫来,《大雅》里面只有一只"蜩"一只"螗",《小雅》里面只有一只"青蝇"、一只"螟蛉"和"蜾蠃"。另外一只"草虫"和一只"阜螽"还是"国风"里的东西。因为"雅""颂"的诗人是"雍雍在宫,肃肃在庙"(《周颂》《思齐》),他们很少和自然界接触,和草木鸟兽很隔膜。如《大雅》里所描写着的"白鸟""凤皇""四牡""凫鹥""赤豹""黄熊""驷骡"等类,便远不及"国风"里的"狼跋其胡,载疐其尾""燕燕于飞,下上其音"等的生动活泼。

从劳动生活中,深刻生动地凸显人物的形象,这是"国风"艺术的第二个特点。

(三)声音的艺术。"国风"的第三个特点是形式多样,音韵节奏,富于变化,所以读"国风"诗比"雅"诗"颂"诗特别感到铿锵流利,韵节和谐。这说明"国风"虽然经过采诗入乐时的一些修改,而它原来的人民口头创作的形式和它优美的音乐性还是基本保留下来。

民歌都有特强的音乐形式,"国风""九歌""相和歌""清商曲"各阶段的民间抒情诗都各具有特殊的音调。"国风"的音调不同"九歌","九歌"的音调又不同"相和歌""清商曲",而它们的声音的感染性是一样的强。

以"雅""颂"和"国风"相比较,就好像词里的"大曲""慢曲"之与"小令"一样,"大曲""慢曲"的形式既没有"小令"的形式变化多端,而音节也没有小令的流利和谐,"雅""颂"的形式很少变化,音节又多质木,"国风"的形式则富于变化。

以篇法来说,有长篇有短篇,长篇如《七月》诗共有八章,每章十一句,短篇如《驺虞》只有两章,每章只有三句。

以章法来说,"国风"的章法组织是多种多样。有各章的格调完全相同,只是变更几个韵脚的,如《江有汜》《采葛》等诗。有前两章的格调相同,末一章忽然变调,如《子衿》《东方未明》等诗。有后两章的格调相同,而第一章是变调,如《行露》一诗。有每章各具一个格调,如《野有死麕》三章各有各的形式,而前两章的形式虽不同,都是各四句的四言句子;后一章忽然用三句五言,使尾声特别飘逸。至如《谷风》《氓》《七月》带有叙述性的诗,篇幅比较长,章法也各异,在"国风"中是特出的几篇诗。

以句法来说,"国风"的句法也是多种多样的,有整齐句,通篇是整齐的四言句子,这类的诗很多。有参差句,如《伐檀》诗,由四言、五言、六言、七言、八言的句子组织成一篇诗,在"国风"中是句法最参差的一篇诗,然而读者特别感到音调的变化悦耳。有重叠句,三言的重叠句,如"之子归,不我以。不我以,其后也悔"(《江有汜》)、"彼其之子,美无度。美无度,殊异乎公路"(《汾沮洳》)。四言的重叠句,如"终远兄弟,谓他人父。谓他人父,亦莫我顾"(《葛藟》)、"丘中有麻,彼留子嗟。彼留子嗟,将其来施施"(《丘中有麻》)。有颠倒句,如"衣锦褧衣,裳锦褧裳""裳锦褧裳,衣锦褧衣"(《丰》)、"鹑之奔奔,鹊之彊彊""鹊之彊彊,鹑之奔奔"(《鹑之奔奔》),这些句子读起来有重叠颠倒的美感。

至如音韵的变化,更是复杂。有两句一韵的,有一句一韵的。普通的韵脚,都是放在句末,有时又放在句末的语调之上,如"南有乔木,不可休思;汉有游女,不可求思"(《汉广》),"休""求"两个韵脚,放在"思"之上,而"思"字也自成韵脚,"乔"和"游"又另成呼应。有重叠用韵的,最复杂的莫过于《匏有苦叶》的这几句:

有瀰济盈,有鷕雉鸣。济盈不濡轨,雉鸣求其牡。

两句之中,重叠用韵,头尾用韵。前两句的"瀰""济""盈"和"鷕""雉""鸣"叶(鷕,子水反),后两句的"济盈"与"雉鸣"叶,"轨"与"牡"叶,而"济"与"轨"、"雉"与"牡"头尾又相叶,错综复杂,成为一片交响。

"国风"中双声叠韵的运用是极其丰富复杂的。如《郑风》的《太叔于田》:

> 叔善射忌,又良御忌。抑磬控忌,抑纵送忌。

《陈风》的《月出》:

> 月出皎兮,佼人僚兮,舒窈纠兮,劳心悄兮。

《豳风》的《鸱鸮》:

> 予手拮据,予所捋荼;予所蓄租,予口卒瘏,曰予未有室家。

诘屈聱牙,真有点像"拗口令",但在音韵纠缠之中,自有一种特殊的和谐。以外还有很多的双声叠韵的联绵字,不能尽举了。

以上不过是举例说明"国风"的多种多样的形式和复杂变化的音韵,若要详细分析,当著为专书,在这里不能多谈。"国风"之所以音韵和谐铿锵悦耳,就因为在多种多样的篇章句的形式中交织着复杂变化的声音,产生出一阕阕像乐曲般的许多篇章。虽然"国风"的音调久已沦亡于千年以上,但从诗歌的本身上来优游涵咏它的声韵,还可以仿佛那"洋洋乎盈耳"的乐音。然而"国风"的优美的音韵节奏,又不是如后来填词作曲家按着"红牙""檀板"苦心推敲而成功的,而是由古代劳动人民的天真流露,水到渠成,自然组合成这些精巧的节奏,为后代文人怎样学也学不会的,正如马克思所指出的"不可企及的标本"。

因着它是自然的节奏,所以"国风"每一个篇章的调子、每一字句的音韵,都是"心声"的表出,经过情感的燃烧,绝不是形式主义的没有血肉的一些油腔滑调。它有悲剧的声音,有喜剧的声音,不同的声音,都各各适应着不同的思想感情,如《葛生》是一出悼亡曲,一个妇女哀悼她死于兵役的丈夫:

> 角枕粲兮,锦衾烂兮。予美亡此,谁与独旦?
>
> 夏之日!冬之夜!百岁之后,归于其居!
>
> 冬之夜!夏之日!百岁之后,归于其室!

真是哀音促节,不忍卒读。《君子阳阳》是一出快乐的即兴小曲:

> 君子阳阳,左执簧,右招我由房,其乐只且!
>
> 君子陶陶,左执翿,右招我由敖,其乐只且!

至如《周南》的《汉广》诗,就好像是一曲古乐府里的"琴调相思引",诗的神情缥缈,音节荡漾,那可望而不可及的汉上"游女"的形象,永远隐现在如琴音一样的韵律里面:

> 南有乔木,不可休思。
>
> 汉有游女,不可求思。
>
> 汉之广矣,不可泳思。
>
> 江之永矣,不可方思。

好像读李德裕的《桂殿秋》词的神情:

> 河汉女,玉炼颜,云軿往往到人间。九霄有路去无迹,袅袅天风吹珮环。

同样的一种幽思遐想寄托于和谐悠扬的节奏中,无怪乎韩诗把《汉广》说成是歌咏郑交甫游汉水遇神女的故事。这些例子都可说明"国风"的音韵不是孤立的,不是形式主义的,它和诗歌的思想内容,是不可分割的,下面我们再举一例来说明。

"国风"诗每一篇都好像一调乐曲。就以乐曲来譬喻罢,一调乐曲总是包括着若干抑扬长短不同形式的节拍,这样错综变化,奏起来才会好听,所谓"琴瑟专一,谁能听之",但在各段乐曲中都有一两个节拍不变,使错综复杂的声音得到统一的美感,这一两个节拍就成为声音的"基调",这是非常重要的。"国风"里有好些诗都有这种"作曲"的办法,全篇的字句错综变化,独有一两句不变,而且放在一定的位置上。如以下三诗:

《召南》的《江有汜》:

> 江有汜,之子归,不我以。不我以,其后也悔。
>
> 江有汜,之子归,不我与。不我与,其后也处。
>
> 江有汜,之子归,不我过。不我过,其啸也歌。

《邶风》的《新台》:

> 新台有泚,河水弥弥。燕婉之求,籧篨不鲜。

新台有洒，河水浼浼。燕婉之求，籧篨不殄。
　　鱼网之设，鸿则离之。燕婉之求，得此戚施。

《齐风》的《东方之日》：

　　东方之日兮，彼姝者子，在我室兮。在我室兮，履我即兮。
　　东方之月兮，彼姝者子，在我闼兮。在我闼兮，履我发兮。

《江有汜》以"之子归"为基调，《新台》以"燕婉之求"为基调，《东方之日》以"彼姝者子"为基调。以外的例子还很多，如《燕燕》的"之子于归"、《于旄》的"彼姝者子"、《中谷有蓷》的"有女仳离"、《箨兮》的"叔兮伯兮"、《风雨》的"既见君子"等，举不胜举，几乎是"国风""制曲"的通例。每一篇诗有这样不变的一句（也有两句的），便觉得全篇诗的声音有一个重点，有一个中心，变化之中有了统一，如听"乐曲"一样的好听。但，这个"重点句"不是随便的安排，不是形式主义的处理，它是全篇诗的形象与声音的焦点，而且是全篇诗的思想感情的焦点。只要看上面所举的这些重点句无一不是集中在"人"的对象上。诗人作诗，千言万语都是对着他的"人"而倾诉，"人"在诗人的心中成为主要的对象，作在诗里边就成为诗的主题，千呼他、万唤他在诗的音节里边就自然成为"基调"。这说明"国风"艺术的形式和内容是如何密切的结合，而且又一次说明"国风"的艺术是以"人"为中心的艺术。

　　关于"国风"艺术的特点，我们举出了以上三点来谈：一、集体创作，二、形象的艺术，三、声音的艺术。当然，"国风"的特点是很多的，为篇幅所限，不能做详尽的分析。于此我们必须明白"国风"的复杂的音韵节奏的变化，加强了形象的效果；生动的形象，丰富了声音的内容，两样是不能分割的，"国风"就是形象的艺术与音声的艺术相结合的伟大的民歌。我们两千多年前的劳动人民的诗歌具有了这样高度的艺术性，反映了古代劳动人民的智慧，然而不要忘了它是在集体生活中的创作，所以每篇诗歌里边都有集体智慧的结晶，永远庇荫着诗歌的天地，成为民族最宝贵的一份文学遗产。

四、"国风"是怎样被保存下来的

"国风"是两千多年前的人民的诗歌,它一直保留到现在。如上面所说,它虽然经过了些删改、涂抹,但大部分的民间形式,总还存在。在本节里我们要说一说,这一部丰富的人民的诗歌,何以会保留到现在?两千多年来,为统治阶级的文化人口诵、手抄、传写、印行,究竟是一回什么事?他们真是同情于人民,珍视人民的创作,而把它保留下来吗?不是的,而是利用这一部民间的诗歌来满足他们统治的要求,达到他们某些方面的目的,才把它流传下来,并不是真正为了人民。现在,我们来看,"国风"的被保存,是经过以下的几种原因:

甲、作为统治者政治的检温计而被保存下来。

经过了殷代奴隶社会的神权统治,到了周代的封建制度,感到了神权统治方法不行了,他们开始感到了"人民"的力量,要把"民"好好地安服下去,统治才会巩固。所以他们口口声声叫着"民"。

宁王惟卜用,克绥受兹命。今天其相民,矧亦惟卜用。

其考我民……勤恤我民,若有疾,予曷敢不于前宁人攸受命。

——《大诰》

皇天既付中国民,越厥疆土于先王……惟王子子孙孙永保民。

——《梓材》

《左传》上就很直截地说出来:"国家将兴听于民,将亡听于神。"因此,他们随时注意到政治的客观方面的反应,随时要检查人民方面对于政治的反应。反应好,就见得他们统治的方法很对;反应不好,就晓得政治上出了毛病,要从新改良。他们晓得人民最真实的反应莫过于歌谣,歌谣是人民真实的抒情,他们既要求人民对政治的正面的反应,而更要求由人民歌咏自己的生活情态间接地来检查政治的良好与否。如果人民的歌谣里面表现出和平快乐的调子,就晓得政治的安定;如果歌谣里面表现出愁苦怨叹的生活情调,就晓得政治的措施不当,亟宜设法改良。所以他们就特别设置采诗之官,随时到民间来采集歌谣,配合音乐来细细体会,由诗歌与音乐的交响上,可以审查出政治的脉搏来。《礼记·王制》说:

> 天子五年一巡狩,岁二月,东巡狩……命太师陈诗以观民风。

《汉书·食货志》说得很详细:

> 春将出民,里胥平旦坐于右塾,邻长坐于左塾,毕出然后归,夕亦如之。入者必持薪樵,轻重相分,班白不提挈。冬,民既入,妇人同巷,相从夜绩,女工一月得四十五日。必相从者,所以省费燎火,同巧拙而合习俗也。男女有不得其所者,因相与歌咏,各言其伤。……孟春之月,群居者将散,行人振木铎徇于路以采诗,献之太师,比其音律,以闻于天子。故曰:"王者不窥牖户而知天下。"

这是描写古代的男女农奴们群居生活,和"行人"走进这些群居中采诗的情形。可以想见当时劳动的群众无顾忌地把诗唱给他们,他们也把这些有颂扬(美)有讽刺的(刺)民歌一齐收集起来带回去。我们只要看《左传》上那些诸侯大夫毫无抵触地听"舆人之诵",如晋文公在城濮之战的前夕,听舆人之诵曰"原田每每,舍其旧而新是谋"(僖公二十八年),郑舆人之诵子产:

> 取我衣冠而褚之,取我田畴而伍之,孰杀子产,吾其与之。

> 我有子弟,子产诲之,我有田畴,子产殖之,子产而死,谁其嗣之。

(襄十二年)

这些讽刺和颂扬,他们都一例地接受,记录成为书面,所以现在的"国风"里面也存在着些尖锐的讽刺诗。这是不是"民主的风度"吗? 比较后来的高度的封建专制的时代,是要"民主"些,但是要晓得:这种"民主"并不是在人民利益上的民主,而是在统治者利益上的"民主"。所谓:"言之者无罪,闻之者足以戒"(《关雎诗序》),"戒"是对自己统治利害的警觉性。

"十五国风"就因为统治者当为政治的检温计而被收集和保存下来。

乙、作为贵族官僚们外交辞令的工具而被保存下来。

到了春秋时候，这一部民间的创作，又交上了第二次的运命。因为春秋时的诸侯大夫在国际间有着外交关系，为着要表示态度，不直接用言语正面地把自己所欲说的话说出来，而间接地用"国风"里的诗篇唱了出来（也有用"雅""颂"的，但很少），使对方从诗里体会出你的意见而明确你的态度。重要的是你们所引用的诗要和你的心事相类似，有象征和譬喻的作用，像猜谜一样使人摸得着谜底。如果唱了出来，使对方听不懂或有些别扭，那不唯要受到指摘而且外交也受了损失，所以说"歌诗必类"。现在引两件事实来做例证：

《左传》昭公二年：

> 晋侯使韩宣子来聘……既享，宴于季氏，有嘉树焉，宣子誉之。武子曰："宿敢不封植此树，以无忘角弓。"（应作"彤弓"，取"我有嘉宾，中心贶之"之意）遂赋《甘棠》。宣子曰："起不堪也，无以及召公。"

昭公十六年：

> 郑六卿饯宣子于郊，宣子曰："二三君子请皆赋，起亦以知郑志。"子齹赋《野有蔓草》……子产赋《郑》之《羔裘》（"羔裘豹饰，孔武有力，彼己之子，邦之司直"）……子太叔赋《褰裳》，……子游赋《风雨》，……子旗赋《有女同车》（"彼美孟姜，德音不忘"）……子柳赋《萚兮》。宣子喜，曰："郑其庶乎，二三君子以君命贶起，赋不出郑志，皆昵燕好也。"宣子……赋《我将》。

这些贵族官僚们把《诗经》当为外交辞令的工具，所以人人必读，而且读得烂熟，才能随便拉来就合拍。但是，他们是把人民从血汗中创造出来的诗句，拿来借题发挥，完成他们的政治任务。虽然《诗经》因此被保存下来，也是为着统治阶级的利益，达到他们的另一种目的而保存下来的。

丙、作为儒家封建道德的修养工具而被保存下来。

到了春秋的末年，儒家祖师孔子的手里，这一部民间的创作，又交上了第三次的运命。

孔子是生当周代初期封建制度动摇的时代，他不满意于当时的贵族政治，便积极地来培养一批"士"阶层的知识分子，把他们送到政府里面做官，掌握政权,想重新巩固封建的统治。相传孔门弟子三千人,这三千人就是孔子所培养的士。孔子教育弟子做官,主要的一个条件是言语,就是要善于说话,如果不善于说话,不娴于辞令,官就做不好。而要想学会说话,就必须要学《诗经》。所以孔子把《诗经》这部书当为一本修辞学来教他的门徒。他常常劝弟子,和儿子们要学诗。如《论语》上说的:

子所雅言,诗、书、执(艺)、礼,皆雅言也。

陈亢问于伯鱼曰:"子亦有异闻乎?"对曰:"未也。"尝独立,鲤趋而过庭。曰:"学《诗》乎?"对曰:"未也。""不学《诗》,无以言。"

子谓伯鱼曰:"汝为《周南》《召南》矣乎?人而不为《周南》《召南》,其犹正墙面而立也。"

学会《诗经》,何以就会说话呢?这层意思就要结合上面一节的内容来说。上面说过,春秋时代列国的君主官僚朝聘燕飨时都要歌诗,表明自己的政治态度。而《诗经》读得不熟,应用得不灵活,官就要倒霉,政治就要失败。你看昭公二年的季武子多聪明!多会应用《诗经》!韩宣子才赞美他的树,他就联想到《召南》诗的《甘棠》,引了来恭维这个大国的使节,比他为周家的召伯,恰合分际,又结合当前的实事。所以韩宣子舒服到了极点,晋、鲁的国交因此提高了一步;而季武子的地位也就更加巩固了。由此可以体会到《诗经》的微妙作用,而学诗之重要性也就可见了。

要点是应用《诗经》的词句,需要一副灵活的脑筋,联想力要强,把《诗经》的语句记得烂熟了,到实际应用的时候,信手拈来,恰合人事,这是要一副天才的。但恰合人事,不一定要当前的事恰合《诗经》的本意,只要搭着一点边缘,能起一种象征譬喻的作用就够了,这就是叫作"断章取义",当时的人也明说出这一点秘诀。

庆舍之士谓卢蒲葵曰:"男女辨姓,子不辟宗,何也?"曰:"宗不余辟,余独焉辟之。赋诗断章,余所求焉,恶识宗!"

——《左传》襄公二十八年

善于断章取义,就是要脑筋灵活,联想力强。随便拉来就可应用自如。所以孔子教弟子要能"举一隅而以三隅反",要"闻一以知十",这才够得上说诗,也才会说话,也就可以做官了。孔子的两个弟子子夏和子贡,就是两个会说话,会说诗,联想力最强的人,孔子曾经称赞过两个人善于言诗:

  子贡曰:"贫而无谄,富而无骄,何如?"子曰:"可也,未若贫而乐,富而好礼者也。"子贡曰:"诗云:'如切如磋,如琢如磨',其斯之谓与?"子曰:"赐也,始可与言诗已矣,告诸往而知来者!"

——《论语·学而》

  子夏问曰:"'巧笑倩兮,美目盼兮,素以为绚兮',何谓也?"子曰:"绘事后素。"曰:"礼后乎?"子曰:"起予者商也,始可与言诗已矣!"

——《论语·八佾》

子贡是由贫富的话头,而联想到诗,子夏是由诗而联想到礼。不管怎样,总可见他两人的联想力之强,应用诗的纯熟,所以孔子都称赞他们俩是"始可与言诗已矣"。最后的证明是:他们两人都做了大官,可见诗的效果。

但他们所说的诗,究竟和人事有什么关系?"如切如磋,如琢如磨"和贫富有什么关系?"巧笑倩兮,美目盼兮,素以为绚兮"和礼有什么关系?这有点像后来禅宗的"公案",可以意会,不可以言传,只要沾着一点就成功,所谓"断章取义"的妙处也在这点。

后来战国时候儒家的巨头孟子,他就是长于《诗经》,所以他很会说话,人家说他"善辩"这一套本领就是孔门的"诗教"。他能够把《诗经》弄得烂熟,应用得灵活,推论得巧妙,实在不愧是儒家说诗的大宗。

《诗经》(包括"国风"在内)因作为儒家修辞的重要工具,虽然被他们"断章取义",但因为儒家成了当时思想界的一大势力,支持了封建社会,因此,《诗经》便成为经典化而被保存下来。

丁、作为知识分子猎取功名的专门货色而被保存下来。

儒家的教义,从春秋时起,历战国、秦,以至于汉,便大交了鸿运。因为汉朝的统治者,认为儒家的学说,最适合于他们的要求,即是最适宜于为支持封建社会的教义。于是"罢黜百家,表章六经",所有儒家的经典,都被尊重起来。而研究儒家经典的"孔门之徒",学习过一种经典的,即使不能了解它的内容,只要能够背诵得出来,都可以有做官的机会。看他们造诣的浅深,都给他们等级不同的大小官员,最高的可以做到天子的"博士"或王侯的"博士",等于顾问之列。《史记·儒林列传》记载着这一段政策:

> 古者政教未洽,不备其礼,请因旧官而兴焉。为博士官置弟子五十人,复其身,太常择民年十八以上,仪状端正者,补博士弟子……能通一艺以上,补文学掌故缺。其高第可以为郎中,太常借奏。即有秀才异等,辄以名闻。……及吏百石通一艺以上,补左右内史大行卒史。

儒家的经典从此便成为封建社会的统治的思想,在这种功利的号召下,一般学习过儒家经典的人,才把自己所学的那一种经典,当为专门的货色拿去猎取功名,争取做官去了。

《诗经》也不例外,当时为《诗经》权威的有四家,这四位《诗经》专家的老先生都做了官:

《齐诗》:辕固生,景帝博士。

《鲁诗》:申公,武帝使使束帛加璧,安车辀马迎申公,拜为大中大夫。

《韩诗》:韩婴,文帝博士,景帝时为常山太傅,后来他的孙子韩商也做到博士。

《毛诗》:毛苌(大毛公毛亨六国时鲁人,作《诗故训传》,传小毛公毛苌)河间献王博士。

这四家的《诗经》,在当时最红的是齐、鲁、韩三家,他们都做过天子的官,他们的家学都由功令的号召,普遍学习。只有毛诗一家不得立为学官,是到了汉末,经学大师郑玄把它笺注出来,毛诗才交上了鸿运,传诵一时,三家诗便渐渐地废弃。后来到唐朝的孔颖达又把毛、郑诗作为正义,详细注疏出来,定为一尊,一直流传到现在。

不管怎么样,四家诗都曾经适合过统治者的口味,他们生前受到过宠荣,身后的著作都得到流传,做了封建统治思想的一棵支柱。

最奇怪的是:四家诗都自称是孔子的嫡传,但结果是互不相同,本子不同,章句训诂也不同,次第不同,各诗内容的解释不同。譬如"国风"第一篇诗《关雎》就各有各的说法,《毛诗》说"关雎,后妃之德",文王的后妃太姒想求一位"淑女"来配文王。《鲁诗》却说是因康王睡懒觉,不起来上朝,王后也不叫醒他,宫门老是关着,有人作这篇诗来讽刺他。又如《邶风·柏舟》,《鲁诗》说是"卫寡夫人所作",是女人的诗。《毛诗》却说"卫顷公之时,仁人不遇小人在侧",却又是一篇男人的诗,意义既是这样地纷歧,字句间也有很大的差异。

但不论怎样纷歧,他们都有几点一致:

第一,他们的眼光都是朝上,认为全部《诗经》都是和统治阶级有关系。分明是人民自己的抒情,他们都要扯到统治者的身上。譬如《关雎》诗是一篇男子单相思的作品,他们扯到文王的身上,扯到康王的身上,不管他是美文王或刺康王,都成了王朝之诗,不是人民之诗,把人民自己的创作权剥夺了。

第二,他们都用封建道德来衡量诗,对于人民的许多优美的抒情诗都认为是"淫诗",尤为以《郑风》《卫风》里好多大胆的抒情诗,都指斥为不合礼教的淫乱之诗。这因为孔子说过"郑声淫"一句话,因此,郑、卫两国的风诗,几千年来都被学者们另眼看待,到了宋朝的王质还要把《诗经》再删改一道,可算是这种思想的彻底。

最糟糕的是,他们不惜把原诗的意义极端歪曲了来达到他们维持封建礼教的目的,譬如《鄘风》的《柏舟》分明是一个年轻女子,有了爱人,父母要逼着他另婚,他抵死不从,何等坚决勇敢的精神,已见前面说过。然而到这些腐儒的手里却说成是丈夫死了,女子要守节,父母逼着她再醮,她誓死不从,足见这个女子的"贞节刚烈",这样巧妙的歪曲,原诗的真意被他们糟蹋到什么程度!

第三,是抹杀现实,歪曲现实。"国风"里有好多人民被压迫被剥削的痛苦的呼声,他们为阶级的限制,为师法传统的束缚,不能体会,把这些严重的诗篇都描写成"太平景象",使他们理想中的"太平盛世""圣君贤相"的底层,深深掩藏下去,不但不暴露它,而且把罪恶描写成"圣德",最突出的例如《豳风》各诗已在前面说过。诸如此类,多少社会的现实都被他们涂抹了,遮盖了。

以上举出这几大端来,说明了四家诗一致的地方。四家的本子虽不同,训诂虽不同,次第虽不同,内容的解释虽不同,但因为以上的几点一致,就非常适合于封建统治的要求。所以四家诗虽然面目各异,都被封建王朝兼收并容,都使他们做官。他们的门生弟子,都被了光宠,他们的专门货色就一直成为支持封建统治的支柱而与这个社会的运命相终始,因此这一部人民的创作,就这样被歪曲地保存到了现在。

由以上四项看来,"国风"所以保留到现在,并不是为着是人民的东西,珍视人民的创作而把它流传下来。它之所以被保存,在这长期的封建时代是经过了多少滑稽奇异的运命!或当为政治的检温计而收集它,或作为外交辞令的工具而保留它,或作为道德的修养而学习它,或作为猎取功名的工具而诵读它。总之,都是歪曲了人民的原始创作的意义而适合于封建统治的目的被保留下来。中间,从汉、魏以后,也有一般文人开始用文艺的眼光来看待《诗经》,《诗经》的文艺价值,到这个时候,好像才开始被人发现,如挚虞的《文章流别论》、钟嵘的《诗品》、刘勰的《文心雕龙》论诗都推原到诗三百篇,以后历代诗人都重视这部《诗经》(包括"国风"在内)。所以《诗经》的保存,除了上述的四端以外,也还因为它是一种文学作品而得传诵下来。但这些文士们对《诗经》的文艺的评价,是不能要求他们能够从人民的立场上来看人民的作品的,他们只是站在自己阶级的立场来欣赏人民的作品。又况受了以上所说四端的遗毒,戴上着色的封建眼镜来看诗,什么"温柔敦厚",什么"思无邪"等类的观点来看诗,怎么能够认识"国风"的真实价值?

因此,"国风"虽然得保留下来,但经过了几千年封建意识的歪曲,真是"遍体鳞伤",到现在来研究《诗经》首先要把敷在上面的封建厚壳剥去,而且要用现代人民大众的语言把古代人民大众已死灭的语言,复活过来,才能看见古代人民的真实面貌。

五、"国风"以外的民歌

"国风"是周代民间诗歌的一部总集,"国风"以外,就现在所存的古代文献中,还有《易经》的卦爻辞里面收集得一些民间歌谣的断片,这是属于周初的民间创作。《易经》以外,《左传》《国语》《论语》《孟子》及其他诸子书中,还有一些民间的歌谣,必须论及,尤为是《左传》里面所记载的民歌为最多,所以本节讲"国风"以外的民歌,是以《左传》为重点来谈。

《左传》是用春秋时代的很丰富的史料解释鲁国的一部重要历史——《春秋》,即是六经的一种。所以被称为《春秋左氏传》。它的作者相传是春秋时代鲁国的一位历史家左丘明,他是和孔子同时,或者他的辈行还要比孔子老一点,所以孔子说:"左丘明耻之,丘亦耻之。"孔子作"春秋经",左丘明用许多史实来替他解释,他是和孔子合作的。但《左传》的史实,一直叙到韩、赵、魏三家分晋的阶段,和孔子同时的人,不可能活得到这个时代,所以多数人都承认他是战国时代的人,这是可能的。但作者虽是战国时人,他所编辑的《左传》,确是一部最有价值的古代史料,因为这一部《左传》保留下来,使研究周代历史的,得根据着了解春秋的二百四十多年的历史发展,所以它的价值是很高的。

从文学的角度来看《左传》,在反映社会的现实上,在叙事的艺术上,在优美的修辞上,都有很高的文学价值,这一方面,我们在这里不谈。现在只把《左传》里所保留着的古代民间的歌谣提出来谈谈。

《左传》里面所记载的民间歌谣,大半是讽刺诗和一些所谓"童谣",完全是和政治有关的歌谣,不是一般的抒情诗。现在先说"童谣"。

僖公五年有一首童谣:

> 丙之晨,龙尾伏辰。均服振振,取虢之旗。鹑之贲贲(或作奔奔),天策焞焞,火中成军,虢公其奔。

这是僖公五年,晋献公伐虢,围上阳,他问卜偃能成功不能成功?卜偃说能够成功,举这首童谣为证,并加以解释说:

  其九月、十月之交乎?丙子旦,日在尾,月在策,鹑火中,必是时也。

大体是说对了,但日期被他弄得早了一点,事实是到十二月的"丙子朔"才灭虢。这是一件。

另外一首童谣,是昭公二十五年的:

  鸜之鹆之,公出辱之。

  鸜鹆之羽,公在外野,往馈之马。

  鸜鹆跦跦,公在乾侯,征褰与襦。

  鸜鹆之巢,远哉遥遥!稠父丧劳,宋父以骄。

  鸜鹆!鸜鹆!往歌来哭。

这是鲁昭公二十五年,有鸜鹆飞来做巢,鲁国的一个音乐师想起很早的时候"文成之世"的这首童谣,据他说,这是不祥之兆果然,这年鲁昭公被他的大夫季孙孟孙家威逼出去,住在齐后来回到鲁国的边疆乾侯地方住了几年,到三十二年就死在乾侯,这首童谣果然应验了。稠父是昭公的名字,宋父是定公的名字,意思说,昭公死了,定公得立,非常骄傲。

童谣是历史上最神奇的一件事,每个朝代都有,据历史的记载,一件政治上的风潮,事先往往都有童谣作预言,后来果然应验。很奇怪!一些天真烂漫的小孩子会有这样神奇的预见性?汉晋以来最多,譬如汉朝灌夫,家里非常豪华,"家累数千万,食客日数十百人。陂池田园,宗族宾客为权利,横颍川"。这简直是一个典型的恶霸,后来颍川的儿童就歌了下面这首童谣:

  颍水清,灌氏宁;颍水浊,灌氏族。

后来灌氏果然被族灭了。

真是有这样的神秘的"童谣"吗?决不然:因为人民对于政治是很敏感的,他们对统治阶级的罪恶行为恨极了,预见到将来的结果,往往作成歌谣来讽刺来咒诅。教小孩唱起来,故意在词语中放些闪烁迷离的字句,像"隐语"一类的,使你听了可解不可解,便以为神奇得不得了,而实际是属于讽刺诗的一种。经过历史家的渲染附会,更觉得非常神奇,其实那里有这回事。所以童谣没有一首是吉祥的,通通都是危险灾祸之词,这是人民对统治阶级的咒诅。

封建时代对"童谣"的迷信附会,我们可以举一例来说明。《国语·郑语》,史伯对桓公说褒姒亡周,已先兆于周宣王时的童谣:

> 且宣王之时有童谣曰:"檿弧箕服,实亡周国。"于是宣王闻之。有夫妇鬻是器者,王使执而戮之。府之小妾生女而非王子也,惧而弃之。此人也,收以奔褒,褒人有狱,而以为入。天之命此久矣,其又可为乎?

他说在宣王时有这两句"童谣",宣王便把卖"檿弧箕服"的人戮了(没有死)。想避免亡国之祸,恰遇到府中的小妾弃了一个私生女,这人便把她收了奔到褒国,褒君有罪,把这女子献给幽王,便是褒姒,幽王宠幸褒姒,竟以亡国,可见是"天命"要亡周,先见兆头于童谣,你虽戮了他,还是不能挽回"天命"。以下还有一大段神话,不录了。就这一段故事看,也可见得极其支离附会,令人难信。然而这两句"童谣"确是可信的,它的本义,并没有丝毫神秘的色彩,我们推测如下:

《国语》注:"山桑曰檿弧,弓也。箕,木名,服,矢房也。""檿弧",是用山桑做成的弓,但这种"山桑"并不是上等弓材。《考工记》说:"弓人取干柘为上,檿桑次之。"可见檿桑是次等材料。《说文》"箕"无木义,当从《汉书·五行志》引此作"萁"。《汉书》说:"萁服,盖以萁草为箭服。"注说:"萁草似荻而细,织之为服也。""萁服"是草扎的箭袋。次等的木材做成的弓,草扎成的箭袋,这是很低劣的武器。低劣的武器可以亡了周国,这和陈涉的"锄櫌棘矜"之亡秦,"楚虽三户"之亡秦是同样的意味,说明周时人民痛恨统治阶级到了极点,就用低劣的武器也要把你灭亡掉,咒诅之情,可以想见。到了迷信家的手里,便附会出一大段神话来,其他童谣的附会,也可例推。要注意的是,为了牵合附会,这些歌谣难免被改窜增删,失去原形。如《鸜鹆谣》在文成之世,居然明显地说出鲁昭公和定公的名字,这是欺骗不了人的。

下面说《左传》的讽刺诗。

《左传》有几首很露骨的讽刺诗,和《诗经》"国风"里的讽刺诗是一样的,如宣公二年宋郑大棘之战,宋大夫华元打了败战逃回来,守城的兵士就唱歌讽刺他道:

睅其目,皤其腹,弃甲而复! 于思,于思,弃甲复来!

华元也唱了一首回答他:

牛则有皮,犀兕尚多,弃甲则那?

那里又立刻回敬过来:

从其有皮,丹漆若何?

华元只好闭口走开;这首讽刺得很幽默,而且形象性很强,到现在我们还可以想见华元的那副尊容。

又襄公四年,邾人、莒人伐鄫,鲁国的臧孙纥带兵去救鄫,又去侵邾,在狐骀地方,打了一个败仗,鲁国的人民就唱出一个歌来讽刺他:

臧之狐裘,败我于狐骀! 我君小子,朱儒是使! 朱儒! 朱儒! 使我败于邾。

大概这一次败仗很厉害,国人死亡的很多,去迎丧的都来不及照丧服的规定,匆匆促促地用"髽"的办法去迎丧,以后就成为定制。《左传》记载说:"国人逆丧者皆髽,鲁于是乎始髽。"《礼记·檀弓》上也有关于这次战役的记载:

鲁妇人之髽而吊也,自败于台骀始也。

"台骀"就是《左传》的"狐骀"。《檀弓》并在另一段说明这"髽"的形制:

南宫绦之妻之姑之丧,夫子诲之髽曰:尔母从从尔,尔母扈扈尔。盖榛以为笄,长尺而总八寸。

究竟具体的形制怎么样,我们没有详悉考证的必要,重要的是由这首歌谣里可以体会出战争的残酷,人民对统治阶级的痛恨。

还有一首最尖刻的讽刺诗,出于定公十四年。卫侯把宋国贵族中的一个美男子宋朝召来卫国,安慰他的夫人南子,南子是卫国贵族的一个淫妇,《论语》上曾提到过这一对男女。后来卫太子蒯聩因事入齐过宋，宋国的农民唱出一首歌来讽刺他：

　　既定尔娄猪，盍归吾艾豭！

"娄猪"是母猪，"艾豭"是公猪。蒯聩听了这歌，引为莫大的耻辱，想把他母亲杀掉，但没有杀成，自己却落荒而逃。

这首歌是农民用自己的劳动生活的资料为比喻，很深刻，很幽默地暴露出贵族阶级的荒淫无耻，和"国风"里的《新台》诸诗一样的尖锐，这是民间讽刺诗的特色。

但是，人民并不是不分是非黑白的，在统治阶级的士大夫中，假如有同情于人民的，人民还是对他表示好感。如襄公十七年，宋国的皇国父为太宰，发动人民为平公筑台。大夫子罕请求等待农事完毕之后再做，平公不答应，筑台工人便唱了一首歌：

　　泽门之皙，实兴我役；邑中之黔，实慰我心。

皇国父脸白，住近泽门；子罕脸黑，住在邑中。又如襄公三十三年郑国人民对子产的诵辞，也是对子产的表扬（见前节引）不再详说了。

《左传》里的民歌和一部分"国风"的时代相当，也即是为当时"采诗之官"所没有收集的一些作品，还由《左传》保留下来，这是很可珍贵的。除了《左传》以外，在《国语》《论语》《孟子》里的《共世子诵》《接舆歌》《沧浪歌》，以及《礼记·檀弓》里"成人诵子皋"的歌等，都是春秋时代的民歌，因为篇幅的关系，我们不详细说了，即此结束。

编者按，原注："中国文学史〔一〕"中的一章。

原载《诗经研究论文集》，人民文学出版社1959版，第106—135页

《诗经》大小《雅》所反映出的社会现实

江逢僧

　　《诗经》是我国最早的一部诗歌总集,也是我国最可宝贵的文化遗产。全国解放以来,学术界对于《诗经》的论著、编译和选注,曾做了很多的工作,取得了一定成绩。可是在已经发表的作品中,大半是侧重于"国风"这一方面的;而涉及"雅"和"颂"这一方面的,数量就比较少。当然,《诗经》中"国风"的部分,绝大多数是出于广大劳动人民的口头创作,它无论在思想内容上或者在艺术形式上,都远非贵族文人写作的"雅"和"颂"所能企及的。它是全部《诗经》人民性最强、艺术性最高的部分,也就是全部《诗经》最精彩最有价值的部分,我们首先来对"国风"给予整理和发掘,这是完全符合于当前需要的。可是"雅"诗虽然是属于贵族文人的作品,虽然它的思想性和艺术性远不及"国风";然而其中也有不少的作品暴露了统治阶级的腐朽生活,诅咒了统治阶级的黑暗政治,反映了当时社会的尖锐矛盾,歌颂了本族的发展过程。它具有一定的社会意义和历史价值。尤其是在《小雅》里面,有一些士大夫的知识分子和其他下层统治阶级人物的诗篇,由于他们能够接近人民,同情人民,更是具有着热烈情感和现实意义的。为了珍视文化遗产,我们似乎不应把它一笔抹杀。因此,我想把大小《雅》主要的内容简略地提出来谈一谈,也许不是多余的罢!

　　为便于了解大小《雅》的内容,首先有必要说明一下大小《雅》的时代。

　　关于"大雅"最早的诗篇,据《吕氏春秋·古乐篇》说,《文王》是周公为文王而作,认为这是最早的一篇。可是我们分析一下这篇诗的内容,《吕氏春秋》所说的话,是不可靠的。因为在这篇诗的第一章第一句"文王在上",第四章后四句"商之子孙,其丽不亿;上帝既命,侯于周服",和第六章后四句"殷之未丧师,克配上帝;宜鉴于殷,骏命不易!"等等看来,这明明是说的文王已死、武王克商以后的事,绝不是文王还在着时候的诗。不过从诗中谆谆陈戒周、商兴亡的道理和反复丁宁取法文王的语气来看,它写作的年代,距离克商的年代,是不会相差太远的。历来说诗的人,如孔颖达、欧阳修、朱熹、魏源、姚际恒等一致认为这一篇是周公或诗人告诫成王的诗。他们也都承认《大雅》有西周盛时的作品。清代崔述说过:"西周盛时,方尚'大雅'。"我们再结合诗中的"文王孙子""无念尔祖"和"宜鉴于殷"等句来推定,这一篇可能就是成王时候的诗。因为成王在位,已是三十七年,如果再往下推,就不能够紧密地联系着原诗的精神了。但是在这里,须得说明一点,就是《大雅》在写作的形式上,已经是达到了四言成熟的阶段。很少有参差不齐的句调,已经是有着严密的组织,发展为很多的长篇(如《桑柔》共有十六章一百一十二句,凡四百四十八字,《抑共》有十二章一百一十四句,凡四百六十八字),已经是用着很整齐的音韵,构成一定的规律。它的自身在在说明了它和《周颂》的写作时间有着一定的距离。在这篇的结构上,虽然也还保存着前一章的末句,和后一章的首句相同的特点,显示着为时较早的痕迹;然而要皆不免是经过后来加工的。

关于《小雅》最早的诗篇,据《毛诗序》说,《常棣》是周公作的,认为这是《小雅》里最早的一篇。它说:

常棣,燕兄弟也;闵管蔡之失道,故作常棣焉。

又据《国语·周语》,也认为这篇是周公作的。富辰谏周襄王说:

周文公之诗曰:"兄弟阋于墙,外御其侮"……

可是据《左传》的记载,(僖公二十四年)又认为这是宣王时召穆公作的。它说:

富辰谏曰:"……召穆公思周德之不类,故纠合宗族于成周,而作诗曰:'常棣之华,鄂不韡韡,凡今之人,莫如兄弟。'其四章曰:'兄弟阋于墙,外御其侮'……"

过去说诗的人推崇诗序,都依从《国语》的说法;到了南宋王质,才开始怀疑。他在《诗总闻》里说:"此诗未尝有切责深恚之词,特以情以理感悟而已。"等到清代的崔述,又才给予明白地辩驳。他在《丰镐考信录》里说:

> 其诗云:"死丧之威,兄弟孔怀。"又云:"丧乱既平,既安且宁。"皆似中衰之后,不类初定鼎时语。况作乱者,管蔡兄弟也;以殷畔者,管蔡兄弟之亲其所疏而疏其所亲也;而此诗反云兄弟急难,良朋永叹;兄弟外御其侮,良朋烝也无戎;语之与其事相反,何耶?

因此,他就断定这一篇是西周后期宣王时候的诗,这是有一定的理由的。我们从《小雅》中有人名事迹可考的诗来看,如《采薇》《出车》《六月》《采芑》等篇,皆不出宣王的时候(在《小雅》里也许还有比较早的诗,但我们不能指出它可靠的证据),而且从写作的艺术来说,《小雅》也应该是较后于《大雅》的;所以我也同意这一种的说法。因此,我们可以断定:《大雅》最早的诗,是不出成王的时代;《小雅》最早的诗,是不出宣王的时代。

至于大小《雅》最晚的诗,在《大雅》里应该是《瞻卬》和《召旻》两篇,诗序说这两篇诗皆是"凡伯刺幽王大坏也",这是可以相信的。因为《瞻卬》诗里有"哲夫成城,哲妇倾城;懿厥哲妇,为枭为鸱。妇有长舌,维厉之阶;乱匪降自天,生自妇人! 匪教匪诲,时维妇寺"的话,所谓哲妇、妇人、妇寺,无疑地是指褒姒而言。《召旻》诗里有"昔先王受命,有如召公,日辟国百里,今也日蹙国百里"的话,所谓"今也日蹙国百里",也就是指幽王的时候,犬戎内侵,诸侯外畔(叛)而言的。在《小雅》里最晚的诗,应该是《正月》一篇,诗序说这篇是大夫刺幽王的诗,而在朱熹以前,已经有人认为它是东迁以后的诗;后者的看法,是正确的。因为诗里有"赫赫宗周,褒姒威之"的话,它已明白地说出这时宗周已经是灭亡的了。因此,我们可以断定,《大雅》最晚的诗,是晚到西周的末年,《小雅》最晚的诗,是晚到东周的初年。总起来说,大小《雅》的时代是上起公元前一千年左右,下迄公元前七七○年的左右,大约共有二百多年的时间。

在这二百多年的过程中间，西周初年正是封建经济上升的阶段，由于生产力的发展，阶级矛盾的缓和，君臣上下相安于无事之天，便形成了历史上所谓的"成康之治"。可是好景不长，从昭王、穆王以下，国家局面便已不够安定；懿王甚至一度被迫迁都槐里（今陕西兴平），夷王且复下堂而见诸侯。等到厉王的时候，外面是夷戎入寇，内部是民怨沸腾，他在民不堪命的情势下，遭到国人的放逐。宣王虽号中兴之主，可是由于对外的战争频繁，也加重了对人民的剥削。等到幽王的时候，又是天灾人祸，终于造成了西周的灭亡。再到平王东迁以后，王室卑微，号令不行，更仅只拥有一个共主的虚名而已了。大小《雅》的诗篇，就是反映出这一阶段尤其是厉王、宣王、幽王三朝的社会现实的。

一般说来，贵族阶级的作品，是属于反现实主义的，它是不可能反映什么社会现实生活的；可是在这些诗篇里，尽管作者是充满了自己的阶级意识，尽管是原有着他自己的主观意图，而在作品的内容里，在客观的效果上，有时却会违背了作者的观点，终于暴露出它所掩盖不住的现实来的。例如《小雅》里有许多贵族阶级燕享兄弟宗族的诗，作者的目的，本是在铺张他们祖宗的功德；而我们读起来，却可以从它的侧面，看出了他们腐烂的生活。另一方面，是统治阶级中，也有一些士大夫的知识分子和其他下层统治阶级人物，尽管他们的出身和教养，是属于统治阶级的；但是他们或是由于阶级内部的矛盾，因而不满意自己的阶级，或是由于接近人民的生活，因而就同情于人民。于是这一部分人物的作品，便在有意无意中，在一定程度上，反映出了当时社会生活的现实。这一类的作品，在《小雅》中相当的多，它们是属于现实主义的，或者是基本上属于现实主义的。

现在我们就结合起这两方面的作品，来看一看大小《雅》所反映出来的社会现实。

一、贵族阶级生活的腐烂

这里所谓的贵族阶级，主要的是指那些大小领主和公卿大夫而言。他们在领主封建的剥削方式下,榨取了广大农奴的血汗,坐享了别人劳动的成果。他们不仅是足食丰衣,而且更是无限制的奢侈浪费,经常过着享乐腐烂的生活。在大小《雅》中,除了那些有关政治的诗篇而外,就有很多的诗篇,而且是几乎占比重百分之四十的诗篇,就是铺写这种享乐生活的。当然,这些贵族阶级当写作这些诗歌的时候,他们的主观意图,只是在记述当时朝会、祭祀、燕享的盛况,只是在颂扬自己祖宗的功德的;可是我们却可以从字里行间,从另一角度,看出他们的享乐腐烂的生活来。例如《鱼丽》:

鱼丽于罶,鲿鲨;君子有酒,旨且多。

鱼丽于罶,鲂鳢;君子有酒,多且旨。

鱼丽于罶,鰋鲤;君子有酒,旨且有。

物其多矣,维其嘉矣。

物其旨矣,维其偕矣。

物其有矣,维其时矣。

这一篇诗,据《毛诗序》说:"鱼丽,美万物盛多,能备礼也。"《朱集传》说:"此燕享通用之乐歌。"清姚际恒说:"此王者燕享臣工之乐歌。"这几种说法,尽管并不一致,然而他们皆是从现象上来看问题,也皆是站在统治阶级的立场来谈问题的。在今天,我们的看法,是和前人的看法,有着基本上的不同的。我们一接触到这篇诗,就有这样的感觉:这些贵族阶级对于饮食是太精致了,是太考究了,仅仅是吃一个鱼,就有许多的花色,就有许多的名堂;不但是要鱼的花样多,而且还要鱼的味道好;不但是要鱼的味道好,而且还要配合着丰盛的酒肴;不但是要配合着丰盛的酒肴,而且还要是适应时节的新鲜美味。这是何等的排场?仅从这一点,也就可以想见他们平日在饮食上是如何地铺张,如何地糟蹋啊!又如《湛露》:

湛湛露斯,匪阳不晞;厌厌夜饮,不醉无归。

湛湛露斯,在彼丰草;厌厌夜饮,在宗载考。

湛湛露斯,在彼杞棘;显允君子,莫不令德。

其桐其椅,其实离离;岂弟君子,莫不令仪。

这一篇诗，《毛诗序》和《朱集传》皆认为是天子燕诸侯的诗。我们从诗里的"在宗载考""莫不令德""莫不令仪"等句来看，所谓"宗"，就是指的宗庙，古时朝聘燕享皆于庙，确是天子的身份。同时在长夜狂饮，不醉无归的酬酢下，还要讲什么"令德""令仪"，也正是统治阶级虚伪的本质。我们是同意前人的说法的。可是我们就从这一篇诗的当中，又可以看出统治阶级的饮酒，会饮到夜以继日，会饮到不醉无归。他们的生活，简直是醉生梦死的生活，简直是腐烂不堪的生活；同时也把他们祖先戒酒的诰命，忘得干干净净了。再看《宾之初筵》：

> 宾之初筵，温温其恭。其未醉止，威仪反反。曰既醉止，威仪幡幡。舍其坐迁，屡舞仙仙。其未醉止，威仪抑抑。曰既醉止，威仪怭怭。……宾既醉止，载号载呶。乱我笾豆，屡舞僛僛。是曰既醉，不知其邮。侧弁之俄，屡舞傞傞。

这一篇诗，《毛诗序》说："宾之初筵，卫武公刺时也。"《韩诗序》说："卫武公饮酒悔过也。"后人对这篇诗，也一致承认是卫武公作的。但是不管作者的本意是在刺时或是在悔过，他的主观意图，可以肯定是有一种劝戒的意思的；不过在作品客观的反映上，却又不自觉地暴露出了贵族阶级的腐烂生活来。我们且看这篇诗的叙述，这些贵族们最初入席，还是互相揖让，循规蹈矩，大家装模作样，很有礼貌；可是等到酒过三巡，便渐渐放肆起来，露出本来的面目；话也多了，声音也大了，带着三分酒意，便离开了自己的座位跳舞起来。他越跳越起劲，越跳越高兴，结果是乱叫乱吼，把陈列着的笾豆都打翻了。弄到后来，连脚步都站立不稳了，帽子也戴歪了，还在那里盘旋不止，舍不得滚出去。这样的醉汉，是多么的形象；这样的生活，又是什么样的生活呢？

我们从《雅》的许多燕享诗里，仅仅举出这三篇来；我们从他们的全面生活里，仅仅举出饮食的这一面来，已经足够说明贵族阶级享乐腐烂的生活。再推之于这些人物平时所穿戴的衣服首饰，所居住的宫苑楼台，所玩耍的珍宝狗马、田猎声色等等的生活享受，也就可以想象而知了。他们的一切生活所需，无非是来自广大劳动人民的辛苦血汗，他们对人民的压榨剥削，是"取之尽锱铢"，而对自己的奢侈挥霍,则又是"用之如泥沙"。这些作品,不仅是揭露了这些贵族们享乐腐烂的生活,而且也反映了当时人民遭受剥削的惨重。虽然在原作者的主观意图,是不打算这样的。

二、西周末期政治的黑暗

西周王朝,自周武王灭殷建国以来,传了成、康、昭、穆、共、懿、孝、夷八世王位,虽然他们也是一样地剥削着人民,来供给自己的享乐生活;但在政治的措施上,大体皆还能依循制度,使上下苟且相安,缓和着阶级间的矛盾。等到公元前八七八年,传到了厉王胡的时候,政治日趋腐败,弄得民不聊生,阶级间的矛盾,便再也无法缓和下去了。原来厉王是一个沉湎酒色,宠任小人,而又贪残无厌的暴君。他为了增进自己的财富,信用贪污昏庸的荣夷公,替他搜刮聚敛,引起全国人民的仇恨,惹得怨声载道。他还不知道改弦更张,更又采用了严酷的高压手段,任用卫巫监谤,压制人民的言论。凡是卫巫告发的人,他皆一个个地杀害掉,于是造成了"国人莫敢言,道路以目"的严重现象。当时他的大臣召穆公曾经谏阻他说:"防民之口,甚于防川;川壅而溃,伤人必多;民亦如之。"可是厉王认为他自己弭谤有办法,荣夷公是难得的人才,更进一步地把荣夷公提拔为卿士;而对于劝谏的忠言,一概拒绝不听。由于国家政治的黑暗,和上下内外的离心,于是引起了外族的侵略,又为人民带来了极大的灾害。反映在《雅》诗里的是正人远斥,小人横行,如"骄人好好,劳人草草"(《巷伯》)、"无纵诡随,以谨丑厉;式遏寇虐,无俾正败"(《民劳》)、"惟此良人,弗求弗迪;维彼忍心,是顾是复;民之贪乱,宁为荼毒"(《桑柔》);是对外召致兵戎,对内加重剥削,如"内奰于中国,覃及鬼方"(《荡》)、"四牡骙骙,旟旐有翩。乱生不夷,靡国不泯;民靡有黎,具祸以烬。于乎有哀,国步斯频"(《桑柔》)、"忧心殷殷,念我土宇,我生不辰,逢天僤怒;自西徂东,靡所定处;多我觏痻,孔棘我圉"(又)、"曾是强御,曾是掊克;曾是在位,曾是在服"(《荡》)、"女炰烋于中国,敛怨以为德"(又);是听话不辨是非,用人不别善恶,如"我虽异事,及尔同僚;我即尔谋,听我嚣嚣"(《板》)、"流言以对,寇攘式内"(《荡》)、"大风有隧,贪人败类;听言则对,诵言如醉;匪用其良,复俾我悖"(《桑柔》)、"既之阴女,反予来赫"(又)。

人民生活在这种重重的压迫剥削下,实在是痛苦不堪,他们皆满怀着仇恨,发出了"如蜩如螗,如沸如羹"(《荡》)的怨言,提出了"谁生厉阶,至今为梗?"(《桑柔》)的质问,而且并喊出了"上帝板板,下民卒瘅"(《板》)的呼声。就是当时一些头脑比较清醒的贵族阶级,也都感到人民的生活实在是太苦了,应该给予他们适当的休息了。在《民劳》一篇诗中,就公开地说"民亦劳止,汔可小康""民亦劳止,汔可小休""民亦劳止,汔可小息""民亦劳止,汔可小愒""民亦劳止,汔可小安"。而且也曾警告着厉王说:"匪我言耄,尔用忧谑;多将熇熇,不可救药!"(《板》)同时也对厉王的刚愎自用,表示了"维彼不顺,自独俾臧,自有肺肠,俾民卒狂!"(《桑柔》)的诅咒。然而厉王只是"靡明靡晦""俾昼作夜"(《荡》)地过着他的荒淫享乐的生活,根本就不去管人民的死活。最后人民是再也不能忍受了,终于激起了公元前八四一年的所谓"彘之乱",把这一个贪残昏乱的暴君——厉王赶走了。"天降丧乱,灭我立王""哀恫中国,具赘卒荒"(《桑柔》),造成了我国史书上著名的"共和政治"。

共和政治经过了十四年,厉王死了(公元前八二八年),才又由他的儿子宣王静继续王位。宣王在旧史上,号称中兴之主,虽然因为对外族的战争太多,也加重了人民的担负;但在政治上,却还比较的安定。可是在他死后,他的儿子幽王宫涅继立(公元前七八一年),就又是一个荒淫无道的昏君。在"烨烨震电,不宁不令;百川沸腾,山冢崒崩;高岸为谷,深谷为陵"(《十月之交》),在"浩浩昊天,不骏其德;降丧饥馑,斩伐四国"(《雨无正》),在"昊天疾威,天笃降丧;瘨我饥馑,民卒流亡;我居圉卒荒"(《召旻》)的严重天灾下,在"下民之孽,匪降自天"(《十月之交》),在"邦靡有定,士民其瘵;蟊贼蟊疾,靡有夷届"(《瞻卬》)、"四国无政,不用其良"(《十月之交》)和"今也日蹙国百里"(《瞻卬》)的内外人祸下;幽王不知道好好地修明政治,安定人民,反而是喜好女色,亲信小人。他为了博取褒姒的欢心,废逐了他的元配申后和太子宜臼,而更立褒姒为王后,并立她所生的儿子伯服为太子;而且把国家的政事,也委托于褒姒和一般谄媚贪污的小人,造成了大臣诸侯的离心离德,激起了人民的怨恨不平。这一阶段政治上的黑暗,比较厉王的时候,来得更加严重。因此,反映在《雅》里面的诗篇,也比较又来得多一些。例如指摘宠爱褒姒方面的,就有:

　　哲夫成城,哲妇倾城;懿厥哲妇,为枭为鸱。妇有长舌,维厉之阶;乱匪降自天,生自妇人!匪教匪诲,时维妇寺。

《瞻卬》

又如斥责信任小人方面的,就有:

　　皇父卿士,番维司徒,家伯维宰,仲允膳夫,聚子内史,蹶维趣马,楀维师氏,艳妻煽方处。

《十月之交》

　　谋臧不从,不臧复用;我视谋犹,亦孔之邛。

《小旻》

　　谋夫孔多,是用不集;发言盈庭,谁敢执其咎?

　　哀哉为犹,匪先民是程,匪大犹是经;维迩言是听,维迩言是争!

《小旻》

至于反映人民所受的痛苦的,就有:

　　忧心茕茕,念我无禄;民之无辜,并其臣仆。哀我人斯,于何从禄?瞻乌爰止,于谁之屋?

《正月》

　　鱼在于沼,亦匪克乐;潜虽伏矣,亦孔之炤;忧心惨惨,念国之为虐!

《正月》

　　胡为我作,不即我谋?彻我墙屋,田卒汙莱。

《十月之交》

戎成不退,饥成不遂!

《雨无正》

匪鹑匪鸢,翰飞戾天;匪鳣匪鲔,潜逃于渊。

《四月》

当然,在《雅》诗里所反映的政治黑暗的诗,还不只是这一些,我们只是举出有关这两个著名的暴君——厉王和幽王的诗来谈一谈,也可以代表其他一般的这类的作品了。

三、贵族阶级内部的矛盾

从西周的末叶到东周初期这一阶段的动荡的社会中,不仅是替人民带来了无比的痛苦,而且也是替贵族阶级的内部带来了种种的矛盾。这些情况,当然是记叙在《左传》中的为最多;可是反映在《雅》诗里的也不太少。例如在《小雅·雨无正》里所说的:

周宗既灭,靡所止戾;正大夫离居,莫知我勩;三事大夫,莫肯夙夜;邦君诸侯,莫肯朝夕。

这就是指周室的宗亲,皆是绝迹远走了,周室的大臣,也是分封而离居或是灰心而消极了;周室的诸侯,也是不再来朝了。又如《大臣·瞻卬》里所说的:

人有土田,女反有之;人有民人,女复夺之!

这就是指幽王依仗共主的权势,兼并一些小领主的土地、人民,引起他们的愤慨怨恨。这都说明了贵族阶级的内部之间,存在着很多的矛盾。这些矛盾的发展,终于促起了申侯、缯侯联络犬戎向周室进攻,造成了幽王的骊山之难和平王的王室东迁。等到东迁以后,王室已经卑微。加之天子对于诸侯的措施,又有失当之处。如平王欲分政与虢公,造成周、郑交质的事件。又如桓王不礼郑庄公,又夺郑伯政,后来率领蔡、卫、陈人伐郑,又造成矢中王肩的事件等等,皆构成贵族阶级内部的矛盾。如在《小雅》中的《菀柳》,就是很露骨地反映出这一矛盾的。

有菀者柳,不尚息焉;上帝甚蹈,无自暱焉;俾予靖之,后予极焉!

有菀者柳,不尚愒焉;上帝甚蹈,无自瘵焉;俾予靖之,后予迈焉!

有鸟高飞,亦傅于天,彼人之心,于何其臻?曷予靖之,居以凶矜。

这篇诗,《毛诗序》说:"刺幽王也,暴虐无亲而刑罚不中,诸侯皆不欲朝,言王者之不可朝事也。"清代方玉润又以为"诸侯忧王暴厉也",但皆未提出具体的事实。我们认为这篇诗,可能就是郑国人作的。因为从周、郑的历史来看:郑武公父子为王卿士,有大功于王室。后来郑庄公遭到桓王的不礼(见《左传》隐公六年),夺政,及以诸侯伐郑(见《左传》桓公五年)。后来郑厉公与虢叔平定王子颓之乱,惠王只赐郑以后之鄂鉴而予虢叔爵(见《左传》庄公二十一年)。后来郑人伐滑,王使伯服、游孙伯如郑请滑,郑伯执王使。于是王又使颓叔、桃子出狄师伐郑取栎(见《左传》僖公二十四年)。他们两国之间,有过这些复杂的纠葛;而且就诗的内容来分析,也与这些经过的事实很相像,这一篇诗出自郑人的怨王,那是很可能的事。

贵族阶级内部的矛盾,不但在天子和诸侯公卿之间存在着,而且在卿大夫和卿大夫之间,也存在着。如在《小雅》里的《节南山》就是表现得很突出的一篇。如说:

赫赫师尹,不平谓何?天方荐瘥,丧乱弘多!民言无嘉,憯莫惩嗟!

忧心如酲,谁秉国成?不自为政,卒劳百姓!

昊天不平,我王不宁;不惩其心,覆怨其正!

又如在《小雅》里的《雨无正》,也有这样的反映。

维曰于仕,孔棘且殆;云不可使,得罪于天子;亦云可使,怨及朋友!

不但如此,贵族阶级内部的矛盾,就连在夫妇父子之间,也还是照样地存在着。如在《小雅》里的《白华》《小弁》就是反映这类矛盾的诗篇。如说:

白华菅兮,白茅束兮;之子之远,俾我独兮!

鸳鸯在梁,戢其左翼;之子无良,二三其德!

《白华》

弁彼鸒斯，归飞提提；民莫不谷，我独于罹！何辜于天？我罪伊何？心之忧矣，云如之何！

维桑与梓，必恭敬止。靡瞻匪父，靡依匪母；不属于毛，不离于里；天之生我，我辰安在？

《小弁》

从以上一系列的引例来看，我们可以看出贵族阶级内部的矛盾是很复杂的，也是日益加深的。由于他们对待一切问题，都是从个人的利益出发，人与人之间，彼此虚伪利用，可以说，根本就没有什么真实的情感；所以随时随事，都会引起一些利害的冲突，甚至于夫妇父子之间，都存在着一定程度的矛盾。当然，他们主要的矛盾，还是与人民之间的阶级矛盾。

四、下层统治阶级被压迫的悲愤

由于政治的黑暗，和社会的不安，就使处在这个局面和这个时代的下层统治阶级的人物，经常地受到上层统治阶级的压迫，有的是苦乐不均，有的是横被陷害；尤其是一些基层小吏们为了征调频繁，更是终年的征役不息。这一班人在上级擅作威福的权势之下，遭受了种种的委屈和痛苦。他们虽然都是满怀着怨恨，可是没有地方也没有方法可以申诉，于是只有借诗歌来发泄他们平日积蓄在心头的悲愤。所以在《小雅》里富有强烈感情而较好的作品，也就是属于这一部分的诗篇。例如关于诉说苦乐不均的，就有：

四方有羡，我独居忧；民莫不逸，我独不敢休！

《十月之交》

或燕燕居息，或尽瘁事国；或息偃在床，或不已于行！
或不知叫号，或惨惨劬劳；或栖迟偃仰，或王事鞅掌！

《北山》

又如呼吁横遭迫害的,就有:

哀哉不能言,匪舌是出,维躬是瘁;哿矣能言,巧言如流,俾躬处休!

《雨无正》

黾勉从事,不敢告劳;无罪无辜,谗口嚣嚣!

《十月之交》

哀我填寡! 宜岸宜狱。

《小宛》

君子信盗,乱是用暴;盗言孔甘,乱是用餤。

巧言如簧,颜之厚矣!

《巧言》

彼谮人者,谁适与谋?取彼谮人,投畀豺虎;豺虎不食,投畀有北;有北不受,投畀有昊!

《巷伯》

又如嗟怨征役不息的,就有:

祈父! 予王之爪牙,胡转予于恤,靡所止居?

《祈父》

昔我往矣,日月方除;曷云其还? 岁聿云莫! 念我独兮,我事孔庶。……岂不怀归? 畏此谴怒!

《小明》

有豕白蹢,烝涉波矣! 月离于毕,俾滂沱矣! 武人东征,不遑他矣!

《渐渐之石》

何草不黄! 何日不行! 何人不将! 经营四方。

匪兕匪虎,率彼旷野,哀我征夫,朝夕不暇!

《何草不黄》

从上面所引的诗,不止是反映出了下层统治阶级被压迫的悲愤,同时也就是反映出了这些下层统治阶级人物的生活斗争和当时社会的现实面貌。

五、种族斗争的激烈

周王朝自从经过厉王的放逐;王室的统治力量大为削弱;而各地的诸侯随着地方社会经济的发展,逐渐倾向于各自为政的局势,于是便引起了围绕在中原四周的各部族都向华夏族进攻,而造成了长期而剧烈的种族斗争。

所谓各部族主要的是指西戎、北狄、南蛮、东夷而言的。西戎是居住在西北的一个部族,它原为周族的西北近邻。北狄是居住在今山西北部一带的部族,它又称猃狁,也就是殷代的鬼方或土方、混夷、獯鬻,战国以后的胡或匈奴。当武王革命时,西戎猃狁,皆随同内徙,等到武王克商以后,他们便成为周族的敌人。在周公和成王的时候,虽曾用兵把西戎赶回西北,把猃狁赶回晋北一带;可是一直都没有征服它。南蛮居住在江汉流域,据传说,他们就是原来的苗族从黄河流域退到那里的。他们建立了一个大的部落联盟,其中最大的是荆楚。商代高宗武丁曾用兵深入荆楚境内,捕获大批的俘虏。周文王时,周势力到达汉水流域,一部分苗族,归附周国,接受周文化。武王伐纣,有髳(苗)还参加作战(见《牧誓》)。西周时期,荆楚子孙不断扩大土地,造成独霸南方的形势。周昭王时,曾经加以征伐,结果是全军覆没,君臣淹死在汉水里。穆王也曾继续南征,也没有很大的战果。东夷原是殷代奴隶所有者的残余(包括徐戎淮夷),由于反对土地的封建收夺,后来转徙盘踞在徐、淮一带,继续反抗周朝的新秩序,仍保持着与周族对抗的局面。

等到周宣王的时候,他们乘着中原正当大灾旱和共和政变之后,纷纷地向华夏族进攻,其间更以猃狁的声势来得浩大。于是在公元前八二七年、八二六年,宣王便展开了四面八方的战争,使尹吉甫伐猃狁,使秦仲伐西戎(秦仲败死,七年又命其子庄公伐戎,大破之),使方叔征荆蛮,使召虎平淮夷,又使仲山甫筑城于齐;一面自己又亲征徐戎。各方面的战斗皆很剧烈,终于驱走了西戎和猃狁,赢得了"蛮荆来威"和"徐方来庭"。经过这些战役,周民族一方面巩固了西北的国防,一方面扩充了江汉徐淮的疆域;因此,宣王又赢得了中兴周室的称号。反映在诗篇里的,如在《大雅》就有:

> 江汉汤汤,武夫洸洸;经营四方,告成于王。四方既平,王国庶定;时靡有争,王心载宁。
>
> 江汉之浒,王命召虎;式辟四方,彻我疆土! 匪疚匪棘,王国来极;于疆于理,至于南海!

《江汉》

> 王奋厥武,如震如怒;进厥虎臣,阚如虓虎。铺敦淮濆,仍执丑虏;截彼淮浦,王师之所。
>
> 王犹允塞,徐方既来;徐方既同,天子之功! 四方既平,徐方来庭;徐方不回,王曰旋归。

《常武》

如在《小雅》就有:

> 采薇采薇,薇亦作止;曰归曰归,岁亦莫止。靡室靡家,狁之故! 不遑启居,狁之故!

《采薇》

> 王命南仲,往城于方! 出车彭彭,旂旐央央。天子命我,城彼朔方。赫赫南仲,狁于襄。
>
> 赫赫南仲,薄伐西戎。赫赫南仲,狁于夷。

《出车》

> 狁匪茹,整居焦获;侵镐及方,至于泾阳。织文鸟章,白旆央央;元戎十乘,以先启行。
>
> 戎车既安,如轾如轩;四牡既佶,既佶且闲。薄伐狁,至于太原;文武吉甫,万邦为宪!

《六月》

> 蠢尔蛮荆,大邦为仇;方叔元老,克壮其犹! 方叔率止,执讯获丑。戎车啴啴,啴啴焞焞,如霆如雷;显允方叔,征伐玁狁,蛮荆来威!
>
> 《采芑》

当然,在这几篇诗中,是把天子的威德,武臣的战功,渲染得有声有色,冠冕堂皇。其实这些战争的胜利,如果不是依靠着广大人民的力量,是绝对不能取得的。同时在另一方面,由于连年用兵,征役征赋,加重了对人民的剥削,加重了对人民的伤亡;在这些夸耀战功诗篇的底层,不知包含着多少人民的骸骨和血泪! 然而我们又必须认识到这些战争是对外族的战争,它的性质,是根本不同于那些领土之间互相兼并土地的战争,这是必须要区别开来看待的。假使当时周室的统治者坐听各外族的骚扰进攻,而不加以抵抗和驱逐,那么就必然会影响到华夏族的生存的。同时各外族皆是僻在边隅,生活落后,文化更低;如果真的被他们占有了中原,那末西周社会比较进步的生产组织,以及向上发展的政治文化,也就必然会遭受到破坏的。因此,从这一方面来看,这些战争是不可避免的,是有着它一定的价值和意义的。

最后我们还要附带地提一提《大雅》里面的几篇叙述周族发展的史诗。

(一)《生民》这一篇诗,首先是叙述周族的始祖后稷诞生的奇迹,颇有点神话的意味,这里也透露出了在姜嫄时代,还保存母系氏族社会的残余,不然,她怎么踏着上帝的脚拇指的痕迹,便会怀孕呢? 接着是叙述姜嫄把后稷几次的遗弃,终于还是留养了,也还是有点神话的意味。这里也透露出了周人崇拜祖先神的思想感情。以下是叙述后稷如何地聪明才能,如何地善于耕种;所获得的农产品,又是如何的多,如何的好。最后是歌颂后稷在农业上的发明和成就,应当把他配享宗庙。在这篇诗中,有人物,有故事,而且还有富于现实性的神话。它反映出了我国远在上古的时代,对于农业生产,已经是具有了丰富而可宝贵的生产经验,它很早的就为后来"以农立国"奠定下了悠久而深厚的基础了。

(二)《公刘》这一篇诗,是叙述周族的远祖公刘率领部落迁徙到豳建都的过程。在诗中铺叙公刘如何地选择平原,如何地兴建房屋,如何地发展生产,如何地定立制度,终于使人民逐渐富庶,疆域逐渐扩充起来。从这篇诗中,可以从各方面看到社会发展的缩影。

(三)《绵》这一篇诗,是叙述周文王的祖父太王——古公亶父从豳地迁徙到岐山以开王业的经过。诗中铺叙太王如何地选定周原,建筑房屋;如何地分给土地,画界开沟;宫庙营造得是如何地整齐,人民工作得又是如何地兴奋。后来他的孙子文王也就在这生产组织的基础上,开辟交通,征服混(昆)夷,为后来诸侯归附、武王克商,创造了有利的条件。这篇诗,在内容上比较复杂,在形式上来得生动;而且具有一种新兴的喜悦和伟大的气象。把它和前两篇对照着看,也正反映出了周族发展的历程。

此外还有《皇矣》是叙述太王泰伯王季的德行和文王伐密、伐崇的事迹。《大明》是描写武王兵力的雄厚和牧野战争的剧烈的。这几篇诗的作者意图,虽然是在歌颂祖德,歌颂英雄;然而它的实质,却反映出了人民的智慧、人民的创造力量和人民的劳动热情。当然,这些诗限于时代,在想象力和组织力上还不及后来的屈原的气魄大。同时又由于中国的文字简古,契刻困难,亦不能如希腊、罗马的史诗般的长篇巨制。然而它们在《大雅》中,却是占着很高的地位的;而且通过这些诗篇,不但可以看出周族的发展胜利,是有着它深厚的基础;并也就可以看出我们先民的勤劳勇敢,足以加强我们的民族自信心和民族自豪感,因而愈发感到我们祖国的可爱的。所以这些诗无论在古代诗史或在中国文学史里,皆是极可珍视的文学遗产。

上面所列举的几点,虽然不够全面,还不能包括大小《雅》的整个内容;可是就从所仅仅引证的这些片段的诗篇来看,它对于西周末叶以至东周初期这一段时间政治上的种种现象和社会上的种种矛盾,已经是基本地反映出来了。不管当时这些作者的阶级如何,写作的主观意图如何,然而在作品的本身,终究免不了是要不自觉地、有意无意地、曲曲折折地反映出了它的客观现实来的。再结合它的写作艺术来说,《雅》诗虽然由于贵族阶级的生活体验不够,它无论在抒写感情上，或描写事物上，皆远不及"国风"来得生动和形象；然而它比起《周颂》来，却已是大大地提高了一步，有着很高的写作修养。尤其是在《小雅》的部分，更有着许多描写生动表情强烈的作品。如像《采薇》里的"昔我往矣，杨柳依依；今我来思，雨雪霏霏"，就一直被诗人所传诵。又如《车攻》里的"萧萧马鸣，悠悠旆旌""之子于征，有闻无声"，不但音调铿锵，而且形象生动。后来杜甫的《后出塞》"落日照大旗，马鸣风萧萧""中天悬明月，令严夜寂寥"，就是从它蜕化出来的。毛主席在《新民主主义论》里教导我们说："清理古代文化的发展过程，剔除其封建性的糟粕，吸收其民主性的精华，……必须将古代封建统治阶级的一切腐朽的东西和古代优秀的人民文化即多少带有民主性和革命性的东西区别开来。"《雅》诗的里面，当然是有很多的糟粕；然而也未尝没有"多少带有民主性"的精华。我们珍视带有民主性的古典文学作品，并不因为作家的阶级出身而加以排斥。那么我们对于大小《雅》中的作品，也就应该给予一视同仁的看待。因为它终究是我国古代诗歌的一部分，终究是有着它值得珍视的价值。我初步地这样提出来，希望学术界的同志们再做进一步的发掘；即使真的没有什么可以吸收的，也不妨做一些分析和批判，这对于学习古典文化的青年一代来说，也还是起着一定的帮助和启发的作用的。

原载《诗经研究论文集》，人民文学出版社1959年版

群书斠补
刘文典

《庄子补正》补遗

天地篇

使吃诟索之而不得也。

《疏》：吃诟，言辩也。《释文》引司马云："吃诟，多力也。"

典案："吃诟"无多力义，成疏亦未审。吃疑是"謑"字之误。《说文·言部》："謑，耻也。"重文作"謨"。"诟，謑诟，耻也。"謨、诟双声，古籍多连用。《荀子·非十二子篇》："偷儒而罔，无廉耻而忍謑詢，是学者之崽也。"《楚辞·九思》："韦群小兮謑詢。""謨"字又作"奊"。《汉书·贾谊传》"顽顿亡耻，奊诟亡节"，皆耻辱之义。《庄子》此文之謨诟，亦谓能忍耻之人。写者多见"吃"，少见"謨"，遂以意改之；或"謨"字坏烂，乃以致讹耳。《文苑英华》贾悚《穿扬叶赋》："謨诟不能以施力。"是唐人所见本字正作"謨"。

至乐篇

种有几。

碧虚子《南华真经章句音义余事》校引刘得一本，"种有几"下有"若蛙为鹑"四字。

典案：若蛙为鹑，见《墨子·经说上篇》。此疑读者举《墨子》以释种数变化之义，刘本误入正文。

达生篇

以瓦注者巧，以钩注者惮，以黄金注者殙。

典案："惮"疑"战"字之误。《吕氏春秋·去尤篇》："《庄子》曰：以瓦投者翔，以钩投者战，以黄金投者殆。"本书作"惮"，疑"战"字坏烂，仅存其半，乃误为"惮"耳。《列子·黄帝篇》"注"作"抠"，"殙"作"惛"。《淮南子·说林篇》"注"作"鉒"。高注："鉒读象金之铜柱余之柱。"义虽未晰，然本书"注"字音义同不误，盖皆谓博者之射耳。今俗语谓之赌注，是古义犹未湮也。

徐无鬼篇

其于不己若者不比之，又一闻人之过，终身不忘。

典案：又一闻人之过，终身不忘，"又"当为"人"，字之误也。此当以"不比之人"为句。《列子·力命篇》正作"不比之人"，是其确证。《吕氏春秋·贵公篇》作"不比于人"，文虽小异，字亦作"人"。

外物篇

木与木相摩则然，金与火相守则流。

俞樾云："木与木"当为"木与火"。

典案：《淮南子·原道篇》"两木相摩而然，金火相守而流"，即本《庄子》此文。两木相摩，即木与木相摩也。俞欲改下"木"字为"火"，其失也凿矣。

盗跖篇

知维天地，能辨诸物，此中德也。

典案："维"当为"雒"，借为"络"字。《天道篇》："故古之王天下者，知虽落天地，不自虑也。"《淮南子·俶真篇》"智终天地，明照日月"，《御览》四百六十四引"终"作"络"。《秋水篇》"落马首"，《淮南子·原道篇》作"络马之口"。雒、落、络同音通用。《马蹄篇》"刻之雒之"，《释文》引司马注"雒谓羁雒其头也"，是庄子书借"雒"为"络"之证矣。

天下篇

狗非犬。

典案:《尔雅·释兽》:"熊虎丑,其子狗。"郭注:"《律》曰,捕虎一,购钱三千,其狗半之。"邢疏:"熊虎之类,其子名狗。"《释畜》:"犬生三,猣;二,师;一,玂。未成豪,狗。"是熊虎子与犬生未成豪者皆名为狗,此"狗非犬"之义也。

《淮南鸿烈集解》补遗

俶真篇

智终天地,明照日月。

典案:"终"当为"络",字之误也。《庄子·天道篇》"故古之王天下者,知虽落天地,不自虑也",即此文所本。落、络同音,古通用。《秋水篇》"落马首",《淮南子·原道篇》作"络马之口"。《宋书·顾觊之传》"智络天地,犹瞿沈膺之灾;明照日月,必婴深匡之难",即用此文。《御览》四百六十四引,正作"智络天地",并其确证也。

修务篇

笼蒙目视,冶由笑,目流眺。

王念孙云:"'笼蒙目视'四字,文不成义。刘绩曰:'衍"目"字。'案此当衍'视'字。高注:'目,视也。'则正文作'笼蒙目明'矣。"

典案:《荀子·富国篇》"虽为之逢蒙视",《贾子·劝学篇》"凤虹视",与此文之"笼蒙视",皆语之转,则"视"字非衍文明矣。此以"笼蒙视"与"冶由笑"相对为文,笼蒙叠韵,冶由双声,"视"上不当有"目"字。且下文有"目流眺",若作"笼蒙目",则于词为复。高注:"笼蒙,犹眄目视也。"乃以眄目视释笼蒙之义,此当依刘校,王氏念孙说非也。

读《荀子》偶识

劝学篇

君子生非异也,善假于物也。

王念孙曰:"'生'读为'性',《大戴记》作'性'。"

典案:王说是也,生、性互训。《周礼·地官·大司徒》"辨五地之物生",郑注,"生"读为"性",是其比也。

修身篇

劳苦之事,则偷儒转脱。

杨倞注:"或曰,'偷'当为'渝'。"

典案:下文"偷儒惮事,无廉耻而嗜乎饮食"。《非十二子篇》:"偷儒而罔,无廉耻时忍謑詢,是学者之鬼也。"是"偷儒"固《荀子》书中恒言,郝懿行云注引或说失之,是也。

荣辱篇

故君子道其常,而小人道其怪。

杨注:"道,语也。"

典案:古书"道"多训"由"。《礼记·中庸》郑注:"道,由也。"此言君子由其常,而小人由其怪也。《天论篇》"君子道其常而小人计其功",杨彼注"道,言也",失与此同。

非十二子篇

是它嚻魏牟也。

典案:公孙龙魏牟问答之辞,见《庄子·秋水篇》,魏牟谓瞻子之言,见《吕氏春秋·审为篇》《庄子·让王篇》《文子·下德篇》,中山公子牟又见《淮南子·道应篇》。

儒效篇

履天下之籍。

谢本从卢校作"天下之籍",宋本、世德堂本作"天子"。

典案:宋本作"天子"是也。作"天下"者,涉上文"天下之倍周"而误耳,且"天下之籍""天下之断",于词亦复矣。下文"履天子之籍,负扆而坐"同。

通达之属,莫不从服。

杨注:"通达之属,谓舟车所至、人力所通之处也。"

典案:语又见《非十二子篇》。《庄子·则阳篇》:"知游心于无穷,而反在通达之国,若存若亡乎?君曰:然。曰:通达之中有魏,于魏中有梁。"郭注:"人迹所及为通达。"是"通达"为周季恒言,杨注盖本之《庄子》郭注。

老身长子,不知恶也。

杨注:"身老子长,言终身不知恶也。"

典案:《解蔽篇》:"老身长子,而与愚者若一。"杨彼注:"身已老矣,子已长矣,犹不知废舍无益之学,夫是之谓愚妄人也。"《庄子·至乐篇》:"与人居,长子老身。"是"老身长子"亦周季恒言。

富国篇

仁人之用国,将修志意,正身行,伉隆高。

杨注:"伉,举也。"王念孙曰:"案杨说'伉'字之义非是,伉者极也。"

典案:王说是。《王制篇》"案然修仁义,伉隆高,正法则",义与此同。盖《荀子》书中恒言,惟杨于《王制篇》未出注耳。

君道篇

材人愿悫拘录。

卢文弨曰:"《荣辱篇》作'鞠录',注谓鞠与拘同,盖据此文。然吏材非仅取愿悫检束而已,必将取其勤劳趋事者,则作'劮录'义长。"

典案:《淮南子·主术篇》"而加之以勇力辩慧,捷疾劮录"、《泰族篇》"虽察慧捷巧,劮禄疾力",与《荀子》此文之"拘录"、《荣辱篇》之"鞠录"同义,卢谓字必作"劮",泥矣。

臣道篇

以环主图私为务,是篡臣者也。

杨注:"环主,环绕其主,不使贤臣得用。"王念孙曰:"杨说甚迂,环读为营。营,惑也,谓营惑其主也。"

典案:王说是也。营、环双声,古通用。《说文·厶部》:"厶,奸邪也。韩非曰,苍颉作字,自营为厶。"今本《韩非子·五蠹篇》"古者苍颉之作书也,自环者谓之私"。环主图私,正此义也。杨以环绕其主释之,斯为谬矣。

偷合苟容,以持禄养交而已耳。

杨注:"养交,谓养其与君交接之人,不忤犯使怒也。或曰,养其外交,若苏秦、张仪、孟尝君所至为相也。"王念孙曰:"后说是。"

典案:《韩非子·三守篇》:"群臣持禄养交,行私道而不效公忠。"《有度篇》:"小臣奉禄养交,不以官为事。"奉禄犹持禄也。《管子·明法篇》"小臣持禄养交,不以官为事",即韩子所本。《晏子春秋·问下篇》:"士者持禄,游者养交,身之所以危也。"又:"行不逮则退,不以诬持禄",亦皆本《管子》也。

凡人非贤,则案不肖也。

典案:《荀子》书以"案"为"则",此"则案"连文,必衍其一。此疑校者傍注"则"字,而写者误合之耳。上文"是案曰是,非案曰非",是其比也。《富国篇》"凡攻人者,非以为名,则案以为利也",亦以"则案"二字连文,其衍与此同。

议兵篇

故敬胜怠则吉,怠胜敬则灭。

典案:伪《丹书》"敬胜怠者吉,怠胜敬者灭",即本《荀子》此文。

强国篇

权谋倾覆幽险而亡。

杨注:"幽深倾险,使下难知,则亡也。"卢文弨曰:"正文及注,'亡'字上元刻并有'尽'字,宋本无。"

典案:元刻"亡"上有"尽"字是也。《强国篇》此章,文与《天论篇》同,《天论篇》作"权谋倾覆幽险而尽亡矣",可证。

正论篇

　　不知其无益则不知;知其无益也,直以欺人,则不仁。

典案:"不知其无益则不知",下"知"字当读智,不智不仁,相对成义。

礼论篇

　　是奸人之道也,非礼义之文也,非孝子之情也,将以有为者也。

杨注:"非礼义之节文,孝子之真情。将有作为,以邀名利,若演门也。"卢文弨曰:"注'演门'未详。"

典案:《庄子·外物篇》"演门有亲死者,以善毁爵为官师,其党人毁而死者半",杨注即用此事。

　　刻死而附生谓之墨,刻生而附死谓之惑。

杨注:"墨,墨子之法,惑谓惑乱过礼也。"王念孙曰:"墨与惑、贼对文,则墨非墨子之谓。"

典案:王说是也。《修身篇》"体倨固而心执诈,术顺墨而精杂污",顺墨连文,则墨非墨子之谓明矣。

解蔽篇

　　厌目而视者,视一以为两。

杨注:"厌,指按也。"

典案:"厌"当为"擪",字之误也。《说文·手部》:"擪,一指按也。"《庄子·外物篇》"接其鬓,擪其顪",《释文》引《字林》同。杨注"厌,指按也",是所见本字犹作"擪",敚"一"字耳。

正名篇

　　故能处道而不贰。

典案:贰当为貣。《天论篇》"修道而不贰",误与此同。貣、忒同字,忒,差也,说详王氏《杂志》。

赋篇

充盈大宇而不窕,入郤穴而不逼者与。

杨注:"窕读为篠,深貌也,言充盈则满大宇,幽深则入郤穴。"王念孙曰:"杨训'窕'为深貌,又以'窕'字连下句解之,皆非也。充盈大宇而不窕为句,窕者闲隙之称,言充盈大宇而无闲隙也。"

典案:王说是也。《淮南子·要略篇》:"故置之寻常而不塞,布之天下而不窕。"许注:"窕,缓也。布之天下,虽大不窕也。"正与《大戴礼·王言篇》《管子·宙合篇》同,以"窕"与"塞"相对成义。许注缓也,亦正与《吕氏春秋·适音篇》高注"窕,不满密也"之谊相合。

宥坐篇

幼不能强学,老无以教之,吾耻之。

杨注:"无才艺以教人也。"

典案:教下"之"字疑衍,《家语·三恕篇》作"夫幼而不能强学,老而无以教,吾耻之"。杨注增"人"字,或所见本作"教人"。

尧问篇

子贡问于孔子曰:赐为人下,而未知也。

典案:"未知"下有敚文。《说苑·臣术篇》作"赐为人下而未知所以为人下之道也",《家语·困誓篇》作"赐既为人下矣,而未知为人下之道"。"未知"下并有"为人下之道"语,《荀子》之有敚文明矣。

《秦妇吟校笺》补

六军门外倚僵尸,七萃营中填饿殍。

陈寅恪先生云:"策"字"架"字,俱为"萃"字之形误。盖六军门外,七萃营中,皆相对为文。若作七架营,则不可解矣。

典案:陈先生校是也。《文选》虞子阳《咏霍将军北伐诗》:"云屯七萃士,鱼丽六郡兵。"隋越王侗即位,授李密太尉尚书令兼征讨诸校事诏曰:"八屯如昔,七萃不移。"王子安《乾元殿颂》:"神谋备预,俨七萃于丹枢;邃略防微,肃千庐于紫卫。"皆可证陈说。

> 路旁试问金天神，金天无语愁于人。

陈先生引《唐大诏令》，先天二年八月二日，封华岳神为金天王制，实为最初出典。

典案：《旧唐书·玄宗纪》先天二年八月癸丑，封华岳神为金天王，《唐会要》四十七，先天二年八月二十日，封华岳为金天王。

> 小姑惯织褐绝袍，中妇能炊红黍饭。

丁、戊两本作"褐绌袍"，他本作"褐绝袍"。罗、王校本皆易"绝"为"绌"。

陈先生云：作"绌"是也。据《敦煌掇琐》，武威郡帐内有五百五十匹河南府绌。

典案：罗、王、陈校是也。《新唐书·地理志》："河南道厥赋绢绌绵布。"

> 野色徒销战士魂，河津半是冤人血。

陈先生云：细绎上下文义，"野色"二字疑是"宿野"二字之讹倒。

典案：陈先生说是也。《新唐书·地理志·宿州上》："元和四年，析徐州之符离、蕲泗州之虹置。"是宿州本徐州地，符离、宿州，皆庞勋乱时征战之地，则作宿野为是。

《元白诗笺证稿》补

《长恨歌》武惠妃薨年

陈寅恪先生云：武惠妃开元二十五年薨说，几为全部史料之所同，而《旧唐书·杨贵妃传》武惠妃开元二十四年薨说，虽为《新唐书·杨贵妃传》所沿袭误用，实仍是孤文单纪也。

典案：陈先生说是也。《旧唐书·寿王瑁传》："开元二十五年，武惠妃薨。"尤其确证。

> 春寒赐浴华清地，温泉水滑洗凝脂，侍儿扶起娇无力，始是新承恩

泽时。

典案：玄宗幸温泉宫，必在冬十月。唯开元二十八年春正月癸巳幸温泉宫，庚子至自温泉宫，《长恨歌》所言，岂指开元二十八年春事耶？

夕殿萤飞思悄然，孤灯挑尽未成眠。

陈寅恪先生云：考乐天之作《长恨歌》在其任翰林学士以前，宫禁夜间情状，自有所未悉，固不必为之讳辨。唯白氏《长庆集》壹肆《禁中夜作书与元九》云："心绪万端书两纸，欲封重读意迟迟。五声钟漏初鸣后，一点窗灯欲灭时。"此诗实作于元和五年乐天适任翰林学士之时，而禁中乃点油灯，殆文学侍从之臣止宿之室，亦稍从俭朴耶。

典案：乐天《禁中秋宿》诗云："耿耿背斜灯，秋床一人寝。"《禁中晓卧因怀王起居》诗云："曙灯残未灭，风帘闲自翻。"是翰林直庐固燃灯而不烧烛之又一证也。

七月七日长生殿，夜半无人私语时。

陈寅恪先生云：详捡两《唐书·玄宗纪》，无一次于夏日炎暑时幸骊山，而其驻跸温泉，常在冬季春初，可以证明者也。

典案：《唐书·肃宗纪》至德三载十月甲寅，上皇幸华清宫；《中宗纪》景龙三年十二月甲子，上幸新丰之温汤；《睿宗纪》景云三年（先天元年）冬十月，皇帝幸新丰之温汤。又据《睿宗》《肃宗纪》，明皇初幸温汤与最后幸华清宫亦皆在十月。又杜甫《杨监又出画鹰十二扇》诗云："忆昔骊山宫，冬移含元仗，天寒大羽猎，此物神俱王。"又《奉同郭给事汤东灵湫作》云："东山气鸿濛，宫殿居上头，君来必十月，树羽临九州。"甫生开元、天宝间，其言最为可信。玄宗幸骊山必在冬季，实无可疑也。

驯犀　君不见建中初，驯象生还放林邑。

陈寅恪先生云：德宗即位于大历十四年五月，放驯象即在是年闰五月，但大历为代宗年号，故乐天以德宗初次改元之建中为言，其实非建中元年也。

典案：《册府元龟》四十二，德宗以大历十四年五月即位，以文单国累献驯象凡四十有二,皆豢于禁中,有善舞者以备元会庭实。至是悉令放于荆山之阳,及鹰隼豹貀斗鸡猎犬皆放之,又出宫人数百人,陈先生之言是也。

原载《云南大学学报(人文科学)》1957年第2期,第1—4页

庄子《逍遥游》探微

陈红映

关于《逍遥游》，历来有不同看法。关锋认为庄子在《逍遥游》中"举出了'绝对自由论'的旗帜""转化成彻底的主观唯心主义"[①]。束景南同志一方面同意关锋的观点，说"《逍遥游》集中反映的是庄子追求绝对自由的人生观"，另一方面又说达到绝对自由的"途径，庄子在《逍遥游》里并没有正面回答，他只提出了问题，戛然一笔收住，留下了这个谜，在《人间世》，特别在《大宗师》里才揭出了谜底"[②]，不同意关锋"无己"是达到"绝对自由"的方法这一观点。这里涉及《逍遥游》的主旨，庄子追求什么，如何实现，以及庄子哲学性质等问题，实有进一步探讨的必要。本文谨抒管见，就教于大方之家。

《逍遥游》重点是论述人与自然（包括社会）的关系，阐明庄子对人类与自然关系的普遍看法，是世界观，实质讲的是认识论。不过庄子不像一般哲学家用抽象的概念和三段论式来说明哲理。他是一个富有诗人气质的哲人，像有些先秦哲学家一样，总爱通过娓娓动听的故事，寓言式地表现深邃的思想。"寓言十九"，《逍遥游》典型地体现了这个特点，是一篇艺术趣味浓厚、寓意深刻的哲理散文。庄子饱含激情、浓墨重彩，多次描写大鹏，一则曰："鹏之背，不知其几千

[①] 关锋：《庄子内篇译解和批判》，中华书局1961年版，下引同。
[②] 《哲学研究》1979年第11期。

里也;怒而飞,其翼若垂天之云。"再则曰:"鹏之徙于南冥也,水击三千里,抟扶摇而上者九万里。"你看,形体硕大无比的大鹏,振奋双翼,同自然搏斗,激起的浪花有三千里,而且有志"图南",到那"其远而无所至极"的高远境界,昂扬的精神,非凡的抱负,何等伟力,何等气魄!毫无疑问,庄子是肯定这个形象的。但庄子极力塑造这样宏伟、雄健的美学形象,究竟寄寓着什么思想呢?我认为体现了庄子力图摆脱精神桎梏、追求自由和对于某种事物的向往。但这追求和向往的是什么,开初还不甚了然。当蜩与学鸠囿于偏见,不理解大鹏,对它发出讥笑讽刺时,庄子轻轻点出"小知不及大知",燕雀安知鸿鹄之志,我们才恍然大悟,原来大鹏,这庄子理想的化身,象征着对"大知"——最高最完美智慧的探求。其实,《逍遥游》通篇都应作如是观。小年、大年、小用、大用,都是"大知"的衬托,用以烘托"大知"的。这"大知",不仅小如鸣蝉、斥鷃之类不理解,眼光狭小、慕羡彭祖的"众人",没有树立整体世界观的宋荣子,乃至博学多方的惠施也不理解。所以庄子不仅发出了"不亦悲乎"这悲天悯人的慨叹,而且还正面提出了摆脱束缚,获得"大知"的课题;同时也指出了什么样的智慧才是完美的最高的智慧。一生执着追求"大知"这一高尚理想,充分体现在《庄子》全书中。《秋水》中的河伯与海若,就是永不知足、思索"大理"、追求真理的形象。寓言故事中的许多能工巧匠,是人民"大知"的代表,也是庄子理想的智慧典范。正是这些人民智慧的代表,燃起了庄子的智慧之光,启迪他去探索什么是"大知""真知"。

上面我们分析了庄子借助于大鹏这一伟大的美学形象,寄托了他的哲学理想——追求"大知",自然也包含他的美学理想。前人有见于《逍遥游》屡屡提到"大"字,说"通篇以大字作眼",强调"大字是一篇之纲"(林云铭《庄子因》)。但林云铭未能具体指出"大"的内涵,比他的前人似乎后退一步。东晋和尚支道林首倡"庄子建言大道,而寄指鹏鷃"之说,意谓鹏鷃故事寄寓了庄子对"大道"的理想。近来有一二同志,先后和之,称《逍遥游》的主旨在表现"大道",也不无道理。《知北游》里"至道"有时又称作"大知"。林希逸说:"大知,至道也。"(《南华真经口义》)"至道"也是"大道"。不过,我想庄子在《逍遥游》中明明讲的是"大知",那还是尊重本意为佳,不必另生他解,以致歧误。例如谢祥皓同志在《〈逍遥游〉评论》中这样规定"大道"的内涵,说"'大道'的本质特征是超脱于现实的物质世界之上"[1],恐怕就与《逍遥游》本旨大相径庭了。"之二虫又何知!"岂止二虫,尘世的"众人"、宋荣子、肩吾、惠施,在庄子眼中,他们都是眼光如豆,没有"大知"的低能儿。庄子所企求的不是"鹪鹩巢于深林,不过一枝,偃鼠饮河,不过满腹"的"小知",而是向往那象征"大知"的"无何有之乡,广莫之野"的高远境界。

那么,庄周所追求的"大知",究竟是什么呢? 在具体讨论这个问题之前,先粗略考虑一下庄子对知识或认识论方面的思考是有用处的。

《养生主》有一段著名的话:"吾生也有涯,而知也无涯。以有涯随无涯,殆已。"庄子看到了个人生命的有限和知识无限的矛盾,不利于人们对知识的获得,从而引起他的惶惑不安。人们常因这句话断定庄子是悲观的不可知论者。这样的评论是否公允,暂且不论。但庄子在中国哲学史上确是第一个提出并要解决这个矛盾的哲学家。他没能像恩格斯那样,把人生视为不断延续的系列去解决个人生命短促、知识无穷的矛盾,这是我们不能苛求于古人的。但庄子有自己的答案。在他想来,为了弥补有限的个人生命难于穷尽无限的知识这个不足,哲学家们就应当去寻找一种摆脱那种狭隘见地而获得某种普遍的原则,一种持久的世界观和认识论。庄子正是这样想,也是这样做的。他在《德充符》里说:"以其心得其常心。"王先谦解释道:"以吾心理悟得古今常然之心理。"(《庄子集解》)庄子又主张"以其知之所知、以养其知之所不知,终其天年而不中道夭者,是知之盛也"(《大宗师》)。人只要在有限的一生中,用自己已经掌握住的知识去得到更多的新知识,一辈子不间断地学习,就能获得丰富的知识。这样对知识乐观的追求精神,似乎是不能把庄子推到不可知论的阵营中去的吧!《大

---

[1] 《人文杂志》1981 年第 6 期。

宗师》还说："夫知有所待而后当,其所待者,特未定也。"成玄英疏："夫知必对境,非境不当。境既生灭不定,知亦待夺无常。"这个解释符合文意,是正确的。"知""所待"的是"境",也就是《则阳》说的"知之所至,极物而已"。这里不仅把意识决定于存在作了唯物的规定,而且还认识到知识的正确与否是随变化的客观对象而定这一深刻思想。因此,庄子进一步体察到人的认识是受客观环境制约的。井蛙、夏虫、朝菌、蟪蛄都因为受到空间、时间的限制,不能直感海的伟大和春秋晦朔的代谢,这是客观限制。解决的办法只有像河伯那样走到广大的世界里去,开阔眼界,才能增长见识。这距离实践是知识的源泉这一真理多么相近啊!须知,这闪烁着真理光辉的思想是通过形象启示给我们的。可以说,庄子已经朦胧地意识到了实践对认识的重要性。因为,无论解牛的庖丁、承蜩的老者,还是善泳的丈夫,他们的知识技能都是实践中得来的。庄子家贫,靠打草鞋为生,有这样的认识是很自然的。

人的认识固然受客观环境的影响,但更为重要的限制却来自主观世界,它妨碍人们去获得"大知""真知",影响人们得到完善的智慧,真理性的知识。摆脱主观的自我束缚,这是庄子奋斗的目标,也是达到"大知"自由境界的必由之路。大概出于这种考虑,庄子在《逍遥游》里写下了辉煌的结论。下面我们就要回到正题,看看庄子的"大知"是什么,通过什么方法得到,从而达到自由的理想境界。

《逍遥游》中论断性的话不多。在叙述了一连串的故事后,写下了下面一段总结性的话:

> 若夫乘天地之正,而御六气之辩,以游无穷者,彼且恶乎待哉!故曰,至人无己,神人无功,圣人无名。

这画龙点睛之笔,是全篇的灵魂,对于了解《逍遥游》的主题思想,甚至《庄子》的思想体系,都是十分重要的。庄子研究者都认为《逍遥游》是庄子的代表作品。但对这段话有人认识不足。关锋倒是十分重视。不过,他对其中的词语解释带有很大的主观随意性,抛弃了汉学治学的严谨传统,把"理论"建筑在沙洲之上，得出的结论自然是错误的，为此，有必要对原文做详细的注解。

乘天地之正。"乘"当如《孟子·公孙丑》"虽有知慧，不如乘势"的"乘"。《文选·典引》"乘风载响"，李善注"乘犹因也"，并引《荀子·劝学》"吾尝顺风而呼，声非加疾而闻者彰"为证。《说文》："因，就也。"《玉篇》："因，缘也。""因""缘""乘"都是顺的意思。郭象以"顺万物之性"释"乘天地之正"，正是以顺解"乘"。《山木》"乘道德而浮游"、林希逸说"乘道德者，顺自然也"、《人间世》"乘物以游心"、宣颖以"随物"释"乘物"（《南华真经解》），都是把"乘"解作随顺。

"正"是个关键性的词。《说文》："正，是也。"《尔雅·释言》："是，则也。"郝懿行疏："是事可法则。"是即法则、规律之意。所以《说文》又说："是，直也。"古文"直"作"𠂤"。段玉裁注："𠂤犹目也。从木者，木从绳则正。""从绳则正"，也有法则、规律的意思。焦野说："在中国的象形文字中，正和是，是一个字，就是太阳在天上走路的一幅画。"[①]"是"籀文作"𣆞"，像太阳在天上运行，也有规律之义。"是"即实事求是的"是"。毛泽东同志指出实事求是的"'是'就是客观事物的内部联系，即规律性"（《改造我们的学习》）。又"正"与"性"通。朱骏声说："正叚借为性。《列子·黄帝》：'养正命'，注：'正当为性。'"（《说文通训定声》）上引郭象即以"性"释"正"。王力先生在《古代汉语》中亦从其说。"天地之正"，就是事物的实际本性和规律，正如我们今天说"实事求是"，有时指客观实际，有时指规律，意正相同。当然庄子对事物规律性的理解没有我们现在这样深刻，又多半指的是自然界，但他认识到自然有规律，这是不错的。蒋锡昌在《庄子研究》中断言："天地之正，即自然之道也。""道"在老庄哲学中有规律的意义。不过，在《庄子》中，"道"又是一个有多种含义的词，既有唯心的神秘成分，又有唯物的因素，以"道"释"正"，概念含混不清，关锋就钻了这个空子。

御六气之辩。御与乘互文错举，义当一律。《说文》："御，使马也。"段注引《周礼·太宰》："凡言驭马者，所以驱之，内之于善。"使马走上正轨，亦有顺规律

[①] 《光明日报》1982年2月28日。

之义。《管子·戒第》:"是故圣人……御正六气之辩。"戴望注:"所以循其变也。"以循训御,正与《庄子》同义。《汉书·扬雄传·甘泉赋》:"风似似而扶辖兮,鸾凤纷其御蕤。"师古注:"御犹乘也。"也是随顺之意。闻一多先生也说:"御亦乘也。"(《庄子内篇校释》)但在具体解释御时,则说:"六气言御,当指神人乘风雨,蹈云雾之事,即上文'列子御风而行'之御。"又在解释"御六气之辩"和《韩诗外传》"圣人养一性而御六气"时,认为"御字当训调节",都于义未安。"六气",学者多解作阴阳风雨晦明,就是自然。"辩",《释文》"辩,变也",就是变化。庄子认为自然界的变化也是有规律的。"游"指认识活动。

基于上述理解,试译如下:

假若(人的认识)能顺着自然的规律,跟上永远发展的事物,哪里还会受约束(而不自由)呢?

如果我这样理解不错的话,那么庄子要告诉人们的正是这样的思想:人的认识应当和客观事物一致,事物在不断发展变化,认识也必须跟上,做到主观与客观统一,才能不断获得新的知识,认识世界,从而得到精神上的自由。这就是庄子所追求的"大知"和自由。庄子这个命题,朴素地、唯物地解决了思维与存在、主观与客观的关系。认识必须适应自然这一总原则,是《逍遥游》的基本思想,也贯穿全部《庄子》,是庄子思想的核心。今天看来,仍然具有普遍的真理价值。

有趣的是,关锋将"乘天地之正,而御六气之辩"译作"乘着天地的真正精神,驾着六气的变化",他又另做解释:"所谓'御六气之辩'就是驾驭'六气'的变化,超乎'变化'之外,与使得'六气'变化的东西(道)一体。""六气"言驾驭。驾驭即控制。且不论这在训诂上已不合庄子原义,就整个庄子思想体系来说,只有顺应自然,而没有对自然的控制。更令人吃惊的是关锋采取了偷梁换柱的办法,歪曲庄子本义。本来是说"御六气之辩",关锋则说"与使得'六气'变化的东西(道)一体"。把主宰"六气"的"道"偷偷换了进去。然而,最典型的还是他对"乘天地之正"的解释。为了不致断章取义,现将这段原文抄录于下:

假定庄子的"道"还多少有点客观规律的意味吧！可是,他要乘"天地之道(正)"以达绝对,以达"无所待"的境地,他要与"天地之道"并列、齐一,与道同体……;那么,所谓"道"或所谓"客观规律"就一变而为"我","我"的意志了;"道"也就精神化了,这个"精神"也就是"我"的影子,这个"精神"是绝对的,我与这个"精神"同为绝对(《天下》"与天地精神往来"正可作"乘天地之正"的注脚),这当然就转化成彻底的主观唯心主义了。

这里,关锋在逻辑上犯了偷换概念的错误。你看他把"正"换成"道""意志""精神",这个"精神"又换作"我的影子","乘天地之正"就成了我与我的绝对精神来往。如此变戏法,无非是要给庄子戴上"彻底的主观唯心主义"的帽子。前面说过,道有多种含意。关锋既承认它"还多少有点客观规律的意味",又说它是"六气"的本原("使得'六气'变化"),前后不一致,究竟从哪一说呢？足见"天地之正"不能用"天地之道"代替,更不能用"我的意志""我的影子"代替。此其一。

"天地"是"正"的定语,规定性很明确。作为事物规律或本性的"正",是存乎"天地"之中的。"天地"是物质,作为规律或本性的"正"自然存在于物质之中,虽然看不见、摸不着,但它的确是客观存在,绝不是精神。狙公顺乎猴子的本性,庖丁从解牛中找到规律,吕梁丈夫自小生长在水边,识得水性,在实践中掌握了水的法则并遵守它,这些都是在事物中,丝毫没有离开客观事物,绝不是关锋掉包后的"我的影子"或"精神"。把"正"强换作"精神",是魔术师的手法,是对庄子文义的篡改。此其二。

关锋说:"'与天地精神往来'正可作'乘天地之正'的注脚。"我也认为这二者的意思是相同的。但是,关锋既然对"乘天地之正"的解释是错误的,自然也不可能正确理解"与天地精神往来"的真谛。对"与天地精神往来"的解释,自郭象、成玄英、林希逸到宣颖,都认为是人的主观与客观相应、一致。郭象注:"其言通至理,正当万物之性命。"王先谦说是"以精神与天地往来,寄于至高之境"。顾实在《庄子天下篇讲疏》中也认为"是与天地之运行,同其迁流也"。其实质正是唯物的。关锋又说:"所以断定庄子哲学是主观唯心主义,是因为庄子把'道'吞吃了。"我认为,既不是庄子吞吃了"道",也不是"道"吞吃了庄子,庄子也不是要与"道""并列、齐一",而是要与"道"一致、和谐,顺应自然,何来"彻底的主观唯心主义"?此其三。

  前面我们谈到了只有当人的主观意识符合客观事物才能得到自由,其中就隐含着实现自由的条件。支道林说:"至人乘天正而高兴,游无穷于放浪。""高兴"的条件是"乘天正"。顺应自然才能自由。但人的主观世界又是一种什么状态才能与客观外界一致呢?庄子又进一步指出了"至人无己,神人无功,圣人无名"的论断。"无己"即"无我",与"丧我""心斋""坐忘"异词同义。"无己"用庄子的术语就是去其"成心",摒弃主观偏私的狭隘成见,类似孔子绝四中的"勿固、勿我"(《论语·子罕》)。"无己"并非不要知识。否则,庄子就不必追求"大知"了。"无己"正是为了有己,"丧我"就是为了建立大我。"无己"体现了"大智若愚"的心理状态。吕梁丈夫之所以练就一身好水性,就在于能"从水之道,而不为私"(《达生》)。"不为私"就是"无己",胡念贻同志解作"不是凭自己主观的冲动"(《阅读和欣赏》二)近是。同样,名利观念和权势欲也是必须排除的。它们不但妨碍人们正确认识世界,还会搅乱世界。"无己""无功""无名"三者有联系,又有区别,而以"无己"为主。因为庄子认为,一切私欲都由主观私己产生。人的主观世界没有私欲成见,就能"虚而待物",像一尘不染的镜子,才能接受并正确地捕捉到客观事物,获得对客观至理的认识。所以庄子要求"人莫鉴于流水,而鉴于止水,唯止能止众止",原因是"鉴明则尘垢不止,止则不明也"(《德充符》)。一个人戴着有色眼镜,是不能正确认识客观事物的。所以庄子说:"瞽者无以与乎文章之观,聋者无以与乎钟鼓之声。岂惟形骸有聋盲哉?夫知亦有之。"认识上的聋瞽者,当然不懂得"大知",正如肩吾不能理解接舆"将磅礴万物以为一世蕲乎乱(治)"的抱负一样,惠施也不能懂得"大知"的妙用,他们都受主观成见的束缚。如果能破除以自我为中心的偏见,就可以由"小知"达到"大知"的境地。一篇《逍遥游》,就在启示人们要有远大的理想,摆脱精神上的重重枷锁，顺应自然，就能自由而没有"困苦"了。大概这就是本篇的主题所在。

关锋把《逍遥游》的主旨归结为"绝对自由"，这只说对了一部分。庄子的自由是有实在内容的、有条件的。因为认识上的自由，必须是主观与客观一致，不然，就不能自由。可见自由也是有条件的、相对的，绝不是关锋所谓的绝对自由。

不过，关锋的错误，不仅在他形而上学地夸大了《逍遥游》的主旨，把自由绝对化，更由于在方法上他是"以我解庄""以佛解庄"。这里重复强调庄子认为要得到认识上的自由，必须做到两点：第一，"乘天地之正，而御六气之辩，以游无穷"；第二，"无己""无功""无名"。"无己"虽然概括，如果联系第一个条件，还是可以明白其具体含义的。关锋也认为"无己"是达到自由的方法，但对"无己"的理解远非庄子本义。他说："庄子的'无己'就是：鸵鸟式地在自己的头脑里忘掉一切外物，连自己的形骸也忘掉，而且世界本来是虚幻的，连'我'也是虚幻，本来就不存在物，也不存在'我'……"结论是，"庄子，就这样在自己的幻想里达到了自我欺骗的、阿Q式的绝对自由"。的确，庄子在《大宗师》里曾提出过"堕肢体、黜聪明、离形去知"的"坐忘"方法，但其精神实质是要人们排除由生理产生的私欲和伪诈，即所谓"物蔽悉除"，并不是忘掉一切。与儒家重道德上的修养不同，道家重知识上的修养。"水之积也不厚，则其负大舟也无力。"知识的"积"，首先要使心理上达到纯洁净静的状态。"无己""心斋""坐忘"，都是要达到这种心理境界。另外，从《逍遥游》什么地方看出庄子把"世界"和"我"看作是虚幻的，又否认"物""我"的存在？读之再三，实在看不出。就其精神而言，一部《庄子》也没有如佛家一样把世界看作是"空"的。在上面引文之间，我省去了关锋援引佛家禅宗理论解释"无己"的话，这只不过是拾前人以佛解庄的唾余，乃关锋心造的幻影，与庄子何干！无怪乎束景南同志不同意关锋的说法了，然而关锋的歪曲并不能抹煞庄子揭出这一方法和途径的事实。庄子要人们排除外界干扰，使主观顺应客观以达到认识上的自由，这是真知灼见，决不是不可实现的幻想。冯友兰先生在《论庄子》中说"庄子用一种否定知识的办法就可以'乘天地之正,御六气之辩,以游无穷'"①。其实庄子何尝要否定一切知识,而只是否定那妨碍认识客观事物本来面目的偏见和私欲,求得事物的真谛,使知识臻于完善的境界。《人间世》的"心斋"和《大宗师》的"坐忘",都只是"无己"的发挥,但都没有"乘天地之正,御六气之辩"这样具体、实在。

附带还要说明一个问题,就是庄子要人们的认识适应客观规律,是不是也要按规律办事呢?李景全同志是持否定态度的。他在《关于庄子的哲学性质及其评价》一文中说:"庄子虽主张所谓任乎自然,但并不是要按照世界的自然规律办事。"②我的回答是肯定的。理由很简单,庄子的哲学是指导人生的哲学,这跟先秦哲学乃至整个中国哲学理性实践统一的传统一致,都是为了要解决实际的。如果不用于社会人生,那庄子何消著书十余万言呢?须知,庄子并非一个出世的哲学家,他的话都是有所为而发的,是对当时产生的新社会开的药方。可以毫无夸张地说,一部《庄子》都在为统治者出谋献策,是"内圣外王"之术,要他们按照庄子的主张办事。不信,请看《知北游》:

> 天地有大美而不言,四时有明法而不议,万物有成理而不说。圣人者,原天地之美而达万物之理,是故至人无为,大圣不作,观于天地之谓也。

前三句是说宇宙万物都有自己的规律。林希逸在解释"明法"时说:"寒暑往来,盈虚消长,皆有晓然一定之法则。"后四句就是要"圣人"照着规律办事就行了,不必有所创造,自然成就。正与"天道运而无所损,故万物成"(《天道》)同理。"无为""不作",就是顺应自然。认识上的"无为",对象广泛。政治上的"无为",则主要是针对统治者而言。"顺物自然,而无容私焉,而天下治矣。"(《应帝王》)所以庄子热情呼唤"尝相与无为乎!"这不是很明显地要人们按照自然规律办事吗?(在《内篇》中,庄子曾以这个观点对认识论、生死、道德、政治诸方面做了系统的论述,当另文说明,这里不能详论。)《天运》说:"逍遥,无为也。"从这个

---

① 《庄子哲学讨论集》,中华书局1962年版,第120页。
② 《哲学研究》1981年第12期。

意义上讲,《逍遥游》就是《顺应自然论》,是庄子的认识论。

"命世哲人,莫若庄氏。"章炳麟在《庄子解故》里的这个评价并非过当。但庄周作为一代贤哲,谆谆告诫人们要有高远的志向,抛弃私欲和成见,使主观认识与客观事物一致,从而获得完美的智慧,得到认识上的自由,应该说这是我们民族智慧的精华和骄傲,也是一宗宝贵遗产。当然《庄子》也有糟粕,必须剔除。不过,像关锋那样笼统地把庄子的思想说成"是人类精神的堕落",不分青红皂白地一概骂杀,这既不符合事实,也不是马克思主义对待遗产的正确态度和方法。

原载陈红映《庄子思想的现代价值》,人民文学出版社2009年7月版

《楚辞》郭注义徵

胡小石

　　《晋书·郭璞传》云：璞撰前后筮验六十余事，名为《洞林》。又钞京费诸家要最，更撰《新林》十篇、《卜韵》一篇。注释《尔雅》，别为《音义图谱》。又注《三仓》《方言》《穆天子传》《山海经》及《楚辞》《子虚》《上林赋》，数十万言。皆传于世。《隋志》集部录诸家《楚辞》音注，自汉迄隋凡十部，首列王逸注，次列郭璞注《楚辞》三卷，其后新、旧两《唐志》丁部，皆录郭璞注《楚辞》，则作十卷。案：旧志叙云：今录开元盛时四部诸书，以表艺文之盛。其所据盖为当时元行冲所上《群书四部录》，或毋煚所撰《古今书录》之类。屡经兵火，丧失过半。新志出于旧志，其叙称今著于篇有其名而亡其书者，十盖五六。《隋志》所录《楚辞》十部，今日仅存王注。郭注在宋代，晁《志》、陈《录》，皆无其目，洪、朱作注，亦罕征引。意其遭厄煨烬，或早在天宝、广明诸乱中，幸得于隋唐诸志见其目耳。至其分卷，或三或十，前后不同。盖《隋书》成于唐初，所见或为先代旧书，注疑单行，故仅三卷。两《唐志》所据，或是开元三年重加整比之本，辞注相合，卷数乃增至三倍耶？近世敦煌所出古籍，有写本《楚辞音》残卷，起《离骚》"驷玉虬以乘鹥"，迄"杂瑶象以为车"，存者共八十四行，藏巴黎国立图书馆中。王重民先生尝校书巴黎见之，据卷中"兹"字下骞案云云，定为隋释道骞撰《楚辞音》。又以"埕"下云郭本止作程，谓即郭璞《楚辞注》之孑遗。闻一多教授为之跋，其文载《巴黎敦煌残卷叙录》第一辑中，推勘甚备。以卷中"兹"字下郭云"止日之行，勿近昧谷也",为释"望崦嵫而勿迫";"鸩"字下郭云"凶人见欺也",为释"鸩告余以不好";"鹎"字下郭云"奸佞先己也",为释"恐鹈鹎之先鸣"。其说皆是。又谓《文选·江赋》"悲灵均之任石,叹渔父之棹歌",李善注谓《怀沙》即《任石》也,义与王逸不同,可视为郭氏《楚辞》遗说。说亦至确。唯鄙意郭注《楚辞》虽亡,而其所注他书,如《尔雅》《方言》《穆天子传》《山海经》诸注皆在。其所为《尔雅》《山海图赞》及《三仓》《子虚》《上林》诸注,亦往往散见群籍中(《子虚》《上林》二注,《文选》所收非全本)。今就道骞《楚辞音》残卷所引郭说三事审之,似其注诠释义旨者,体例亦与王氏章句不甚相远。惜书缺不可悉见。若夫名物训诂之说,则就见存诸书中求之,其义涉《楚辞》者,为证实繁,固不止《江赋》一事。今案其诸注,有直引《楚辞》本文者,如《尔雅·释天》"正月为陬"注云:"《离骚》曰:'摄提贞于孟陬。'""蜺为挈贰"注云:"蜺,雌虹也,见《离骚》。""暴雨谓之涷"注云:"今江东呼夏日暴雨为涷雨,《离骚》曰'令涷雨兮洒尘'是也。"《释草》"卷施草"注云:"宿莽也,《离骚》:'夕揽洲之宿莽。'"《尔雅图赞》亦云:"卷施之草,拔心不死,屈平嘉之,讽咏以比"云云(《艺文类聚》八十一引)。《方言》"凭龢苛怒也,楚曰凭"注云:"凭,恚盛貌,《楚辞》曰:'康回凭怒。'""凡草木刺人,江湘之间谓之棘"注云:"《楚词》曰:'曾枝剡棘,亦通语耳。'"《山海经·西山经》"西南三百六十里曰崦嵫之山"注云:"日没所入山也,《离骚》奄兹两音。《北山经》"敦薨之山,其兽多兕旄牛"注云:"或作扑牛,扑牛见《离骚》《天问》。"《中山经》"少室之山,其上有木焉,其名曰帝休,叶状如杨,其枝五衢"注云:"言树枝交错,相重五出,有像衢路也,《离骚》曰'靡萍九衢'。"又"东一百二十里曰洞庭之山"注云:"今长沙巴陵县西,又有洞庭陂,潜伏涌江,《离骚》曰:'遭吾道兮洞庭,洞庭波兮木叶下',皆谓此也。"又"帝二女居之"注云:"天帝之二女,而处江为神,即《列仙传》江妃二女也。《离骚》《九歌》所谓湘夫人称帝子者是也"云云。《山海经图赞》:"厥苞橘櫾,奇者惟甘,朱实金鲜,叶蒨翠蓝,灵均是咏,以为美谈。"(道藏本)又:"神之二女,爰宅洞庭,游化五江,惚恍窈冥,号曰夫人,曰惟湘灵。"(同上)又:"象实巨兽,有蛇吞之,越出其骨,三年为期,厥大何如,屈生是疑。"(《艺文类聚》九十六)凡此之属,与其《楚辞》本注,下义必同。又如《尔雅·释宫》"西南隅谓之奥"注云:"室中隐奥之处。""暗谓之台"注云:"积土四方。""有木者谓之榭"注云:"台上起屋。"《释器》"木谓之簴"注云:"县钟磬之木,植者名簴。"《释天》"回风为飘"注云:"旋风也。"《释地》"两河间曰冀州"注云:"自东河至西河。"《释丘》"坟大防"注云:"谓堤。"《释草》"菉王刍"注云:"菉,蓐也,今呼鸭脚沙。"《释木》"椒榝丑莍"注云:"榝,似茱萸而小,赤色。"《释鸟》"燕燕䳞"注云:"一名玄鸟。"《穆天子传》"河伯无夷之所居"注云:"无夷,冯夷也。"而"封□隆之葬"注云:"隆上疑作丰,丰隆筮御云,得大壮卦,遂为雷师。"《山海经·南山经》"鹊山多山桂"注云:"桂,叶似枇杷,长二尺余,广数寸,味辛,白花"云云。"糈用稌米"注云:"糈,祀神之米名。""祷过之山,其下多犀兕"注云:"兕亦似水牛,青色,一角,重三千斤。"《西山经》"幡冢兕山"注云:"今在武都氐道县南。""槐江之山,实惟帝之平圃"注云:"平圃,即玄圃也。""汹山神蓐收居之"注云:"亦金神也,人面虎爪白尾,执钺。""号山其草多药蘮芎䓖"注云:"药,白芷别名。芎䓖,一名江离。""绣山其草多芍药"注云:"芍药,一名辛夷,亦香草属。"《中山经》"翼望之山其中多蛟"注云"似蛇而四脚,小头,细颈"云云。《海外南经》"帝喾葬于阴"注云:"喾,尧父,号高辛。"《海外北经》"雨师妾在其北"注云:"雨师,谓屏翳也。"《海内北经》"维冰夷恒都焉"注云"冰夷,冯夷,即河伯也"云云。《大荒南经》"有羲和之国"注云"羲和,盖天地始生主日月者也"云云。《大荒西经》"帝俊生后稷"注云:"俊宜为喾,喾弟二妃生后稷也。""大荒之山开,上三嫔于天"注云:"嫔,妇也,言献美人于天帝,得《九辩》与《九歌》以下,皆天帝乐名也"云云。《海内经》"九嶷山"注云:"山今在零陵营道县南,其山九溪皆相似,故云九疑,古者总名其地为苍梧也。"《文选·子虚赋》"江离麋芜"注云:"江离似水荠。""桂椒木兰"注云:"木兰皮辛可食。"《上林赋》"烦鹜庸渠"注云:"烦鹜,鸭属也。""龙嵸崔巍"注云:"皆高峻貌。""鸣玉鸾"注云:"鸾,铃也。"此类虽未尝言及《楚辞》,然解说名象,彼之与此,当无大异,或亦可当《离骚》《九歌》《天问》《九章》《远游》《卜居》《招魂》诸注之逸义欤?又案校诸说,往往同王。试以敦煌本《楚辞音》残卷所得四事证之。"崦嵫"句郭云:"止日之行,勿近昧谷。"王注此句,则云:"欲令日御按节徐行,望日所入之山,且勿附近。""鸩告"句郭云:"凶人见欺。"王注此句,则云:"其(鸠)性谗贼,不可信用,还诈告我,言不好。""珵美"句郭本作程,取同音。知不改义。"鹈鴂"句郭云:"奸佞先己。"王注则云:"以喻谗言先至。"两家之旨,无大出入。他文若此者甚众。然间亦有王异义者。如宿莽,王但云草冬生不死者,楚人名曰宿莽。郭则举卷施实之。菊有三名,率以秋华者为蘜。王说餐菊,但云芳华,义不别出。而郭说《尔雅》,则以为治墙。王说"启《九辩》与《九歌》,夏康娱以自纵",以夏康为启子太康。郭注《大荒西经》云:"得《九辩》与《九歌》以下,皆天帝乐名。"则当读夏为下,已启后儒王念孙之先,以文例言之,读下为长。"羿又射夫封狐",王注:"封狐,大狐也。"记近人有疑当为封猪者,虽无直证,然《山海经图赞》固云,"有物贪婪,号曰封豕,荐食无餍,肆其残毁,羿乃饮羽,献帝效技。"稽之《天问》,亦云:"帝降夷羿,封豨是射也。"王以飞廉为风伯,郭注《上林》,说为龙雀,鸟身鹿头。又郭说古巫皆为医。王注巫咸为古神巫,当殷中宗之世。郭巫咸《山赋序》,以为帝尧医。王注"帝告巫阳"云:"帝谓天帝,女曰巫,阳其名也。"郭说亦以为神医。王注"鸣玉鸾之啾啾",以鸾为鸟。《上林赋》"鸣玉鸾",郭注乃以为铃。王说湘君湘夫人为尧二女,其义盖本《史记·秦始皇本纪》。郭注《九歌》,则谓天帝之二女,处江为神,力斥说尧女之非。而李善注《江赋》协灵湘娥,乃引王逸《楚辞注》尧二女坠湘水者为说,非其伦矣。王于河伯,不言何名。郭则以为冯夷。王说冯夷,亦但称为水仙人也。王说倏忽乃电光。郭注帝江,引庄生混沌倏忽事,则意以为神。"启棘宾商"王注:"宾,列也。"郭读宾为嫔。王注"大坟"云:"水中高者为坟。"郭注《释丘》以为堤。《招魂》"发激楚些",王注激为清声。《上林赋》"激楚结风"郭注则云:"激楚,歌曲。"若夫说《怀沙》为《任石》,李善以为与王逸不合。王注《悲回风》"重任石之何益",言虽欲自任以重石,终无益于万分。郭注《任石》:"义即怀沙砾自沉。"此固闻君所已引也。以上诸条,虽取舍各殊,并足资学者之参证。兹就披览所及,以意比次,自笑若锥之餐壶。其有疏略,愿于异日能补正之耳。庚辰冬,昆明圆通山讲舍写竟,故记之。

原载中央大学图书馆《图书月刊》1941年一卷七、八期

论《远游》

陶 光

近时论《远游》者多谓与司马相如《大人赋》有关，理由是《远游》中有些句子与《大人赋》相同或相近，而且两者都讲到寻求仙人的话，司马相如是位大作家，不至于抄袭旁人的文章，那么当是《远游》的作者抄袭司马相如了。也有以为《远游》是《大人赋》的初稿者并无更多的证据（近人屈原研究）。

《远游》确不是屈原所作，关于此点下文再加讨论。但不能因为《远游》与《大人赋》有些句子相同，便说《远游》是后于《大人赋》的作品，或是《大人赋》的初稿。

首先，如果《远游》是在《大人赋》以前的作品而司马相如用了《远游》中有限的几句，不能便说这是"抄袭"。因为在古代著作者很多是把旁人的作品中可用的部分拿来就用，《史记》整段地用《尚书》《左传》《国语》《国策》；《汉书》整篇地用《史记》；《吕氏春秋》《淮南子》整段或整句地用《庄子》《老子》，从没人讲是抄袭。即在文学作品里，《邶风·谷风》："毋逝我梁，毋发我笱，我躬不阅，遑恤我后。"四句全用《小雅·小弁》，《谷风》的作者也如《史》《汉》《吕》《淮》的作者一样完全没有考虑到这会被人说"抄袭"。即后代大诗家整句用前人的时候也有。主要地为了他们有这样的情绪要说，正与前人相同，所以径自用了。同时他自己仍能另外作很好的作品，所以也不必怕说"抄袭"。以《大人赋》说，通篇七百余字，与《远游》大体相同之句不过七八句，其余自作尚多，那里能算抄袭。何况相如其他所作还多,岂能便说这是抄袭。而且汉人模拟楚辞极多,借用成句,已成风气,所以虽以相如大才也不妨借用《远游》成句,不过所用稍多而已。至于近人说《远游》为《大人赋》初稿,既无根据,更不能成立。

我所以坚主《远游》与《大人赋》无关者,因为这两篇虽都提到寻求仙人的话,而他们的思想,或者说态度,大不相同。

在第二节论"太一"时,已说到"道家"的基本观念是如何渐渐地演化,后来铸成了一座巍峨的神;对于所谓"仙人"的想法也正和那一观念完全平行。这是因为,最初的所谓道家的思想,不拘我们用什么态度去看,就是说,赞成也好,反对也好,保留也好,不关心也好,在那些持论者,他们毕竟是从真实的生活中体验出来许多认识,或者说理解;无论如何我们也得承认他们是非常认真地生活,因而他们的确相当地了解"生命"的含义。如果以为《庄子》提倡"逍遥游"便是主张游戏人间,这是何等肤浅的皮相之论啊!由此使人想到每一种深刻的见解的持论者是如何寂寞!至于后来则有许多观念渐渐庸俗化到无聊的程度,而且这转化非常的快。

伟大的思想者可以走在时代的前面,不可能超出时代;正因为这种限制,在他的思想里总有虚妄的部分,也便是在他的未来被扩大,被降低到庸俗化的根源。在《庄子》里确乎也有仙人:

> 藐姑射之山,有神人居焉。肌肤若冰雪,淖约若处子,不食五谷,吸风饮露,乘云气,御飞龙,而游乎四海之外,其神凝,使物不疵疠而年谷熟。(《逍遥游》)

> 夫列子御风而行,泠然善也。旬有五日而后反。彼于致福者,未数数然也。此虽免乎行,犹有所待也,若夫乘天地之正,而御六气之辩,以游无穷者,彼且恶乎待哉!(同上)

我们也可以把所谓"藐姑射神人",当作"寓言十九",但在《庄子》可能真有此种想法;不过达到这种地步的路,并不是如后来的方术家服食,祷祀,而是要"乘天地之正,而御六气之辩"。所谓"真人":

> 古之真人，不逆寡，不雄成，不謩士。若然者过而弗悔，当而不自得也；若然者登高不慄，入水不濡，入火不热，是"知"之能登假于道也若此。古之真人，其寝不梦，其觉无忧，其食不甘，其息深深。真人之息以踵，众人之息以喉。屈服者其嗌言若哇，其嗜欲深者其天机浅。古之真人，不知说生，不知恶死。其出不䜣，其入不距，翛然而往，翛然而来而已矣。不忘其所始，不求其所终，受而喜之，忘而复之，是之谓不以心捐道，不以人助天。——是之谓真人。(《大宗师》)

这里最须注意的是，"其嗜欲深者其天机浅"，嗜欲浅，所以能"其寝不梦，其觉无忧，其食不甘"，所以能"不知说生，不知恶死"。"彼方且与造物者为人，而游乎天地之一气，彼以生为附赘县疣，以死为决疣溃痈。夫若然者，又恶知死生先后之所在？假于异物，托于同体，忘其肝胆，遗其耳目，反覆终始，不知端倪；茫然彷徨乎尘垢之外，逍遥乎无为之业。彼又恶能愦愦然为世俗之礼，以观众人之耳目哉！"(《大宗师》)所以司马迁说"其言洸洋自恣以适己"(《老庄申韩传》)。不但"不知说生，不知恶死"，而且以为"夫大块载我以形，劳我以生，佚我以老，息我以死"(《大宗师》)，这是何等悲剧的观点！至于"吹呴呼吸，吐故纳新，熊经鸟申，为寿而已矣，此道引之士养形之人，彭祖寿考者之所好也"(《刻意》)，在"真人"看来也是不必的。《养生主》说"可以保身，可以全生，可以养亲，可以尽年"。"尽年"，即是"终其天年"。理想已稍降低。

在《吕氏春秋》里还保持"终其天年"的想法：

> 凡事之本必先治身，啬其大宝（高注："大宝身也。"）。用其新，弃其陈，腠理遂通。精气日新，邪气尽去，及其天年，此之谓真人。(《先己》)

> 新凡养生，莫若知本，知本则疾无由至矣。精气之入也：集于羽鸟，与为飞扬；集于走兽，与为流行；集于珠玉，与为精朗；集于树木，与为茂长；集于圣人；与为夐明。(《尽数》)

所谓"啬其大宝"，意同《老子》：

> 治人，事天，莫若啬。夫唯啬是谓早服，早服谓之重积德，重积德则无

不克,无不克则莫知其极,莫知其极,可以有国,有国之母可以长久。——是谓根深固蒂。长生久视之道。(第五十九)

期望"长生久视"已不是"尽天年"的想法,从上面所引《庄子》的观点说,是已开始庸俗化了。这种堕落发展下去便成为"服食求神仙"的办法。

"堕落"的原因,《吕氏春秋》说得最清楚:

世之人主贵人,无贤不肖,莫不欲长生久视,而日逆其生,欲之何益?(《重己》)

《史记》:

卢生说始皇曰……真人入水不濡,入火不热,陵云气,与天地久长。……(《秦始皇本纪》)

秦始皇求仙费了无数心血,具载本纪中,不必详说,这里卢生的话最能打动秦始皇心思的便是"与天地久长"一句了,正《吕氏春秋》所谓"世之人主贵人莫不欲长生久视"。

《汉书》说:"《淮南》有《枕中鸿宝苑秘书》,书言神仙使鬼物为金之术,及邹衍重道延命方。"(《楚元王交传》)邹衍如何"重道延命"已无可考。李少君说汉武帝的话最清楚,他说:"祠灶则致物,致物而丹砂可化为黄金,黄金成以为饮食器则益寿,益寿而海中蓬莱仙者乃可见,见之以封禅则不死,黄帝是也。"(《史记·封禅书》,褚补《武纪》《汉郊祀志》并略同)这便是道教的起始。以这办法求仙比起上面所引《庄子》理想中的仙人相差到什么地步? 东方朔《十洲记》载朔对汉武帝说:"臣学仙者耳,非得道者也。"《十洲记》书不能即信为东方朔作,但这两句话说得清楚,学仙与得道实在是两种截然不同的想法和态度。

现在再来看《大人赋》和《远游》。

司马相如作的赋和文所传还不少,才情诚然高,可是说到思想,几乎可以说完全没有,班固说他"虽多虚辞滥说,然其要归,引之节俭"(《汉书本传》赞、《史记》论同,以下文提到扬雄而论,此语当出班固,误入《史记》)。实在连这点也还是过誉。至于《大人赋》,《史记》明说:"相如见上好仙道,因曰:《上林》之事未足美也，尚有靡者。臣尝为《大人赋》，未就，请具而奏之。相如以为列仙之传居山泽间，形容甚臞，此非帝王之仙意也，乃遂就《大人赋》。"(《本传》)完全为了逢迎武帝而作。开始处借用"远游"说"悲世俗之迫隘兮，揭轻举而远游"，这句在《远游》是全篇的动机，在这里便成了一句"引子"，除了以此渡到神仙之事，毫无意义。而且武帝与相如有什么"迫隘"之可言？直是文不对题。赋中通篇是铺张仙人的谈话，实在说得好，宜乎武帝看了"大说，飘飘有凌云之气，似游天地之间"(《相如传》)。其中"必长生若此而不死兮，虽济万世不足以喜"一句充分表现：目的只有一个——长生不死。

《远游》里开头四韵说远游的动机，以下"惟天地之无穷兮，哀人生之长勤"，《庄子》："终身役役而不见其成功，苶然疲役而不知其所归，可不哀邪？人谓之不死奚益？其形化，其心与之然，可不谓大哀乎？"(《齐物论》)同义，也正是上面引过"大块载我以形，劳我以生"之意。再下"往者余弗及兮，来者吾不闻"用《庄子》楚狂接舆歌"来世不可待，往世不可追也"(《人间传》)。"求正气之所由"用《庄子》"乘天地之正"(《逍遥游》)。"羡韩众之得一"用《老子》(见第二节引)。"餐六气而饮沆瀣兮，漱正阳而含朝霞，保神明之清澄兮，精气入而粗秽除"，用《庄子》"藐姑射神人吸风饮露"、《吕览》"精气日新，邪气尽除"(并见前)。完全是修养，与服食无关。"道可爱兮不可传，其小无内兮其大无垠"，用《庄子》"至大无外谓之大一，至小无内谓之小一"(《秋水》)、"夫道于大不终，于小不遗，故万物备"(《天道》)，和《吕览》"以天为法，以德为行，以道为宗，与物变化而无所穷，精充天地而不竭，神覆宇宙而无望，莫知其始，莫知其终，莫知其门，莫知其端，莫知其源。其大无外，其小无内：此之谓至贵"(《下贤》)。里面所表现的完全是"道家"的思想，其远游也如《庄子》所说"乘云气，骑日月，游四海之外"(《齐物论》)，并无求长生之意，只是"神要眇以淫放"而已。

上面已详论《庄子》《吕览》里面的"真人"和对于死生的观念，《远游》所叙实极相近，至于《大人赋》完全和秦汉以后帝王求仙一致。两者相去何啻千里？所以两者的关系仅止于司马相如借用了《远游》中一些句子罢了。

但《远游》也不是屈原所作,第一,文中"羡韩众之得一",韩众,秦始皇时人,见于《史记·秦始皇本纪》,此后"神仙家"所记皆傅会之辞,决无《史记》可信。即此一点已可知为秦汉以后之作。其次,《远游》的思想上文已详论,与屈原相差太远。而且《远游》的结体与《离骚》非常相似。《离骚》有"吾令帝阍开关兮,倚阊阖而望予",是想诉之于天;《远游》则"命天阍其开关兮,排阊阖而望予"。《离骚》"命灵氛为余占之",以下灵氛给以指示,然后"灵氛既告余以吉占兮,历吉日乎吾将行";《远游》则"见王子而宿之兮",以下王子告以要道,然后"闻至贵而遂徂兮,忽乎吾将行"。《离骚》后"陟升皇之赫戏兮,忽临睨夫旧乡,仆夫悲余马怀兮,蜷局顾而不行";《远游》则"涉青云以泛滥游兮,忽临睨夫旧乡,仆夫怀余心悲兮,边马顾而不行"。词句和用语相似关系不大,因为整部《楚辞》都是这样,至于结构如此相似,又恰装着两套绝对异趋的想法,显然是屈原以后人的拟作。这拟作不是毫无道理的,因为汉以后楚辞大行,所有汉代有名的文人几乎每一个都对于屈原发生兴趣,完全同情他的便从内容到形式全套仿制,《楚辞》中自《七谏》以下皆是这类作品。另有人亦同情他,但觉得他不必如此认真,也照其形式拟作,却另表现一种态度,扬雄的《反骚》(见《汉书·扬雄传》)即是这种作品。扬雄所作《广骚》不传,想亦相类。《远游》的性质与《反骚》极为相近,不过这个作者思想近于"道家",这点和扬雄不同。同时又是同情屈原的,照他的意思,屈原很可以可去求道。

庄忌的《哀时命》整篇模仿《离骚》,在里面有一节:

……下垂钓于溪谷兮,上要求于仙者。与赤松而结友兮,比王乔而为耦。……

这一节在《哀时命》里与上下文非常不调和。在《离骚》中虽有"就重华而陈词""巫咸将夕降兮,怀椒糈以要之"一类的话,却绝没有王乔、赤松等仙人。只有《远游》里有"闻赤松之清尘兮,愿承风乎遗则""轩辕不可攀援兮,吾将从王乔而娱戏"。从此可以推知《远游》之作是在庄忌之前,庄忌已把《远游》认为屈原所作,才在仿制品里加进这样一节,可笑处在于竟不顾与前后说投水的话如何相安。

如果上面推论不错，我怀疑《远游》的作者是贾谊。第一，贾谊非常同情屈原，度湘水时曾吊屈原。在吊屈原文中有如下的话：

>……凤漂其高逝兮，夫固自缩而远去。袭九渊之神龙兮，沕深潜以自珍。……所贵圣人之神德兮，远浊世而自藏。使骐骥可得系羁兮，岂云异夫犬羊。（《史记·谊传》）

他以为屈原可以"远去"。"圣人"在"道家"思想里即是"真人""至人""神人"一类，《庄子·齐物论》"圣人愚芚"，《人间世》"名实者圣人之所不能胜也"与《远游》相合。

第二，王逸说"惜誓者，不知谁作也。或曰贾谊，疑不能明也"。《惜誓》可以分成前后两半，前半与《远游》相似，中间一转，说"念我长生而久仙兮，不如及余之故乡"，以下一半说"贤者"之不能得意，最后是：

>夫鸾凤之高翔兮，乃集大皇之埜。循四极而回周兮，见盛德而后下。
>彼圣人之神德兮，远浊世而自藏。使麒麟可得羁而系兮，又何以异犬羊。

与吊屈原文义全同。同时在一篇中表现了一副矛盾的性格，正与贾谊相合。——贾谊的性格与屈原不同，屈原是一往直前，"虽九死其犹未悔"；贾谊却是犹豫徘徊，同时他又相当倔强。所以屈原自沉，贾谊哭泣而死。——所以《惜誓》是贾谊所作，大概不错。《惜誓》并不死拟屈原之作，前半所叙与《远游》又颇相似。

第三，有一篇可以代表贾谊思想的作品就是《鵩赋》（《史记》《汉书》本传）。《鵩赋》中如"祸兮福所倚，福兮祸所伏"出于《老子》（第五十八）。如"且天地为炉兮，造化为工。阴阳为炭兮，万物为铜。……忽然为人兮，何足控抟。化为异物兮，又何足患"，出《庄子》："今大冶铸金，金踊跃曰：我且必为镆铘。大冶必以为不祥之金。今一犯人之形，而曰：人耳，人耳。夫造化者必以为不祥之人。今一以天地为大炉，以造化为大冶，恶乎往而不可哉！"（《大宗师》）至于"至人遗物兮独与道俱。……真人恬漠兮，独与道息。……"亦与《庄子》同意，都与《远游》

思想相似。

从上三点推测,《远游》很可能是贾谊所作,——但这仅是一种推测而已。——贾谊思想近于道家还可知其来源,是受司马季主的影响,见《史记·日者列传》。

原载《陶光先生论文集》,台北广文书局1964年版

《九歌》解题

姜亮夫

引　子

古今说屈赋最为纷纭，而至今仍无定说者，莫若《天问》与《九歌》两篇。《天问》之难明有三：词例之不甚解析，故事之多亡遗，民俗风习之殊不易棼理以得俞脉。故其最后结论，有俟于中土文法之阐幽，实物文献之新发现，及古中国民俗学之既具伦脊，而后能定。《九歌》之难明，有俟于文法文献民俗学者，固亦至为夥颐，然古今之从难者，不能括囊群杂，深思博辨，会撮融铸。徒暧昧于王逸以来儒者学术氛氲之中，而不敢度越，实为主因。至近世又或视为奇诡，或权以后世文饰之思，虽合于非常可喜之论，而远于古昔朴拙之风，非其朔矣，余皆不取焉。

考历世说《九歌》最为纷杂者，凡二事。一则章数不应标题，一则歌词内蕴之当何所指？至近世更有疑《九歌》不为屈赋。是三绪者，自王逸以来百余家，经生以义例说之，文士以中情会之，辩者各操其技，以为一割，皆未深考之周思之也。实则《九歌》者，虞、夏以来之古调，初民所以吁天祈神者也。流于南楚，染于荆俗，蔚为国之所采，屈子为之删润文辞，以成篇章，亦如孔子之删三千为三百。其章十一者，合升歌合歌而计之，金奏之曲，而亦为之词者也。兹事繁赜，非博辩密说，不足以彰其义。

一、《九歌》名义之来源

古籍之传《九歌》者,南楚诸子言之最悉,皆以为夏乐。

《离骚》:"启《九辩》与《九歌》兮。"又:"奏《九歌》而舞《韶》兮!"

《天问》:"启棘宾商,《九辩》《九歌》。"

《山海经·大荒西经》:"夏后开上三嫔于天,得《九辩》《九歌》以下。"

《吕览》:"禹命皋陶,作为夏籥《九成》,以昭其功。"

《淮南子》:"夏后氏……其乐夏籥《九成》《六佾》《六列》《六英》。"

按《吕览》"作为夏籥《九成》,以昭其功"之说,即《山经》所言"夏后开得《九辩》《九歌》以下,始歌《九招》于大穆之野",与《竹书》夏后启"舞《九韶》"、《帝王世纪》"启升后十年,舞《九韶》"之言皆符合,则《九歌》岂即《九韶》与?然齐、鲁、晋、楚诸子言《九韶》者,又多以为舜乐。

《尚书·虞书》:"《箫韶》九成,凤凰来仪。"

《庄子》:"舜有《大韶》。"

《吕览》:"帝舜乃令质修《九招》《六列》《六英》,以明帝德。"

汉儒略同,如《周礼·大司乐》注、《左氏》季札见舞《韶箾》注、《乐记》"韶,绍也"注、《淮南子》、《尚书大传》、《白虎通》、《汉书·礼乐志》、《说文》皆然,兹不备引。战国诸子亦有传为黄帝、帝喾之乐者,如《吕览》"帝喾命咸墨作为舞声,歌《九招》《六列》《六英》"等。又黄帝命伶伦与荣将铸十二钟以和五音,以施英韶,帝喾即帝俊,小即舜一人之分化,故可视作一说。

古说纷繁,固不能定于一是,亦不必求其宗祧。然即以《虞书》论之,夔述"萧韶九成"之语,于禹功业之后,而不言舜作。《史记》记此事言"四海之内,咸戴帝舜之功,于是禹乃兴《九招》之乐,致异物,凤凰来翔"云云。若云禹为舜作之乐,归作者于禹,后世因而禹夏之。启乃嗣兴,缵禹之绪,因亦归之于启,亦如墨子所传汤修《九招》(《吕览》亦载此说),周备六代之乐之义云尔。

甲　说《九歌》即《九韶》

上列诸证，已足说明《九歌》之即《九韶》，然古传之纷错，果欲曲护，不难列证，况《山经》《吕览》非缙绅之雅言，而《楚辞》《淮南》，多钩擘之奇说。但足以暴其表，而不得谓尽其蕴，愿更为芥子之集，以成须密之高。

子　九为夏代歌舞乐变通制

古籍所传太古之乐，如《五茎》《六英》（或作《五英》《六茎》《六莹》《六列》等）八阕，此已不传。《周礼》所说六代之乐，《云门》《大卷》《大咸》等，皆不以数名，其制若何？秦火而后，制氏仅能记其铿锵，而不能言其义。古诗乐舞，以九名者，唯少昊有《九渊》，下此则为夏之《九韶》《九夏》《九歌》《九辩》，《九渊》又名"大渊"，则谓九之名起于夏可也。何以起于夏？此盖有两说，一则古宗庙歌皆九变，一则九乃夏数。

古宗庙歌皆九变者，其事具见于《周礼·大司乐》曰："凡乐黄钟为宫，大吕为角，大蔟为徵，应钟为羽，路鼓路鼗，阴竹之管，龙门之琴瑟；《九德》之歌；《九䃩》之舞，于宗庙中奏之。若乐九变，则人鬼可得而礼矣。"周备六代之乐，此言䃩也，䃩乐之为九变，与《云门》之为六变，《咸池》之为八变，皆旧说流传，此与"萧韶九成"之说合。盖非汉以后人之所可臆造。此其一。（《贾疏》云："言六变八变九变者，谓在天地及庙庭而立四表。舞人从南表向第二表为一成，一成则一变，从第二至第三为二成，从第三至北头第四表为三成，舞人各转身南向于北表之北，还从第一至第二为四成，从第二至第三为五成，从第三至南头第一表为六成，则天神皆降。若八变者，更从南头北向第二为七成，又从第二至第三为八成。地祇皆出，若九变者，又从第三至北头第一为九变，人鬼可得而礼焉。"）

《唐郊祀录》引《三礼义宗》云："凡乐之变数，皆取所用宫之本数为终，夹钟在卯，卯数六，故用六变而毕。林钟在未，未数八，故以八变而止。黄钟在子，子数九，故九变为终也。"《大䃩》之乐，以黄钟为宫，则九变而终，与乐律亦调。其非向壁虚造，从可知矣。（参《国语》伶州鸠告周景王铸无射问律一段）此其二也。

又《吕览·古乐篇》云："禹命皋陶，作为夏籥九成，以昭其功。"《淮南子》亦云："夏后氏其乐夏籥九成。"则《大夏》亦九变，此可证九变乃夏乐通制矣，此其三。

《郊特牲》云："殷人尚声，臭味未成，涤荡其声，乐三阕。"则殷大祭降神之乐三变而止。《乐记》云："夫武始而北出，再成而灭商，三成而南，四成而南国是疆，五成而分陕，周公左，召公右，六成复缀以从。"是周乐舞六变也。

舞以九变为节，故其歌亦以九成，《大司乐》所谓《九德》之歌也。《郑注》据《左传》文七年谓为"六府三事，谓之九功，九功之德，皆可歌也，谓之《九歌》"。其说实涂附，《九歌》者，盖古禘祫登歌所用之乐章，在六诗雅颂之上。故《瞽矇》云"掌九德六诗之歌，以役大师"是也。此周人重修夏乐之制，非谓周别有《九德》之歌。左氏六府三事之说，虽不必可信，而周人所传禹德，固足为春秋以来传者之缘。

《书·立政》云："古之人迪惟有夏，乃有室大竞吁，俊尊上帝，迪知忱恂于九德之行。"

《国语·鲁语》："禹能以德修鲧之功。"

《左传》襄四年："芒芒禹迹，画为九州，经启九道。"

而平水土，主山川（见《墨子·明鬼》《史记·夏本纪》《书·吕刑》），神社稷，播黍稷（见《皋陶谟》《天问》《论语·宪问》）与《洪范》天赐禹九畴之说皆类，而五行、五事、八政、五纪、皇极、稽疑、庶征、五福六极，亦未尝非六府三事之等。故即以六三释九德，或以九畴释九德，皆无不当之处。盖禹之功，故周以来圣君贤相之所欲缵继者也，故重修夏乐，不敢度越，而南方之学者，史神其说曰，得之自天，而启承之，即《诗》所谓缵禹之绪者与？

九乃夏数者，谓夏族之尚九也。盖夏族中心之人曰禹，禹字从虫从九，即后虬字之本。九者象龙属之纠绕，夏人以龙虬为宗神（Tribal God），置之以为主，故禹一生之绩，莫不与龙与九有关。凿龙门（见《墨子》《吕览》《淮南》《史记》《吴越春秋》《尸子》），青龙生于郊（《史记》），黄龙负舟（《吕览》），神龙为御（《山海经》),父有化龙之传,祖有句龙之名。尊灌用龙句(《礼·明堂位》),簨簴以龙饰(同上),洪水既治,即宅九州,封崇九山,决汨九州,陂障九泽,丰殖九谷,汨越九原,宅居九隩(《国语》《墨子》),洒九浍(《墨子》),杀九首(《山海经》),命九牧(《新书》),作九鼎(《墨子》《吕览》《史记》《汉书》),和九功,叙九叙(《伪大禹谟》),亲九族(《舜本纪》),询九德之政,戴九天(《大戴礼记》),为九代舞(《山海经·海外西经》),妻九尾白狐(《吴越春秋》),天锡九畴(《书·洪范》),帝告九术(《河图握矩纪》),以九等定赋则(《禹贡》),以九洛期上皇(《庄子·天运》),东教九夷(《墨子》),飞升九嶷,启九道(《左·襄四年》)。诸此传说,巧历难尽,虽多后世附会之说,实含先史流传之影。则歌曰《九歌》《九辩》,乐曰《九磬》《九夏》,实与其全部传说脉络相承,腼调而遂者矣。

虽然使余两说,当何从而何弃与?余谓文物制度之化成,初非生而文具,考其原始,盖多原于某种民俗,初甚野犷,继乃稍变其质,终则文饰以成礼制。而与本义远矣!九者盖夏之宗神,夏后氏以为一切之徽志,即其既文,九之字已假为数名,于是龙九志物之质变,而其义晦。至于后世,求礼于野俗,遂文为九数,此事始于何时,虽不敢必,而周人所传夏礼,故久已为变质变量之初民遗俗。前为龙九,后为数九,《九歌》《九磬》《九夏》等名,其即放于此等流传变迁之野俗而成者与?此非余调和之言,亦非谲说诡辞,稍习古史而通民俗衍变之理者,类能知之。

　　丑　说《韶》

　　上节所陈,所以明九为夏制,而《九歌》即《九韶》之义,仍未能条证彰显,足以起信。请更委屈以尽其原。

　　按九磬者,孙诒让《周礼正义》云:

　　《说文》音部云:《韶》舜乐也。《书》曰《箫韶》九成,凤皇来仪。《白虎通义·礼乐篇》引《礼记》云,舜乐曰《箫韶》,箫正字作箾,《说文》竹部云:箾韶。左襄二十九年《传》云,韶箾是也。段玉裁云:经典舜乐字皆作韶,惟此作磬,考《说文》革部鞀或作鞉,或作鼗,籀文作磬,从殷,召声,是则《周礼》

为古文假借字也。按段说是也。后注及保氏注并作大籀韶，用正字也。《汉·礼乐志》字又作招。《墨子·三辩》《庄子·至乐》《列子·周穆王》《吕氏春秋·古乐》《淮南子·齐俗》《史纪·五帝本纪》《山海经·大荒西经》并有《九招》，《史记·斯传》"昭虞武象"字又作昭，招昭亦并韶之借字。

按孙氏录韶异文略备，而实指韶为正文，则未必是，《韶》者盖周人文饰分别之言，以之专指舜乐者也。求其本源，当作磬靴或韬鼗，鼗者鼓之一种，鼓者乐中用以为节奏者也。古乐节奏重于曲调，凡初民乐事皆如此，非仅中土为然也。故庙堂祭祀，燕饮乐舞，讲武劝农诸端，莫不用鼓，而他乐则以事以类而差。凡占初民间用乐，亦大多如是。盖乐器进化乃自饮食烹饪诸器而来，在石器时代用为节奏者，乃石一块，即中土古乐之磬。进而以匋器，如匋盂匋甗之属，反而扣其底。再进乃杂以他乐，欧洲、印度莫不皆然，中土古乐亦如是也。细读《诗经》《荀子》《礼记》《周礼》，即可知之。盖有领袖百音万乐之仪，《学记》所谓"鼓无当于五声，五声弗得不和"，《荀子》所谓"鼓其乐之君邪"者也！

子夏对魏文侯言乐新乐之问，有曰："圣人作为靴鼓椌楬埙篪，此六者，德音之音也。然后钟磬竽瑟以和之，干戚旄狄以舞之。此所以祭先王之庙也"云云。先鼓次钟次舞，与周庙祭乐次合。则鼓为节奏乐中最初奏演，以领袖群乐之乐无疑。而　切用为节奏之敲击乐器，皆自饮食用具衍益而成，故其起源，较诸乐为早。则荒古乐舞之名，以敦朴之称命之，取物为号，盖极自然可信，古当有以鼗鼓为主器之乐舞，单素拙直，与禹之茅茨土阶之德相类，求事之始，遂以归于禹与？是则韶不必为正字而为专字矣。

《诗·商颂·那》曰："猗与那与？置我靴鼓，奏鼓简简，衎我烈祖。"次章于靴鼓之后，次举管声，次举万舞，此盖乐次如是，非文人漫言也。故陈旸云："鼓所以作乐者也，鼗所以兆奏鼓者也，言奏鼓则鼗从之矣。"《吕氏春秋》曰："武王存诚谨之韶。"由是观之，欲诚者必播韶矣。作堂下之乐，必先韬鼓者，岂非《乐记》所谓先鼓以警戒之意乎？《书》曰："下管鼗鼓，合止柷敔。"《记》曰："赐诸侯乐，以柷将之。赐伯子男，以鼗将之。"盖柷以合乐，鼗则兆鼓而已，故其赐所以不同也。孔颖达云："柷所以节一曲之始,其事宽,故以将诸侯之命,敔所以节一唱之终,其事狭,故以将伯子男之命",则此诗之言鞉鼓,其义至显。使陈、孔之说可信,则九磬之为九变,亦犹后世之言九阕,近人之言九节,皆谓乐奏九章矣。

《韶》之乐舞,自禹而后,其子启传之,即《竹书》所谓"夏后启舞《九招》"是也。《山经》又言夏后开得《九辩》《九歌》以下,始歌《九招》于大穆之野,上言得《九歌》,下言歌《九招》,则《九歌》即《九招》可知(证以前引诸说而益信)。细绎语义,则疑《九招》舞容,当能传世未绝,而其曲调歌词,或已亡遗,故后启祷祈而得之于天,禹在配享上帝之庭,故曰上嫔于天也。自既得《九歌》曲调之后,《九招》之舞,乃得相配之乐,故夏后康娱自纵,酣歌醉舞,几至亡国。其后汤立为王,事成立功,因先王之乐,又自作乐,命曰《濩》,又修《九韶》之乐(见《墨子》《吕览》),武王合天下,立声乐,于是《武》《象》起而《韶》《濩》废(见《荀子》),至周公兴六代之乐,而《韶》为宗庙乐章(详《周礼·大司乐》及上引诸文)。"自卿大夫师瞽以下,皆选有道德之人,朝月习业,以教国子,学歌九德。"(《汉志》)"舞《云门》《大卷》《大咸》《大磬》《大夏》《大濩》。"(《周礼·大司乐》)故《周礼》有九德之歌,《九磬》之舞。至于周衰,礼坏乐崩,周礼散于列国,鲁为周公之后,得备四代之乐。故鲁有《韶》《夏》《濩》《武》四乐(见襄二十九年《传》)。季札见舞《韶箾》者,曰:"德至矣哉。大矣,如天之无不帱也,如地之无不载也。"陈舜之后,故陈习鼓舞之风,当遍民间。及公子完奔齐(庄二十二年),大师挚适齐,则《韶》乐必在焉(《汉·礼乐志》)。故孔子适齐,闻《韶》,三月不知肉味,又曰:"《韶》尽美矣,未尽善也。"而郑大夫子产亦为九歌、八风、七音、六律,以奉五声。楚与陈、杞壤相接也,习必不甚相远,惠王灭陈与杞,度陈、杞司乐,必有抱乐器入楚者矣。而亚饭干适楚,播鼗武入于汉,楚必有《韶》乐之传无疑,自惠王至怀王五百五十年间,其风之扇,必已甚炽。而屈子两使于齐,必更得闻陈公子完之余韵,故得取以合于楚之语句词气,而遂以别流为楚调与?及始皇并天下,六代之庙乐,《韶》《武》犹存,二十六年,改周大武曰五行,房中曰寿人(《史记》),高祖六年,改招舞曰文始(《汉书·孝惠帝纪》),六代之乐虽亡,而汉世仍有虞《韶》周

《武》云(《后魏志》)。由上来诸说观之,则九为夏后氏之宗主特谥,因以为宗庙歌名。而《韶》者,夏以为歌舞节奏之主乐,因以为歌舞之号。从曲调言曰《九歌》,从用乐言曰《九韶》,《九歌》即所以为《九磬》之歌,《九磬》即所以为《九歌》之舞。名虽大别,而用则共贯矣。自后启曾修之,至商汤又修之,周备六代之乐,《韶》舞不废(《九歌》词句,当已有更易,而曲调则仍修习未坠,如汉之更昭夏为昭容之比也)。春秋之世,周室衰微,而乐散在诸国,鲁齐陈杞皆传习之,自楚灭陈杞汉黄,屈子使齐,于是西土乐舞,遂南被荆楚。屈子采其节奏,配以己词,于是《九歌》遂独传于江南。秦灭六国,礼乐益坏,舞容乐节虽尚存,而制氏不能言其义矣。

乙 说《万舞》

虽然,舞容以乐器命名,固古敦朴之制,而传世禹乐,尚有所谓《万舞》与《大夏》者。余疑《九歌》者,乐章之名,歌于堂上者也。《九韶》者,禹乐舞之曲,而以鼗鼓领之者也。《大夏》者,则书所谓舞干羽于两阶之舞容。而《万》则独指《武》舞之在东阶者而言。请更分别说之:

《月令》注:"《夏小正》曰:'丁亥《万》用入学。'"《商颂》曰:"《万舞》有奕。"《逸周书·世俘解》曰:"《万》献明明三终。"《小雅·鼓钟》:"以雅以南,以籥不僭。"《郑笺》云:"雅,《万舞》也。"是三代之舞,皆名《万》,然汤修先代之乐有《韶》,周备六代之礼亦有《韶》,则商周之有《万》,盖亦修先代之乐之意与?夏以前无《万》名,则传世固以《万》起于禹矣。又《竹书》言:"帝舜十七年春二月入学,初用《万》。"则《万》固与《韶》同有始舜之传说矣。其后传说亦《韶》《万》双衍,故汤修先代之《韶》,亦遂传先代之《万》。自两者源流观之,无不妙合,则《韶》之与《万》类也,而几于同矣。

《月令》疏:"《万舞》,或以为禹以万人以上治水,故乐亦称《万》。"按《诗传》、何休《公羊注》亦同。其实皆臆说也。按万字小篆作🦂,虫也,从厹,象形。不言何虫。然金文万鼎作🦂,仲敦作🦂,而甲文则作🦂🦂,不从勾。以形定之,大约亦爬虫之类,实与禹之字同族。夏民族以龙鳞之属为图腾,则万亦其徽号。

《万舞》盖亦夏舞之义耶？故《诗》"以雅以南"，《郑笺》谓"雅即《万舞》"，雅者夏之别字可证。

又《山海经》言"帝俊八字，始为舞"，而《尚书》《墨子》《天问》《山经》《吕览》《淮南》诸书言禹及其臣之蹈舞者极多，皆当为一脉之殊说。则释万为万人，不知释为禹舞之为有据矣。

又以《诗》《礼》《春秋》诸书考之（详见下），凡《万》皆用于宗庙。而《周礼》亦言九德之歌，《九磬》之舞，于宗庙之中奏之。则《万》《韶》所用之地亦同矣。上来所陈，自其传说之相契、字义之相成、舞说之相类、用地之相同观之，则虽谓《韶》《万》为一，亦非结构之言。虽然，夷考其实，究不能无别也。盖《韶》者以其乐言，而《万》则以其容言。古兴舞在正乐备之后。《韶》者统金奏、升歌、笙入、间歌、合声、五节、金部、乐节之曲言，终始以鼗鼓为舞节之主乐。而《万》则别指东阶之《武》舞，以干戚为容仪之段言。即《周礼》所谓"正乐备，乐师号舞者，舞者就列，击柷播鼗而兴舞"是也。

上说既明，吾人试读《商颂·那》之诗曰：

猗与那与！置我鞉鼓，奏鼓简简，衎我烈祖。

此第一章言乐之始也，以鞉兆乐，将以祀其烈祖也。二章曰：

汤孙奏假，绥我思成，鞉鼓渊渊，嘒嘒管声，既和且平，依我磬声，于赫汤孙，穆穆厥声，庸鼓有斁，《万舞》有奕，我有嘉客，亦不夷怿。

此言乐舞之终始也，以鞉鼓领袖群乐，则金奏升歌之义。"嘒嘒管声"，则笙入也。"既和且平"者，言堂上下八音诸器，皆细大不逾也。"依我磬声"者，言堂上附琴瑟，堂下管奏，而以磬应之，为之节也。"穆穆厥声"者，堂上之歌声也。"庸鼓有斁，《万舞》有奕"者，管毕攊敔止歌，击柷笙奏，黄钟镛（大钟）应之，鼓为之结之。三终收羽击鼓，章毕乐毕，攊敔。太师告乐正曰，正乐备。乐师号舞者，舞者就列。用干戚。乃击柷播鞉与舞。此诗乐舞之次，与《周礼》言《韶》舞之节全合（详应扨谦《古乐书》）。此即世传汤修《大招》之事与？《诗》以鞉为终始，而《诗》称"《万舞》有奕"，则《万舞》乃《韶》之一部明矣！

丙　说《大夏》

《周礼·大司乐》："以乐舞教国子，舞《云门》《大卷》《大咸》《大磬》《大夏》《大濩》《大武》。"《郑注》："《大夏》，禹乐也，禹治水，傅土，言其德能大中国也。"《贾疏》云："《乐记》云，夏大也。注云，禹乐名也，言禹能大尧舜之德，大中国即是大尧舜之德也。"是夏为禹乐舞无疑。禹立国曰夏后氏，则创乐舞以夏名，于事固甚顺适。尊而称之，则加大，冠以宗号则曰《九夏》，与夏族一切史实皆相调遂，是则《大司乐》所谓奏《九德》之歌，《九磬》之舞，瞽矇掌《九德》之歌，以役大师，此《九德》之歌，亦即《大夏》之乐也。按钟师云："凡乐事以钟鼓奏《九夏》：王夏、肆夏、昭夏、纳夏、章夏、齐夏、族夏、械夏、骜夏。"此《九夏》乃周乐章，天子诸侯大夫士以为燕享祝祀动止之节之乐诗，非禹乐之《九夏》也。然周修六代之乐，或亦取夏后氏之乐而别为诗歌以和之，周本夏后，其名亦遂因而不改者邪？

然《祭统》曰："朱干玉戚，以舞《大武》，八佾以舞《大夏》。"《明堂位》曰："朱干玉戚，冕而舞《大武》，皮弁素积，裼而舞《大夏》。"《大武》与《大夏》对言，似周之舞《大夏》，与舞《大武》两殊。故陈氏礼书，乃援《书》之舞干羽，《乐记》之干戚羽旄，以谓《大夏》为文舞，其实恐非。按《内则》"二十而冠，始学礼，舞《大夏》"，即《大戴礼·保傅篇》所谓就大学、习大艺也。二十成年，膂力方刚，容能备乐，则《大夏》必不仅于文舞，此其一。《春秋》隐五年《经》："九月，考仲子之宫，初献六羽。"《左氏传》以为"考仲子之宫，将《万》焉。公问羽数"。《榖梁子》曰："舞《夏》天子八佾，诸公六佾，诸侯四佾。初献六羽，始僭乐矣。"又引《尸子》曰："舞《夏》自天子至诸侯，皆用八佾。"左氏言《万》而《榖梁》《尸子》言《夏》，明《万》《夏》同矣。古今文家说，即有异说，不至相反，左氏以献羽为《万》，则《万》亦有羽，而《榖梁》以为舞《夏》。盖《夏》为大共名，容总统文武而言，即《内则》注所谓《大夏》乐之文武备者是也，此其二。《明堂位》："朱干玉戚，冕而舞《大武》，皮弁素积，裼而舞《大夏》。"弁裼之言，与《墨子·非乐》之说合（《非乐》"昔者齐康公兴乐，万人，不可衣短褐，……曰衣服不美，身体从容丑羸不足观也"云云，盖康公改古制短褐不用也）。昭二十五年《公羊》云："朱干玉戚，以舞《大夏》》，八佾以舞《大武》,此皆天子之乐也。"则《大夏》亦用朱干玉戚,所执武器,与《万》同矣。则《明堂位》朱干玉戚四字,直贯下文,当云:"朱干玉戚,冕而舞《大武》,朱干玉戚,皮弁素积,裼而舞《大夏》。"不独为《大武》言也。此其三。是《夏》为夏乐之文武全备者矣。(戴侗《六书故》以夏为舞容亦可为余说张目。)

二、《九歌》本夏乐杂楚俗而翻为郊祀新词

上节所记,所以明《九歌》之为夏歌,非谓屈赋《九歌》之即为夏歌也,夏歌盖已久亡不可知,而屈赋则本之夏俗,翻以新词者也。此又何说,请立数证以明之。

甲 《九歌》为国家祀典,非诸侯祀典

按《礼记·曲礼》:"天子祭天地,祭四方,祭山川,祭五祀,岁遍。诸侯方祀,祭山川,祭五祀,岁遍。大夫祭五祀,岁遍。士祭其先。"《祭法》云:"夫圣王之制祭法也,法施于民则祀之,以死勤事则祀之,以劳定国则祀之,能御大菑则祀之,能捍大患则祀之。"《周礼·春官》大宗伯之职言之最详,其言曰:"掌建邦之天神人鬼地祇之礼,以佐王建邦国,以吉礼事邦国之鬼神祇,以禋祀祀昊天上帝,以实柴祀日月星辰,以槱燎祀司中司命飌师雨师,以血祭祭社稷五祀五岳,以狸沈祭山林川泽,以疈辜祭四方百物,以肆献祼享先王,以馈食享先王,以祠春享先王,以禴夏享先王,以尝秋享先王,以烝冬享先王"云云,最为详尽。然举其大,不过天神、人鬼、地祇三端。《九歌》中,东皇太一、东君、云中君、大司命、少司命属天神,河伯、山鬼属地祇山川之神,湘君、湘夫人、国殇属人鬼,皆非齐民之所得崇祀可知。周之世法,"有天下者祭百神,诸侯在其地则祭之,亡其地则不祭"(《祭法》)。故诸侯不得祭天,仅能祭社稷以次(见《王制》),今《九歌》所祭天神居半数以上(共五神,为九神歌半数以上),其非周室诸侯所得祀矣。

乙 《九歌》非全为楚祀

《九歌》不全为楚国祀典,由上所证,当已明白,无容分析,然尚可得数证。按诸侯祀名山大川之在其地者。终春秋战国之世,楚北疆无及河之时,则不得

祭河,可知。《春秋》哀六年左氏《传》:"昭王有疾,卜曰,河为祟,王弗祭,大夫请祭诸郊。王曰,三代命祀,祭不越望,江汉睢漳,楚之望也,祸福之至,不是过也。不穀虽不德,河非所获罪也,遂弗祭。"盖春秋之世,楚虽有僭王之事,而祀礼在天,尚不以人事相越,亦自以望不出其所封。则河伯不在楚典祀明矣。而《九歌》有《河伯》者,必本于先民旧传之礼。案三代所传祀河之典,大将在吕梁之间,东不逾洛阳。所传河神,不见于青济之间。则吾人谓山以东无所谓河祀可也。考古传说中多言河者,乃夏民族所特有,洛阳之西,固夏民族生息之地也(殷商祀典中有上帝、社、祖妣及风雨之神。山川之祝,惟见"賁于洹水之言",绝不见祀河之语。不仅此也,地名中有荥洛汝等,而亦不见河字),即河之文化之所由生。试即以夏民族所传之遗说而观,则无不与河说相合者。其宗神即治河之禹,其重典,即《尚书》之《禹贡》。夏民族之文化,即以河为孕毓之区。则崇祀河神,必为夏民族普遍遗习。故三代以来所传河神祀河之事,在洛阳以西者即夏民族生息之地矣。楚不得祀,而《九歌》有河神者,必本于夏之遗习无疑,此其一。又《云中君》云:"览冀州兮有余,横四海兮焉穷。"《大司命》云:"纷总总兮九州,何寿夭兮在予。"《九歌》所涉地名,其在楚国疆域中者,不论。其远及国外者,惟咸池扶桑,皆传说中飘渺之地,不足以考见方位疆域。然冀州、九州两句,既非空言飘渺。而所咏神事,一为云中君,一为大司命。云中君汉人传说以为晋祠,晋于《禹贡》,亦半属冀州。则览冀州非侈放寓意之言。按冀者夏民生息之地,夏以龙龟为图腾,冀者即龟之属,故文得曰冀州(别详余《九夏考》一文)。此作夏人语,非屈子自道之词矣。至于九州,则全为夏后氏之说,与河伯一例(殷虚中亦无九州之说),且以总九州寿夭在予之言审之,俨然以九州总括宇内,侈于《离骚》之言远矣,非楚国之可得言,此其二。又《九歌》中诸言车驾,皆曰龙驾龙辀,此祀歌非等抒情之作,故全诗划一不乱。(《离骚》车驾,龙凤鸾皇杂陈,与此大异,《离骚》为抒情之作,得任情使用,《九歌》为祀神之词,语意容可出入,名物有关礼制,不能任意使用之也!)龙者夏民族所奉以为宗神者也(殷虚甲文有祀凤之文,而无祀龙之典,此亦夏宗之一证)。故崇祀神灵,因尊其车乘亦曰龙矣，楚民族历史中之宗神，当为熊，而传说中之宗神，或亦为龙，祀典求合于神意，故亦以龙为称，此不得以浮言视之矣，此其三。

丙 小结

由上来三事观之，则《九歌》之作，纯以夏民族为柢本之祀祭乐章，盖已无可疑。余说最近谲，而非图符篆，塑神貌，则差足自信。然何以决不为夏族生息诸地如晋梁秦赵诸地民族所昌言，而独传之于楚耶？此亦吾人所得辨析者也。案《国语·楚语》载观射父之言曰："古者先王日祭月享，时数岁祀，诸侯舍日，卿大夫舍月，士庶人舍时，天子遍祀群神、品物，诸侯祀天地三辰及其土之山川，卿大夫祀其礼，士庶人不过其祖。"云云，此楚僭王以后之礼也，诸侯祀社稷，不得祀天地，此《周礼》有明文。是以晋梁秦赵，不得祀，即楚之昭王亦言三代命祀，祭不得越望矣。则观射父诸侯祀天地三辰之说，当为楚之僭礼。盖楚自鬻熊为文王师，以子男田，沿夏水而南，令居楚。蛮夷皆率服，而王不加位。遂与周人修怨。昭王南征，亦至不得反国。故春秋以前，其事不见于《戴记》。盖与周绝久矣。及桓王十六年，武王伐随，乃自尊为武王。思与于中国之政，宜其不能尽服于《周礼》矣。然楚本古三苗之地，三苗者，夏之后也。盖本处于西极，沿夏水而南，止于江夏之间，是为夏之分族（详《后汉书·西羌传》）。自帝喾氏衰而三苗乱，尧征而克之于丹水之浦（《帝王世纪》）。舜窜之于三危，盖已显然为南殖之大族。自穴熊而后，便与中国相绝。周文王三分天下有其二，有囊括天下之心。故引鬻熊以自固，盖以子姓视之。而其受封亦如武王之立殷后为宋，所以便于率服其民也。故仍建之以旧邦丹阳。丹阳即尧征有苗之丹水也（丹阳即丹水，略本宋翔凤《楚鬻熊居丹阳武王徙郢考》一文）。故楚独世守夏礼，事先王之后，有如宋陈然，故不遵用周制。（三苗为夏后，楚即三苗遗族之留居江夏间者，余别有考，兹不具。）周自周公相成王，定殷乱。以殷之顽民，屯居洛邑，吸收殷商文物，以定国本，而致富强。至共和而后，文化恢扩。楚之绝者已数百年。至楚武王与中原交往，慕周之文教，思与于中原之政，或且有北上争天下之心。不能得志，愤而自王。于是终春秋之世，楚之君臣，无不以问鼎周室为职志。岂亦有故国神游之思与？（楚辞以昆仑西极为向往之所，屈子亦言"去故乡而就远兮，遵江夏以流亡""过夏首而西浮兮，顾龙门而不见"，其憬然于夏西者，情至深惋，盖可思矣。）故国之不存，存其典型于宗祝之事，则不遵修周制，而祀天地百神。不以河为望，而祀河。感于吴之败，而歌《国殇》。生息湘沅以建其宗族而歌《湘君》《湘夫人》（湘君、湘夫人略近楚之宗神，与他百神异，详篇中）。岂即所谓楚俗信巫，而民神杂糅者与？

虽然，乐章虽本于宗习，而典祀必不下于庶人（详后），自其典祀礼则而可知之（见前）。则《九歌》者，岂楚国君郊祀之乐章也与？三代以来，国之乐章，本皆不传，无以明其节奏。然楚人信鬼而爱国（楚人最爱宗国，而怀王入秦不返之恨，深入人心，故亡秦者楚也），则国之大事，礼义之节，虽民不得预，而词句铿锵，容能流传在人。秦焚典籍，楚必有不用乱命者。其保存故籍，必有较齐鲁诸老之抱守儒书之为易且勇矣。吾故曰，《九歌》盖本夏乐，而杂以楚俗，翻为郊祀者也。虽然，古以作者归之屈原，盖亦有说，原本楚之宗臣，以其世为左徒莫敖而观，盖楚世传之神巫与？盖古初社会，在氏族时期，其豪长以军人与巫史分任之。自军权庞大，政治演为王朝，巫史遂夷为百僚，楚人重鬼，则巫史之事，必仍守宗亲世袭之习而未替。屈原者，宗室巫史之世子，而才思博辩之能臣，且躬负制宪布令之重责。则更定典礼，润色乐章，盖亦分内之事。故《九歌》之文，神韵遣词，多同于《离骚》。而寄情寓意，略似乎巫祝。（《九歌》仅有恋慕崇奉之词，与《离骚》之悱恻哀痛者大异，故不为屈子抒情寄意之作，后人多不知此！）仲尼删诗，为北音之宝藏。灵均作歌，存南土之仪型。其功相埒，其事相类，然孔子得梦奠而终，而屈子乃放流以死，则原之情为可哀矣！

三、《九歌》为祭祀乐章辨

甲 《九歌》非民歌辨

王逸《九歌序》，以《九歌》出于民歌，而原借以寓其思君爱国之意。

《九歌》者,屈原之所作也,昔楚国南郢之邑、沅湘之间,其俗信鬼而好祠,其祠必作歌乐歌舞以乐诸神。屈原放逐,窜伏其域,怀忧苦毒,愁思沸郁,出见俗人祭祀之礼,歌舞之乐,其词鄙陋,因为作《九歌》之曲,上陈事神之敬,下见己之冤结,托之以风谏。

　　朱子本之,以为更定其词,去其泰甚。后之言《九歌》者本之。至近世遂直以为民歌,慎也！古所传民歌多矣,其见于十五国风者,道男女之幽情,叙生身之悲乐,言家庭之忧愉,写社集之实情,述农田之懿美,下及寡妇孤子之悲,公子王孙之逸,政事之得失,官吏之善恶,春日鸧庚,秋色杨柳,无乎不言。其逸在"三百篇"之外,如《春秋》《左传》《墨子》《荀卿》《吕览》之所称述,决未见连篇累牍,歌颂鬼神之作,如《九歌》之律然有次者矣！而谓《九歌》为南楚民俗之歌；楚人即好鬼,何以独不好人,爱其生命中极易流露之情,而独终日狂舞,为他人事鬼(指云中君、河伯、大司命、少司命诸非楚地望中之神言)。民俗至暗不如此,至智亦必不为此,此不可解者一也。即以"三百篇"诸乐章而观,歌词之条畅幽美,去《九歌》至远,而谓文物美备之青冀梁雍之民,反出文物后启之荆楚之下,恐不足以服人心,则《九歌》若不为技术修养至高之士为之,其何以能逮此,此不为民间之作者二也。又"三百篇"中,诸雅颂乐章,其为周鲁宋庙堂之所采用者,其神祀至不明晰。宋俗非不好鬼,仲尼即使文饰,其大齐必不过远。吾人所能考究而知者,初不过上帝祖考高禖田祖之类。以《九歌》较,则显然为首尾完具,天神地祇人鬼律然有定,显为一有计划有组织之乐章,且远较春秋以来诸国乐章为具体,如此伟著,而谓楚之民俗,乃能周密如是,其谁能信之哉！且以《九歌》所祀诸神而观,东皇太一、东君、云中君、大司命、少司命属天神,河伯、山鬼属地祇,湘君、湘夫人、国殇属人鬼,其说合于《周礼·春官·大宗伯》之以吉礼事邦之鬼神祇之制(见前引)。与《曲礼》《王制》《祭法》天子诸侯之祀典亦相吻合,而《楚语》载观射父士庶人不过其祖之言,亦与诸儒家经典相应。此必非偶然相合之事,则楚之齐民,不得祀山川以上之神至明。春秋至于战国,礼制即有差殊,容小异不容大别,而谓楚在战国,其齐民遂突然得祀祖以上,无是理也。

《九歌》解题

且在战国以后,亦不见承袭相因之迹,而谓战国独能与前后相远,无是理也,其不为民歌,盖已无疑!

乙　《九歌》为祭祀乐章

虽然,吾为是空论,必不足以服说者之心;请更端以明《九歌》之必为祀祭乐章,以杜偾者之口!

子　以神类言

按《周礼·大宗伯》:"以禋祀祀昊天上帝,以实柴祀日月星辰,以槱燎祀司中司命飘师雨师,以血祭祭社稷五祀五岳,以狸沈祭山林川泽,以疈辜祭四方百物,以肆献祼享先王,以馈食享先王,以祠春享先王,以禴夏享先王,以尝秋享先王,以烝冬享先王。"此天子遍祭天地百神宗庙之礼也。天神、地祇、人鬼三者,皆备。天神以天为首,次曰次月,次五帝,次星辰,次司中司命,次飘师雨师,是为六宗之祭,而日月星辰以下,又谓之四类,见《周礼·小宗伯》。地示以地为首,次社,次稷,次五神,亦曰五祀,次五岳,次四镇,次海与四渎,是为四望,次山川,次邱陵坟衍原隰,次户灶中霤,次门井为五祀,次四方百物之神。人鬼以宗庙为首,次高禖,次先圣,次先师,次先老;次先啬,次先蚕、先炊之类,次泰厉(详金鹗《求古录祭祀差等说》)。盖天子无不祭,故其类至繁,而其大较亦不过天地人三大端,此皆明见《周礼》《礼记》诸书,亦与《诗》《书》《左传》合,盖必为周家礼仪之端无疑。按《九歌》东皇太一即《大宗伯》所谓禋祀昊天上帝也,东君、云中君即实柴祭日月星辰之日月也。(祀日之典又见《仪礼·觐礼》及《礼记·玉藻》诸篇。)大司命、少司命即《周礼》之司命,皆以槱燎所祀之神也。湘君、湘夫人,当为楚之宗祀(别详两篇下)。河伯、山鬼,即狸沈所祀之山林川泽也。国殇即祭法之所谓以死勤事则祀之之人鬼也。则《九歌》诸神,无一不在《周礼》祀典矣。且其整然胪列之次,以等而差,不相杂厕,凡诸重要之神,日月星辰民之所瞻,山林川泽民之所取材,无不具,此必为一整个祀典之套数,不可或缺或增者,则其为国家典祀之乐章,盖已可决,《曲礼》:"天子祭天地、四方、山川、五祀,岁徧。诸侯方祀,祭山川,五祀,岁徧。大夫祭五祀,岁徧。士祭其先。"云云,此其天日六宗山川人鬼之祀,岂士庶人之所得行者哉！此不为国家之祀典而何？此其一。

丑　以乐次言

更以用乐之次而言,则典礼在国,更无可疑,按《九歌》东皇太一即昊天,东君、云中君即日月星辰,湘君、湘夫人即楚之宗庙,大司命、少司命即六宗,河伯、山鬼即山川四望,国殇即人鬼,则一歌而有天神地示人鬼之祭,此《礼运》所谓"祀帝于郊,而百神受职"者也！亦即《周礼·大司乐》"六变而天神皆降,八变而地示皆出,九变则人鬼可得而礼",先《郑注》所谓"皆禘大祭也"。禘祭之礼,以《周礼》按之,盖先奏黄钟,歌大吕,舞云门,以祀天神。继则奏大簇,歌应钟,舞咸池,以祭地示。继则奏姑洗,歌南吕,舞大磬,以祀四望。继则奏蕤宾,歌南钟,舞大夏,以祭山川。继之则奏夷则,歌小吕,舞大濩,以享先妣,继之则奏无射,歌夹钟,舞大武,以享先祖。试以比附《九歌》,则虽详略有殊,而大齐不逾。则《九歌》者,盖楚之僭礼,所以郊祀上帝之乐也。更以其文义审之,《东皇太一》者,迎神之曲,所谓先乐金奏者与？大报天者,主以日而配以月(见《礼记》),《东君》《云中君》,盖即是邪？(《东君》宜承《东皇太一》之下,后世误倒,辨详下文。)祭上帝则下及宗庙六宗四望百神,湘君、湘夫人,楚之先妣先祖与？司命、河伯、山鬼,所谓六宗四望,百神受职者耶？不仅此也,以《九歌》舞次而论,亦颇与祭祀等差之说合,祭祀者,天地宗庙为一等,日月五帝社稷为二等,六宗五神四望山川为三等,司民司禄邱陵坟衍原隰高禖为四等,先圣先师先老为五等,五祀四方百物之神先啬先蚕先炊之类及泰厉为六等,则《九歌》以东皇太一、东君下以为次,与《周礼》之说亦吻合,其必为完整有组织之歌词,盖无可疑。

《九歌》之词,张皇幽渺,典丽谲皇,礼堂之张施,肴烝之丰盛,钟乐之美备,舆服之华丽,器用之贵重,佩饰之繁富,皆非卿大夫以下之所能及(《九歌》所用物品几无不类郊祭之所用,与《周礼》所传相合,详具篇中)。况在氓庶,能有是乎？非楚之僭礼,盖无以解决其事！

寅　取证于汉郊祀乐章

抑又不仅此也,汉高以楚人而有天下,本好楚声,及其既定郊祀乐章,亦采楚词。其后十九章中,袭用《九歌》者亦至夥,其神有泰元,即东皇太一也(吴仁杰说),日出入者,即东君,天门即司命,五神即云中君,其歌首练时日,即选时日之意,此十九章之迎神曲也,而袭用《东皇太一》者十之九,赤蛟言神之醉而去者,即袭《九歌》之《礼魂》,盖送神之曲矣,其他袭用词句者至夥。(高祖置祠祀官,女巫所祀亦多《九歌》中神,如晋巫祠五帝东君云中君巫社巫祠族人炊之属,荆巫祠堂下巫先司命……其河巫祠河于临晋皆是。武帝本其祖之遗意,选司马相如等数十人造为诗赋,作十九章之歌,盖亦以楚声为主,以正月上辛,用事于甘泉圜丘,使童男女七十人俱歌。此非武帝创制,盖亦沿袭楚俗无疑,故其仪则,颇与儒家所传不全类,而诸儒乃相与争讼之矣。余疑十九章,即本之楚,而以时增损其所祠祀之神,故其神祠,多与《九歌》相同,相如等受命为此,不敢多更旧规,上采时主之意,为之增损,曲调语义,必多有存而不敢废者矣。故十九章之歌,词义多有不明,音节成亦不彰之处,必存楚故俗崇尚之点,不敢更易。不然以相如等数十人之才,则所为短章,乃文理不通、词句暗塞如是,必无是理。且《安世房中歌》,遣词用意之方,与十九章亦相近,唐山夫人亦楚产,则两歌皆存楚国方俗之言,方俗之词,当无可疑。以俗言俗调入歌,故不易为后人所解也。)以后例先,则《九歌》不能为民歌,而必为郊庙之乐,无可疑矣。

卯　楚确有郊祀

按《吕览·侈乐篇》:"楚之衰也,作为巫音。"楚之衰当在灵王之世,故桓谭《新论》云:"楚灵王骄逸,轻下,简贤务鬼,信巫祝之道,斋戒洁鲜,以祀上帝;礼群神,躬执羽绂,起舞坛前,吴人来攻,其国人告急,而灵王鼓舞自若,顾应之曰:'寡人方祭上帝,乐明神,当谋福佑焉。'不敢赴救,而吴兵遂至,俘其太子及后,甚可伤。"君山所言灵王事,未知可全信否?然楚人上下事鬼,他书亦多传之,而祭上帝之语,与观射父之说相应,则楚在春秋,已郊祀天地,证为不孤也。其事至战国而益甚,谷永《上成帝书》有云:"楚怀王隆祭祀,事鬼神,欲以获福,助却秦师。"盖亦为屈子之所亲见,灵均世典祝史之职,为怀王所信任,出对诸侯,入议国事,国之大事,为祭与戎,则受命君上,为国订乐章,以一代大儒,当此重典,较相如等受命为十九章,为天子侍从优弄之臣者,其高又不可以道里计,则《九歌》之成,其当屈子在朝,上官未譖之时邪!此虽为结构之说,不敢必其可信,而调处先后事象,以推其因果,总摄百端,而为之立宗起信,当无有更较此为圆通周洽者矣。

辰　《九歌》中抒情词语之解释

顾说者曰,《九歌》之中,有致神不至,或至而忽去者,意象飘忽,似非祭祀之象,而以男女爱慕之私,以向神祇,不亦渫渎之甚!故王逸以来,遂以致神不至拟原之见疏,而以神人之渫,比原与怀王君臣之悃,因以定《九歌》为原抒情之作,而不为祭歌,此亦有说。按原之存心君国,所见于《离骚》者,已详尽无余,似无更托之鬼神之必要,此其一。即托之鬼神以诉冤结,何以只有爱慕反侧之思,而无悲怆凄楚之状,使原放逐汉北,形容憔悴,寄意鬼神以抒忿懑,而无一怆楚之音见于笔下,则原不为鄙夫必为忘忧上人,为忘忧上人,何以更蹈汨罗,为无个性、无情感之鄙夫,则《离骚》不几为无病呻吟语邪?不待智者而可决矣,此其二。至谓人神不相渫,则古固有民神不杂之说矣(即《国语·楚语》民神不杂,民神同位,民渎齐盟,无有威严,神狎民则等说是也)。按《周礼·春官·宗伯》女巫"凡邦之大灾,歌哭而请",郑注:"有歌者,有哭者,冀以悲哀感神灵也",则巫者固可以歌哭极其情,盖初民朴质,男女之防未严,渫渎之念未兴,且巫者所以通神人之间者也,上之则为灵保,下之则为齐民,则巫与神对舞,人神相恋,所以乐神,亦所以乐围而观之者,则民神杂糅,乃初民实际之景像,民神不杂,反为后世学人之理想,此一切初民莫不如是也。《墨子·非乐篇》曰:"先王之书汤之官刑有之,曰其恒舞于宫,是谓巫风,其刑,君子出丝二卫。"则巫风之弊,又不仅楚为然矣。是则《九歌》之有鬼神飘忽之像,人神相恋之情,盖亦古初民族必有之象,为儒书所未及修润之词。楚在南疆,与中原文化异其流,春秋以来,尝自以为蛮夷,而又好巫风,则郊祀之典,保其民习之真,不为男女人神之防,盖亦事之极自然而原始者矣,又何足怪。吾故曰,《九歌》者,楚人郊祀之乐章,本为楚俗,而屈子为国君修饰润色之者也,或即怀王欲以却秦师者邪。

四、《九歌》组织

《九歌》凡十一篇,篇各一意,不相复,而极其变化之能事,盖出于一人之手,而有一全盘设计以为之者也,其用意至周密,组织极完整。即以十一篇论,则《东皇太一》飘然不言神貌,《云中》《司命》,则神来而又忽去。《湘君》《湘夫人》,不使神临,空怀景行。其所以变化进退者,至飘渺无方,不单调,不重复,不直率,凡想象摹拟,追思恍憁之情,热烈紧张,不可方物。非艺术修养至高如屈子者,不能作。而其为一个整套之全曲,亦从可知(参前各节所证)。然篇数不与篇名相应,此宜申说者一,古报天者以日主之,而篇中《东君》在《少司命》后,必为错篇,此又宜申说者二。

甲 篇数不相应之故

《九章》《九辩》,篇名与篇数皆相同,而《九歌》独十一,王逸、洪兴祖无说。而朱子则本盖阙之义,林云铭以《国殇》《礼魂》为多作,直妄言不足信,吾友青木正儿君,近与吾书,言《湘君》与《湘夫人》、《大司命》与《少司命》,乃春秋二祀分用之词,盖本于《礼魂》"春兰兮秋菊,长无绝兮终古"二语,更引篇中时令处,以证《湘君》《大司命》用于春祀,《湘夫人》《少司命》用于秋祀,于说最为创见。然何以分为春秋二祀,说亦不能得其精要。按全曲所以祀昊天者也,即东皇太一,而以群神从祀。东皇者主神,例需迎送,故全篇皆歌礼备迎神之事,此舞中之迎曲,而乐中之金奏也。故语不颂神貌,神之特性不具,不作祝颂之语。但侈陈选日,供张,节鼓陈瑟,芳菲满堂而已。此迎神之意也。故《东皇》一章有词有曲,而舞容不具,故不入九数也,其《礼魂》一篇,则言成礼会鼓,传芭代舞,绝无其他至义,而韵语短掇,以曲言,盖所以送上列九神者也,以乐言,则为群巫大合唱,以舞容言,则为全舞之合演,无主神,故亦不入九数。且九歌自《河伯》以下,舞容极盛,人神之糅极矣。则于全套表演将毕之时,大合奏演,以舒迟容与其节,而结以"长无绝兮终古",人神两乐,激楚之情已施。礼成而退,亦乐舞极自然之节奏。则《礼魂》一篇之不入于九数,盖情实而得无所蔽矣。

乙　篇章错简

又今本《东君》一篇,在《少司命》之后,恐非原旧本,疑本在《云中君》前,此盖有数证,《礼记》大报天而主日,则祀日为郊祀至重之典,东君,日神也,不宜远距东皇太一,而以他篇间之,此一也。古祭祀有等差,前已言之,天地日月,其等相近,而以类相属,则东君不能独县绝于四等之司命以后,此二证也。云中君乃月神,当以日神为次,亦如湘君湘夫人之相次,大司命少司命之相次,何得分置两章,于绝不相连属之所,则东君必在云中君前无疑,此三证也。又《封禅书》言高帝长安置祠祀官,晋巫祠五帝,东君云中君司命巫社(《汉书·郊祀志》所言亦同),亦东君在云中君前,必本于先秦旧俗,则《九歌》原本,亦必《东君》前于《云中君》无疑,此四证也。

分　论

东皇太一

五臣云,每篇之目,皆楚之神名,所以列于篇后者,亦犹《毛诗》题章之趣,一本题上有祠字,下诸篇同。今洪补本则于篇题处言之。寅按《文选》六臣本,东皇太一诸小题亦列于每篇之首。太一一名,其意至杂,《礼运》"礼本于太一"(此言出《荀子》),指混沌元气而言,即一之又一之义,杂见易道两家之书者是也。有以为居紫宫之神,其神最贵者,见《淮南》及《郊祀志》。有以为北极附近之一星名者,见《天官书》。有以为即北极星者,西汉纬书多言之,其说至纷杂不可理。按宋玉《高唐赋》云:"进纯牺,祷璇室,醮诸神,礼太一。"刘良注云:"诸神百神也,太一天神也,天神尊敬礼也。"此楚人之所自言。以《九歌》按之,则东君云中君以下所谓百神也,东皇太一,即天神明矣。以《周礼》按之,则正南郊午位去国一里许,依泰坛以祭祀昊天,即圜丘之祭也。圜丘所祭之昊天,天之总神也,其神为太一,居天之中。昊天为生物之始,故于神为最贵。则太一不得为星名,

/ 124 /

而纯为神名矣。唯太一之祀,虽即圜丘昊天之祭,而太一之名,则始自周末,盖战国诸子,喜求一切事物之端始,以探其最高概念。在易家则称为太极,在道家则谓之道,道之别名曰太,太即老子之所谓"有物混成,先天地生,吾不知其名,字之曰道,强为之名曰大"也。于是凡足以当一事一物一理之极之始者,皆可曰太。始而又始曰太始,极之又极曰太极,伯之又伯曰太伯,初之又初曰太初,上之又上曰太上,祖之始曰太祖,质之始曰太素(见《乾坤凿》)。一者,亦周末诸子用以表天地万物,混然不可分析之最高观念,与道相同。道者,一之运行。一者,道之全德,杂见于《老子》《韩非》诸书(淮南王言之益悉),至《庄子》而言:"关君老聃,闻古道术而悦之,建之以常无有,主之以太一。"太一为哲学中至高概念,此南楚哲人之言,与《易经》所谓太极生两仪者,义不相谋而相合。战国之世,不入于儒,则入于道,而易以阴阳五行之说类(故《荀子》亦言太一)。于是文人学者,取哲家之义,推至天人之际。而巫祝方士,羡门高羡、上成郁林之等,侈言天神人鬼之事者,相与附会。而太一遂升为天神,且以"大""一"两字推极之义,而为皇天上帝之名矣。楚俗好巫,度其接受此种思想固极易。太一之祀,遂先见于国之重典。汉祖父子本楚人,好楚声,于是楚祀之典,随帝室以北。文景虽未发扩,而武帝恢廓似高祖,好神仙鬼异,巫风亦极盛,故汉仪遂亦有太一之祠矣。

  然何以曰东皇?按东皇即文中之上皇,《庄子·秋水》云:"彼方跐黄泉而登大皇。"《疏》云:"大皇天也。"此言上皇,犹《秋水》之大皇矣,尊之则曰上皇,状之则曰太皇,以皇指天,盖南楚有是语也。然古说昊天,本亦有指春天之说,《尔雅》及今《尚书》欧阳说是也,《说文》亦云:"春为昦天,元气昦昦。"昊即昦之隶变,春于方位属东,而皇者,战国以来,所以谥天与人之主宰及君王之义,故东皇亦如今世称玉皇矣。则"东皇太一"盖名之重叠累赘者与?与今人称玉皇大帝相类。楚白灵王,好巫,怀王且思祀神以助攻秦,则祀祠之神多矣。疑其崇祀太一为昊天之神,与高帝之祀五帝,武帝之祀太一,皆有巫祝方士之导。则吾人正不必以其先世之有无,而论其是非有无矣。殊方异俗,文献多缺,吾人固不必强说其有,而亦不必定指其无。古人往矣,又谁与定其得失。

云中君

王逸注为云神丰隆,一曰屏翳,后世皆本之。亦见《汉书·郊祀志》,晋巫祠五帝东君云中君之属,是汉犹承其旧俗也。唯《周礼·大宗伯》以槱燎祀飌师雨师,而不及云师,是旧本无云师也。按诸家以云中君为云师,皆本王逸说,别无他据。而王逸实亦望文生训,并不足据。若祀云师,则飌雨岂能无祭。寅按云中在东君之后(详前),与东君配,亦如大司命配少司命,湘君配湘夫人。则云中君,月神也。又以本篇文义证之,曰烂昭昭,曰齐光,曰皇皇,皆与光义相连,云师宜与电雨相属,不得言光。且既降,又倏然焱举,此亦与月出没之情态相类,而横四海,即《尚书》所谓光被四表之义,故曰无穷。与云神意象亦不合。且春秋以来,无祀云神者。楚即特殊,其增损之大齐,必不能出入太甚,则以为其谓为云神之无据,不如指为月神之有根矣。

湘君　湘夫人

按湘君湘夫人,盖楚民俗独奉之神也,楚都湘资沅澧之浦,南望洞庭之浩渺,北望汉水之萦回,而大江如带,在襟袂之间,沼泽沟洫,纵横原湿,烟雨风云之变,既甚奇诡,不经之说浸多。而地近卑湿,民习淫慝,故巫风淫风,遍在其地。初民崇祠,宜多男女淫昏之事。故汉女解佩于交甫,高唐托梦于襄王。千古流传,人所艳称。典祀不取汉皋之女,巫山之神,而独崇湘水之神者,盖汉北不为楚地,疑其民,杂中原秦晋之俗,有不为楚祀者矣。湘水北承洞庭,为南楚最富之区,北间大江,亦种性最纯之域。巫风祝嘏,当早已蜂午于大湖南浦。古之所谓国之崇祀,皆取之民间,盖国典亦民习之反映,故圜丘之祭有湘神也(见后)。虽然,楚山川之大者,水宜为川,何以大祭而不及川,此亦有说,盖楚别有四渎之祭,川为楚四渎之一,而湘君湘夫人者,盖楚民所普遍崇奉之神,而又最适宜于巫风鼓舞之情者也。颂男女之痴情,伤夫妇之别离,故初民所最热恋之事,且湘水南与苍梧九嶷相接,自战国以来,舜死苍梧,二妃死湘水之说,已传流至广。哀艳之情,最足以感人情绪。舜抚三苗之威,遗说当在民间,则哀艳之事,乃出自畏服之人。于是而附益推荡,蔚为国典,盖有由来。则湘君湘夫人者,亦非为楚之山川之神,实乃楚人崇以配天者矣(略近周人之崇祀姜嫄)。故原以不得志君国,见讥于女媭,思欲远游以自适,所就以为申诉其衷者,不于楚之先祖,不于屈姓之先祖,不于古圣王任何一人如尧如禹,而独就重华以陈者,此亦必非文人任意招来之人。故自沅湘南征,就以求之,其憧憬于舜,以舜为可告诉求其申冤之人,则屈子盖亦本之其族性民俗传说而立言。意谓求之于吾族共戴之神,以己之忠耿,上达天听之意乎?其陈词既竟,乃发于苍梧,九嶷并迎,则屈子南望苍梧九嶷之情,正亦楚国全民之所共。《涉江》亦云"吾与重华游兮瑶之圃",何为而与重华游?其意象亦与《离骚》同也,盖舜远征三苗,固曾南巡,及后陟方乃死,孔安国(《尚书孔传》)、韦昭(《国语·鲁语》)及《檀弓》《淮南》皆言舜葬苍梧之野,《山海经·海内南经》亦言:"苍梧之山,帝舜葬于阳,帝丹朱葬于阴。"又《大荒南经》云:"赤水之东,有苍梧之野,舜与叔均之所葬。"又《海内经》言:"南方苍梧之丘,苍梧之渊,其中有九嶷山,舜之所葬,在长沙零陵界中。"舜南巡死,葬苍梧之说,战国时盖已遍载诸家之书。此种传说,不论其所根据之史实如何,其为民间流行之故事,则无可疑。而二妃死于湘江之说,附会尤多,此亦如后世孟姜女、祝英台之流矣。《山海经·中山经》云:洞庭之山,"帝之二女居之,是常游于江渊澧沅之风"。即尧二女,舜之妃也,此地杂见于刘向《列女传》、《礼记·檀弓》、郑玄《注》、《水经注》等,盖至夥颐。而《史记》秦始皇问博士曰:"湘君何神?"对曰:"闻之尧之女,舜之妻,而葬此。"则为后世解《九歌》之所本,此事不见于春秋以来儒家之书,至以起学者之疑。然古事之不见于儒书,为缙绅先生之所不言者多矣。此本民俗方域之说,有不能以学理论断者。即如郭璞注《山海经》,谓二女帝者之后,配灵神祇,无缘下降小水,而为夫人,而顾炎武以谓文人附会,以资谐讽,渎神慢圣云云,此固学人拘墟礼数之见,无与于民俗之是非也。且湘君之参差,即《皋陶谟》之"箫韶九成,凤凰来仪",而湘夫人称帝子,谓其为尧帝之子(《尚书》凡称帝者皆指尧言,详余《尚书新证》),亦可为内证。

总之,舜为南楚民俗中所至崇祀之人(又按《墨子·非攻》下:"昔者三苗大乱,天命殛之,有妖宵出……民乃大振,高阳乃命禹于玄宫。"《艺文类聚·符命部》引《随巢子》:"天命夏禹于玄宫。"按禹在舜世,而墨子言高阳者,舜为高阳六世孙也,屈子自颂为高阳之苗裔,则祖高阳而宗舜矣,是舜且为楚人之所宗祀者耶),而二妃死湘江之说,当为民间传说之一事。于是以舜当湘君,二妃当湘夫人,巫会欢祝,以为崇祀,亦方俗演进常有之例。必以礼说会之,宜不能得其鳃理矣。湘君指舜,湘夫人指二妃言。以舜死苍梧,二妃不从,别死于湘江,魂灵永决,故两文皆以不得见,或不得久聚为言。其他见王逸《注》、洪兴祖《补》、《朱子集注》,多有可采,兹不备录之矣。

大司命　少司命

《周礼·大宗伯》"以槱燎祀司中司命",《疏》引《星传》云"三台上台司命为太尉",又文昌宫第四亦曰司命,故有两司命。《汉书·郊祀志》,荆巫有司命,说者曰,文昌第四星也。五臣云,司命,星名主知生死,辅天行化诛恶护善也(《庄子·至乐》亦言"使司命复生子形为子骨肉肌肤",则司命固南楚流传之言也)。

东　君

《汉书·郊祀志》,晋巫祀五帝,东君云中君云云,《广雅》朱明耀灵东君日也。东君之为日神,盖汉师旧说。按《周礼》云,大宗伯"以实柴祀日月星辰",则日月古在祀典甚明。《仪礼·觐礼》云:"天子乘龙载大旂,象日月升,龙降龙出,拜日于东门之外,反祀明方,礼日于南门外。"《礼祀·玉藻》云:"天子,玉藻十有二旒,前后退邃,龙卷以祭,玄端朝日于东门外。"则祭日必于东方行之,盖日出于东,故迎日于东,而其神亦曰东君矣,东君犹后世东王之意云耳。

河　伯

河神也,《春秋左氏传》楚"昭王有疾,卜曰:'河为祟。'……王曰:'三代命祀,祭不越望。江汉睢漳,楚之望也。……不谷虽不德,河非所获罪也。'"孔子许为知天道。是春秋楚祀河。然《吕览》言:"楚之衰也,作为巫音。"(见《侈乐篇》)而《新论》谓灵王务鬼信巫,而谷永谓怀王隆祭祀,事鬼神,欲以获福,助攻秦师云云，则楚宫廷巫风之盛，概可想见。故遍祭天下名山大渎，以求宠佑，亦事之所必然矣。此亦春秋战国时异事变之例，况《九歌》之所谓祀，乃巫祝望祀之意，非履其地而祭之之谓。与始皇、汉武、汉宣之临晋而祀之意不同。故亦不必问楚境之是否北及于河也。余详洪《补》。(《庄子·秋水篇》侈言河伯。《外物篇》"宋元君梦清江使河伯之所渔"，则南楚传河伯之事最丰盛，不得以不祀河为说，详《秋水篇》。)

山 鬼

《庄子》曰："山有夔。"《淮南子》曰："山出嗥阳。"然以本篇细释之，则山鬼乃女神，而其所言，则思念公子灵修之事。灵修者，楚人，以称其大君之谓也，则山鬼岂亦襄王所梦巫山女神邪？《高唐赋》托之于梦，此则托之于词，故《高唐》可极言男女匹合之事，而此则但歌相思之意。则山鬼为神女之庄严面，而神女为文士笔底之山鬼浪漫面矣。姑说之以待世之好楚辞者。

国 殇

戴震曰，殇之义二，男女未冠笄而死者谓之殇，在外而死者谓之殇，殇之言伤也，国殇死国，是则所以别于二者之殇也，歌此以吊之，通篇直赋其事也。

礼 魂

礼亦作祀，寅按，礼，古作礼，与祀形近，以全诗词义观之，盖九祀既毕，合诸巫而乐舞，盖乐中之合奏也。故以千古崇祀不绝之意，以总告诸神灵。盖魂者，气之神也，即神灵之本名，故以之以概九神也。

原载《学原》1948年6月二卷二期

《九歌》的组织

徐嘉瑞

《九歌》是屈原为当时楚国祭祀和娱乐鬼神而写的歌舞词。郭沫若先生说："屈原的诗的形式,主要是从民间歌谣发展出来的。"(《屈原简述》)拿九歌来说,更接近于民谣体。这一些歌舞词,有的是对唱对舞,有的是独唱独舞,有的是合唱合舞。不只有诗,而且有演员(巫)、有化装,已经是戏剧的雏形。因此结构复杂,不加分析,就不能顺畅的读了下去。尤其是其中的人称如余、予、吾、我、公子、美人、灵修、夫人之类,就是异说纷纭。刘永济先生列了一个"九歌宾主词异同表",把王逸、朱熹、戴震、王夫之、林云铭、吴汝纶六家的说法,列在一起,如山鬼中的"灵修",就有六种不同的说法。"公子"也有六种不同的说法,所以如此分歧,就因为《九歌》的性质没有确定,于是《九歌》的组织结构不能分析,解释也混乱了。现在我们首先确定《九歌》是屈原所写古代祀神的歌曲,已经有表演、有歌舞、有对唱,是原始的"歌剧",然后再具体的分析。我只是一种尝试,错误很多,但这一个问题,不提出来解决,是不行的。至于分析得对与不对,那就要请读者批评和修改了。

关于《九歌》的组织,以前也有人做过一些分析的工作。罗庸(膺中)先生的《九歌读法》说:

《九歌》的组织

（一）祠仪之具省：迎神安神送神 ⎰ 有迎送者（《云中君》《东君》《河伯》）。
⎱ 有迎无送（《太一》《湘君》《湘夫人》《大司命》《少司命》《山鬼》《国殇》）。
⎱ 写祭坛者（《湘夫人》《东君》）。

（二）乐章之组织：有艳者（《少司命》）、有乱者（《湘君》《湘夫人》）、错题（《东皇太一》《云中君》）。

（三）四言与三言：三言秦风（《山鬼》《国殇》）、衬字楚风（《湘君》《湘夫人》《少司命》）、四言齐风（《天问》《招魂》）。

（四）独白与对话：独白（《东皇太一》《云中君》《湘君》《湘夫人》《东君》《礼魂》）。

对话（《大司命》《少司命》《河伯》《山鬼》《国殇》）。

罗先生把《东皇太一》等六篇，看作是独白，把《大司命》等五篇看作是对话，和青木正儿分析的结果相同。只有《东君》一篇，青木正儿以为是对唱，足见从客观方面探讨，不论中外，所得结果，大体上是趋于一致的。《东君》一篇词义，本来晦涩，所以青木正儿之说，是否能够成立，也还待证。

两巫对舞之事，在陈本礼、戴震以及青木正儿，只是凭理论上的推断。罗庸先生却在《山海经》中找到他真实的根据。罗先生引《山海经》中《山经》云："凡首阳山之首……騩山地也，其祠羞酒太牢，其巫祝二人儛（同舞），婴一璧。"（《九歌解题及其读法》）。有了这一条以后，于是两巫对舞之说，才有了确实的根据，不是空想了。

《九歌》是巫迎神之曲，朱子早已说过。他说："古者巫以降神，盖身则巫而心则神也。"（《东皇太一注》）他又说："或以阴巫下阳神，或以阳巫接阴鬼；则其辞之亵慢淫荒，当有不可道者。"（《楚辞辩证》）戴震也说："周官，凡以神仕者，在男曰觋,在女曰巫,男巫事阳神,女巫事阴神。"(《湘君注》)陈本礼对于这一点,发挥得最透彻,他说:"愚按九歌之乐,有男巫歌者,有女巫歌者,有巫觋歌者,有一巫倡而众和者。"(《屈辞精义》,衮露轩刊本)这已经把《九歌》的组织揭露出来了。青木正儿受了戴震和陈本礼的启示,他在一九四三年即胜利前二年出版的《中国文学艺术考》(日本宏文堂本)其中有《九歌之舞曲的结构》一篇,根据戴陈两氏的议论,加以具体的分析,把九歌分做四种样式:(一)独唱独舞式,(二)对唱对舞式,(三)合唱合舞式,(四)一巫唱而众巫和。他的说法显然是从陈本礼的说法演进来的。他假定《九歌》各篇歌舞样式,及巫所扮演的角色如下:

东皇太一　(阳神)　男巫(主祭者)　独唱独舞(或群巫和唱)。

云中君　(阳神)　女巫(神所凭者)　独唱独舞。

湘君　(阴神)　男巫(主祭者)　独唱独舞。

湘夫人　(阴神)　男巫(主祭者)　独唱独舞。

大司命　(阳神)　男巫(扮神者)　女巫(主祭者)　对唱对舞。

少司命　(阴神)　男巫(主祭者)　女巫(助祭者)　对唱对舞。

东君　(阳神)　男巫(扮神者)　女巫(主祭者)　对唱对舞。

河伯　(阳神)　男巫(扮神者)　女巫(主祭者)　合唱合舞。

山鬼　(阴神)　女巫(扮神者)　独唱独舞。

国殇　(男鬼)　男巫(扮壮士者)　独唱独舞。

礼魂　(男女鬼)　女巫数人　合唱合舞。

凡一篇首尾一贯出于一人之口者,假定为独唱或合唱;有似于主客问答者,假定为对唱(《九歌之舞曲的结构》)。

青木正儿由《九歌》的本质探索它的组织,由《九歌》的组织去解释它的文辞,这路线是对的。在中国古代祭祀的诗歌中,有以巫代表神锡嘏辞于祭祀的子孙的,又有代表人向神致辞的,所以《诗经》中《楚茨》等篇的宾主称谓也非常费解。若果把巫的人格看作是两重人格,一面代神说话,一面代人说话,那么全篇辞旨都明白贯通了。又古代祭祀，都假设宾主，《诗经》中有"尸"有"灵保"，都是代表神的。《九歌》中的巫，一个扮神，一个扮主祭者。也是"尸"和"灵保"的演变。刘师培先生说："考之《尚书大传》，则古来乐歌，皆假设宾主（原注：《尚书大传》云，"作大唐之歌，招为宾客，雍为主人，始奏肆夏，纳以考成，亦舜为宾客，而禹为主"，非即戏剧装扮人物之始乎？《原戏篇》）刘永济先生亦云："古有人神之交，以巫为介，巫以歌舞迎神。且必象其服饰器用，且致其来，及神降而附诸巫身，又必代神之语言动止，以告休咎。"（《九歌通笺》）所以用代言体或对话体解释《九歌》，是有根据的。巫觋是最古的优伶，在楚国祭祀的时候，巫的衣服是由国家供给的。楚语说："使知容貌之崇（饰也），禋洁之服者（这是祭祀之服）为之祝。使知玉帛之类，采服之仪……者为之宗（这是巫舞蹈所用之服）。"现在把《九歌》各篇的组织分析于下：

一、《东皇太一》

东皇太一（阳神）　男巫（主祭者）　独唱独舞（或群巫和唱）（青木正儿）

戴震云："古未有祀太一者。以太一为神名，殆起于周末。盖自战国时奉为祈福神……天官书中宫天极星，其一明者，太一所居也。"（《屈原赋注》）

中国最古的宗教是自然崇拜。《礼记》祭法，有祭天祭地、祭日月、祭星、祭水旱、祭四方之祭。祭法说："山林川谷丘陵能出云，为风雨见怪物，皆曰神，有天下者祭百神。"这是中国最古的宗教，不论南北，都是如此。到了南方楚国，把抽象的神都人格化了，并且和人很接近，都有了性格，有了名字，即是《九歌》中的诸神。

太一是一颗很明亮的星宿，在殷代已经祭日祭星祭云。

（卜辞）：丙子卜即贞王宾日叙亡尤（明义士藏）

辛未出酘新品（前七，一四，一）

"新",祭祀也,"品",星也。

  贞帝于帝云(续二)

  《九歌》中的太一是星辰的拟人化,东君是日神的拟人化,云中君是云神的拟人化,并且都和殷人祀典有关。但殷人所祭的神如甲骨文所载还是抽象的,到了《九歌》,把自然界的神都拟人化了,有名字,有性格,有美丽的服装,不能不说是一大进步。太一冠以东皇之名,是最尊贵之神。据青木正儿说:东皇太一(阳神) 男巫(主祭者) 独唱独舞(或群巫和唱)。现在把青木正儿的说法再加一点修正,就是一巫扮东皇太一之神,享受人间祭祀。一女巫扮主祭者,唱全篇的曲辞,众巫和唱。其中的神号,如"上皇"如"灵""君"都是主祭者对神之称。照这样分析,本篇可以毫无问题的讲得下去了。所以本篇的组织应修正如下:

  东皇太一阳神(男巫扮) 主祭者(女巫扮) 女巫独唱或群巫和唱。

二、《云中君》

  瑞按:云中君(阳神) 主祭者(女巫扮) 独唱独舞。

  歌曲中有"华采衣兮若英",是女巫的服饰,那么"龙驾兮帝服"应该是男神的服饰。又有"灵皇皇兮既降",足见女巫和神是分离的。所以舞台上应该有两个角色,一个男巫扮云神(龙驾帝服),一个女巫扮主祭者(采衣若英)。女巫一面唱着"浴兰汤兮沐芳"二句,一面舞着。扮神的男巫也下降了,和女巫对舞,于是女巫唱"灵连蜷既留"等句。后来云神腾空去了,女巫唱"猋远举兮云中"等句。女巫思念他,接着唱"思夫君兮太息,极劳心忡忡"。始终是女巫独唱,而神是要和他对舞,表演那连蜷遨游的姿态的。这一篇云之歌曲,把云和神,神和巫,巫和人,以及云和日月的关系,打成一片,用巫的衣服,象征云,用云的美丽高洁,来象征神的性格。写云的下降,有许多的曲折,连蜷是将下未下,遨游是在空中徘徊。皇皇既降才真的下来了,一瞬间又飞去了,诗的技巧,可说是登峰造极了。蒋骥云："此篇皆貌云之词。"（《山带阁注楚辞》）林云铭云："云之为章于天，无远不到，或行或止，皆使人可望而不可即，其为神亦犹是也。"（《楚辞灯》）

三、《湘君》

瑞按：湘君（阳神）（男巫扮） 独唱独舞。

此篇只湘君登场，所以青木正儿"独唱独舞"之说是对的，但他把湘君当作阴神，这是不对的。本来关于湘君湘夫人的性别问题，有两种相反的说法：（一）主张湘君湘夫人都是女神的有秦博士（见《史记》）、郑司农（《檀弓注》）、刘向（《列女传》）、郭璞（《山海经注》）、韩愈（《黄陵庙碑》）、洪兴祖（《楚辞补注》）、蒋骥（《山带阁注楚辞》）、林云铭（《楚辞灯》）、戴震（《屈原赋注》）、青木正儿（《九歌之舞曲的结构》），以上诸家，都是把湘君湘夫人释为尧之二女，舜之二妃；（二）主张湘君是男神、湘夫人是女神的有王逸、司马贞。我赞成湘君是男神、湘夫人是女神之说。为什么呢？我以为要决定湘君的性别，不能只凭空想，首先要决定"余玦"和"余佩"、"余袂"和"余褋"的性质。按"玦"，洪兴祖补注《荀子》曰"绝人以玦"，庄子曰"缓佩玦者事至而断"，足见是男子所佩的东西，"袂"是衣袖，"褋"，王逸注"襜襦也"，补注"方言曰禅衣"。这是女子所佩的东西，由所佩的东西可以断定湘君是男神，湘夫人是女神，故青木正儿之说，应修改为：

湘君（阳神）（男巫扮） 独唱独舞。

一个男巫扮男神湘君，独自抒写他对湘夫人爱慕之忧，而湘夫人是不登场的。这是用恋歌的方式，表达对神的爱慕，是"民渎齐盟，无有严威，神狎民则，不蠲其为"。也即是"阴阳人鬼之间，不能无亵慢淫荒之杂"。青木正儿说："以恋爱表至诚之情，乃祭祀之变态。较之后世更进步之宗教思想，虽不合理，但在初民之思想中,得许如此,是即所谓巫风也。"(《九歌之舞曲的结构》)不过所谓"神人恋爱",所谓"人鬼淫荒",也要加以限制和说明的。即如《湘君》一篇,男巫扮演湘君,向湘夫人致爱慕之辞,但是并不是以他自己"巫"的资格去追慕湘夫人,而是扮演男神,以湘君的身份去说话的,即是朱子所说"身则巫而心则神也",这是一篇无结果的哀歌:"他(湘君)在江边徘徊'君不行兮夷犹',他期待着谁呢?因为他看见湘夫人的影子,在江中洲上非常美丽。于是他坐着桂树的船,去寻找她(湘夫人)。她迟迟不来,他用巫术,命令沅水湘水不许兴风作浪,又吹凤箫去召唤她,驾飞龙向着她的足迹向北追赶(因为湘江是向北流),追到洞庭,追到大江,他流涕了,连神的侍女都为他叹息(戴震说)。他还没有断念,又从冰雪中去追赶,仍无踪影,只好把巫术的法物(玦佩)抛在江中。他仍然没有断念,把杜若花托神的侍女交去,独自在江边徘徊。"在这段简短的叙述中,包含着两个比较重要的问题,第一是"湘江的拟人化",第二是"巫术的法物"。

(一)自秦博士到蒋骥,都说湘君、湘夫人是舜之二妃,王逸、司马贞说湘君是男神,但也是放不下舜和二妃的故事,只有顾炎武独标新义,排弃旧说,他说"湘君湘夫人,亦谓湘水之神有后有夫人也,初不言舜之二妃……江湘之有夫人,犹河洛之有宓妃也,此之为灵,与天地并,安得谓之尧女"(《日知录》)。这真是石破天惊之论调。他把湘君湘夫人看作原始时代的自然崇拜,所以他说"与天地并"。至于二妃,是后来加上去的传说。顾氏的创论是很对的。我以为最原始的湘君和湘夫人即是湘水,所以《湘君》《湘夫人》两篇,暗暗的描写湘水经行的道路,和委婉曲折的情形。王逸云:"湘君所在,左沅湘,右大江,苞洞庭之波,群鸟所集,鱼龙所聚,土地肥饶,又有险阻。"这是《湘君》《湘夫人》两篇的地理背景。湘江经九嶷北流入洞庭,故云:"驾飞龙兮北征,遭吾道兮洞庭。"这是把湘江神化了以后,于是湘江的经行道路变成神走的道路。这是屈原用民谣的技巧。"洞庭波兮木叶下""沅有芷兮澧有兰""九嶷缤兮并迎"等句,写湘江确是湘江,本是描写自然,本是自然崇拜,后来把湘江神化,变成灵气崇拜,又到后来,加上一些传说,变成尧之二女了。王夫之也主张湘君湘夫人是水神,并且把湘君看作男神。他说:"湘君水神,湘夫人水神之妻。"这话更为精到。用顾王两氏的说法解释湘君,是很接近事实的。

(二)朱子云:"神降而托于巫,盖身则巫而心则神也。"巫虽扮神,毕竟是巫,所以他可以用巫术命令沅湘无波,但湘夫人不来,他也无法,到了最后,只有把他的法物照巫术抛在江中,去召唤湘夫人。蒋骥《楚辞注》:"捐其玦佩,将以遗神。而又不敢直致。……周礼以'沈'祭川泽,此盖借其事以寓意也。"他的话不大醒豁,但给我一种新的启示。甲骨文有沈薶之祭。捐玦本于沉祭。刘永济先生云:"此玦佩与卜袂褋,皆迎神之物,一如秦俗之木寓车马,汉方士之象设神物也。"(《九歌通笺》)刘氏见解可谓独到。照他的说法,"捐玦"是一种巫术。《左传》襄十八年"晋侯伐齐将济河……沈玉而祭",即是捐玦的沉祭。

四、《湘夫人》

瑞按:湘夫人(阴神) (女巫扮演) 独唱独舞。

湘君是男巫扮演,那么湘夫人应该是女巫扮演了。男巫扮湘君,表现追慕湘夫人的热情,抒写湘君自己心中的哀愁。而《湘夫人》一篇,是女巫扮演湘夫人,正是对湘君的爱慕。

《湘夫人》是一篇抒情诗,一篇幻想曲,一切都是空中楼阁。幻想曲的第一部是一个幻影(帝子即湘君)下降在初秋的时候,洞庭始波,木叶微脱。可望而不可即。幻想曲的第二部是和湘君期约,而他没有来。幻想曲第三部是追逐幻影,结果只有水声和鹿子,一片荒凉景象。幻想曲第四部,她乘马再去追逐,听见有声音召唤她,于是用有生命的材料建筑一座幻想的宫殿,想象到湘君已从九嶷山上下来,但是一瞬间什么都消失了。幻想曲第五部是幻影消灭以后,把巫术的法物(袂和褋,象征女性)抛在江中,还留着一片淡漠的远景,一丝希望。

五、《大司命》

蒋骥云:"三兄叩予,少司命所主。子曰:大司命主寿,故以寿夭壮老为言;少司命主绥,故以别离相知为言……"(《楚辞余论》)

刘永济云:"此篇余、吾、君、女,拉杂并用,致多异说。此吾字,设为神自吾(言神自称),下面'君回翔'与'从女'皆巫谓司命之词。'吾与君'又巫自谓司命也。'寿夭在予'及'众莫知兮予所为'则又巫代神自谓之词。"(《九歌通笺》)刘氏之说,剖析毫芒,现在关于人称方面,就参考刘先生之说。关于组织方面,主要是参考陈本礼之说。其次参考青木正儿。把本篇组织,分析如下。

瑞按:大司命阳神(男巫扮)　主祭者(女巫扮)　对唱对舞,群众(男女巫扮)　对唱。大司命是司寿夭之神,出场的有"大司命",有"主祭者",有"群众"。大司命先降人间,但他不能解决寿夭问题,不能满足群众的要求,他上天去请天帝指示,要把天帝请了下来,那一个主祭者的女巫,也陪他(大司命)上天去。舞台上有许多群众,等待他们下来,但很久都不见来,于是盼望、期待,发出叹息的声音。

(一) 神巫唱"广开兮天门"至"使冻雨兮洒尘"。

这一段是祭巫迎神,神开开天门,乘着玄云,令"飘风"先驱,使"冻雨"洒尘。

(二) 祭巫唱"君回翔兮以下"至"逾空桑兮从女"。

向群众报告神已下降。

(三) 神巫唱"纷总总兮九州"至"何寿夭兮在予"。

神(大司命)说:九州之大,人众之多,寿夭生死的大权,我还不能掌管,于是他就上天去了。青木正儿说:"神云:寿夭在天,汝等求之于予,予亦无可如何。"

(四) 祭巫唱"高飞兮安翔"。

祭巫问神你高飞去何处?

（五）神巫唱"乘清气兮御阴阳"。

神说我上天去。

（六）祭巫唱"吾与君兮斋速"。

我也和你上天去。

（七）神巫唱"导帝之兮九坑"。

神说我去请天帝下地下来。

（八）祭巫唱"灵衣兮被被"至"玉佩兮陆离"。

神已上天，只见他的灵衣玉佩。

（九）神巫唱"一阴兮一阳"至"所为"。

神说：群众不知道我们在做些什么。

大司命和祭巫都已上天，舞台上只有群众。

（十）群众（群巫扮）对唱：

甲唱"折疏麻兮瑶华"至"愈疏"。神才下来，忽然又上去了，怎么不多留一会儿呢？光阴易过，将来越远越疏了。

乙唱"乘龙"至"愁人"。

他乘龙上天，还不见来，使人发愁。

甲唱"愁人"至"可为"。

有什么办法，只有靠我们自己，神也管不了我们的事。

《九歌》以《大司命》《少司命》最难分析，首先是人称。如"逾空桑兮从女"，这个"女"字，刘永济说，是指"司命之神"，青木正儿也说，是指神，但讲不通，"君"是指神。为什么"女"又指神呢？因此我主张"女"字是指群众。解释《九歌》，不要忘了群众，《大司命》中"众莫知兮余所为"，已指出群众。朱熹在《少司命》最末一章注云"此盖更为众人之词"，是朱子已发现《九歌》中有群众。又青木正儿说："神云：寿夭在天，汝等求之于予"，也说明有群众。"汝等"即是群众，"逾空桑兮从女"之"女"，也指群众。

其次是"吾与君"的解释,也很困难。刘永济云:"吾与君,巫自谓司命也。"其语甚精,"吾"即祭巫,"君"即神巫,因神巫要上天请天帝下降,祭巫也表示要和他(神巫)一同上去。青木正儿说:"祭巫云:吾与君斋速,上登于天,共导上帝巡回九州以为民寿。"其说是也。

天帝是一个不登场的演员,但是不把他列在演员表中,这篇歌就读不通。蒋骥不懂这点。他说:"前言广开天门,但言司命之下,而无端又增一帝。又时方致祭,而以司命从帝远游为辞,于义俱不可通,灵衣被被,又何来之速也。"(《楚辞余论》)他不知道天帝并不登场,是祭巫从大司命上天,而不是司命从帝远游,足见此篇,古来都无明白解释。我分析这一篇,在人称方面,是根据刘永济先生的说法,而在组织结构方面,是根据陈本礼的说法。至于青木正儿,大部分也是从陈本礼的说法发展出来的。

如大司命二度上天,请天帝下降之说,我是根据陈本礼的。陈氏说:"'高飞兮安翔。'瞬降即逝,盖导帝(瑞按:上天请帝下降)心急,不敢久留人间也。"(《屈辞精义》)这是非常精深的解释,陈氏又云:"灵衣玉佩,导帝之服,此神(大司命)将导帝(天帝)他往,言人之寿命,我虽主是,亦唯有顺帝之命,代天宣化耳,何能与造物分其权?故曰'众莫知兮余所为'。此临去谕祭者之无益也。"(《屈辞精义》)这真是"名符其实"的"屈辞精义"。不用陈氏的解释,《大司命》根本就读不通。由陈氏之说,可以发现两种人物,一是未登场的上帝;一是登场而被读者忽略的群众,若没有这两种人物,根本就无法解释。

最难读的还有最末一段,我也是根据陈本礼的说法来分析的。陈氏云:"疏麻瑶华二句皆留神之语,二物皆难得,嘱其(神)少为居此,以待从容往折。"又云:"老冉冉者,光阴易过,恐一去而欲遗无从,我之疏君愈甚矣,此皆主祭者之词也。"主祭者是包括群众在内的。陈氏又云:"'乘龙兮辚辚',此怅神去太急,'结桂延伫',又思暂挽留之,'愁人奈何',从无可奈何中想出一解愁之方,并以释'不浸近兮愈疏'之感,庄子曰'知其不可而安之若命'。"(《屈辞精义》)这真是深刻细致的分析,也抓住了诗歌的思想,即是"安之若命"的思想,是初民对自然力的无可如何的解释。

这歌剧的舞蹈很多,有神、有祭巫、有群众,在古代戏剧中,没有观众和演员的界限,舞姿也一定多,神巫做种种姿态,表示他的无力,又上天去,祭巫也跟他上天,恍惚迷离,只见灵衣玉佩,在风中飘扬,群众在期待和叹息。

六、《少司命》

青木正儿云:"此为最难解之一篇,王逸以为终篇皆屈原自述。朱子以为第一章至第四章是女巫之语,第五章是神语,第六章为众人之词。陈本礼以全篇为巫语。戴震未示主格为谁,以全篇皆为屈原自述所见。但第一篇先假设人问己之词,第二章承之,互为问答。其解释殊为有趣。余得此说之暗示,从歌剧方面考查,假如少司命为女神,主祭之男巫恋之,欲其下降,助祭之女巫,从旁而安慰之劝告之,仅两巫对唱,神不出场。"(《九歌之舞曲的结构》)

瑞按:青木正儿拘泥于"男巫事阳神,女巫事阴神"之说,故假定少司命为女神,不登场,而以男巫接之。但是巫以何种资格理由去和女神谈恋爱,并且所祭的是少司命,何以神不登场,足见不对。我以为少司命是阳神,是司恋爱之神(希腊的爱神丘辟特也是男的,可以从比较神话学去研究,也说得通),但更重要的是要由歌曲本身去找实物作证。歌曲末章有"竦长剑兮拥幼艾"之句,既竦长剑,又拥幼艾,就决定是男神,因此少司命的登场人物如下:

少司命(阳神)(男巫扮)　女神及侍从(女巫扮)　祭巫(女巫扮)

(合唱合舞)

少司命唱"秋兰兮蘪芜"至"芳菲菲兮袭予"一段,先感到少司命所爱的女神,将要下降。

祭巫唱"夫人(指女神)自有兮美子,荪(指少司命)何以兮愁苦"。

祭巫说:你所爱的女神,她已有了爱人,你何必为她而愁苦呢?青木正儿云:"神别有爱人,汝恋之无益。"

少司命唱"秋兰(象征他所爱的女神)兮青青"至"乐莫乐兮新相知"。此时女神率一群侍女下降,女神登场,不言不语,满堂美人,在台上回旋舞蹈,忽然女神向他(少司命)一笑,一瞬间就去了,他感到好景不长,十分悲哀。

祭巫唱"荷衣兮翠盖"至"君(指少司命)谁须兮云之际"。

祭巫说:她倏然而来,忽然而去,晚上她已回到天帝之郊,你还向云中望着等待谁呢?

少司命唱"与女(女神)游兮九河"至"临风怳兮浩歌"。

少司命向云中对已消逝的幻影,倾诉的愿望,青木正儿云:"神哟,愿从女沐于咸池,去旸谷晞发,待神而终于不来,临风发出浩歌。"(《九歌之舞的分析》)

祭巫唱"孔盖兮翠旌"至"荪独宜兮为民正"。

祭巫同情他、鼓舞他,叫他上天去追逐女神,一定可以得到她的爱。青木正儿云:"不如你上天去,执着长剑,拥着年少美丽的女神,与之为夫妇,司下民之命。"(《九歌之舞曲的结构》)

七、《东君》

《东君》是一篇太阳神话,把一个天体中的巨人写得有血肉、有生命、有情感嗜好,正和人是一样。第一章是破晓的景色,神巫乘马去欢迎日神。第二章日神慢慢地上来了,乘着雷车,载着云旗,将到地平线时,用力挣扎,长长地嘘一口气。林云铭云:"日将升,必盘旋良久,而后忽上。"看见被他的光所照着的世界是灿烂的欢乐的。许多人在跳舞歌唱,观众忘了回家,使他也留恋人间了。这样画工之笔,把宇宙的律动,日光的温暖,人生的赞颂,光明的追求,以至于太阳的性格,都用象征的笔调写出。屈原真是民众的天才诗人。第三章因歌舞的强烈诱惑,于是日神降临人间了。第四章,日神在空中遨游,把长矢(光线)去射天狼(黑暗),他喝了许多酒(援北斗兮酌桂浆),脸都喝得通红,他虽然向西沉下,可是又从黑暗中向东行走,预备创造第二天的光明。(蒋骥云:"沦降日西沉也。"朱子云:"日下不见其光,杳杳冥冥,直东行而复上出也。"蒋骥云:"送日极西而复持辔东行,长夜冥途,与之相逐,盖又以迎来日之出也。")东君是光明的象征,光明和黑暗战斗,永不停止,虽然向西沉下,但不是停止他的进行,仍然向东行走,又准备创造明天的光明。

东君(阳神)(男巫扮)　祭巫(女巫扮)　对唱对舞。

乐队舞队(群巫男女扮演)。

祭巫唱"暾将出兮东方"至"夜皎皎兮既明"。神巫乘马往迎东君。

东君唱"驾龙辀兮乘雷"至"思灵保(巫)兮贤姱"。太阳神出来了,他看见人间是这样的欢乐,巫师(灵保)们真是美好,(贤姱)轻歌妙舞,使人忘归,连他(东君)都陶醉了。

祭巫唱"翾飞兮翠曾"至"灵(神)之来兮蔽日"。祭巫欢迎日神,日神来临,侍从很多,而欢迎的乐队,"展诗会舞"人数也不少,场面很大。

东君唱"青云衣兮白霓裳"至"杳冥兮以东行"。东君也表演操长矢射天狼的舞蹈。

玄珠(茅盾)先生云:"太阳神青衣白裙,乘雷车而行,举长矢射天狼,长矢是象征太阳的光线,而天狼也许是象征阴霾的云雾,把太阳想象成如此光明俊伟。"(《中国神话ABC》)

八、《河伯》

游国恩先生云:"《河伯》之文,从来释楚辞者,皆为模糊影响之谈,绝无明了确切之解,窃尝反复玩索,而后知其确为咏河伯娶妇之事也。观篇末曰,送美人,曰迎,曰媵,非明指迎娶之事乎？……曰南浦,曰波滔滔,曰鱼鳞鳞,非'浮之水中行数十里乃没'……《史记·滑稽传》之情景乎？"(《论九歌山川之神》)

游先生的话很对,河伯本是一个浪漫的神,《淮南子》:"河伯溺杀人,羿射其左目。"又云:"宓妃,伏羲氏女,溺洛水而死,遂为河神。"《天问》:"帝降夷羿,革孽夏民,胡射夫河伯,而妻彼洛嫔?"王逸注:"羿又梦与洛水神宓妃交接。"把这些断片综合起来,即是"河伯常溺杀人,而宓妃也是他溺杀的,死后做河伯的妃,上帝命羿替夏民除害,羿射伤了河伯的左目,又把宓妃占为己有",所以屈原才发出以上的疑问。《左传》:"君召诸侯,以讨罪也,今纳夏姬,贪其色也。"正可借来解释《天问》。羿之占有宓妃,正义何在？是《天问》本意,旧注皆误。

瑞按:河伯"阳神"（男巫扮）　送嫁者（巫扮）　新嫁娘（女巫扮）　对唱对舞。

女巫唱"与女游兮九河"至"寤怀"。

这一章是女巫对新嫁娘唱的。"女"字指新嫁娘,她是河伯的新妇,当然可以驾龙。巫引导她到黄河发源的地方——昆仑,不见河伯,又从昆仑折而向东方的极浦去找河伯。王注:"极,远也。浦,水涯也。"按昆仑在极西,则极浦当在极东,河伯或当在此。欲遇之,故云"极浦焉怀",言"远浦是怀"也。

新嫁娘唱"鱼鳞"至"水中",这一章是女巫扮新嫁娘唱的。她被巫引向东边去找河伯,到了龙宫近旁,非常惊异,说:"神何为在水中呢?"但仍不见河伯。

女巫唱"乘白鼋"至"南浦",这一章是巫又引她乘着白鼋,随着文鲤。文鲤是河伯的使臣。"女"字指新嫁娘。巫引她到了河渚,河伯来了,他的侍从众多。所以说"流澌纷兮来下"。于是巫把新嫁娘交与河伯,叫他们手牵着手的去。"子交手兮东行","子"指河伯,河伯不发一言,携新嫁娘去了。男巫和新嫁娘告别。"送美人兮南浦",远远地听见新嫁娘最后的歌声。

新嫁娘唱:"波滔滔兮来迎,鱼鳞鳞兮媵予。"这"予"字是新嫁娘自称,这是极为凄惨的情景,暗示她已沉没于深渊之中了,正如《史记·滑稽列传》所载:

"巫行视人家女好者,云是当为河伯妇,共粉饰之,如嫁女,床席,令女居其上,浮之河中,始浮,行数十里乃没。"南浦是黄河南岸,与江无关,蒋骥云:"南浦以在大河之南故名。"当时把女子嫁与河伯之风很盛,所以在祭河伯的时候,把女巫送新嫁娘与河伯的经过,像戏剧似的表演出来,即是《九歌》中的"河伯"。

九、《山鬼》

刘永济云:"此篇宾主词至为纷错,说者于词意之间,又极其纠葛。统观诸家,以李光地、戴震两家,为最恰当。李谓始则人慕鬼,继则鬼慕人。灵修也,公子也,君也,一人而已,皆山鬼所思者也。戴谓'若有人兮山之阿'四句,山鬼谓人慕己,'乘赤豹兮从文狸'六句,则山鬼亲人。灵修、公子、君,皆山鬼所留之人也。"(《九歌通笺·通训第四》)刘先生又云:"叔师旧注,前既以为人鬼相慕之词,而'留灵修'以下,复阑入怀王与屈子之事,遂令宾主喧㕦,辞意庞杂。晦庵扩而清之,一以人况君,以鬼喻己,大胜旧注。李戴二家从之,说尤分明。"(《评文第五》)但是以人况君,以鬼喻己,又何尝逃得出旧注范围。蒋骥云:"朱子集注,若有人乃人媚鬼之词,而子慕予忽又谓鬼媚人,是果可通乎?"刘永济先生把《山鬼》中的十一个宾主词,就六家的说法,列成了一个表,每一个宾主词,有六种不同的说法,几乎有六十种说法,真是一团乱麻。《九歌》的埋没,已经很久了,现在只好以《九歌》解《九歌》,或许还对一点。玄珠先生说:"《九歌》中有若干恋爱成分,中国中部的神话,一定有许多恋爱故事,后人都改作思君的寓言,从王逸起,就把当时的神话材料,全都抛弃,不引以为解释,到现在就成了似通不通的文章。"他又说:"希腊神话有山林水泉小女神(Nymphe),义曰新妇,《九歌》中的山鬼,与之相当。……我们读了山鬼,想象沅湘之间,林泉幽胜的地方,有这些美丽多情的山鬼点缀,真是怎样的一个神话世界了。"(《中国神话 ABC》)

青木正儿对山鬼没有详细的分析,他只说:

山鬼　"阴神",女巫(扮神者),独唱独舞。

从玄珠先生的说法,山鬼是女性,我以为山鬼是包括男女两性的。"披薜荔,带女萝,既含睇又宜笑"的是女鬼。"乘赤豹,从文狸,被石兰,带杜蘅"的是男鬼。这是一幕独唱的戏剧。一个女鬼在冥冥的山中,若隐若现(若有人),一个男鬼唱着哀歌找她。列表如下:

女鬼(女巫扮),男鬼(男巫扮),男巫独唱独舞。

全篇都是男鬼唱。他恍惚看见女鬼("若有人兮山之阿")在山的凹处,闪闪烁烁,忽隐忽现,披薜荔,带女萝,又美丽,又善笑,他以为她喜欢他了。"子慕予","子"指女鬼,"予"男鬼自称。于是他骑着赤豹,跟着文狸,坐着辛夷的车,打着桂树的旗,披着石兰,带着杜蘅,把香草送给女鬼(所思指女鬼)。他说他住在幽篁之中,不见天日,道路又危险,来得太迟了,他爬在高山上,探望山凹的女鬼,云封雾锁,什么都看不见。雨下来了,他还不走,他还留恋着女鬼,忘了归去。"留灵修"之"留"当解作留恋、期待。例如湘君,骞谁留兮中洲。王注云:"谁留待于水中之洲乎?"是期待之意,不是留住灵修,而是期待女鬼。灵修,即是指女鬼。他感到岁华容易消逝,他又去山间采芝,石头又多,葛藤又长,他怨恨女鬼了(公子指女鬼)。他以为,女鬼还是在不断地想他("君思我兮不得闲",君指女鬼),他又想到女鬼(山中人)的性格,芳香得和杜蘅一样,饮的是石泉,躲在松柏中,老是寻找不着。究竟女鬼还思念他么?不能不怀疑了("君思我兮然疑作",君指女鬼)。他的眼前是一片黑暗,又是雷,又是雨,又是清夜的猿啼,风飒飒地吹,木叶萧萧地落下,他孤独地站着,沉入深深的悲哀里面。那么简单优美的一篇歌曲,被注疏家弄得那么复杂,真是怪事。

十、《国殇》

国殇(阳神)(男巫扮),祭巫(男巫扮)　对唱对舞,表演出生死搏斗、英勇牺牲、至死不屈的精神,也可能由群巫扮演敌我两军,短兵相接的战斗舞蹈。

此篇组织明白,用不着分析,但也可以分为两部分:

国殇(男巫扮)唱"操吴戈兮披犀甲"至"首身离兮心不惩"。

祭巫群巫合唱"诚既勇兮又以武"至"子魂魄兮为鬼雄"。

十一、《礼魂》

瑞按:礼魂(群巫扮)　合唱合舞。

青木正儿云:"礼魂　'男女鬼'　女巫数人,合唱合舞。"

刘永济云:"此篇总摄其意而终之,即十篇之乱也。"

瑞按:礼魂是祀楚国已死的历代神巫,他们都是有名的音乐家、歌唱家、舞蹈家,是人民所喜爱的最优秀的艺人,像春兰秋菊一样,代代相传,所以最后要祭他们,细读歌曲,可以明白。

《九歌》组织结论

关于《九歌》的组织,上面说的话已经很多了。青木正儿在《九歌》组织分析这一点发表了很新的理论,做了很多的工作。不过他的理论是从陈本礼的书出来的,足见陈本礼《屈辞精义》对楚辞研究贡献实在伟大,没有他的学说,我们对《九歌》是没法读通的。但是,青木正儿对《九歌》的分析不能解决的问题还多,其中有两篇他根本没有分析。我是根据陈本礼的《屈辞精义》,参照青木正儿的说法,把《九歌》从头又读过好多遍数,不能说读通,总比以前多少读通了一些。因此对以前所说的和青木正儿所分析的一概推翻,另外订一个表,就用这一个表去读《九歌》,或许有些帮助吧!

《九歌》组织表

（一）东皇太一（阳神）（男巫扮）

主祭者（女巫扮）　女巫独唱

群巫和唱

（二）云中君（阳神）（男巫扮）

主祭者（女巫扮）　女巫独唱　对舞

（三）湘君（阳神）（男巫扮）

独唱　独舞

（四）湘夫人（阴神）（女巫扮）

独唱　独舞

（五）大司命（阳神）（男巫扮）

主祭者（女巫扮）

群众　不登场

上帝　不登场

神及祭巫对唱　群众唱末数章

神巫唱　"广开"至"洒尘"

祭巫唱　"君回"至"从女"

神巫唱　"纷总"至"在予"

祭巫唱　"高飞"至"九坑"

神巫唱　"灵衣"至"所为"

群众唱　"折疏"至"可为"

（六）少司命（阳神）（男巫扮）

女神及侍从（女巫扮）

助祭(女巫扮)

少司命与助巫对唱　女神及侍从登场

回旋而舞　但不发言　亦不出声

神巫唱　"秋兰"至"袭予"

助巫唱　"夫人"至"愁苦"

(女神登场回旋而舞)

神巫唱　"秋兰"至"目成"

(女神舞毕翩然消逝)

神巫唱　"人不"至"相知"

助巫唱　"荷衣"至"云之际"

神巫唱　"与女"至"浩歌"

助巫唱　"孔盖"至"民正"

(七) 东君(阳神)(男巫扮)

主祭者(女巫扮)　女巫独唱　乐队合奏

音乐队　歌舞队　祭巫骑马迎神

祭巫唱　"暾将"至"既明"　东君乘雷车上升

祭巫唱　"驾龙"至"忘归"　歌舞音乐交作

祭巫唱　"缅瑟"至"贤姱"　群神下降

祭巫唱　"翾飞"至"蔽日"　东君射天狼后缓缓退场

祭巫唱　"青云"至"东行"

(八) 河伯(阳神)

送嫁者(女巫扮)

新嫁娘(女巫扮)

河伯不登场　送嫁者(女巫)与新嫁娘对唱对舞

女巫唱　"与女"至"马怀"

亲嫁娘唱　"鱼鳞"至"水中"

女巫唱　"乘白"至"南浦"

新嫁娘唱　"波滔"至"胜予"

（九）山鬼

男鬼（男巫扮）　男巫独唱

女鬼（女巫扮）

（十）国殇

男鬼（男巫扮）

祭巫（女巫扮）　女巫独唱与男巫对舞

（十一）礼魂

女巫数人　合唱合舞

原载 1948 年 3 月北京大学《新生报》

关于《天问》的若干问题

刘尧民

《天问》是《离骚》以外屈原创作的另一篇长诗,它以一百七十多个疑问,从最远的开天辟地时间起,问到最近的历史现实的世界。对自然现象和历史人事许多不能理解的事和许多神话传说,都用简洁尖锐的语调来怀疑它和批判它。这实在是最大胆最雄杰的一篇作品,在古代作品中是很少可以和它比伦的。正如鲁迅先生说的:"怀疑自遂古之初,直至万物之琐末,放言无惮,为前人所不敢言。"然而他对事物的怀疑,并不是怀疑论者、虚无主义者对一切都抱否定态度。《天问》的这种精神和《离骚》的"上下求索"追求理想、探寻真理的精神是一致的。也正如郭沫若先生说的:"屈原毫无疑问,是一位唯物的理智主义者,现实的人道主义者。"当然,他的理智主义和他的人道主义是有着他的阶级性的。然而他这种实事求是的精神,不受传统和习见的拘束,对任何神怪的东西和任何神圣的人物都提出怀疑和批判,这种精神确实是"唯物的理智主义"的精神。在篇中许多批评历史人物的地方,虽有意影射着他楚国的政治环境和自身的遭遇,但主要是从理智主义的立场出发,客观地来探索宇宙自然的秘密及对历史人物进行批评,和《离骚》《九章》等抒情的作品有同有不同。因此,研究了《离骚》《九章》《九歌》等篇作品以外,不研究《天问》,是不能全面了解屈原的思想和艺术的。但这篇作品是很不容易读。关于它的题解的问题,写作时间的问题,题材的问题,字句解释的问题,以及思想内容和艺术形式的问题,自来的争论很

大,到现在还没有一致的结论。关于字句的训释方面,这里不具论;现在只就其他各项问题,提出个人的一些看法,分述如下:

一、《天问》的题解问题

关下《天问》的题解,一般都认为"天问"就是"问天"。如王逸说:"何不言问天？天尊不可问,故曰:天问也。"他的意思认为本来是问天,因为天尊,不敢直言问天,掉转过来题为《天问》,表示尊天之意。所以后面他又说:"因书其壁,呵而问之。"说极迂腐。朱熹《集注》也说:"因书其壁,何而问之",戴震《屈原赋注》说:"问,难也。天地之大,有非恒情所可测者,设难疑之",都是对天提出疑问的看法。这样解释《天问》究竟对不对呢？

我们认为《天问》是屈原托天以为问。从鸿濛开辟,天地日月星辰,山川草木禽兽,以及历史人事,都作为天提出来的质问。当然,骨子里是屈原的质问,而在词章技巧的要求上,托天以为问,居高临下更驾得起势。和《离骚》的托灵氛、巫咸以占卜,《招魂》的托巫阳以招魂,《惜诵》的托厉神以占卜,同样是托天托神巫来代表自己的心意,出于一种艺术的要求。现在具体地由下面几点来说明。

第一,如果说《天问》是"问天",说成是倒装语法的篇名,这是很不恰当的。在先秦各种经子中,有以"问"为篇章名称的,如"某问","某问",一律都是某人提出来问,不是反过来问某人。《论语》的《宪问》,是原宪问孔子;《礼记》的《哀公问》,是鲁哀公问孔子;《墨子》的《鲁问》,是鲁君问子墨子;《荀子》的《尧问》,是尧问舜;以及《列子》的《汤问》是汤问夏革。不是"问宪","问哀公","问鲁","问尧","问汤"。因此,《天问》也应该同例,不是"问天"。

或以医经的《素问》来解释《天问》,谓《素问》为关于"太素"的问题,则《天问》为"关于天的问题"。但《素问》的意义,是否为"太素"之问,还不能确定。姚际恒的《古今伪书考》就说过:"素问之名,人难卒晓。"《四库提要》说:"素问之名,起于汉晋间",名称远不可解,而又是汉以后的题名,不能以例先秦古籍。古籍篇名,多明白易晓,尤为是诗歌的篇名,即如《楚辞》的《离骚》《招魂》《哀郢》等,并不难解。如说"天问"是"关于天的问题",便有些深曲,等于一篇《天论》,恐非作者的本意罢!

第二,《天问》开头以一个"曰"字起,虽没有主词,可以断定它是第二第三人的语词,不是作者的语词。第二第三人是谁？即是天。所以这篇诗的开头应该这样写:

"天问曰:遂古之初,谁传道之？……"

古人著书多半以开头两字为题目,如上面所举的"尧问""宪问""鲁问"等,即是其例。《天问》也不例外,应该连着题目来读:"天问曰……",不然"曰"字便失去了主词,没头没脑地,很觉突然。这个"曰"字是天的语词,也如《离骚》的"曰:两美其必合兮,孰信修而慕之？""曰:勉远逝而无狐疑兮,孰求美而释汝？"两个"曰"字是灵氛的语词;"曰:勉升降以上下兮,求榘矱之所同","曰"字是巫咸的语词;《惜诵》的"曰:有志极而无旁""曰:君可思而不可恃",两个"曰"字是厉神的语词。《天问》开头的这个"曰"字和以上这些神巫的语词一样,都是假托的语词。

由以上所说看来,可以断定《天问》不是"问天",而是"天问"。当然,也必有人提出质问:"天命反侧,何罚何佑？""皇天集命,惟何戒之？"这一类对天怀疑的口吻,若果说成天来问,岂不使天自相矛盾吗？上面我们已经说过《天问》这篇东西是屈原托天为问,出于艺术的要求。天只是做姿势,代表屈原发言,无所不问。有时问到天的本身,这也是必然的要求,没有什么奇怪的。

总的说来《天问》不是"问天",也不是"关于天的问题",而是托天为问。前人已经有这种看法的。王夫之《楚辞通释》说:"原以造化变迁,人事得失,莫非天理之昭著,故举天之不测不爽者,以问憯不畏明之庸主具臣,是为天问,而非问天。"他以《天问》是屈原以"天理"来质问"庸主,具臣",屈原的本意是否如此？姑且不论。但他以《天问》为"天问"而不是"问天"是对的。周拱辰《天问注》说:

"屈原盖借天以大其问,亦借问而大其天也。""称天以问之,犹之称天以治之云尔。选于物而知所贵,而帝以监之,于以奉厥严也几乎?"这和我们在上面说的"托天以为问,居高临下,更驾得起势"的意思相同。又胡濬源《楚辞新注求确》说:"天问题甚明,是设天以问人,非人问天也。"后面附云:"但《诗》有帝谓,《书》有帝赍,屈子《招魂》亦有帝告。帝,天也;天,理也。则直以《天问》为设为天之所问解。"也以《天问》为托天帝以为问,和其他篇托神巫为占问的意思相同。这些说法都可参证。

二、《天问》写作的时间问题

《天问》的写作时间,据王逸说,是屈原在被放逐时候写的。我们认为,屈原被放逐是在襄王初年,在怀王时没有被放逐,只是被疏绌。《天问》的写作,不可能在襄王时,而是在怀王末年被疏绌时写的。因为篇中批评桀纣的迷惑女色,荒淫奢侈,听信谗谀,迫害忠良,很明显地可以看出是影射自身的遭遇,有激而发,和《离骚》的内容相近,但没有《离骚》的沉痛悲愤的情绪和被放逐的迹影。所谓"薄暮雷电归何忧?厥严不奉帝何求?伏匿穴处爰何云?"这是属于舜事,而不是像王逸说的是屈原被放逐时逃匿岩穴呵壁问天,问到将结束时的自叙之词①。《天问》通篇只有问词而没有自叙之词,由此可以说明《天问》是在怀王末年,在写《离骚》之前写的。也不可能太早。若果以其用四言句调写作,说它还没有脱出《诗经》的类型,因而断定它是很早期的作品,也不恰当。如上所说,篇中已经有影射自身的遭遇的形迹,不可能太早;而且单纯从形式上来判定作品

---

① 这三句我们同意王夫之《楚辞通释》的说法:"此似言舜事。舜纳大麓,烈风雷雨弗迷。其德可以事上帝,而不能得瞽瞍之心,至浚井而穴空以匿,此又何说。《天问》的"薄暮雷电归何忧?"即《虞书》的"烈风雷雨弗迷"。"厥严不奉帝何求?"谓舜不能事奉其父,而尧帝何以还要求他? 即《虞书》所谓"明明扬侧陋"。舜不能奉父,即《吕氏春秋·当务》所云:"尧有不慈之名,舜有不孝之行。"当时有这种传说,屈原据之以发问也。"伏匿穴处爰何云?"即《史记·五帝本纪》"后瞽瞍又使舜穿井,舜穿井,为匿空旁出"的传说。此传说在孟子时已有之,屈原得据之以发问。

写作的早晚，那也不是绝对可靠的。因为一个作家可以适应他作品内容的要求而使用不同的形式来创作，或用古体或用今体，没有一定。这不仅屈原一人，其他作家也同样。况《天问》也不完全是四言调子，末后的许多七言句子和《招魂》相同。只要在末尾加上一个"些"字和其他的语助词，便成为《招魂》或《大招》的体裁，可见他并不是完全规摹《诗经》的。

三、《天问》的次序问题

因为《天问》尽是一些孤立的问题，互不相属，便引起后人对它的文义上许多的怀疑和猜测。王逸说《天问》的"文义不次序"。洪兴祖驳他说："夫天地之间，千变万化，岂可以次序陈哉！"王洪两家的理解虽不同，但同是认为《天问》原来就没有次序的。后来有些学者看见《天问》的"不次序"，认为是有"错简"，纷纷起来按照自己的意图，把《天问》重新排列整理。最显著的如屈复的《天问校正》，按照后起的历史体系，从上古女娲起，顺着唐虞夏商周的次序，把《天问》拆散下来另从编排，自以为恢复了屈原的旧观。屈复以后到现在，也还有学者继续做这种工作。但是，你排出一套，我排出一套，究竟那一套是《天问》的原来面貌，我们不能起屈原于九泉而问之。当然，古书流传久远，有些是难免有错简，但也要实事求是地来处理。迷信古书，固然不对，而凭主观臆断，乱改古书，也不合科学的精神。我们承认《天问》中间，是存在着一些问题，如下面这一段：

舜服厥弟，终然为害。　　何肆犬豕，厥身不危败？

吴获迄古，南岳是止。　　孰斯去斯，得两男子？

缘鹄饰玉，后帝是飨。　　何承谋夏桀，终以灭丧？

说着舜事，忽然又说到吴太伯仲雍事，又回说到汤灭夏桀事。又如篇末关于吴楚一段，字句音韵，参差错乱，不易理解，显然是有错简和文字的窜乱。但通篇是条理分明，次序井然。如通篇分为两大部分，从"遂古之初，谁传道之？"到"羿焉彃日？乌焉解羽？"为关于宇宙起源和自然现象部分，从"禹之力献大功"一直到篇末，为关于历史人事部分。而每一大部分，又分为若干部分。在宇宙自然部分，从混沌未分说起，说到天上，说到日月星辰，又说到地上的事。从洪水说到地的广狭，地的山川气候以及奇禽怪兽，一丝不乱。在历史人事部分，分为夏商周及楚国四个阶段。时代分明，段落分明，怎么说《天问》"文义不次序"？其中有些提问，复杂错综，不按照时代的顺序，好像真有错简，其实是可以理解说明的，我们可以举例来看：

第一，为什么把尧舜之事放在夏殷之间，不放在夏代之前？这因为屈原的历史体系是根据早期西周的历史体系。西周时代的雅颂金文中最早的只有提到夏或禹，还没有出现尧舜的名字。把尧舜放在禹之前，建立起"二帝三王"的历史体系，这是春秋以后才有的，屈原是不用的。所以《天问》问到历史人物方面是从夏禹问起。至于为什么把尧舜放在夏殷之间？是因为在先秦的古史传说中，舜是殷家的先祖，即是"帝俊"。这是近人从殷墟发掘出来的甲骨卜辞结合其他的史料研究才证明的。《天问》的作者把尧舜事放在夏桀之后，属于殷的先王先公之范畴，这是合于古史传说的顺序的。因此，不能根据后起的历史体系来改变《天问》。屈复的《天问校正》便犯了这个错误。

第二，《天问》关于夏商周三代的问题，都是从建代之君问起。但商周两代问到了建代以后之事，又逆溯上去问到两代的祖先事迹。如从"妹嬉何肆，汤何殛焉？"到"条放致罚，而黎服大说？"一段，基本上是属于殷家建代，汤灭夏桀之事。跟着是：

简狄在台喾何宜？　　　　玄鸟致贻女何喜？
该秉季德，厥父是臧，　　胡终弊于有扈，牧夫牛羊？

一直到"何变化以作诈，而后嗣逢长？"又逆溯上去从殷的始祖简狄问起，问到王亥、王恒，上甲微一系列的历史传说。跟着是"成汤东巡，有莘爰极"到"不胜心伐帝，夫谁使挑之？"又回问到成汤之事。

从"会鼌争盟，何践吾期？"到"齐桓九会，卒然身杀"一段是从周家建代，武王灭纣问起，问到春秋时齐桓公之事。后面的"稷惟元子，帝何竺之？""伯昌号衰,秉倾作牧""迁藏就岐何能依?"一直到"鼓刀扬声后何喜?"这一段是又逆溯上去,回问到周家的先代,从后稷到古公亶父和文王的故事。然后接着"武发杀殷何所悒?载尸集战何所急?"又回问到武王之事,和上面问殷代之事先顺叙后逆叙,是同样的章法。很明显地可以看出它是有意识的结构,绝不是"错简"。"整理"《天问》的许多学者把后面的逆叙部分,调在前面,以为这才合历史的顺序,这便大失了作者的原意。

第三,《天问》中有些地方是连类提问,不能以历史的顺序来规范它,篇中有几个例子可以说明:

一例是在夏代的问题中"鳌戴山抃,何以安之"的下面,接着问到浇事:

　　释舟陵行,何以迁之?　　　　惟浇在户,何求于嫂?

这因为是"鳌"与"浇"同音,而且在神话中"浇"即是"鳌"的人格化,浇能"陆地行舟",鳌能戴山而舞,都是多力的故事,因此,问了"鳌"的事后便连类而提到浇的事,这不是错简,此其一。

第二例是在"齐桓九会,卒然身杀"之后,"稷惟元子,帝何竺之"之前,突然夹入"彼王纣之躬,孰使乱惑"一小段。是因为上文的"周幽谁诛,焉得夫褒姒",由周幽王以女色亡国,又连类想到纣王的宠嬖妲己,听信谗言,杀害忠良的一些事件,所以提出这段责问,这也是有意识的处理,不是什么错简。此其二。

第三例是从"伯林雉经,惟其何故"到"伏匿穴处爰何云"一段,杂问帝王的更代,以及伊尹、阖庐、彭祖、共工①、蜂蛾、伯夷、叔齐、秦伯、帝舜之事,极其错综

---

① "中央共牧后何怒",据王逸注云:"牧,草名也,有莘。后,君也。言中央之州,有岐首之蛇,争共食牧草之实,自相啄啮,以喻夷狄相与忿争,君上何故当怒之乎?"说极牵强附会。但由王说"岐首之蛇",使我们得到启发而知其为共工之事。共工在传说中的形象,据《山海经·大荒西经》注引《归藏》云:"共工,人面、蛇身,朱发。"《大荒北经》云:"共工臣名曰相繇,九首,蛇身,自环,食于九土。"《海外北经》也说:"共工之臣曰相柳氏(即相繇)九首,以食于九山。相柳之所抵,厥为泽溪。禹杀相柳。"在这些传说中,共工这一族的形象是这样离奇凶恶。他曾经称霸九州(《海外北经》注说:"共工,霸九州者。")居天下之中央,为九州之牧伯,故云"中央共牧"。因为他凶暴眍横,其结果或传为帝喾所杀(《史记·楚世家》),或传为尧所杀(《韩非子·外储说》),故云:"后何怒。"若结合下一句"蜂蛾微命力何固"者,意义更可明确。以见共工九头、人面、蛇身那样凶暴强大的怪物,结果是上干天怒,不得好死;而"蜂蛾"这样微小的生命力倒很强固,安全地活下去,这是什么道理?

复杂。这是围绕着"天命无常""祸福难测"的主题,杂采一些人事来质问,不能以历史的顺序来规范它。此其三。

由上面看来,《天问》全篇除了些小部分似有错杂外,绝大部分是层次分明,条理分明,时代分明,不能轻易怀疑它,便照着主观的意图来改变它的次序。必须明确:《天问》是一篇文学作品,不是编写历史,也不是如《廿一史弹词》之类,借文艺的形式来演唱历史故事。它是通过许多宇宙自然现象及历史事件来反映作者的世界观和人生观。在他理智的怀疑的后面潜在着极热烈的感情。在热情驱使之下,横说竖说,意到笔随,是不能完全用历史时代的框子来套它的。

四、《天问》的题材问题

《天问》之所以难读,它不止是文义次序的问题,更重要的是它里面的许多传说故事,现在已经失传。在其他先秦古书中,也很难找到旁证来帮助理解。加以它的文辞古奥,更不易读通讲通。虽然王逸把它每句都注释出来,多半是凭空臆说,望文生训。正如郭沫若先生说的,《天问》"有些传说还是封锁着的,我们还没有找到打开它的钥匙"(《屈原研究》)。近人王国维先生根据殷虚出土的卜辞所记录的殷代先人名字,和《山海经》《竹书纪年》等古书,互相参证,发现了《天问》中的"该秉季德""恒秉季德"的"该""恒""季"即卜辞里的季和王亥、王恒,都是殷家的先王先公。这算是打开了一把锁,还有许多锁没有打开呢!

《天问》这篇长诗里所包括的丰富的神话传说的片断,对于古代天文学和历史的研究,都提供了极重要的资料;也说明作者屈原的"博闻强志"。他所以能掌握这样丰富的奇闻异事的资料,好多人都认为他生当战国"百家争鸣"的时代,对于邹子的"谈天""雕龙",惠施、庄周一类的诙谐诡怪的寓言杂说,必然听得很多。更因为他曾两次使于齐,对于燕齐方士们的神仙之说,多所闻见,于是综合各种奇闻异说,写成这篇《天问》。有好多学者都是这样看法,究竟对不对呢?

我们必须了解，屈原在《天问》里边固然网罗了许多奇奇怪怪的神话传说，但他并不是毫无原则地兼收并蓄，贩卖杂货。他的诗歌的创作是深深地植根于他南方楚国民间的艺术的土壤上。他用民族民间的语言、形式和南方民间的神话传说来写成他倾向于人民的《离骚》《九歌》《天问》《九章》《招魂》等伟大的诗篇。他在各篇里所用的神话传说，都是流行于南方广大的民间的东西。这些神话传说里的人物如《天问》里的治水的鲧、禹，射日的后羿，照夜的烛龙，兴云作雨的萍号等，都是和人民的生产与生活有关系的。所有屈原作品中的神话传说，都是从民间来的，而且和同出于南方民间带得有"巫风"的神话传说的总集《山海经》一书是互为表里的。这种"巫风"的神话，和北方燕齐方士所编造的神仙故事，是有本质的区别。那些神仙故事是脱离人民，脱离生产和生活，专门迎合统治阶级，为统治阶级服务的东西。《史记·封禅书》对这一类方士的神仙故事的阶级本质就说得很明白：

  驺衍以阴阳主运显于诸侯，而燕齐海上方士传其术，不能通。然则怪迂阿谀苟合之徒自此兴，不可胜数也。

这些方士们的怪迂的神仙故事是专门用来阿谀苟合当时的诸侯的。《天问》的作者屈原，生当其时，确是几次到过方士麇集的齐都"稷下"，确是"躬逢其胜"。但在他的全部作品中，并没有发现一点半点"安期""羡门""王乔""羽人""蓬莱""瀛洲"等类的东西。可见他和北方方士们的思想界限是划得很严的。于此可见这一位伟大的民族诗人的人民性之强。因此，我们判断屈原作品的真伪，这是一个重要的标准。所以大谈神仙的《远游》一篇，决不是屈原的作品，而更不能用方士们的神仙故事来注释解说屈原的作品。

五、《天问》的自然观

《天问》的上半部是关于宇宙自然的提问。从开天辟地问到天上，问到地下的许多事，反映了作者知识的广博，也反映了作者对宇宙自然的无限的秘奥，迫切要求解答的心情。但这种要求在先秦时的思想家中大家都有,不止屈原一人。如《庄子·逍遥游》说:"天之苍苍,其正色邪?其远而无所至极邪?"对高高在上的天,要求了解它的真实形态。而在《天运篇》里对天地日月风云雨露,许多自然现象的秘密更广泛地提出疑问:

  天其运乎?地其处乎?日月其争于所乎?孰主张是?孰维纲是?孰居无事推而行是?意者其有机缄而不得已邪?意者其运转而不能自止邪?云者为雨乎?雨者为云乎?孰居无事淫乐而劝是?风起北方,一西一东,有上彷徨,孰嘘吸是?孰居无事而披拂是?敢问何故?

庄子这段文章,也抵得一段《天问》了。人们一方面对于许多离奇不易理解的自然现象提出疑问,一方面也根据自己的理想来猜测,纷纷提出解答。从古代民间的神话传说,到后代学者思想家们的关于宇宙自然的学说理论,都是想解答这些秘密。其中包括春秋末,战国时代的老庄道家宇宙终始的玄学,和无作者姓名的《禹本纪》《山海经》《穆天子传》,以及《尔雅》的《释天》《释地》等宇宙观和自然观。这时一般知识分子的时间空间的观念,比战国以前的人扩大得多了。但他们绝大多数是出于猜测想象,带有极浓厚的神话色彩,不免把人拖入迷信幻想的境界中。《天问》的作者屈原,却毅然奋起从现实的立场出发,以唯物主义的眼光,特别对于流行于南方民间的许多神话传说,巨细不遗地进行怀疑批判。在他理智的锋刃下,一切荒唐谬悠的传说和学说都经不住一击而纷纷倒下,真有"羿弹日""乌解羽"之概。他这种大胆怀疑的精神,在先秦的学者思想家中,实在找不出第二人来。

譬如在开头的几句"谁传道之""何由考之""谁能极之""何以释之",说明作者对许多关于开辟的神话及玄学就表示怀疑不信任。如阴阳二神开天辟地的传说(见《淮南子·精神训》:"古未有天地之时,惟象无形……有二神混生,经天营地",注"二神,阴阳之神也"),如《尚书·吕刑》及《国语·楚语》所说的重黎二神"绝地天通"等类的神话传说,在当时一定是普遍流行于民间。屈原便提出疑问:在那混沌的世界中,谁人得见而流传下来?何由而思考?何由而认识?说得那么有凭有据？也联系到道家一派的玄学，所谓"有物混成，先天地生"，究竟是什么物？那时天地未生，你怎么得见？你"何以识之"？你"何由考之"？作者对一切神话玄学，都表示怀疑，引导人脱除迷信，睁开眼睛，走向现实的世界。但他也肯定宇宙是有生成和发展的。宇宙的生成和发展，是由于阴阳两种原素参合变化的作用。所以说"阴阳三合，何本何化？"①他问宇宙间那些是最根本的原素？那些是由原素参合变化而产生的东西？他对"阴阳"的看法，既不是神，也不是抽象的观念，而是物质，这更显示出他有素朴的唯物主义的思想。

以外，如对天的传说提出怀疑："圜则九重，孰营度之？惟兹何功？孰初作之？斡维焉系？天极焉加？"和《庄子·天运篇》的"孰主张是？孰维纲是？"同一样的口吻，并对当时的"盖天论"表示不信任。虽没有提出自己的对天体的看法，但已启发了后来比较进步的"浑天论"的萌芽。

又如对洪水的问题，不相信鲧治水失败的传说。而也不相信鲧治水失败，为听"鸱龟曳衔"；禹治水之所以成功是由于"应龙画地"。言外表示治水成功，是由于鲧禹的"父作子述"，而且是由于艰苦的人力劳动，而并非由于"应龙""息壤"等类神物的创造奇迹。可见他不为传统的旧说及神话所迷惑。

又如世所艳称的昆仑山的神话，颠倒迷惑了多少人，而屈原却提出怀疑："昆仑县圃，其尻安在？……"屈原的这一怀疑，直到司马迁作《大宛列传》才从实地调查中证实了没有这一回事："(《禹本纪》)河出昆仑，昆仑其高二千五百余里，日月所相避隐为光明也，其上有醴泉瑶池。今自张骞使大夏之后也，穷河源，恶睹《本纪》所谓昆仑者乎？"一位大诗人，一位大史学家，怀疑的精神，先后辉映。

又如一般人相信世界上有不死之人和长生不死之药，这不止北方的燕齐方士有这类的幻想，南方民间也普遍流行着这些传说。如《山海经·海外南经》有

---

① 旧说以"三合"为天地人三合。非是。当从屈复《楚辞新注》："三与参同，谓阴阳差错。"此解最是。

"不死之民",《海内西经》说:"开明东有巫彭、巫抵、巫阳、巫履、巫凡、巫相,夹窫窳之尸,皆操不死之药以距之。"《大荒西经》说"丰沮玉门"的山上有十个巫,山上"百药爰在"。这些幻想迷漫在一般人的头脑里边,屈原在《天问》中却反复地提出疑问:"何所不死?长人何守?""延年不死,寿何所止?""彭铿斟雉帝何飨?受寿永多,夫何久长?"他不相信世上有长生不死的人,也不相信有长生不死之药。所以他问:"靡䔱九衢,枲华安居?"吃了可以长寿的东西,究竟是在什么地方?他不相信世上真有此药①。

总之,屈原对宇宙间万汇纷纷的现象,他虽然没有正面地提出自己的看法,没有,也不可能看出宇宙自然发生发展的真实的规律。但他对于一切神话幻想及唯心主义的玄学不相信,却强烈地反映出他的理智的现实主义的倾向。这种倾向和儒家的"不语怪力乱神"的精神是接近的。所以有些研究《楚辞》的人,好肯以"巫风"来说明屈原创作思想的根源,认为屈原是很迷信巫术及神话,这种看法是极不正确的。屈原对于"巫风"是抱着怀疑的态度。在《天问》里边说到关于鲧的传说,他便提出疑问:"化为黄熊,巫何活焉?"虽然是神话,也可以看出他对巫的神力是不相信的。又看《离骚》里假设灵氛,巫咸为他降神占卜的辞语,他表示"犹豫狐疑",《卜居》虽然不是屈原所作,篇中说到为卜者的郑詹尹不能为屈原决疑,遂至"释策而谢",说道"用君之心,行君之意,龟策诚不能知此事",却能写出屈原不信巫卜的思想。把各篇楚辞结合起来看,屈原的不迷信"巫风",是很明显的。

但必须说明的是:屈原虽然不信巫卜,不信"巫风"的神话传说,但在他各篇

---

① "靡䔱"及"枲华"疑即《吕氏春秋·本味篇》所云"菜之美者,昆仑之苹,寿木之华"。"靡䔱"即"昆仑之苹"(䔱与苹同)。"枲华"即"寿木之华"。"枲",《说文》云:"枲,麻也。"则"枲华"即麻花,疑即《九歌·大司命》"折疏麻兮瑶华"之"疏麻"。洪氏补注:"此花香,服食可致长寿。"不是寻常的麻花,故《吕氏春秋》称为"寿木之华"。长寿之术也。《本味篇》之"寿木"疑即《任数篇》"西服寿麻"(原作䕰,高注:䕰,亦作麻),《大荒西经》"有寿麻之国"的"寿麻"。则"枲华"即"寿麻"之花,服食可以长寿,和昆仑山上的"苹",都是非凡之物。又"䕰"通"麻","靡䔱"或亦与"寿麻"有关,为传说之纷歧:两句承上"何所不死?长人(长寿之人)何守?"连类问来,可知"靡䔱""枲华"二物是与服食长生有关。

作品中却大量地使用富于"巫风"的神话传说来做创作的题材。他并不是沉溺在这些荒唐谬悠的神话传说里面不能自拔,迷信这些神话传说而认以为真。他是从文学的角度上来取材这些"巫风"的神话传说,来反映他的世界观和人生观,来寄托他的政治思想,发抒他的情感,丰富他的创作的想象,成为他独具的绚烂多彩的浪漫主义的创作风格。《九歌》是在民间神话的基础上精练加工,反映人民的两性的欢情和幸福生活的愿望;《离骚》使用了许多神巫神女和灵区圣境的神话材料来发抒他政治失意的悲愤和象征他远大理想的追求;《九章》里也使用着"五帝""六神""厉神"的词语,也"登昆仑""食玉英",游于"瑶圃",和《离骚》的用意是相同的;《招魂》利用巫师招魂的形式与音节,来寄托他思君爱国的热情。在这篇《天问》里却更使用极丰富的神话传说,树立对立面来反映他的理智主义的世界观。总之,在屈原的各篇作品中,他驱使大量的神话传说,而不是被这些神话传说所驱使。也正如鲁迅先生的《故事新编》里的《补天》《奔月》《理水》各篇,利用古代的神话传说来发挥自己的理想一样。当然我们不能把屈原的思想和鲁迅的思想混为一谈。但他们利用神话传说结合现实来批判现实,反映自己的理想的用意是相近的。

六、《天问》的历史观

《天问》的下半部分,网罗了许多历史故事,对许多历史人物提出很多的怀疑和批判,足征司马迁说他的"博闻强志,明于治乱"(见《史记·屈原贾生列传》)的话是可信。说明他掌握着丰富的知识,包括历史知识在内;而且对于历史的兴衰治乱之所由,也是很明晰的。这从《天问》里也可以看出他对于历史有一定的观点,对历史人物不是无原则的随便怀疑和批判。

第一,屈原在《天问》里对许多历史人物的批判是和现实结合的。《天问》里批评了好多反面人物。如对桀、纣和周幽的迷惑女色而亡国,以及夏启、后羿、寒浞、浇、王亥、王恒、象等一系列的淫泆昏乱的人物,反复的揭发和批评,俨然是隐射着当时楚国的现实。对楚怀王的荒淫女宠,以及一班竞进贪婪、谗谄阿谀的党人,用这些历史人物来隐喻讽刺,和《离骚》的批评桀纣的"昌披"、夏启的"不顾难以图后"、后羿的"淫游佚田"、浞的贪淫别人的家室、浇的"强圉""纵欲"的看法是一致的。

另一方面,对历史上的一些正面人物,看到他们正直忠良而受到冤屈迫害,表示深刻的同情;谗谄阿谀之人反而得到赏赐和信任,表示非常的愤慨。如:

比干何逆,而抑沈之？　　　雷开何顺,而赐封之？

梅伯菹醢,箕子详狂。

这很明显地可以看出是影射着自身的遭遇而提出愤慨的质问。和《离骚》的:

后辛之菹醢兮,殷宗用之不长。

不量凿而正枘兮,固前修以菹醢。

以及《九章·涉江》的:

忠不必用兮,贤不必以。　　　伍子逢殃兮,比干菹醢。

同样是追悼前贤,感伤自己。他特别对于传说中的鲧,无罪而受刑,表示极大的同情,不厌反复地提出质问,几于声色俱厉:

顺欲成功,帝何刑焉？　　　永遏在羽山,夫何三年不施？

咸播秬黍,莆藋是营。　　　何由并投,而鲧疾修盈？

和《离骚》的"鲧婞直以忘身兮,终然殀乎羽之野"、《惜诵》的"行婞直而不豫兮,鲧功用而不就"一样的同情。这因为鲧的正直忘身,不但在当时无罪而遭受放逐,而且后人不辨是非、不明曲直,在传统的历史上把他刻画成一个桀骜难驯的败类。甚至把他描写得如野兽一样的可怕。如《吕氏春秋·行论》说鲧得罪了尧,"怒甚野兽,召之不来,仿佯于野以为患",使鲧遭受不白之冤。屈原感慨身世,有类于鲧的遭遇,所以反复地为鲧雪洗千古的沉冤,也是为自己提出控诉。

他对于一些"信而见谗,忠而被谤"的历史人物,引起无限的同情和愤慨;而对于古代圣君贤相的遇合,表示无限的欣羡和赞美。如对于成汤之与伊尹,文王之与吕望,不厌反复地提问:

> 帝乃降观,下逢伊挚。　　何条放致罚,而黎服大说?
> 成汤东巡,有莘爰极?　　何乞彼小臣,而吉妃是得?
> 师望在肆昌何识?　　　　鼓刀扬声后何喜?

这又与《离骚》的"汤禹严而求合兮,挚咎繇而能调""吕望之鼓刀兮,遭周文而得举"的思想感情是一致的。《天问》在这些地方,和《离骚》各篇是有相同之处。

在《天问》里,屈原批判了许多历史上的反面人物,也赞扬了一些正面人物。但统计起来,反映在屈原心目中的历史上的统治阶级的人物是好人少而坏人多。从夏商周到自己的楚国,圣君贤相简直数不出几人,而淫泆昏乱之人,比比皆是。而且许多荒淫变诈的人,倒反得到好结果,子孙后代,繁衍昌盛。如说:

> 舜服厥弟,终然为害。　　何肆犬豕,厥身不危败?
> 眩弟并淫,危害厥兄。　　何变化以作诈,而后世逢长?

相反的,许多正直忠良之人,反而受到刑戮迫害,鲧的"顺欲成功",结果是受到殛刑,比干忠谏而被抑沈。因此,便引起屈原对天的怀疑,而提出他的天道观来:

> 天命反侧,何罚何祐?　　齐桓九会,卒然身杀?

天道是这样地反复无常,被惩罚的究竟是些什么人?被祐护的究竟是些什么人?齐桓公九合诸侯,一匡天下,立下了大功,却不得善终。上天对善人是这样的残酷,对恶人却这样的包庇,这还有什么天道?屈原对天道的怀疑,和司马迁颇同。《史记·伯夷列传》说道:

> 若至近世,操行不轨,专犯忌讳,而终身逸乐富厚,累世不绝;或择地而蹈之,时然后出言,行不由径,非公正不发愤,而遇祸灾者,不可胜数也。余甚惑焉,傥所谓天道,是邪非邪?

屈原和司马迁的遭遇,有相同之处,因而对天道发出悲愤的怀疑也不约而同。

屈原在《天问》里怀疑天道,好像和《离骚》有些矛盾。《离骚》这样说:

> 皇天无私阿兮,览民德焉错辅。

> 夫惟圣哲之茂行兮，苟得用此下土。

他又肯定天道是公平无私的，有茂行的圣君哲王，必然受到皇天的眷顾而得为天子，君临下土。但《天问》却这样提出问题：

> 皇天集命，惟何戒之？　　受礼天下，又使至代之？

已经得到了天下，受天下人的尊礼拥戴，又为什么使其他的人起而代之？这岂不是证明"天命反侧"？岂不是说明《天问》和《离骚》的思想相矛盾吗？这要知道，《离骚》这一段话是对昏君与党人做正面的说教，所以冠冕堂皇地抬出皇天来做警告。《天问》在这里是发抒自己的悲愤而怀疑天道。诗人究竟是在作诗，天地万物在他的笔下自由地驱使着，在他的诗歌的舞台上，随他自由地导演着而出现不同的面貌，这没有什么奇怪的。当然也不是无原则地随便翻云覆雨，总为着他唯一的政治目的而服务。

以上说明《天问》对历史人物的批判，是和作者的时代现实及自身的遭遇相结合的，他有意用历史来讽刺现实的黑暗。

第二，屈原对于历史事实，本着实事求是的精神，提出自己独特的看法，不为传统的历史观点所束缚，特别不苟同于儒家的经典传说，由《天问》里边可以看出，有很多的历史观点和儒家是大有出入的。举例说明如下：

一、春秋以来，儒家建立的二帝三王的历史体系，屈原是不用的。他把历史断从夏代起，所以《天问》的历史部分是从"禹之力献功"问起，尧舜事件是放在夏殷之间，这是合乎古历史系统的，已辨见前。

二、儒家的经典说舜是"有鳏在下"，舜是一个鳏夫。屈原根据别种传说来证明舜是有妇之夫，而提出质问："舜闵（昏）在家，夫何以鳏？"[①]他对于尧舜的看法，并不像儒家那样的奉若神明，他问尧是"尧不姚告，二女何亲？"问舜是"厥严不奉帝何求？"这和《尚书》的"厘降二女于妫汭""烝烝乂、不格奸"大有径庭。

三、儒家的经典说鲧是"方命圮族"，治水"九载绩用弗成"。屈原在《离骚》

[①] 参看方孝岳：《关于屈原"天问"》，见《楚辞研究论文集》

里却说他"婞直忘身",在《天问》里说他"顺欲成功",为鲧大大的翻案,已辨见前。

四、最突出的是他对殷周的看法,和周家的各种文告及儒家的经传有很大的出入。周武王灭殷杀纣,是所谓"吊民伐罪"。殷家是得罪了上天,"天降丧于殷",周的灭殷是"将天明威,致王罚,敕殷命终于帝"(见《周书·多士》)。好多经传把纣王描写成一个万恶的魔王,骂得体无完肤。而文王武王,在《诗》《书》及其他经传里却歌颂备至。殷纣真是这样的罪恶吗?周文王武王真是这样神圣不可侵犯吗?这当然是民族的偏见,为统治阶级服务的经传更为他不遗余力地加以粉饰。现在看屈原在《天问》里边对殷周是怎样看法?

  伯昌号衰,秉鞭作牧? 何令彻彼岐社,命有殷国?

周文王本来是在殷的衰世为牧伯,为人臣,为什么上天要命他占有殷国?他对周文王已经有不满之意,而对周武王更是抵触,反复地提出指责:

  到击纣躬,叔旦不嘉, 何亲揆发足,周之命以咨嗟?

他叹息周武王以这样的残暴而得天下,连周公都不同意了。跟着问道:

  授殷天下,其德安施?①

上天授给他以殷之天下,他究竟施行了什么恩德于人民?下边更激切地问道:

  武发杀殷何所悒? 载尸集战何所急?

简直大声疾呼,指名斥责,和《诗》《书》的歌颂武王大相矛盾。屈原的不满意于武王,认为是"以暴易暴",所以在《离骚》里赞美三王,只有提到文王说:"吕望之鼓刀兮,遇周文而得举。"所谓"周论道而莫差"也指的是周文王,而不包括周武王。

周武王的残暴,有时在经传里也掩盖不住而暴露出一些来。孟子说道:"吾于武成,取二三策而已矣。仁人无敌于天下,以至仁伐至不仁,而何其血之流杵也?"(《尽心下》)《尚书·武成》说武王伐纣,杀人过多,至于"血流漂杵"(伪《古

---

① 原作"其位安施",当从一本作"其德安施"。

文尚书》《武成》却不是这样说),儒家孟子迷信武王是"至仁",不至于残暴如此,不相信书面的记载。屈原却不为传统所束缚,根据别的史料,对周武王提出与儒家不同的看法。

同时,屈原对纣王也有不同的看法。当然,他对纣王的听信谗言,杀害忠良是非常痛恨的。《天问》说道:

彼王纣之躬,孰使乱惑?　　何恶辅弼,谗谄是服?

《离骚》里也说他"昌披"。但在《天问》里,他又为纣王抱不平而斥责周武王:

授殷天下,其德安施?

跟着问道:

及成乃亡,其罪伊何?①

这是说商纣到了平定东夷成功时,被周武王乘虚袭击,遭到灭亡的惨祸。屈原提出质问:"他究竟犯了什么罪?"这一问即《左传》昭十一年"纣克东夷而殒其身"的历史事实。近年郭沫若先生在《驳说儒》一文里,根据各种史料,肯定商纣王的功绩,说他征服东夷是"对于我们民族发展上的功劳,倒是不可淹没的",说他的灭亡是"一幕英雄末路的悲剧"。郭老为商纣王翻案,是今天历史研究中的一件新事。但由《天问》的这两句看来,屈原早在两千多年前已为纣王翻案过了。足见这位诗人的大胆卓识,不为传统和习见所拘束,提出自己独特的看法来,公平地评论历史人物,这确是实事求是的精神。他对于鲧,对于纣的平反,都是这种精神的表现。由此可见在正统权威的思想统治之下,有多少历史事实要走样,有多少历史人物要被歪曲,包括好的坏的在内。说到纣王,被传统的历史说成是千古的罪人,连儒家的孔子都过意不去而说道:

纣之不善,不若是之甚也。是以君子恶居下流,天下之恶皆归焉!

(《论语·子张》)

---

① 原作"反成乃亡",当从朱熹《集注》本云"反,一作及",应作"及成乃亡"。"及"和"反"形近而误。

他也不相信纣王是这样的万恶,但仍然骂他是"下流"。

五、儒家对历史的处理是:对远一些时期的历史事件,比较能据事直书,批评也较明确;对接近自己时代的史事则很隐讳,很微婉地闪烁其词,使人看不出笔者的真意何在,孔子作《春秋》就是这样做法。所以《公羊传》(定元年)说:

　　定哀多微辞。主人习其读而问其传,则未知己之有罪焉尔!

这是说孔子作《春秋》,到了接近自己的定公哀公时代的史事,很少直笔,使人读着看不出褒贬来。这是什么用意呢？何休注说:

　　此孔子畏时君,上以讳尊隆恩,下以避害容身,慎之至也。

儒家编史是要"为亲者讳""为尊者讳",一方面又要"明哲保身"。屈原的历史观点则不然。《天问》当然不是在写历史,但可以看出他对历史人物的批评观点和儒家完全相反。他不像孔子处理《春秋》似的"定哀多微辞"。他对越接近自己时代的历史人物愈发露骨地批评。试看《天问》中对夏商两朝的历代君王,除了桀纣之外,被指责的很少。到了周代,对文王已经有"微辞",对武王则露骨地批评指责,跟着:

　　昭后成游,南土爰底。　　　　厥利维何？逢彼白雉。
　　穆王巧梅,夫何周流？　　　　环理天下,夫何索求？……
　　周幽谁诛？焉得夫褒姒？

西周一系列的君主都被他批评过了。说到春秋时代自己的楚国的历史人物,他更不客气,他的先君先臣也难逃他的口诛笔伐。《天问》末后写道:

　　何环穿自闾社丘陵,爰出子文？　　吾告堵敖以不长。
　　何试上自予,忠名弥彰？

上一问揭发春秋时楚国名臣斗伯比和妘子之女淫乱,而出生令尹子文的丑事;后一问揭发楚成王杀堵敖,夺王位的篡逆罪行。他决不"讳尊隆恩",决不"明哲保身"。表现在《离骚》《九章》里对昏君党人大胆的抨击和揭发,和《天问》的精神是一致的。无怪乎班固责备他不能"明哲保身"(《离骚序》),颜之推责备他"露才扬己,显暴君过"(《颜氏家训》)。这些都是腐儒之论,不能认识屈原。

由以上五例，可以看出在《天问》里所反映出来的屈原的历史观和儒家传统的历史观是不同的，也说明屈原的世界观和儒家的世界观是不同的。因此，要把屈原的思想说成是纯粹的儒家思想，这是错误的。

七、《天问》的艺术价值

《天问》这篇作品，从来的学者都认为是一篇千古奇文，推崇备至。如听雨斋刻的《楚辞集注》引李贺曰：

> 《天问》语甚奇崛，于《楚辞》中可推第一，即开辟来亦可推第一，贺极意好之。时居南园，读数过，忽得"文章何处哭秋风"之句。

又引孙矿曰：

> 或长言，或短言，或错综，或对偶，或一事而累累反复，或联数事而镕成一片。其文或阰险，或淡宕，或佶倔，或流利。诸法备尽，可谓极文之变态。

都认为《天问》的语言奇崛，错综变化，文学的价值很高。不但在《楚辞》中可推第一，简直是空前的一篇杰作。但现在研究《楚辞》的一部分学者认为《天问》的艺术价值，不及《离骚》及其他各篇。甚至如胡适说道：

> 天问文理不通，见解卑陋，全无文学价值，我们可以断定为后人杂凑起来的。

这完全是胡说八道。当然，他否定《天问》的文学价值，是别有用心的。现在我们必须实事求是地来评价《天问》。

《天问》是一篇一千五百多字的长诗，但不能以一般的抒情诗和叙事诗的规律来看它。它所反映的思想内容和写作方法，艺术形式，都和一般的诗歌不同。它既不像《离骚》的抒情，随着思维与情绪的发展，抑扬纵横，波澜起伏，一贯到底，具有严密的组织形式；也不像《九歌》的歌咏人物，每篇以一个神为主题，从各方面来刻画神的形象和性格，抒写神人之间的关系，每一篇也有细密完整的组织形式。《天问》则不然，它全篇是由许多的孤立的问题组织而成。全篇是以

关于《天问》的若干问题

广大悠久的宇宙自然和上下古今的历史人物为对象。所刻画的非一物,所评弹和赞颂的非一人非一事。它的庞大丰富的内容,决定了它独特杰出的形式。上面引李贺说他:"开辟以来可推第一。"最近郭沫若先生说他:"文学手腕,简直是前无古人后无来者。"确不为过。因为两千多年来的文学作品中,我们只有看到了这一篇奇崛的艺术形式,也只能有这一篇,所谓"不可无一,不可有二",柳宗元的《天对》不过是学步效颦而已!

《天问》的作者把巨大悠远的天地古今网罗压缩在一千五百多字的一篇作品中,令人不能不惊叹他艺术概括力之强。在前一部分,由各种神话传说中,关于宇宙自然的怀疑提问,起了强烈的暗示作用。暗示你想象那混沌未分鸿濛初辟的景象,想象那天宫的秘密,想象那日月星辰的盈虚变化之所以然,想象那昆仑的灵区圣境的幽玄,以及许多神禽怪兽、奇花异草的存在问题等等。他用这种暗示的方法,使你越想越感到宇宙自然的玄奥莫测,引起你非常活跃的幻想,感到神秘的宇宙自然的形象,可以捕捉而又不可以捕捉。在这半幅《天问》中,囊括着无穷无尽的宇宙的玄奥。他并不像后来的词赋家,正面地来赋物写形,平板地来陈列家当,堆砌词藻,引不起人的热烈的思想感情和活跃的想象。愈夸多斗靡,愈发使人望而生厌。说到这里令我们想起北齐刘昼作《六合赋》的故事来。《北史·儒林传》说刘昼曾经作过一篇《六合赋》,魏收见了讥讽他说:

> 赋名六合,已是大愚,文又愚于六合。

邢子才也批评他说:

> 君赋正是疥骆驼,伏而无妩媚。

刘昼的《六合赋》虽然没有流传下来,但顾名思义,大约也像屈原的《天问》似的做了上下古今谈。但结果如何呢?由魏、邢两人的评语可以想见他这篇赋是吃力不讨好的。一定是如上面所说的拼命地去摆家当,堆词藻,堆得像一只生疥疮的骆驼似的,一点妩媚的姿态都没有,正说他没有丝毫的艺术性。但这篇《六合赋》是不好作的,不但刘昼不能作,任何人恐怕也作不好,因为题目太大了。所以魏收说"赋名《六合》,已是大愚"。见得"六合"是不好赋的。然而屈原却早在《天问》这篇杰作里"赋"了"六合",而且"赋"得很出色,也要有屈原这样的艺术才能,才敢于"赋""六合"。

《天问》的后一部分摆出了一座巨大的历史舞台。多少历史人物以不同的类型,不同的角色,活跃在这座舞台上面,一幕一幕地展开,显出导演者的艺术才能。不,实际是屈原摆开了一座巨大的法庭,来审判一两千年来的多少帝王将相及其他人物。他不为一些不正确的道听途说所迷惑,实事求是,公正无私地来审判这些历史人物的是非功罪。有大批的荒淫残暴,贪婪愚昧的人,受到应得的判决;有受到宽诬委曲正直无私的人,得到公平的昭雪;有残暴的人而被歌颂为圣帝明王而受到揭发和批判。从历史的角度来说,屈原是一位不畏权势的直笔的历史家,有南史董狐的精神;从文学的角度来说,《天问》是能揭发社会政治的黑暗,真实地反映历史现实,有现实主义的精神,和《离骚》的精神是一致的。

他对这些历史人物的"谳词"是非常精简扼要地有力地打中对方的要害,使你百口莫辩,如:

武发杀殷何所悒? 载尸集战何所急?

他问周武王:你和殷家有什么大不了的仇恨?老子死了不久,等不得埋葬,就抬着木主去战争?那周武王只好用"吊民伐罪,刻不容缓"一类冠冕堂皇的词语来答辩,想象那"法官"只有一笑置之。又如问舜:

薄暮雷电归何忧? 厥严不奉帝何求? 伏匿穴处爰何云?

你在烈风雷雨中走回家来不迷失道路,究竟有什么神通?你不孝你的父亲,为什么尧帝还赏识你把你提拔起来?你在井里的空穴中躲藏脱身,究竟是一回什么事?那舜皇帝只好回答说:"那是神话。"

他善于把关于一个人物的两种对立的传说综合起来质问,显出一个人的两面性,把许多神圣调侃奚落得啼笑皆非,显出作者的尖锐的幽默讽刺的艺术手法,在先秦文学中是很少见的。如问大禹王:

禹之力献功,降省下土方。 焉得彼嵞山女,而通之于台桑?

　　　　闵妃匹合，厥身是继。　　　　胡维嗜不同味，而快朝饱？

你奉帝命降到下土来治水，这是何等神圣紧急的任务；你为什么乘空偷闲去和嵞山氏的女子私通在台桑地方？当然，娶妻生子，延续香火后代是应该的。但你为什么去和一只异类的九尾狐结婚，只图满足一时的情欲？[①]

又如问后羿：

　　　　帝降夷羿，革孽夏民。　　　　胡射夫河伯，妻彼雒嫔？

上帝命你到地上为下民除害，你为什么无故生端地去射河伯，并把人家的妻子夺去？又如问尧舜：

　　　　舜闵在家，夫何以鳏？　　　　尧不姚告，二女何亲？

这一问的结果是，舜是一个有妇之夫，尧皇帝硬把自己的女儿嫁给他，使他犯了重婚之罪，此其一；而且尧皇帝也不通知人家的父母，竟自把女儿嫁给人家的儿子。尧不告而嫁女、舜不告而娶妻，大大违背了"娶妻如之何？必告父母"的礼教原则。这一重公案虽经孟轲老先生极力为他辩护过，终究漏洞百出，不足以服人，屈原重又提出，此其二。

这些地方，说明屈原善于利用故事传说的矛盾来刻画历史人物，艺术的手法是很高妙的，艺术的兴趣是很浓厚的。这和《离骚》引证儒家经典里圣帝明王来做正面的说教有所不同。也即刘彦和《文心雕龙·辨骚》所谓的"异乎经典"的地方。屈原作品中有"异乎经典"的地方，说明他和统治人物统治思想的对立，反映出他的人民性之强；有"同乎经典"的如《离骚》《九章》里许多歌颂圣君贤相的地方，便和《天问》里对这些人物的调侃奚落相矛盾。这种矛盾反映屈原思想中突出的不可解决的矛盾，即他的君臣观念和人民观念的矛盾。

《天问》又善于抓住一些关键性的细节小事来突出人物的性格与形象，评论

[①]　"朝饱"即"朝饱"，亦如《诗经》里的"朝饥""朝食"。食色相连，古人多以饮食隐喻男女（此义闻一多发之，并不为错）。"朝饱"与"朝饥"相对，隐喻情欲满足，"朝饥"则相反。所谓"嗜不同味"，是嗜好异味之意，隐喻禹与异类结婚之事。按《吴越春秋》有一段关于禹娶涂山女的故事，涂山女是一只九尾白狐。此传说流传必很早，故屈原得据之以提问："胡维嗜不同味，而快朝饱？"即隐射此事。

人物的功罪。如：

> 昭后成游，南土爰底？厥利维何？逢彼白雉？

周昭王兴师动众，大举伐楚，只是贪图一只白野鸡。结果是丧师辱国，南征不复。这和后来汉武帝的兴师动众，远征西域和西南夷，只是为着一匹大宛的马和西南的筰杖及蒟酱一样的野心贪婪。不过汉武帝是胜利了，结果虽然有幸有不幸，其为贪鄙的行为，并没有两样。

又如：

> 兄有噬犬弟何欲？易之以百两卒无禄？

讽刺秦伯弟兄之间因为一只狗而引起争端，结果是弃禄逃亡。这些例子都可以说明屈原善于抓住一些小事物来表现人物的个性，刻画统治阶级的贪婪卑鄙的形象，艺术的手腕是很高明的。

综合起来看，《天问》的历史部分，他不是一板正经地在这里作"史论"，也不是平铺直叙地顺着朝代来叙述历史。而是以历史传说为题材，艺术地来刻画人物，评谈人物，并结合现实来讽刺作者当时的黑暗的社会和政治。全篇作品里反映出作者独特的自然观和历史观，也反映了作者的世界观和人生观，也反映出在那黑暗污浊的封建社会里作者"鸷鸟之不群"的岸然卓绝的人格。在艺术方面，他善于使用题材，或综合，或剪裁，或对比，精简有力地刻画形象，突出典型，兼以古奥质朴的词汇、错综变化的语法、奇崛的结构和章法，便构成这一篇与《离骚》并驾齐驱的杰作。

原载云南大学编《云南大学学术论文集》（第二辑），1963年

《天问》题名考辨

殷光熹

关于《天问》题名的解读,尽管古今学者有过多种解释,还是难以令人满意,至少尚未达到"近真",因而在笔者心目中一直是个悬案,于是用了些时间,写成此文,意在抛砖引玉。

一

《天问》这个题目该如何解释?历来注家和学者有不同的说法,诸如王逸《楚辞章句》云:"天尊不可问,故曰天问。"洪兴祖、陈本礼等从而引申之。李陈玉《楚辞笺注》:"不曰问天,曰天问者,问天则当人之怨尤,天问则上帝之前有此一段疑情,凭人猜揣。"王夫之《楚辞通释》:"原以造化变迁,人事得失,莫非天理之昭著,故举天之不测不爽者,以问'潜不畏明'之庸主具臣,是为天问,而非问天。"屈复《楚辞新注》:"天问者,仰天而问也。"胡文英《屈骚指掌》:"搔手问天之语。"戴震《屈原赋注》:"问,难也。天地之大,有非恒情所可测者,设难疑之。"孙作云《〈天问〉研究》:"《天问》就是问天,问天命,因为要着重被问的对象是'天',所以就把'天'字置于'问'字之上,这样,就成了《天问》了。"还有人认为"'天问'就是天的问题"(游国恩),《天问》是"关于天道的问题"(刘文英),"首先提出的是天的问题,就命名'天问'"(詹安泰)等等,可谓见仁见智。然而细揣以上诸说,恐非《天问》题名原义(作者命题的原义)。

二

要弄清《天问》题目的含义,首先必须对先秦时期人们对"天"的概念进行研究。王国维在《观堂集林·释天》中指出:"古文'天'字,本像人形。殷墟卜辞或作'㆗'。《盂鼎》《大丰敦》作'㆗',其首独巨。""⌒""⌒"等上部代表人的头顶,下方的"大"(大)就像人张开的两臂和两脚。《说文》:"天,颠也。至高无上,从一、大。"段玉裁注:"颠者,人之顶也,以为凡高之称。""至高无上,是其大无有二也,故从一、大。"可见,"天"的本义是人的头顶,"高"而"大"。后人称人的头盖骨为天灵盖,称额头上两眉间为天庭。古之墨刑也称"天",《易·睽》:"其人天且劓。"《释文》:"天,剠也。马(融)云:'剠凿其额曰天。'"按:剠同"黥",即用刀刺刻其额,再涂上墨。劓,割其鼻也。黥、劓都是古之刑罚,即《尚书·吕刑上》指出的其中两种刑罚:"爰始淫为劓、刵、椓、黥。"由以上所引文献资料可证,"天"的初义应为人的头顶。

由于"天"是人的头顶,含有"至高无上"之义,因而古人取其"至高无上"之义,将"天"的本义引申之,使得"天"具有各种不同的含义。我们从先秦典籍中可以得知,"天"的概念比较复杂,含义相当广泛,有时还纠集、交叉在一起使用,模糊或含混难辨。对此,后人曾阐述过"天"的不同含义,从总体上看,可以分为两大类:物质自然的天和有神主宰的天。从哲学的角度看,这两类"天"的概念是对立的(唯物和唯心)。为便于说明问题,拟按上面所说的两大类来分别对先秦时期"天"的概念内涵进行考察和辨析。

(一) 物质自然的天

自然的天,是指地面的上空,与地相对。《诗·唐风·绸缪》:"三星在天。"《易·说卦传》:"乾为天,坤为地。"这里所说的天,都是指自然的天,它的同义语就是"宇宙""自然"或自然法则。"天"是没有任何意志和感情的。由"天"这个概念又派生出许多带"天"字的语词：

（1）天地：指物质自然世界。《庄子·达生》："天地者，万物之父母也，合则成体，散则成始。"或指天空、大地，《荀子·天论》："星队木鸣，国人皆恐……是天地之变，阴阳之化，物之罕至者也。"

（2）天体、天宇：前者指天的形体，后者指天空（宇宙）。《荀子·天论》："皆知其所以成，莫知其无形，夫是谓之天。"又说："天行有常。"屈原《天问》中的"上下未形""冥昭瞢暗""冯翼惟象""明明暗暗""阴阳三合""圜则九重"以及"九天""八柱""列星"等等，都是问有关宇宙天体方面的问题。在先秦典籍中还没有谁能像屈原这样对宇宙起源提出这么系统的问题。

（3）天则、天道、天运：前二者指自然的法则（规律）。《庄子·天道》："天道运而无所积，故万物成。"《荀子·天论》："天有常道矣，地有常数矣。"《左传·昭公十八年》："子产曰：'天道远，人道迩，非所及也，何以知之？灶焉知天道？是亦多言矣，岂不或信？'"天运指宇宙万物的运行。《庄子·天运》篇第一节，自"天其运乎"至"敢问何故"，以提问方式追问天体运行中的一些问题。

（4）天德：指天的本质。《荀子·不苟》："变化代兴，谓之天德。"

（5）天职：指自然的职能。《荀子·天论》："不为而成，不求而得，夫是之谓天职。"

（6）天理：指顺其自然。《庄子·天运》："夫至乐者……顺之以天理。"

还有《庄子·齐物论》中的"天籁"（自然之音）、"天倪"（自然的分际）、"天府"（自然的府库），《庄子·马蹄》中的"天放"（自然放任），《庄子·天运》篇中的"天门"（指心），《荀子·儒效》篇中的"天性"（天然的品质或特性），《荀子·天论》篇中的"天官"（生理上的自然职能），《穀梁传·隐公元年》中的"天伦"（自然的伦次）等等，基本上是从自然规律或客观存在方面来使用或解释"天"的，带有朴素唯物论的思想。

（二）有神主宰的天

古人认为"天"是有意志的上帝神，是万物的主宰。甲骨卜辞中的上帝已经成为至高无上的主宰者。金文中的"天"也是有意志的上帝,《毛公鼎》"唯天㞷(将)集乓命""皇天私䞋""敃天疾畏"等。先秦典籍中将"天"视为有意志的上帝神也多有之,如《诗·大雅·皇矣》:"皇矣上帝,临下有赫。"《诗·大雅·大明》:"天监在下,有命既集。"《诗·邶风·北门》:"天实为之,谓之何哉!"孟子则将"天"解释为精神的本原,他在《孟子·尽心上》中说:"尽其心者,知其性也;知其性,则知天矣。"

在先秦典籍中将"天"视为有意志的上帝神,较常见的提法有如下几种:

(1) 皇天:《毛公鼎》"皇天私䞋"中的"皇天"指上帝或天帝。《尚书·梓材》:"皇天既付中国民越厥疆土于先王。"《左传·僖公五年》引《周书》:"皇天无亲,惟德是辅。"

(2) 上天:许慎《五经异义》引《尚书》:"自上监下,则称上天。"《诗·大雅·文王》:"宣昭义问(闻),有虞殷自天,上天之载,无声无臭,仪刑文王,万邦作孚。"

(3) 上帝:《尚书·康诰》:"闻于上帝,帝休。天乃大命文王。"《召诰》:"王来绍上帝,自服于土中。"《诗·大雅·文王》:"殷之未丧师,克配上帝,宜鉴于殷,骏命不易。"《中国思想通史》(侯外庐等著)根据郭沫若《周彝中之传统思想考》(《金文丛考》)的统计,提到"关于周人维新的上帝神"问题:"宇宙之上有至上神主宰,曰天,曰皇天,曰皇天王;亦曰帝,曰上帝,曰皇帝,曰皇上帝。上帝能命(先王),能锡人以福佑;有威可畏,祸乱自天而降。帝之所在曰帝所,亦曰上,亦曰天。"

(4) 天命:古人将天当作神,称上帝神的旨意为天命。信者认为天能决定人类命运,能够受命于天。从甲骨卜辞、彝器铭文中得知,商、周统治者自称"受命于天",或将自己的意志假托为上帝的命令,美其名曰"天命",以此作为他们统治人民的"合理"根据。他们往往打着"天命"的旗号,为自己的神权思想张目,例如夏统治者攻伐他人时,说是"天用剿绝其命,今予惟恭行天之罚"。商灭夏时,声称"有夏多罪,天命殛之"。周灭商纣也声称是"恭行天之罚"(上引见《尚书》)。这些例子说明,夏、商、周的统治者都是按照自己的意志塑造"天"的形象:"天"是主宰万物的上帝神。"天命"就是上帝能够致命于人,向人类发号施令。王朝的兴亡也是上帝的旨意所致。孔子学说中也涉及天命观,诸如"畏天命""死生有命""五十而知天命"等,冯友兰先生认为:"孔子所说之天,亦皆主宰之天。"

(5) 天道:与"人道"相对而言。天道最初含有二义:天体运行规律(天文学知识)。子产曰:"吾非瞽史,焉知天道?"又说:"天道远,人道迩,非所及也。"此其一。其二,天能显灵(迷信神灵)。《尚书·汤诰》:"天道福善祸淫,降灾于夏,以彰厥罪。"统治者用天道来宣传神权思想,所谓"君权神授"也。

其他还有"天神""天帝"等,都是把"天"当作有意志的上帝神。

其实,"天"的引申义涵盖面相当广泛,它既包含自然界,也包含人类社会。中国人常用"天"来表示它超越人世或决定人世命运的力量。"天"字在先秦典籍中的使用频率也相当高,它在不同的语境下有着不同的含义,或将不可为形、不可为名、不可言传、不可思议、不可理喻者,强为之名,谓之"天"。即如姜师亮夫先生所言"一切不可知之事,皆归之于天","一切远于人、高于人、古于人之事,皆得称之"。人类对宇宙奥秘知之甚少,感到神秘莫测,无法参透,无法解释,只好说"天知道了"。有时只是无可奈何的一种托辞而已,与那种有神论者有别。总之,关于"天"的命题,在春秋战国时期是经常讨论的内容之一,《天问》就是这种文化背景下的产物。

三

从《天问》所提问的内容看,主要涉及天象和天道,即包括自然界和人类社会。关于天道,古人认为人类社会的一切治乱兴衰都是由天道支配的,因而也在《天问》质疑的范围内。但从《天问》篇名本身看,"天"字还有特指的含义,我以为最大的可能有两种:

(一)"天"(包括"皇天""上天")指上帝

在屈原的作品中,"帝""上帝""后帝"也曾多次出现过,如《招魂》:"帝告巫阳曰:'有人在下,我欲辅之。魂魄离散,汝筮予之。'巫阳对曰:'掌梦,上帝命其难从。'"这里提到的"帝""上帝",只是象征性的,作者只是出于创作手法上的需要而已,并不能说明作者真的相信有上帝存在。这从《天问》的问难中得以印证,如"帝降夷羿,革孽夏民;胡射夫河伯,而妻彼雒嫔?""何献蒸肉之膏,而后帝不若?""(帝)授殷天下,其位安施?反(及)成乃亡,其罪伊何?""何亲就上帝罚,殷之命以不救?""稷惟元子,帝何竺之?""厥严不奉,帝何求?"以上所涉及"帝""上帝"和"后帝"有多处,都是以质疑的语气出之,表示对"上帝"(或天命)的怀疑。

关于"皇天",《天问》中也是用问难的语气,如"皇天集命,惟何戒之?受礼天下,又使至代之?""皇天"如此出尔反尔,又这样自相矛盾,可信吗?只有《离骚》里的一处提到"皇天"的地方,表面上看起来作者似乎将"皇天"当作上帝神:"皇天无私阿兮,览民德焉错(措)辅;夫维圣哲以茂行兮,苟得用此下土。"诗中的前两句出自《左传·僖公五年》引《周书》语:"皇天无亲,惟德是辅。"从中看出其与《离骚》里所说的"皇天""民德",在意义上有相承相通关系。因此,屈原在《离骚》里所说的"皇天",指"民"。"民"的旨意就是"皇天"的旨意。"皇天"是"无私"的,只有具备"民德"和"茂行"的人方能享有天下。这种思想与《周书》所说的"皇天无亲,惟德是辅"有关。从现象看,周代统治者(以周公为代表)与屈原虽然都打着天从民意的旗号,但二者的目的显然有别:前者假借天从民意是为了统治民众,后者假托天从民意是为了开导楚王醒悟。

关于天从民意的问题,从西周至战国,已经成为上层社会冠冕堂皇的流行"官话",其核心是说:天授命于人君的原则是"德",有"德"的标准就是看他对"民"是否关切。"天"也不能自作主张,还得服从民意:"民之所欲,天必从之。"(《尚书·泰誓》)就以《孟子·万章上》中万章与孟子的一段对话为例,万章问:"舜有天下也,孰与之?"孟子答:"天与之。"再问到"天受之"与"民受之"的问题,孟子答曰:"昔者,尧荐舜于天,而天受之;暴(显)之于民,而民受之;故曰,天不言,以行与事示之而已矣";"使之主祭,而百神享之,是天受之;使之主事,而事治,百姓安之,是民受之也"。其中心意思是说,天的旨意就是民的旨意。所谓"天受之",就是将"民"的旨意当作"天"的旨意。所谓"民受之",是指"天"按照"民"的旨意而决定的事情,就会被"民"接受。先有"民与之",后有"天与之"。最后,孟子说:"《太誓》曰:'天视自我民视,天听自我民听。'此之谓也。"意思是说,上天的视听都从民意。正如他在另一篇文章指出的那样:"桀纣之失天下也,失其民也;失其民者,失其心也。"(见《孟子正义》)在这里,"民"和"天"的地位似乎相提并论了,甚至成了同义语。如果屈原借用了孟子在这里有关"天"即"民"式的象征性手法的话,那么,屈骚中的"皇天"的旨意就应当是"民"的旨意。"皇天无私"的标准就是"德"——"民"所要求的"德",也就是《离骚》中所说的"民德"。

在君主独揽大权的古代社会,只有"天"才能对君主具有威慑作用,因此,各类人出于各自的目的,都想利用"天"为自己的利益服务。这是公开的秘密,只因各自心照不宣,没有将它捅破罢了。这条不成文的"秘方",早已为史实证明。社会在变,人的思想也在变,"天"的形象也在变。实际上都是想借"天"的"至高无上"的权威来达到各自的目的,例如:夏、商、周的统治者都按照自己的意志塑造自己心目中的上帝形象,然后宣称自己受命于天,是执行天的旨意。先秦诸子也根据自己学说的需要,不断改造"天"的形象,赋予"天"以新的内涵,从而有孔子、墨子、庄子、孟子、荀子等人各自所说的"天"。自然,屈原心目中也有自己的"天",在他的作品中,有他想象中的"皇天"也有他假设的"帝""上帝",又有他质疑的"后帝""帝""皇天"。所以说,《天问》的"天"就是指屈原心目中的"天",这就是他在作品中常常"起用"的属于神话中的上帝。他假托上帝——通过上帝的口向诸家发问,所以是"天"来"问"人,不是"天"来"问"天,否则,岂不成了天(上帝)在自己怀疑自己、自己向自己提问题了吗?真要如此,那么像"天命反侧,何罚何佑""皇天集命,惟何戒之"之类的发问,岂不自相矛盾?这显然不合逻辑。

(二)"天"指"天民""天人"或"至人"

我说《天问》中的"天"指"天民""天人"和"至人",与战国时代诸子著述中论及有关,对屈原来说,或受其影响,或"英雄所见略同",都是有其可能的。

何谓天民?《庄子·庚桑楚》云:"人有修者,乃今有恒;有恒者,人舍之,天助之。人之所舍,谓之天民。"这就是说,有常德的人,人们就来依归,自然(天)也佑助他,称为"天民"。《孟子·尽心上》云:"有天民者,达可行于天下而后行之者也。"所谓天民,是他的"道"能行于天下而能去实行的人。可见,庄子和孟子所说的"天民",中心是强调其道德,这与屈原所追求的美德、强调道德的重要性有着相通之处。

何谓"天人"?《庄子·天下》篇云:"不离于宗,谓之天人。"意谓能顺应自然之道的人,称之为"天人"。从屈原作品中可以看出,他意识到自己是宇宙的一分子,存在于时空运动之中。他对宇宙自然的认识,基本上是符合自然规律的。例如《天问》开头12句所问,都是有关宇宙起源问题,初现元气论的迹象。自"圜则九重"至"列星安陈"16句,则将学界各家推测天体结构的轮廓做了勾画,并做了综合性提问,实际上是一种反诘或反驳,初步接触到宇宙是自然性的、物质性的问题,即没有任何神主宰着宇宙和人类。最明显的是他已经意识到时空的无限性这个命题。他的心灵已经感受到时空运动的诸多变化,如在《离骚》等作品中,他将自己当作宇宙的一分子,"日月忽其不淹兮,春与秋其代序""汩余若将不及兮,恐年岁之不吾与!""惟草木之零落兮,恐美人之迟暮!""老冉冉其将至兮,恐修名之不立"。将自己的生命活动融入自然规律的运行中,知道珍惜时光的重要,以便获得生命的价值。

何谓"至人"?《庄子·天下》:"不离于真,谓之至人。"意谓不离于自然的本真,称为"至人"。《荀子·天论》:"明于天人之分,则可谓至人矣。"意谓能够很好地辨别和处理自然与人为的关系,称之为"至人"(先知先觉者或超群之人)。由于古人受科学知识水平的限制,对自然现象产生神秘感,因而他们以为宇宙有上帝神主宰,能够发号施令,决定人类的命运。这显然是将自然与人为混为一谈,没有分清二者的关系。与此相反,知识、智慧超群之人,却能客观地看待事物,认识到自然界本身并没有任何人格化的意志和情感,更没有任何神在主宰。人和自然的关系,照荀子的观点:"从天而颂之,孰与制天命而用之?"与其顺从而赞美它,何不掌握它的变化规律去利用它呢。这种能够"明于天人之分"的"至人",荀子、屈原当之无愧,虽然他们没有自封为"至人",但从他们的作品中可以说明,他们属于这样的"至人"。仅以《天问》为例,它本身所提出的许多问题,就是"明于天人之分"的最好说明。屈原在《天问》中对天命、天道的一系列质疑,正是对有意志的天(上帝)表示怀疑或认为不可信。这种怀疑精神和朴素的唯物主义思想,在当时是极为可贵的,它焕发出时代先进思想的光芒。

综上所述,庄子所说的"天民""天人"和"至人",孟子所说的"天民",荀子所说的"至人",其共通点和中心意思,说的就是"超群之人",与普通的"民"不同,所以在"民""人"之上加个"天"字、"至"字。

四

屈原虽然没有直接说自己是"天民""天人"和"至人",但在他的某些作品中已将自己的心灵幻化为宇宙的一分子,以"超人"的形象出现于太空,这是不争的事实。以《离骚》为例,作者采用浪漫主义创作方法,以第一人称语气,成功地塑造了一位超群拔俗的"吾"(灵均)的艺术形象。他能"上征",成为神游太空、来去自由的"超人"。诗人能有这样的感觉、构思和想象,正好说明他已经意识到自己存在于广阔无垠的宇宙之中,感觉到自己在时空运动中的存在与变化,并将这种感觉上升到更高的精神境界,进行哲学思考和审美体验。他将自己的心灵与宇宙融为一体,通过艺术形象(宇宙超人形象),充分展示了他的生命活力和光彩。诗中的主人公形象——"吾",似乎成了宇宙的主人:"吾令羲和弭节兮""吾令凤鸟飞腾兮""吾令丰隆乘云兮""吾令蹇修以为理""吾令鸩为媒兮""吾令帝阍开关兮"……这么多的"吾令",说明他可以向众神发号施令,成了鸟兽之主、众神之首。他在众神的簇拥下，"上下求索"，去探求宇宙真理。在《天问》中，他一口气提出170多个问题，表现出他大胆探索宇宙奥秘的精神。他将自己现实生活中的痛苦和悲哀，化解在茫茫宇宙之中，将自己在楚国为之奋斗而无法实现的理想寄寓于寻求宇宙真理之中。这反映了诗人对生命意义的哲学思考，使"吾"的生命价值提升到"与天地兮比寿，与日月兮齐光"（见《楚辞补注》）的境界。

前面所述，无非想说明：屈原只是出于艺术构思上的要求采用了象征、假托和幻想等手法，塑造了一个超凡脱俗的艺术形象。如果我们从这个定位角度来观察《天问》中的"天"，那么，这个"天"就是可以看作是作者的代言人，而能够让"天"成为自己代言人的人，只有"天民"或"天人""至人"，即超群之人才有资格。因此，《天问》的"天"就是指"天民"（或"天人""至人"）来问，但不是指屈原以"天民"（或"天人""至人"）的身份直接出面发问，而是屈原托"天民"（或"天人""至人"）以为问。这和《离骚》的托灵氛、巫咸以占卜，《招魂》的托巫阳以招魂，《惜诵》的托厉神以占卜，《卜居》的托太卜以占卜的情形相似，也就是说，诗人是托天、托神巫、托太卜来代表自己的心愿或是获得自己想要知道的事情，这与《天问》托"天民"（或"天人""至人"）以为问是一样的道理。之所以如此，完全出于一种艺术创作上的要求，这样做，更便于敞开自己的胸怀，表达自己的心愿和思想，抒发自己的情感。

也许有人会提出这样的问题：《天问》开头仅一个"曰"字起，"曰"字前并无主语，到底是谁"问曰"呢？从何证明是"天"来"曰"呢？我可以这样回答：

（1）古人著文常以开头几个字作为题目，如屈原《九章》的《惜诵》《惜往日》《思美人》《悲回风》等篇就是最直接的证据。至于先秦诸子著作中，这样的例子则更多，这是有目共睹的事实。虽说《天问》首句"曰"字前没有主语，但从《天问》题目本身得知，显然是"天"来"曰"，是第二或第三人称的语词，因此，诗的首句应当是"天（问）曰：……"，类似的例子在先秦诸子著作中常有之，如"尧问""汤问""鲁问"之类就是其例（下面还要详论），《天问》也不应例外，应当连着题目读第一句:"天问曰:遂古之初,谁传道之?"这样解读,我觉得完全合乎情理,下面不妨以屈原作品证之。省略"曰"字前的主语,并非《天问》独有,屈原的其他作品中也不乏其例:"曰:两美其必合兮,孰信修而慕之?""曰:勉远逝而无狐疑兮,孰求美而释女?"这两个"曰"字前并无主语,实际上就是灵氛的语词,即"灵氛曰:……""曰:勉升降以上下兮,求矩矱之所同"。这里的"曰"字前也无主语,实际上是巫咸的语词,即"巫咸曰:……"又如《惜诵》的"曰:有志极而无旁""曰:君可思而不恃",这里的两个"曰"字前也同样省略了主语,实际上就是厉神的语词,即"厉神曰:……"准此,则《天问》开头的这个"曰"字,是"天"的语词,同以上所举"曰"字前,是神巫、厉神的语词一样,都在"曰"字前省略了主语,但并不妨碍我们确认其各自"曰"字前的主语是指谁。由此可证,《天问》开头的"曰"字前应为"天",即"天(问)曰:遂古之初,谁传道之?"

(2) 我说《天问》就是"天(来)问",而不是"(人)问天",决非突发异想,而是有充分的例证作为依据的。我在翻阅先秦典籍时,发现不少文章就是以"某问"作为题目的。所谓"某问",都是由某人提问,而不是反过来"问某"人,例如:《管子》中的《桓公问》篇,是齐桓公问管子,而不是倒过来"问桓公"(管子问桓公);《论语》中的《宪问》篇,是原宪问孔子,而不是倒过来"问宪"(孔子问原宪);《孙膑兵法》中的《威王问》篇,是齐威王问孙膑,而不是倒过来"问威王"(孙膑问齐威王);《孙子兵法》中的《吴问》篇,是吴王问孙子,而不是倒过来"问吴"(孙子问吴王);《墨子》中的《鲁问》篇,是鲁君问墨子,而不是倒过来"问鲁"(墨子问鲁君);《荀子》中的《尧问》篇,是尧问舜,而不是倒过来"问尧"(舜问尧);《列子》中的《汤问》篇,是汤问夏革,而不是倒过来"问汤"(夏革问汤);《礼记》中的《哀公问》篇,是鲁哀公问孔子,而不是倒过来"问哀公"(孔子问哀公)。准此,《天问》篇则与上举诸例相同,《天问》就是"天(来)问",而不是倒过来"问天"。

从上述所举先秦文献资料可以看出,"某问"这种题目形式,在春秋战国时期的论著中是常见而通用的一种格式,屈原肯定是受到"某问"一类文章题目的影响或启示,继而别出心裁地将原来人与人之间的"问",变成超越凡人的"天"

来"问",创造了通篇都是"天"来"问"的"问难诗体",独标一格,成为两千多年来绝无仅有的一篇杰作。

五

前面考察了《天问》题名的来龙去脉,明白了题名"天问"的含义所指,证明了《天问》就是"天(来)问",而不是"问天"。紧接着还有个"天(来)问谁"的问题也需要解决,否则就成了没有对象的空间——空对空了。

笔者以为,《天问》是作者借天问人(实际上是作者质问诸家之说)。问什么人呢?诸如向以下这类人提问:宇宙起源、天体结构的臆想者,天命论者,君权神授论者,神话、传说、历史的误传者、曲解者、加工不实者,历史悲剧的制造者等等。

从该诗的艺术构思和词章技巧来看,借天而问,居高临下,纵览天下,更能驾驭全局,所有问题尽收眼中;宇宙自然、神话传说、历史兴亡都在发问之中。问什么呢?问各家对有关天象、天道等方面问题的解释、论述或记载是否准确无误,是否真实可信,有何依据,能否验证,如何求证?《天问》所提问题,有些是有文献典籍可征,有些是诸子百家讨论过的问题,它们涉及天文、地理、神话、传说、历史和现实中的诸多问题。屈原对这些问题有自己的想法和看法,因而"设难诘之"。他以诗歌的形式参与当时南北文化的对话,融入学术大讨论的氛围中,发出与众不同的声音。

史料表明,诸子百家在对话和讨论中提出这样或那样的问题和看法进行激烈的争论,乃是司空见惯之事。就以惠施为例,他能够迅速回答天不坠、地不陷、风雨雷电产生的道理,这说明当时学界有关"天"的命题的讨论,已成为大家关心的重点之一。又如在当时已成为美谈的"尧、舜禅让"说,荀子就不相信此说,并尖锐地批评道:"夫曰'尧、舜禅让',是虚言也,是浅者之传,陋者之说也。不知逆顺之理,小、大、至、不至之变者也,未可与及天下之大理者也。"在荀子看来,尧舜禅让之说,完全是假话,是知识肤浅之人的传说,这些人不懂得怎样做不对怎样做才对的道理,不知道"大"(指天下)和"小"(指一国)、"至"(指上文的天子"至重、至佚、至愉"而言)和"不至"的不同,所以没有资格去谈论天下的大道理。思想之开放,学术争鸣之热烈,于此可见一斑。处在这种时代氛围的屈原,面对那些"虚言""浅者之传""陋者之说"想必也会与荀子有某些同感的。就连后人也能看出当时"凭人猜揣"的不良学风:"曲学异端,往往骛为闳大不经之语,及夫好诡异而善野言,以凿空为道古。(屈原)设难诘之。"(见戴震《屈原赋注》)确乎如此,屈原本着"参验以考实"的态度,针对那些"猜揣""诡异""凿空""闳大不经之语"提出质疑,并与那些不同的神话系统和历史系统展开大规模地对话,进行前所未有的深层审视和客观评判,也是情理和意料中事。于是就验证了这样的看法:《天问》是"天"来"问"人,而不是"人问天""天问天"(上帝问上帝),也不是有人所说意义上的"天的问题"(因为《天问》的"问"字应为动词),更不是"天尊不可问,故曰天问"。

原载《思想战线》2004年第1期

《大招》探

殷光熹

一、《大招》的作者及写作年代考辨

《大招》的作者是谁？历来说法不一。大概在王逸注楚辞时，它的著作权就不甚清楚了。《楚辞章句》是这样说的："《大招》者，屈原之所作也。或曰景差，疑不能明也。"既说是屈原所作，又说"或曰景差"作，没有肯定。后世的楚辞研究者也为此大伤脑筋，花了不少精力去解决这个疑难。不过，历来研讨《大招》的人，或者仅取景差作一说，把"疑不能明"变成了"明"，或者"取《大招》者，屈原之所作也"一说，或者干脆抛开王逸之说，提出新的作者。他们都没有注意到王逸的基本倾向是贯穿在整个释文中的。他首先肯定《大招》为屈原所作，"或曰"是指时人有景差所作一说，提出来以备参考。细读王逸的《大招》释文，不难发现这样的倾向：《大招》是屈原所作，是自招生魂。他详述屈原创作本篇的动机："屈原流放九年，忧思烦乱，精神越散，与形离别，恐命将终，所行不遂，故愤然大招其魂。盛称楚国之乐，崇怀、襄之德，以比三王，能任用贤，公卿明察，能荐举人，宜辅佐之，以兴至治，因以风谏，达己之志也。"显然，这是说屈原"恐命将终"而"愤然大招其魂"的，动机是希望怀王明察事理，纳贤举杰，使其辅佐君王治国安邦，实现三王之治，此谓"达己之志也"。上引王逸语，除"或曰"二句外，都是围绕作者屈原而发的，且认为是屈原作辞自招生魂，而非景差作词招屈原之魂。

他在全文的注释中,着眼点都是如此。语气肯定,观点明确。如:

"魂魄归徕,无远遥只"句下注曰:"屈原放在草野,忧心愁悴,精神散越,故自招其魂魄,言宜顺阳气始生而徕归己,无远漂遥,将遇害也。"明确点出屈原自招。以下若干处之注释,都是按照"自招其魂魄"的观点来进行的,虽未直接点出屈原的名字,但都用"我""魂""尔"等字代之。

"魂乎归徕,无东无西,无南无北只"句下注云:"言我精魂可徕归矣,无散东西南北,四方异俗,多贼害也。"

"魂乎无往,盈北极只"句下注云:"言我魂归乎,北极空虚,不可盈满,往必陨坠,不得出也。"

"魂魄归徕,闲以静只"句下注云:"言己魂魄宜急徕还,归我之身,随己游戏,心既闲乐,居清静也。"

"魂乎归徕,定空桑只"句下注云:"言魂急徕归,定意楚国,听瑟之乐也。"

如此等等。大凡在"魂乎归徕"句后,都有"言魂急徕归""言我精魂可徕归""言我魂归乎""言己魂魄宜急徕还"等类注释。句中的"我""己""魂"等字,分明是指屈原。由此可见王逸对《大招》的作者并不是"疑不能明也",而是认定为屈原所作来串释全文的。至于王逸所说的屈原被放、形神相离而作词自招生魂,又当别论。

王逸之后,也有不少人认为《大招》为景差所作,可以朱熹为代表。他说:"今以宋玉《大小言赋》考之,则凡差语皆平淡醇古,意亦深靖闲退,不为词人墨客浮夸艳逸之态,然后乃知此篇决为差作无疑也。"[①]《大言赋》《小言赋》是否宋玉所作,后面再谈。先来考察他所说的差语"平淡醇古""深靖闲退"。

> 至景差,曰:"校士猛毅皋陶嘻,大笑至今摧覆思。锯牙云,晞甚大,吐吞万里唾一世。"(《大言赋》)

极言其大如此,极言其小又如何呢?

---

① 《楚辞集注》。

景差曰："载氛埃兮乘剽尘,体轻蚊翼,形微蚤鳞。聿追浮涌,凌云纵身。经由针孔,出入罗巾。飘缈翩绵,乍见乍泯。"(《小言赋》)

这两篇赋无非是想借唐勒、景差之口来炫耀作者自己(所谓景差者),唐勒、景差也未必说过那些话。所谓景差的大言小言,不过是借助想象、夸张之类的手法来与宋玉、唐勒等人见个高下,获得楚王的欢心。这种意在给楚王取乐的游戏之作,不免有浮夸、大话、空话之嫌,说客游士之陋习也,"平淡"何在?"醇古"何存?朱熹"决为差作无疑"怎能服人?蒋骥在《楚辞余论》中对《大言赋》《小言赋》的作者(宋玉)虽没有提出异议,但对朱熹的"差语平淡""闲退"等说提出了质疑。他说这两篇赋的作者"意在假人以炫己长,固未必出于诸人之口。所谓差语,亦徒以漫词相竞,未见所谓平淡闲退也。又可以是而决此篇(《大招》)为差作乎?"

其实,除《九辩》公认为宋玉所作外,其他列在其名下的作品都难定论。王逸在《楚辞章句》中把《九辩》和《招魂》列在宋玉名下。不过,据专家考察,《招魂》是屈原所作,许多学者也同意此说。列在宋玉名下还有 12 篇,散见于《文选》5 篇:《风赋》《高唐赋》《神女赋》《登徒子好色赋》《对楚王问》;《古文苑》6 篇:《大言赋》《小言赋》《笛赋》《讽赋》《钓赋》《舞赋》;还有 1 篇《高唐对》收入《全上古文》。以上这些作品,经章樵、王闿运、刘大白、陆侃如分别考证,没有一篇是宋玉所作,均系后人伪托。如《大言赋》和《小言赋》,刘大白以音韵学进行考察,认为赋中以"备"和"伟""贵""类""位"等字相叶是不合古音的,因而这两篇是伪托[①]。

今人研究楚辞的专家对《大招》的著作权提出了与前人不同的意见。主要有两说,一说认为《大招》非屈原、景差及其他楚人所作。持此说者为郭沫若。一说认为《大招》为西汉初年一无名氏所作。持此说者为游国恩。

郭沫若认为,"《大招》行文呆滞,格调卑卑,是不十分高明的《招魂》的摹仿

[①] 《宋玉赋辨伪》。

品。文中有'自恣荆楚'等语,楚人不自称'荆',故《大招》不仅不是屈原所作,而且也可能不是景差或任何其他楚国作者所作"①。这种说法有点武断。"荆""楚"二字,既可分用,也可合用,这两个字义相近。《说文》:"荆,楚木也,从林,刑声。"又曰:"楚,丛木,一名荆也,从艸林,疋声。"《诗·汉广》:"言刈其楚。"楚国多丛林,故称其地为荆楚,或称"荆",或称"楚",均无不可,这和殷商合称,亦可称"殷"或"商"是一样的道理。俞樾在《释荆楚》中已做了精辟的论证。"荆"字常被北方人用来称楚人,带有敌意和鄙意。《诗·商颂·殷武》:"挞彼殷武,奋伐荆楚","维女荆楚,居国南乡"。《鲁颂·闷宫》:"戎狄是膺,荆舒是惩。"②此之谓也。《国语·晋语八》:"昔成王盟诸侯于岐阳,楚为荆蛮,置茆(茅)蕝,设望表,与鲜卑守燎,故不与盟。"楚人也不讳言"荆",不像北方人那样认为"荆"字带有贱意。屈原《天问》:"荆勋作师,夫何长?"这里的"荆"分明是指楚国。姜亮夫说:"勋,当训大;作,兴也,师即师旅,言楚大兴师旅兵戎,国势将因以衰微,如是则何能久长也。"③据史籍记载,楚灵王说过这样的话:"昔我先王熊绎辟在荆山,筚路蓝缕以处草莽。"④《史记·楚世家》云:"析父对曰:'……昔我先王熊绎辟在荆山,筚路蓝缕以处草莽,跋涉山林以事天子,唯是桃弧棘矢以共王事。'"(按:此处对楚灵王言是子革之辞,司马迁误以为析父。析父时为王仆)可见楚人甚至楚国君臣都不讳言"荆",甚而自称"蛮夷"者,"熊渠曰:'我蛮夷也,不与中国之号谥。'"楚武王也说过:"我蛮夷也。"⑤因此,郭沫若以"楚人不自称'荆'"作为《大招》非楚人作的根据,是难以说服人的。

游国恩认为《大招》的作者"不是楚人","是秦以后一个无名氏的拟作"。根据有二:(一)《招魂》所举的七国中独无楚国,而《大招》七国之中,说及楚者三次。这个暗示明明白白地告诉我们说:《招魂》的作者屈原是楚人,故列举四方

---

① 《屈原赋今译·后记》。
② 又见《孟子·滕文公上》引文。
③ 《屈原赋校注》。
④ 《左传·昭公十二年》。
⑤ 《史记·楚世家》。

的嘉肴异味,清歌妙舞……照例不须叙及本国;《大招》的作者非楚人,可以不拘了。看他既说楚酪,又说楚沥,又说楚劳商,这简直是把楚国和郑卫秦吴等国一样地当作对方看待。若《大招》真是屈原或景差,或任何楚人作的,决不如此"。(二)"篇中有'青色直眉'一语,《礼记·礼器》,'或素或青,夏造殷田'。郑康成注云:'变白黑言素青者,秦二世时,赵高欲作乱,或以青为黑,黑为黄。民言从之,至今语犹存也。'《礼记》出于汉人的手,所以为黑为青。若《大招》是战国时的产品,决不作秦以后语。"因此他认为《大招》决不是楚产,也不是秦以前人所作,最早也应是西汉初年一个无名氏的作品①。这是大可商榷的。"楚"字在楚辞中凡十二见,多指楚国而言,又有作音乐专门术语的,如"激楚"。《大招》中"楚"字凡四见,王逸有以楚国训之,如"自恣荆楚"的"荆楚";有以清烈训之,如"和楚酪"的"楚",王注:"其味清烈也。"又"和楚沥只",王注:"沥,清酒也,言使吴人酿醴和以白米之曲,以作楚沥,其清酒尤酿美也。"如按王释,"楚"可借为"娖",《诗·小雅·宾之初筵》:"笾豆有楚。"毛传:"楚,列貌。"即整齐貌。《后汉书·中山简王焉传》:"今五国各官骑百人,称娖前行。"李贤注:"称娖,犹齐整也。"楚沥者,娖沥也。娖沥不费力,可任其自沥,故得清酒也。"楚酪"与"楚沥"的"楚"同义,《诗·曹风·蜉蝣》:"蜉蝣之羽,衣裳楚楚。"传曰:"鲜明貌。"则"楚酪"即酪色鲜明,故王逸以清烈貌训之。如果"楚酪""楚沥"作如上解,就说不上作者"把楚国和郑卫秦吴等国一样地当作对方看待"的问题了。当然,解为楚国之沥、楚国之酪,虽然也可通,但未必符合原意。春秋战国时代的人自称其国的例子是相当多的,仅以孔子、孟子言论为例。孔子在《论语》中曾多次自称其国:"子语鲁大师乐。"②"子曰:齐一变至于鲁,鲁一变至于道。"③"子曰:吾自卫反鲁,然后乐正,雅颂各得其所。"④"子曰:鲁卫之政,兄弟也。"⑤孟子也是如此:

---

① 《楚辞概论》。
② 《论语·八佾》。
③ 《论语·雍也》。
④ 《论语·子罕》。
⑤ 《论语·子路》。

"孟子曰:邹人与楚人战,则王以为孰胜?"又曰:"以一服八,何以异于邹敌楚哉?"①又曰:"邹与鲁哄。"②自称其国的例子在其他先秦典籍中也有,如《春秋外传》《战国策》等。照游国恩的说法,因为春秋战国时代的人是不自称其国的,而《大招》中几次提及楚,所以《大招》非楚产。那么能否说孔子曾多次提及鲁,孔子就不是鲁国人,或者说孔子在《论语》中提及鲁,那么连《论语》也是非鲁产了呢?《招魂》不曾提及楚,既不能说明它是楚人作,也不能说明它非楚人作。《大招》几次提及楚,既不能肯定是楚人作,也不能肯定非楚人作。也就是说,作品的作者,可能在作品中自称其国,也可能在作品中不自称其国。正如先秦诸子言论,或自称其国,或不自称其国。也正如楚人时而自称"楚"或"荆",时而自称"蛮"或"荆",或自称"荆楚",或自称"荆蛮",或者言楚事而不提及楚。所以具体情况还得具体分析,不能绝对化,一刀切。要判定《招魂》《大招》的作者及其国籍,仅以"二招"中是否提及楚作为根据,非此莫属,那是不合逻辑的。

关于"青色直眉"一语,游国恩认为"以黑为青"是秦以后才出现的,如果《大招》是战国时期的作品,决不会作秦以后语。仅根据一个"青"字来断定《大招》不是战国时的作品是欠谨慎的。说黑白为素青,早在秦二世以前的《诗经》中就有例可证。如《齐风·著》就有"充耳以素乎而""充耳以青乎而","素""青"相对。这里的"素"当指白色,"青"当指黑色。又又如《郑风·子衿》中"青青子衿""青青子佩"的"青"也指黑色。《书·禹贡》:"厥土青黎。"孔颖达《疏》引王肃曰:"青,黑色。"辛树帜《禹贡新解》:"古所谓青黎皆指黑色。"蒋骥认为《大招》"青色直眉,青亦指黑,固非始于秦时"③。可见,以青为黑,并非"秦以后语"。因此,《大招》非楚产,为西汉初时人所作之说也不能成立。

以个别字词来判断《大招》的作者和写作年代的,还有梁启超据篇中"鲜卑"一词疑《大招》作于汉代而非秦以前。其实,"鲜卑"一词由来已久,先秦典籍中

---

① 《孟子·梁惠王上》。
② 《孟子·梁惠王下》。
③ 《楚辞余论》。

有的称"鲜卑",有的称"师比",有的称"犀比",后来的《史记·匈奴列传》又称"胥纰",均系一音之转,由于译音或译文的不同而稍有差异,如下:

《国语·晋语八》云:"楚为荆蛮,置茅蕝,设望表,与鲜卑守燎,故不与盟。"韦昭注:"鲜卑,东夷国。"《魏书》曰:"鲜卑,东胡之余也。"

《招魂》中作"犀比":"晋制犀比,费白日些。"这里的"犀比"作带钩解。

《战国策·赵策》又作"师比":"黄金师比。"高诱注:"《汉书要义》曰:'腰中大带,黄金胥纰一。'徐广曰:'或作犀毗。'注引《战国策》赵武灵王赐周绍贝带黄金师比。延笃云:'胡革带钩也。'则此带钩亦名'师比',则'胥''犀'与'师'并相近而说各异耳。班固与窦宪笺云'赐犀比金头带'是也。"

由此可见,《国语》中的"鲜卑"指"东夷国"或"东胡之余"。《招魂》中的"犀比"和《战国策》中的"师比"同指带钩。汉代典籍中所记载的"胥纰"之类,音近而字异,义实同。因此,说"鲜卑"决非秦以前语,《大招》系东汉人所作也就站不住脚了。

从而,举"小腰秀颈,若鲜卑只"句中的"鲜卑"一词说《大招》是战国时期的作品也就可信了。"鲜卑"原指"东夷国"或"东胡之余",引申为胡人装束中的衮带头、腰中大带或宽带之钩。"小腰秀颈,若鲜卑只",王逸注:"鲜卑,衮带头也。言好女之状,腰支细少,颈锐秀长,靖然而特异,若以鲜卑之带,约而束之也。"①说美女腰颈的细小秀美如同束腰的鲜卑妇女,甚是。

确认《大招》为屈原所作的人也为数不少,他们都用充分的论据来证明自己的论断,把《大招》的著作权归还给屈原。

宋代楚辞专家晁补之曾肯定《大招》为屈原所作。明人黄文焕不仅赞同,而且进一步申述:"晁氏曰:'词义高古,非原莫能及。'余谓本领深厚,更非原莫能及。"②

---

① 《楚辞章句》。
② 《楚辞听直》。

主张《大招》为屈原作的学者中,最有代表性的要算清代的林云铭。他说,朱熹"以差语皆平淡醇古,遂定其当出于差,全不顾篇中文义"。问题出在"总以《汉志》有屈原赋二十五篇之语,《渔父》以上,既满其数,而《招魂》《大招》两篇未有着落,故一归之宋玉,一归之景差耳"。可悲的是,"后人守其说而不敢变,相沿至今,反添出许多强解附会穿凿,把灵均绝世奇文,埋没殆尽,殊可叹也"。他认为班固作《汉志》时去原已远,"传疑之说"早已有之,所以把"时论"所云25篇拿来死套或照推。《汉志》沿袭《九歌》11篇之说,而"前此淮南与刘向皆定之以九……若不合之二'招',仅二十三篇耳,即谓二'招'在二十五篇之内,方足其数可也,于玉与差何涉?"林氏认为,《大招》是屈原为招怀王亡魂而作,并指出:"王逸虽知为原作,又言作于放流九年,自招其魂。宋晁补之决其为原作无疑,但不知其招何人耳。"他不同意王逸的自招说:"所以别于自招,乃尊君之词也。"补充晁补之不知所招何人之缺。在他看来,第一,"篇中段段细叙,皆是对怀王语。开首提出'魂无逃'三字,便是怀王逃秦隐衷,生前之神与死后之魂,总为一念所转,所以有四方之招也"。第二是,"所云饮食之丰,音乐之盛,美人之色,苑囿之娱,皆向日所固有,其中亦各有制,与《招魂》大不相同,不为逸欲"。第三,"至末六段,说出亲亲仁民,用贤退不肖,朝诸侯,继三代,分明把五百年之兴,坐在怀王身上,虽属异样歆动,其实三代之得天下,实不外此。此皆帝王之事,原岂能自为乎?"第四,旧注"总因错认题目,以原未死而景差招之,故乖谬支离至此;若王逸谓玄冥之神遍行,凌驰于天地间,收其阴气,闭而藏之,故魂不可以逃,其荒唐不待辩,亦不屑辩也"[①]。

蒋骥比较各家之说后认为:"惟林西仲以为原招怀王之辞,最为近理,今从之。""林氏谓'魂无逃只',因怀王逃秦而言,是也。"他认为《大招》末段所叙,"皆帝王致治之事",并"于此可见原志意之远,学术之醇,迥非管、韩、孙、吴及苏、张、庄、惠游谈杂霸之士所能及……夫且宋玉、景差之徒,好辞而不敢直谏者,所

---

① 《楚辞灯》。

能仿佛其万一哉"①。

屈复认为:"《大招》,三闾痛怀王之文也……篇首'无逃'二字,已明点逃秦事实;后段用贤退不肖,立三公九卿,尚三王,岂人臣事哉? 有如此之资而客死于秦,良可痛也。"②

胡文英在《大招》题下注明屈原作《大招》的时间和地点:"《大招》篇,作于今之湖南,闻怀王已死,而招其魂也。"在释文中,又多次于原文中找出内证,确认为屈原所作,以招怀王之亡魂,在"魂魄归徕,无远遥只"句下注云:"因怀王逃秦而死,恐其魂魄犹然,故言此安之。"在"自恣荆楚,安以定只"句下注云:"一国之中,惟王所欲,故曰自恣荆楚,其为招怀王无疑矣。"在"魂乎归徕,恣所便只"句下注云:"怀王本好声色,故以美色招其魂。"在文末大赞屈原曰:"夫屈子之得与日月齐光,天地比寿,盖亦信道笃而自知明已。"③

周中孚认为,王逸也不以为《大招》是景差所作。他对《史记·屈原贾生列传》中景差等"以赋见称"之说提出质疑:"《汉志》赋七十八家,独无景差之赋。若《大招》是景差作,班孟坚岂有不载之理?"因此,"《招魂》《大招》俱当归之屈原"④。

陈本礼认为《大招》是怀王客死于秦归丧时屈原所作:"此灵车未临,而屈子赋以招之也。"⑤

吴世尚认为"妙绝千古"的《大招》,是原作;林西仲以为招怀王,尤届细心巨眼⑥。林云铭破前人"决为差作无疑"之说,以他的"细心巨眼"审视群言,权衡得失,发明新义,言之凿凿,剀切详明,把长期以来被埋没的"绝世奇文"的著作权还给屈原。

---

① 《山带阁注楚辞》。
② 《楚辞新注》。
③ 《屈骚指掌》。
④ 《郑堂札记》。
⑤ 《屈辞精义》。
⑥ 《楚辞疏》。

还有《大招》和《小招》的问题，一般认为因当时同有两篇招魂辞，为了区别起见，于是有人把所谓景差作的《招魂》又名《大招》，把所谓宋玉作的《招魂》又名《小招》。我觉得仍以一名为《招魂》，一名为《大招》为是，这两篇的作者都是屈原，都是招怀王亡魂的，二者的区别在于：前者是怀王刚死时所作，后者是怀王归葬时所作。

至于《大招》的"大"字作何解释，各家的意见不外是与政治、君主有关，或言其"所见者大"，或言其"天子之礼"，或言其"尊君之词"。我意则认为，它之所以名之曰《大招》，是在"大敛"时所用的招魂辞。"大敛"亦作"大殓"，指死者尸体入棺。《仪礼·既夕礼》："大敛于阼。"郑玄注："主人奉尸敛于棺。"怀王病死于秦，秦归其丧时，主人（楚人）必奉尸敛于棺。"大敛"之际，须举行招魂仪式，故其辞名曰《大招》。人刚死时替死者穿戴衣帽称为"小敛"。《礼记·丧服大记》云："小敛，君大夫士皆用复衣复衾。"《周礼·天官·冢宰》："大丧，共含玉，复衣裳，角枕，角柶。"《周礼·宗伯》："以丧礼哀死亡。"《周礼·天官·玉府》："大丧，共含玉，复衣裳。"郑众注："复，招魂也。"《周礼·天官·夏采》："掌大丧，以冕服复于大祖。"郑众注："复谓始死招魂复魄。"这就是说，"小敛"时要招魂复魄，其辞名曰《招魂》，或可称之为《小招》。言《大招》为"大敛"时的招魂辞，可否聊备一说？

以上我们详细地考察了《大招》的作者及其有关的问题，下面我们谈谈《大招》的写作时间。

屈原生活于战国中期怀、襄二王执政期间。怀王卒于顷襄王三年（前296），屈原卒于顷襄王二十一年（前278），顷襄王卒于顷襄王三十六年（前263）。这就是说，怀王死后19年，屈原去世，屈原去世15年后顷襄王死。如果《大招》是招楚王的亡魂，只能是招怀王之亡魂，绝对不可能招顷襄王的亡魂。怀王之死，屈原是耳闻目睹的，据《史记·屈原贾生列传》载，怀王入秦以前，屈原曾劝阻，无效，结果怀王中计困秦，后逃归未遂，卒于秦。怀王之死，这是楚国的奇耻大辱，举国上下群情激愤，必然助长反秦情绪。作为反秦派的代表人物屈原的威望就会更高,即使顷襄王对他不信任,也不至于在此时对他采取行动。怀王归葬时,要举行隆重的丧葬礼仪,而招辞的撰写舍屈子其谁?所以《大招》只能作于"秦归丧于楚时",即顷襄王三年春。

从招辞来看,篇首"青春受谢,白日昭只,春气奋发,万物遽只"。时间当在春初,正与迎怀王丧舆吻合。而当时又有春天"招魂续魄"①和"春招"的风俗②。其次,《大招》中有两处称"魂魄归徕",与《招魂》的"魂兮归徕"不同,虽仅一字之差。古人对"魂魄"的含义有两解:一说附在活人身上的灵魂有"魂"和"魄",死后一起离开肉体变成鬼。一说魂是精神的东西,魄是肉体,人死后魄不复存在,魂离开肉体而变成鬼。魄随着肉体入地,而魂则在上空,所谓"体魄则降,知气在上","故天望而地藏也"③。古人认为"人之精气曰魂,形体谓之魄,合阴阳二气而生也"④,"魂气归于天,形魄归于地"⑤。王逸注"二招",对魂魄的看法也大体相同。《大招》中"魂魄归徕"出现两次。第一次在第一节末:"魂魄归徕,无远遥只!""魄"在这里是指怀王躯体,既装灵车归徕,特意招之。同时又招其魂,即魂魄都招之归徕,希望它们不要远去,不要远逃,赶快一齐归来。魄既归来,着重招魂,因而紧接着招魂,分四方招之,极言四方之可怕。吓唬灵魂无往,免受伤害也。第二次在第三节开头。这一节从"魂魄归徕"至"乐不可只",是招魂魄俱归的总起段落,呼唤灵魂随着躯体(魄)一齐归来。以下分应之。亡魂可以像生前那样"自恣荆楚""逞志究欲""穷身永乐"。这种"闲以静""安以定""心意安"的生活,可以使其"年寿延",真是"乐不可只"。从两处"魂魄归徕"的作用可见,作者不是信笔写出来的,而是有意为之。透露出被招者是死在异乡,尸棺归葬时,楚人迎之,屈原作招辞,连魂带魄招其归来。这个被招的魂魄就是楚怀王。正与怀王归葬时间吻合。

---

① 《韩诗注》。
② 《周礼·春官》。
③ 《礼记·礼运》。
④ 据《御览》卷549引《礼记外传》。
⑤ 《礼记·郊特牲》。

"冥凌浃行,魂无逃只!"林云铭、蒋骥都指出"魂无逃"与怀王逃秦事有关。顷襄王二年,怀王逃秦,惊骇之情未消,次年死后其魂也带着惊怕的神情乱逃。"无逃"就是宽慰其魂安稳下来。这也与怀王死后归葬于楚的时间吻合。"魂兮归徕,思怨移只!"胡文英注:"虽有所思,有所怨,皆可移情于此而忘之也。"① 这"思怨"当指怀王困于秦所受屈辱、逃秦备受之艰辛、被秦王所骗之愤慨、病死于异乡等等遭遇。"思怨移"就是要亡魂把生前的种种怨恨之思,移之于游乐。这也可见撰写《大招》的时间应定在怀王死后,即顷襄王三年(前296)春。

二、《大招》的主题思想和表现形式

(一)《大招》的写作背景和创作动机

战国中期的楚国,总的形势是不景气的,这个时期秦国越来越强大,楚国经常处在被动挨打的地位,但还有相当实力。如果怀、襄二王能够发愤图强,举贤授能,听取屈原等人的正确主张,君臣上下齐心努力,楚国的局面是会大为改观的,统一中国的希望也是有的。屈原就生活在这样一个关乎楚国兴衰存亡命运的关键时期。起初,他曾想凭借怀王对自己的信任("王甚任之"),在改变楚国现状方面有所作为,有所贡献。他"入则与王图议国事,以出号令;出则接遇宾客,应对诸侯"。对外,他力主联齐抗秦,并穿梭于齐楚间;对内,他提出了一些措施,如变法图强、举贤授能等等。可是,他的一切希望都破灭了,一切主张都落了空。小人们趋炎附势,和党人们勾结,"变白以为黑兮,倒上以为下"②,他们妒贤嫉能,争权夺利,手段卑鄙。在这种情况下,"鸾鸟凤皇,日以远兮。燕雀乌鹊,巢堂坛兮"③。贤士远离,小人窃位。"凤皇在笯兮,鸡鹜翔舞。"④ 小人得势,好人受压。

---

① 《屈骚指掌》。
②④ 《怀沙》。
③ 《涉江》。

内政的不景气,必遭外强的宰割和侮辱。丹阳、兰田之战,楚军受重挫,张仪之欺,秦王之辱,乃至怀王屈死于秦……楚国庸君所演出的一幕幕悲剧,都在他眼前闪过,尤其是怀王的被欺于秦、屈死于秦的悲剧,不仅震动了楚国上下,使"楚人皆怜之,如悲亲戚"①,也如晴天霹雳似地震撼了屈原的心灵,引起他的万千思绪。为了迎接怀王灵车的到来和即将举行的归葬仪式,一篇充满着楚宫廷、楚民俗气氛,带着浓厚的政治色彩的招魂词《大招》,就在屈原的笔下诞生了。

《大招》和《招魂》均系屈原为招楚怀王的亡魂而作,所不同的是,前者是怀王归葬时的招辞,后者是怀王初死时的招辞。"二招"中所陈皆人君之事;都是为了悼念故君;都是藉哀死之心激励生者雪耻复仇、发愤图强之志;都是按照民间招魂辞的格式,先言四方之恶害,次言楚国之美乐。它们在思想内容和艺术形式方面有着基本相同的一面(但不是别人仿作,也不是屈原作品的雷同化),也有其不同的一面,例如《大招》末段(自"曼泽怡面"以下)所叙内容,"皆帝王致治之事"②,亦即治国安邦方面的纲领方针、政策措施、礼仪制度,尤其突出地反映了屈原的"美政"理想。因此,《大招》的主题思想是《招魂》的扩大、延伸和深化。

招魂续魄,本为民间迷信习俗,但在屈原心目中还有另外用途。他没有照搬民间巫词咒语,而只是通过招魂的形式,一方面藉以安慰怀王的亡魂,按其生前的居处饮食游乐之习惯,诱灵魂归来。"盛称楚国之乐",虽非屈原本愿,但确系怀王生前所好。要诱其魂魄归来,不如此不行;按招魂风俗,不如此不行;按招辞格式,不如此亦不行;按帝王身份,不如此则不相称……从思想内容看,其中有些不应肯定的地方,固然不必去拔高它,发掘什么"微言大义",但把它们作为反映当时楚国的民族风俗习惯、意识形态、思维方式、审美观念、物质文明和

---

① 《史记·楚世家》。
② 蒋骥:《楚辞余论》。

精神文明的水平来研究，其史料价值和认识价值确乎不能低估。

另一方面，屈原也想借此形式和机会抒情言志，寄托哀思，宣传美政理想，开导后人，感化顷襄王醒悟，激励民众爱国之志，振兴楚国，光照四海。总之，屈原是借招怀王的亡魂来唤起活人的觉悟和注意，其主旨不在死者身上，也不在过去，而在活人身上，在于未来。这就使辞带上了浓厚的政治色彩，与宫廷生活、宗教迷信的色彩混杂在一起，需要我们去分清，去取舍。当我们分析作品的时候，就会遇到这样的问题：你说作者是在作品中纯粹地宣传某种政治主张吗？也不完全像。因为招辞中确有许多是"盛称楚国之乐"，大呼"魂魄归徕""自恣荆楚"，接二连三地招之以饮食、歌舞、女色、宫苑，任其自恣。反之，你说作品是纯粹以饮食、居处、游乐诱魂归来吗？也不完全是。因为招辞的末尾有大段的文字，"皆帝王致治之事"。你说怀王先前只好声色，至死不悟事理吗？这也要具体分析。在本质上，怀王同其他帝王一样。至于说怀王这个具体的人，入秦以前他的表现确实不好，昏庸无能，喜好声色，亲信小人，残酷无情等等，但当他被困于秦后，由一国之君沦为"如蕃臣"时，"楚怀王大怒，悔不用昭子言。秦因留楚王，要以割巫、黔中之郡。楚王欲盟，秦欲先得地。楚王怒曰：'秦诈我而强要我以地！'不复许秦，秦因留之"①。此时，他醒悟了，后悔莫及，也敢于在敌人面前坚决拒绝割地，没有屈服。正因为这一点带有民族气节的果断行为，感动、激励了楚国民众和统治集团中的爱国者，所以当怀王病死于秦国时，"楚人皆怜之，如悲亲戚"。屈原作为怀王的旧臣，更不会例外。上面所涉及的问题，仅仅是其中的一部分，目的是想说明：对待历史上的作家作品，一定要客观、公正、实事求是。只有把作家、作品放在当时特定的历史条件下去考察，才能揭示作家、作品的基本精神和思想价值，并恰如其分地评价其作用和意义，确认他们在文学史上处于何种地位，对后世有何影响，以及它们在今天还有什么样的认识意义、借鉴作用和审美价值等等。在评价古代作家作品和考察古代文学发展情况

---

① 《史记·楚世家》。

时,不能用现代社会的某种思想观念或特殊需要作为褒贬的标准;不能把自己的主观意志强加在古人身上;不能对古代作品做简单化的、反历史主义的理解,从而导致对历史的歪曲和阉割。

(二)《大招》的"美政"理想

本篇的主题思想尤其突出地表现在作者向怀王的亡魂所陈述的"美政"理想上。招辞从各个方面诱导怀王的灵魂快快归楚,除了任其"自恣"以外,希望他能与众贤臣共同把国家治理好,国强民富,光照四海,怀王的名声赫赫,从而可与禹汤文王媲美了。尤其是篇末一大段,长达48句,大谈治国平天下的道理,与屈原平时的政治理想是符合的(可与屈原的其他作品印证),也是本篇主旨所在。对于这一段诗句,王夫之的体会和解释是比较符合作者原意的。他说:"此上极言治功化理之美,一皆屈子所志,而楚之君臣不能用者。故幻设一郅隆之象,以慰其幽怨,而诱之使归。所为曲达忠贞之隐愿……其言愈博,其志愈悲矣。"①

屈原的"美政"理想内容到底是些什么?有什么有力证据说明?许多学者都提出了这个问题,也有不少人进行了探讨,除了从有关典籍中寻找出一些间接的材料外,更多的是从屈赋中寻觅有关材料,做了一些分析研究,不无益处,但总的感觉是不够具体、明确,此中奥秘始终没有揭开,因而不能圆满做出回答。现在我们将《大招》的作者(屈原)肯定下来以后,屈原的"美政"理想的奥秘也就随之揭开了,与屈原其他作品中所反映的"美政"理想完全一致。在本篇中,作者的"美政"理想得到了最集中、最明确、最详细的阐发。它把屈原其他作品中没有具体说明或不便具体说明的内容和盘端了出来。这是他开导后人的最后一次机会。怀王先前不能实现的"美政",只有借哀悼亡魂的机会和易于为大家所能接受的方式,把它诉诸文字,期望顷襄王能在继承怀王职位以后,实现人们向往的"美政"。

---

① 《楚辞通释》。

本篇向怀王灵魂所幻设的政治蓝图,概括起来看有以下五个方面:

(1) 俊杰在朝,佞人落选。

这个朝廷,上有贤明君主,下有贤臣辅佐,在位者均为国家中出类拔萃之人物。他幻想出这样一种境界:在楚王一统天下的朝廷里,没有过去那种"凤皇在笯兮,鸡鹜翔舞"①的怪现象,而是"豪杰执政,流泽施只""三公穆穆,登降堂只";没有那种"背绳墨以追曲""偭规矩而改错"②的坏现象,而是"三圭重侯,听类神只";没有"各兴心而嫉妒""好蔽美而嫉妒"的恶习,而是"尚贤士""举杰压陛";没有"椒专佞以慢慆兮,樧又欲充夫佩帏""苏粪壤以充帏兮,谓申椒其不芳"③的坏事,而是"直赢在位,近禹麾只""魂乎归徕,尚贤士只"。这是作者发自内心深处的呼声,是他日夜盼望能够实现的理想。

(2) 发政施仁,赏罚得当。

在那样理想的社会里,屈原就用不着像过去那样"怨灵修之浩荡兮,终不察夫民心",也用不着去"长叹息以掩涕兮,哀民生之多艰"④,因为楚王能够"察笃夭隐,孤寡存只"! 过去他曾慨叹"世幽昧以眩耀兮,孰云察余之善恶"? 现在他看到君王施政能够"先威后文,善美明只"! 在这里,再不会重演"不量凿而正枘兮,固前修以菹醢"的悲剧,所以他急呼:"魂乎归徕,赏罚当只!"他反对历史上的暴君暴政,口诛笔伐,深恶痛绝,"桀纣之猖披""后辛之菹醢",还有贪淫残暴的启、浇、羿等。现在人们看到英明的君主能够"发政献行,禁苛暴只"!

(3) 国强民富,揖让习礼。

屈原过去一再主张"民生各有所乐"⑤,使人民各遂其生,各得其所;现在仍希望楚国的"美政"能够披覆民众,德泽彰明,展现在人们眼前的是"田邑千畛,人阜昌只""接径千里,出若云只",满朝文武官员举行射礼,揖让而升:"大侯张只""执弓挟矢,揖辞让只"! 气概威武,气象肃穆。

---

① 《怀沙》。
②③④⑤ 《离骚》。

(4) 君德配天，圣哲茂行。

屈原在《离骚》等作品中一再表明自己对禹汤文王之崇仰，希望楚王效法这些先王先哲："奉先功以照下兮"①"昔三后之纯粹兮，固众芳之所在""彼尧舜之耿介兮，既遵道而得路""举贤而授能兮，循绳墨而不颇""皇天无私阿兮，览民德焉错辅""夫惟圣哲其茂行兮，苟得用此下土"②。现在他仍然这样呼唤："魂兮归徕，尚三王只！"这样做了，楚王的"名声若日，照四海只！""雄雄赫赫，天德明只！"上则"德誉配天"，下则"万民理只"！一言以蔽之："国家为只！"（为者，治也。）

(5) 天下统一，诸侯来朝。

春秋战国时期，列国争雄，诸侯割据，战乱不止，给广大民众带来极大的痛苦，对生产力的破坏也极为严重。要结束这种混乱局面，就必须统一，这是历史发展的必然趋势，也是广大民众的迫切心愿。

战国七雄中，秦楚实力相当，论疆域，楚国更广。《战国策·楚策》载："苏秦为赵合纵，说楚威王曰：'楚，天下之强国也；大王，天下之贤王也。楚地西有黔中巫郡，东有夏州海阳，南有洞庭苍梧，北有汾泾之塞郇阳，地方五千里，带甲百万，车千乘，骑万匹，粟支十年，此霸王之资也。夫以楚之强与大王之贤，天下莫能当也。'"于此可见，楚国是有条件与秦国决一雌雄的，楚国统一中国的希望也是存在的。屈赋中多次要求楚王能效法先王之治，其中值得注意的有《离骚》中的"前王""三后"③、《大招》中的"三王"④。

"前王"者谁？当指楚国之先王。就以楚国的先王列祖来看，自西周以来，不断开拓疆土，先后吞并几十个小国。楚国先王中，颇有几个欲代周而取天下的角色。周夷王时，"王室微，诸侯或不朝，相伐"，熊渠自封三子为王："乃立其

---

① 《惜往日》。
② 《离骚》。
③ "忽奔走以先后兮，及前王之踵武。""昔三后之纯粹兮，固众芳之所在。"
④ "魂乎归徕，尚三王只！"

长子康为句直王,中子红为鄂王,少子执疵为越章王,皆在江上楚蛮之地。"楚武王熊通说:"我蛮夷也。今诸侯皆为叛相侵,或相杀。我有敝甲,欲以观中国之政,请王室尊吾号。""王室不听","熊通怒曰:'王不加位,我自尊也。'乃自立为武王,与随人盟而去。于是始开濮地而有之"。楚文王熊赀时,"小国皆畏之"。成王熊恽即位时,已是"楚地千里"了,接连伐许,伐黄,灭英,伐宋,射伤宋襄公,"襄公遂病创死"。穆王立,灭江、六、蓼,伐陈。庄王熊侣立,"八年,伐陆浑戎,遂至洛,观兵于周郊。周定王孙满劳楚王。楚王问鼎小大轻重",意欲逼周而取天下。楚灵王熊围,"欲会诸侯,诸侯皆会楚于申"。"灵王已盟,有骄色",俨然以盟主自居。灵王与析父的一番对话,更可看出他的"骄色":"王曰:'齐、晋、鲁、卫,其封皆受宝器,我独不。今吾使使周求鼎以为分,其予我乎?'"析父对曰:"其予君王哉!……周今与四国服事君王,将惟命是从,岂敢爱鼎?"灵王问曰:"昔我皇祖伯父昆吾旧许是宅,今郑人贪其田、不我予,今我求之,其予我乎?"析父对曰:"周不爱鼎,郑安敢爱田?"灵王曰:"昔诸侯远我而畏晋,今吾大城陈、蔡、不羹,赋皆千乘,诸侯畏我乎?"析父对曰:"畏哉!"①

从上面所列史实可以看出,楚国的先君早有取代周朝一统天下的野心。到了战国中期,割据局面仍未结束。七雄中秦楚实力相当,秦的强大,势头逼人,谁吃掉谁的问题已摆在眼前。屈原要步前王之后尘,取其能不断开拓疆土之义,用来鼓励怀王继承先王的精神,战胜威胁着楚国的秦国,这样,天下归一就不难实现了。

"三后"者谁?王逸注:"后,君也。谓禹、汤、文王也。"②这与《大招》中的"三王"同义。在屈原看来,历史上的夏禹、商汤、周文王都是有作为的帝王,其中一点就是他们能够开拓疆土,统一天下。

《大招》中的"尚三王",就是效法禹、汤、文王的治绩,其中包括效法他们开

---

① 《史记·楚世家》。
② 《楚辞章句》。

拓疆土、统一天下的精神。所以《大招》中特别指出："北至幽陵,南交阯只！西薄羊肠,东穷海只！"(这就是当时楚国人对"天下"所知的地理知识)这一点确乎是屈原"美政"理想中的内容之一。他向亡魂倾诉这一理想,一方面是期望其有所建树,另一方面又哀其不能有所建树。怀王生前,他也曾寄希望于怀王,结果"既莫足与为美政兮,吾将从彭咸之所居"[1]。怀王死后,他希望怀王的灵魂回来,像活着的时候一样,能够倾听忠言,醒悟过来,继承先王遗志,在完成统一疆土上有所建树。言外之意就是将他对怀王的希望寄托于顷襄王身上,要顷襄王牢记先王的遗志,有所作为,巩固和发展先王创建的楚国江山,进而创造一个统一强盛的局面。总之,本篇招魂辞中带有政治色彩的文字,与其说是写给死者的灵魂听的,不如说是写给活人(特别是顷襄王)听的。

综上所述,我们可以这样说:招之以"美政",是《大招》的主题思想。

(三)《大招》的艺术特色

《大招》是"绝世奇文"[2],它的表现手法和艺术趣味"可谓妙绝千古"[3]。可与它的姊妹篇《招魂》媲美。

《大招》一方面保持了民间招魂辞的基本格式,另一方面对民间招魂辞做了推陈出新的尝试,从思想内容到表现形式进行了改造和提高。

灵魂观念和招魂风俗的产生,由来已久。它是蒙昧时代人类头脑中产生的观念。这是当时极其低下的生产水平和认识水平所决定的。当时的人类因为对梦境中出现的种种现象不理解,所以做了错误的解释:以为每个人除了"肉体的我"以外,还有一个"精神的我",这个"精神的我"就是灵魂。灵魂寄居在每个人的躯体上,是无形的神秘物。人在睡眠时,灵魂就离开肉体出游,当它转回来时,人也就醒了。肉体是要死亡的,但灵魂永远不死。当肉体死亡时,灵魂就离开躯体到另一世界生活,或为神,或为鬼。灵魂可以脱离"肉体"而单独存在,且

---

[1] 《离骚》。
[2] 《楚辞灯》。
[3] 吴世尚:《楚辞疏》。

能像活着的人一样生活。所以人们在招魂时,必须招之以美味、佳人、华屋、轻歌曼舞,诱惑它归来。这是错误的联想。在今天看来是幼稚可笑的,但在当时的人类看来却是"真理",是"合情合理"的事,虽然我们并不认为它是正确的,但它给我们提供了研究人类思维能力的材料。从灵魂观念的产生到神鬼、上帝等观念的出现,经历了一个漫长的时期,诸如"上帝""天帝"之类的词,是进入阶级社会以后才出现的。这就是说,灵魂、鬼、神、上帝之类观念,是由原始人类发明而为文明人类所完成的。人类有了简单的语言,也就必然有了简单的思维能力,就意味着人类大脑的发育,大脑的发育,就会促进思维能力的发展,逐渐产生对比较复杂的事物进行独立思维的能力,以致产生了灵魂、鬼、神、上帝等观念。招魂本身是一种错误的联想,但它保留了原始人类某些痕迹,透露出人类思维能力的发展程度。

民间招魂辞中的联想,实际上是一种误想。屈原在创作《大招》时,既没有全部照搬,也没有抛弃原貌另起炉灶。他一方面保留了某些传统的招魂风俗,如说四方的神怪很可怕,能够伤害灵魂;另一方面,他又能在例行招魂风俗习惯的外衣下,注入新的思想,如招之以"美政";采用新的表现手法,如文学想象。这类文学想象并非全属虚幻,有些是现实生活的真实写照,如饮食、居处、佳人、游乐等。即使是四方地理形势、气候条件的描写,也有必要的地理、气象常识为依据,至少是当时人们所能达到的知识水平。想象的对象有自然界方面的,如大海、山林、炎火、流沙、冰雪。动物方面的,如虎豹、蟒蛇,传闻方面的怪兽。也有人类社会中存在的事物,诸如食品种类、房屋建筑、装饰服式、歌舞乐器、佳人扮态、风俗习惯等等。更有以想象的手法寄托作者的"美政"理想的。这些想象,有的是现实生活中曾经出现过的或者可能出现的东西,有的是有历史作为根据的,有的虽是传说或神话,由于创作上的需要,作者用来作为驰骋想象的材料。总之,这类文学想象基本上是植根于现实生活基础上的,具有生活的真实性,并非胡思乱想出来的。在这里,"招魂"只是作者藉哀悼故君来寄托自己的愿望,劝导生者奋发图强的一种巧妙的方式。确切说,招魂只是手段,不是目的。当时的楚国巫风盛行,人死必招魂,既成风俗,人皆遵从,怀王尸棺归葬,更无例外。风俗礼制如此,楚国传统如此,屈原也不能不如此。当我们透过招魂习俗的外衣,不难发现屈原的隐衷所在,他是利用民间的招魂形式这个易于被人们接受的方式,这个恰到好处的机会,达到哀悼故君、激励生者发愤雪耻、实现"美政"理想社会的目的。

纯属巫术的招魂辞作为民俗、宗教、思维方式等方面史料来说,固然有其研究价值,但它毕竟不是文学作品,它没有明确的、符合客观实际的思想和健康的感情,它只是重在表达招者病态的心理、狭隘的意愿、宗教的臆想。它的思想往往是零碎的、混乱的、含糊不清的。这类招魂辞中,也许会有一些朦胧的"表象""意象"之类的因素出现,但与文学中所说的形象仍有很大区别。它往往按照生活的直感,死板地罗列许多实物,很难说有什么艺术感染力。《大招》则不同,它有明确的主题思想,有不同人物的不同思想感情,有生动感人的文学形象,有表达情感活动的文学表现手法,有清晰的思路、严密的思维。纯系巫术的招魂辞在语言方面还保留着很浓厚的迷信词语的色彩,实际上就是咒语之类。而屈原的《大招》看不出类似咒语似的文字,大部分诗句是经过提炼的书面语言,文字精练,词意醇古,风格雅淡古致。

民间流行的招魂辞,原本有着比较固定的格式,但毕竟是粗线条的,没有屈原加工改造后的招辞那样严密、清晰和精细。

先看《大招》的铺叙排比手法。作者在状物、写景、叙事、刻画人物等方面,层层铺叙,大段排比,对称整齐,看去琳琅满目,丰富多彩。

写景的如:"东有大海,溺水㴒㴒只""雾雨淫淫,白皓胶只""南有炎火千里""山林险隘""西方流沙,漭洋洋只"。"北有寒山""天白颢颢,寒凝凝只",以上写险景。"夏屋广大,沙堂秀只。南屋小坛,观绝霤只。""琼毂错衡,英华假只。菎兰桂树,郁弥路只。""孔雀盈园,畜鸾皇只。鹍鸿群晨,杂鹜鸽只。鸿鹄代游,曼鹔鹴只。"以上写美景、好景。

写音乐舞蹈的如:"代秦郑卫,鸣竽张只。伏戏驾辩,楚劳商只。讴和扬阿,赵箫倡只。""二八接武,投诗赋只。叩钟调磬,娱人乱只。四上竞气,极声变只。"

写佳人的如:"朱唇皓齿,嫭以姱只。比德好闲,习以都只。丰肉微骨,调以娱只。""嫭目宜笑,娥眉曼只,容则秀雅,稚朱颜只。""姱修滂浩,丽以佳只。曾颊倚耳,曲眉规只。滂心绰态,姣丽施只。小腰秀颈,若鲜卑只。""粉白黛黑,施芳泽只。""长袂拂面,善留客只。""青色直眉,美目媔只。靥辅奇牙,宜笑嘕只。丰肉微骨,体便娟只。"

写饮食的如:"鲜蠵甘鸡,和楚酪只。醢豚苦狗,脍苴蒪只。吴酸蒿蒌,不沾薄只。""炙鸹烝凫,煔鹑陈只。煎鰿臛雀,遽爽存只。""四酎并孰,不涩嗌只。清馨冻饮,不歠役只。吴醴白糵,和楚沥只。"

其他如写宫室的,写射技的,写礼让的,写朝廷威仪的,排比铺叙,字句整齐,多姿多彩,虽属幻设景象,但读来不乏现实生活的真实感。这种铺叙排比的手法,对后来汉赋作家不无影响。从招辞的结构层次看,本篇共分三大部分七个大段。

三大部分是从总体结构看:一是外陈四方之恶;二是盛称楚国之乐;三是招之以"美政",化楚国之家为三代之世。

外陈四方之恶,是为了吓唬灵魂,使其不敢在外乡乱跑或停留。灵魂是肉眼看不见的,它的行踪难以得知,故要四方都说到,这在民间招魂仪式中是一种通行的套式,直到现代,也不乏这种类似的例子,如鄂西民间流传的招屈原魂的《游江词》:

三闾大夫听我讲:你的魂魄不可去东方,
东方有魔鬼高数丈,东方有十个火太阳,
金石都能熔化烬,人到那里必受伤。

二问大夫听我讲:你千万不可上西方,
西方有流沙千万里,西方又有吃人的野兽豺狼,到那里忍饥挨饿,虎豹豺狼把你伤。

三闾大夫听我讲:你千万不可上南方,
南方有大蛇和蟒,野兽狐狸把你伤,
你若贸然那里去,人到那里必受伤。

三闾大夫听我讲:你千万不可去北方,
北方草木不生长,冰山雪地白茫茫,
你若贸然那里去,寒风冰雪把你伤。

这首民歌式的招魂辞,和《大招》的格式相同,分东南西北呼唤。这说明楚地的民间招魂辞有它相对固定的格式。但语言的表现方式就很不相同。随着时代的发展,语言也在演变发展,不同时代的语言,要适应不同时代的要求。我们可以从屈赋及后来出现的招魂辞中看到楚地巫风的某些痕迹,但在语言上,差别就很明显。

第二部分自"魂魄归徕,闲以静只"至"魂乎归徕,凤皇翔只"四段,是"盛称楚国之乐",从饮食、音乐、美人、居处等方面诱魂归返故居。由于所招对象系怀王,自然要按照怀王生前的身份、所能享受的情况去描写。这些对帝王生活情况的描写固然说不上有什么思想价值,但从认识价值来说,它在客观上反映出宫廷生活的奢华现实;从史料价值看,它确乎反映出当时楚国的经济、文化水平。

第三部分自"曼泽怡面"至"尚三王只",直接招之以"美政"。这一点与《招魂》的隐寓手法不同。作者在《大招》末段,以思念故君之情,直抒己意,毫不隐讳地招之以"美政",以此来激发生者发愤图强的志气。这一大段共48句:先祝福楚王保寿养性,亲爱家族,富贵兴旺;次说听察神明,广施仁政;再说开发田园,人昌物盛,有宽有严,使贤士来归;再次说举豪杰,斥佞人,施德政,禁苛暴;最后说尚武艺,习礼让,朝诸侯,天下归一,继三代而兴。

从段落层次看,本篇可分七段:

第一段点明时间是在春天,与先秦时期招魂为春令的典例吻合①。这一段为全篇的帽子,言春气生发,趁春令来临,及时招魂归来,不要远去。第二段言四方之险恶而不可去,在格式上与《招魂》的"外陈四方之恶"大体相似。第三段以饮食之美可供自恣招之。第四段以音乐之美可以自恣招之。第五段以女色之美可以自恣招之。第六段以宫苑园囿可以自恣招之。以上第三段至第六段,大体上是以"盛称楚国之乐"招之。第七段招之以"美政",全用歌颂口吻,颂扬天下归一,社会繁荣,国家昌盛。

结尾无"乱辞"。全篇均为四言句,句尾均用"只"字。"只"字作为尾声词,在屈赋中仅此一篇,但在《诗经》中就不乏其例,如:"母也天只,不谅人只!"②

总之,《大招》在思想内容和表现形式方面都具有自身的特点,别具一格,不愧是"绝世奇文"。

合并前为两篇:《〈大招〉的主题思想及表现形式》,原载《思想战线》1983年第5期;《〈大招〉的作者及写作年代考辨》,原载《贵州文史丛刊》1985年第1期

---

① 参看《周礼·春官》《韩诗注》等。
② 《鄘风·柏舟》。

《天问》鲧禹神话考论

李道和

《楚辞·天问》鲧禹治水一节有云:"应龙何画?河海何历?"此二句王逸始作"河海应龙,何尽何历",大部分注释、研究者多从洪兴祖提示"一云"本之"应龙何画,河海何历"及王逸引"或曰"作解。此节文本校正与阐释已无大碍,但古今均有据王逸旧本作解者,据"一云"本作解者亦有未尽其义处,尚宜从更广视野对此做比观通解。笔者亦曾就此做过简析,也对相关神话、传说另有专文论说,今再在前人基础上特就此节文本及相关神话传说论题,引据新材料,提出新问题,更做补正申论。

一、前贤校释平议

《天问》此节文本究为"应龙何画,河海何历",还是"河海应龙,何尽何历",其中牵涉"画(畫)""尽(盡)"二字正误、内涵解释甚至前文"鸱龟曳衔"等问题。分歧发生在东汉王逸与南宋洪兴祖之间,并延续至今。王逸《楚辞章句》作"河海应龙,何尽何历",注云:

> 有鳞曰蛟龙,有翼曰应龙。历,过也。言河海所出至远,应龙过历游之,而无所不穷也。或曰:禹治洪水时,有神龙以尾画地,导水所注当决者,因而治之也。

从其另引"或曰"所谓"神龙以尾画地"来看,王逸对底本正文不免有疑,其时或者已有别本。洪兴祖《楚辞补注》所附《考异》"一云"本,即作"应龙何画,河海何历",补注亦以应龙画地神话释之,然其正文仍从王逸旧本[①]。朱熹《楚辞集注》当据《考异》径以"应龙何画,河海何历"作正文,称应龙画地之说出《山海经》[②]。补注、集注影响巨大,古今学者大多据以解说,如明之周拱辰,清之蒋骥、屈复、徐文靖、丁晏等,以及今之游国恩、闻一多、姜亮夫等,皆主张《天问》所写为应龙画地神话。

但古今仍有不少歧解误说,主要是从历史而非神话视角作解。一是否定应龙画地神话。有学者拘泥于《天问》疑问体,以为作者在怀疑应龙画地神话,如夏大霖质疑:为何应龙独为禹画？禹何必遍历山川？应龙神怪不可依凭[③]。陈本礼认为应龙无据:《禹贡》《山海》不载,应龙画地无迹可证[④]。谭介甫说应龙是佐禹之人,"后人传讹,遂附会造作神话,其实《天问》全篇是怀疑神话的,我们注释当用析疑,不要推波助澜为好"[⑤]。我们以为,《天问》只是使用疑问体而已,何曾怀疑神话？说者显然把神话历史化了,也进而否定了应龙画地的神话存在。

二是从历史角度理解。历史视角涉及文本、人物、事件等。在文本方面,学者往往从古不化,少有如朱熹直接校正正文文字者。今传《天问》文本多依明刊补注作"河海应龙,何尽何历",虽然保存了古籍旧貌,但在一般选本中则可能导致读者误会。当代仍有学者主张从旧本"尽"字,陆侃如以为后人妄改作"画"[⑥],林庚也说作"画"者非是[⑦]。如果过分拘泥于所谓王逸旧本,忽视"一云"本,实际也是反历史的。在人物方面,学者往往否定应龙为神物,而落实为大禹的佐助

[①] 洪兴祖撰,黄灵庚点校:《楚辞补注》,上海古籍出版社2015年版,第135、137页。
[②] 朱熹撰,李庆甲点校:《楚辞集注》,上海古籍出版社1979年版,第56页。
[③] 夏大霖:《屈骚心印》,《四库全书存目丛书》影本,齐鲁书社1997年版,集部,第2册,第371页。
[④] 陈本礼:《屈辞精义》,《续修四库全书》影本,上海古籍出版社2002年版,第1302册,第484页。
[⑤] 谭介甫:《屈赋新编》,中华书局1978年版,下册,第449页。
[⑥] 陆侃如:《楚辞研究》,收入袁世硕、张可礼主编:《陆侃如冯沅君合集》,安徽教育出版社2011年版,第5卷,第214页。
[⑦] 林庚:《天问论笺》,人民文学出版社1983年版,第17页。

人物。刘梦鹏说,"古者以龙纪官,应龙疑古治水之官"①。谭介甫更称,"此龙疑即舜命作纳言名龙的人,他早晚出纳君命"。否定应龙之为神物,自然提升大禹的圣智。王廷相《王氏家藏集》卷四一《答天问》称,"禹平水土,圣智所加,诞者托龙,以神其事"②。戴震更以为禹有"神智",而好事者"谬诞之说"不免"怪异"非是③。在事件方面,有学者凿实为顺应水性、水脉的治水之事。汪瑗眉批说,"禹顺水性而成功"④,与龙无关;周拱辰称,"画地者,疏水之脉,使水由地中行也"⑤;王夫之谓,"实则禹循水脉,水脉亦谓之龙耳"⑥。跟历史化一样,圣智说和水利说也都否定了神话。

从"尽""画"二字着眼点不同来看,也基本是历史化的理解。其中,有单纯就"尽"字作解者,也有"画""尽"意并存者,即使认同"画"字,已从应龙画地立说,仍有"尽"字含义痕迹。即使单就"画"字义作解,也有学者偏离"画"之描画定之义,以为画为"画策"。如刘梦鹏说,"画,策也","言应龙佐禹,不知有何画赞"。谭介甫说,佐禹之人"早晚出纳君命正是画策的事,后禹也应允其谋,故说应龙所画"。看来,无论着眼于"尽"还是"画"字,都往往是历史化的理解。

三是较为特殊的"新解"。苏雪林认为"河海"来源于希腊的 River Ocean,是土星神的飞龙所化,大海环流大地没有穷尽⑦。更有甚者,大胆窜改为"河海历龙,何画何应",译作"河海湖泽,是根据什么所凿成?"⑧又有从求雨应龙作解者,此说早出洪兴祖引《山海经》作注:"旱而为应龙之状,乃得大雨。"程嘉哲以

---

① 刘梦鹏:《屈子章句》,《四库全书存目丛书》影本,集部,第2册,第542页。
② 王廷相:《王氏家藏集》,收入王孝鱼点校:《王廷相集》,中华书局1989年版,第2册,第720页。
③ 戴震撰,褚斌杰、吴贤哲点校:《屈原赋注》,中华书局1999年版,初稿部分,第179页。
④ 汪瑗:《楚辞集解》,《四库全书存目丛书》影本,集部,第1册,第94页。
⑤ 周拱辰:《离骚草木史》,《续修四库全书》影本,第1302册,第113页。
⑥ 王夫之:《楚辞通释》,《续修四库全书》影本,第1302册,第215页。
⑦ 苏雪林:《屈赋论丛》(1980),武汉大学出版社2007年版,第454—455页。
⑧ 陈抡:《历史比较法与古籍校释:越人歌·离骚·天问》,湖南教育出版社1987年版,第258—259页。

为此节言求雨,应龙"是我国民间最早向之祈雨的龙神"①;萧兵也说,"云雨之神应龙用尾划开大地,让洪水流入大海"②。显然《天问》言治水而非求雨,相关解释属神话视角,但逻辑上恰恰相反。

比较起来,《天问》应龙一节合理的文本,当是洪兴祖《考异》所示"一云"本:"应龙何画,河海何历。"较为合理的解说始见王逸注所引"或曰"之应龙画地神话,洪氏补注、朱熹集注据而释之,唯非必出自《山海经》。当代学者中则属闻一多的校释最为合理,其《楚辞校补》云:

> 当从一本作"应龙何画,河海何历"。《易林・大壮之鼎》曰"长尾螮蛇,画地成河",《周憬碑》曰"应龙之画",《太平广记》二二六引《大业拾遗记》转引杜宝《水饰图经》曰"禹治水,应龙以尾画地,导决水之所出"。应龙画地成河之说,汉魏以降,流传不绝,不得以先秦古籍罕言而疑其晚起。③

这应是迄今校释《天问》应龙节最重要的成果,尽管尚有可以补正者。

按,闻一多所引《易林》"画地成河"实出《师・咸》,而《噬嗑・复》《大壮・鼎》皆作"画地为河"④。画地成河还有方术表演,《西京杂记》卷三记淮南王方士之术有"画地成江河,撮土为山岩"⑤,《文选》卷二张衡《西京赋》幻术有"画地成川,流渭通泾"⑥,《宋书》卷一九《乐志一》魏晋南朝乐舞有"《画地成川》之乐"⑦。不知这类方术是否与应龙神话有关。比较起来,引《易林》解说《天问》应龙者当以闻一多为早。所引碑文为《隶释》卷四《桂阳太守周憬功勋铭》:"于是府君乃

---

① 程嘉哲:《天问新注》,四川人民出版社1984年版,第47页。
② 萧兵:《楚辞与神话》,江苏古籍出版社1987年版,第63页。
③ 闻一多:《楚辞校补》,收入《闻一多全集》,袁謇正整理:《楚辞编・乐府诗编》,湖北人民出版社1993年版,第5册,第157页。
④ 焦赣撰,刘黎明校注:《焦氏易林校注》,巴蜀书社2011年版,上册,第150、393页;下册,第607页。
⑤ 刘歆撰,葛洪辑,向新阳、刘克任校注:《西京杂记校注》,上海古籍出版社1991年版,第117页。
⑥ 萧统编,李善注:《文选》,中华书局1977年影本,第49页。
⑦ 沈约:《宋书》,中华书局1974年版,第2册,第546页。

思夏后之遗训,□应龙之画。"①碑立于东汉灵帝熹平三年(174),恰恰接续于王逸所处的安帝、顺帝、桓帝时代之后,碑中应龙之说或源于王逸注,或本于民间。碑文记周憬在桂阳郡(治郴县,即今湘南郴州市)治理泷水事,其地战国属楚,理当历来盛传应龙画地之说。引周憬碑释《天问》应龙,当始于吴任臣《山海经广注》卷一四②。除汉碑外,《艺文类聚》卷七六引梁刘勰《剡县石城寺弥勒石像碑铭》亦曰:"四海将宁,先入感凤之宝;九河方导,已致应龙之画。"③结合《易林》以来直至《水饰图经》诸文献,知应龙画地神话汉唐间均有流传。引《大业拾遗记》释《天问》应龙,当始见于蒋骥《山带阁注楚辞》④。总之,闻一多继承前贤,又有创获,做了合理校释。

二、应龙助禹治水神话与动物助人造城传说间的对应

前人从应龙画地神话解释《天问》"应龙何画",似乎已经理由充足,几无剩义,但因校注体例所限,仍然存在视野未广之瑕,也差不多是在王逸引"或曰"基础上,加上《易林》、周憬碑、《水饰图经》而已。如果我们从早期治水事转到后世造城事,那么古代盛传的动物助人造城传说,还可帮助我们从传承源流上对应龙画地神话做"他校"式释证。关于应龙画地神话与后世动物助人造城传说的源流对应关系,笔者及其他学者已有简析⑤,这里再就本题做一申论。

---

① 洪适:《隶释》,中华书局1985年影本,第55页。
② 吴任臣:《山海经广注》,《景印文渊阁四库全书》,台湾商务印书馆1983年版,第1042册,第217页。
③ 欧阳询撰,汪绍楹点校:《艺文类聚》,上海古籍出版社1999年版,下册,第1302页。
④ 蒋骥:《山带阁注楚辞》,上海古籍出版社1984年版,第76—77页。按,《太平广记》所引《大业拾遗(记)》实为初唐杜宝《大业杂记》的别称,并非中唐佚名《大业拾遗记》,此处又为《大业杂记》中引《水饰图经》。
⑤ 拙著《民俗文学与民俗文献研究》,巴蜀书社2008年版,第6—8页;拙文《中、越交通中的造城传说圈》,载《中国俗文化研究》第7辑,巴蜀书社2012年版,第184—185页;钟敬文:《钟敬文民间文学论集》,上海文艺出版社1985年版,下册,第88—89页;褚斌杰、谭家健主编:《先秦文学史》,人民文学出版社1998年版,第46页;赵明政:《文言小说:文士的释怀与写心》,广西师范大学出版社1999年版,第133—134页。

应龙不仅画地助禹治水,也可能是城市筑造的引导者。《旧唐书》卷一〇四《哥舒翰传》载天宝七载(748)哥舒翰筑城事:"筑城于青海中龙驹岛,有白龙见,遂名为应龙城。"①从其名"应龙城"来看,尤其是从古今中外大量造城传说来看,应龙之类动物一般是在筑造之际出现,是城市最终造成的"决定性"因素。

据涵芬楼本《说郛》卷七韦绚《戎幕闲谈》,中唐李德裕称述《蜀王本纪》言:

秦相张公子筑成都城,屡有颓坏。时有龟周旋行走,巫言依龟行迹筑之。既而,城果成。②

尽管《蜀王本纪》非必扬雄所撰,但秦张仪筑成都的传说当在汉魏时期就已载入文献。成都古称"龟城",《太平御览》卷一六六引《九州志》(晋乐资撰):"益州城初累筑不立,忽有大龟周行旋走,因其行筑之,遂得坚固,故曰龟城。"③现今成都仍有"龟划芙蓉城"的口头传说④。战国时代可能已有这种动物助人筑城的传说,《水经注》卷三《河水三》引佚名《虞氏记》载,赵武侯(前400—前387年在位)造城而崩,因见"群鹄游于云中,徘徊经日",而筑成云中城(在今内蒙古呼和浩特市)⑤。《搜神记》卷二七又有马邑(在今晋北朔州市)传说:"昔秦人筑城于武州塞内以备胡,城将成而崩者数矣。忽有马驰走一地,周旋反复。父老异之,因依走迹以筑城,城乃不崩,遂名之为马邑。"⑥秦人筑成都、马邑当在赵武侯筑云中之后。

古代造城传说甚多,其中动物多为龙蛇。如北宋筑造邕州城(今南宁市)有蛇相助,《永乐大典》卷八五〇七引《建武志》载:

耆老相传,经营之初,随筑随坏,董役者苦之。夜梦有蛇,环地而行,若

---

① 刘昫:《旧唐书》,中华书局1975年版,第10册,第3212—3213页。
② 陶宗仪编,张宗祥校:《说郛》,中国书店1986年影本,第2册,第14—15页。
③ 李昉等:《太平御览》,中华书局1960年影本,第808页。
④ 参见《龟划芙蓉城》及异文,见卢盛祥主编:《中国民间文学集成四川卷·成都市东城区卷》,成都市东城区民间文学集成编委会1989年印行,第85—90页。
⑤ 郦道元注,杨守敬、熊会贞疏,段熙仲点校,陈桥驿复校:《水经注疏》,江苏古籍出版社1989年版,第229—230页。
⑥ 干宝撰,李剑国辑校:《新辑搜神记》,中华书局2007年版,第436页。

示其址,遂志所梦,即其地而筑焉。立青龙、乌龙庙于城隅,至今祀之,即所梦之神也。①

为蛇立龙庙,则其城为龙城,《舆地纪胜》卷一〇六载此传说即置于邕州风俗形胜"梦蛇示址"、古迹"青龙乌龙庙"两条下,谓事在仁宗皇祐间(1049—1054)②。嘉靖《南宁府志》卷六记主事者为知州刘初,梦神人称"依蛇形乃可城",依而筑之,"城乃成"③。民间传说称,刘初按照黑蚺蛇爬过的路线,"划上石灰线",依线筑城,后立"乌龙庙"以报恩④。越南龙编(今为河内市龙编区)筑城也有类似异闻,《太平御览》卷一七二引《南越志》(南朝宋沈怀远撰)曰:"龙编县,州之始,有蛟龙编于津之间,因以为瑞而名邑。"(《太平御览》,第841页)中外多种传说皆谓动物助人选择城址,是都城得以筑成的襄助者。

应龙画地神话与动物助人造城传说之间的对应关系一目了然:应龙以尾画地,指示大禹凿河通江的决水之处,跟乌龟周旋、群鹄徘徊、骏马反复、蛟龙编津等如出一辙,它们都像邕州之蛇一样,"环地而行,若示其址"。大禹治水时应龙"画地导水",后人造城时动物盘旋示址(成都口传竟称乌龟在设计图纸上"画了线路","地盘是乌龟画定的");水泉流通,禹因而治之,后人筑城,城亦不崩。

除了这种行事方式上的同构对应,凿河治水、筑造城邑也还有事件组合上的并列相连,此处特以平阳城为例略做讨论。《太平寰宇记》卷四三载刘渊(唐世避其名而称其字元海)修筑平阳城(在今晋西南临汾市)事:

晋永嘉之乱,元海僭称汉,于此置都,筑平阳城。昼夜兴作,不久则崩。募能城者赏之。先有韩媪者,于野田见巨卵,傍有婴儿,收养之,字曰橛儿。时已四岁,闻元海筑城不就,乃白媪曰:"我能城之,母其应募。"媪从之,橛儿乃变为蛇,令媪持灰随后遗志焉。谓媪曰:"凭灰筑城,可立矣。"竟如所

---

① 《永乐大典》,中华书局1986年影本,第4册,第3934页。按,《建武志》为南宋邕州地志,乐公明修,尹安中纂。
② 王象之:《舆地纪胜》,中华书局1992年影本,第4册,第3244、3250页。
③ 郭楠纂修:《南宁府志》,嘉靖十七年(1538)张岳序刊本,第30页。
④ 参兰鸿恩:《广西民间文学散论》,广西人民出版社1981年版,第149页。

言。元海问其故,橛儿遽化为蛇,投入山穴,露尾数寸。使者斩之,仍掘其穴,忽有泉涌出,激溜奔注,与晋水合流,东入于汾。至今近泉出蛇皆无尾,以为灵异,因立祠焉。①

除了亦人亦蛇的身形外,橛儿既能筑城又能助人掘穴通水,都是橛儿传说有别于其他造城传说的独特之处,跟大禹、应龙治水事更为相似。其中"龙""尾""掘"母题值得关注。

橛儿变蛇指示城址,其城可谓蛇城,但敦煌文书 P.2511 号《诸道山河地名要略》第二残卷记其事,有"龙子祠"之称②;掘蛇尾而成的穴泉,亦名"金龙池",《大明一统志》卷二〇平阳府山川"金龙池"条即记其事,称斩尾泉山,"汇为此池"③;故事亦属"龙母龙子"型,凡此皆可证橛儿之蛇为龙,平阳之城为龙城。

至于橛儿之尾,使者斩蛇尾,掘山穴,恰似大禹按照应龙尾画而凿河掘川。表面上看,使者掘穴导致泉涌奔注,似乎引发洪水,跟大禹治理洪水相反,其实,穴泉奔流,与晋水合而入汾,恰恰是汾水在晋水之外新增了一条支流。按,《水经注》卷六载汾水有支流"平河水":

永嘉三年(309),刘渊徙平阳于汾水……汾水南与平河水合,水出平阳县西壶口山……。其水东径狐谷亭北,……又东,径平阳城南,东入汾,俗以为晋水,非也。(《水经注疏》,第551—553页)

比较《水经注》汾水支流平河水与《太平寰宇记》橛儿传说,其中时间、地理、人物、事件均相类同,"俗以为晋水"的说法也跟传说中的"与晋水合流"相近,颇疑《水经注》之平河水当出橛儿传说中的穴泉。若此,则刘渊使者的斩尾掘穴,就正是依据蛇尾、蛇穴挖掘出一泓金龙池、一条平河水。这样的推论还有文献可证,康熙《平阳府志》卷一三载,府治临汾城西有"平水渠":

即平山平水也。晋刘渊僭据时,导金龙池下,合诸泉东流,分为上官

---

① 乐史撰,王文楚等点校:《太平寰宇记》,中华书局2007年版,第2册,第898—899页。
② 王仲荦著,郑宜秀整理:《敦煌石室地志残卷考释》,中华书局2007年版,第91—92页。
③ 李贤等:《大明一统志》,三秦出版社1990年影本,第309页。

河、上中河、下官河、北磨河,并庙后小渠,共溉刘村等村田,并襄陵诸处田三百六十余顷。①

按,此称"平水渠",《水经注》称"平河水"(亦作"平水"②);此称平山平水,《水经注》称平河水出壶口山,《太平寰宇记》卷四三称平山又名壶口山、姑射山,"平水出焉","龙子祠"亦"在姑射山东平水之源"(《太平寰宇记》,第2册,第899、901页)。则《平阳府志》"平水渠"不就是《水经注》所谓"平河水"吗?水有渠名,且为刘渊时从金龙池所掘导,皆可佐证刘渊筑城之际亦曾凿穴通渠。

再说"橛儿"之"橛",其字通"撅",有挖掘义。既然刘渊筑城、凿渠皆有橛儿之蛇的神助,其襄助的方式都是以尾示迹,那么刘渊的凭灰筑城、斩截蛇尾、挖掘蛇穴,不也都像大禹据应龙尾画而凿河掘江吗?这样说来,平阳筑城掘渠传说当有远古应龙助禹治水神话的痕迹。

事实上,早期应龙画地的治水神话跟后世动物助人的造城传说之间,尤其是跟刘渊筑城掘渠传说的特例之间,正该构成一种源与流的传承关系。既然应龙神话孕育或演变为后世造城传说,那么反过来,造城传说也可以溯源至应龙神话,并对后者加以印证。因此,结合造城传说的"他校",《天问》文本也当作"应龙何画,河海何历",其意蕴亦当是应龙以尾画地助禹治水的神话。

三、作城、治水与造地:相关传承的源流和脉络

尽管应龙神话跟造城传说在情节母题、故事类型上皆相类似,应该可以互相释证,但二者之间显然尚缺一条似乎难以补缀的逻辑纽带:应龙是帮助大禹治理洪水,而动物是助人筑造都城,洪水、都城也似乎是不相关涉之物。好在虽然其他传说基本是单纯的造城事,但橛儿传说已将造城、掘渠(治水)二事相连。

---

① 刘棨修,孔尚任等纂:《平阳府志》,康熙四十七年(1708)刘氏序刊本,第1页。
② 按,全祖望、赵一清、戴震《水经注》校本皆作"平水",参见《水经注疏》,第552页。

事实上，如果我们再追溯到更早的文化渊源，那么就如橛儿传说背后或有应龙神话的原型一样，这种似乎断裂的纽带也还留有遗迹，经过补缀，还可以使相关神话、传说的传承脉络绳贯珠联、不绝如缕。

比如城市起源神话不但可以串联后世造城传说，也可能关涉远古鲧禹治水，甚至创世造地的神话。古代城市的始创者或说黄帝，或说炎帝，但城市主要应始于鲧禹，这种差异当是成败论英雄的结果，而作器造物故事正属所谓"文化英雄"(culture hero)神话。

关于鲧禹始作城郭，文献多有记载。如鲧作城郭，《水经注》卷二《河水二》引《世本》称，"鲧作城"(《水经注疏》，第181页)。《路史》卷一〇："鲧率万民平水土，道泉原，因水居方，而置城邑。"注："见《三坟》书，或以《世本》，诸书皆言鲧置城郭。"[1]鲧始作城郭事当先载于秦汉以前文献《世本·作篇》，其后《吕氏春秋》《淮南子》《吴越春秋》等亦载之。禹亦继承其父造作城郭，《博物志》卷八："处士东(鬼)〔里〕𠀐责禹乱天下事，禹退作三(章)〔城〕，强者攻，弱者守，敌〔者〕战。城郭，盖〔自〕禹始也。"[2]这是总体上说鲧禹始作城郭。又有一些具体城邑亦被传为大禹所筑，多见宋前佚名撰《城冢记》，如《太平寰宇记》卷一封丘县"期城"条引称，"夏禹理水时所筑"；雍丘县"肥阳城"条引称，"禹治洪水时，在肥泽之阳所筑"；期城亦即卷二考城县"簸箕城"，又引称，"禹治水时所筑"(《太平寰宇记》，分见第9、16、26页)；《新定九域志》卷二冀州"九门城"亦引云，"鲧所造"[3]。这些个别城市的起源传说，是鲧禹始作城郭的具体反映。

值得注意的是，鲧作城之际，也有尾巴的母题，《吕氏春秋·行论》载：

尧以天下让舜，鲧为诸侯，怒于尧曰："得天之道者为帝，得地之道者为三公。今我得地之道，而不以我为三公。"以尧为失论，欲得三公。怒(甚)

---

[1] 罗泌撰，罗苹注：《路史》，《景印文渊阁四库全书》，第383册，第77页。
[2] 张华撰，范宁校证：《博物志校证》，中华书局2014年版，第93页。引用时有校改。
[3] 黄裳：《新定九域志》，附见王存等撰，王文楚、魏嵩山点校：《元丰九域志》，中华书局1984年版，下册，第565页。

〔其〕猛兽,欲以为乱。比兽之角,能以为城;举其尾,能以为旌。召之不来,仿佯于野以患帝。

高诱注"以为旌":"以为旌旗之表也。"①《论衡·率性》亦言,鲧"比兽之角,可以为城;举〔兽之〕尾,可以为旌"②。虽然作城的文化英雄鲧已被禽兽化、妖魔化,但鲧始作城郭的功劳还有迹象。重要的是,所谓并角为城、举尾为旌,尾旌又为标识,联系后世造城传说,这种尾旌正可能是助人造城的动物如龙蛇之尾,《路史》注更以为《吕氏春秋》所言是鲧"以尾为城",若此则兽角、兽尾都可能是确定城址的标识。就是这种可做标识,亦宜旌表、旌扬的尾巴和头角,将鲧禹作城的文化英雄神话跟后世造城传说做了有效连缀,使我们相信造城传说可以溯源至应龙画地、鲧禹作城的神话。

鲧禹作城,城在地上立;鲧禹治水,水在地中行。这似乎暗示:鲧禹实际是大地的创造者,他们作城、治水的传说可能需要溯源至早期造地创世神话方能得其本相。

古往今来,我们都相信鲧禹是治理洪水灾害的主角,鲧禹治水故事也成为著名传说,但从民间文学严格的文体概念上看,鲧禹治水故事实际是一种典型的创世神话。鲧禹治水传说的本来面目是"造地"创世神话,笔者亦曾就此作专文讨论③。学界对此论题的研究较为热烈,首先是大林太良较早提及,后来萧兵、叶舒宪、胡万川等连续讨论,吕微更用专章且旁及引申至相关论题④。简单说,鲧禹治水神话属于"大地潜水者神话"(earth-diver myths)创世类型,在世界

---

① 吕不韦等撰,陈奇猷校释:《吕氏春秋校释》,学林出版社1984年版,下册,第1389、1393页。
② 王充撰,黄晖校释:《论衡校释》,中华书局1990年版,第78页。
③ 拙文《昆仑:鲧禹所造之大地》,《民间文学论坛》1990年第4期,第12—20页;收入马昌仪编:《中国神话学百年文论选》,陕西师范大学出版社2013年版,下册,第805—817页。
④ 参见[日]大林太良著,林相泰、贾福水译:《神话学入门》,中国民间文艺出版社1989年版,第51—52页;萧兵:《中国文化的精英——太阳英雄神话比较研究》,上海文艺出版社1989年版,第767—774页;叶舒宪:《从"盘古之谜"到中国原始创世神话之谜》,《民间文艺季刊》1989年第2期,第4—25页;胡万川:《捞泥造陆——鲧、禹神话新探》,收入朱晓海主编:《新古典新义》,台北学生书局2001年版,第45—72页;吕微:《神话何为——神圣叙事的传承与阐释》,社会科学文献出版社2001年版,主参第三章,第95—158页。

很多民族中都有流传。据 Charles H.Long 撰写词条"创世神话"(宇宙开创论，cosmogony)，其中第七类即此型，其母题情节略为：原初之水（primordial water）或洪水淹没世界，有文化英雄或动物潜入大水中，带出些微泥土，然后创世神帝用这些泥土扩展成为陆地，从而大地由水中生成。潜水者往往私藏泥土，并与神帝形成对抗①。

鲧禹神话正属于这种类型。《山海经·海内经》："洪水滔天，鲧窃帝之息壤，以堙洪水，不待帝命。帝令祝融杀鲧于羽郊。鲧复生禹，帝乃命禹卒布土，以定九州。"郭璞注："息壤者，言土自长息无限，故可以塞洪水也。"②从大地潜水者神话类型来看，息壤不是堵塞洪水的土壤，而是可以繁衍生息、由小到大扩展成整个大地的海底淤泥，淤泥拓展，陆地生成，地势升高，所谓"洪水"自然消退。正如《天问》应龙句前言"地方九则，何以坟之"（《楚辞补注》，第135页），李陈玉注谓"水落地出，遂为高坟"③；稍后钱澄之诂曰"水落土出，则九州之川原，高下俱见，犹坟而起也"④。可以说：治水传说的本相竟然是水中取泥造地的神话。

跟其他学者不同的是，笔者主张鲧禹造成的大地，就是以昆仑山为中心甚至为代表的大地，而昆仑又是神帝的都城。《太平御览》卷三八引《尸子》曰："赤县〔神〕州者，寔为昆仑之墟。"（《太平御览》，第182页）《文选》卷六左思《魏都赋》李善注引《河图括地象》曰："昆仑，谓东南地方五千里，名曰神州。"（《文选》，第97页）神州大地是昆仑，所以昆仑亦为地祇。《周礼·春官·大司乐》说，夏至日于"泽中之方丘"奏《咸池》之舞，"则地示皆出"。郑注："地祇则主昆仑。"⑤《礼记·曲礼下》孔颖达疏："夏至之日，祭昆仑之神于方泽。"（《十三经注疏》，第1268页）方地本从水出，故在泽中方丘祭祀地祇昆仑。《搜神记》卷二

---

① 参见[美]Mircea Eliade(editor in chief): *The Encyclopedia of Religion*, New York: Macmillan Publishing Company, 1987, vol.4, p.97.
② 袁珂：《山海经校注》，巴蜀书社1993年版，第536页。
③ 李陈玉：《楚辞笺注》，《续修四库全书》影本，第1302册，第27页。
④ 钱澄之撰，殷呈祥校点：《庄屈合诂》，黄山书社1998年版，第228页。
⑤ 阮元校刻《十三经注疏》，中华书局1980年影本，第790页。

八:"昆仑之墟,地首也,是惟帝之下都。"(《新辑搜神记》,第450页)这是说昆仑是大地的开端或头首,昆仑之神是地祇,昆仑也是神帝在人间的都城。《博物志》卷一引《河图括地象》说:

> 地(部)〔祇〕之位,起形高大者有昆仑山,广万里,高万一千里,神物之所生,圣人仙人之所集也。出五色云气,五色流水,其(泉)〔白水〕南流入中国,名曰河也。其山中应于天,最居中,八十城布绕之,中国东南隅,居其一分,是奸城也。(《博物志校证》,第7页)

这是说地祇所在的昆仑既是大地"起形"处即开端,又是高处,还是大地的中心,有八十城围绕,又称中国是御难捍卫的"奸城"。

关于昆仑是帝都,早见于《山海经·西次三经》:"昆仑之丘,(是实)〔寔〕惟帝之下都。"注:"天帝都邑之在下者〔也〕。"《海内西经》又称"海内昆仑之虚",乃"帝之下都","方八百里,高万仞"。注:"盖天地之中也。"(《山海经校注》,第55—56、344—346页)这是昆仑为帝都的最早记录。《天问》应龙节后亦言:

> 昆仑县圃,其居安在?增城九重,其高几里?(《楚辞补注》,第135页)

《淮南子·地形》称,昆仑虚"中有增城九重",高万一千余里。高诱注:"增,重也。有五城十二楼,见《括地象》。"①《太平御览》卷三八引《河图始(阖)〔开〕图》亦曰:"昆仑之墟有五城十二楼。"卷六七七引《历藏中经》:"昆仑山有金城九重,玉楼十二,神仙所治也。"(《太平御览》,第1册,第182页;第3册,第3022页)《海内十洲记》称昆仑有天墉城"面方千里,城上安金台五所,玉楼十二所";又有墉城"金台、玉楼相似","西王母之所治也"②。《拾遗记》卷一〇说昆仑山:"山有九层,每层相去万里。有云色,从下望之,如城阙之象。"③这都是说昆仑有重城层楼,或者整体就是帝之下都。

---

① 刘安等撰,刘文典集解,冯逸、乔华点校:《淮南鸿烈集解》,中华书局1989年版,第133页。
② 东方朔(旧题):《海内十洲记》,引据王国良:《海内十洲记研究》,台北文史哲出版社1993年版,第87页。
③ 王嘉撰,萧绮录,齐治平校注:《拾遗记》,中华书局1981年版,第221页。

鲧禹治水所用"息壤",除了长息无限的特征外,还有状若城郭的外形。《舆地纪胜》卷六四引佚名《溟洪录》云,"江陵府南门有息壤",中唐时"掘之得石城,与江陵城同",称"见《息壤记》"(《舆地纪胜》,第3册,第2206—2207页),则早载北宋王子融《息壤记》。息壤居然是"石城",且"与江陵城同"。《五杂俎》卷四亦云,"息壤,石也,而状若城郭"①。鲧禹始作城郭,自然其所用息壤有城郭之象。《旧唐书》卷三八《地理志一》载,齐州禹城(今为鲁西北德州市属禹城市),本汉祝阿县,唐改称"禹城","以县西有禹息故城"(《旧唐书》,第5册,第1452页)。雍正《山东通志》卷九据《水经注》"禹以息土填鸿水以为名山",以为"禹息"城名"当取此义"②。禹息城是传说禹以治水息壤筑城的又一例子。

鲧禹之所以能够最早筑造具体的城郭,是因为他们最早创造了具有都城特征的大地昆仑。而帝都昆仑之所以是大地的象征,是因为跟其他很多民族一样,中国古人也把昆仑山当作"世界大山"或"宇宙大山",甚至是"大地唯一之山"(mountain of all lands)。由前引《博物志》述《河图括地象》之言看,一是因其"大","广万里",大如世界,等同宇宙,所以大山就是大地。二是因其"中","昆仑中应于天,最居中",是大地的中轴。昆仑也像《山海经·海内经》的"都广之野",郭璞注称"其城方三百里,盖天下之中"(《山海经校注》,第505、506页),郭璞注语在《楚辞·九叹·远游》"绝都广以直指兮"王逸注引《山海经》中乃作正文,且作"天地之中"(《楚辞补注》,第520页)。"都广",别书亦引作"广都",或即因其都城方圆广大而得名。《淮南子·地形》记昆仑丘后接言,"建木在都广","众帝所自上下","盖天地之中也"(《淮南鸿烈集解》,第136页),知昆仑、都广、建木皆为天地中轴。实际上,建木就在昆仑上,《海内南经》说建木在"窫窳西弱水上",《大荒西经》说昆仑之丘"其下有弱水之渊环之"(《山海经校注》,第329、466页),结合《淮南子》在昆仑后称"建木在都广"的说法,则作为中轴的

---

① 谢肇淛:《五杂俎》,上海书店出版社2001年版,第63页。
② 岳濬等修,杜诏等纂:《山东通志》,《景印文渊阁四库全书》,第539册,第359页。按,息土填云云,乃《水经注》引"淮南之书",参见《水经注疏》第61页及本文下引《淮南子》。

昆仑、都广、建木，很有可能同质同构甚至三位一体。建木与世界大山昆仑性质相同，也是其他民族所谓"世界大树""宇宙大树"，昆仑、建木都因其巨大、居中而成为大地、宇宙的象征。三是因其"高"，昆仑"高万一千（余）里"，有三级、九重。高山是大地高处，也是大地最先升高脱离洪水之处，是江河的发源地（参后文）。各地往往有传说称，尧时洪水，竟有诸山漂浮不没，如百丈山、高筐山、浮山、尧山、尧市山、宣务山、系舟山、走金山等，皆浮出水面，未曾淹没①，实际是由大地、高山从洪水中升高的神话演变而来的传说。

跟帝都昆仑作为中轴近似，古代建国立都也往往力求处于地中。《周礼·地官·大司徒》称，"日至之景尺有五寸，谓之地中，天地之所合也，四时之所交也"，"乃建王国焉"（《十三经注疏》，第704页）。《白虎通·京师·建国》："王者京师必择土中。"②《尚书·召诰》记成王都于洛邑："王来绍上帝，自服于土中。"传："言王今来居洛邑，继天为治，躬自服行教化，于地势正中。"（《十三经注疏》，第212页）所谓王绍上帝，继天为治，或有神话背景：人间王者都城实际是模仿神帝之都昆仑，就像昆仑有八十城围绕一样，地中王国都城之外，也自然有诸侯方国的城郭环绕。即使僻处东南的越国都城，也试图模仿昆仑，《吴越春秋·勾践归国外传》载，范蠡筑城（今为绍兴市），取象天门、地户：

> 范蠡曰："臣之筑城也，其应天矣。昆仑之象存焉。"越王曰："寡人闻昆仑之山，乃天地之镇柱，上承皇天，……下处后土，……滋圣生神，呕养帝会。故五帝处其阳陆，三王居其正地。吾之国也，（扁）〔偏〕天地之壤，乘东南之维，斗去极北，（非）粪土之城，何能与王者比隆盛哉？"范蠡曰："君徒见外，未见于内。臣乃承天门制城，合气于后土，岳象已设，昆仑故出，越之霸也。"越王曰："苟如相国之言，孤之命也。"③

范蠡之言是对神帝之都与王者京师源流关系的最好说明。

---

① 参见拙著《岁时民俗与古小说研究》，天津古籍出版社2004年版，第261—263页。
② 班固撰，陈立疏证，吴则虞点校：《白虎通疏证》，中华书局1994年版，第157页。
③ 赵晔撰，周生春辑校汇考：《吴越春秋辑校汇考》，上海古籍出版社1997年版，第131页。

据前论可知,鲧禹是始作城郭的文化英雄,所作城郭不过是始创大地时的副产品(如鲧在"能以为城"之前已经"得地之道"),因为昆仑大地具有都城特征,王者京师亦模仿昆仑帝都。从源流上说,治水神话、作城神话其实是造地神话的衍生物,创造出具有都城特征的大地昆仑,则洪水自然退去,反过来说,造地神话是治水、作城神话的源头和本相。跟应龙神话类似的后世造城传说,既源出鲧禹始作城郭的神话,更来自创造大地昆仑的神话。

当然还有一个疑问:鲧禹用息壤拓展大地,此属造地神话似易理解,可是应龙画地而水泉流通,似乎更像治水神话,造地、治水间还有无别的关联? 橄儿传说已经暗示了造城与掘渠通水的连带关系。不妨再看看《淮南子·地形》:

> 禹乃以息土填洪水,以为名山,掘昆仑虚以下地,中有增城九重,其高万一千里百一十四步二尺六寸。

高诱注:"息土,不耗减,掘之益多,故以填洪水。名山,大山也。""掘犹平也。'地',或作'池'。"(《淮南鸿烈集解》,第133页)

在此"掘"的行为较为突出。挖掘息土显然是拓展土地,非必是以土填水,故有"掘之益多"的神效,《水经注》卷一引"淮南之书"称"掘昆仑虚,以为下地"(《水经注疏》,第61页),故禹之治水可谓"掘地"。但禹不同于鲧,他的治水方法是疏导,也即凿山掘河,而其所据是应龙尾画,正如《水饰图经》所言:"禹治水,应龙以尾画地,导决水之所出,凿龙门疏河。"①所以禹也可能像高诱注校勘所示那样是"掘池",如同刘渊掘金龙池,挖出平水渠,故而禹也是挖渠掘江、凿沟通河。而昆仑山恰恰因其巨大、居中和高耸,成为大江大河的发源地。《山海经·西次三经》记发源于昆仑的有河水、赤水、洋水、黑水,《海内西经》则称赤水、河水、洋水、黑水、弱水、青水(《山海经校注》,第56、348—349页),《淮南子》此节掘昆仑虚下文亦言昆仑出河水、赤水、弱水、洋水(《淮南鸿烈集解》,第134—135页),水名大体相同。《尔雅·释水》:"河出昆仑虚,色白,所渠并千七

---

① 李昉等编,汪绍楹点校:《太平广记》,中华书局1961年版,第5册,第1735页。

百一川,色黄。"(《十三经注疏》,下册,第2620页)前引《河图括地象》亦言昆仑所出白水流入中国乃曰河。总体上看,《淮南子》此节似乎是造地、治水、掘江,甚至作城多种传承的并合。

再看《册府元龟》卷二四、卷三七所并载:贞观十四年(640)二月,陕州言河水变清,长孙无忌等诣阙上表,有曰:

瑞马开图,发荣光于远代;应龙辟壤,致宅土于遐年。①

意谓应龙开辟大地,让人拥有可以宅居的土地。在决水之外,辟壤宅土之说值得关注。

《说文解字》七下"宀部":"宅,人所托居也。"宅土就是可以宅居的土地,而土地又从何而来?同书十一下"川部"称:"水中可居者曰州,水周绕其旁,从重川。昔尧遭洪水,民居水中高土,故曰九州。"其字形为水中土堆,又附古文"州"字,段注:"此像前后左右皆水。"九州大地是从洪水中升高成为可以居住的土地,这是造地神话在文字中的遗留。而人在土地中的宅居最重要者莫若城郭,同书十三下"土部":"城,以盛民也,从土、成,成亦声。"②可参早期帝王成都聚人事,如《史记》卷一《五帝本纪》:"舜耕历山,历山之人皆让畔;渔雷泽,雷泽上人皆让居;陶河滨,河滨器皆不苦窳。一年而所居成聚,二年成邑,三年成都。"③《吴越春秋·吴太伯传》载,古公亶甫迁岐周,邠人扶老携幼而归之,"居三月,成城郭,一年成邑,二年成都,而民五倍其初"(《吴越春秋辑校汇考》,第14页)。再玩味《蜀王本纪》成都事之"城果成"、《搜神记》马邑事之"城将成"、嘉靖《南宁府志》"城乃成"之语,颇疑"城"字从"土""成",正有可能是"土地形成"则人民得以聚居之意。"成都"就是修成都城之意,《太平御览》卷一六六引《史记》曰:"周太王逾梁山,之岐山,一年成邑,二年成都,故有'成都'之名。"④《太平寰宇记》卷

---

① 王钦若等编,周勋初等校订:《册府元龟》,凤凰出版社2006年版,第238、390页。
② 许慎撰,段玉裁注:《说文解字注》,上海古籍出版社1981年影本,第338、569、688页。
③ 司马迁:《史记》,中华书局1959年版,第33—34页。
④ 《太平御览》,第808页。按,今本《史记》未见此说,"史记"或为泛称,周太王即古公亶甫,事见上引《吴越春秋》。

七二亦称:"以周太王从梁山止岐下,一年成邑,二年成都,因名之'成都'。"(《太平寰宇记》,第3册,第1463页)尽管周原岐山并非蜀之成都,但"成都"之名当因修成都城而来,故《寰宇记》以太王"二年成都"事释"成都"县名。由此我们似乎可以明了:为什么鲧禹治水本是造地?为什么鲧禹治水时也作城?为什么大地昆仑具有都城特征?为什么"禹息"故城名称取自息土造地治水之义?为什么哥舒翰筑城名"应龙城"?以及此处之为什么应龙画地决水的同时也是"辟壤"拓土?总之,"应龙辟壤"是较为少见的说法,恰恰说明应龙画地助禹治水之说,实际上也是助禹辟壤造地的衍生神话。

如此说来,鲧禹始创大地,进而始作城郭,并在后世派生出治水或作城诸说,这些久远的传承都是有源流脉络可以寻绎的。这种脉络恰恰是应龙画地神话跟后世造城传说之间似乎已经断裂的逻辑纽带:大禹依据应龙画地而治水,后人依据动物示址而造城,二者间的关系必然是:治水实际是造地,造地也是造城,大地亦如都城(可以宅居处、都城居于地中);应龙是画地决水,也是辟壤拓土,或是筑造城郭,故依龙画而地成水治,循物迹而城成郭固。因此,如果能将后世造城传说溯源至鲧禹作城、治水乃至造地的神话,那么《天问》"应龙何画"文本确可参据这些"他校"式相关传承做出合理校释。

四、"鸱龟曳衔"的本相及其与"应龙何画"的关系

鲧、禹为父子,先后治水,或同用息壤,并作城郭,他们在治水或造地时也都得到了动物的帮助,跟应龙助禹一样,鸱龟也曾助鲧。此即《天问》应龙前节"鸱龟曳衔,鲧何听焉"的神话。

客观地说,联系造城传说解释《天问》鲧禹神话一节,并非我们的首创,但前贤未将其运用到应龙画地的禹事上,而是用在"鸱龟曳衔"的鲧事上。最早提出此说的当是周拱辰:

> 盖鸱龟曳衔，鲧障水法也。鲧睹鸱龟曳尾相衔，因而筑为长堤高城，参差绵亘，亦如鸱龟之曳尾相衔者然。程子曰："今河北有鲧堤，而无禹堤。"《通志》曰："尧封鲧为崇伯，使之治水，乃（与）〔兴〕徒役，作九仞之城。"又《淮南》云："鲧作三仞之城，诸侯背之。"《史稽》曰："张仪依龟迹筑蜀城，非犹夫崇伯之智也？"即其证。按，扬雄《蜀本纪》言："张仪筑成都城，依龟迹筑之。"……仪袭鲧智，大抵然矣。（《离骚草木史》，第111页）

这种联系其后为毛奇龄、蒋骥、屈复、朱亦栋、游国恩、闻一多等所继承。

按，古蜀成都确称"龟城"，古吴都（今江苏苏州）、南诏拓东城（今云南昆明）等亦取龟形，因为蜀王子流落至越南，彼地自古亦盛传金龟造城传说，同时，鲧禹亦确曾始作城郭。但后人依照龟迹或筑龟形之城，跟鲧治水之际的鸱龟曳衔仍然缺乏明显的联系，倒跟应龙画地更相近。甚至还有疑问：筑堤造城为什么一定是像鸱龟曳衔一样？后者的确切含义是什么？我们认为，周拱辰以来的这种解释尚需确证。

与鲧据鸱龟筑堤作城说相关联的，是古今盛传的鲧以填塞阻障之法治水的传说，鲧亦因逆水之性而遭殛杀，屡为后人所诟病，甚至被禽兽化、妖魔化。即如《天问》在鲧"永遏在羽山"后接叙禹事，亦有"洪泉极深，何以窴之？地方九则，何以坟之"两问（《楚辞补注》，第135页），注家也往往着眼于"窴"之填塞义、"坟"之高土义，批评禹亦不免障水，只是禹形象仍以正面为主。其实，治理洪水既有凿渠疏水之法，也还有筑堤防水之方，怎能一概否认鲧之堙塞，或疑禹亦障水？

应该注意到"窴"字还有放置、废止、处置义，为什么一定是指填塞呢？"坟"字确指高土，但也有隆起、升高义，重要的是：高山、高土从水中的上升隆起，恰恰是处置、消除洪水的自然方法，何曾有人为的垒山阻水之事？当然问题的关键还不在于鲧禹治水时在水平维度上对水性的顺逆，而在于治水的本相是立体维度上的水中造地，土从水出，地成而水平，土隆而水去。关于此点也还有一些注家能略得仿佛，如徐焕龙释窴洪："泛滥九年，洪泉极深矣，何以遂能位置之而安其条理？"①前述李陈玉释坟地："同一地方，禹则水落地出，遂为高坟。"钱澄之称："水落土出，则九州之川原，高下俱见，犹坟而起也。"这才是真洪坟地亦即从水中造地的神话原貌。

既然筑堤障水之说是造地神话的演化，或者阻挡、疏通皆可治水，那么鲧禹尤其是鲧也不该遭到责难。但历代注家往往囿于《天问》疑问体，多从怀疑、批判的角度理解，如本题中就对应龙神话、鲧听鸱龟、真坟洪水加以否定。这些否定意见主要从两个视角来观察：一是伦理视角，鲧成为负面角色，即使禹形象以正面居多，但称他亦曾填土；再如禹三十未娶，注家亦对《天问》中禹不顾洪灾急娶涂山做了无情的指责②。二是知识视角，如以应龙为神怪，以鸱龟为祟物（参下节），前述谭介甫更言"《天问》全篇是怀疑神话的"。可是，即就知识视角言，对于《天问》这种疑问体神话古史知识读本，能这样解读吗？再就伦理视角言，鲧的负面形象乃是神话思维的必要设置。之所以说"鲧窃帝之息壤"，不得三公还"欲以为乱"，其实是因为窃壤被殛的鲧，恰如基督教潜水造地神话中与上帝作对的撒旦：撒旦从水中带回泥土，却又暗中窃藏。这是神话思维中常见"二元论"（dualism）观念的产物，这种观念在神话宇宙论中尤其突出。就在《天问》鲧禹治水造地后，即有"康回凭怒，地何故以东南倾"之事，或以为康回即共工，或以为是先鲧治水者，姜亮夫乃证其为鲧③。即使此处康回不是共工，也还有另一个破坏者共工：恰如大地创造时有障水者，天地秩序造成后也有折"天柱"，绝"地维"的毁坏者，此即与女娲对立的共工，他同样是秩序与混沌、创造与毁灭的二元对立形象之一④。从二元对立角度看，即使没有窃壤堙水或违抗帝命的鲧，也要创造出一个对立者来。

---

① 徐焕龙:《屈辞洗髓》，引见游国恩主编《天问纂义》，中华书局1982年版，第101页。
② 参见《天问纂义》，第177—188页。又参拙文《试论作为望夫石传说原型的涂山氏传说》，《民族艺术研究》2003年第2期，参第44—45页。
③ 姜亮夫:《重订屈原赋校注》，天津古籍出版社1987年版，第283—285页。
④ 拙文《女娲补天神话的本相及其宇宙论意义》，《文艺研究》1997年第5期，第101—109页，参第106—107页。

舍弃筑堤作城或堙塞障水视角,"鸱龟曳衔"又当作何理解?

鸱龟之事似未见文献记载,学者因其无所考见而斥为荒诞怪魅,当以戴震《屈原赋注》初稿本所言为是:"鸱龟曳衔,盖古有是语,书阙未闻。"古今学者对鸱龟做了很多解说,或"鸱龟"相连,或分别作解。如有学者从治水关联与否角度以为龟即鳖[1],但撇开与洪水无关的鸱恐亦未当。又如从族群角度理解,把鸱龟落实为三苗集团的两个部落[2],或以为是尧子丹朱、傲氏族的图腾,此指二人为鲧出谋划策[3],大体都是历史化理解。重要的是,鸱、龟是否真为动物?在何种场合出现?所做究为何事?

马王堆一号汉墓T形帛画的出土,使这个问题有了新的方向。学者指出,帛画下部"两侧各绘一巨龟,口衔云气纹,背上立一枭",可能表现的是"鸱龟曳衔"[4]。"画中所见左右两只大龟,背上各蹲一鸱鸟,自是'鸱龟'无疑","龟口中衔着一枝芝草似的植物,枝茎垂曳,正与《天问》所云'曳衔'相符","两龟之间的裸体巨人应当是鲧","可以证明此处所画的神话图形与屈原所见者相同"[5]。这种解释已经被吸收进一些《楚辞》校注本[6]。当然也还有别解,其中反复论证的是太阳神话视角:鸱龟是在夜间将太阳从西方经由黑水运送到东方的使者[7]。这种观点也被吸收进《楚辞》注本[8]。且不论此说转折、跳跃过多,其最大症结在于作为太阳使者的鸱龟,无论如何难以与作为治水英雄的鲧发生联系。其说灵

---

[1] 金绍任:《〈天问〉"鸱龟曳衔"段新解》,《求索》1988年第3期,第85—88页。
[2] 马少侨:《"鸱龟曳衔":三苗集团佐鲧治水》,《贵州民族研究》1982年第4期,第27—29页。
[3] 龚维英:《〈天问〉"鸱龟曳衔"的底蕴》,《晋阳学刊》1994年第5期,第88—90页。
[4] 安志敏:《长沙新发现的帛画试探》,《考古》1973年第1期,第43—53页,参第49页。
[5] 马雍:《论长沙马王堆一号汉墓出土帛画的名称和作用》,《考古》1973年第2期,第118—125页,参第123页。
[6] 如蒋天枢:《楚辞校释》,上海古籍出版社1989年版,第184—185页;汤炳正等:《楚辞今注》,上海古籍出版社1996年版,第87页。
[7] 参王小盾(王昆吾)的长篇考论,见王小盾、叶昶:《楚宗庙壁画鸱龟曳衔图——兼论上古时代的太阳崇拜和生命崇拜》,《中国文化》1993年第8期,第49—59页;王昆吾:《中国早期艺术与宗教》,东方出版社1998年版,第41—64页;此据王小盾:《中国早期思想与符号研究——关于四神的起源及其体系形成》,上海人民出版社2008年版,第542—583页。
[8] 吴广平注译:《楚辞》,岳麓书社2001年版,第92页。

感当源于《天问》鲧事前承"角宿未旦,曜灵安藏"二句,实际上《天问》首问开辟,次问天空、日月,次问鲧禹治水,各为节段。前节夜间太阳"曜灵"跟下节治水之鲧绝无联系,而说者强为组合。

虽然也有学者否认帛画巨人为鲧,但其意见值得关注。如萧兵感到疑惑——"无奈帛画海洋部分实在不涉及伯鲧治水",所以帛画的"托地巨人实在更像海神禺强"。再据布朗族、彝族神话解释鸱龟:鳌鱼托地欲睡时,旁边的金鸡就啄它,不然就有地震(《楚辞与神话》,第84—88页)。萧兵结合地震神话解释鸱、龟并列是合理的,很多民族神话可以参证,但托地神非必是禺强。笔者在鲧禹造地论文中,也曾分析托地神话,以为托地神就是先前造地的鲧,即如《天问》所言"永遏在羽山",或如"鳌戴山抃"等。

现在看来,大部分学者主张帛画下部描写鸱龟与鲧的意见仍当保留。刘敦愿肯定帛画下部描写鸱龟与鲧事,唯鲧为何谋及鸱龟的缘由不得而知[1]。我们若从世界范围的潜水造地神话来看,鸱龟其实可与鲧发生关联。鸱龟所衔究为何物?笔者曾经在造地论文中提到是"从水中衔土"。玩味"鸱龟曳衔"句的核心词,除了动物鸱、龟外,反而动作行为的"衔"字应该值得注意。衔,有前后连接义,更常见的是口中衔物义。《释名·释车》:"衔,在口中之言也。"[2]毛奇龄谓"衔犹辔衔,以口相结衔"[3],即着眼于口衔。衔物当用口喙,不妨再看柳宗元《天对》:

> 盗埋息壤,招帝震怒。赋刑在下,而投弃于羽。方陟元子,以胤功定地。胡离厥考,而鸱龟肆喙?[4]

因为鸟兽虫鱼及人之口皆曰"喙",所以从潜水造地神话看,鸱、龟之"喙",正该

---

[1] 刘敦愿:《马王堆西汉帛画中的若干神话问题》,《文史哲》1982年第4期,第63—72页,参69—70页。

[2] 刘熙:《释名》,《丛书集成初编》影本,中华书局1985年版,第1151册,第121页。按,此条似未见于毕沅、王先谦《释名疏证补》(中华书局2008年版)。

[3] 毛奇龄:《天问补注》,《四库全书存目丛书》影本,集部,第2册,第146页。

[4] 柳宗元撰,吴文治等校点:《柳宗元集》,中华书局1979年版,第2册,第369页。

主要是鸱龟含衔息壤的所在,而鸱虽然也可如燕一般衔泥,但同时也是在啄击提醒托地乌龟或鳖。所衔者当非云气或植物,而就是帝之息壤,《拾遗记》所谓"玄龟负青泥"(参见下引)最为明证。所谓鲧窃息壤,实际也是鸱龟甚至是鲧(鲧死即化为三足鳖)听从模仿鸱龟相继入水含衔,鲧也从而有了拓展陆地即"定地"的最初材料。可以推知,《天问》鸱龟曳衔表现的正是潜水衔泥拓土造地的神话,是在息壤之外几乎被湮没的另一重要母题。从衔泥造地角度,针对鸱龟曳衔及帛画的这种理解,在持鲧禹造地说的神话研究者中,似仅有笔者及胡万川提及,而在帛画研究中似未见其例。

《天问》"鸱龟曳衔"与"应龙画地"两句之间有无关联?朱熹以为"详其文势,与下文应龙相类"(《楚辞集注》,第54—55页),张惠言《七十家赋钞》卷一说二事相若而有成败之异[①],张诗说鸱龟"如应龙之属"[②],闻一多亦称"鲧治水有鸱龟曳衔之异,禹治水有应龙画地之瑞,事属同科"[③]。但究竟是何种类似关系?应龙是以尾画地,也有学者说鸱龟"曳衔"是曳尾,如周拱辰等人说鸱龟是"曳尾相衔",但鸱龟曳衔中的"尾巴"似乎没有突出的表现。我们以为,"衔"是口喙衔泥,"曳"不过是牵引、拖拽泥土,合起来就是从水中衔引泥土,鸱龟协力创造并维护大地。

应龙、鸱龟两句的关系当在事件类同上,尽管一属鲧事,一属禹事,然皆为动物助人造地治水之事。《拾遗记》卷二记:

> 禹尽力沟洫,导川夷岳,黄龙曳尾于前,玄龟负青泥于后。玄龟,河精之使者也。龟颔下有印,文皆古篆,字作九州山川之字。禹所穿凿之处,皆以青泥封记其所,使玄龟印其上。今人聚土为界,此遗象也。(《拾遗记》,第37页)

在这里,黄龙曳尾指示决水之处,跟玄龟负泥拓展土地(而非加印于泥)发生了

---

① 张惠言:《七十家赋钞》,《续修四库全书》影本,第1611册,第9页。
② 张诗:《屈子贯》,《四库未收书辑刊》影本,北京出版社2000年版,第7辑,第16册,第32页。
③ 闻一多:《天问疏证》,生活·读书·新知三联书店1980年版,第29页。

前后相续的联系,都是治水中来自动物的襄助。"黄龙曳尾"属禹事中的"应龙画地",是以尾画指示决水之处,故能导川凿沟;"玄龟负泥"属鲧事中的"鸱龟曳衔",是以口喙衔负造地之泥,故所谓印文"作九州山川之字"。只是严格地从造地治水的创世程序看,倒该是玄龟负泥造地在先,黄龙曳尾导水在后,尽管造地治水之际往往也是水土相连的,恰如龟之取壤也可治水,龙之导水也可辟壤。

理清鲧事之"鸱龟曳衔"和禹事之"应龙画地"的本意是造地治水,以及二者间子承父业的关系,我们自然可以看到,《天问》鲧禹神话一节自"不任汩鸿,师何以尚之",至"鲧何所营,禹何所成",皆属鲧禹造地治水事。其下续以"康回凭怒,地何故以东南倾?九州安错?川谷何洿?东流不溢,孰知其故?"(《楚辞补注》,第134—135页)接言鲧禹造地治水以后的大地、水流情况。除应龙事非四句为节或有脱落外,鲧禹治水这一整个段落应该没有错简。我们也还可以看到,中国远古时代鲧禹取壤造地、地成水治、始作城郭的神话,跟后世依靠动物筑造城邑的传说之间,构成了一种源流相续、表里相符的久远传承。

本文原题《〈天问〉"应龙何画"节校释补正》,为2017年11月"屈原及楚辞学国际学术研讨会暨中国屈原学会第十七届年会"论文。后题《〈天问〉鲧禹神话考论》,先载于《文学遗产》2019年第1期,第17—29页,后转载于中国人民大学复印报刊资料《中国古代、近代文学研究》2019年第5期,第24—35页。为与发表文章一致,此稿主要是对注释体例做了统一。更为详细的长篇讨论见会议打印论文集,下册,第959—977页,其修订稿收入即将正式出版的会议论文集。

《逸周书·周祝篇、太子晋篇》和《荀子·成相篇》

杨宪益

近人研究古代民间歌谣和七言诗的起源的多只注意到《楚辞》,有时也注意到偶然留传下来的古代歌辞,如荆轲的《易水歌》,可是似乎都忽略了这几篇相当重要的东西,《逸周书》里的《周祝篇》和《太子晋篇》及《荀子》里的《成相篇》。从这几篇看来,不但后世的七言诗在西元前六、前五世纪早已萌芽,就是现在民间的莲花落、数来宝、渔鼓一类的东西在周代已经存在了。我们现在先由《逸周书》说起:

《太子晋篇》和《周祝篇》大概都是晋史所记载的民间文学,大概成于春秋末年,约当西元前六、前五世纪。《太子晋篇》记载师旷见太子晋的故事,全篇是散文,不过其中师旷与太子问答的话却是韵文;譬如说,篇中师旷初见太子晋时说:

  吾闻王子之语,高于太山;夜寝不寐,昼居不安;不远长道,而求一言。

太子晋也回答道:

  吾闻太师将来,甚喜而又惧;吾年甚少,见子而慑,尽忘吾其度。

以下两人一问一答的谈古代君子的品行,舜禹文武的道德,王侯君公的名称,又是三段韵文;最后师旷说:

  温恭敦敏,方德不改;闻物□□,下学以起;尚登帝臣,乃参天子,自古谁?

太子晋回答道：

> 穆穆虞舜，明明赫赫；立义治律，万物皆作；分均天财，万物熙熙，非舜而谁。

然后太子戏问道：

> 太师何举足骤？

师旷回答道：

> 天寒足跔，是以数也。

我们不必多引，就是从上录的几段里已可以看出两人的对话显然是以歌谣的方式进行着的。我们可以联想到现代在民间还存在的一些歌谣，如西南苗瑶的歌曲，和北方流行的《小放牛》：

> 天上梭罗什么人栽？地下的黄河什么人开？什么人把守三关口？什么人出家一去没回来？
>
> 天上梭罗王母娘娘栽；地下的黄河老龙开；杨六郎把守三关口；韩湘子出家一去没回来。

我们也可以联想到《楚辞》里的《天问》，可惜在现存的《天问》里，我们只有若干关于古代历史的问题，而没有它们的答案。显然的，这些东西都是属于同一类的民间文学。古代人每好以问答的方式传下来他们关于宇宙和人生的知识，因为这样较便于记忆；为了更便于记忆，他们又采取歌谣的形式。在文化比较落后的地域，因了民众知识的简单，这种文学形式被保留下来，于是我们今日还有一问一答的苗瑶歌曲和《小放牛》一类的民歌，而《逸周书·太子晋篇》《楚辞·天问》则是这种文学形式的最初记载。我们研究古代的"死"的文学，不可忘记它们与现在的"活"的文学是有着极密切而不可分的关系的。

其次，我们可以看出在这一篇东西里已存在七言诗的最初形式。大凡民间歌谣都有若干不必要的衬字。这篇里的若干句子一去掉衬字，便成了七言诗，"……乃参天子自古谁"已经是完整的七言了。"……万物熙熙非舜而谁"若去掉一个衬字也可以变成七言。《楚辞》里的《天问》也是一个很好的例子：

> 简狄在台誉何宜？玄鸟致诒女何喜？
>
> 师望在肆昌何识？鼓刀扬声后何喜？武发杀殷何所悒？载尸集战何所急？

这些句子都是完整的七言。其他的句子如：

> 遂古之初谁传道（之）？上下未形何由考（之）？冥昭瞢暗谁能极（之）？冯翼惟象何以识（之）？

若去掉一个衬字，则也变成了七言诗。《楚辞》里的《橘颂》也是一样：

> 后皇嘉树橘徕服（兮），受命不迁生南国（兮）。深固难徙更壹志（兮），绿叶素荣（纷）其可喜（兮）。

实际说起来，《诗经》里一大部分也有同样的倾向。

我们由此可以知道七言诗的形式并不是后世的创造，而在西元前六、前五世纪，或更早的时代，便已存在于当时的通俗文学里面，我们已知道七言也就是一个四言和一个三言句合成的。由此我们又可以发现一件有趣而相当重要的事实；就是现代通俗文学里最常见的句法，两个三言句和一个七言句，如一般"莲花落"里的句子：

> 来的巧，来的妙，老板开门我来到。

实际来源与七言诗相同，也是三言和四言句合成的，而且这种形式在周代民间文学里也已经存在。在《太子晋篇》里：

> 太师何举足骤？
>
> 天寒足跔是以数（也）。

去掉一个衬字，把前一句的六言当作两个三言读，便也成了三三七的形式。荆轲的《易水歌》更是一个显明的例子：

> 风萧萧（兮）易水寒，壮士一去（兮）不复还。

再如汉高祖的《大风歌》：

> 大风起（兮）云飞扬，威加海内（兮）归故乡，安得猛士（兮）守四方。

显然这些都是莲花落一类的东西。

《逸周书·周祝篇、太子晋篇》和《荀子·成相篇》

《周祝篇》，就内容看起来，是含有教训意味的民间作品。在这篇韵文里，七言句是更显著的被应用了：

凡彼济者必不怠，观彼圣人必趣时。石有玉而伤其山，万民之患故在言。

时之行也勤以徙，不知道者福为祸。时之从也勤以行，不知道者以福亡。

天地之间有沧热，善用道者终不竭。陈彼五行必有胜，天之所覆尽可称。

实际说，全篇所有的句子，把衬字去掉，差不多都是七言和三言句。前面提到的莲花落的形式在这篇里也被充分地利用：

角之美，杀其牛，荣华之言后有芧。

天为盖，地为轸，善用道者终无尽。地为轸，天为盖，善用道者终无害。

天为高，地为下，察汝躬矣为喜怒。天为古，地为久，察彼万物名于始。

左名左，右名右，视彼万物数为纪。

用大道，知其极，加诸事则万物服。用其则，必有群，加诸物则为之君。

举其修，则有理，加诸物则为天子。

《周祝篇》全篇用韵；朗诵起来，它给人的印象与通俗的莲花落或花鼓相同。显然地，当古代人朗诵这篇东西的时候，他们也必用着简单的敲击乐器，如小鼓或响板之类。古代的"祝"大概也就是唱数来宝或莲花落的职业乐人。

《荀子·成相篇》大概是荀卿晚年的作品，当成篇于秦始皇九年（西元前238）以后；因为在那一年李园杀春申君，而《成相篇》里则有"春申道缀"的话。《成相篇》是一篇与《周祝篇》大致相似的韵文，也是以三言和四言组成的莲花落一类的东西。在这篇韵文里，旧的莲花落形式变得整齐化，定型化了；全篇分为五章，每章换十一次韵，除去末一章多一韵，每一韵包含两三字句，一七字句，一十一字句，每句有韵，其十一字句或上八下三，或上四下七。下面是第一章：

请成相，世之殃，愚暗愚暗堕贤良，人主无贤如瞽无相何伥伥。

请布基,慎听之,愚而自专事不治,主忌苟胜群臣莫谏必逢灾。
　　论臣过,反其施,尊主安国尚贤义,拒谏饰非愚而上同国必祸。
　　曷谓罢?国多私,比周还主党与施,远贤近谗忠臣蔽塞主势移。
　　曷谓贤?明君臣,上能尊主下爱民,主诚听之天下为一海内宾。
　　主之尊,谗人达,贤能遁逃国乃蹶,愚以重愚暗以重暗成为桀。
　　世之灾,妬贤能,飞廉知政任恶来,卑其志意大其园囿高其台。
　　武王怒,师牧野,纣卒易乡启乃下,武王善之封之于宋立其祖。
　　世之衰,谗人归,比干见刳箕子累,武王诛之吕尚招麾殷民怀。
　　世之祸,恶贤士,子胥见杀百里徙,穆公任之强配五伯六卿施。
　　世之愚,恶大儒,逆斥不通孔子拘,展禽三绌春申道缀基毕输。

以下四章与此体裁完全相同,恐怕原来本是五篇。《荀子》里的韵文作品,除《成相篇》外,还有赋五篇,诗一篇。《汉志》著录《孙卿赋》十篇,显然就是指《成相》五篇与赋五篇而言,因为它们都是同一类的东西。胡元仪把《佹诗》一篇加在里面,与《汉志》赋十篇数目不符,而说:"今《汉志》云《孙卿赋》十篇者,亦脱一字,当作十一篇也。"这样解释实际是不需要的。

由《成相篇》的命名,我们可以看出这种体裁的通俗文学是怎样发源的。"相"字可能有两种解释:一是古代舂者的劳动歌。俞樾说:"此相字即'舂不相'之相。《礼记·曲礼篇》'邻有丧,舂不相',郑注曰:'相谓送杵声。'盖古人于劳役之事,必为歌讴以相劝勉,亦举大木者呼邪许之比。其乐曲即谓之相。'请成相'者,请成此曲也。《汉志》有《成相杂辞》,足征古有此体。"二是古代盲目职业乐人的歌曲。古代瞽师皆有相导的人名为"相",又名为"拊"。《周礼》:"大祭祀师瞽登歌,令奏击拊。"贾《疏》云:"拊所以导引歌者,故先击拊,瞽乃歌也。"《白虎通义·礼乐篇》引《尚书·大传》:"搏拊鼓振以康。"《明堂位注》云:"拊搏以韦为之,充之以糠,形如小鼓,所以节乐。"《乐记》云:"治乱以相。"注云:"相即拊也,亦以节乐,拊者以韦为表,装之以糠。糠一名相,因以名焉,今齐人或谓糠为相。"这样看起来,"相"是一个用以节乐的小鼓,而《成相篇》是拿着小鼓的盲目乐人所唱的歌辞,也就是凤阳花鼓、莲花落一类的东西。古代盲目的乐人名为瞽,大概就是因为他们拿着小鼓歌唱的缘故。《逸周书》中《太子晋篇》和《周祝篇》既是与《成相篇》一类的东西,当然也是古代瞽师传授下来的通俗文学。

　　总结上文,我们可以得到如下的结论:一、七言诗是直接由四言诗蜕变而成的,并不是先有四言诗,然后有五言诗,然后有七言诗。实际七言诗在西元前六、前五世纪便已开始了。汉初七言诗还很流行,汉高祖的《大风歌》,汉武帝的《秋风辞》《柏梁诗》都可为证。五言诗是汉末才开始流行的。二、七言诗与近代的弹词、地方剧、莲花落等通俗文学同出一源,都是由三字句和四字句组成的;而且弹词、莲花落等通俗文学,在形式方面说,恐怕还是比七言诗更为进步的,不过汉武帝时代以后,因了统治的阶级的反动,罢黜民歌,这种文学形式未能得到自然的发展,两千年不得抬头,才成为"不登大雅之堂"的通俗文学。五言诗的起源恐晚于七言诗。这与周末的新声大概有关,容另为文以论之。

　　原载杨宪益《译余偶拾》,生活·读书·新知三联书店1983年6月版

汉代经学、神学对辞赋文学的影响

姜文清

辞赋,是汉代文人文学创作的一种重要样式。汉初贾谊、枚乘的作品,继承屈原骚赋的传统,并开始向结构宏大转化;东汉中叶以后张衡、赵壹等的抒情作品,冲破思想控制,道出追求个性自由揭露黑暗的心声。这种作品在思想上艺术上都有一定的成就。但就"汉大赋"而言,司马相如、扬雄、班固等人的作品,虽在描写细致,铺陈宏大等写作手法方面有可取之处;同时对当时的社会生活有着从某种角度来说是有意义的反映,即客观上一定程度暴露了皇家的奢侈生活,表现了社会财富的丰盈和物质文明的进步,说明了劳动人民的高度的创造力。有一定的认识价值。但是这些赋立意于歌颂帝王,气格卑下,体制模式化,文字艰奥晦涩。对此历代文论家作家多有评说。刘勰认为是"洞入夸艳","理不胜辞";挚虞认为是"辨言过理","丽靡过美";朱熹认为是"能侈而不能约,能谄而不能谅","辞有余而理不足,长于颂美而短于规过"。都看得比较准确。可是对于缺点的成因,他们只是从作家个人品质和文体演变的情况中去找。刘勰说,"相如窃妻而爱金,扬雄嗜酒而少算","扬马之徒,有文无质,所以终乎下位"。朱熹说司马相如"阿意取容","可贱";说扬雄"专为偷生苟免之计",专事"摹拟掇拾"。这是很不全面的,也并未说中要害。

就是现在的一些文学史专著对这个问题,探讨得也比较空洞。如说:"阶级矛盾的缓和,社会经济的恢复和繁荣,以及统治阶级骄奢享乐风气的形成","引起社会生活和思想感情的变化,即由抒发个人的强烈的感情变为铺张宣扬统治阶级的华贵和享乐生活,由严峻的讽刺变为温和的讽谕劝戒"(游国恩主编《中国文学史》)。这样的说法,硬性把阶级矛盾的缓和、社会经济的繁荣,作为汉赋缺乏"先进的思想和强烈的感情"的第一性的原因,缺乏有说服力的论证。还有人从赋的名称意义谈起,从赋的来源着眼,归结到这种文体的性质,"决定了它不可能产生较有思想意义的作品"[①]。这种由名到实的研究,其结论肯定同样不能令人满意。

我们知道,文学的发展与社会经济的发展不是成正比的,给予文学直接的重大影响的首先是政治,其次还有哲学、宗教等意识形态。我认为,既然"政治是经济的集中表现",既然"任何一个社会的统治思想都不过是统治阶级的统治思想",那么在研究一个时期文学情况的时候,就必须充分注意到:作为意识形态的文学,其成败兴衰和统治阶级的统治手段、文化政策,所推行的哲学、宗教,有密切的关系。所以,要弄清汉赋毛病的成因,就应充分注意到当时这一关系的状况。

一

汉代,特别是汉武帝以后,封建统治的理论基础是"六经"(儒家的诗、书、礼、乐、易、春秋),最显赫的学术是经学。读经、讲经、引经据典行事的风气盛大,一部经书解说至百余万言,大师们的数目多至千余人。文人以经学为业,相竞以经学博士为进身之阶(见《汉书·儒林传赞》)。"汉大赋"就是在这样的空气中发展兴盛起来,它被打上了重重迭迭的儒术、经学的烙印。刘勰在《时序》篇中说:"逮孝武崇儒,润色鸿业,礼乐争辉,辞藻竞骛。"直到东汉"中兴以后,……华实所附,斟酌经辞,盖历政讲聚,故渐靡儒风者也",正说明了这种情况。

---

① 见《文学评论丛刊》1979年第三期曹道衡《试论汉赋和魏晋南北朝抒情小赋》。

经学对辞赋文学有巨大的侵蚀力,是由它的特质所决定的。首先,它和封建帝王的统治权术紧紧地结合在一起,处于压倒一切的独尊地位。汉初,高祖刘邦就用叔孙通治定"朝仪",用儒经的那套"礼"来"守成",巩固皇权统治。到武帝刘彻,这一权术被用到登峰造极的地步。当董仲舒献策说"诸不在六艺之科,孔子之术者,皆绝其道,勿使并进"时,武帝一面擢他为最优,一面将治商鞅、韩非的刑名之学,习苏秦、张仪的纵横之言等诸家,以"惑乱国政"为罪名,一概黜斥。之后直到东汉,经学有盛无衰,"光武中兴,爱好经术"(《后汉书·儒林传赞》),章帝大会诸儒于白虎观,讲论五经异同,集其大成。可以说从武帝以后,没有任何思想潮流能起而和经学较短长的。

其次,经学成了社会生活、文化活动的重心,经书成了文人的思想的模范,行为的准则。"幼童习艺,白首穷经",文人的一生泡在经书中;"议礼、制度、考文,皆以经义为本"。具体的做法是"以《春秋》决狱,以《禹贡》治水,以三百五篇当谏书"(清·皮锡瑞《经学历史》)。皇帝做出示范,下诏书、制诰,每每援引经义,如武帝建元三年立皇后卫氏诏:"朕闻天地不变不成施化,阴阳不变,物不畅茂,《易》曰:'通其变使民不倦。'《诗》云:'九变复贯,知言之选'……"元帝初元元年诏:"……《书》不云乎:'股肱良哉!庶事康哉!'"群臣文章奏议对答,更是非援引经义不可。

再其次,经学和仕途紧密地联系在一起,要做官就要学经,学经就是为了做官。学经可望求得立为博士,博士年俸六百石,内迁可以为常奉、侍中,外迁可以为郡国守相、诸侯王太傅等职,"秩卑而职尊",人人垂涎这一仕官通途。

上述情况,构成了有力的思想控制和强烈的诱惑,从事辞赋创作的文人是难以不落经学罗网的。作赋者或身兼经学家,或是经学家动手作赋。司马相如,《史记·本传》未记他的学经、治经的事,这恐怕是和司马迁不重视经学活动有关。但是据《汉书·地理志》:"景武间,文翁为蜀守,教民读书法令,……文翁倡其教,相如为之师。"再据《三国志·秦宓传》:"蜀本无学士,文翁遣相如东受七经,还教吏民,于是蜀学比于齐鲁。"可以看出他是娴习经学的。扬雄从小就喜好经书,后又仿《易》作《太玄》,仿《论语》作《法言》,自称写作宗旨是"文之以五行,拟之以道德仁义礼知","要合五经"(《汉书·扬雄传》)。在班固《两都赋》序举出的辞赋家中,除东方朔、枚皋是被"优倡蓄之",不见治经业绩外,倪宽是《尚书》博士,孔臧"代以经学为家";董仲舒是公羊春秋大师,汉五行化经学开创者;萧望之被称为"五经名儒";刘向是著名的今文经学家(以上均见《汉书》本传或《儒林传》)。班固本人也是深通经学的,曾编辑白虎观论讲经义为文集。这些经学家造作辞赋,必然执意"游文于六经之中,留意于六艺之际",使赋的思想内容和自己的政治哲学观点吻合。

从西汉武帝年间到东汉和帝年间,共约二百五十年,正是所谓"经学昌明时代"和"经学极盛时代"(见《经学历史》)。其间产生的赋约七百多篇,作家六十余人(据《汉书·艺文志》)。而至今尚存的赋,不过近三十篇(据明胡应麟《诗薮·杂编卷》)。百分之九十五以上湮灭不传。是何原因呢?只要看看尚存的赋的思想内容就可以推知了。现在我们能读到的这些赋几乎总是把经义作为作品的灵魂核心,又常常直接地做宣讲。班固《两都赋》"且夫建武之元,天地革命,四海之内,更造夫妇,肇有父子,君臣初建,人伦实始",以及"克己复礼,以奉终始……案六经而校德,眇古昔而论功,仁圣之事既该,而帝王之道备矣"。这是套用《尚书》《周易》《论语》中的话,吹捧皇帝有开天辟地、再造万物之功。司马相如《上林赋》"游乎六艺之囿,驰骛乎仁义之涂,观览春秋之林,射狸首,兼驺虞""修容乎礼园,翱翔乎书圃"。这是既宣扬六经礼教作用,又颂扬皇帝崇儒的功德。扬雄《羽猎赋》"立君臣之节,崇贤圣之业",不过是"君君臣臣""君为臣纲"的经义说教。汉赋总是在这些观点的指导下歌颂皇帝、赞美经书的。

经学也影响到当时的文学理论,其主要表现在文艺批评标准和文艺功用两点上。王逸评屈原赋合于经义,说"《离骚》之文,依五经以立义";班固以为不合经义,说屈原"露才扬己",等等。扬雄提出"众言淆乱,必折诸圣",六经孔子成了文艺批评的标准。至于文艺的功用,班固提出赋要"抒下情以通讽谕,宣上德而尽忠孝,雍容抑扬,著于后嗣,抑雅颂之亚也"。扬雄把赋能为"孔氏之门"所用,作为最高荣耀。赋家们的文学观,都是从经术中生发出来的,他们把辞赋创作看成是"通经致用"的一种表现。

  在语言文字运用和结构安排上,经书也给了辞赋巨大的影响。经学是典型的繁琐哲学,经学家们皓首穷经,案牍劳形,以经书解经书,用僻字注怪句,看来洋洋大观而实际上空洞无物。有的经学家解释《尚书·尧典》篇名两个字就用了十万言,注释一开篇"曰若稽古"四个字就用了三万言(见刘光澜《汉晋学术编年》)。一方面迷信繁琐,穿凿附会的学术文化空气浓重,再加上武帝时,"鲁恭王坏孔子宅而得《礼记》《尚书》《春秋》《论语》"等古文写成"壁中书","诸生竞逐说字解经义",文字之学成了"经艺之本",一时大盛(以上引文见许慎《说文解字叙》)。给予赋家们的影响,就是注重文章的古奥,以篇章冗长为高,同时在文章中卖弄文字学的知识。司马相如、扬雄,既是"汉大赋"的主要作家,又是文字学的专家,各作有《凡将篇》《训纂篇》等字书。他们竭力把奇字搬到赋中,"诡势瑰声,模山范水,字必鱼贯","丽淫而繁句"(《文心雕龙·物色》)。搞得晦涩难读,迄同字书。就是著名才子曹植、博学的王充也感到不可卒读。曹说:"扬马之作,趣幽旨深,读者非师傅不能析,其辞非博学不能综其理,非唯才悬,抑亦字隐。"[①]王说:"扬马之作,文丽而务巨,言眇而趣深。"[②]这些评断是很公允的。试看下面的例子:

  扬雄《甘泉赋》写祭坛之高:"崇崇圜丘,隆隐天兮,登降峛崺,单埢垣兮。增宫嵾嵯,骈嵯峨兮,岭嶃嶙峋,洞无涯兮。"

  班固《西都赋》写鸟:"鸟则玄鹤白鹭,黄鹄鹅鹳,鸧鸹鸨鶂,凫鹥鸿雁。"

  司马相如《上林赋》写水:"沸乎暴怒,汹涌澎湃。滭弗宓汩,偪侧泌㶁,横流逆拆,转腾潎洌,滂濞沆溉。"

  这样的堆列法,怎能不叫读者生厌呢?

[①] 转引自台北开明书局1971年版华仲麐《中国文学史论》。
[②] 转引自复旦大学编《中国文学批评史》。

另外,关于汉赋结构形式上的两个明显套路:一是主客问答展开下文,然后到主人严然训斥教诲而宾客唯唯恭听;一是东西南北八方铺陈。两者也不尽然是楚辞及战国策士的游说谈风影响所成。经书中多有这种模式,主客论对的鼻祖是《论语》,训斥教诲的先师是《尚书》中圣王贤哲们的那些诰誓告诫。前者娓娓动听地谈理,后者振振有辞地发论,正切合汉赋为"讽谕"而叙事,目的在说理的风习和需要。试抽《论语·季氏篇》季氏将伐颛臾一段,孔子逐一驳回冉有、季路看法的对谈和《子虚》《上林》赋中子虚、乌有、亡是公三人的对答做比较,从谈话主题上,都是对"礼治""仁义"的发扬,从形式上看,都是突出一个人的看法,而以其他人的说法为铺垫。再试抽《尚书·无逸》和《东都赋》做一比较:周公对成王的反复告诫开导和东都主人对西都宾的层层教诲,在谈风、口气上也颇相匹俦。既然屈宋之作中的对答和战国策士的谈风能给汉赋以影响,那么作为当时显学的经书中的样板,又怎么会不引起汉赋的效法呢?另外,当时"论讲经义"盛行,汉武帝叫瑕丘江公与董仲舒论讲《春秋》,"江公讷于口","不如仲舒","于是上因尊公羊家,卒用董生"。汉宣帝"甘露三年三月,诏诸儒讲论五经异同","上亲称制决焉"(均见《汉书·儒林传》)。这种由皇帝坐镇评定甲乙的论讲风气,更必然引动赋家们的"灵感",用时髦的论对开启和收结他们的"铺采摛文"。

八方铺陈的方法,在《尚书》《礼记》中就用得很得力了。如《顾命》篇描述召公等谒太庙的情况:"……陈宝赤刀大训弘璧琬琰在西序,大玉夷玉天球河图在东序,胤之舞衣大贝鼖鼓在西房,兑之戈和之弓垂之竹矢在东房,大辂在宾阶面,缀辂在阼阶面,先辂在左塾之前,次辂在右塾之前……"

《礼记》述周公朝会诸侯的情况:"……天子负斧依,南乡而立。三公,中阶之前,北面东上。诸侯之位,阼阶之东,西面北上。诸伯之国,西阶之西,东面西上。诸子之国,门东,北面东上。诸男之国,门西,北面东上。……"

这和汉赋的"其山","其土","其东","其南"……;"于是乎","于是乎"……的排列法,何其相似乃尔!两者的共同特点是:注重写明方向位置顺序,而不是为生动具体地描绘事物;呆板地进行叙述,没有重点,缺乏取舍。汉赋做的不是像《楚辞·招魂》那种充满想象、感情飞腾的铺陈,做的是板着脸的铺陈,这和经书是完全相同的。

我们可以看出,汉代经学和仕途结合,经学压倒一切,经书指导一切,给文人思想戴上了一个紧箍,使"百家腾跃",变成"终入环内"。赋家们不是从社会生活实际出发,而是按经书办事,按经学倡导者皇帝的眼色行事,由此来观察叙述评价一切,习惯于沿袭、模拟而缺少变化,没有个人感情,没有作者自己的思想,而是"性情古,义古,字古,音节古,笔法古"(清·刘熙载《艺概·赋概》),古就古在"要合五经"上。以经书为思想基础,不敢越雷池一步,在形式上向经书看齐,不分好坏,一概效仿,形象思维的光彩消遁,作品风格个性丧亡,这就是经学给汉赋造成的不良影响。

二

汉代经学大盛,是和当时皇权专制的加强分不开的。孔丘儒学本来就倡导封建等级制,用"礼"和"义"规定"下"不能犯"上",为统治阶级服务。董仲舒的阴阳灾异学说和五行学说,广泛地对经书,特别是对《春秋》予以附会,使儒学蒙上了浓厚的迷信色彩,使它起着宗教性的作用,为皇权服务,为神化皇帝效力。

中国封建时代的帝王,集生杀予夺的大权于一身,秦汉以来,更通过方士和儒生的百般粉饰,画上灵光,以神自居,以"天"在人间的代表自居,更放肆地作威作福,凌驾一切,操纵一切。儒家经典中本来就有一些可资他们利用的东西,试看:

> 君天下,曰天子,……崩,曰天子崩,复,曰天王复。告丧,曰天王登殿,措之庙,立之主,曰帝。(《礼记·曲礼下》)

> 皇天上帝,改其元子。(《尚书·召诰》)

将君王说成上天之子,把"天子"和古代人心目中的神——"帝"联系起来,把改朝换代,说成上天换他们的长子。

"景武之世,董仲舒治公羊春秋,始推阴阳为儒者宗。"(《汉书·五行志》)阴阳五行化经学,它的求雨止雨法,它的推言灾变预兆,它的以天为有意志、有德行的动机的理论,它的君权神授的思想,开启了迷信鬼神的大门,神仙方术和妖妄的谶纬说很快昌盛起来。汉经学已经出脱了哲学的范畴而向宗教演化,虽然由于种种原因未能完成这个演化过程,但它具有浓厚的宗教色彩是确然的事实。侯外庐先生在《中国思想通史》中用"神学"这一个词来界说它是比较准确的。

董仲舒神学声称:"天者百神之大君也。"(《春秋繁露·郊语》)皇帝代天施政,天有春天,皇帝有仁义;天有夏天,皇帝有恩德;天有秋天,皇帝有刑杀(见《汉书·武帝纪》建元元年,董上"天人三策")。又说:"受命之君,上天之所予也"(《深察名号》),"王者承天意以行事"(《举贤良对策》)。这样就把封建国家制度,特别是把皇帝神圣化了。他们恪守"天则不言而信,神则不怒而威"(《礼记·祭义》)的信条,为了皇帝的"信"(叫人崇信)、"威"(叫人害怕)而搬天弄神,极力宣传。文学也被要求"美圣德之形容,以其成功告于神明"(《诗大序》);"兴废继绝,润色鸿业",写"福应""祥瑞",颂歌"荐于郊庙"(《两都赋序》)。颂神就是颂皇帝,颂皇帝就是颂神,文学成了皇帝的祭物,皇帝成了"与众不同的存在物,而且还是被宗教神化了的,与天国和上帝直接联系着的存在物"(马克思《论犹太人问题》)。皇帝成了文学的中心,这就是汉代封建皇权利用神学对文学做出的控制。现将这种情况做具体分述:

(一)对皇帝的神仙般生活的"劝白"与"讽一"

皇帝的豪华享受,本是由"礼"和"制度"合法化了的。《史记·礼书》载:"……故天子大辂越席,所以养体也,侧载臭茝,所以养鼻也,前有错衡,所以养目也,九旌九旒,所以养信也,寝兕持虎,鲛韅弥龙,所以养威也。"班固《两都赋序》:"京师修宫室,浚城隍,起苑囿,以备制度。"而且这些享受是皇帝一人独有的。"缘饰以儒术""曲学阿世"的丞相公孙弘说"人臣病不节俭,人主病不广大",为皇帝的奢华制造根据。

汉皇帝倡导用文学形式来歌颂他们的华贵生活，武帝所下制书有称："及至周室，设两观乘大辂，朱干玉戚八佾陈于庭而颂声兴。"《汉书·宣帝纪》载："宣帝颇好儒术，王褒与张子乔等，并待诏，所幸宫室，辄为歌颂，第其高下，以差赐帛也。"又《汉书》："王褒，字子渊，上令褒待诏，褒等数从猎，擢为谏大夫。"（引自《文选》注）或是引古明今做出命令，或是用赏赐和加官进爵的办法，目的都是叫文人来歌颂他们，把"郑声施于朝廷"（《汉书·礼乐志》）。

《文选》所载汉赋共二十篇，描写歌颂帝王生活——宫室田猎之事的就有十四篇。马、扬、班固的作品绝大多数都是写的这方面的内容。班固《西都赋》："及至大汉受命而都之也，仰悟东井之精，俯协河图之灵"，"天人感应，以发皇明，乃眷西顾，实惟作京"。用"天人感应"说神化皇帝和所居住的京城。这篇赋描述皇帝宫室，"体象乎天地，经纬乎阴阳，据坤灵之正位，仿太紫之圆方"，尽力写出它们和天地星辰的神秘的联系，并说这是仙人居住的地方，"庶松乔之群类，时游从乎斯庭，实列仙之攸馆，非吾人之所宁"。《东都赋》进一步写到"建章甘泉，馆御列仙""灵台明堂，统和天人"，歌颂皇帝的仙家生活。司马相如、扬雄的赋，深得"礼治"的三昧，用等级观作掩饰，做"劝百讽一"的把戏。扬雄的《羽猎赋》颂扬皇帝"丽哉神圣，处于玄宫，富既与地乎侔訾，贵正与天乎比崇"。铺写校猎场面，用尽华词丽句，夸耀皇帝的威风，末了加上几句古圣贤的劝谏，说要"醇洪畅之德，丰茂世之礼"，按"礼"来行事。司马相如《上林赋》大写皇帝的宫室田猎、酒宴女色的享乐，结尾时皇帝却幡然醒悟，觉得太奢侈了，不利于"顺天道以杀伐"，有碍于"继嗣创业垂统"。傅毅的《舞赋》把游宴声色，看作是皇帝与神仙共享的，写到"夫咸池六英，所以陈清庙，协神人也""天王燕胥，乐而不泆，娱神遗老，永年之术"。

赋家们歌颂皇帝，虽糅杂上一点"讽谏"，而绝大的成分是敬之为神。他们所作的这些赋，大写皇帝宫室的华丽广大，田猎行巡时的万众簇拥，威风无比，宴游歌舞的富丽堂皇，文治武功的赫赫辉煌，用尽"架虚行危""道出奇怪"的方法,造成"似不从人间来"(《艺概·赋概》)的颂神曲;"曲终奏雅"的一点"讽谏",只不过是点缀上一点通过经学而承传下来的原始儒学的"礼治"说教和"主文谲谏"的文章道统而已。董仲舒说:"天令之谓命,命非圣人不行,……是故王者上谨于承天意以顺命也,下务明教化以成性也。"这种理论被赋家们接收到赋中。"劝百"是把皇帝当作神来歌颂,"讽一"是把皇帝看成是君主来劝谏。汉代神学的"天人合一":皇帝既是人间最高统治者,又是上天的代表者的理论,在这些赋中得到完全实现。

(二)把皇帝和神仙直接同化

汉高祖刘邦是第一个以神自居的汉代皇帝。《汉书·郊祀志》载:"帝东击项羽西还,入关,问故时上帝祠何帝也,对曰:'四帝,有白青黄赤帝之祠',帝曰:'吾闻天有五帝,而四,何也?'莫知其说,于是帝曰:'吾知之矣,乃待我而五也。'乃立黑帝祠。"《史记·历书》:"汉兴,高祖曰:'北畤(指黑帝祠)待我而起。'亦自以为获水德之瑞。"古人认为主宰天地万物的神灵是"太一","太一"以下就是"五帝",黑帝本是主水德,而水德本是秦始皇以为自己所秉承的。现在刘邦"抢取了秦人的上帝,把自己钦定为黑帝而与原来的白青黄赤四帝相配"(侯外庐《中国思想通史》),就将刘家的神统开创了出来。"孝文十六年,起渭阳五帝庙,祭泰一地祇,以高祖皇帝配。""孝武元鼎五年,立泰祠于甘泉,亦以高祖配。"(均引自《汉书·郊祀志》)"孝平元始四年郊祀高祖以配天,宗祀孝文以配上帝"(宋·徐天麟《西汉会要》)。一直香火不断,有增无减。汉武帝"尤重鬼神之事"。他的迷信活动,主要就是封禅、郊祀、求仙三种。"封"是上泰山祭天,"禅"是在梁父山祭地,表示"受命于天";"郊祀"就是设坛祭天神"泰一",设"后土祠"祭地;"求仙"包括宠信方士,召求鬼神,炼丹砂黄金,入海求仙药,等等。此风一开,一直到东汉末,几乎一直充斥着这类荒诞的迷信活动。

汉代帝王靠董仲舒五行化经学,"天人感应"说为自己画灵光,起用五花八门的方士骗子,摄取种种的迷信神异说,集成空前的造神尊神运动,居于这一运动的中心而日趋神化的就是皇帝本人。大批辞赋家被纳入庙堂写作班子,写颂神曲。"武帝定郊祀之礼,乃立乐府","多举司马相如等数十人,造为诗赋"(《文选·两都赋序》李善注引《汉书》)。

另外,这种尊神运动来头、风势甚大,顺之者昌,逆之者亡。方士少翁、栾大,受赏赐巨万,官拜文成、五利将军,娶公主为妻(见《史记·孝武本纪》)。非议者如夏侯胜,顿遭下狱。丞相稍不能曲承上意,方士求神一有不灵验,立见诛杀。一方面是利禄的引诱,另一方面是威刑的恫吓,文人们的私作当然也是写颂"神"的辞赋为妙。

《史记·司马相如列传》:"天子既美子虚之事,相如见上好仙道,因曰:'上林之事未足美也,尚有靡者,臣尝为《大人赋》,未就,请具而奏之。'相如以为列仙之传居山泽间,形容甚臞,此非帝王之仙意,乃遂就《大人赋》。"这一段记载,颇典型地反映了汉辞赋家阿谀上意,自觉不自觉地造作神仙题材的辞赋以神化皇帝的情况。在《大人赋》中,司马相如尽情设想"大人"(亦即天子。传文注引,张揖云"喻天子",向秀云"圣人在位,谓之大人。")"轻举而远游","载云气而上浮","驾应龙象玙",往来四极,入帝宫载玉女,偕西王母游的景况。完全是一派浮艳虚华的无稽之谈,然而,汉武帝"大悦,飘飘有凌云之气,似游天地之间意"。

扬雄随汉成帝郊祀甘泉宫,作了《甘泉赋》,这次郊祀的目的本是成帝祭神以求子,但扬雄却把人求神祐写成"神"请神助,用了所谓"尊天而怀柔百神"的方法,具体来说就是:用惊人的夸诞把甘泉宫写成"帝居""天庭";把恶鬼小仙小神驱来作皇帝的侍从、附庸;最后皇帝和天神相聚。

"曳红彩之流离兮,飚翠气之宛延""扬光曜之燎烛兮,垂景炎炎炘炘,配帝居之悬圃兮,象泰一之威神",这样的句子已出脱了描绘宫观之伟丽,达到了将它们仙境化、神异化的地步。

"属堪舆与璧垒兮,捎夔魖而抶獝狂","八神奔而警跸兮,振殷辚而军装","虽方征侨与偓佺兮,犹仿佛其若梦"。堪舆即是天地,夔魖獝狂俱是传说中的鬼魅,征侨、偓佺都是传说中的仙人。这几句主要写皇帝出行有鬼神随,居处令仙人惊。

最后"开天庭以延群神"。有这样大的神通,是因为"上天之载(事也),杳旭卉(幽昧也)兮,圣皇穆穆,信厥对兮(《文选》注:对,配也。"能与天相对配也")"皇帝和天是居于相等的地位。神来助祐皇帝,成当然中之事了。

司马相如在赋体的《封禅文》中,迎合武帝行封禅大典以神化皇权的心理,列举汉兴以来的福应瑞祥:"一根稻草长了六个穗,两个牛角只有一个根,在岐山得了周鼎,在大泽得了黄帝的神龙马,神仙成朋友,住在皇宫里。"这些说法,把皇帝和神仙同化。

东汉明帝把他父亲光武帝刘秀与天神并祭。《东观汉记》载:"明帝宗祀五帝于明堂,光武皇帝配之。"班固就把这件事写在《东都赋》中:"上帝宴飨,五位时序,谁其共之,世祖光武。"高歌陈唱,神化皇权,以巩固其统治——叫"普天率土,各以其职",小心顺服。

鉴于目前存留汉赋的篇目有限,谶纬说只见零星地窜入赋中,如在班固的《两都赋》里就可以发现,汉赋留下迷信瘢痕,主要是由于五行化经学和神仙方术的戕贼。五行化经学和神仙方术,是汉代神学的异源同流的两个分支。前者缘饰以天、地、人、金、木、水、火、土等传统原始唯物论所用的哲学术语,而实质上偷换了概念的内涵,虽名誉上是谈经,实质上却贩卖天神和君主意志相通,身分相同的货色;后者是赤裸裸的神异迷信,兜售服食成仙、飘忽云游、长生不老等妖言邪说,充当皇帝自我陶醉的醴酒。前者以"国学"的身份在政治上得宠,再通过赋(同时也通过诗和乐)进入皇帝的宫廷生活;后者以皇帝玩物的身份而在政治上得宠,再流荡到赋家的笔下,摇身变作文学形式的宫廷花瓶。可以说,是赋把这两者以更具魅力的形式捧献给皇帝的。在写祭祀先皇、神统递代的时候,在写皇帝的将长生不老的时候,赋家是把皇帝的人的属性全部粉饰干净了,只是竭力宣扬皇帝作为"神"的永存性和尊贵威严,以及飘忽飞升不受时空羁拘的"仙意"。这是和当时皇帝重方士、求仙道方针的直接应合,是体现了董仲舒神学体系的实质,公然地撇开了他用作掩饰的哲学外壳,想因此而加倍地得到皇帝的欢心。

汉代经学中的显贵——《公羊春秋》中有这样一段话:"京师者,天子之居也。京者何,大也;师者何,众也。天子之居,必以众大之辞言也。"神学大师董仲舒在《春秋繁露·离合根》中说道:"天高其位而下其施,藏其形而见其光。""为人主者,法天之行",故"尊""仁""神""明"。这两段话,可以说是汉代经学神学在尊崇封建帝王、神化皇权方面的有代表性的言论。它们的精神实质是相通的,把它们的要领聚在一起,正好可以得出一把打开汉大赋古奥神异大门的钥匙,这把钥匙就是:汉大赋总是以"众大之辞"来歌颂封建帝王的"尊""仁""神""明"。

抓住了这把钥匙,就能知道汉大赋为什么要这样写,为什么会写成这般模样。唯其如此,也就可见汉大赋受当时的经学、神学的影响是何等之深。毒化汉大赋的就是在大规模掀起经学高潮的基础上应运而昌的阴阳灾异,天人感应,神仙方术,繁文琐句,循旧保守,呆板沉闷种种邪说陋风。前三种尽力化为汉大赋的灵魂,后三样拼命涂抹它的容妆。这就是汉大赋缺乏先进的思想和艺术魅力较差的原因。

原载《文学遗产》1981年第3期

简论汉儒《诗经》诠释的价值取向

孙兴义

一

秦王朝由于"仁义不施"而导致的迅速灭亡,给新起的汉王朝以深刻的历史教训。因此,汉王朝统治者得天下之后,即在观望和权衡中逐步推行先秦儒家礼乐教化的德治路线;再加之统治者为了巩固和增强自己的政治权威而开展的造神、造教运动,遂使得这一时期中国学术的主流变成了"神学化的经学"。此一思想路线,由董仲舒《春秋》公羊学发其端,其他如《诗》《书》《易》等今文经学继起而辅之,"最终促进了儒学由一个学派的学说迅速发展成为一种普世的学说,在思想界占据了确然不拔的地位"[1]。此一思想氛围造成了汉儒独特的《诗》诠释的价值取向。正如张国庆教授所指出的那样,汉代诗歌理论的思想性质具有鲜明的汉代儒学特征,是此前儒家社会政治思想、美学与文艺思想和汉代的政治历史情况及社会思潮相结合的产物[2]。

然而,儒学此一权威地位之获得,确也经历了一个相当复杂的过程。汉王

---

[1] 姜广辉:《传统的诠释与诠释学的传统》,载《经学今诠初编》(《中国哲学》第22辑),辽宁教育出版社2000年版,第7页。
[2] 参阅张国庆:《论儒家诗教的思想性质》一文,载其所著《中国古代美学要题新论》,中国社会科学出版社1994年版。

朝建立伊始，经历秦末的战乱，百废待兴，人民需要休养生息，故此时之政治措施仍以"清静无为"的黄老之学为主。汉高祖刘邦本不喜儒生，故其有溺儒冠之举、斥《诗》《书》之语①；但他又从秦亡的惨痛教训中意识到，国家的治理又不可专任刑法，长治久安尚须"行仁义、法先圣"。儒家思想由此而逐步受到人们的重视。接着，汉惠帝又废除秦王朝禁止挟书的律令，文化由此开始复兴。这样，经过一段时间的"磨合"，到了汉武帝时，终于采纳董仲舒的意见，开启"罢黜百家，独尊儒术"的先河，确立了儒学官方哲学和意识形态的至尊地位。此一转变乃中国思想史上之大事，其意义非同小可——从此以后，在中国古代社会中，具有民主思想的儒家学说便与大一统的极权政治之间产生了既合作又对抗、既依赖又独立等多重复杂而微妙的动态关系，中国士人的为学与为官、治学与治国便紧密地以"学而优则仕"的方式联系在一起了。建元五年(公元前136)，武帝的立"五经"博士，标志着经学的正式确立，"自武帝立五经博士，开弟子员，设课射策，劝以官禄，讫于元始，百有余年，传业者浸盛，支叶蕃滋，一经说至百余万言，大师众至千余人，盖禄利之路然也"②。从此以后，经学几乎成了儒学的代名词，儒学与经学结下了不解之缘。

二

《诗经》学到了汉代又呈现出另外一番风貌。就其外部形态而言，这时的《诗经》学已发展成为一门分工极为细密的专门学问，研治《诗经》不单是学问中事，而且还是一种与利禄之门紧密相联的手段。这与先秦片言只语式的、学在布衣的《诗经》研究大不相同。班固对当时的学风有如下评论：

---

① 《汉书·郦食其传》："沛公不喜儒，诸客冠儒冠来者，沛公辄解其冠，溺其中，与人言，常大骂。"《汉书·陆贾传》载，陆贾经常在高帝面前称说《诗》《书》，引得"高帝骂之曰：'乃公居马上得之，安事《诗》《书》。'"

② 班固：《汉书·儒林传》。

> 古之学者耕且养,三年而通一艺,存其大体,玩经文而已,是故用日少而畜德多,三十而五经立也。后世经传既已乖离,博学者又不思多闻阙疑之义,而务碎义逃难,便辞巧说,破坏形体;说五字之文,至于二三万言。后进弥以驰逐,故幼童而守一义,白首而后能言;安其所习,毁所不见,终以自蔽。此学者之大患也。①

《诗经》学也不例外,先秦那种对之"存其大体,玩经文而已"的研究思路在此时已不复存在,代之而起的,是"说五字之文,至于二三万言"的章句之学的兴盛。清代今文经学大师皮锡瑞在其《经学历史·经学极盛时代》中评价道:

> 凡学有用则盛,无用则衰。存大体,玩经文,则有用;碎义难逃,便辞巧说,则无用。有用则为人崇尚,而学盛;无用则为人诟病,而学衰。汉初申公诗训,疑者弗传;丁将军易说,仅举大谊;正所谓存其大体、玩经文者。甫及百年,而蔓衍支离,渐成无用之学,岂不惜哉!

皮氏所言极是。经学在流变过程中,因所谓师法家法所限,渐趋于抱残守缺、僵化保守,失去了其初立时大师们对经书创造性的"微言大义"的诠释。

终汉一世,《诗经》学派有所谓齐、鲁、韩、毛"四家诗"之说。前三家诗在西汉时就已列为官学,毛《诗》至东汉方大盛。《史记·儒林列传》载:

> 今上即位,赵绾、王臧之属明儒学,而上亦向之。于是招方正贤良文学之士。自是之后,言《诗》,于鲁则申培公,于齐则辕固生,于燕则韩太傅。

《汉书·艺文志》载:

> 汉兴,鲁申公为《诗》训故,而齐辕固生、燕韩生皆为之传,或取《春秋》,采杂说,咸非其本义;与不得已,鲁最为近之;三家皆列于学官。又有毛公之学,自谓子夏所传,而河间王献之,未得立。

在四家《诗》中,齐、鲁、韩三家所传《诗》之文字因用当时流行之隶书写成,故被称为今文学派;毛《诗》用先秦古籀文写成,故列为古文学派。四家《诗》除有今

---

① 班固《汉书·艺文志》。

古文学派之分外,在学术思想上也各具特色。简言之,齐《诗》神秘,有所谓"四始""五际""六情"之说;鲁《诗》谨严,"是以申公为《诗经》训故,疑者则阙弗传"①;韩《诗》"引《诗》证事",追求《诗》与史在象征意义上的结合;毛《诗》"以史证《诗》",而尤以"美刺"二字为其特色②。四家《诗》虽有上述治学之差异,但在把《诗》当作进行政治、道德教化的神圣经典方面,四家又是一致的。这其中的原因,一方面是由于整个时代的思想氛围所致;另一方面,根据徐复观先生推测,很可能是由于汉初有一共同的《诗》文本在流传,故导致了四家的诠释在根本点上是一致的③。

《诗》被当作政治、道德教化的神圣经典,这是先秦以孔、孟为代表的儒家之《诗》诠释思想的继承、深化和发展。只不过到了汉代,先秦儒学那种仅属一家之言的学术派别已上升为此时的至尊地位,儒学的经学化和官学化使《诗》之政治、道德化的诠释更加系统;另一方面,随着《诗》诠释中政治、道德内涵的不断累积和叠加,至汉代,《诗》中那种还被孔子所重视的非政治、道德性的自然情感因素已消失殆尽,一部多姿多彩的诗歌总集,变成了一部统一于礼教原则的冷峻的道德教科书。

以上是汉代《诗》诠释理路的总体特征。如果要细分,我们可从以下三个方面来把握汉儒的《诗经》学思想:(一)政治学、道德主义的诠释——"美刺"观念的重新崛起和提出;(二)历史学的诠释——"以史证《诗》""以《诗》证史"的"《诗》史合一"观念;(三)神秘主义的诠释——"四始""五际""六情"说的流行。

(一)政治学、道德主义的诠释——"美刺"观念的重新崛起。在此用"重新"二字,意在说明"美刺"观念是早在周人的观念中就已存在的④,只不过此时是再

---

① 马宗霍:《中国经学史》,商务印书馆1936年版,第84页。
② 关于齐、鲁、韩、毛四家《诗》之不同特点,可参看林叶连:《中国历代诗经学》,台北学生书局1993年版。
③ 参阅徐复观:《韩诗外传的研究》一文,《两汉思想史》第三卷,台北学生书局1979年版。
④ 如《诗经》中的"维是偏心,是以为刺""夫也不良,歌以讯之""王欲玉女,是用大谏"等诗句,就能说明这一问题。

次凸显罢了。程廷祚在《青溪集·卷二》中说:"汉儒说《诗》,不过美刺两端。"程氏此言,可说是抓住了汉代《诗经》研究的主要特点。当然,汉代"美刺"观念的重新崛起,并不是对先秦"美刺"观念的简单重复,而是在继承的基础上对之进行了深化,把它更直接、外露地与政治的兴衰联系在了一起,其用意乃在于对政治的改良。

在汉代四家《诗》中,把"美刺"观念发挥得淋漓尽致、极大地突出其教化功能的,又非毛《诗》莫属。毛《诗》中的《大序》是先秦以来儒家诗论的系统化和经典化,它把《诗经》与王政之间的联系做了最为明确的表述,其模式可概括为"王政的好坏=诗歌的美刺"。

对《毛诗序》中"美刺"观念和教化功能的具体内涵,以及其他一些相关的重大理论问题,我们似可做如下的理解:

1.《毛诗序》强调用社会政治、伦理道德来对《诗》的情感进行节制。如对"情"与"礼"的关系问题,《毛诗序》是这样看的:"故变风发乎情,止乎礼义。发乎情,民之性也;止乎礼义,先王之泽也。"这其中所具有的浓厚的孔子仁学思想,是非常明显的。我们知道,基于他的"仁"的思想,孔子对个体人格是极为尊重的,对人的真挚的正常的情感宣泄也是肯定的,但这种宣泄也并不是可以毫无节制地进行,它必须以不破坏群体(社会)的和谐为原则,否则,这种情感的宣泄是要受到指责的。孔子的这种思想被他之后的儒家学派所继承,在《毛诗序》中得到了进一步的深化。在此意义上,或者可以这样说,《毛诗序》把以孔子为代表的先秦儒家美学、文艺思想中狭隘的观点进行了片面化、绝对化的发挥,把它突出到了一个不恰当的地位。"《毛诗序》提出这一原则,实际上标志着西汉在思想上、文艺上那种比较自由的状态宣告结束,进入了一个为儒家思想严格统治的时代。而这种儒家思想又是大为蜕化了的,并且经常同神学迷信混合在一起。"[1]这种思想发展到后来宋明理学的"存天理,灭人欲",就完全走到了孔子

---

[1] 李泽厚、刘纲纪:《中国美学史》(先秦两汉编),安徽文艺出版社1999年版,第549页。

思想的反面,孔子所尊重的个体人格在这里变得毫无意义和价值。

2. 对传统的"诗言志"观念做了创造性的解释,使得"诗言志"这一古老的命题同情感的表现完全统一起来。"诗言志"之"志","据闻一多先生的考释,包括三种含义,即记事、记诵在心和抒发情感(参见《闻一多全集·甲集·歌与诗》)。其中记事的作用后来被逐渐兴起的史学所代替(《孟子·离娄下》:"《诗》亡然后《春秋》作。")。抒情的作用虽然当时并不突出,但到《荀子·乐论》,随着艺术的发展,以及人们对它的认识的加深,已经被突出出来,所谓'乐者,乐也,人情之所必不免也','其感人深'等,这一点在其后的《吕氏春秋》及《淮南子》《礼记·乐记》中,情感的作用越来越被强调。《诗大序》在这一问题上,实际上对传统的'诗言志'作了新的解释,在'诗者,志之所之也'之后,它接着说'在心为志,发言为诗。情动于中而形于言',即诗学是以情感为本质的……"[①]孔子在对《诗》的诠释中提出了著名的"兴""观""群""怨"说,体现出其对《诗》的情感特征的高度重视。像《毛诗序》中说到的"情发于声,声成文,谓之音""伤人伦之废,哀刑政之苛,吟咏情性""发乎情,民之性也"等等,都是儒家诗歌理论对艺术情感特征重视的极好体现。

在此,"情"与"志"进行统一的内在逻辑应该是这样的:"诗"(艺术)是本于内心的"志"("诗者,志之所之也"),而"志"通过"言"(语言文字、声音或动作)这一中介就形成了艺术作品(文学、音乐和舞蹈,即所谓"发言为诗"),而"言"这一中介又是"情动于中"而形成的,其最终的归宿点还是一个"情"字。这样,我们可以从中发现,《毛诗序》的这一思想,比起孔子的"兴""观""群""怨"及《乐记》的"情动于中,故形于声,声成文,谓之音"这一笼统含糊的说法来,显得更加清晰和更富逻辑性、概括性。《毛诗序》对此前儒家文艺思想的总结和概括这一特性由此可见一斑。

3. 强调《诗》的美刺功能和教化作用,加强其在封建政治和伦理纲常教育中

[①] 敏泽:《中国美学思想史》(第一卷),齐鲁书社1987年版,第390页。

的地位。正因为"治世之音安以乐,其政和;乱世之音怨以怒,其政乖;亡国之音哀以思,其民困"(《毛诗序》),"声音之道与政通","至于王道衰、礼义废、政教失、国异政、家殊俗,而变风变雅作矣"。在这里,非常明显地体现出了汉儒《诗》诠释思想中王政与诗歌必然联系的观念,而其联系的模式,就是上文所说的"王政的好坏＝诗歌的美刺"。所以《毛诗序》才这样说:"风,风也,教也;风以动之,教以化之。上以风化下,下以风刺上……","先王以是经夫妇,成孝敬,厚人伦,美教化,移风俗",并且还能够"正得失,动天地,感鬼神",突出地强调了诗歌所具有的社会功用。孔颖达疏诗教说:"欲使民虽敦厚不至于愚,则是在上深于《诗》之义理,能以《诗》教民也。"实际上,这是统治阶级为了巩固其统治秩序而对人民进行的教化,《诗》的这种功用也是出于政治的目的。

前文我们已经讲到,《毛诗序》是产生于汉代"讲礼义崇教化"极为浓厚的社会气氛和思想氛围中,"它们的问世,以及它们以礼义作为诗歌和诗人情感的最重要的节制和评价标准,它们对《诗》教化作用的高度重视,都完全可以说是一种历史的必然"[1]。也就是说,《毛诗序》具有鲜明的汉代儒学性质,"它们所内在地具有的这一深层历史—政治内涵,是孔子思想、先秦儒家文艺思想所完全没有的"[2]。《毛诗序》的诗歌理论中所包含的这一深层历史—政治内涵,对其以后的美学和文学实践产生了深刻的影响,这种影响既有积极的方面,也有消极的方面,正体现出历史的进步和理论的发展之间的矛盾性。

除毛《诗》以外,齐、鲁、韩三家《诗》在对具体作品的评论中,几乎都带有"美刺"的倾向。如对《关雎》一诗的解释,三家《诗》都认为是刺康王不理朝政,把"关关雎鸠,在河之洲。窈窕淑女,君子好逑"认为是君子"深思古道,感彼关雎,性不双侣,愿得周公,配以窈窕,防微消渐,讽谕君父"[3]。这在"四始""五际""六情"观念的制约下,对《诗》的诠释就只能是走向以阴阳五行作骨干的神秘主义

---

[1] 张国庆:《中国古代美学要题新论》,中国社会科学出版社1994年版,第102页。
[2] 同上书,第104页。
[3] 王先谦:《诗三家义集疏》,中华书局1987年版,第4页。

了。《诗》在他们手里,成了占卜吉凶的工具,《诗》的诗学意义已消失殆尽,剩下的便只是《诗》经学意义上的"通经致用"了。

三

至此我们可明了,汉代儒学的经学化及灾异谶纬的流行,使汉代的《诗经》诠释在义理方面呈现出了鲜明的时代特征。

如果从本源的意义上看,作为儒家经典的《诗经》,其文本本身是不具有神圣性和真理性的,也并不体现儒家的思想,但经过儒家诠释的《诗》却体现出鲜明的儒学色彩,且具有了神圣性和真理性。诠释活动在此就表现为一种对文化传统的建构活动,诠释者就是通过诠释活动直接参与到了文化传统的链条当中,成为此链条上一个不可或缺的环节。

如果进一步分析,就会发现,在汉人把《诗》当作"经"来对待的观念中,其实是包含着以弗里德里希·施莱尔马赫(Friedrich Schleiermacher)为代表的浪漫主义诠释学(romantic hermeneutics)的诠释思想的,即《诗》文本中是先在地潜藏着圣人的意旨的,研究经书的目的就是要把圣人的意旨发掘出来。但结果却不尽如人意,各家各派都认为只有自己所发掘出来的意旨才是圣人的真正意旨,其他都是胡说。这样就出现了一个有趣的悖论:发掘原意的努力导致的却是对原意的取消。对皓首穷经的儒生们来说,这不能说不是一个莫大的讽刺。董仲舒在《春秋繁露》中所提出的"《诗》无达诂"的思想,对儒生们专注于挖掘圣人旨意的热切渴望来说,不失为一服清热剂。此思想已经注意到了文本含义的不确定性,这与以伽达默尔(Gadamer)为代表的哲学诠释学(philosophical hermeneutics)的诠释思想是一致的。以现代的眼光来看,"《诗》无达诂"的思想颇具先锋姿态。这话出自提倡"罢黜百家,独尊儒术"的董仲舒之口,确实令人有些费解,可能是他并没有充分意识到此话的潜在意义吧?否则,中国的经学史可能是要重写的。当然,我们也不应该否认汉儒们大量注疏考辨的成果。毕竟,他们的成果对我们进入经典的历史语境是大有帮助的,也是我们理解经典原意的有益的中介。

原载云南大学人文学院中文系编《文化与文学》,
云南人民出版社 2003 年版

汉代经、史、子与文的分离

冯良方

一般而言,先秦的学术文化处于混沌未分阶段,先秦流传下来的典籍,往往借助形象化的方法,讨论的都是一般的知识、思想、信仰,呈现出无所不包、无往不在的倾向,借用《庄子·天下篇》的说法,即"道术为天下一"。所以当后人用分门别类的眼光看待先秦的学术文化之时,一方面觉得混杂不堪,一方面又可以从中找到各自的源头。

到了西汉成帝时期,情况有所改变,以刘向、刘歆等人校书为标志,"考镜源流,辨章学术",学术文化的分类开始了。"每一书已,向辄条其篇目,撮其旨意,录而奏之",即成《别录》。刘向去世后,刘歆继父业,"总群书而奏《七略》",《七略》今已不存,幸而班固"删其要",保存于《汉书·艺文志》[①],这个横跨两汉、一脉相承的目录学著作可以帮助我们了解当时对学术文化的分类情况。《汉书·艺文志》分六艺、诸子、诗赋、兵书、术数、方技几大类。六艺即经学,主要为儒家的经典,也包括了史学;诸子广包儒家等九流十家的著作;诗赋则属于文学。此外,兵书属于军事,术数属于天文、历法等,方技属于医学。在中国古代,文学与传统的经学、史学、诸子关系紧密,先秦时期更是浑然一体,难分你我。《汉书·艺文志》特立诗赋一类,与六艺、诸子等并列,既是对经(史)、子特殊地位的肯

---

① 参见《汉书·艺文志》。

定,显示了诗赋二体文学的独特品性,也就是把文学(诗赋)与经学、史学、诸子等基本上区分开来了,在中国文学发展史和批评史上,这是一个具有里程碑式的事件,是文学开始自觉的标志之一。《汉书·艺文志》自然是汉代学术分类意识的集中体现,不过它只是一个纲目而已,若要细致了解汉代经、史、子与文的分离情况,就需要进一步深入到具体的学术文化门类之中,做一番认真的分析和甄别。

一、经与文的分离

从整个时代思想来看,汉代是经学的时代。汉代的经学,单从学术的角度说,是对儒家经典义理的阐释和章句的注疏。但是,汉代的经学又不是一般意义上的学术,它是官方政策与利禄之途结合的产物,是意识形态话语,是高于其他学术的学术。所以在很多时候,经学与文学的分离是通过对儒家经典的神圣化,对经学的独尊和对文学的排抑来实现的。《白虎通义·五经》:"经所以有五何?经,常也。有五常之道,故曰五经。"《释名·释典艺》:"经,径也。常典也。如径路无所不通,可常用也。"匡衡曾言:"臣闻六经者,圣人所以统天地之心,著善恶之归,明吉凶之分,通人道之正,使不悖于其本性者也。故审六艺之指,则人天之理可得而和,草木昆虫可得而育,此永永不易之道也。"[①]经被释为"常""径",即常法、通往一切的道路,甚至包罗万象,有哺育群生的颠扑不破的真理。这样,经学就意识形态化,并理所当然地成了最高的学术文化而能俯视其他了。在诸多学术文化之中,汉人首重经学,包括仍被视为经学支流的史学,其次是辅翼六经的诸子,至于文学则在三者之后。

儒家的经典主要是《诗》《书》《礼》《易》《乐》《春秋》六经,汉代又加上《孝经》和《论语》。这些经典创制于先秦,两汉儒家围绕这些经典产生的著作,则称为

[①] 《汉书·匡衡传》。

传、记、注、笺等等。《史记》专列《儒林列传》,《汉书》《后汉书》皆有《儒林传》,即专为经学家或为六经作传、注、笺之人设立的传。而文学家在汉代的史书中还没有专传,《史记》有《司马相如列传》,但司马迁看重的是司马相如出使西南夷所建立的功劳;《汉书》有《扬雄传》,但班固仍主要把扬雄看成一位学者,这些都不是专为文学家设立的传记。上述现象,正是经学独尊的表现,同时也把经学与文学在著述者和文体方面之不同显现出来了。

具体地说,经学与文学的分离首先表现为与诗赋的分离,所以,诗赋最早作为文学的一部分在《汉书·艺文志》中被独立出来。周代的诗歌总集《诗经》因被视为经,另当别论。汉代的文人诗歌创作消歇,民间诗歌构不成文学的主流,故诗赋与经学的分离,可主要通过赋来考察。早在武帝的时代,"(枚)皋不通经术,诙笑类俳倡,为赋颂,好戏,以故得媟黩贵幸,比东方朔、郭舍人等,而不得比严助等得尊官","(皋)言为赋乃俳,见视如倡,自悔类倡也"①。在武帝众多的侍从之中,严助最为亲宠。严助是一位赋家,但不仅仅是一位赋家,他曾任中大夫,官至会稽太守,不是因为善于作赋,相反完全在于他的贤良对策及善于以义理之文辩论,乃至对《春秋》的研究使他获得了高官②。相比较而言,枚皋可能是汉代作赋最多的一位作家,史载有一百二十篇之多,但因不通经术而只得"倡优畜之"。赋家的地位因是否通经而有如此大的反差,那么经之于赋的差异不言而喻。西汉末年的扬雄早年倾情作赋,晚年却幡然悔悟,认为赋是"雕虫篆刻","壮夫不为",而"经莫大于《易》","传莫大于《论语》",于是拟之而作《太玄》《法言》③。经过一番痛苦的思量之后,扬雄弃赋拟经,孰轻孰重掂量得最清楚不过了。

宣帝时期,关于赋与经的争议剧烈化,"议者多以为淫靡不急",宣帝不得不

---

① 《汉书·枚皋传》。
② 参见《汉书·严助传》。
③ 《汉书·扬雄传》。

出来打圆场,有了"贤于倡优博弈"的圣谕之后,赋才有了存在的一席之地①。直到汉末,身为赋家的蔡邕不满灵帝招揽重用能为文赋尺牍及工书鸟篆之人,上书批评说:"夫书画辞赋,才之小者,匡国理政,未有其能。陛下即位之初,先涉经术,听政余日,观省篇章,聊以游意当代博弈,非以教化取士之本。"②由此可见,有汉一代,赋与经学判然有别,不仅经学家不混同于赋家,而且赋的价值亦不能与经学同日而语。

不仅赋与经学不同,而且具有一定文学性的章奏等应用性文体亦与经学有别。《后汉书·顺帝本纪》:"初令郡国举孝廉,限年四十以上,诸生通章句,文吏能笺奏,乃得应选。"又《胡广传》:"时尚书令左雄议改察举之制,限年四十以上,儒者试经学,文吏试章奏。"诸生、儒者与文吏身份不同,所试亦不同,前者为章句经学,后者为章奏,则经学与章奏明焉可析。

如果说上述现象属于经学以其高贵的地位对文学的排抑,那么东汉时期的王充则看到了文学超越经学的独立性存在的可能。《论衡·超奇》把人分为高低不同的几类:"夫能说一经者为儒生,博览古今者为通人,采掇传书以上书奏记者为文人,能精思著文连结篇章者为鸿儒。故儒生过俗人,通人胜儒生,文人逾通人,鸿儒超文人。"除俗人之外剩下的四类,又可粗分为二类:儒生通人为一类,为儒经的注疏传笺者,为经学家;文人鸿儒为一类,为"上书奏记""著文连篇"者,为文章家。值得重视的是,王充不仅区分了经学家与文章家,而且列文章家于经学家之上,真是"超奇"之论。王充之所以视文章家较经学家为高,原因在于儒生通人之类的经学家只能徒守章句、为人之师,即接受知识或传授知识;文章家则能"连句结章""造论著说""论发胸臆,文成手中",即运用知识解决现实问题或创造性地做知识的再生产。换言之,文章家与经学家的高低区分不取决于官位的高低或是否属于官方意识形态,而是知识和才能之间的差异,文

---

① 《汉书·王褒传》。
② 《后汉书·蔡邕传》。

章以其主体的独创性凌驾于知识的继承性之上,这是王充对所处时代经学的僵化、繁琐、神秘之后的有力反驳,也是对文章价值前所未有的肯定。虽然王充所说的文人鸿儒并不等同于文学家,文章也不等同于文学,但前者显然包容了后者,而且他所高标的才能、独创性等,在文学家身上表现得更加突出。这样,文学已有了突破经学的束缚,向独立自觉的方向前进的动向。

因此,"汉时经术文章已分"[①]确为不易之事实。

二、史与文的分离

汉代史学的成就十分辉煌,尤其是诞生了司马迁的《史记》、班固的《汉书》那样卓绝千古的巨著,以此二书为中心考察汉代的史著,可以清楚地看到一个从文史兼容到逐渐史胜于文的嬗变现象。

严格地说,汉代史学还没有真正独立,《汉书·艺文志》仍将《左传》《国语》《战国策》《史记》等列于《春秋》类,但由于史学自先秦以来的高度发达,实际上它已经不同于一般的经、子、文而自成一个系统。从体例来看,不管是记言还是记事,编年还是国别,很早就显示出学术个性。不过,就《史记》的情况看,它的确不仅仅是一部史书。司马迁作《史记》的目的是为了"究天人之际,通古今之变,成一家之言",《史记》受《春秋》特别是《春秋》公羊学的影响很大,有时候,"是非颇缪于圣人",故除述史之外,又兼综经、子。《汉书》则是比较纯粹的史学著作。由于本文论题所限,这里还是重点探讨《史记》《汉书》与文学的关系。

倘用文学的眼光看,《史记》是"传记文学之祖""无韵之《离骚》"。《史记》之所以出现这种面貌,情况相当复杂,既有先秦"文胜质则史"等传统的影响,又有以人物纪传为主的体裁的作用,但与后世史家相比,司马迁的特殊遭遇、诗人气质更是构成其为文史兼美的双栖巨子的重要因素。至班固撰《汉书》,"究天人

---

① 王应麟:《困学纪闻》卷十七。

之际"已成定论,"成一家之言"亦不可能,《史记》的诗情骚意更泯灭无存。如果说《汉书》仍有一定的文学性,那就是班固作为辞赋家所赋予的华赡典丽的语言和作为纪传体裁所留下的叙事性。《汉书》文学性的消减,不唯作者才情的下降,亦是史学意识增强的产物,这可从班彪对司马迁及《史记》的批评中见出。班彪云:司马迁《史记》"至于采经摭传,分散百家之事,甚多疏略,不如其本,务欲以多闻广载为功,论议浅而不笃","细意委曲,条例不经","文思重烦,故其书刊落不尽,尚有淫辞,多不齐一"。班彪对《史记》除却不满"不依五经之法言,同圣人之是非"之外①,还重在体例叙述方面,换言之,就是要有意识地刊落其文学色彩,使史意纯正。班固不仅继承父意写作《司马迁传》,而且《汉书》的确实践了乃父的主张。

其实,中国古代的正史,体例虽草创于《史记》,而真正被后世奉为楷模的是《汉书》。章学诚说:"迁《史》不可为定法,固《书》因迁之体,而为一成之例,遂为后世不祧之祖。"②至汉末,荀悦改《汉书》为《汉纪》,《序》中说:"夫立典有五志焉:一曰达道义,二曰章法式,三曰通古今,四曰著功勋,五曰表贤能。"史书越来越成为帝王将相的家谱和政治典章的汇编,文学性骤减。很有意思的是,在汉及其以后的很长一段时间内,是《汉书》而不是《史记》在士人心目中占有崇高的地位。《汉书》一出世,"当世甚重其书,学者莫不讽诵"③。稍后的王充就说:"班叔皮续《太史公书》百篇以上,经事详悉,义浃理备,观读之者以为甲,而太史公乙。"④这种情况一直延续到唐代。马班、《史》《汉》的优劣是个永远争论不清的话题,单从文学上说,后者远不如前者则是今人的共识。汉人对二者的评价,从一个侧面体现出史高于文的认识,又是有意识地划分文学与史学畛域的表现。

对史、文的分离还可以从另外一个角度去探究,那就是史学对真实性的追

---

① 《后汉书·班彪传》。
② 《文史通义·诗教下》。
③ 《后汉代·班固传》。
④ 《论衡·超奇》。

求和文学虚构性的增强。人类对历史的叙述是从传说到信史。《尚书》有不少后人不敢相信的东西,《左传》《国语》《战国策》若从历史真实的角度看恐怕问题多多。《史记》在追求历史的真实性上有了长足的进步,"不雅驯"的一些材料不采用,班固称赞它"其文直,其事核,不虚美,不隐恶,故谓之实录"[①],但不可否认其中有很多非历史的记载。清人梁玉绳《史记志疑》专在这方面作文章,不单单是疑古心理在作怪。扬雄早就说过"子长爱奇"[②],后人往往将《史记》视为小说之祖,就说明史迁笔法确有小说虚构因素,但除极少数篇章之外,同样的指责或褒扬却很难用在班固和《汉书》上。《汉书》被史学家津津乐道的是体例的严密、文献的真实等等。另外一种情况是,汉代一些依托史书的小说,如《燕丹子》《吴越春秋》之类,则几乎都是"虚辞滥说",与史书的走向构成互歧的两极,成为真正的"稗官野史"。在正宗的史学家如班固眼里,小说勉强列入诸子十家而实不足观,但它从另外一个角度体现了史学与文学的分离却是事实。

三、子与文的分离

在先秦时期,由于诸子的发达,它已自成一个系统,儒、墨、道、法等家思想体系,师弟子传承各异,战国后期,《庄子·天下篇》《荀子·非十二子》《韩非子·显学》及汉初司马谈《论六家要旨》皆有总结诸子而略做分类的意思,不过当时各家还独立平等地存在着。自汉武帝独尊儒术之后,经与诸子开始分离。汉代视诸子的地位略低于经,又称为"传记",意为经之辅助。汉文帝时设有"传记博士",即为研习先秦诸子的博士。汉代仍有较多著有大部头的理论著作、能成一家之言的人,汉人习称之为"子",如贾子(贾谊)、董子(董仲舒)、淮南子(淮南王刘安)、扬子(扬雄)等等,故人们常说汉代犹有先秦诸子之遗风。

---

① 《汉书·司马迁传》。
② 《法言·吾子》。

汉代经、史、子与文的分离

前面说过,汉人首重经术(包括史学),次为诸子,文学处于其后。在他们看来,诸子"亦六经支与流裔",在他们对诸子的重视之间,文学之不同亦被显现。例如,上文所举扬雄的弃赋拟经,实际上乃是作子,子与文在他心目中既有高低,也有分别。即使到汉末曹丕提出"文章乃经国之大业,不朽之盛事"的时候,文学的地位也最多与子书并驾齐驱。曹丕一方面对建安七子的文辞称赞有加,一方面特别表彰著有《中论》的徐干为"不朽"[①],个中消息,可得而知。曹植的意见更有代表性,他说:"夫街谈巷语,必有可采,击辕之歌,有应风雅,匹夫之思,未易轻弃也。辞赋小道,固未足以揄扬大义,彰示来世也。昔扬子云,先朝执戟之臣耳,犹称'壮夫不为';吾虽德薄,位为藩侯,犹庶几勠力上国,流惠下民,建永世之业,流金石之功,岂徒以翰墨为勋绩,辞颂为君子哉?若吾志不果,吾道不行,亦将采史官之实录,辩时俗之得失,定仁义之衷,成一家之言,虽未能藏之名山,将以传之同好。"[②]在儒家所谓"太上立德,其次立功,其次立言"的"三不朽"中,即便是不得已而"立言",也是"成一家之言"的地位高于作辞赋等无用的文章。汉末是如此,汉末以后改观也不大。总之,中国古代传统的观念是把子摆在高于文的地位,从而显示出子与文的不同。

然而,由于受大一统时代和经学的钳制,汉代诸子很难像先秦诸子一样放言无忌,"各引一端,崇其所善",同时汉代诸子不仅思想价值不及先秦诸子,而且文学性也罕能其匹。文学性方面的弱化,并不是汉代诸子无其才,而是文体意识自觉后的必然。萧统《文选序》言诸子"盖以立意为宗,不以能文为本",这个概括是相当准确的。从本质上说,"诸子者,述道见志之书"[③],所以,子书很早就有了自己的写作规范。除"立意""述道见志"而外,在表现形式上,诸子多采用论说精研的方式,这在战国末期的荀子和韩非子身上已显山露水。汉代诸子自觉追求论说精研的方式的意识更加强烈,例如,东汉一大批论政著作产生了,其中不

---

① 参见《典论·论文》《与吴质书》。
② 《与杨德祖书》。
③ 《文心雕龙·诸子》。

乏以"论"名书者，如桓谭的《新论》、王充的《论衡》、王符的《潜夫论》、崔寔的《政论》、徐幹的《中论》等等，其他诸子著作虽不以"论"名，实际上也是符合于"论"的。论说精研方式的愈亦突出，是诸子文章的进步，在文体上已与文学划境。

与上述现象形成对照，汉代诸子往往一身而数任，同时也是文章家或辞赋家。考汉代诸子之著作，其独立的子书皆不包括汉代被视为文章的作品如辞赋奏议等。贾谊《新书》不含其辞赋奏疏；董仲舒《春秋繁露》亦独立成书，不涉其辞赋策论；扬雄《法言》《太玄》更与他众多的赋、颂无关。这些著述，体系独立，结构严谨，如列奏疏辞赋于其间，确实不伦不类。汉末徐幹《中论序》言自己的写作宗旨："阐弘大义，敷散道教，上求圣人之中，下救流俗之昏者。"不仅如此，他还特别表明要与"辞人美丽之文"不同。徐幹本人其实也是位辞赋家，曹丕认为其赋可与王粲相匹。当然，汉代诸子著作有时还是有辞赋化的倾向，但就主观上说，"非不能也，是不为也"，他们十分清楚作子与作文是两件互不相干的事。

在奏疏辞赋被排斥在子书之外的同时，汉代诸子自身的文学性也大大减弱。构成先秦诸子文学性的诸要素，尤其是当中的形象化表现手段——如丰富的寓言、神话、历史故事等，在汉代诸子中已经很少或不复存在。一方面，汉代诸子已不满足于用形象化的理论幼稚形态说理；另一方面，他们有自己的更为紧要的使命，那就是求实尚用。汉代诸子受时代环境的制约，除《淮南子》这部产生较早诞生于诸侯王国的子书有明显的道家精神之外，其余大多出于儒者之手，皆杂采百家而以儒家为主；同时，哲学之风减弱而政论色彩加强；加之谶纬神学思想的泛滥，儒家固有的求实尚用精神被继承发扬，从而剔除夹杂在先秦诸子中的虚而无用的成分。《汉书·扬雄传》："雄见诸子各以其知舛驰，大氐诋訾圣人，即为怪迂。析辩诡辞，以挠世事，虽小辩，终破大道而或众，使溺于所闻而不自知其非也。"王符也说："今学问之士，好语虚无之事，争著雕丽之文，以求见异于世。——愚夫戆士，从而奇之，此悖孩童之思而长不诚之言也。"[①]扬、王

---

① 《潜夫论·务本篇》。

二子皆以求实尚用为目的,以斥诸子中的怪虚。而王充可谓汉代求实尚用精神的典范,一部数十万字的《论衡》,一言以蔽之曰"疾虚妄"。在谶纬神学弥漫一时的东汉,王充的大胆勇气确实可嘉,在哲学思想上的贡献不可谓不大,但在破除神学恶障的同时,他也把艺术的虚构等等扫地出门。这样一来,汉代诸子中除《淮南子》等极少数者外,富于创造性的灵动的艺术精神就荡然无存了。

四、结语

从对汉代学术文化分类的具体考察中可以看到,经、史、子与文的分离既是确定不移的事实,也是必然的趋势。在这个过程中,经、史、子自身的独立规范起了重要的作用,有时甚至是决定性的作用。汉代文学的价值虽然开始得到某些承认,但仍在经、史、子的强势面前遭受压抑、排拒。自然,经、史、子对文的压抑、排拒对文学的发展是不利的,不过,也应该看到,矛盾双方是互相依存对待的关系,经、史、子各自的独立,它们在各自领域对文学的放逐,不仅对于自身学术个性的把握是必要的,而且对于人们认识文学的特性也有间接的价值。虽然经、史、子是从各自的本位来看待文学,它们不能告诉人们文学是什么,却清楚地回答了文学不是什么——文学不是经学,不是史学,不是子学,这些不同学术门类在汉代的逐渐自觉独立对于文学自身性质的认识,同样具有不可忽视的作用。与经、史、子相比,文学在汉代所受到的那些批评指责,那些被扬弃了的东西,也恰巧是文学所特有的,诸如"恢笑类俳倡""辩丽可喜""细意委曲""爱奇""虚辞滥说""稗官野史""虚无之事,雕丽之义"等等,不正是文学的娱乐游戏、文采华饰、具体可感、虚构夸张等特性之所在吗?从这个意义上说,文学的独立,不仅仅是文学自身发展和抗争的结果,也是经、史、子自清门户的产物。所以,如果换一个方向,从文学的本位来思考,就可以得到文学性质的认定。

然而,从文学本位去看待文学,汉代处于强势地位的经、史、子,是不愿意也不可能去做的,这需要有两个必要的前提,一是文学创作的实绩及伴随而来的文学观念的产生,一是承认文学的独立价值,文学不受其他学术文化干预制约。文学在汉代特别是东汉以来,有了较丰富的积累,章学诚说,"东京以还,文胜篇富"①;刘师培说,"文章各体,到东汉而大备"②。他们从不同的角度说明了东汉文学创作的盛况。与文学实绩相应,汉代特别是东汉产生了包含文学的一个核心观念——文章(此问题笔者已有专文论述,此不详述)。到了魏晋南北朝,随着汉帝国的灭亡,经学解体,子学亦衰,史学独立,文学大盛,文学价值得到前所未有的提升。于是,前三者的强势地位不复存在,对文学的干预制约下降,文学本位时代终于来临。

在那个"最富于艺术精神","为艺术而艺术""文学高于一切"的魏晋南北朝时代,我们仍然可以听到汉代经、史、子与文分离的阵阵回响。西晋荀勖《中经新簿》分甲部六艺、小学,乙部古子、近子,丙部史记,丁部诗赋、图赞、汲冢书;东晋李充《四部目》分甲部五经,乙部史记,丙部诸子,丁部诗赋;宋明帝时,设儒学、玄学、史学、文学四馆;到梁萧统《文选序》则第一次明确了经、史、子与文的界限,说出了只选文的理由,从而确定了"事出于沉思,义归乎翰藻"的选文标准,同时也是接近文学本位的对文学性质的确立。因此,我们认为魏晋南北朝的文学自觉,从某种意义上说也是文学本位的真正确立,它是文学自身发展的历史飞跃,它与诸多政治的、文学的因素相关,亦与其他学术文化的分类独立等互相颉颃,如果没有汉代以来经、史、子与文的分离过程,而且甚至是痛苦的遭受不公正的压抑、排拒过程,文学的自觉恐怕难以理解。

当然,仅仅从学术文化的分类上认识文学的性质从而作为文学自觉的标志,也有明显的不足。学术文化既有分类又有交叉,例如,经学中的《诗经》本身是诗,"汉人只知有经,不知有诗",偏颇是有目共睹的,其他经典也或多或少有文学性;子书中的《庄》《孟》等等,又何尝不可当作文学作品来读;史书与文学的

---

① 《文史通义·书教中》。
② 《中国中古文学史》。

结缘更深,《史记》以后历代正史皆以纪传为主体,纪传性作品天然地具有塑造人物、叙述事件等文学要素;更何况无论经、史、子都有讲究文采的传统,所以,文学与非文学的分别,文学的自觉,不完全是一个学术文化分类的问题。就魏晋南北朝来看,学术分类与文学价值的提高、纯文学观念的建立、文章辨体等勠力共进,终于迎来了文学自觉的时代。

原载云南大学人文学院中文系编《文化与文学》,
云南人民出版社 2003 年版

儒者的焦灼

——扬雄"劝百讽一"说的深层动因

苏荟敏

作为"汉代四大赋家"之一,扬雄不仅以其幽远诡丽、理赡辞坚的赋作对后世产生巨大影响,而且因其晚年对汉赋的严厉批评引人注目。班固在《汉书·司马相如传》中将扬雄的批评概括为:"靡丽之赋,劝百而风一,犹骋郑卫之声,曲终而奏雅。"可见,"劝百讽一"构成了扬雄的汉赋批评的核心。所谓"劝百讽一",其字面含义并无复杂之处,故历来争议不大,但就扬雄之所以提出这一观点的原因,则众说纷纭。大体而言,有四种观点:1. 将其置于汉代"独尊儒术"的思想背景之下,认为是扬雄从儒家功利主义文学观出发对汉赋提出的一种狭隘的实用功利要求;2. 强调扬雄身处西汉末年的衰颓之世,故而其观点有现实针对性和社会政治性;3. 汉代赋家地位不高,"见视如倡",因而扬雄作此激愤之辞,表达心中的不满或对赋家身份的羞愧;4. 汉赋自身的体式特点是铺采摛文、宏衍巨丽,其文辞的华美势必弱化其政教讽谏功能,扬雄既立足于政教讽谏,就只能否定汉赋的价值。这四种观点无疑都有其根据和理由,并且也不妨共存。不过,对此一影响深远的理论命题,仍有多角度、多方位探讨之必要。本文尝试遵循陈寅恪先生所倡对"古人之学说"的"了解之同情"的原则,结合汉代的"独尊儒术"之复杂历史及文化思想情势,以及扬雄本人的儒者身份和儒学旨趣,对其"劝百讽一"说之深层动因加以探讨。

儒者的焦灼

一

汉代是儒学得势的时代,尤其自汉武帝"罢黜百家,独尊儒术"以来,儒学获得了思想正统与学术主流的地位,这几乎是一个耳熟能详的常识。不过,"常识"常常也就意味着"简化"。当我们对历史进行更具体细致的考察,会发现一个远为复杂的情势与局面。

一方面,自汉初开始,经由几代儒生的努力甚至是付出生命的代价,到建元六年(前135)窦太后去世,汉武帝以田蚡为相,"绌黄老、刑名百家之言,延文学儒者以百数,而公孙弘以《春秋》为天子三公,封以平津侯,天下之学士靡然乡风矣"(《史记·儒林列传》)。儒学终于赢得官方的礼遇,并得到最高统治者的认可,但是,这并不意味着儒学已成为现实政治运作的指导原则。《汉书·循吏传》载:公孙弘、董仲舒、倪宽,"三人皆儒者,通于世务,明习文法,以经术润饰吏事,天子器之"。很大程度上,儒者的"经术"不过是"吏事"的"润饰"而已。正如论者指出,"汉武帝虽以儒术为尊,在政治思想上以成就圣王事业为贵,但他在政治实践中对文法吏的重用,在个人生活中对方术士的尊礼,就使得儒术从国家管理的核心和个人生命的根本处被放逐出去,从而表明他之受儒学的影响是微浅、有限的。他所取于经术的,不是义理训诂,也不是对于'道'的内在体悟,而是儒学高大华美的外观。……对武帝而言,尊儒就等于拥有了一面可以用来粉饰太平、缘饰吏事的华美、堂皇的大旗"①。

事实上,尽管儒学凭借其官学之声威,逐渐将影响渗透到社会生活的方方面面,但就帝国统治的核心机制而言,儒学至少在西汉一朝始终未能摆脱"润饰""缘饰"的阴影。《汉书·元帝本纪》的一段记载颇能说明问题:"柔仁好儒,见宣帝所用多文法史,以刑名绳下。……尝侍燕,从容言:陛下持刑太深,宜用

---

① 于迎春:《汉代文人与文学观念的演进》,东方出版社1997年版,第41页。

儒生。宣帝作色曰:汉家自有制度,本以霸王道杂之,奈何纯任德教,用周政乎?且俗儒不达时宜,好是古非今,使人炫于名实,不知所守,何足委任?"在汉宣帝心中,以"霸道"为主干,辅以"王道"或儒学的政治格局,才是真正的"汉家制度","纯任德教"的"周政"——儒家心目中理想圣王政治不合时宜,而儒者在他心中不过是"好是古非今"的无用书生而已。进一步来看,"霸道""王道"又都是为皇权专制服务的,即使表面上"独尊儒术",实际上"则是出于统治天下的需要,提高行政秩序水平和控制的有效性,将儒学理解为轨则百姓的手段,看中的是儒学的工具属性"[1]。如余英时先生所说,这才是"所谓'独尊儒术'的真相"[2]。

另一方面,在汉代终于得以被"独尊"的儒学,也早已不是先秦以孔孟为代表的"纯儒",而是与汉代专制政治格局及复杂思想情势相妥协的实用化、意识形态化了的儒学,其思想与政治品格都已发生了巨大的改变。对此,思想史家已多有论述。比如,劳思光先生认为,其变化表现为"'心性论中心之哲学'被'宇宙论中心之哲学'所取代"[3],余英时先生认为,汉儒在政治性格上所发生的一种基本改变是"儒学的法学化"[4]等等。我们在此介绍的是韦政通先生在其《中国思想史》中通过研究汉代儒学的核心人物董仲舒的思想而得出的观点。

韦先生认为,董仲舒承借阴阳家的思想,创出一套天人哲学的大系统,"成为前汉最具代表性,影响也最大的思想家"。但是,"先秦儒家的真精神,以及思想最具创意的地方,由于无法与专制体制相整合,也断送在他的手中"[5]。这主要表现在三个方面:1. 人性与教化。先秦儒学将教化的根基立于人心,教化的方式是扩充四端,目的在激发人的自信以反求诸己、自行其善。董仲舒的教化论则是"天生民性,有善质未能善,于是为之立王以善之,此天意也"(《春秋繁

---

[1] 陈明:《儒学的历史文化功能》,学林出版社1997年版,第78页。
[2] 余英时:《中国思想传统的现代诠释》,江苏人民出版社2004年版,第75页。
[3] 劳思光:《新编中国哲学史(第二卷)》,广西师范大学出版社2005年版,第15页。
[4] 余英时:《中国思想传统的现代诠释》,江苏人民出版社2004年版,第66页。
[5] 韦政通:《中国思想史(上)》,上海书店出版社2003年版,第317页。

露·深察名号》)。"天生民性"直承《中庸》《易传》,"有善质未能善"是其创见,但接下来从"未能善"引出"立王以善之"的"天意",则是将教化之权转移到帝王的手中,"这样仲舒的教化论,无疑是为统治的合理化建立了人性的根据;孔孟那种强调自觉、自发、自信的教化精神,在于现实专制的整合中,完全被扼杀了"①。2. 君民关系。孔子的君臣关系是相对的,即所谓"君使臣以礼,臣事君以忠",孟子甚至有"民贵君轻""诛一夫"之说,董仲舒则提出:"《春秋》之法,以人随君,以君随天,故曲民而伸君,曲君而伸天,《春秋》之大义也。"(《春秋繁露·玉杯》)这里既有"曲民伸君",也有"曲君伸天",可见董氏意图并非全为迎合帝王,而试图立一更高之"天"以为君权的制约,但从实际情况来看,"曲民伸君"的提出却使董氏"自身在客观上也成了助成专制政治的历史中的罪人"②。3. 心性。孟子倡言心性,肯定心为先天之善,认为心乃人实现道德的主宰,并由心之善体认到性之善。董仲舒说心,则是"义以养其心"(《春秋繁露·身之养于重义》)、"义制我躬"(《春秋繁露·仁义法》)。也就是说义不根于心,心在道德方面缺乏积极的主宰力量。他还以"人副天数"的观点来说性,认为"天雨有阴阳之施,身亦有仁贪之性"(《春秋繁露·深察名号》),善恶混于性,则同样导致了道德的主体性基源的弱化乃至否决。

由此可见,以董仲舒为代表的汉代儒学,尽管有诸多承接先秦儒学之处,但身处复杂的专制格局中,又大量引入阴阳家、法家学说,实与先秦儒学已有重大变异。当然,从历史的眼光来看,此变异也可视为历史的必然:"当儒家的理想落实为汉家的制度时,儒家的理想所能实现的,必是能与专制政体处于整合的那一部分,政治的统治者最关心最重视的,当然是如何巩固他的政权,所以他能接受的理想,绝不允许对这个大目标有明显的妨害。"③也因此,至少就西汉一代,"儒学表面上虽已处于独尊的地位,儒家真精神早已陷入七折八扣的局面,

---

① 韦政通:《中国思想史(上)》,上海书店出版社2003年版,第318页。
② 徐复观:《两汉思想史(第二卷)》,华东师范大学出版社2001年版,第184页。
③ 韦政通:《中国思想史(上)》,上海书店出版社2003年版,第315页。

这七折八扣的牺牲,就是取得独尊付出的代价"①。

二

扬雄不仅是杰出的赋家,也是儒学史上举足轻重的思想家,是一位"自觉捍卫儒学正统、以接续圣人之道为己任"②的儒者。事实上,若要理解扬雄对赋的严厉批评,或许从其儒者身份和儒学思想出发更为适恰。而要把握扬雄的儒者身份和儒学思想,则又须联系到其所处的政治历史现实及汉代儒学的大背景来加以考察。

扬雄生于汉宣帝甘露元年(公元前53),去世于新莽天凤五年(公元18),历经宣、元、成、哀、平及新莽六朝,几乎见证整部前汉衰亡史。扬雄少年时,曾师事著名学者严君平,并深受其影响。不过,"严氏以老庄为归,而扬氏以孔孟为宗"③。成帝时,扬雄因其"文似相如者",得以"待诏承明之庭"(《汉书·扬雄传》)。《汉书·成帝纪赞》述汉成帝"尊严若神""博览古今","然湛于酒色,赵氏乱内,外家擅朝,言之可为于邑"。因而,"西汉之亡,实酿成于成帝"④。成帝与元帝一样,皆有"好儒"之名,然而从其"湛于酒色"来看,"缘饰"的成分居多。这一点,扬雄当深有体会。他在此期间屡随成帝出游,作著名的《甘泉》《河东》《校猎》《长杨》四赋"以风""以劝",但却并无成效。而这也可能是他后来提出"劝百讽一"说的直接原因。

此外,扬雄长年盘桓京城,对当时的学术思想状况也有深入的了解和批评。针对当时经学家墨守师说,固步自封,且以儒学谋取名利的情况,其云:"或曰:书与经同而世所不尚,治之可乎?曰:可。或人哑然笑曰:须以发策决

---

① 韦政通:《中国思想史(上)》,上海书店出版社 2003 年版,第 315 页。
② 郭君铭:《扬雄〈法言〉思想研究》,巴蜀书社 2006 年版,第 199 页。
③ 张岱年:《中国哲学史大纲》,江苏教育出版社 2005 年版,第 17 页。
④ 徐复观:《两汉思想史(第二卷)》,华东师范大学出版社 2001 年版,第 279 页。

科。曰：大人之学也为道，小人之学也为利。"(《法言·学行》)针对经学家烦琐解经，"说五字之文，至于二三万言"(《汉书·艺文志》)的状况，其云："古者之学耕且养，三年通一。今之学也，非独为之华藻也，又从而绣其鞶帨。恶在《老》不《老》也。曰：学者之说可约邪？曰：可约解科。"(《法言·寡见》)针对谶纬之学泛滥，则有云："或曰：甚矣，传书之不果也。曰：不果则不果矣，又以巫鼓。"(《法言·君子》)"象龙之致雨也难矣哉？曰：龙乎？龙乎？"(《法言·先知》)"或问黄帝终始，曰：托也。"(《法言·重黎》)直至今天看来，这都是难得的清明卓见。

值得注意的是，面对这种政治环境与学术风习，扬雄并未因之而放弃儒者的认同，而是以承续道统、弘扬儒道的儒者自许，甚至自比孟子："古者，杨墨塞路，孟子辞而辟之，廓如也。后之塞路者有矣。窃自比于孟子。"(《法言·吾子》)他所敬佩孟子的，正是其吾道不通，"辞而辟之"的卫道弘道的精神。而自比孟子，则是以此自勉，针对"后之塞路者""辞而辟之"。具体而言，扬雄是通过潜心著述来进行这一工作的。《汉书·扬雄传》："实好古而乐道，其意欲求文章成名于后世。以为经莫大于《易》，故作《太玄》；传莫大于《论语》，作《法言》；史篇莫善于《仓颉》，作《训纂》；箴莫善于《虞箴》，作《州箴》；赋莫深于《离骚》，反而广之；辞莫丽于相如，作四赋；皆斟酌其本，相与放依而驰骋云。"

在扬雄的理论著述中，《法言》在后世影响最大，也是其儒学思想的集中表述。此处无法详述其思想，但通过与前文所举董仲舒为代表的汉代儒学所导致的重大思想变异对照，庶几能展现扬雄的儒学旨趣及其在汉儒中的卓异位置。

1. 与董氏将教化之权转移到帝王手中相对照，扬雄所标举的则是"人人皆可成圣"的先秦儒学的强调自觉、自信的教化精神。《法言·先知》云："群鸟之于凤也，群兽之于麟也，形性。岂群人之于圣乎？"鸟与凤、兽与麟是种类的差别，而"群人"与圣人则是同类，因此不存在不可逾越的鸿沟。《法言·修身》云："天下有三门：由于情欲，入自禽门；由于礼义，入自人门；由于独智，入自圣门。""独智"是个体的高度的道德自觉与智性发展，而这正是"群人"成圣的途径。2. 与董氏讲"曲民伸君"相对照,扬雄强调以民之好恶决定政治。《法言·先知》云:"或问:为政有几?曰:思、斁。或问思、斁。曰:昔在周公,征于四方,四国是王;召伯述职,蔽芾甘棠。其思也夫!齐桓欲径陈,陈不果内,执辕涛涂。其斁也夫!从政者审其思、斁而已矣!""思",怀念;"斁",厌恶。为政者当以民之"思""斁"为判断其政治成功与否的标准。这在一定程度上是对先秦儒家的民本思想的继承。3.与董氏心在义外之说相对照,扬雄肯定心的神妙。《法言·问神》云:"或问神。曰:心。请问之。曰:潜天而天,潜地而地。天地,神明而不测者也。心之潜也,犹将测之,况于人乎?况于事伦乎?敢问潜心于圣?曰:昔乎,仲尼潜心于文王矣,达之。颜渊亦潜心于仲尼矣,未达一间尔。神在所潜而已矣。"又云:"人心其神乎!操则存,舍则亡。能常操常存者,其惟圣人乎?"心能测天地变化,亦能"潜心于圣",而圣人的超出常人之处,就在此心的神妙功能的"常操常存",可见心的决定性作用。

当然,这里着重展现的是扬雄与西汉儒学流行倾向的相悖之处。实际上,扬雄不少思想也受到董氏的影响。比如,在人性论方面,扬雄基本延续了董氏善恶混于性的观点,因而在德性的主体根源上仍缺乏绝对依据,其论心的神妙作用也不能达到孟子所言心的主宰性的程度。不过,从其总体倾向上来看,扬雄对前汉儒学的悖离,确体现出了扭转方向的特殊意义。如韦政通先生所说:"儒学统一运动的百年间,公孙弘为相起,事实上是一个'外儒内法'的局面;灾异谶纬的思想风行,博士儒生以经学为猎取利禄的工具,在这个背景下,能自觉地与这个时代的学风划出一道界限,并企图恢复儒学真精神的是扬雄,能从灾异谶纬中解放,主张学的目的是道而不是为利的,也是扬雄。他奋起于两汉之际,对扭转学风,并在某种程度上弘扬孔、孟、荀的精神,恢复了儒家人本主义的立场,使他在这一段思想史上占有颇为特殊的意义和价值。"[①]

[①] 韦政通:《中国思想史(上)》,上海书店出版社2003年版,第342页。

三

陈寅恪先生在《〈冯友兰中国哲学史〉审查报告》中有言：研究"古人之学说"，"应具了解之同情"，即当尽量了解古人著书立说"所处之环境""所受之背景"，"而对于其持论所以不得不如是苦心孤诣，表一种之同情"，"始能批评其学说之是非得失"[①]。故此，在我们大致了解汉代的"独尊儒术"之复杂历史和文化思想情势，及扬雄本人的儒者身份和儒学旨趣之后，对其"劝百讽一"之说亦可期冀接近此种"了解之同情"。

如前所述，扬雄以潜心著述来承担其卫道、弘道的儒者使命。这一点得到班固的高度肯定，故有《传赞》"实好古而乐道，其意欲求文章成名于后世"云云。值得注意的是，班固这里所说的"文章"，不仅包括扬雄的理论著述如《太玄》《法言》等，而且也包括扬雄的赋作："辞莫丽于相如，作四赋。"也就是说，在班固看来，扬雄的"四赋"与其理论著作一样，都是其弘扬儒道之作。应该说，这一观点是符合扬雄创作"四赋"的初衷的。《汉书·扬雄传》载："正月从，上甘泉，还奏《甘泉赋》以风"；"其三月，将祭后土，上乃帅群臣横大河……还，上《河东赋》以劝"；"其十二月羽猎，雄从……恐后世复修其好，不折中以泉台，故聊因《校猎赋》以风"；"明年，上将大夸胡人以多禽兽……雄从至射熊馆，还，上《长杨赋》，聊因笔墨之成文章，故藉翰林以为主人，子墨为客卿以风"。由此可见，扬雄创作"四赋"，无不以讽谏为宗，而讽谏的实质，正是孔子所说的"以道事君"（《论语·先进》），是儒者以儒家的仁义之道对君王的规约乃至批评。

既然扬雄作赋，"以讽谏为主"（何义门《评注昭明文选》），且"篇中讽谏可观"（《汉书评林》），为何此后却"悔其少作"并加以"劝百讽一"的苛评呢？其直接的原因当是对其讽谏效果的失望："孝成皇帝好广宫室，扬子云上《甘泉赋》，

[①] 冯友兰：《中国哲学史（下）》，华东师范大学出版社2000年版，第432页。

妙称神怪,若曰非人力所能为,鬼神力乃可成。皇帝不觉,为之不止。"(《论衡·谴告》)晚年的扬雄仍对此耿耿于怀:"或曰:赋可以讽乎？曰:讽乎！讽则已；不已,吾恐不免于劝也。"(《法言·吾子》)可见其失望之深——也正是其失望之深,衬出其希望之切。因此,扬雄对赋的严厉批评,实是着眼于其讽谏效果的可疑,进而对其文体本身加以谴责:"雄以为赋者,将以风也,比推类而言,极丽靡之辞,闳侈巨衍,竞于使人不能加也,既乃归之于正,然览者以过矣。"甚至对他早年"心壮之"的司马相如也提出批评:"往时武帝好神仙,相如上《大人赋》,欲以风,帝反缥缥有凌云之志。由是言之,赋劝而不止,明矣。"(《汉书·扬雄传》)其着眼点仍在相如赋的讽谏效果之不彰。

不过,仅从对讽谏效果之失望的层面理解扬雄对赋的批评,或许还是不够的。"悔其少作"并非易事,何况是曾经呕心沥血的"少作"。桓谭《新论·祛蔽》记扬雄自言:"成帝时,赵昭仪方大幸,每上甘泉,诏使作赋。为之卒暴,思精苦。始成,遂困倦小卧,梦其五脏出在地,以手收而内之。"足见其赋作致思之深、结撰之苦。此外,扬雄宣称"辍不复为"的赋,实际只是专为上呈君王的大赋,而非自抒怀抱的赋,故此后还有《解嘲》《解难》《太玄赋》等作。"文学是他的基本嗜好之一,一直到暮年,他也不曾轻视文学的意义。"[1]因此,扬雄后期对赋的严厉批评,或有更深层的原因。笔者认为,结合扬雄的儒者身份来看,"劝百讽一"说实渗透着深切的儒学关怀。概而言之,包括以下三个方面:

(一) 圣王理想的失落

扬雄儒学就其核心而言是"成圣"之学,而将成圣之学落实到政治领域,则表现为"圣王"的理想。也就是说,虽"人人皆可成圣",但君王作为治天下者,乃天地生民之所系:"天地之得,斯民也。斯民之得,一人也。一人之得,心矣。"(《法言·孝至》)更应以成圣为其价值标尺。《法言·学行》云:"学之为王者事,其已久矣。"又云:"学,行之,上也。""行",即是行圣人之道,故"王者之事"就是

---

[1] 徐复观:《两汉思想史(第二卷)》,华东师范大学出版社2001年版,第291页。

行圣人之道,此之谓"圣王"。正如有研究者指出,扬雄四赋中,"与圣王相关的词语屡屡出现,且与汉代帝王一体"①。如《甘泉赋》中"圣皇穆穆,信厥对兮",《长杨赋》中"逮及圣文,随风承流""圣武勃怒,爰整其旅"等。这种直接将汉代君主的圣王化,本身就兼有讽与劝的双重功能:"一方面,圣王并不完全等同于现实之王,它对现实之王具有一定的约束性、批判性,可使某些君王改善政治。……另一方面,它也具有肯定现实王权的作用,为王权的合法性进行论证、宣传和强化。"②问题是,现实中的君王与儒家理想中的"圣王"差距之大难以数计,如扬雄赋中称颂的"圣文",史载其"外有轻刑之名,内实杀人"(《汉书·刑法志》),"圣武"为其大臣评价为"内多欲而外施仁义"(《史记·汲郑列传》)。不仅如此,现实中的君王读到这些称颂圣王之赋,要么"不觉",要么"缥缥有凌云之志"自比圣王,只见其"劝",不见其"讽",堪为"劝百讽一"之注脚。因此,扬雄在《法言·先知》中"圣君少而庸君多"之语,实为有感而发,为其圣王理想失落的深沉喟叹。此种喟叹,无疑也交织着"劝百讽一"的无奈。

(二) 君士关系的扭曲

"君士关系"即"君王"与"士"之间的关系。春秋战国是"士的崛起"③的时代。这意味着"以道自任"的知识分子在一定程度上获得了面对政治权威的独立与自由,并且力图以"道统"来限制"政统"的膨胀。但在秦汉"大一统"之后,这种关系却发生了根本的变化。对此,扬雄在其《解嘲》中有形象的描绘:春秋战国,"士无常君,国无定臣,得士者富,失士者贫",故士"矫翼厉翮,恣意所存","颇得信其舌而奋其笔,窒隙蹈瑕而无所诎",而当今之世,"县令不请士,郡守不迎师,群卿不揖客,将相不俯眉;言者见疑,行殊者得辟,是以欲谈者宛舌而固身,欲行者拟足而投迹"。这里通过极为强烈的今昔对比,将专制格局中的士的人身自由及思想独立性的丧失描述得惟妙惟肖,而究其根源,则可视为政统对

---

① 冯良方:《汉赋与经学》,中国社会科学出版社2004年版,第231页。
② 同上书,第246页。
③ 葛兆光:《中国思想史(第一卷)》,复旦大学出版社2005年版,第80页。

道统的压制:"大一统的'势'既不肯自屈于道,当然也不能容忍知识分子的气焰过分高涨。"①秦朝以"焚书坑儒"的方式来消灭士,而汉则用将其纳入庞大的官僚体制的方式将其彻底工具化。《资治通鉴·汉纪·世宗孝武皇帝》载:"上招延士大夫,常如不足……或小有犯法,或欺罔,辄按诛之,无所宽假。汲黯谏:'陛下求贤甚劳,未尽其用,辄已杀之。以有限之士恣无已之诛,臣恐天下贤才将尽,陛下谁与共为治乎!'黯言之甚怒,上笑而谕之曰:'何世无才,患人不能识之耳,苟能识之,何患无人! 夫所谓才者,犹有用之器也,有才而不肯尽用,与无才同,不杀何施!'"由此可见汉武帝乃至西汉诸帝对士的态度及看法。而此种君王与士之间的关系,必然表现为士的讽谏的影响甚微甚至无效。如前所述,讽谏的实质,正是儒者——"士"——以儒家的仁义之道对君王的规约乃至批评。既然扬雄赋作以讽谏为宗,因此,在扬雄的"劝百讽一"的描述的背后,也隐含着对此扭曲的君士关系的忧虑。

(三) 假儒流行的悲愤

"假儒"与"真儒"相对而言。《法言·寡见》:"如用真儒,无敌于天下。""真儒"即真正奉行圣人之道、坚持儒学真精神的儒者,而"假儒"则是表面奉行儒道,实则非儒。在扬雄看来,他所处的时代是一个假儒流行的时代。《法言·吾子》云:"有人焉,自云姓孔而字仲尼,入其门,升其堂,伏其几,袭其裳,则可谓仲尼乎? 曰:其文是也,其质非也。敢问质? 曰:羊质而虎皮,见草而说,见豺而战,忘其皮之虎矣。""羊质而虎皮",正是假儒的形象化写照。而羊质虎皮者难免"见草而说,见豺而战",假儒袭儒者外表,或为功名利禄,有如"见草而说",或佞侍强权,有如"见豺而战",其本质之假终究难以掩盖。不过,假儒也常以假乱真:"夫欲售者必假真。禹乎! 卢乎!"(《法言·重黎》)故危害极大,导致圣人之道不彰。正是在此情势中,扬雄立志效法孟子,针对"后之塞路者""辞而辟之",著《太玄》《法言》等书。《汉书·扬雄传》云:"哀帝时丁、傅、董贤用事,诸附离之

---

① 余英时:《士与中国文化》,上海人民出版社 1987 年版,第 111 页。

者或起家至二千石。时雄方草《太玄》,有以自守,泊如也。"这些"诸附离之者"无疑包括那些"羊质虎皮"的假儒。扬雄则撰《太玄》以"自守":守其儒者之志,守其仁义之道。"或问:《玄》何为?曰:为仁义。曰:孰不为仁?孰不为义?曰:勿杂也而已矣。"(《法言·问神》)"勿杂"即纯。在扬雄看来,《太玄》所彰显的是纯正的儒家仁义之道。值得注意的是,从《汉书·扬雄传》来看,扬雄作《太玄》实可看作是其从早期的辞赋创作转向理论著述的转折点:"赋劝而不止,明矣。……于是辍不复为,而大潭思浑天。"由此来看,扬雄为排拒假儒、彰显儒道而转向理论著述,虽非其批评赋之"劝百讽一"的直接原因,但在其生命抉择的深层,却是关联在一起的。

综上所述,扬雄提出"劝百讽一"说的直接原因固然是对其赋作讽谏效果的失望,但结合历史思想情势及其儒者身份、儒学旨趣来看,则展现出无奈于圣王理想的失落、忧虑于君士关系的扭曲,以及悲愤于"羊质虎皮"的假儒流行等深层动因。从此意义上说,"劝百讽一"说亦可看作一位以卫道、弘道为己任的儒者在特殊的历史与思想情势中的焦灼心态在文学层面上的投射。

原载《中国赋学》(卷二),江苏教育出版社 2012 年版

曹子建《七步诗》质疑

张为骐

> 一尺布,尚可缝;
>
> 一斗粟,尚可舂——
>
> 兄弟二人不相容!
>
> ——汉《淮南民歌》

古来兄弟不睦,指名刺讽的诗歌,除了《汉书·淮南民歌》外,恐怕就要数到《世说新语》的《七步诗》了。任彦升说:"陈思见称于《七步》。"大概认定曹子建的诗总算这首顶出风头。《世说新语》载他的本事,说:

> 文帝尝令东阿王七步中作诗,不成者行大法。应声便为诗,曰:"煮豆持作羹,漉菽以为汁;萁在釜下燃,豆在釜中泣。本自同根生,相煎何太急?"帝深有惭色。(《文学》第四)

这是《七步诗》的来历。从此以后,文人每爱引用他作典故,至今播为佳话。张炎云,"思王天挺人豪,七步雄才,卓绝尘寰"。徐祯卿云,"至于《垓下》之歌,出自流离,《煮豆》之诗,成于草率;命词慷慨,并自奇工"。李梦阳云,"至于《萁豆》之吟,《吁嗟》之歌,令人惨不忍读。丕之于兄弟诚薄矣!"陈祚明云,"《七步》之真至"。沈德潜云,"至性语,贵在朴质"。历来的人大都相信这首诗,少有异议。

冯惟讷《古诗纪》收《七步诗》,加注"本集不载"四字,似乎有些怀疑。丁晏据此,以为"疑出附会";又在《曹集诠评》"年谱"里说,"按《煮豆诗》或疑其伪。

曹子建《七步诗》质疑

且东阿徙自太和年,文帝时无此封号,小说之诬甚矣!"这是他显然的施行弹劾。

我们看,《七步诗》最早的记载是《世说新语》,然而给我们的疑点也是《世说新语》。这首诗确有些可疑的地方,因为:(一)本集不载;(二)《世说》难据;(三)爵号可疑。中间虽有人说到,我以为还不十分透彻,所以再申述己见。此外还有三点是前人误信的原因,我们并当注意,所以也要说到,以见《七步诗》的影响。先说前三点。

(一)我们看古人的诗集,虽也有少数没有收或误收的,但究不能不根据本集;本集所不载而见于别种书中的,我们不妨去怀疑他。古来的假诗很多,我们不应舍本逐末,故不能不取严格的评判。冯丁二氏因此怀疑《七步诗》,是有见地。朱绪曾作《曹集考异》,驳冯氏之说以为:"明帝诏编植集及三十卷,本集久已失传,无由知其不载也。"是过信本集的成见,而忽略当时的情形,刘义庆是否看见本集而记这回事尚是问题。但即使看见,也决没有;即使子建作过《七步诗》,明帝也必为"干蛊"的关系而删掉他,这是敢断言的。我们但就《七步诗》来说,只须用情理推测,不能窥见全豹,正不什么要紧。若因本集不全而做辩护,就现在所看见的逸文便多靠不住!《慰情赋》有"黄初八年"之句便是一个例。又如有几篇见于乐府古辞及文帝诗内,曾经后人怀疑过。何独《七步诗》为然?那么,这首诗除如《诗经》口耳相授,决不会凭空流传到刘宋时代,若没有《诗经》同等的势力,便是后人杜撰。所以首先不要因为本集失传而相信他。

(二)本集不载,只要所引的书可资信据,我们自可相当承认。但是《世说》怎么样呢?他最使我们怀疑。其中最大的错误如刘桢罹罪于既死之后(《言语》第二);周顗为王敦所杀,而明帝即位复欲杀顗(《方正》第五);又顗已死而明帝问顗二则(《品藻》第九);王充之事而言羲之(《假谲》第二十七):往往牛头不对马嘴。这些都是显而易见的谬点,刘孝标注中均详加驳斥,只可惜独不注意到《七步诗》。不幸这首诗出于最难信据的书中,所以很使我们失望。

这些都与子建不相干,也许难为武断。我们再参看下面一条与子建有关系的事,可问逼令作诗的事是否属实。

>   魏文帝忌弟任城王骁壮,因在下太后阁共围棋,并啖枣。文帝以毒置诸枣蒂中,自选可食者而进。王弗悟,遂杂进之。既中毒,太后索水救之。帝预敕左右毁瓶罐,太后徒跣趋井,无以汲。须臾,遂卒。复欲害东阿。太后曰,"汝已杀我任城,不得复杀我东阿!"(《尤悔》第三十三)

我们看这事是否可靠?他的来源及谬点可由下文看出。《魏志》任城威王彰传,注引《魏氏春秋》:"初,彰问玺绶,将有异志,故来朝不及得见。彰忿怒,暴薨。"郝经《续后汉书·曹彰传》注中也引到,但说,"今观《刘氏春秋》云,'来朝不及得见,彰忿怒,暴薨。'安有围棋进枣之事?且太后徒跣趋井,亦非情事。《世说》之语恐不足据也"。孙盛,晋人,刘义庆大概看见《魏氏春秋》,附会成此。《世说》言及文帝子建的事凡此两条,围棋进枣的事既如此,逼令作诗的事也可想而知了。这又可由子文中毒之说而旁证《七步诗》之非事实。(即同《文学》第四说,亦有马融行鸩郑玄的谬说。)《世说》很有讨论的余地,所以不能不就所根据的书而持怀疑的态度。

(三)子建在黄初二年(221)贬爵安乡侯,又改封鄄城侯,三年立为鄄城王,四年徙封雍邱王;终文帝之世只有这几种头衔。直到明帝太和三年(229)始徙封东阿,可见那时并不与文帝有何往还,黄初时的文帝又何以能令太和中的东阿王呢?这可见好事的人杜撰新奇可喜之说,却不自觉地露出破绽来。这首诗出于《世说》,已不敢相信,作者又忽不经意地呈此漏洞,所以更不能不因"东阿王"三字而加倍的怀疑(《世说》虽有两条都用这个封号,但不能曲为之解,观彼益可证其误)。

我们不见《世说》不知这首诗,见《世说》不信这首诗,所以上面三点都可证明小诗之误。我以为下面三点还须注意,就是:(一)不要因为时代不远而相信他;(二)不要因为征引得多而相信他;(三)不要相信附会强就的话。这三点都是使人误信的地方,所以不可忽略。

(一)刘宋去魏二百年,历来的人很少怀疑的原故大概由此。但我们看古书,往往有相距仅几十年而纪载失实的,何况出自小说家之手?前人多爱捕风

曹子建《七步诗》质疑

捉影,或有因在疑似之间而附会的,亦有毫无影响而凭空撰为此事的。这是他们的常事,没有什么奇怪,他们看见大名鼎鼎的人,总要设法同他联络。即如谢希逸作了一篇《月赋》,也假托子建仲宣的名:这正可看出子建的身份。刘义庆记汉魏晋的事作小说,由各方面看,除了子建没有相当的人选,所以特地欢迎他。这不但不能置信,反而可以寻其痕迹。

(二)《初学记》(《帝戚部》"王"五),《太平御览》(《文部》"思疾"),《太平广记》(《俊辩》一《曹植》)都有这种可疑的记载。今举本事最歧异的《太平广记》来说,以见传述的不同。《广记》云:

> 魏文帝尝与陈思王植同辇出游。逢见两牛,在墙间斗;一牛不如,坠井而死。诏令赋死牛诗。不得道是牛,亦不得云是井;不得言其斗,不得言其死。走马百步,令成四十言;步尽不成,加斩刑。子建策马而驰,即揽笔,赋曰:"两肉齐道行,头上戴横骨;行至凶土头,峥起相唐突。二敌不俱刚,一肉卧土窟:非是力不如,盛意不得泄!"赋成,步犹未竟,重作三十言自愍诗,云(诗同上)。(卷一百七十三,下注云"出《世说》"。)

他说《七步诗》从作《死牛诗》而来,虽比《世说》无缘无故的令作诗有原委,然而令本《世说》无《死牛诗》,就是《七步诗》叙事也与此不同。《初学记》御览所载略同,都征引《世说》,不必另驳。《世说》以前没有同样的叙述,所以不能轻易置信,顶多只能使我们感觉《七步诗》影响很大。我们不要因此相信他,正可因此而疑他以讹传讹,转相耳治,所以愈滋纷歧。

(三)我们本可据"东阿王"三字而怀疑,却偏偏有人附会作诗的年代和强词夺理的辩护。《续后汉书》说:"六年'黄初'丕东征,还,过雍邱,寓植宫,令植作诗。丕怜之,增户五百。"荀宗道注引《世说》,便以为《七步诗》即作于此年。朱绪曾据荀氏所注,遂说"明帝时始封东阿,据此年当称雍邱"。但是子建于黄初中就国二次,次文帝又不见他;他的难关自以二、四两年为最,何以不指这两个年头呢?说句笑话,岂不是"武王伐纣,以妲己赐周公"的办法?朱氏本觉这点说不过去,所以一方面说,"称东阿(《指世说尤悔》)亦记事之失";一方面却又驳丁氏泥"东阿"二字，以为"其称东阿王者，乃刘义庆所加，非其原文如此也"。以《文选》有陈琳《答东阿王笺》并示《龟赋》，吴质《答东阿王书》为萧德施所加，尚犹可说，至以《世说》不是原文如此，只是他的妙论，我的创闻！（《考异》又以《广记》称陈思王而不称东阿王为"举其卒谥"。）我们不要相信这类的话，但就原书观之，自然可疑。

以上三点与前三点相表里，由此更可见《七步诗》之不足凭信，故与前发明其说而质其疑。

《世说》既启此疑窦，这段故事又是怎样来的呢？依我的推想，约有两点：其主要原因不外由兄弟失和一点引申而来，其次便是子建才思敏捷。《魏志》除本传外，文帝问周宣一段话更可看出积不相能的程度。文帝问：

> "吾梦摩钱文，欲令灭而更愈明，此何谓耶？"宣怅然不对。帝重问之，帝对曰，"此自陛下家事，虽意欲尔，而太后不听，是以文欲灭而明耳"。时帝欲治弟植之罪，逼于太后，但加贬爵。（《方伎传》周宣）

文帝对子建的恶感是不可掩的事实。可是失和是一件事，逼令作诗又是一件事：二者不能并为一谈。哥哥尽管对不起弟弟，不必就逼迫作诗，而弟弟讽诗，不必就是小说所记载的（子建集中自有刺文帝的诗）。后来的小说，更说文帝在华林园缢杀子建；使者用弓弦三缢而弦三断，子建从梦中惊醒，文帝是后乃不敢复害他。假使亦有人作此类诗，我们岂便信是子建无误？

子建的才是魏晋以来最令人称羡的。杨修答子建书，说："又尝亲见执事握牍持笔，有所造作，若成诵在心，借书于手，曾不斯须，稍留思虑。"《魏志》亦称"植……出言为论，下笔成章……时邺铜爵台新成，太祖悉将诸子登台，使各为赋。植援笔立成，可观，太祖甚异之。"子建处境既逆，又兼"援牍如口诵"的天才，所以七步八斗，便造出"应声便为诗"的话来。所以"曹子建七步成章，号'绣虎'！"有了这两种主因，就有了小说家的材料，再经渲染烘托，说得确凿可据，也可见文人多事。

古乐府里如《上留田·孤儿行》几篇讽诗，不知为谁而发。《淮南民歌》指名刺讽汉文帝，但亦不知作者姓氏。到《七步诗》刺魏文帝，作者乃指名子建，其中很可玩味。《世说》独光顾子建，都因他在文学史上所占位置的原故。凡是有名的诗歌，在作者姓氏没有确定以前，每借重文坛健将。即如苏李五言诗，作者发生问题，杨升庵乃说："即使假托，亦是东汉及魏人张衡曹植之流始能之尔。"又如《木兰辞》的作者，后人也曾疑到子建，魏泰亦云："世传《木兰诗》为曹子建作，似矣。"《七步诗》正是此类。

古来可疑的诗，如《孔雀东南飞》长一千七百余字，又如《木兰辞》长亦三百余字，由诗中即可考证作品的时代。《七步诗》便很感困难了。就六句说，通共三十个字，我们很不容易从他的本身考出一二可疑之点。宋无名氏《漫叟诗话》虽说："曹子建《七步诗》，世传'煮豆燃豆萁，豆在釜中泣'；一本云，'萁在釜中燃，豆在釜中泣'。其工拙浅深，必有以辩之者。"（"句辩"，见《说郛》）他所谓"辩"，亦非怀疑，我们仍然莫名其妙。我想，子建诗多伤感身世的话，李梦阳评他一部分作品，"其音宛，其情危，其言愤切而有余悲"，很可代表全诗之哀怨。《七步诗》有这样模仿的本领。此外曹爽禁狱，乞食于司马懿，懿送"盐豉""大豆"等物：诗中"煮豆""漉豉"或亦可稍稍看出有魏晋的色彩。故提出这首最脍炙人口的诗，做个假设，"未敢妄信，思□□（编者按：原稿缺2字）于有道"，望引起读者的讨论！

十五，秋季，于

原载《国学月报》1926年秋季期刊

苦闷的象征

——《洛神赋》新议

张文勋

曹植是建安文学中之佼佼者,他在创作上的成就,不仅超过父兄,也超过建安七子及其他作家,这是大家所公认的。钟嵘把他比作"人伦之有周孔,鳞羽之有龙凤,音乐之有琴笙,女工之有黼黻"(钟嵘《诗品》),这评价是很高的。刘勰虽然为曹丕抱不平,认为:"文帝以位尊减才,思王以势窘益价,未为笃论也。"(刘勰《文心雕龙·才略》)但他也承认:"陈思,群才之英也。"(刘勰《文心雕龙·事类》)曹植的诗赋,慷慨多气,情思婉转,具有很高的艺术性,可称得上是"建安风骨"的代表。钟嵘称他的作品"骨气奇高,词采华茂,情兼雅怨,体被文质"。这种评价是符合实际的。

在曹植的作品中,《洛神赋》是一篇独具特色的作品,它以强烈的感情色彩和鲜艳夺目的艺术光泽,博得历代读者的喜爱而脍炙人口。但是,对这篇名作的理解,却千古以来争论不休,直到现在,也是众说纷纭。而在当代的一些文学史中,对它又只是轻描淡写几句,语焉不详。本文就想从这篇作品的思想和艺术两方面做一点分析,以见曹植创作风格之一斑。

一

《洛神赋》究竟写的是什么?它抒发了什么样的思想感情?它反映了什么

样的社会背景？为了说明这些问题，我们不能不将一千多年来的争议，做一番简要的回顾。

关于这篇赋的写作动机，作者在序文中做了如下说明："黄初三年，余朝京师，还济洛川。古人有言，斯水之神，名曰宓妃。感宋玉对楚王说神女之事，遂作斯赋。"可见，这是曹植于黄初三年（应是四年）入朝后，返回封地鄄城途中，路经洛水，有感而作。赋的内容，主要是描写洛神宓妃之美，抒发了作者对想象中的宓妃的爱慕和因"人神之道殊"而不得结合的怅惘。问题就在于作者说的"有感而作"，究竟"感"的是什么？对于这问题的争论，主要有两种意见：一种是"感甄"说，一种是"寄心君王"说。

"感甄"说，最早见于宋尤袤的李善注《文选》，现在通行的是清胡克家重刻本。该本《洛神赋》李善注有这样一段话：

> 《记》曰：魏东阿王汉末求甄逸女，既不遂，太祖回与五官中郎将。植殊不平，昼思夜想，废寝与食。黄初中入朝，帝示植甄后玉镂金带枕，植见之不觉泣。时已为郭后谗死，帝亦寻悟，因令太子留宴饮，仍以枕赍植。植还，度轘辕，少许时，将息洛水上，思甄后，忽见女来，自云："我本托心君王，其心不遂。此枕是我在家时从嫁，前与五官中郎将，今与君王。遂用荐枕席。欢情交集，岂常辞能具？为郭后以糠塞口，令被发，羞将此形貌重视君王尔。"言讫，遂不复见。所在遣人献珠于王，王答以玉佩。悲喜不能自胜，遂作《感甄赋》。后明帝见之，改为《洛神赋》。

这段故事，编得确是哀艳动人，所以，"感甄"之说也就流传开了。李商隐在他的诗中，不止一次用了这个故事，如"宓妃留枕魏王才"（《无题》四首之二）、"来时西馆阻佳期，去后漳河隔梦思"（《代魏宫私赠》），"冰簟且眠金镂枕，琼筵不醉玉交杯。宓妃愁坐蓝田馆，用尽陈王八斗才"（《可叹》）。这都是以宓妃为甄妃。可见，"感甄"之说，在唐时已流传。但是，这毕竟是传说，或是小说家笔下的杜撰，与历史事实不符，亦有悖于情理，前人早已论之。就史实而言，甄后三岁丧父，后嫁袁绍子袁熙为妻。曹操平袁绍，把甄氏嫁给曹丕。丕做了皇帝，因郭后谗言，甄后被赐死。曹植因受曹丕猜忌，被排斥迫害，胸怀壮志而不得施展，随时有被杀害之可能，在这种境况下，居然敢公开"感甄"，而曹丕竟然也悔悟而示之以甄氏的玉镂金枕，恐决无此理。何义门（焯）认为这都是"小说家不过因赋中'愿诚素之先达'二句而附会之"①。潘德舆对李义山诗引此传说也甚为不满，认为"感甄"之说"揆之情事，断无此理。……文人轻薄，不顾事之有无，作此谰语，而又喋喋不已，真可痛恨。作诗者所当力戒也"（《养一斋诗话》）。当然小说家的虚构，诗人的借用，我们不必苛求，但是，如果要把虚构的故事，当作事实而强加于《洛神赋》，那就牵强附会以至于荒诞不经了。所以我认为前人对"感甄"说的这些批评是有道理的，我们今天也不必再跟那些"小说家"之言去妄解《洛神赋》了。

但是，与此同时，我们又看到反对"感甄"说的那些文人学者们，却又从另一立场对《洛神赋》做了另一种牵强附会的解释，这同样也属想当然的臆测。他们根据我国古代传统的文学批评理论"寄托"说，提出来了"寄心君王"说。清丁晏在《曹集诠评》中说："序明云拟宋玉神女为赋，寄心君王，托之宓妃，洛神犹屈宋之志也。而俗说乃诬为感甄，岂不谬哉！"在他之前，何义门就说过："植既不得于君，因济洛川作为此赋，托辞宓妃，以寄心文帝，其亦屈子之志也。"②朱乾对此说得更为具体："然则《洛神》一赋，乃其悲君臣之道否，哀骨肉之分离，托为神人永绝之词，潜处太阴，寄心君王，贞女之死靡他，忠臣有死无贰之志，小说家附会感甄，李善不知而误采之。"③这种分析，则更近于主观武断，就像汉儒说诗那样，以意逆志，随意曲解。说实在的，我们反复读《洛神赋》，无论从文字叙述、人物描写，都看不出半点"寄心君王"的影子。这里所说的"寄心君王"，本来是赋中的一句，原文是："虽潜处于太阴，长寄心于君王"，是借洛神之口，称曹植为君王，根本扯不到曹丕头上。硬要以神女喻曹植，而"君王"指曹丕，简直是不伦不类。

①② 《义门读书记·文选》卷一。
③ 《乐府正义》卷十四。

我国古代儒生说诗，类似情况很多，岂能盲从附和。就是以屈原的作品来说，的确有很多比兴寄托，但是如果说句句都有寄托，一切香草美人，都是指某人某人，也是值得怀疑的。主张"寄心君王"说的人们，把曹植和屈原、宋玉相比。从他们的遭遇、思想情怀以及创作风格来说，有类似之处是可能的，但一定要说《洛神赋》模仿宋玉的《神女赋》，故曹植有屈宋之志，从而断言"托宓妃以寄心文帝"，那就不可信了。我国古代有一些文人说诗，受两汉儒生说诗的影响，把诗歌中的比兴和寄托这种常用的艺术手法神秘化了，因此就喜欢离开作品本来面目而无限联系，任意分析，简直把优美的艺术享受，变成星相卜卦之学，让本来是明白如画的作品，反而令人大惑不解。《洛神赋》在其流传过程中，我看也遭到同样的命运。我这样说，可能遭到物议，但是见仁见智，也只好各抒己见了。

最近，读到几篇谈《洛神赋》的文章，都提出了一些新的见解，但是基本论点，似俱未超出以上二说。有的同志反对"寄心文帝"或"寄心君王"说，而同意或基本倾向于"感甄"说[①]；有的同志则仍主"寄心君王"说，认为"何焯的看法是有道理的"[②]。对此，我有一些不同看法，我觉得对一些有争议的古典文学作品，应该在前人研究的基础上，给予新的解释，既要吸取前人研究的有价值的成果，又要摆脱旧说的束缚，开拓新的思路。以《洛神赋》来说，我们是否也可以做一些新的理解呢？

二

那么《洛神赋》的主题思想究竟是什么？它反映了什么样的社会内容？我以为，作者写的是爱情主题，歌颂了一位理想中的美丽的女性，大胆地抒发了作者对这位想象中的妇女的爱慕之情。所以萧统《文选》把这篇赋归于"情"一类

[①] 张瑷：《〈洛神赋〉为"寄心文帝"说质疑》，《南京师院学报》1983年第4期；陈祖美：《〈洛神赋〉主旨寻绎——为"感甄"说一辩兼驳"寄心君王"说》，《北方论丛》1983年第6期。

[②] 李健：《柔情丽质，哀怨蕴结——曹植〈洛神赋〉赏析》，《名作欣赏》1984年第1期。

是有道理的。说他写的是爱情主题,会不会削弱其思想意义呢?当然不会。爱情主题在封建社会里,有其深厚的社会基础,有其丰富的思想内容。《洛神赋》的思想内容,我们可以分两个层次加以剖析:一是对爱情和幸福的追求,二是对事业和理想的寄托。而此二者,又都是作者长期生活积累的产物,并不一定具体指某人某事。先说爱情。诗歌写爱情,可能是专写某人,也可能是写理想中的妇女形象,是作者在某个模特儿的基础上塑造出来的具有典型意义的艺术形象。这样的爱情主题更具有普遍意义,这样的艺术形象更具有典型性。

建安时期的文学作品中,由于作家们的思想比较解放,《风》《骚》和乐府民歌的传统得到继承发扬,爱情主题已不再是禁区。描写男女恋爱或游子思妇的作品,大量出现。这种描写,不再是吞吞吐吐、羞羞答答的,而是大胆的倾诉。在汉乐府中,如《陌上桑》以极其夸张的手法,描写了采桑女罗敷之美以及她的夫婿之出众。"行者见罗敷,下担捋髭须,少年见罗敷,脱帽著帩头,耕者忘其犁,锄者忘其锄。来归相怨怒,但坐观罗敷。"这样描写当然是一种艺术的概括和夸张。《古诗十九首》中的《青青河畔草》《冉冉孤生竹》《迢迢牵牛星》等篇章,抒发男女之情的大胆直率,感情的哀惋诚挚,和《洛神赋》的描写是很类似的。曹植的哥哥曹丕的诗虽比较平淡,但其中最好的篇章如《燕歌行》,正是抒写一位妇女在秋夜思念"淹留寄他方"的丈夫,写得婉转动人。曹植的《美女篇》很明显是模仿《陌上桑》,也被人们解释成"美女者,以喻君子,言君子有美行,愿得明君而事之"(《乐府六十三》)。这也和《洛神赋》是"寄心君王"的说法一样,没有什么根据。诗中描写一美女难配佳偶,即使有寓意,有寄托,也不必定是寄心"明君",也不必定是写某人某事。如果我们一定要把汉乐府、古诗十九首以及曹丕、曹植的作品中写到男女之情的,都要附会于某人某事,那是根本做不到的,也是不必要的。关于宓牺氏之女宓妃溺死于洛水而为洛神之传说,早已有之。曹植在渡洛水途中,有感于洛神的优美的传说,联系现实生活中男女爱情上的种种不幸,封建社会里恋爱婚姻的不自由,又受宋玉《神女赋》写作的启示,于是托与宓妃神交的虚幻故事,集中表现了"恨人神之道殊"这一悲剧性的主题,通过这一主题,曲折地反映了爱情问题背后的社会现实,反映出人们对爱情和幸福的追求,这才是《洛神赋》思想意义所在,也正是作品的价值所在,它远远超过了"寄心君王"的臆说,也比"感甄"说的意义深刻得多。

至于宓妃的形象,当然也是艺术的虚构,是作者理想中的妇女形象的体现,是艺术典型。作者用了许多华美的笔墨,描写洛神的形体美、神态美和缱绻多情的性格,反映出当时文学作品中对女性的审美观。以服饰描写为例,《陌上桑》写罗敷是:

头上倭堕髻,耳中明月珠,缃绮为下裙,紫绮为上襦。

曹植《美女篇》中的女主人公形象则是:

攘细见素手,皓腕约金环。头上金爵钗,腰佩翠琅玕。明珠交玉体,珊瑚间木难。罗衣何飘飘,轻裙随风还。

写洛神则云:

披罗衣之璀粲兮,珥瑶碧之华琚。戴金翠之首饰,缀明珠以耀躯。践远游之文履,曳雾绡之轻裾。

如我们没有充分的材料足以说明曹植和甄后之间,因"在家庭中接触""而产生感情",也没有任何材料可以说明曹植有感于宓妃就是感于甄妃,那么凭什么可以断言《洛神赋》中对宓妃的相貌、穿戴、举止的描写,是"甄氏形象的具体化"呢? 我们只能把她看作是作者概括了生活中许多美貌妇女形象的特征所塑造出来的艺术形象。否则,《美女篇》中的女主人公形象,又以谁作为模特儿呢? 为什么不说那也是以甄后为原型呢? 我认为《洛神赋》的思想意义,是在于它反映了封建社会制度对爱情的束缚和压制,表现了人们在爱情婚姻问题上对自由和幸福的追求。而宓妃的形象,正是人们所追求的美的女性的具体化。我们今天鉴赏这篇作品,也就不必在作者是否为"感甄"而作的问题上而大伤脑筋。

至于说,在爱情主题后面,是否还寄托了作者对于事业和理想的追求呢? 应该说是有的。曹植作为一个有理想有抱负而被排挤压制的诗人,长期抑郁愤激的感情,往往会自觉不自觉地通过各种机会流露出来。理想的幻灭、爱情的失意,交织成一种失望、伤感、愤懑、苦恼的情绪。这种情绪是多种感情的积淀,成为一种下意识的东西。由于某一事物或环境的触发,这种情绪就会喷涌而出,一发难收。它因物起兴,可能是触景生情,寓情于景;也可能是虚构情节,借题发挥。所以,作品中的人和事,不一定是真人真事,但所表现的思想感情,却是产生于现实生活中的真情实感。人们大概都有过这样的实践经验:在长期复杂的生活经历中,可能有过失恋的痛苦,有过一些不幸的遭遇,人生旅途中经历过一些坎坷,心灵受过某种创伤。时间长了,事情已经过去,甚至是被遗忘了,但是在心灵深处却还留下某些很深的痕迹,酝藏日久,可能变成某种不自觉的,甚至不一定是很理智的情绪,或沉郁,或愤激,或低沉,或昂扬。一旦受到某种诱因的触发,这种感情就要冲动。现代小说家们常喜欢用"莫名的"三字去形容某种难以解释的情绪。这种情绪不一定针对某一具体事件或某一人物,而是各种思想感情积淀而成,只不过是由于某种诱因而迸发出来了。《洛神赋》中,表现出来的失望、哀婉、眷恋、追求种种错综复杂的思想情绪,可以说就是曹植其人长期受压抑、受迫害、在生活上事业上有种种不幸遭遇的综合反映。如果我们借用厨川百村的一句话,那就叫"苦闷的象征"吧!这里面包括他在爱情生活、政治生活上的那种执着的感情,反映出他的多愁善感、才华横溢的性格特征。读《洛神赋》,人们就被这种思想情绪所感染,再加上作品中的高超的艺术技巧,使之成为脍炙人口的名篇。如果这篇赋仅仅只是"感甄"或者"寄心君王",恐怕也就不会具有这样强烈的艺术力量了。

三

《洛神赋》在艺术上很有特色,但历来被人们忽视而把注意力集中于"感甄"还是"寄心君王"的争论。我觉得这篇名作的艺术成就,不仅在于它对汉赋的继承和革新,还在于它那富有象征性的表现手法。曹植自己说,他"感宋玉对楚王神女之事,遂作斯赋",足见其受《神女赋》的影响,那是没有问题的。他对洛神的美貌的描写,也和宋玉对神女的描写有类似之处,章法格式也有模仿。但是,我们也可看到他们之间的很大差异:宋赋多铺陈写色,而曹赋则多委婉抒情;宋赋写形,曹赋写神;宋赋多抽象形容,而曹赋则多具体描写。由此,我们也可看出六朝作家把缘情体物结合起来,这是我国古代文学发展的一大变化,也是六朝文学进入自觉时期的征候之一。《洛神赋》的艺术特色,可从以下几方面去分析:

首先,作者充分运用了艺术想象和联想的心理特点,给读者创造了一幅如梦似幻的富有象征性的艺术境界,具有一种可望而不可及、可感而不可触的朦胧之美。作品一开始就渲染这种气氛:

于是精移神骇,忽焉思散,俯则未察,仰以殊观。睹一丽人于岩之畔。

在这种近于幻觉的境界中,作者对洛神及其周围环境,做了一系列飘飘忽忽、若即若离的描写,写洛神之形,则云:

翩若惊鸿,婉若游龙。

仿佛兮若轻云之蔽月,飘飖兮若流风之回雪。远而望之,皎若太阳升朝霞;近而察之,灼若芙蓉出渌波。

洛神的形象,光彩照人,然而是可望而不可及的,照心理距离的说法,正是这种可望而不可及的形象,更足以唤起读者的丰富的想象力而获得无限的美感。作者描写洛神的身影风姿,则云:

神光离合,乍阴乍阳。

体讯飞凫,飘忽若神。凌波微步,罗袜生尘。动无常则,若危若安;进止难期,若往若还。

总之,这是一个飘忽不定的形象,她的美,只有在想象中才能把握。"乍阴乍阳""若危若安""若往若还",这都是捉摸不定,但又可以感受的一种神态。不错,曹植写的是"神",因此,创造了这种迷离恍惚的境界,似乎并不奇怪,但是要知道,这里的"神",并不是至高无上的可敬可畏的概念化的神,也不是虚无缥缈的幻影,而是一个有血有肉、有丰富的思想感情的人。围绕着她所构成的如梦似幻的艺术境界,只增加了我们的艺术的美的想象,并没有把我们带到超尘出世的天国。曹植在赋的最后说:"足往神留,遗情想像。"可以说,这也是这种艺术境界给读者留下的美感力量。

其次,作品刻画洛神这个具有象征意义的艺术形象的方法,也有其独特之处,它不停留于表面的铺陈,也不做静止的写生,而是由表及里,由形及神,动静结合,曲折有致。从"肩若削成,腰如约素。延颈秀项,皓质呈露",以及"披罗衣之璀粲兮,珥碧瑶之华琚"等细腻的外形描写,我们已经看到这位鲜艳夺目的丽人形象了。但这毕竟只是外在的诉诸视听之区的影像,仅仅是一种外在之美。这影像真正成为使人"思绵绵而增慕"的艺术形象,还在于她的精神情感。作者由表及里,层层深入,赞美洛神的多情善感,"抗琼珶以和予兮,指潜渊而为期"。洛神不仅和曹植(即赋中自称"予"的人),互赠定情信物,约会交好,而且还充满感情地为之"超长吟以永慕"。后因"人神之道殊"而不得不离开时,洛神还悲痛伤感,痛哭流涕:"抗罗袂以掩涕兮,泪流襟之浪浪。悼良会之永绝兮,哀一逝而异乡。无微情以效爱兮,献江南之明珰。虽潜处于太阴,长寄心于君王。"这种绘声绘色的描写,使洛神的形象更显得有血有肉,有情有信了。此外,作者对洛神的刻画,不只是做静物写生,还充分表现其动态美,有动有静,动静结合,使得洛神的形象更加栩栩如生。

> 践远游之文履,曳雾绡之轻裾。微幽兰之芳蔼兮,步踟蹰于山隅。于是,忽焉纵体,以遨以嬉,左倚采旄,右荫桂旗。攘皓腕于神浒兮,采湍濑之玄芝。

短短数句,生动地描写了洛神在山隅漫步、遨游、嬉戏、采芝种种姿态,就好像我们看画面上的一幅美人图,忽然走动起来了。当洛神受了感动,情不自禁以至于手舞足蹈时,作者写道:

> 竦轻躯以鹤立,若将飞而未翔。践椒涂之郁烈,步蘅薄而流芳。超长吟以永慕兮,声哀厉而弥长。尔乃众灵杂遝,命俦啸侣。或戏清流,或翔神渚,或采明珠,或拾翠羽。

苦闷的象征

这简直是一幅以洛神为中心的热烈的游戏场面,使人感到五彩缤纷,目不暇接,再联系到前面的种种静态描写如"云髻峨峨,修眉联娟,丹唇外朗,皓齿内鲜,明眸善睐,辅靥承权"等,洛神的形象,就更具体生动了。

总之,《洛神赋》所塑造的洛神,的确是一个光彩照人的艺术形象,而通篇所呈现的意境,却是在朦胧中现光彩,华美中见忧郁,宛若镜中之象,水中之月,莹彻玲珑,不可凑泊(严沧浪语),启人神思,发人深省。洛神是理想的象征。这理想、可以是美的理想、爱的理想,也可能是事业的理想、生活的理想。可惜这些理想都和洛神一样,是可望而不可及的,给人留下的只是惋惜怅惘、冥思遐想。从这意义上说,我们认为曹植借这篇赋以寄托自己的种种失意情怀,说它是苦闷的象征,也是可以理解的。

原载《社会科学战线》1985 年第 1 期

"汉魏六朝乐府文学史"绪论

萧涤非

第一章　乐之起源与先秦乐教

《乐记》曰:"诗,言其志也;歌,咏其声也;舞,动其容也;三者皆本于心。"又曰:"凡音之起,由人心生也。人心之动,物使之然也。感于物而动,故形于声,声相应,故生变。变成方谓之音。比音而乐之,及于干戚羽旄谓之乐。"夫人莫不有心,有心斯感,有感斯发,发则不知手之舞之,足之蹈之,口之歌之。然则即谓乐之起源,自生民始,固无不可也。

上古邈远,莫得而论,若《吕氏春秋》所载:"葛天氏之乐,三人操牛尾,投足以歌八阕:一曰《载民》,二曰《玄鸟》,三曰《遂草木》,四曰《奋五谷》,五曰《敬天常》,六曰《达帝功》,七曰《依地德》,八曰《总鸟兽之极》。"其歌辞又皆失传。且时在书契以前,恐根本即无歌辞,上列八目,当亦出后人附会。然以理推之,则所谓操牛投足者,事或有然。初民之风味,盖略可想见。以较后世之干戚羽籥,巾拂杯槃,觉犹有天籁人籁之别。唯自唐虞以迄三代,则此种原始自然流露之音,已渐变而为一种"人为之节"。易言之,即所谓乐教是也。

《尚书·舜典》云:"帝曰:夔,命汝典乐,教胄子。直而温,宽而栗,刚而无虐,简而无傲。诗言志,歌永言,声依永,律和声,八音克谐,无相夺伦,神人以和。"此乐教施行之始也。周监于二代,郁郁乎文,乐之为用既日繁,乐之为教遂益重。故诗书礼乐与礼乐刑政往往连文并称,如《礼记·乐记》:"故礼以道其志,乐以和其声,政以一其行,刑以防其奸。礼乐刑政,其极一也。"又《王制》篇云:"乐正崇四术,立四教,顺先王诗书礼乐以造士。春秋教以礼乐,冬夏教以诗书。"又《经解》篇:"孔子曰:入其国,其教可知也。其为人也温柔敦厚,诗教也;疏通知远,书教也;广博易良,乐教也;洁静精微,易教也;恭俭庄敬,礼教也;属辞比事,春秋教也。"是皆其例也。

而《周礼》六艺之教,乐且居其第二焉,《地官司徒》云:"以乡三物教万民而宾兴之……三曰六艺:礼乐射御书数。以五礼防民之伪而教之中,以六乐防民之情而教之和。"所谓六乐者,盖六代之乐,《周礼·春官》:"大司乐以乐德教国子,中和祗庸孝友,以乐语教国子兴道讽诵言语,以乐舞教国子舞云门大卷、大咸、大磬、大夏、大濩、大武。"而《礼记·内则》亦云"十有三年学乐诵诗舞勺",则知乐教之于周,施行至为普及,其重要乃不亚于诗礼刑政,皆所以为治也。

此种乐教施行之目的,大要有二,然其出发点则一,即认定乐本人心,故声有哀乐,与性情相通,足以左右人之心术也。今分别言之。

(一)致乐以治心。即以乐为涵养人格之工具。《礼记·祭义》:"君子曰:礼乐不可斯须去身,致乐以治心,则易直子谅之心油然生矣。易直子谅之心生则乐,乐则安,安则久,久则天,天则神。天则不言而信,神则不怒而威,致乐以治心者也。"孔子亦曰:"兴于诗,立于礼,成于乐。"又曰:"若臧武仲之知,公绰之不欲,卞庄子之勇,冉求之艺,文之以礼乐,亦可以为成人矣。"所以成人必有赖于乐者,正以乐足治心故也。而观《乐记》师乙答子贡之问,则《风》《雅》《颂》三者之于人,且各有功能焉。其言曰:"宽而静,柔而正者宜歌《颂》;广大而静,疏达而信者宜歌《大雅》;恭俭而好礼者宜歌《小雅》;正直而静,廉而谦者宜歌《风》。"此以乐治心济性之明验也。

(二)致乐以化民。即以乐为移风易俗之工具。前者属于个人,为士君子说法,此则属于一般社会方面,虽程度有浅深,其推本于性情则一。《孝经》云:"子曰,移风易俗,莫善于乐。"《乐记》亦云:"故乐行而伦清,耳目聪明,血气和平,移风易俗,天下皆宁。"又云:"乐也者,圣人之所以乐也。而可以善民心,其感人深,其移风易俗(易),故先王著其教焉。夫民有血气心知之性,而无哀乐喜怒之常,应感起物而动,然后心术形焉。是故志微、噍杀之音作,而民思忧;啴谐、慢易、繁文、简节之音作,而民康乐;粗厉、猛起、奋末、广贲之音作,而民刚毅;廉直、劲正、庄诚之音作,而民肃敬;宽裕、肉好、顺成、和动之音作,而民慈爱;流辟、邪散、狄成、涤滥之音作,而民淫乱。"此又先秦之世以乐化民之证也。

虽然,然不先正乐,则以之治心而心或不治,以之化民而民或为恶,故雅郑之别严焉(扬雄《法言》:"中正曰雅,多哇曰郑")。如《论语》:"子曰,放郑声。"又曰:"恶郑声之乱雅乐也。"《周礼》亦云:"凡建国,禁其淫声、过声、凶声、慢声。"盖"乐者乐也,人情之所不能免也"。苟任其情之所极,而莫为之节,则必且荡心溺志,流连忘返以至于乱。故《乐记》曰"先王耻其乱,故制雅颂之声以道之,使其声足乐而不流"也。

观乎上述,则知乐在先秦,乃所以为治,而非以为娱。乃将以启发人之善心,使百姓同归于和,而非以满足个人耳目之欲望。此种由于过信声音感人之力量所产生之乐之功利主义,其是非然否,可姑不论,然要为先秦真精神之所在,则亦今日吾人治乐府者所宜注意也。

自秦燔《乐经》,雅音废绝,汉兴,承秦之弊,虽乐家有制氏,然但能纪其铿锵,而不能言其义。故多以郑声施于朝廷,所谓乐教,盖式微矣。然如武帝之立乐府而采歌谣,以为施政之方针,虽不足以语于移风易俗,固犹得其遗意。视魏晋以下,徒然爱好于声调文辞者,要自有别。故于论列汉乐府之先,明其历史之背景与渊源如此。

《乐记》曰:"先王之制礼乐也,非以极口腹耳目之欲也,将以教民平好恶而反人道之正也。"太史公曰:"夫上古明王之举乐者,非以娱心自乐,快意恣欲,将欲以为治也。"噫!是亦足以观古今之变也已。

第二章　乐府之产生及其沿革

乐府者何？顾亭林曰："乐府是官署之名。其官有令，有音监，有游徼。《汉书·张放传》：使大奴骏等四十余人群党盛兵弩，白昼入乐府，攻射官寺。《霍光传》：奏昌邑王，大行在前殿，发乐府乐器。《后汉书·律历志》：元帝时郎中京房知五声之音，六十律之数，上使太子太傅韦元成、谏议大夫章杂，试问房于乐府是也。后人乃以乐府所采之诗，即名之曰乐府。"（《日知录》卷二十八）是知乐府者本一制音度曲之机关，其性质与唐之教坊、宋之大晟府，初无大异。唯其职责，在于采取文人诗赋及民间歌谣，被之管弦而施之郊庙朝宴，故后世遂并此种入乐之诗歌，亦名曰乐府焉[①]。

乐府之制，其来已久，殷有瞽宗，周有大司乐，秦有太乐令、太乐丞，皆掌乐之官也。然乐府之名，则始见于汉。按《后汉书·南蛮传》："阆中有渝水，其人多居水左右，天性劲勇，俗喜歌舞，高祖观之曰：'此武王伐纣之歌也。'乃命乐人习之，所谓《巴渝舞》也。"则高祖之时，固已有乐府之设。至惠帝二年，乃以名官，即《汉书·礼乐志》所谓"使乐府令夏侯宽备其箫管"者是也。然乐府之立为专署，则实始于武帝。考班固言武帝立乐府事凡三见，一见于《两都赋·序》：

> 大汉初定，日不暇给。至武、宣之世，乃崇礼官，考文章。内设金马石渠之署，外兴乐府协律之事。

再见于《汉书·礼乐志》：

> 至武帝定郊祀之礼，乃立乐府，采诗夜诵。有赵代秦楚之讴。以李延年为协律都尉。多举司马相如等数十人造为诗赋，略论律吕，以合八音之调，作十九章之歌。

[①] 按《宋书》卷五十："鲍照尝为古乐府，文甚遒丽。"又同书卷一百载："沈林子所著诗、赋、赞、三言、箴、祭文、乐府、表、笺、书、记、白事、启事、论老子，一百二十一首。"以乐府与诗赋等并列，沈、鲍乃刘宋初人，则以"乐府"名诗，当始于晋、宋之际。

三见于《汉书·艺文志》：

> 自孝武立乐府而采歌谣，于是有赵代之讴，秦楚之风，皆感于哀乐，缘事而发；亦可以观风俗，知薄厚云。

其文甚明，其事易晓。此实乐府娩生之第一声，亦即汉乐府所以为汉乐府之第一义也。凡今所存，而为吾人徘徊咏叹者，自贵族乐章之《安世房中歌》十七章外，固无一而非武帝以后作品也。

历昭、宣、元、成以迄于西汉之末，将百年间，皆一仍旧贯。民间乐府，实臻全盛。《汉书·艺文志》虽未存其文，然观其著录之目，则有《吴、楚、汝南歌诗》十五篇，《燕、代讴，雁门、云中、陇西歌诗》九篇，《邯郸、河间歌诗》四篇，《淮南歌诗》四篇，《齐、郑歌诗》四篇，《左冯翊、秦歌诗》三篇，《京兆尹、秦歌诗》五篇，《河东、蒲反歌诗》一篇，杂各有主名歌诗十篇，《杂歌诗》九篇，《洛阳歌诗》四篇，《河南、周歌诗》七篇，《周谣歌诗》七十五篇，《周歌诗》二篇，《南郡歌诗》五篇，综计不下一百六十篇，其地域几及当日中国之全部，盖皆出于民间者也。虽其时朝士大夫多目此种风谣为郑卫之音，然在政治上固仍与贵族乐府处于同等之地位，被诸管弦而播之廊庙。于此，有一事堪注意焉，即哀帝之诏罢乐府是也。《汉书·礼乐志》载其本末云：

> 是时（成帝）郑声尤甚。黄门名倡丙疆、景武之属，富显于世。贵戚五侯、定陵、富平、外戚之家，淫侈过度，至与人主争女乐。哀帝自为定陶王，疾之，又性不好音，及即位，下诏曰："……郑卫之声兴，则淫僻之化流。而欲黎庶敦朴家给，犹浊其源而求其清流，岂不难哉？……其罢乐府官！郊祭乐，及古兵武乐，在经非郑卫之乐者，条奏，别属他官。"……然百姓渐积日久，又不制雅乐，有以相变，豪富吏民，湛沔自若。

据《礼乐志》所载，当时乐府人员凡八百二十九人，其经丞相孔光奏可罢免者凡四百四十一人。其中如郑四会员六十一人，秦倡员二十九人，楚四会员十七人，巴四会员十二人，铫四会员十二人，齐四会员十九人，蔡讴员三人，齐讴员六人……则皆当日以为"郑声可罢"者也。其未罢之三百八十八人中，除夜诵员五人外,殆全为从事于郊祀宴飨诸贵族典礼之人员。观此,则知哀帝之诏罢乐府,非真罢乐府也,特罢乐府中之属于民间部分者耳。若武帝时"赵代秦楚之讴",班固称为"足以观风俗,知厚薄"者,至此已全然认为郑卫之声而在排摈之列矣。虽云"豪富吏民,湛沔自若",乐府罢遣人员,或仍操其旧业,转徙民间,在当日似无若何影响,然自是而后,民间风谣,因不见政府采取,遂失其政治上之凭借力与夫乐工传习之赓续性,富有文学价值之汉民间乐府,其残佚不完,虽缘班固《汉书》之失载,此亦一因也。乐府之衰,盖兆于此。

东汉一代,乐府之立,史无明文。按《后汉书·明帝纪》:"永平三年改太乐为太予乐。"(《汉官仪》曰:太予乐令一人,秩六百石)又蔡邕《礼乐志》:"汉乐四品:一曰大予乐,典郊庙、上陵殿诸食举之乐;二曰周颂雅乐,典辟雍飨射六宗社稷之乐;三曰黄门鼓吹,天子所以宴乐群臣;其短箫铙歌,军乐也。"①则乐府在东汉初年殆已恢复,规模似颇宏大。更观今所存《雁门太守行》诸作,乐府且仍必采诗,一如武帝故事也。然而文士拟作,亦渐繁矣。

魏晋而下,代有乐府之制,不乏识乐之人,或改用前调,或自度新曲,或因声而作歌,或因歌而造声,然其内容,大率不过食举上寿之文,大会行礼之节,歌功颂德之什,娱心悦耳之音,于民间乐府,俱阙焉不采,竟千载而一辙。是以孤儿寡妇之哭声,仓浪黄泉之叹息,无所闻焉。唐室私家《新乐府》之代兴,非偶然也。

第三章　乐府之界说与分类

乐府之范围,有广狭之二义。由狭义言,乐府乃专指入乐之歌诗,故《文心雕龙·乐府篇》云:"乐府者,声依永,律和声也。"而由广义言,则凡未入乐而其体制意味,直接或间接模仿前作者,皆得名之曰乐府。

---

① 《后汉书·礼仪志》注引。

然此二者之界限，并无当于今之所谓乐府也。窃谓在今日而谈乐府，其第一著即须打破音乐之观念。盖乐府之初，虽以声为主，然时至今日，一切声调，早成死灰陈迹，纵寻根究底，而索解无由，所谓入乐与未入乐者等耳。侈言律吕，转滋淆惑。故私意以为今日对于乐府之鉴别，宜注意下列两点：

（一）文学之价值

（二）历史之价值

前者为无时代性的，历万劫而不朽，如《病妇行》《孤儿行》《陌上桑》《孔雀东南飞》之类。后者为有时代性的，虽无永恒感人之力，然足考知一时代之风俗，或补有史之阙文，如《雁门太守行》、傅玄《庞氏有烈妇》、张华《轻薄篇》之属。准斯而论，则凡入乐如《郊庙歌辞》《燕射歌辞》，虽具有十足之资格，且为历代《乐志》所备录靡遗者，吾人亦正不能不摈之于乐府之外。盖其文艺思想，类皆千篇一律，形同具文，了无生气也。反之，则未入乐，如汉诸《杂曲歌辞》及唐人《新乐府》，其文学价值，不必尽高，然皆有其时代色彩，吾人亦正不能不视为乐府之珍品。乐府之立，本为一有作用之机关，其所采取之文字，本为一有作用之文字，原以表现时代，批评时代为其天职，故足以"观风俗，知薄厚"，自不能与一般陶冶性情，啸傲风月之诗歌，同日而语，第以个人之美感，为鉴别决择之标准也。是以宋之词、元之曲、唐之律绝，固尝入乐矣，然而吾人未许以与乐府相提并论者，岂心存畛域？亦以其性质面目不同故耳。

唯此亦各有例外。第一，如汉初《安世房中歌》、武帝时《郊祀歌》、缪袭《魏铙歌》、韦昭《吴铙歌》等，虽俱为贵族乐府，然或事属创作，或于诗体有关，自当论及。第二，如魏晋以下诸无聊拟作，亦在所不取。要之乐府，以入乐而复具以上两条件者为上乘，其未入乐而内容充实者次之。颂德歌功，句模字拟，虽协金石，吾不谓之乐府矣。

至于乐府之分类，亦随乐府自身之演变及各时代对乐府观念之不同而递有差异，大体可分为音乐的与非音乐的两种。分类之最早者，当推宋明帝时之汉乐四品：

(一) 大予乐(《宋书·乐志》作"郊庙神灵")

(二) 周颂雅乐(《宋志》作"大射辟雍",列第三)

(三) 黄门鼓吹(《宋志》作"天子享宴",列第二)

(四) 短箫铙歌(《宋志》同)

此自是一种以贵族为立场之狭义分类,故来自赵代秦楚之"相和歌辞",亦以如班固所谓"不序郊庙",致未见品列。尔后篇章既夥,观念复异,繁简之间,遂以不同。唐吴兢作《乐府古题要解》,乃分乐府为八类:

(一) 相和歌

(二) 拂舞歌

(三) 白纻歌

(四) 铙歌

(五) 横吹曲

(六) 清商曲

(七) 杂题

(八) 琴曲

以兹八类,较彼四品,其相同者,唯"铙歌"一项,其余吴氏并黜不载。又相和歌本汉乐府之精英,而汉人不自知爱惜,四品不收,自沈约录入《宋书·乐志》,始大显于世,吴氏因首列之,则知唐人之于乐府,已知趋重于文学价值方面也。

至宋郑樵作《通志·乐略》,独慨然于后世风雅颂之淆乱不分,于是以古今乐章分隶于正声、别声、遗声三者之下,而分乐府为五十三类。虽加精密,实嫌琐碎。唯郭茂倩《乐府诗集》,提挈纲领,网罗百代,增损吴氏之数而分为十二大类,最为赅备焉。

(一) 郊庙歌辞

(二) 燕射歌辞

(三) 鼓吹曲辞

(四) 横吹曲辞

（五）相和歌辞

（六）清商曲辞

（七）舞曲歌辞

（八）琴曲歌辞

（九）杂曲歌辞

（十）近代曲辞

（十一）杂歌谣辞

（十二）新乐府

此为一种兼容并包之广义分类，可谓集乐府之大成。自一至九，皆前此旧有，所谓"郊庙歌辞"，即相当于四品之"太予乐"及"周颂雅乐"之一部。所谓"燕射歌辞"，即相当于"周颂雅乐"及"黄门鼓吹"。余七者悉本吴兢所分，唯合"拂舞歌""白纻歌"为"舞曲歌辞"，易"铙歌"为"鼓吹"，易"杂题"为"杂曲"而已。自十至十二，始为郭氏所增，乐府本多出自歌谣，往往有足相印证处，其列入"杂歌谣辞"一类，实为创见。故元左克明《古乐府》、清朱乾《乐府正义》皆仍其例。"新乐府"虽未尝入乐，然实汉乐府之嫡传，乐府之变，盖至"新乐府"而极。吴兢为中唐人，故未及列入，郭氏以殿全书，亦属卓识。唯"近代曲"，似可合于"杂曲"，"近代曲者，亦杂曲也"，是郭氏已自言之。其余如"琴曲"多据不可信之《琴操》，实不能自成一类。"郊庙""燕射"两类，若衡以吾人今日所持之界说，亦可并从删汰。唯郭氏之书，本在求全，固无可非议也。

郭氏后，则有明吴讷《文章辨体》，分乐府为九类：（一）祭祀、（二）王礼、（三）鼓吹、（四）乐舞、（五）琴曲、（六）相和、（七）清商、（八）杂曲、（九）新曲。虽时标异名，盖无能出郭氏之范围矣。

大抵自《乐府诗集》以前，皆为一种音乐的分类法。此种分类法，于乐章声调尚存之时，自属必要；于乐章声调既亡之后，则无大意义。以之做文献之汇辑，或不无便利，若欲统观历代升降之迹，则甚非所宜。故自明以后，乃有一种非音乐之分类，如明刘濂《九代乐章》，分乐府为"里巷"与"儒林"两种，是为从写作之人而分者也。冯定远《钝吟新录》则分为七种：曰制诗协乐，曰采诗入乐，曰古有此曲，倚其声而作诗，曰自制新曲，曰拟古，曰咏古题，曰新题乐府，是又为从写作之方式而分者也。

兹编既为乐府文学史，自应注重历史之邅变，故今略仿九代乐章之例，分民间乐府、文人乐府二者而加以变通，如魏晋之世，实以文士制作为中心，并无里巷之音，则亦不以无为有，随各时代之所宜而无所固执焉。

第四章　论五言出于西汉民间乐府不始班固

今所存汉民间乐府之最古者，首见于沈约《宋书·乐志》。其中有五言者，有非五言者，而皆题曰"古辞"。沈氏云："凡乐章古词，今之存者，并汉世街陌谣讴，《江南可采莲》《乌生十五子》《白头吟》之属是也。"所谓汉世，既未明指何时，复未分别前后，于是五言与非五言之后先，乃成问题矣。

此实为治汉乐府之第一关键。如对此问题无一明确之观念与解释，则不独于汉乐府之叙述，诸多牴牾，即对于后此文学之流变，亦殊难说明也。以汉乐府演进之历程观之，非五言较五言为早，自是事实。唯五言之发生究晚在何时？当西汉长短句盛行之际，五言是否并行而不悖？非五言与五言之间是否可划一截然之鸿沟？五言诗之成立，既由于民间乐府，则五言诗之发生，是否与民间乐府有密切之关系？凡此，皆有充分讨论之余地与必要也。

讨论五言发生问题者，自来即不乏人，然语多存疑，未为定论。迄乎晚近，勇于疑古，始多立异。至有谓五言发生于东汉中叶以后者，其为梦呓，可不置辩。兹谨就陆侃如先生以五言始于班固一说，略申所见。陆先生之说见《乐府的影响》一文[1]，而罗根泽先生《乐府文学史》主之。并谓西汉无纯粹五言，举班固《咏史》，言其"技术拙劣""质木无文"，以为五言诗最初发生之例证。于是举

---

[1] 《国学月报》二卷二号。

一切五言乐府而皆抑之于东汉之下,以言文学系统,实未见其为文学系统也。窃谓以五言为始于班固之说,其观点与态度之错误有三:

（一）误解乐府。西汉乐府作品有两种:一为贵族的。用之祭祀,多成自文士之手,始于高祖唐山夫人之《安世房中歌》,若武帝时司马相如等所作之《郊祀歌》,亦皆贵族乐章也。一为民间的。用之"夜诵",多出自街陌间阎,始于武帝之采歌谣,若《汉书》所谓赵代秦楚之讴,皆民间乐章也。是二者性质面目,实判然不同,前者为说理的、教训的,而后者则为抒情的、写实的;前者为古典的,故多模拟《诗经》《楚辞》,而后者则为创作的,故一无依傍。五言为一种新兴之诗体,其不能出于因袭雷同之贵族乐府,而必出于富有创造性之民间制作,殆可断言也。而陆先生于此,似未加辨别,因有见于《安世》《郊祀》诸歌之绝无五言,遂疑西汉一代并无五言,抑知《安世》《郊祀》之为贵族乐章乎？抑知此种貌为诗骚之贵族乐章本不能产生新诗体乎？微论《安世歌》为十七章,《郊祀歌》为十九章,余敢断言曰:即使当日《安世歌》而为百七十章,《郊祀歌》为百九十章者,其中亦决不能有五言作品也。观与《安世歌》同时之《戚夫人歌》,寥寥六句,而四句为五言,与《郊祀歌》同时之《李延年歌》亦仅六句,而五句为五言,则知创作之不同于因袭,而根据因袭的贵族乐章之有无五言或计其中五言多寡之数,以断定五言发生之后先,实为根本错误。

（二）颠倒源流。个人始终相信,先有五言乐府,而后有五言诗。决非先有五言诗,而后产生五言乐府。当两汉乐府势力弥漫之秋,唯乐府为能影响文人著作,而文人著作决不能影响乐府。质言之,即只有文人模拟乐府之体制,而决无乐府反蹈袭文人。五言诗之成立,既由于乐府之发达,则五言诗之产生,亦必由于五言乐府之流行,乃理之当然。今以五言为始于班固,则是今所存五言乐府,皆班氏以后之作,而顾受班氏之影响而发生而盛行耶?! 以极短之时间,以"技术拙劣""质木无文"之《咏史》,其力量乃能产生如此辉煌灿烂之五言乐府,得不视为文学史上之奇迹？固知《咏史》之作,乃五言乐府演进中应有之点缀,在班氏以前,乐府本身,实自有其纯粹五言作品者在也。

（三）武断事实。由上第一点所论，吾人知五言乃出于民间乐府，而不出于贵族乐府。按《汉书·艺文志》所载西汉歌诗，凡三百十四篇，其中除高祖歌诗、宗庙歌诗等贵族乐府及重复之"河南周歌诗声曲折"七篇、"周谣歌诗声曲折"七十五篇外，其属于民间乐府者，盖亦将二百篇。今所存者虽绝寡，然要是一事实。然则从何见得，而一口断定，在此将近二百篇之歌诗中绝无五言作品之存在？况即以见存者论之，亦正不如陆、罗二先生所谓无西汉作品者乎！

今更就事实，申述两点如下：第一，以五言为始于班固说之不确。如班固以前，果无五言之作，犹可说也。考之史籍，则正不然。《汉书·五行志》载成帝时歌谣云："邪径败良田，谗口乱善人。桂树华不实，黄雀巢其颠。故为人所羡，今为人所怜。"又酷吏《尹赏传》载长安歌云："安所求子死？长安少年场。生时谅不谨，枯骨后何葬。"是歌亦作于成帝时。此非西汉已有全篇五言之铁证耶？安得谓始班固哉！西汉乐府，本采民谣，则其时乐府中已有纯粹五言，尚复何疑①。陆先生云："西汉乐府（按当云西汉贵族乐府），杂言中夹五言。乐府以外，《汉书》所载《戚夫人歌》及《李延年歌》亦然。"举戚、李二歌，而不及此二篇，乃排之"乐府以外"，诚不知何说？罗先生乃云："至成帝时始有五言歌谣，至东汉班固，始有五言诗。"不知诗与歌谣，究有何天渊之别？《诗经》之十五国风，不皆歌谣乎？两汉之《相和歌辞》，不皆歌谣乎？今乃强为分疏，盖亦难以取信。不独《汉书》所载然也，其见于《后汉书·樊晔传》之《凉州歌》，亦为五言："游子常苦贫，力子天所富。宁见乳虎穴，不入冀府寺。大笑期必死，忿怒或见置。嗟我樊府君，安可再遭值！"本传云："晔与光武少游旧。隗嚣灭后，陇右不安。乃拜晔为天水太守，政严猛，凉州为之歌云云。"是此歌作于东汉光武时，亦在班固《咏史》之先也。此皆载在正史，班班可考。夫凉州为边鄙之地，作者乃蚩蚩之氓，而犹有此完善之五言，其在京畿大邑，顾不可想见耶？（本节所论可参阅古直先生

---

① 按《汉书·贡禹传》载当时俗语云："何以孝弟为？财多而光荣。何以礼义为？史书而仕宦。何以谨慎为？勇猛而临官。"贡禹，元帝时人，所引俗语六句皆五言，亦足为西汉已有五言歌谣之一旁证。

《汉诗辨证》。)

　　第二,以五言为始于班固说之不通。陆先生于班固《咏史》谓为"技术拙劣",于傅毅之《孤竹》,则又曰:"全篇以比喻出之,深得风人之致,可证此时已不如从前的幼稚。"按班、傅二人同时,曹丕《典论·论文》所谓"傅毅之于班固,伯仲之间耳"者是也。以同一时代而产生两种艺术大相悬绝之作品,此亦不可解。罗先生于《咏史诗》亦引《诗品》谓为"质木无文",而于张衡《同声歌》则信之不疑,且曰:"以文学系统论,张衡时代有产生此种完美诗歌之可能。"考班固死于和帝永元四年(公元92),而《张衡本传》云衡于和帝永元中举孝廉,不行。则是上距班固,亦不过二三十年耳。在此极短时期,其间又未有人力之推移,而风格与艺术,何得有如此之邅变?

　　固知所谓"技术拙劣""质木无文",乃咏史之体宜尔也。原为性质不同,并非由于时代之先后,不足引为原始作品之证。且从文学史上观之,一种新诗体之产生,皆抒情先于咏史,此亦可注意也。罗先生分汉乐府为"五言"与"非五言"两种,而独将五言之《江南曲》一首列之于非五言内,谓:"以作风论,似乎发生时期较早。"既自乱其例,复隐约其间,所谓较早者,班固前耶?班固后耶?

　　综上所论,则以五言始于班固,其说自难成立。又西汉乐府之声调,亦有两种:一为中土固有之声调。如所谓"赵代秦楚之讴"。其中以"楚声"为最著(此与高祖楚人,乐楚声有关)。如《安世歌》《郊祀歌》等皆楚声也。一为北狄西域之"新声"。如《铙歌十八曲》《郊祀歌》之《日出入》一章。此两种声调,判然不同,故形于歌诗,亦复大异。大抵楚声及赵代秦声歌诗多整俪,而新声歌诗则多错杂。五言之为体,盖亦整俪,自属出于中土固有之声调,与外来之新声无涉。而陆先生乃摘举《铙歌》中之《上陵》《有所思》两篇之五言句,以为第一期发生之例,实为不类。若必拘拘于形迹,则远在《铙歌》前之《戚夫人歌》,不更具体而微乎?且《铙歌》之作,在汉初三大乐章中为时最晚,而《上陵》一篇又《铙歌》中之晚出者。以"甘露初二年"一语考之,盖宣帝时作品。甘露为宣帝末年号,时去武帝新声初入且四十年,故其格调与《日出入》及铙歌其他各篇迥乎不同,全篇皆趋于五言化。此其为受当时五言歌诗之影响而发生转变,概可想见也。(本节所论,可参阅朱逷先先生《汉三大乐章声调辨》,《清华学报》四卷二期。)

以五言为始于班固,既难成其说,寻五言之根源于《铙歌》,复未见其是。然则五言在两汉之历程究如何? 今谨就臆见,分四期说明于后。

(一)五言之孕育时期(汉初迄武帝)。五言本出于民间歌谣,不出于文士制作。但在此时期中,民间是否已有一种五言歌谣,则无可征信。藉曰有之,而其时乐府尚未立为专署,复无采诗之举,亦必归于湮没无闻。今日吾人所可得而确言者,即此时虽无全篇五言,然已有全篇五言化之倾向。如《戚夫人歌》:

子为王,

母为虏。

终日舂薄暮,

常与死为伍。

相离三千里,

当谁使告汝?

《汉书·外戚列传》:"高祖崩,惠帝立,吕后为皇太后,乃令永巷囚戚夫人,髡钳衣赭衣,令舂。戚夫人舂且歌曰云云。太后闻之,大怒曰:'乃欲倚汝子耶!'乃召赵王诛之。"是此歌作于汉之初年(约当192年左右),而其体已如此,颇疑其时民间已有一种五言歌也。又此时新声尚未传入,而戚夫人习于楚歌[①],此亦足证五言实出于中土固有之声调,而不当于《铙歌》中寻求五言之踪迹也。

(二)五言之发生时期(武帝迄宣帝)。《文心雕龙·明诗》篇云:"孝武爱文,《柏梁》列韵。严马之徒,属辞无方。至成帝品录,三百余篇,辞人遗翰,莫见五言。"此语自来即多误解。故钱大昕《十驾斋养新录》遂谓:"要之此体之兴,必不

---

① 《史记·留侯世家》,高祖谓戚夫人曰:"为我楚舞,吾为若楚歌。"

在景、武之世。"而或者又以为定谳,此实大谬。不知《文心》所谓"莫见五言"者,谓"辞人遗翰"耳,岂谓西汉一代乐府歌谣,并"莫见五言"哉?故下续云:"案《暇豫》优歌,远见春秋,《邪径》童谣,近在成世,阅时取证,则五言久矣!"引《邪径》童谣,其意正以明五言之兴,当在成帝以前也。又据上文所论,吾人已知五言出于民间,而民间歌谣之采集,则始于武帝,故吾人得一反钱氏之言曰:"要之此体之兴,必在武帝之世。"如见存相和歌辞中之《江南曲》,殆即武帝时所采之楚歌也。《江南曲》云:"江南可采莲,莲叶何田田。鱼戏莲叶间。鱼戏莲叶东,鱼戏莲叶西。鱼戏莲叶南,鱼戏莲叶北。"篇章之简短,文字之质朴,意境之单纯,在在足以表现初期作品之特性,度亦以此,易于传诵,故源远而流长焉。西北二字,古韵并通。观沈约《宋书·乐志》,于汉古辞,首录此篇,又凡所举证,亦必以此篇为冠,则其意,亦略可见。此种作品置之东汉班固下,不几成怪物耶。至可确定其为此时五言作品者,则有《李延年歌》:

　　北方有佳人,

　　绝世而独立。

　　一顾倾人城,

　　再顾倾人国。

　　宁不知倾城与倾国,

　　佳人难再得!

《汉书·外戚列传》:"孝武李夫人本以倡进,初,夫人兄延年性知音,善歌舞,武帝爱之。每为新声变曲,闻者莫不感动。延年侍上,起舞歌曰云云。"《玉台新咏》录此歌,去"宁不知"三字为纯五言诗。意当时所采赵代秦楚之讴,其中必有纯五言者,延年出身微贱,"父母兄弟皆故倡"[1],今既为协律都尉,总领乐府,因效民歌体而为此歌。复于第五句故衍"宁不知"三字以为"新变声"。此三字者,亦如词曲中之衬字耳,吾人即认此篇为纯五言歌,固无不可也。

---

[1] 《汉书·佞幸传》。

（三）五言之流行时期（元成迄东汉初）。此实为西汉乐府全盛之时。史称元帝"多材艺，善史书，鼓琴瑟，吹洞箫，自度曲被歌声，分划节度，穷极幼眇"。以帝王之尊，亲协律之事。更观《汉书》所载哀帝罢乐府事，尤可见其发达之情形。在此所谓"郑声尤甚"之时，五言与非五言，实有同等之长足进步。观前所举成帝时童谣及《尹赏歌》，光武时之《凉州歌》，并属五言，足证此体已风行于民间也。

其在乐府，则班婕妤之《怨歌行》与古辞《鸡鸣曲》，即属此期作品。班诗人多疑为伪作，盖未加细察，而犹有班固二字横隔其胸中。余则深信不疑：第一，以时代论，有产生此种作品之可能。第二，文如其人。"出入君怀袖，动摇微风发"，不管六朝，无论晋魏，总之非班姬不能道。第三，有历史之根据。按曹植《班婕妤赞》云："有德有言，实为班婕。"傅玄《班婕妤画赞》亦云："斌斌婕妤，履正修文。"至陆机《婕妤怨》："寄情在玉阶，托意惟团扇。"则明指此诗矣。可见自魏晋以来，代有识者，固不自昭明入选始也。陈延杰先生《汉代妇女诗辨伪》①亦以为非班作，然既无确证，且曲解《诗品》"怨深文绮"之言，以成己说，殊觉厚诬古人。至《鸡鸣》一曲，则另有其历史之背景，同为成帝时作品，其详俱见下编。

（四）五言之成立时期（东汉中叶迄建安）。五言在当时虽为一种新兴诗体，然在一般朝士大夫心目中，其格乃甚卑，远不如吾人今日所估计。与后此词之初起，正复相似。故在第三期，五言乐府虽已流行，而文人采用者则惟班婕妤一首。然其时四言之体，弊不堪用，虽为之而难工，复以一时潮流所趋，故一方面诋乐府为郑卫之声，一方面仍不能不窃取乐府之体以为五言诗。班固之《咏史》、傅毅之《冉冉孤生竹》，即此期产物。厥后文人五言，则有张衡《同声歌》、辛延年《羽林郎》、蔡邕《饮马长城窟行》、宋子侯《董娇娆》等，皆乐府也。若秦嘉之《赠妇》、郦炎之《见志》、赵壹之《疾邪》、高彪之《清诫》，则皆徒诗也。迄建安曹

---

① 《东方杂志》二十四卷十四号。

氏父子出,而五言遂成为诗坛之定体焉。

关于五言在两汉之历程,个人所见如此。要之,五言一体,出于民间,大于乐府,而成于文人,此其大较也。

当东汉之初,犹有一事堪注意者,即五言铭体之试用是也。按冯衍(王莽时人)《车铭》云:"乘车必护轮,治国必爱民。车无轮安处?国无民谁与?"凡铭例用四言,西汉一代皆然。冯所作铭五篇,其四篇亦皆四言。此似无关大体,然足为当时五言已流行之佐证。与后此韩愈《尚书库部郎中郑君墓志铭》《南阳樊绍述墓志铭》,借用七言古体诗之必在七言流行之后者,事理正同。后于冯衍《车铭》者有崔瑗(张衡同时)之《座右铭》,见之《文选》(本传未载),亦系五言,篇幅已较长,唯尚实之铭诔,终不敌抒情之诗歌,故自冯、崔而后,即无嗣作,仍以四言为常法,而五言遂为诗歌所专有矣。谓余说为非耶,则对此现象将做何解释?宁得谓汉之五言乐府,亦导源于冯衍之《车铭》耶?

在昔文学之遭变,原任自然,非有人力左右于其间,故一种文体之形成,往往须经长时间之酝酿,观《三百篇》之于《楚辞》,《楚辞》之于五七言,五七言之于近体,可知也。故余于叙述两汉乐府,一以风格、史实为据,更不囿于班固之说,因并申所见,其所不知,盖阙焉。

第五章　乐府变迁之大势

自汉武立乐府,下迄于唐,历时九代,无虑三变。寻其往迹,可得而言。两汉乐府,虽亦有文人诗赋,然大部皆采自民间,今所存《相和歌辞》是也,故其中多社会问题之写真,而其风格亦质朴自然,斯诚乐府之正则也。

至魏三祖陈王,乃大变汉词而出以己意,"以旧曲,翻新调"。《蒿里》《薤露》,汉之挽歌也,魏武以之哀时,而陈思又以之抒怀。《陌上桑》,汉之艳歌也,魏武以之言神仙,而文帝又以之写从军。诸如此类,未易悉数。上变两汉质朴之风,下开私家模拟之渐。其事鲜出乎樽俎,其情则多个人之兴感。西晋一代,拟作尤无生气。其描写社会状况诸叙事之作,如阮瑀《驾出北郭门行》、左延年《秦女修行》、张华《轻薄》、傅玄《苦相》之类,盖百不一二见。乐府与社会之关系,始日就衰薄,是为乐府之个人主义时期,此一变也。

魏虽变汉,其大体犹近于汉也。迨晋室东渡,中原沦于异族,南朝文物,号为最盛。然以风土民情,既大异于汉,加以当时佛教思想之流行,儒家礼教之崩溃,政治之黑暗,生活之奢靡,于是吴楚新声,乃大放厥彩,其体制则率多短章,其风格则儇佻而绮丽,其歌咏之对象,则不外男女相思,虽曰民歌,然实皆都市生活之写真,非所谓两汉田野之制作也。于时文人所作,大抵亦如此。乐府至是,几与社会完全脱离关系,而仅为少数有闲阶级陶情悦耳之艳曲。惟北朝之朴直,犹有汉遗风耳。是为乐府之浪漫主义时期,此又一变也。

有唐一代,实为一切文学之复古时期,唯复古之中,往往寓创作与改进精神。故于诗,则前有陈子昂,后有李太白,于文则有韩愈、柳宗元,并能推陈出新。而于乐府,则亦有杜甫、白居易诸人焉。自六朝以来,乐府浮靡极矣,本意全失。唐初混一海宇,虽《旧唐书·音乐志》谓"斟酌南北,考以古音,作为大唐雅乐",然此不过音制调和之事耳,其内容之空虚而日与实际社会相远如故也。其不采诗而惟功德之是颂如故也。徒以当其时,天下承平,得以相安,迨夫安史之乱,社会骚动,生民涂炭,于是前日歌舞升平之文学,遂随时代心理之厌弃,一变而为杜甫诸人之新乐府。所谓新乐府者,"因意命题,无所倚傍",受命于两汉,取足于当时,以耳目当朝廷之采诗,以纸笔代百姓之喉舌者也。杜甫开其端,白居易总其成,谓"文章合为时而著,歌诗合为事而作"[①],乐府至此,遂举一切六朝以来风云月露、绮罗香泽之体,一扫而空之。与汉之"缘事而发"者盖异代同风。实为乐府之写实主义时期,此又一变也。

综而论之,由两汉之里巷风谣,一变而为魏晋文人之咏怀诗,再变而为南朝儿女之相思曲,三变而为有唐作者个人乐之讽刺乐府。声讨之变,亦世道之变也。

---

① 白居易《与元九书》。

先师黄晦闻先生曰:"魏风之逊于汉者,以乐府不采诗,而四方百姓之情俗无由而著,且无由而上闻也。"①噫,岂独魏哉!

原载萧涤非《汉魏六朝乐府文学史》,
重庆中国文化服务社1944年10月印行

---

① 《汉魏乐府风笺》。

经典建构：《隋书·经籍志》总集的范式意义*

许云和

《隋志》总集著录了不少个人著作和单篇作品，为此遭到了后世一些学者的尖锐批评，如姚振宗就认为《隋志》将不少非总集作品归入总集类，致使总集类体例杂置，分类不纯。他先是对个人作品集《毛伯成诗》一卷录入总集存有疑问，继而又对《围棋赋》一卷、《洛神赋》一卷等单篇作品被录入总集而感到大惑不解，云"盖自第二类赋集以下，皆杂文之属也"[①]。姚名达也认为："若夫总集则不然：有选集各家之诗者，有选集各家之某种文辞者，有专集乐府歌词者，有专集连珠碑文者，甚至有单篇之赋焉，有专门之作焉（如《文心雕龙》），有漠不相关之《女诫》焉，有绝非文学之诏集焉，有表奏，有露布，复有启事，《隋志》所载五花八门，极凌乱参杂之致。此岂总集？乃杂书尔。"[②]《隋志》总集的著录为何会出现这样一种与现代总集观念相背离的情形？屈守元解释说：《隋志》总集的编类"体例不纯，反映了晋、宋以来像样的总集并不多，所以《隋志》只好兼收并蓄"[③]。姚振宗、姚名达、屈守元所举的这些情况是否就真的可以说明《隋志》总集的著录不纯呢？窃以为不然。他们所说的情况固然存在，然而，我们同样不应该忽

---

* 本文写作过程中，学生何文静曾帮助收集资料，并参与了部分意见，谨此致谢。
① 姚振宗：《隋书经籍志考证》，《二十五史补编》，中华书局1955年版，第864页。
② 姚名达：《中国目录学史》，上海古籍出版社2002年版，第76页。
③ 屈守元：《文选导读》，巴蜀书社1993年版，第78页。

略的一个重要情形是,《隋志》总集著录的个人著作和单篇作品计有七十余种之多,将及全部著录的三分之一,如果说这类作品只有少量被录入总集,尚可视为《隋志》的失误或著录不纯,但是,将这么多的个人著作和单篇作品作为一个庞大的群体录入总集,于编目者而言,恐怕就不是因概念不清而导致的失误,而应该是一种概念明确、遵守一定原则和标准的做法了。因此,《隋志》总集的这些情形到底是因为编目者水平低下而导致的错误频出,还是由于其所树立的著录标准本身就和我们后来所定立的标准有所不同? 这是一个值得重新思考的问题。

一、《隋志》的总集观念

我们认为,要对这个问题做出合乎实际的了解,就必须对《隋志》的总集观念进行一个新的认识。现今关于总集的观念,一般是赞同《四库总目提要》所言,认为总集有两类,一类是"网罗放佚,使零章残什并有所归",即总众家之作而集之;另一类是"删汰繁芜,使莠稗咸除,菁华毕出"[①],即选众家之作而集之。但是,仔细考察《隋志》关于总集概念的描述,我们发现,它与现行的观念并不一致,实际上是有着相当大的差异的。《隋志》总集序云:

> 总集者,以建安之后,辞赋转繁,众家之集,日以滋广。晋代挚虞,苦览者之劳倦,于是采摘孔翠,芟剪繁芜,自诗赋以下,各为条贯,合而编之,谓为《流别》。是后文集总钞,作者继轨。属辞之士,以为覃奥而取则焉。[②]

需要注意的是,关于总集的概念内涵,它只提到了"采摘孔翠,芟剪繁芜"一项,并没有涉及"网罗放佚,使零章残什并有所归",这就表明,《隋志》总集概念的中心内涵乃是"选"而非"总",集多人之作其实并不是那时总集形成的一个必要条

---

① 永瑢等:《四库全书总目》,中华书局1965年版,第1685页。
② 魏徵等:《隋书》,中华书局1973年版,第1090页。

件。也就是从这一观念出发,在叙及总集的源头时,它将其直指晋代挚虞的《文章流别集》。我们知道,现代观念下的总集编撰,其实并不始于晋代的挚虞,在《诗经》之后最早编撰总集的当属刘向,他的《楚辞》十六卷就是合众人之作为一集的总集。之后魏文帝曹丕也尝编撰总集,将徐干、陈琳、应玚、刘桢的遗文都为一集[1]。这两部总集虽然较早,但《隋志》却不以之为祖,而直以挚虞的《文章流别集》为总集之始,这是为什么呢?我们认为,《隋志》不取前者而用后者,应不是出于自身的寡闻或疏忽,而应该是总集观念上的原因[2]。《文章流别集》已佚,但据此处的描述,可知它的特征正是"采摘孔翠,芟剪繁芜",即选众家之作而集之,与刘向和曹丕的总而集之大不相同。这就明确了一点,在《隋志》的观念里,所谓总集,并不是毫无选择地总众家之作而集之,而是按照一定的原则和标准选而集之,"选"是总集的根本特征,是总集的灵魂。这就反映了这样一种情况,即后世所谓"网罗放佚"、总众家之作而成的总集,那时在人们的视野中,还不是主流,作为主流的总集,是那些编撰者做了"选"的工作、通过"采摘孔翠,芟剪繁芜"的辛勤劳动之后所形成的书部。而且,《隋志》还透露,此后人们编撰总集,都是奉《文章流别集》为圭臬,按照"采摘孔翠,芟剪繁芜"的原则来编类文章的,这一情况表明,在晋南北朝时期,总集以"选"为旨归并不是当时某一个人的意见,而是社会普遍认同的原则。这一点我们通过钟嵘、萧统、徐陵及萧绎的相关论述,更可以获得清楚的认识。

钟嵘《诗品序》总结当时文学批评著作的得失,其中就论及了总集的编撰,他说:

> 陆机《文赋》,通而无贬;李充《翰林》,疏而不切;王微《鸿宝》,密而无裁;颜延论文,精而难晓;挚虞《文志》,详而博赡,颇曰知言。……谢客集

---

[1] 张可礼等:《曹操曹丕曹植集》,凤凰出版社2009年版,第139页。
[2] 关于挚虞的《文章流别集》为总集之祖的问题,目前学界意见不同,可参考王运熙、张伯伟、朱迎平、郭英德、傅刚、力之诸家之说。

诗,逢诗辄取;张鹭《文士》,逢文即书。诸英志录,并义在文,曾无品第。①所谓"谢客集诗",盖即《隋志》著录的谢灵运《诗集》五十一卷、《诗集抄》十卷。张鹭《文士》《隋志》未录,不知其情形。谢灵运和张鹭的书虽已不存,但从钟嵘的介绍中,可知这两部书是"逢诗辄取""逢文即书",即毫无选择地总众家之作而集之。显然,钟嵘对这种编撰总集的方式是深为不满的,在他看来,诗总集和文总集虽然是录文,但它的性质和那些不录作品、自立文字对作家作品做出具体批评的诗文评著作却是一样的,即通过选文定篇以显作品优劣、水平高下,其中虽无编者的批评言论在内,但通过"选"的工作,编者实际上已经表达了他对作家作品的批评意见。因此,在钟嵘的观念里,录诗文的总集实质上也是一种文学的批评方式,如果只是"逢诗辄取""逢文即书",没有"选"的过程,缺乏批评的功能和意义,让读者准的无依,这自然是一种不可取的做法。

萧统的《文选序》在谈到《文选》的编撰目的时,对总集的"总"和"选"也曾发表过精辟的见解,他说:

> 自姬汉以来,眇焉悠邈,时更七代,数逾千祀。词人才子,则名溢于缥囊;飞文染翰,则卷盈乎缃帙。自非略其芜秽,集其清英,盖欲兼功,太半难矣!②

他认为,文学创作经千百年的发展,词人才子留下了太多的篇章,可谓汗牛充栋,浩如烟海,读者是不可能遍览而穷尽其文的,一部总集的编撰,就旨在解决这样的问题,通过编撰者"略其芜秽,集其清英"的艰苦劳动,呈献给读者最精华的文学作品,使读者减少盲目性,避免不必要地浪费大量的时间和精力,在阅读精华的文学作品中获得丰富的文学营养,起到事半功倍的效果。从这方面来讲,总集的编撰对读者无疑是负有指导的责任和义务的。倘若是不加选择地总而集之,没有给读者以指导和示范,那么,一部总集的价值和作用就值得怀疑了。

---

① 陈延杰:《诗品注》,人民文学出版社1961年版,第4页。
② 萧统:《文选》,上海古籍出版社1986年版,第2页。

徐陵在《玉台新咏序》中,也同样对总集的"总"和"选"发表了看法,他说:

> 但往世名篇,当今巧制,分诸麟阁,散在鸿都,不藉篇章,无由披览。于是然脂暝写,弄笔晨书,选录艳歌,凡为十卷。①

从中可以看出,徐陵撰录的总集虽只是艳歌一体,但也不是总"往世"和"当今"的艳歌而集之,而是"选录"其中的"名篇"和"巧制"而集之,重点仍在于"选"。徐陵认为,"往世名篇,当今巧制,分诸麟阁,散在鸿都",如果不做"选"的工作,作为阅读对象的后宫妇女因囿于性别和身份,平时是很难有机会像男性一样去一一接触这些文学作品的,因此,只有弃粗取精,选取其中的"名篇"和"巧制"集之成帙,方能免其劳苦之患,得到"永对玩于书帷,长循环于纤手"的方便,在披览中"蠲兹愁疾""聊同弃日"。

也就是当时社会对总集"选"的特征有了这样全面而深刻的认识,所以萧绎以帝王之尊,在《金楼子·立言篇》中,结合历代文学发展的情况,从繁荣、发展当代文学创作的角度出发,对具有"选"的特征的总集的编撰给予了更多的期待,他说:

> 诸子兴于战国,文集盛于二汉,至家家有制,人人有集。其美者足以叙情志、敦风俗;其弊者只以烦简牍、疲后生。往者既积,来者未已。翘足志学,白首不遍。或昔之所重今反轻;今之所重,古之所贱。嗟我后生,博达之士,有能品藻异同,删整芜秽,使卷无瑕玷,览无遗功,可谓学矣。②

萧绎认为,自战国洎乎汉代,文学创作迅速发展,已经到了"家家有制,人人有集"的地步,这固然是文学遗产日渐丰富的一种表现,值得肯定,但对于后世学者而言,却也带来了新的问题。一是这些作品美弊并存,媸妍相杂;二是卷帙浩繁,让人"翘足志学,白首不遍"。在这样的情况下,就希望后生中有"博达之士"能够做"品藻异同,删整芜秽"的工作,即从批评家或选家的立场出发,以一个很

---

① 徐陵撰,吴兆宜注,程琰删补,穆克宏点校:《玉台新咏笺注》,中华书局1985年版,第13页。
② 萧绎:《金楼子》,见《丛书集成》,商务印书馆1935—1937年版,第63页。

好的标准和尺度来衡量这些作品的优劣,删整芜秽,选取精华,为读者提供一个精良的读本,使读者对文学作品的阅读获得览无遗功的效果。

上述情况表明,晋南北朝时期人们编撰总集的目的十分明确,这就是担负起文学教育的责任和义务,为培养文学创作人才、繁荣文学创作服务。基于这样的目的,人们为总集编撰所定立的原则和标准就自然是"选"而不是"总",要求其中充满强烈的经典意识和文学批评色彩,能给读者以很好的指导,提高其文学素养,提升其文学创作水平。《隋志》总集"选"的观念实际上就是对晋南北朝形成的这种比较成熟的总集观念的一个继承和发扬,它就是从这一观念出发来确定总集、为之编类的。在明确了《隋志》的总集观念是以"选"为中心之后,我们就可以进一步探讨它为何把个人著作和单篇作品归为总集的问题了。

二、个人著作的总集特征

《隋志》总集所著录的个人著作可分为两类,一是文学作品,二是诗文评著作。兹分述如下。

1. 个人文学作品集

《隋志》总集所著录的个人文学作品集,计有十数种之多,诸如《毛伯成诗》一卷、江淹《拟古》一卷、应璩《百一诗》八卷、崔光《百国诗》四十三卷、刘隗《奏》五卷、孔群《奏》二十二卷、刘邵《奏事》六卷、司马无忌《奏事》十三卷、魏武帝《露布文》九卷、《山公启事》三卷、范宁《启事》三卷、李文博《政道集》及李德林《霸朝集》五卷等。按现代的总集观念,总集至少应该是集两人以上的作家作品,而这些集子仅是集一位作家的作品,照理是不得序入总集之列的。但是,根据前面的考察,《隋志》总集概念的中心内涵乃是"选"而非"总",这就意味着现代总集概念中最重要的元素——集多人之作并不是那时总集形成的一个必要条件,既非必要条件,那么,集某一个作家的文学作品作为总集当然也就是可以允许的,所以集一人之作在当时实际上并不是这些集子成其为总集的一个障碍。更为重要的是，深入考察这些集子我们发现，它们的形成都有一个共同的特点，这就是它们集某个作家的作品并不是随意而为，而是遵循了一个共同的原则，即专选某一个作家的某一类作品。因是专选，就表明选家是按照一定的标准和尺度来进行这项工作的。他们不取这个作家的其他作品而专选这一类作品，就说明在选家的眼里，这些作家创作的这一部分作品在当时是具有相当的代表性，内容或体制上都极为特出，有一定的示范意义。唯其如此，他们才把这一部分作品编辑成集，以为述作之楷模，向学界引荐、推广。在这一点上，它与别集的形成显然是有相当大的区别的。下面，我们就来考察一下这些集子形成的具体情形。

先说江淹的《拟古》一卷。《拟古》一卷又题《杂体诗三十首》，以《杂体诗三十首》为江淹拟体诗的代表，其实并不是此选家个人的看法，比如《文选》就曾将其全部收录，钟嵘也称其"善于摹拟"[1]，足见其艺术价值在当时就已经获得了多方的认同，在同类作品中已拥有了经典的地位。此选家将其裒为一集，无疑是集中了那个时代人们的意见，其用意很明确，就是表其为拟古诗的正宗，立为拟古诗创作的典范，使后来学者有准的可依，创作出优秀的拟古诗来。

再说崔光的《百国诗》四十三卷。《百国诗》的创作情况，《魏书》崔光本传有载：

> 初，光太和中依宫商角徵羽本音而为五韵诗以赠李彪，彪为十二次诗以报光。光又为百三郡国诗以答之，国别为卷，为百三卷焉。[2]

按此，则知《百国诗》为崔光自撰，书亦为崔光自编。《魏书》言其名为《百三郡国诗》，以国别为卷，就说明《百国诗》是以天下各郡国为描写对象的诗作，以天下各郡国为描写对象，从题材上来讲，这当然是别具特色，极为罕见。崔光将这一部分诗自编成集，显见是以自己能作这样的诗而自感得意，必欲将其自我经典

---

[1] 陈延杰：《诗品注》，第49页。
[2] 魏收：《魏书》，中华书局1974年版，第1499页。

化,示之于人而后快。而其事之著见于史,也足见这个集子当时就已引起了轰动,获得了读者某种程度的认同。

次说《毛伯成诗》一卷。《隋志》除总集著录《毛伯成诗》一卷外,别集也著录了题为"晋《毛伯成集》一卷"的集子,对此后世颇多疑惑和不满,姚振宗就说:"按此与别集类之一卷不知是一是二,或毛集多寄存他人诗,亦有似乎总集者欤?"①毛伯成无作品传世,如果光看《隋志》的著录,我们的确是会有这样的疑惑。但是,近年发现的德藏吐鲁番文书中的 ch.2400、ch.3693、ch.3865、ch.3699 四个写本残片为我们揭开了这个谜。写本背面的残诗抄,题作"晋史毛伯成",据本文作者的考证,它就是《隋志》著录的《毛伯成诗》一卷②。考察诗卷可知,其各首诗的内容基本一致,咏史抒怀是其最主要的特征,诗中充满了失意、感伤的情绪,正合于《诗品》所说之"惆怅"③。至此我们也就明白,好事者正是看到了毛伯成的这一部分诗所具有的这个显著特征,认为有其鲜明的特色,才把它们编辑成集,以为后世述作之用。

至于应璩《百一诗》八卷的结集情况,孙盛《晋阳秋》有过清楚的说明:"应璩作五言诗百三十篇言时事,颇有补益,世多传之。"④可见《百一诗》的结集,非一人之为,乃是世人选择和发现的结果,这主要是因为它创造了一种重要的诗体——百一体,且富有"独立不惧,辞谲义贞"⑤的整体个性,以其"讥切时事"的"遗直"给世人心灵带来了强烈的震撼,故不胫而走,在世间广为流传。

而各家的奏事、启事、露布文之类之所以被选家编选成集,也无不缘于这些作家在某一种文体上或内容上的独特贡献,而获得选家的发现和推荐。比如山涛的《山公启事》,它的形成就是他在做礼部尚书时"每一官缺,辄启拟数人,诏旨有所向,然后显奏"。因这种各为题目的做法非常特别,在当时即传为美谈,

---

① 姚振宗:《隋书经籍志考证》,《二十五史补编》,第 850 页。
② 许云和:《德藏吐鲁番本"晋史毛伯成"诗卷再考》,《西域研究》2008 年第 1 期,第 99—107 页。
③ 陈延杰:《诗品注》,第 69 页。
④ 萧统:《文选》,第 1015 页。
⑤ 范文澜:《文心雕龙注》,人民文学出版社 1958 年版,第 67 页。

"时称《山公启事》"①。可见这个集子的形成也并非是因个人之力,而是在一个心灵受到强烈震撼的知识群体的共同选择和认同下诞生的。再如李德林的《霸朝集》,据《隋书》德林本传,《霸朝集》是隋文帝杨坚敕令德林撰录的其"作相时文翰",德林集录时曾自为删削。德林"善属文,辞核而理畅"②,是当时写作章表书奏的高手,隋文帝令其编辑,当然是以其为政论文的典范,有用此见示天下、俾朝士取则的意思。而德林之选,亦深合圣意,这主要是他将文翰进行了删削,使内容统一为"理归霸德",为此受到了隋文帝的高度赞扬,谓德林曰:"自古帝王之兴,必有异人辅佐。我昨读《霸朝集》,方知感应之理。"③

由此数例可知,这些个人作品被编定成集,并不是一些编者漫无目的的率意而为,而是因其作为一个整体在内容或体制上确为特出,具备了文学典范的价值,学术眼光敏锐的选家才将其选集成集,以备后世述作之需。从这方面来讲,这些个人作品集的形成无疑是充分体现了总集"选"的原则和要求的。《隋志》之所以把这些个人作品集确定为总集,就在于它们经历了一个"选"的过程,凝聚了选家的意见和思想,具备了总集"选"的这种重要特征,能对文学创作起到很好的指导作用。至此,我们对《隋志》关于总集的概念也就有了更为深入而透彻的了解,由于视"选"为总集的灵魂,在并不强求集多人之作为总集之必要条件的前提下,选,就可以是选多人之作成集,也可以是选某一个人的某一类作品成集,但条件是,所选的这一类作品必须富于经典性,是当时特出的、具有一定示范意义的作品。

2. 诗文评著作

个人的文学作品集之外,《隋志》总集还著录了不少诗文评著作,这也是个人的制作,此如钟嵘《诗品》三卷、刘勰《文心雕龙》十卷、挚虞《文章流别志论》二卷、李充《翰林论》三卷、姚察《文章始》一卷、任昉《文章始》一卷、张防《四代文章

---

① 房玄龄等:《晋书》,中华书局1974年版,第1226页。
② 魏徵等:《隋书》,第1193页。
③ 同上书,第1202页。

记》一卷、谢沈《文章志录杂文》八卷等等。这些著作除《诗品》和《文心雕龙》外,其他的均已亡佚,不过,据《初学记》、《文选》李善注及《世说新语》刘孝标注引残文,并可知《翰林论》《文章始》《四代文章记》《文章志录杂文》之类,也是对当时作家作品及文学现象的专门评论,与《文心雕龙》《诗品》性质相同。这些著作除了是个人的制作外,还有一个特别之处,这就是并没有收录作家作品,所以《隋志》将其录入总集,更是充满了物议。那么,《隋志》将这些并未收录文学作品的诗文评著作归入总集又是否是一种行之有据的做法呢?关于这个问题,钟嵘和刘勰的一些相关论述应引起我们特别的注意。在上引《诗品序》中,钟嵘曾把自己的《诗品》与谢灵运的《诗集》、张骘的《文士》并举,抱怨他们"曾无品第",就说明钟嵘是把《诗品》等同于具有批评功能的诗文总集的,理由就是自立文字与选集作品均是批评的形态,是一样的性质,批评家都是要通过它们来发表自己的批评意见的。钟嵘的这一观念,在评傅亮诗时也有充分的体现。

    季友文,余常忽而不察。今沈特进撰诗,载其数首,亦复平美。①

所谓"沈特进撰诗",即《隋志》总集著录的沈约《集钞》十卷。由"载诗数首,亦复平美"一语观之,可知《集钞》乃是有所"品第"的总集。钟嵘将"余常忽而不察"与"沈特进撰诗"对举,就表明在批评形态上他是并不区别诗文评著作与有所"品第"的诗文总集的,而是将二者视为了同一种性质的著作。刘勰虽然没有直接论及诗文评著作与诗文选集的关系问题,但他在《文心雕龙·序志》中却讨论过诗文评著作的批评方式,这无形中为我们认识诗文评著作的总集性质展开了另一个重要的窗口。

    若乃论文叙笔,则囿别区分,原始以表末,释名以章义,选文以定篇,敷理以举统,上篇以上,纲领明矣。②

---

① 陈延杰:《诗品注》,第62页。
② 范文澜:《文心雕龙注》,第727页。

这一段话是刘勰阐述《文心雕龙》上篇的研究领域和范围的,从中可以看到,《文心雕龙》上篇固然是论体裁之别,但却是建立在"选文以定篇"的基础上的,即通过选定典范之作来讨论体裁之别,这就明确了一点,诗文评著作虽是自立文字、不录作品,但它并不是离开文学文本放言空谈,仍然还是要联系作品实际,经历"选文以定篇"这一过程的。其实,何止是《文心雕龙》,《诗品》等其他诗文评著作,又有哪一部是舍作品而不顾的空谈?由于诗文评著作必须要经历"选文以定篇"这一过程,这就和诗文总集"选而集之"的方式有了共同之处,区别只在于,诗文评的"选文以定篇"是举篇最句,诗文选集则须过录全文。南北朝人们之所以将二者相提并论,视为同一性质的著作,除了其批评形态的相同而外,其批评方式的类似也不能不说是一个重要的因素。了解了这一情形,我们对《隋志》将诗文评著作和文学作品集作为总集著录在一起的做法也就十分理解了。毫无疑问,这是承袭了晋南北朝人们的总集观念的一种做法。在《隋志》看来,《诗品》《文心雕龙》《文章流别志论》《翰林论》等诗文评著作虽是自立文字,没有直接收录文学作品,但它们都离不开"选文以定篇"这一过程,这和"《毛伯成诗》一卷""江淹《拟古》一卷"通过选文来进行批评是同样的性质。二者的批评形态、方式既同,那么,将其作为总集著录就是一种不唯合情,也极合理的做法了。也就是考虑到了魏晋以来,论文者已多,已逐渐形成了一个专门的门类,所以《隋志》才在总集序中对之做出了强调,专门给了它一个目类名称——"评论",用这个名称统称这些作品,一方面固然是在"选文以定篇"上示其与诗文选集同中有异,但另一方面却是在批评形态上肯定它的"评论"与诗文选集的"选"是同一属性,以此确立其总集性质。

遗憾的是,《隋志》著录诗文评著作为总集的这层深意并不为后来的一些人所认识、理解,反而被认为是一种不当的做法,以至于在著录时各自为是,妄自处置。比如《文心雕龙》,按杨明照《文心雕龙校注拾遗》附录中所罗列的著录情形,它在历代目录著作中竟有十三种不同的归类方法,即总集类、别集类、集部、文集类、古文类、诗文名选类、杂文类、子类、子杂类、文史类、文说类、诗文格评以及诗文评类①。众所周知,衡量某一类作品的著录是否合理,我们通常是从它与四部关系的亲疏远近来考量的,如果著录的某一类作品同与之相属的部类关系亲近,我们就会觉得这个分类切当、合理,反之,就会认为这个分类失当、不纯。从这个角度来讲,上列的一些分类诸如别集类、文集类、古文类、诗文名选类、杂文类、子类、子杂类、文史类等,无论哪一种都会让人觉着与诗文评著作的关系极其疏远,只有总集类,才会让人觉得与诗文评著作的关系格外亲近。原因在于,诗文评著作本就是在批评诗文作品的基础上产生的,它们与诗文作品之间可以说是存在着一种割不断的天然关系,相对经、史、子类文章,它离得较远,自不能相属;与别集的关系固然较近,但别集仅是一个作家全部文学作品的汇集,是客观的东西,不具"选"的属性,因此,将它归入经、史、子部固然不合适,即列入别集也是有问题的。如果把它放在总集中,就显得非常通融,因为它虽然不收文学作品,却经历了"选文以定篇"这一过程,充分体现了总集"选"的特征,有着与作品选集同样的批评形态。也就是《隋志》的这一分法的准确、合理,具有不可替代性,所以千百年来尽管充满物议,但历代史志目录还是依然袭其做法,将诗文评著作归入了总集类,只不过是将"评论"的名称改成了"诗文评"以统其类而已。

三、单篇作品的总集特征

按照我们后来的观念,个人著作是一个作家的作品,固不能称之为总集,而单篇作品则是一个作家的一篇作品,称之为集尚且不可,称之为总集尤为不可。即此而论,《隋志》总集著录大量的单篇作品给人的感觉就真是"五花八门,极凌乱参杂之致"了。但是,上古及中古的具体情况却是,单篇文章即书部,并不区别,余嘉锡就说:"古人著书,本无专集,往往随作数篇,即以行世。传其学者,各

---

① 杨明照:《文心雕龙校注拾遗》,上海古籍出版社1982年版,第416—424页。

以所得,为题书名。"①李零也认为"古书多以单篇流行,篇题本身就是书题"②。事实上,这种情形一直到魏晋南北朝都未改变。比如左思的《三都赋》,最初就是"豪贵之家,竞相传写,洛阳为之纸贵"③。又如张纮的《枏榴枕赋》,"陈琳在北得之,因以示士人曰:'此吾乡里张纮作也'"④,说明此赋的由南而北,也是单本别行。其他如王延寿的《鲁灵光殿赋》,夏侯玄的《乐毅张良本无肉刑论》,李康的《运命论》,徐广、傅嘏等人论才性同异的文章,据史载,它们在社会上也是以单行本的形式流传的。单篇文章在那时既然可以视为书部,那么,《隋志》将这些单篇文章作为书部来著录本身就是没有任何问题的。然而问题的关键在于,这些单篇文章形成的书部作为总集又是否具备了总集"选"的特征、符合"选"的要求呢?下面,我们就来做一个详细的考察。

《隋志》总集著录的单篇作品主要是赋,从形态上来看,也可以分为两类,一类是单篇有注,一类是白文无注。下分述之。

1. 单篇赋注作品

《隋志》总集著录的单篇赋注作品,其题署方式很值得玩味,从中我们可以注意到这样一种现象,这就是它在署名时往往强调的不是作品的作者,而是作品的注解者。比如:

《洛神赋》一卷,孙壑注。

梁有《二京赋(音)》二卷,李轨、綦母邃撰,亡。

梁有薛综注张衡《二京赋》二卷,亡。

梁有晁矫注《二京赋》一卷,亡。

项氏注《幽通赋》,亡。

张载及晋侍中刘逵、晋怀令卫瓘注左思《三都赋》三卷。

---

① 余嘉锡:《余嘉锡说文献学》,上海古籍出版社2001年版,第200页。
② 李零:《李零自选集》,广西师范大学出版社1998年版,第27—31页。
③ 房玄龄等:《晋书》,第2377页。
④ 李昉:《太平御览》,河北教育出版社2000年版,第707卷,第533页。

除第三、第六条外,其他各条根本就不题作者之名,但注者之名氏却是无一遗漏,这一情况说明了什么呢?很显然,这决不意味着《隋志》的编目者不了解《洛神赋》《幽通赋》等作品的作者为谁,它所说明的只能是,这些单篇赋注能归入总集,编者并不是从这篇赋本身来考虑的,而是从这篇赋的注解或音注来考虑的,也就是说,这个文本的总集性质,正在于其注解或音注。这就可以看出,在编目者的观念中,作品本身已不是主体,注解或音注才是主体。由于注解或音注是主体,作品不过是其解释的对象,居于次要的地位,因此其性质已发生了极大的变化,即这个文本的存在形式不是作品而是解释这个作品的注疏,故这个文本的作者原则上已不是作品的作者,而是注解或音注的作者。因此编目者在著录的时候,也就忽略掉作品的作者之名而只署其注者之名了。《隋志》总集序之所以把这些单篇赋注作品专门定名为"解释",实际上要表示的也就是这个意思,主要是强调这类文本的性质是注疏而不是作品本身。由此可见,《隋志》之所以将它们作为总集著录,正在于它们的性质此时已不是作品而是纯粹的批评著作,像《诗品》和《文心雕龙》等诗文评著作一样,注者在选文定篇的基础上发表了对作家作品的批评意见,使文本本身具备了批评的特征和功能,后来学者正可依靠注者的"解释"而获得很好的指导,从而提高自己的文学素质和创作水平。

那么,单篇赋注的"解释"又是在哪些方面具体地体现了总集的特征呢?要了解这一情况,就必须对当时注家的注疏目的和注疏方式做进一步的了解。魏晋南北朝的注家注赋,其目的往往是为了备学者明物隶事之需,所以非常注重赋中方物、事类的注解,比如左思的《三都赋》,注家之所以选择去注释它,就是因为它"言不苟华,必经典要,品物殊类,禀之图籍",想以此示范,纠正"世咸贵远而贱近,莫肯用心于明物"的学习态度,所以他们在注解的时候格外用力,"其山川土域,草木鸟兽,奇怪珍异,金皆研精所由,纷散其义矣"[①]。又如徐爰注《射雉赋》,《文选》李善注《射雉赋》引徐爰曰:"晋邦过江,斯艺乃废,历代迄今,寡能

[①] 房玄龄等:《晋书》,第2376页。

厥事,尝览兹赋,昧而莫晓,聊记所闻,以备遗忘。"①说明徐爰之所以注《射雉赋》,主要是因为此赋所写的题材世"昧而莫晓",而自己恰好又很熟悉,于是就以己之所闻注解了这篇赋,希望能够备世之遗忘,使人们在学习这篇赋时能够获取这方面的事类知识。可见当时的注家注赋是有意要把赋注做成一个文与事类相兼的文本的。文与事类相兼,本是六朝总集编撰固有的模式之一,《文选》可为代表,其诗赋二体就是"又以类分"②,即先举事类,后列篇章,用意也在于使读者便于检事及文。单篇赋注与《文选》之类的总集其文兼事类既是出于同样的目的,就说明单篇赋注在当时本就是被视为总集的一种形式,注家正是按照总集文兼事类的标准和要求来制作它的。也就是六朝总集的文兼事类相对于其他的总集编撰模式在运用方面体现出了较大的优越性,越来越受到人们的欢迎,所以唐代才在此基础上予以发扬光大,把它确立为总集的根本属性,比如,《唐六典》就把总集定义为"以纪类分文章"③,"类分文章"即《旧唐书·经籍志》所说的"文章事类"④。由此可见,单篇赋注的总集特征的具体表现,正在于其"文兼事类"的独特注疏方式,它以这种方式表达了对作品的批评和见解,也以这种方式惠予了学者事类方面的知识。

至于有论者将单篇赋注作品与《文选音》《百赋音》等解释类总集分别对待,认为单篇赋注不是总集,之所以列入总集是因为别集,楚辞两类界限森严、难以混入,实是皮傅之谈,根本就没有体会到《隋志》总集编目者的这层用心和深意。

2. 单篇无注赋作

单篇赋注作品而外,《隋志》总集还著录了一些单篇无注的赋作,以白文的形式存在。诸如傅毅《神雀赋》一卷、梁武帝《围棋赋》一卷、张渊《观象赋》一卷、张居祖《枕赋》一卷、孔逭《东都赋》一卷等。前面讨论的几类总集,我们固可以

---

① 萧统:《文选》,第415页。
② 同上书,第3页。
③ 唐玄宗撰,李林甫等注:《大唐六典》,文海出版社1974年版,卷10,第216页。
④ 刘昫等:《旧唐书》,中华书局1975年版,第1964页。

通过其选集、评论、解释的特征加以确认,但单篇无注赋的文本却是没有留下任何编辑或评论的痕迹,如此,其总集特征又是以什么样的方式作出体现呢?

考察《隋志》总集著录的单篇无注赋作,我们注意到了这样一种情况,这就是这些赋都是以某一种物类为题材进行创作,比如《神雀赋》赋神雀、《围棋赋》赋围棋、《观象赋》赋天象、《枕赋》赋枕具、《东都赋》赋京殿,基本上就是一篇赋赋一事类,等于是在一篇赋中穷尽了这一事类的各种情况。而物类之外诸如以情爱、感伤、失意等为题材的单篇赋作则不见收录。这种情况意味着什么呢?是不是因为这些赋在当时没有单本别传才不见著录呢?显然不是,它所说明的只能是,在《隋志》的观念中,可以视作总集的,实际上只限于事类赋,其他的则不在其列。那么,《隋志》为什么只把事类赋归入总集而要把其他题材的单篇赋作排斥在外呢?这不能不从事类赋的创作特点和创作目的说起。

关于赋的创作,自古就以明物隶事为其第一要务,曹丕《答卞兰教》云:"赋者,言事类之所附也。"[1]成公绥云:"赋者贵能分赋物理,敷演无方。"[2]王延寿也说:"物以赋显,事以颂宣,匪赋匪颂,将何以作?"[3]可见在时人的眼里,明物隶事对赋的创作来讲是多么的重要。那个时代人们为什么会要求赋的创作注重铺陈方物、广征故实呢?按陆次云的说法,这是有其深刻的历史原因的,他说:"汉当秦火之余,典故残缺,故博雅之属,辑其山川名物,著而为赋,以代志乘。"[4]说明事类赋的产生,是由于秦火以后志乘被焚,在关于物类的知识方面留下了一个巨大的真空地带,于是描写事类的赋就应运而生,充当了弥补这个知识真空地带的角色。由于社会视赋为类书,希望从赋中获得事类知识,所以作家也就在赋的创作过程中尽情展露其明物和隶事的才华,以满足社会的这一需要。这一点,袁枚说得更为清楚,他说:"古无志书,又无类书,是以《三都》《两京》,欲叙

---

[1] 《三国志》注引《魏略》,见《三国志》,中华书局1959年版,第158页。
[2] 房玄龄等:《晋书》,第2371页。
[3] 萧统:《文选》,第509页。
[4] 陆次云:《北墅绪言》卷4,见《四库全书存目丛书》集237,齐鲁书社1997年版,第364页。

经典建构:《隋书·经籍志》总集的范式意义

风土物产之美,山则某某,水则某某,鸟兽草木虫鱼则某某。必加穷搜博访,精心致思之功,是以三年乃成,十年乃成,而一成之后,传播远迩,至于纸贵洛阳,盖不徒震其才藻之华,且藏之巾笥,作志书、类书读故也。"[①]了解了这个情况,我们也就明白《隋志》著录的这些单篇无注赋作那时为什么会以书部的形式流传了,十分清楚,这些单篇无注赋作之所以会是以书部的形式流传,主要就是因为它们在创作上先天即是明物隶事,备具了类书或志书的特点,体现出了应用的价值,于是时人就把它们作为类书或志书拣选收藏,以备作文事类之需。如前所言,南北朝的总集编撰,本就有"文兼事类"的强调,从这个意义上讲,这些专赋事类的单篇赋作就大可视为总集的"事出于文"者流,先天即具备了总集的这一特质。《隋志》将这些单篇无注赋作作为总集著录,显然是从它的这种总集特质来考虑的。相比之下,物类之外诸如以情爱、感伤、失意等为题材的赋作在创作目的和创作特征上这样的表现就不是太突出,因是之故,其"事出于文"的总集特征自然也就不会太明显,《隋志》不为著录,原因就正在于此。

当然,还必须强调的是,也不是所有明物隶事的单篇赋作都可以视作总集。它们毕竟是文学作品,虽然同是明物隶事,但也有文学表现上的优劣之分。因此,它们能否成其为总集,像前面所论及的其他总集一样,实际上也还是要经历一个选(即论定其文学价值)的过程,只不过,它们被选的过程,并不是通过选集、评论、解释这种有形的方式,而是一种无形的方式,这就是社会的选择和接受,而流传则是检验其为社会选择、接受与否的一个重要标志。《隋志》著录的这些单篇无注赋作之所以能够以单行本的形式得以流传,毫无疑问是经历过了一个选的过程,虽然其文本本身没有带上任何解释或批评的文字痕迹,但背后却是蕴含了社会对它们无言的批评和接受,说明在人们的心目中是认可了其创作水平、价值及地位的。因为只有被认可,它在世间才可能得以流布、传播,否则就会被淘汰,消失在历史的记忆中,此是常理。傅毅的《神雀赋》就是一个典

---

① 袁枚:《历代赋话序》,蒲铣:《历代赋话》,清乾隆五十三年(1788)刻本,第1—2页。

型的例子,据《论衡》所载,当时汉明帝曾诏百官赋神雀,然"文皆比瓦石,唯班固、贾逵、傅毅、杨终、侯讽五颂金玉,孝明览焉"①。这个记载生动地反映了单篇赋作被社会选择和淘汰的情形,傅毅的《神雀赋》之所以被当时的人们所选择、接受,并流布于后世,正在于它是同题作品中的"金玉",当时就已为世所公认。而其他作品之所以被社会所淘汰,淹没于历史的长河中,则在于它们"文皆比瓦石",当时即遭到人们的厌弃。又如王延寿的《鲁灵光殿赋》,作为文学史上的著名经典,它被社会的选择和接受在背后更有诸多动人的故事,据《后汉书》,蔡邕尝欲造此赋未成,"及见延寿所为,甚奇之,遂辍翰而止"②。在三国时代,生活奢靡的蜀国贵族刘琰因好《鲁灵光殿赋》,曾悉教数十侍婢诵读之③。晋代阮孚,以其母为胡婢,其姑因取《鲁灵光殿赋》"胡人遥集于上楹"句中的"遥集"二字以为其字④。在南朝,颜之推教导诸子,称自己"七岁时诵《灵光殿赋》,至于今日,十年一理,犹不遗忘"⑤。可见这些单篇赋作的得以流布,绝非偶然,它的背后是深藏着世人的普遍认同的,世人的普遍认同,才是它们得以存在、流布的根本原因。因之可以说,这些得以存在、流布的单篇赋作,它们本身就是"非个人的文学理念、代表集体性的审美理想"⑥所铸就的经典,凝集着世人对其文本价值的评价。因此,它们貌似白文无注,其实每一篇都大大地写了一个"选"字,无形中已具备了总集"选"的特征。《隋志》将其视作总集著录,显然是考虑到了这一点的。

四、《隋志》总集著录与晋南北朝的文学经典化运动

《隋志》总集中个人著作和单篇作品大量出现,是一个令后世学者震惊的现

---

① 王充撰,黄晖校释:《论衡校释》,中华书局1990年版,第864页。
② 范晔:《后汉书》,中华书局1965年版,第2618页。
③ 《三国志》,第1001页。
④ 房玄龄等:《晋书》,第1364页。
⑤ 颜之推撰,王利器集解:《颜氏家训集解》,中华书局1996年版,第172页。
⑥ 吴承学:《〈过秦论〉:一个经典的形成》,《文学评论》2005年第3期,第136页。

象,不少学者对此都表示过困惑,本文在重读历史文献的基础上对世人的疑惑给出了自己的解释。以前,因陷于此种困惑,对《隋志》的总集观念、其著录个人著作和单篇作品的情况缺乏足够的认识,我们对这部总集目录的评价往往不是很高,四库馆臣说《隋书·经籍志》"编次无法""在十志中为最下"[1],虽未直接言及其总集的编次,却是包含了这样的看法的。在有了以上的认识之后,我们深切地感受到,这部总集目录的编撰决不是如我们先前看到的那样,是概念不清,编类失当,而是概念相当明确,遵守了一定的著录原则和标准,有鉴于此,其"辨章学术"的价值和意义,就需要我们重新进行认识。

纵观《隋志》著录的总集,时跨晋南北朝二百年之间,它们虽然编成于不同的朝代,但都是为着文学教育的目的,在"选"这一统一的思想观念下进行。同一历史时期不同朝代的批评家能够持同一目的和理念而进行同一项工作,绝非偶然,因此,我们就有理由把这个历史过程解读为中国中古时期发生的一场历时二百年的轰轰烈烈的文学经典化运动。很显然,其著录的这二百四十九部总集既是这场运动的重要成就,也是这场运动发生的重要历史见证。只要寻绎这些总集背后的一个个故事,我们即可揭开其历史的面纱,对这场文学经典化运动的历史面貌获得清楚的认识。

首先是,这个著录充分展示了晋南北朝一代批评家和读者在以文学教育为目的文学经典化运动中是如何按照当时的文学理论和批评的价值取向去发现和确立一代文学经典的历史过程。前面我们在探讨晋南北朝时代的总集观念时就已经深深地感受到,这是一个充满了经典意识的时代,在为培养文学创作人才、繁荣文学创作服务的宗旨之下,帝王、主流文人、批评家都在呼唤经典意识的诞生,要求总集的编撰按照"采摘孔翠,芟翦繁芜"的原则进行,使其具备"选"的特征,对学者起到很好的指导作用。为此,不少文人都以身作则,躬为示范,如萧统就编了《文选》、《沈约》编了《集钞》、徐陵编了《玉台新咏》。在他们的

---

[1] 永瑢等:《四库全书总目》,第409页。

倡导下，当时总集编撰蔚然成风，"选"的意识深入人心，已然成为了广大社会的一种共识。身处这种氛围之下，批评家和一般读者所进行的批评活动，都是切实按照经典的原则、标准去进行的。其选集作品、评论作品、解释作品的过程，就是一个发现、阐释和确立经典的过程。在选集作品方面，他们往往是选那些艺术价值极高、可阐释空间较大，在内容或体制上都极为特出，并具有相当的代表性和示范意义的作品。在评论作品方面，则表现为"选文以定篇"，选取典范之作从文体、艺术、内容诸方面去阐发其经典特性，提出对于作品的新体会新理解，希望以其卓越的发现能力和权威性的理论阐发使其发现的经典在广大社会推广开来。在解释作品方面，他们也同样是以经典的眼光去发现注释对象，通过对文章的语汇、内容、背景等做介绍和平议，从文章写作的角度来充分展示该文本在遣词造句、用事明物、立意构思、谋篇布局等方面的典范价值。事实证明，为《隋志》所著录的这些由一代批评家通过各种方式发现和阐释的文学经典，虽然历经了千百年的时间考验，今天大部分仍然还在延续着它们的历史生命，并以其卓越的认知能力和审美力量在继续"创造"或"塑造"着我们[①]。毫不夸张地说，这一代批评家是发现能力极强、专业素养很高、学术影响力巨大的学者，他们确立或构建的这些文学经典，因其高贵的知识标签、相当程度的客观性和科学性，为后来文学史的书写奠定了坚实的基础。我们今天先秦汉魏两晋南北朝文学史的书写，就基本上都是按照这一代批评家所确立的经典格局来进行的。比如这一段文学史的线索和框架，我们后来就差不多就是以《文心雕龙·时序》和《诗品序》所描述的范围为基础，而这一段文学史的代表作家和作品，我们也无不以《文心雕龙》《诗品》和《文选》等著作的标举为准的。比如诸家论建安文学，就举曹氏父子及建安七子；论正始文学，即标嵇、阮；论西晋文学，则推三张二陆两潘一左。而这正是我们今天的文学史没有跳出的框架。至于这一段文学史中诸多文学文本的意旨、艺术等方面的阐释、发明，我们今天也多是因

[①] ［美］哈罗德·布鲁姆著：《西方正典》，江宁康译，译林出版社2005年版，第29页。

这一代批评家充满权威性和启示性的研究成果而立论,比如刘勰说古诗"结体散文,直而不野,怊怅切情,婉转附物",言"嵇志清俊,阮旨遥深"①;钟嵘说曹植诗"骨气奇高,辞采华茂",言"陆才如海,潘才如江"②,给我们留下的,都是千古不朽的话题。因之可以这样说,一部《隋志》总集的著录,就是一部先秦汉魏两晋南北朝文学史的书写。

其次是,透过这个著录我们还可以看到,在这场以文学教育为目的的文学经典化运动中,一代批评家为了文学经典的建构,真正是披荆斩棘,不辞艰难,千方百计地在寻求经典建构的新途径和新方法。以前,我们在研究魏晋南北朝的文学批评史时,对于时人的批评活动,一般多注重于其自立文字进行批评的诗文评活动,其他方面则有所忽略。通过这个著录则可以看到,那时人们建构文学经典所进行的文学批评活动实际上是远比诗文评活动要丰富得多,从方法的角度来看,它基本上可以概括为三类。一是选集文学作品,既选多人之作,也选个人作品,甚至还选单篇作品,通过挑选和取舍的行为,来表达自己的批评意见。二是"评论"作家作品,这种方式是只"选文定篇"而不录作品,通过自立文字来直接发表对文学现象、作家作品的批评意见。三是"解释"文学作品,这种方式是先选定作品,然后对其字、词、句、用典及内容等方面逐次做出注解、诠释,以表达注家的批评意见。这三个方面,基本涵盖了那个时代文学批评的领域和范围,因之可以说,一部《隋志》总集的著录,实无异于一部魏晋南北朝文学批评史的书写,它全面、系统地总结了魏晋南北朝文学批评的历史,为我们了解、认识这段历史敞开了一扇窗口。更为重要的是,这个著录在展示这一时代人们的文学批评活动的同时,还使我们明确了这样一个历史事实,即魏晋南北朝文学批评活动所运用的选集作品、评论作品和解释作品这三种方式,乃是这时代的人们在以文学教育为目的的文学经典化运动的大背景下,结合当时文

---

① 范文澜:《文心雕龙注》,第66、67页。
② 陈延杰:《诗品注》,第20、26页。

学创作实际、吸取前人文学批评经验而形成的重要创造和发明,在批评史上可以说是承前启后,意义深远。自此而后,中国古代文学的批评就差不多是沿着魏晋南北朝人们所开辟的这条道路前进,一方面是文学文本的选集,一方面是文学文本的理论批评,另一方面则是文学文本的注疏考据,构成了古代中国文学批评的鲜明特色和传统。直到今天,我们的古代文学研究虽然对外来的东西有所借鉴,但却始终没有离开这条道路而旁行。从这个意义上来讲,魏晋南北朝批评家对中国古代文学批评思维和方式的建构,无疑是居功至伟,具有里程碑式的重要贡献。以前,因囿于总集"总而集之"的观念,没有认识到《隋志》总集观念的真正内涵、其著录个人著作和单篇作品的深意,我们从这个著录里是很难看清这一点的。

再次是,《隋志》总集的著录还表明,晋南北朝发生的这场文学经典化运动之所以能够取得这样辉煌的成就,是与其忠实地贯彻了文学教育的目的分不开的。文学教育,其目的可以是政治的、道德的、伦理的,也可以是文学的,但这一时期主流文人和批评家所倡导的文学教育却是专门注重于文学素质教育,即为培养文学创作人才、繁荣文学创作服务。由于文学教育已回归到文学本身,旨在为学者提供学习的范本,自然也就要求这项工作必须贯彻经典意识,以经典的原则为指导,在经典的视阈中进行。因是之故,其经典建构的标准就充分地尊重了文学内在的审美价值,在很大程度上远离了来自"中心体制的力量"[①]的操控,所以相对于后来发生的文学运动而言,其政治文化的色彩就不是十分浓厚。具体表现在,"采摘孔翠,芟剪繁芜"这一遴选原则不是按政治、道德或伦理的要求,而是按严格的艺术标准建立起来的。比如萧统的《文选》就宣称是以纯文学的观念来遴选作品;钟嵘《诗品》品诗强调诗歌"动天地,感鬼神"的审美力量;刘勰《文心雕龙》则尽力描述各种文体的艺术特征,说明历史上那些作品备具其文体上和创作上的经典特质;而其他总集,或专集某种文体,或专录某种题

---

① 柯莫德语,见《西方正典》,第3页。

材,也无不是选其艺术表现最优、堪为学者典范者而集之。由此可见,在这场以文学教育为目的的文学经典化运动中,"美学尊严是经典作品的一个清晰的标志"①,得到了一代批评家共同的认可和遵守。不言而喻,当经典的建构是按美学的原则和要求进行,批评家真正面对了文学的本质和特征,诞生伟大的文学经典、伟大的批评理论似乎也就在乎情理之中了。

布鲁姆的《西方正典》曾以其"审美自主性"(aesthetic autonomy)原则,按照"崇高"的审美特征这一标准重建了西方文学经典的历史。在本书的末尾,他开具了"神权时代"世界各地的经典书目,对未及列入中国古代文学著作表示了极大的遗憾,他说:"在西方文学传统之外,还有中国古代文学这一巨大财富,但我们很少获得适当的译本。"②所谓"神权时代",正当中国的唐前时期,所以布鲁姆渴望看到的,正是这一时期的中国古代文学经典,倘若有朝一日我们的传译之路变得通达无碍,使布鲁姆这样的批评家能够获得更多适当的译本,并了解到东方的中国在中古时期曾经发生过一场以文学教育为目的的文学经典化运动,其形成的相当一批经典已著录在《隋志》总集之中,那么,正在西方朝圣路上踽踽独行的布鲁姆说不定就会为之惊喜不已,其劳顿而悲摧的心灵兴许就会得到一丝宽慰,因为今天布鲁姆以其经典原则而奋力追寻的,正是我们的先辈在中古时期的文学经典化运动中早已尝试过的工作。

余 论

书法无隐、直书实录是史书的责任所在,史志目录作为史书的一个有机的重要组成部分,其责任当然也不应有其例外,要在忠实地反映前代的典籍编撰思想和编撰成果,从以上的考察来看,《隋志》总集的著录无疑是履行了这一职

---

① 《西方正典》,第26页。
② 同上书,第418页。

责的,实未可厚非。总集的观念,到后来已发生了极大的变化,《四库提要》将"网罗放佚"置于"删汰繁芜"之前,就表明了总集编撰重心的转移。这个时候之所以会有总集编撰重心的转移,一个重要的原因是,经千百年的沧桑变幻,一些文学作品固然有幸被保存了下来,但更多的是"散无统纪",至为可惜。因此,保存古代典籍就成了历史赋予总集编撰最重要的责任,四库馆臣就曾多次强调:"圣朝右文稽古,网罗放佚,零缣断简,皆次第编摩。"[1]"总集一门,为类至夥,盖以网罗放佚,荟萃菁英,诚为著作之渊薮。"[2]由此可见,《四库提要》提出的总集概念是带有鲜明的时代性的,它的目的和要求已不同于《隋志》的时代,今天不少学者以后来的总集概念来要求《隋志》的著录,对《隋志》总集著录个人著作和单篇作品提出尖锐的批评,这无疑是不了解历史情况而兴妄议。在认识了《隋志》的总集思想和理念、了解了其著录个人著作和单篇作品的内在原因之后,我们深深地体会到,晋南北朝的总集编撰其实并不是一种贵族文人的文化奢侈品的制作,而是一种现实文学发展的动能的制造,目的就是要驱动中国文学这艘巨轮,使之劈波斩浪,不断前进。今天,在盛世修典的热潮中,各种文学总集的编撰方兴未艾,但撰者似乎多钟情于"网罗放佚"而鲜少留意于"采摘孔翠",一味强调大和全,彼此相高,犹恐不及,从保存古代文献的角度来讲,其行固可嘉尚,但是,在此过程中,我们又何妨选胜登临,像晋南北朝的先辈们那样,多考虑担当一些文学教育的责任,用心于文学经典的建构,为现实的文学发展服务呢?

原载《文学遗产》2015年第4期

---

[1] 永瑢:《四库全书总目》,第411页。
[2] 张廷玉等:《皇朝文献通考》,商务印书馆《景印文渊阁四库全书》第637册,1986年版,第464页。

李白之痛苦

李长之

不过,在说过一切话之后,李白却还是一无所有:空虚和寂寞而已,渺茫和痛苦而已。

他自己的一切,是完全失败了,"我发已种种,所为竟无成!"(《留别西河刘少府》)

就根本处说,李白不能算矛盾,他有丰盛的生命力,他要执着于一切。但是就表现上说,就不能不算矛盾了,因为他要求得急切,便幻灭得迅速,结果我们看见他非常热衷,却又非常冷淡了。一会儿是"人生在世须尽欢",一会儿是"人生在世不称意";一会儿他以孔子自负,"我志在删述",一会他又最瞧不起孔子,"凤歌笑孔丘",矛盾多么大!

李白的精神是现世的,但他的痛苦即在爱此现世而得不到此现世上,亦即在想保留此现世,而此现世终归于无常上。他刚说着:"百年三万六千日,一日须倾三百杯,遥看汉水鸭头绿,恰似葡萄初醱醅。此江若变作春酒,垒麹便筑槽丘台。千金骏马换少妾,笑坐雕鞍歌落梅。车旁侧挂一壶酒,凤笙龙管行相催。"(《襄阳歌》)说得多么高兴,然而马上感到"襄王云雨今安在,江水东流猿夜声",虚无了!

"忽魂悸以魄动,恍惊起而长嗟。惟觉时之枕席,失向来之烟霞。世间行乐亦如此,古来万事东流水"(《梦游天姥吟留别》),从来现世主义者必然遇到的悲哀就正是空虚。想到这地方便真要解放了,所以,接着是:"别君去兮何时还,且放白鹿青崖间,须行即骑访名山。安能摧眉折腰事权贵,使我不得开心颜!"又如他作的《古风》:"庄周梦蝴蝶,蝴蝶为庄周。一体更变易,万事良悠悠。乃知蓬莱水,复作清浅流。青门种瓜人,旧日东陵侯。富贵固如此,营营何所求。"和这意思是一模一样的。倘若想起"名利徒煎熬,安得闲余步"来,当然会有"抚己忽自笑,沉吟为谁故"的不知所以之感了。

从虚无就会归到命运上去,"良辰竟何许,大运有沦忽",李白是有道教信仰的人,更容易想到个人的力量之小,大运的力量之大。由现世虚无而解脱固然是一种反应了,由现世虚无而更现世,也是一种反应,所以又有"人生达命岂暇愁,且饮美酒登高楼"(《梁园吟》)的话。

然而人生既为命运所操持,倘若不然而能够操持命运,岂不更好么?符合了这种理想的,便是神仙。你看,"容颜若飞电,时景如飘风。草绿霜已白,日西月复东。华鬓不耐秋,飘然成衰蓬。古来贤圣人,一一谁成功?君子变猿鹤,小人为沙虫。不及广成子,乘云驾轻鸿"(《古风》),便恰恰说明了从受命运支配到要支配命运,因而学仙的心理过程。

但是我们却不要忘了,像李白这样的人物求仙学道,是因为太爱现世使然的,所以他们在离去人间之际,并不能忘了人间,也不能忘了不得志于人间的寂寞的。所以他虽然上了华山,"虚步蹑太清"了,但他并没忘了"俯视洛阳川,茫茫走胡兵。流血涂野草,豺狼尽冠缨"。

让我再重复地说吧,李白对于现世,是抱有极其热心的要参加,然而又有不得参加的痛苦的,他那寂寞的哀感实在太深了,尤其在他求仙学道时更表现出来。他曾经说:"桃李何处开,此花非我春。唯应清都境,长与韩众亲。"他曾经说:"太白何苍苍,星辰上森列。去天二百里,邈尔与世绝。中有绿发翁,披云卧松雪。不笑亦不语,冥栖在岩穴。……铭骨传其语,竦身已电灭。仰望不可及,苍然五情热。吾将营丹砂,永与世人别。"我们大可以想象吧,这是一种什么况味!

李白之痛苦

然而,怎么样呢?神仙也未尝不仍是渺茫,也未尝不仍是虚无,所以在有一个时候,便连这一方面的幻灭也流露出来了。他说:"石火无留光,还如世中人。即事已如梦,后来我谁身?提壶莫辞贫,取酒会四邻。仙人殊恍惚,未若醉中真。"那么,便只有酒了!酒者是糊里糊涂,一笔勾销罢了,那么,还能怎么样呢?就只有寂寞和虚无了!

同时,李白是深感到天才被压迫的痛苦的,"郢客吟白雪,遗响飞青天。徒劳歌此曲,举世谁为传。试为巴人唱,和者乃数千。吞声何足道,叹息空凄然","流俗多错误,岂知玉与珉",这些现象更都与他的本怀相刺谬。他所愿意的是天之骄子,他愿意受特别优待,他希望得到别人特别敬重,可是呢,"奈何青云士,弃我如尘埃。珠玉买歌笑,糟糠养贤才。方知黄鹤举,千里独徘徊",又是一种痛苦了。

他颇痛苦于没有真正同情者,没有真正合作者,"世人见我恒殊调,见余大言皆冷笑",结果他反映在别人心目中当然是如他自己所说"白,欹崎历落可笑人"了,这也就是李华所谓"嗟君之道,寄于人而伴于天,展哉"(《故翰林学士李君墓志》)了。他之常想归隐,不也正因为不能和庸俗协调,所谓"松柏本孤直,难为桃李颜"么?

一般人越发看他相远了,越发不能理解他,因此不能亲近他,但是一般人却反而以为是他不近人情,甚而以为是他不愿意和人接近的,这真令我们诗人太委屈了。他已经很感慨于汉朝的严君平,"君平既弃世,世亦弃君平"。只是果然如此,也还公平,不过在李白却并不是如此,他其实是:"我本不弃世,世人自弃我"(《送蔡山人》),可说所有李白的痛苦,都没有这一句话说得清楚的了!凡是诗人,无时不想用他自己的热情来浇灌人世,无时不想用他自己的坦诚来表白自己,然而人们偏偏报之以冷水,偏偏报之以掩耳不理!

我们总括地看,李白的痛苦是一种超人的痛苦,因为要特别,要优待,结果便没有群,没有人,只有寂寞的哀感而已了;李白的痛苦也是一种永久的痛苦,因为他要求的是现世,而现世绝不会让人牢牢地把握,这种痛苦是任何时代所不能脱却的,这种痛苦乃是应当先李白而存在,后李白而不灭的。正是李白所谓"与尔同销万古愁",这愁是万古无已的了;同时李白的痛苦又是没法解脱的痛苦,这因为李白对于现世在骨子里是绝对肯定的。他不能像陶潜一样,否定一切,倘若否定一切,便可以归到"达观"了。他也不能像屈原的幻灭只是现世里理想的幻灭,但屈原却仍有一个理想没有幻灭,这就是他的理想人物彭咸,而且他也果如所愿的追求到了。李白却不然,他没有理想。名,他看透了,不要,他要的只有富贵,可是富贵很容易证明不可靠,那么,他要神仙,但是神仙也还是恍惚。那么,怎么办呢? 没法办! 在这一点上,他之需要酒,较陶潜尤为急切,那么就只有酒了,也就是只有勾销一切了!

根本看着现世不好的人,好办;在现世里要求不大的人好办;然而李白却都不然。在他,现世实在太好了,要求呢,又非大量不能满足;总之,他是太人间了,他的痛苦也便是人间的永久的痛苦! 这痛苦是根深于生命力之中,为任何人所不能改过的。不过常人没有李白痛苦那样深,又因为李白痛苦那样深,又因为李白也时时在和这种痛苦相抵抗之故(自然,李白是失败了的牺牲者),所以那常人的痛苦没到李白那样深的,却可以从李白某些抵抗的阶段中得到一点一滴的慰藉了! 这就是一般人之喜欢李白处,虽然不一定意识到。

原为李长之《道教徒的诗人李白及其痛苦》中的一节,
商务印书馆 1941 年版

杜甫对魏晋南北朝文学的继承与发展

吴珮珠

历史上的魏晋南北朝时期是一个少有的动荡不安的时期。东汉末年,外戚宦官争权,何进谋诛宦官不遂,反遭宦官杀戮。接着是董卓之乱,军阀相互倾轧,最后三国鼎立。西晋统一不久,又发生持续十六年的"八王之乱"。西晋覆亡,东晋偏安江左,匈奴、鲜卑、氐、羌、羯等少数民族上层入主中原,建立了许多独立的地方政权,形成十六国的大分裂局面。南北朝时,战乱经久不息,王朝更替频繁,农民起义不断发生,直到隋灭陈和北周,统一了中国,才结束了近四百年长期动乱分裂的局面。

魏晋南北朝文学也有它独具的特色。这时期儒学衰微,文学不再是经学的附庸,而是有自己的独立性。它强调个性,要求作品能显示作者个人的风格特点。建安诗歌直接继承汉乐府民歌"感于哀乐,缘事而发"(《汉书·艺文志》)的现实主义精神,同时重视语言的提炼和词藻的华美,所谓"诗缘情而绮靡"(陆机《文赋》)。诗歌形式方面,既有曹操《步出夏门行·龟虽寿》《步出夏门行·观沧海》那样慷慨激昂的四言诗,也出现了曹丕《燕歌行》那样感情委婉体裁完整的文人七言诗,而经过"三曹""七子"的普遍运用,特别是经过曹植的大力写作,五言诗在诗坛上已确立了自己的巩固地位,成为魏晋南北朝诗歌的主要形式。到了南齐永明年间,周顒发现汉字有平、上、去、入四声之分,沈约进一步提出"四声八病"之说,强调诗歌声调格律的重要性,都为唐代近体诗的产生奠定了基础。嵇康、阮籍、左思、陶渊明、谢灵运、谢朓、鲍照、庾信等诗人的创作，亦有所创新，有所突破。南北朝乐府民歌更是充满生机的新血液，它丰富了文人的诗歌创作。这时期的辞赋逐渐摆脱汉赋的铺张堆砌，向抒情小赋方面发展。散文虽不发达，但骈文盛行，不乏名作。值得注意的是，这时期文学批评取得了突出的成就，出现了曹丕的《典论·论文》、陆机的《文赋》、刘勰的《文心雕龙》、钟嵘的《诗品》等专门著作。志怪小说和轶事小说的出现，标志着我国古代小说到这时才初具规模，对后来的小说、戏曲产生了深远的影响。总而言之，魏晋南北朝文学在我国文学发展史上起了承前启后的作用，它在我国文学史上应占有相当重要的地位，不容忽视。

被尊为一代"诗史"、"诗圣"的杜甫，在诗歌创作上的成就是巨大的，他取得成就的原因也是多方面的，其中很重要的一点是他对魏晋南北朝文学的继承与发展。本文拟就这个问题做一些初步的探讨，谈一点粗浅的看法。

一

杜甫不同于比他稍后的白居易，他没有写过像白居易《与元九书》《新乐府序》等一类文章，系统地明确地阐述自己的诗歌理论，杜甫的文学主张只散见于他的部分诗作中，特别是他对魏晋南北朝一些作家的评价上。杜甫在诗中提到的魏晋南北朝诗人很多，主要有曹植、王粲、陈琳、嵇康、阮籍、陶潜、二谢（谢灵运、谢朓）、鲍照、江淹、刘孝绰、沈约、阴铿、何逊、庾信等。对于上述众多的诗人，杜甫既不是全盘肯定，也没有笼统否定，而是具体分析，有褒有贬。

例如对曹植的评价。曹植是建安文学的代表人物，他生逢乱世，用他自己的话来说，就是"生乎乱，长乎军"（《陈审举表》）。他怀抱壮志，渴望建功立业，但曹丕父子却怕他争夺帝位，多次让他贬爵徙封，行动处处受到监视和限制。政治上的挫折、生活上的困顿，使曹植的诗歌有时激昂慷慨，有时悲愤不平，尤其是在他后期的诗歌创作中，更是充满了激越慷慨的情调。因此，杜甫称赞他：

"子建文笔壮"(《别李义》),"文章曹植波澜阔"(《追酬高蜀州人日见寄》)。曹植的诗,不仅个性鲜明,具有比较充实的内容,而且开始注意语言的提炼和艺术的加工,正如钟嵘所指出那样:"骨气奇高,词采华茂,情兼雅怨,体被文质。"(《诗品》上)这一点,与杜甫的看法是一致的,杜甫对诗歌的思想内容和艺术技巧是兼顾并重的,所以他说:"诗看子建亲。"(《奉赠韦左丞丈二十二韵》)过去有些人评价曹植时,往往美声溢誉,言过其实。如钟嵘说:"陈思之于文章也,譬人伦之有周(公)孔(子),鳞羽之有龙凤,音乐之有琴笙,女工之有黼黻。"(《诗品》上)又如谢灵运说:"天下才共有一石,曹子建独得八斗,我得一斗,自古及今同用一斗,奇才敏捷,安有继之。"(转引自李瀚《蒙求集注》)杜甫对曹植却并非一味推崇,他在肯定曹植有成就的同时,还说过"气劘屈(原)贾(谊)垒,目短曹(植)刘(桢)墙"(《壮游》),意思是说,曹植、刘桢等人不是高不可攀,写文章可以匹敌屈原、贾谊,俯视曹植、刘桢。

再如对庾信,杜甫也是颇为推重的。体现杜甫诗歌主张的《戏为六绝句》的第一首就赞扬了庾信:

> 庾信文章老更成,凌云健笔意纵横。
>
> 今人嗤点流传赋,不觉前贤畏后生。

在《咏怀古迹》五首中同样在第一首怀念庾信并感怀身世:

> 支离东北风尘际,漂泊西南天地间。
>
> 三峡楼台淹日月,五溪衣服共云山。
>
> 羯胡事主终无赖,词客哀时且未还。
>
> 庾信平生最萧瑟,暮年诗赋动江关。

值得注意的是,杜甫不是笼统地赞扬庾信的全部创作,而只是肯定"庾信文章老更成,凌云健笔意纵横""庾信平生最萧瑟,暮年诗赋动江关",即强调庾信后期的创作成就,这是符合客观实际情况的。庾信是南北朝著名的诗人和辞赋家。他出身贵族,父亲是齐梁时有名的宫体诗人庾肩吾。庾信早年以才华出众为南朝最高统治者所赏识,出入宫禁,与徐陵一起写过不少绮艳浮靡的宫体诗赋,世称"徐庾体"。后来他作为梁朝的使者出使西魏。出使期间,西魏灭梁。由于当时北朝倾慕南朝文化,他以文名卓著被强留在北朝,尽管西魏和后来代魏的北周的统治者都很器重他,给他高官厚禄,但因为屈身仕敌和怀念故国,他内心仍然非常痛苦。这种遭遇和思想使他后期创作逐渐摆脱绮靡的诗风,写出像《拟咏怀》二十七首、《哀江南赋》、《小园赋》等感情深沉悲凉、内容丰富复杂的作品。因此庾信的创作基本上可以他四十二岁由南入北为分界线,分成前、后两个时期。杜甫肯定的正是庾信后期的创作,应该说,这是很有见地的。

此外,杜甫主张"不薄今人爱古人"(《戏为六绝句》其五)和"转益多师"(《戏为六绝句》其六),他还称许过陶渊明、谢灵运、谢朓、鲍照、阴铿、何逊,所谓:"焉得思如陶(渊明)谢(灵运)手,令渠述作与同游"(《江上值水如海势,聊短述》),"熟知二谢(谢灵运、谢朓)将能事,颇学阴(铿)何(逊)苦用心"(《解闷十二首》其七),"谢朓每篇堪讽诵"(《寄岑嘉州》),"李侯(指李白)有佳句,往往似阴铿"(《与李白同寻范十隐居》)。但杜甫也认为谢朓、何逊等还有不足之处:"何刘沈谢力未工,才兼鲍照愁绝倒"(《苏端薛复筵简薛华醉歌》),意思是说,何逊、刘孝绰、沈约、谢朓四人在诗歌创作上只擅长五言,对七言功夫还下得不够,假如能写出像鲍照那样的七言乐府就好了。

通过上述分析,可见杜甫对魏晋南北朝文学是重视的,对这时期的一些诗人的评价也能做到"一分为二",既有肯定,也有批评。肯定的显然是值得继承,值得借鉴的优良传统。对不足之处,杜甫也能做出比较切合实际的具体分析。较之李白所说的"自从建安来,绮丽不足珍"(《古风》其一)的笼统否定,杜甫的看法比较全面,态度也比较公允。

二

在我国文学发展史上,贯穿着两条线索:一条是文人的创作,另一条是民间的创作,两者并行不悖而且往往相互影响,相互补充。在我国封建社会里,一些有成就的进步的文人作家总是善于从民间文学中吸取营养,丰富自己的创作。屈原、"三曹"、陶渊明、鲍照、李白等都是这样做的,杜甫也不例外。

杜甫首先学习民歌的现实主义精神。这种精神早在周民歌中就有了。《诗经》中的"国风"部分就表现了"饥者歌其食,劳者歌其事"的现实主义精神,而"感于哀乐,缘事而发"的汉乐府民歌则是这种精神的继续。正如余冠英先生所指出的那样:"中国文学的现实主义精神,虽然早就表现在《诗经》,但是发展成为一个延续不断的,更丰富,更有力的现实主义传统,却不能不归功于汉乐府"(《乐府诗选序》)。建安时期,"三曹""七子"对民间文学比较重视,曹植有一段话颇有代表性:"夫街谈巷说,必有可采。击辕之歌,有应风雅;匹夫之思,未易轻弃也。"(《与杨德祖书》)他们一方面较虚心地向民间文学学习,同时承接了汉乐府现实主义的优良传统,在自己的诗歌中,反映了当时尖锐的社会矛盾和人民的苦难生活。曹操和曹植还沿用汉乐府旧题写时事,写了像曹操的《薤露行》《蒿里行》、曹植的《泰山梁甫行》等名作。这些,显然启发了杜甫。他除了总结和发扬前代诗歌的现实主义精神外,在写作乐府歌行时还做了大胆的创新,他不用乐府旧题,而给自己的诗歌加上与内容相适应的新题目,创建了新题乐府。如《兵车行》《丽人行》《悲陈陶》《悲青坂》"三吏""三别"等,这就是元稹所说的"率皆即事名篇,无复依傍"(《乐府古题序》)。汉乐府以叙事为主,新题乐府的出现,使叙事与抒情结合得更为紧密,把要反映的社会生活内容表达得更丰富、更具体。新题乐府比起曹操、曹植写作旧题时事的乐府诗来,又前进了一步。它直接开导了中唐以白居易为首的新乐府运动,并一直影响到清末。清人郑燮非常推重杜诗,从题目到内容都给予很高的评价,他说:"只一开卷,阅其题次,一种爱国爱民、忽悲忽喜之情,以及宗庙丘墟,关山劳戍之苦,宛然在目。其题如此,其诗有不痛心入骨者乎?"(《范县署中寄舍弟墨第五书》)可见杜甫这一革新是有积极意义的。

杜甫不但对汉魏六朝的文人作家有相当高的评价,他也喜爱汉魏六朝民歌那种清新俊逸的风格。他在自己的创作中,还学习民歌的各种表现手法。杜甫比较谦逊，极少文人相轻的恶习。他往往以"清新"来称颂别人的作品，如对孟浩然："复忆襄阳孟浩然，清诗句句尽堪传"（《解闷十二首》其六）；对高适："自蒙蜀州人日作，不意清诗久零落"（《追酬高蜀州人日见寄》）。他明确表示，自己评论别人的诗歌并没有古今的成见，只要是"清词丽句"，就可取法和借鉴："不薄今人爱古人，清词丽句必为邻。窃攀屈宋宜方驾，恐与齐梁作后尘。"（《戏为六绝句》其五）在《春日忆李白》中，他用庾信、鲍照诗歌"清新""俊逸"的风格来赞美李白："清新庾开府，俊逸鲍参军。"

杜甫自己也写了不少仿效民歌风格和表现手法的作品。抒情诗方面，如《不见》《天末怀李白》《赠卫八处士》《月夜》等，无论用近体或古体，大多语言质朴、感情真挚，不事雕饰，清新自然。用李白的两句诗"清水出芙蓉，天然去雕饰"来形容杜甫这类诗作就十分贴切，叙事诗方面数量更多，形式上多用古体，如《前出塞》九首、《后出塞》五首、《兵车行》、"三吏"、"三别"、《羌村三首》等。这类诗采用民歌惯用的一些表现手法，有的全诗用第一人称来写，让作品的主人公独白，直接地酣畅地向读者倾诉，使人仿佛身临其境，如闻其声，如见其人。例如《前出塞》九首和"三别"（《新婚别》《垂老别》《无家别》）。有的在诗中穿插了人物的对话，写得生动具体，富有戏剧性。例如《兵车行》和"三吏"（《新安吏》《石壕吏》《潼关吏》）。有些诗句酷似民间谚谣，例如"挽弓当挽强，用箭当用长。射人先射马，擒贼先擒王"（《前出塞》其六）。在南北朝乐府民歌中，还有一种常见的修辞手法，叫作钩连法（或称为"接字法""顶真格"），其特点是：用上一句的结尾做下一句的起头，使邻近句子头尾蝉联，上递下接。例如南朝乐府民歌《来罗》：

　　郁金黄花标，下有同心草。
　　草生日已长，人生日就老。

又如《襄阳乐》其二：

　　人言襄阳乐，乐作非侬处。
　　乘星冒风流，还侬扬州去。

标志南朝乐府民歌最高成就的抒情长诗《西洲曲》在运用钩连法方面尤为成功。杜甫在《兵车行》中也多次运用钩连法：

  车辚辚,马萧萧。行人弓箭各在腰。爷娘妻子走相送,尘埃不见咸阳桥。牵衣顿足拦道哭,哭声直上干云霄!

  道旁过者问行人,行人但云:"点行频!或从十五北防河,便至四十西营田。去时里正与裹头,归来头白还戍边!边庭流血成海水,武皇开边意未已!君不闻,汉家山东二百州,千村万落生荆杞。纵有健妇把锄犁,禾生陇亩无东西。况复秦兵耐苦战,被驱不异犬与鸡。

  长者虽有问,役夫敢申恨?且如今年冬,未休关西卒。县官急索租,租税从何出?!信知生男恶,反是生女好;生女犹得嫁比邻,生男埋没随百草!君不见:青海头,古来白骨无人收。新鬼烦冤旧鬼哭,天阴雨湿声啾啾!"

这首诗运用钩连法达五处之多,由于借助于邻近句子的头尾蝉联,不断顶接出新的内容,环环扣接,层层推进,给读者以声调铿锵、格调清新的感觉。

  北朝乐府民歌对杜甫的影响也不小。试看杜甫《草堂》一诗中写他重返成都草堂的热闹情景:

  旧犬喜我归,低佪入衣裾。

  邻里喜我归,沽酒携胡芦。

  大官喜我来,遣骑问所须。

  城郭喜我来,宾客隘村墟。

再看北朝乐府民歌《木兰诗》中描写木兰凯旋归家的热烈气氛:

  爷娘闻女来,出郭相扶将。

  阿姊闻妹来,当户理红妆。

  小弟闻姊来,磨刀霍霍向猪羊。

前者句式由后者脱化而来十分明显。再如杜甫的《杜鹃》一诗开头几句:

  西川有杜鹃,东川无杜鹃;

  涪万无杜鹃,云安有杜鹃。

《木兰诗》中也有：

  东市买骏马，西市买鞍鞯，

  南市买辔头，北市买长鞭。

两者在句式上也极为相似。假使追溯上去，这类句式在汉乐府民歌中亦可以找到，如《江南》：

  江南可采莲，莲叶何田田！

  鱼戏莲叶间。鱼戏莲叶东，

  鱼戏莲叶西，鱼戏莲叶南，

  鱼戏莲叶北。

说明这种排句句式是民歌所特有的。由于语言的重叠复沓，读起来音韵悠扬，琅琅上口，能帮助作者淋漓尽致地表达感情。至于杜甫晚年飘泊梓州、阆州时写的《忆昔二首》其一的末两句："愿见北地傅介子，老儒不用尚书郎！"更是完全套用《木兰诗》的句法"可汗问所欲，木兰不用尚书郎"的了。

三

  魏晋南北朝是唐代各种诗体的酝酿和准备时期。到了唐代，我国古典诗歌的各种样式才成熟和定型。

  杜甫在诗歌创作上无体不用，无体不工，是众所公认的，他熟练地恰当地运用他那个时代所有的诗体，包括古体诗（又称"古诗"或"古风"。从字数看，又分五古、七古）和近体诗（又称"今体诗"。从字数看，又分五律、七律、五绝、七绝），使各种诗体的功能得到充分发挥。杜甫在晚年还喜欢写排律（或称"长律"）。所谓排律，其实也是律诗的一种。具体说，就是十句以上的律诗，由于它就律诗定格加以铺排延长，因此称之为排律或长律。排律每首至少十句，也有多至百韵的，除首末两联外，上下句都必须对仗。由于排律在格律上（押韵、平仄、对仗等）要求严格，一般不容易写好，杜甫功力深厚，才气纵横，写起排律来游刃有余、挥洒自如,其中也不乏佳作,例如《送陵州路使君赴任》、《释闷》、《清明二首》(其一)、《风疾舟中伏枕书怀》等,都是写得较好的排律。元稹对杜甫的排律赞扬备至,说它"铺陈终始,排比声韵,大或千言,次犹数百,词气豪迈而风调清深,属对律切而脱弃凡近"(《唐检校工部员外郎杜君墓系铭》)。这段话颇多溢美之辞,因为把杜甫的排律同杜甫其他诗体的许多名作相比,前者显然逊色,这也是事实。所以元好问说:"排比铺张特一途,藩篱如此亦区区。少陵自有连城璧,争奈微之识碔砆。"(《论诗三十首》其十)对杜甫的排律,郭沫若同志说:"其实元稹所极力赞扬的排律,和六朝人的骈体文,后代的八股文,是一脉相承的东西。"(《李白与杜甫》,第114页)这话不错,如果寻本追源,唐代排律是吸取六朝骈文排比铺张的特点而形成的一种新诗体,它是六朝骈文发展的结果。从这一点看,杜甫继承并发展了六朝骈文的功绩是不应抹杀的。

杜甫还首创用诗歌的形式发表自己对文学的见解和对作家的评论。由于他运用绝句这种诗体评论作家作品,所以有人也称之为"论诗绝句"。这是杜甫在诗歌理论发展史上的一大贡献。在我国文学史上,建安以前文学批评都散存于经史诸子著作中。建安以后,包括魏晋南北朝整个时期,文学创作日益丰富,总结、分析、探讨文学现象的文学批评也得到空前繁荣。从单篇文章发展到体大思精的文学批评专著,从一般的文学批评发展到总结性的系统的文学理论的建立。具体说,建安时期出现了曹丕的文学批评论文《典论·论文》;西晋初,又出现陆机专门论述文学创作《文赋》;到了南北朝,刘勰的《文心雕龙》和钟嵘的《诗品》相继产生,标志着我国古代文艺理论与文学批评发展到一个新的高峰。但这些著作都用散文或骈文写成。到了杜甫,才打破了"以文论诗"的传统,开创了"以诗论诗"的做法。他写了《戏为六绝句》《解闷十二首》等诗,运用七绝这种诗体,评论作家及其作品。以绝句论诗,言简义精,含蓄蕴藉,与众不同,别具一格。此例一创,后代一些诗人或文学评论家纷纷仿效,也采取这一做法发表自己的文学主张,比较著名的有李商隐的《漫成五章》、金元之间的元好问《论诗三十首》。清人仿效这种体例的更多,如王士禛有《戏仿元遗山论诗绝句》十二首、袁枚有《仿元遗山论诗》八首、赵翼有《论诗五绝》等，可见杜甫这一创举影响的深远。

由于文学作品日益增多，南北朝时出现了梁昭明太子萧统所编选的我国最早的一部诗文选集《文选》（《昭明文选》）。这是一部上起周秦、下迄齐梁的文学总集。萧统在《文选序》中明确提出"事出于沉思，义归乎翰藻"是他编选作品的标准。这就从理论到实践把"文"与"笔"区分开来，体现了文情并茂的文学观，是一部能代表当时文学观点的较好的选本。这部书对后代文人学士影响很大，差不多成为后人学习文学的教科书。研究《文选》甚至成为一种专门的学问，称为"选学"。杜甫也很推重《文选》，他在《宗武生日》一诗中教诲儿子宗武要"熟精《文选》理"，他本人也钻研过《文选》。清人杨伦的《杜诗镜铨》引邵子湘的评语说："公（指杜甫）于《文选》实有得力处。"

综上所述，我们认为，在我国文学史上，魏晋南北朝文学处于承先启后的重要历史地位，它承接了前代优秀的文学传统，为后来文学的发展铺平了道路，特别是为唐代文学的繁荣奠定了丰实的基础。魏晋南北朝文学也哺育了杜甫，杜甫对魏晋南北朝文学的继承与发展正是他获得成就的重要原因之一。

原载云南大学中文系编《语言文学论文集》，1983年编印

从对杜甫的评价看宋代诗风的演变

段炳昌

从宋人对杜甫的评价中,来寻找宋代诗风的演变和宋诗的特点,并且由此探讨宋人的诗学观念和审美价值取向,是一个有趣而又颇有意义的问题。

宋代以来,杜甫一直被尊为"诗圣",占据着中国诗史上最神圣的一页。闻一多先生甚至说:杜甫是"中国有史以来第一个大诗人,四千年文化中最庄严、最瑰丽、最永久的一道光彩"①。但是,我们知道,杜甫在唐代诗坛上的地位并没有后来那么高。唐人选唐诗的选本一共十二种,现存十种。其中,只有晚唐五代韦庄所选的《又玄集》选有杜甫的作品。杜诗在唐代的失散流离就已十分严重。杜甫逝世后不久,润州刺史樊晃首编杜集,序中说:"属时方用武,斯文将坠,故不为东人之所知","今采其遗文,凡二百九十篇,各以事类,分为六类"。这个数字,几乎只有现存杜诗一千四百余首的五分之一。这些都说明杜诗在当时地位并不算高,杜甫诗中说:"百年歌自苦,未见有知音"(《南征》)、"文章千古事,得失寸心知"(《偶题》),自然表现了杜甫睥睨千古的自信,同时也流露了世无知音的寂寞孤独。中唐时期的白居易和元稹都十分推重杜诗,说"诗人以来,未有如子美者"②。但是,随着新乐府运动的逐渐沉寂,元白的这种呼声也就没

---

① 《唐诗杂论》,古籍出版社1956年版。
② 元稹:《唐检校工部员外郎杜君墓系铭并序》。

有多少回响了，他们的努力也终于没有改变时人对杜诗的评价。

　　杜诗在唐代为什么没有引起人们的足够重视呢？究其原因，主要有四点：一是杜甫格律森严而又变化多端的近体诗体式，特别是七律，并未得到重视。盛唐时期最流行的诗体是五言诗、七言绝句、古风乐府。比如李白、王昌龄的七绝，王孟的五言诗，李白、高适和岑参的乐府歌行。而最能体现杜甫高度创造性的七律却还未广为流传。与杜甫同时代的盛唐诗人中，王维所作七律有二十首，孟浩然四首，高适七首，岑参十一首，李白八首，王昌龄二首，李颀六首，崔颢三首，崔曙、祖咏各一首，是他们诗作中数量最少的体式。可见，七律创作并未成为风气。而杜甫一人所作的七言律诗竟达一百五十一首，差不多是上述诗人所作七律总和的二倍半。而且，杜甫还创作了不少七律变体的拗律，大胆尝试革新。又在句法、章法、对仗、用字、典故等方面做了许多变化翻新，使时人瞠目无措，难以接受。正像叶适所说的："杜甫强作近体，以功力气势，掩夺众作，然当时为律诗者不服，甚或绝口不道。"①二是杜诗中尤其在古体诗中大发议论的写法为时人所不许。严羽说："盛唐诗人惟在兴趣，羚羊挂角，无迹可寻。"（《沧浪诗话》）盛唐诗人多重视意象、兴趣，重情感，重直觉，不喜欢以文为诗，不喜欢议论说理。而"诗有议论者，杜甫是也。杜五言古，议论尤多"②。《自京赴奉先县咏怀五百字》简直是一篇论文，《戏为六绝句》一派议论。三是杜诗大谈生活琐事，广泛涉及现实的社会人生，运用俗字俚语，与盛唐诗高华超妙、雍容华贵的风气不一致。盛唐诗歌的"风格跟六朝是一脉相承的"③，标举的仍是"味外之味""一字千金"，题材较多地局限在高雅的传统范围之内。杜甫却把笔触深入到深广的社会人生："只作披衣惯，常从漉酒生。"（《漫成二首》其一）"自锄稀菜甲，小摘为情亲。"（《有客》）"邻家送鱼鳖，问我数能来。"（《春日江村》）"老妻画纸为棋局，稚子敲针作钓钩。"（《江村》）最寻常的俚语、俗语，表现最寻常而又活

---

　① 《习学记言》卷四十九。
　② 叶燮：《原诗·外篇》下。
　③ 《闻一多论古典文学》，重庆出版社1984年版，第85页。

从对杜甫的评价看宋代诗风的演变

泼的日常生活,洋溢着对人世间无限关爱的情怀,确实呈现出与盛唐其他诗人不同的情味,可以说是对六朝以来贵族诗风的一种冲击和矫正。正如赵翼所说的:"呜呼浣花翁,在唐本别调。时当六朝后,举世炫丽藻。青莲虽不群,余习犹或蹈。唯公起扫除,天门一龙跳。"①四是杜诗中体现出来的对唐代社会的深刻反省和理性思考,与盛唐时代奔腾昂扬的普遍风尚多少有些相左。唐帝国开边拓地、国势强盛带来的时代精神和盛唐诗歌的整体风格是一致的,"功名只向马上取,真是英雄一丈夫"(岑参《送李副使赴碛西官军》)、"杀人辽水上,走马渔阳归。还家且行猎,弓矢速如飞。腰间带两绶,转盼生光辉"(崔颢《古游侠呈军中诸将》)。或建功立业,驰骋塞外;或击剑高歌,行侠河山,无不体现一种英雄气魄、奋发精神。有时候,盛唐诗人们也对现实社会做一定的批判,但往往限定于怀才不遇的郁闷、思妇的苦恋、戍边将士的苦难和怨恨。杜甫就不一样了,他在青年时期也写过"放荡齐赵间,裘马颇清狂""呼鹰皂枥林,逐兽云雪冈"(《壮游》)、"何当击凡鸟,毛血洒平芜"(《画鹰》),表现出对盛唐飞扬超踔诗风的一种认同。但后来,他就逐渐放弃了清狂放荡的生活追求,开始冷静地思考社会人生,诗风也转而为沉郁顿挫,呈示出不同于时人的风调。"杀人亦有限,立国自有疆"(《前出塞》)、"安得壮士挽天河,净洗甲兵长不用"(《洗兵马》)、"朱门酒肉臭,路有冻死骨"、"穷年忧黎元,叹息肠内热"、"致君尧舜上,再使风俗淳"表现了对行将走向衰败的唐帝国命运有着更深刻更清醒的认识和忧虑,体现着以一己之身自觉负荷时代的如磐风雨和黎民的如山灾难的不屈不挠精神,但在当时这种冷静的思考、理智的呼声和深沉的忧患意识,却没有引起多少重视。

杜甫的崇高地位是在宋代才确立的,但是在五代宋初,人们对杜甫仍然不太欣赏,倒反以贾岛为典范,"唐末五代"、"大抵皆宗贾岛辈,谓之贾岛格。而于李、杜特不少假借……以为谈笑之资"。甚至把杜甫的一些很有特点的诗句,看

---

① 《瓯北诗集》卷三十八。

成是"病格","言语突兀,声势蹇涩"①。当时,杜诗的命运比李诗更为不妙,流散比李诗更为严重,"李集还能躲在一个角落里偷存,杜集则飘落云烟,再不能恢复旧观了"②。

宋初的另外两个诗歌流派白体和西昆体也并不推重杜诗,但是却露出了将要走向杜甫的端倪。白体诗人十分推重白居易,模仿白诗优闲自在、缘情遣兴、语俗词浅的风调,却看不起其他唐代诗人。智圆简直把白居易看成是古今以来最杰出的诗人,说"李杜之为诗,句亦模山水;钱郎之为诗,旨类图神鬼;讽刺义不明,风雅犹不委。于铄白乐天,崛起冠唐贤,下视十九章,上踵三百篇"③。虽然把白居易抬到李杜之上,但白却十分钦佩杜甫;而且从讽刺风雅的角度评价白诗,势必也将把眼光投向白居易曾推崇过的杜甫急切讽谏、风雅比兴、忧国忧民的诗篇。同样作为白体诗人一员的王禹偁,正是通过白居易而走向杜甫的。王禹偁早年诗学白居易,与时人一样,流连于唱和酬答、消遣自娱。后来转而学习杜甫,宣称"本与乐天为后进,敢期杜甫是前身"。他的一些成功的作品,如《村行》《春日杂兴》等诗,都明显地打上既学白又学杜的烙印④。虽然这些诗在当时的影响并不大,并不能扭转白体诗遣兴酬答的普遍风尚,却为日后宋诗的发展做了明确的预示。因此,有些诗论者都乐于把王禹偁诗作为宋代诗史的起点。西昆体是宋初势力最大的诗歌流派。杨亿、刘筠、钱惟演等西昆诗人都推崇李商隐而看不起杜甫。他们模仿李商隐艳丽绵密的诗歌,追求对仗工丽贴切,词采繁富,声韵谐美、风格典雅,巧妙而隐僻的典故。诗歌形式上都有意使用李商隐最为擅长的七律。他们不喜欢杜甫的诗,甚至鄙视杜甫,说他是

---

① 蔡宽夫:《诗话》,《苕溪渔隐丛话》前集卷五十五引。
② 罗根泽:《中国文学批评史》三,上海古籍出版社 1984 年版,第 75 页。
③ 《读乐天集》,见《闲居编》四八。
④ 蔡宽夫《诗话》曰:"元之本学白乐天诗,在商州尝赋《春日杂兴》云:'两株桃杏映篱斜,装点商州副使家。何事春风容不得,和莺吹折数枝花。'其子嘉佑云老杜尝有'恰似春风相欺得,夜来吹折数枝花'之句,语颇相近。"《苕溪渔隐丛话》前集卷二十五引。

村夫子①。尽管如此，但我们发现西昆体的某些方面却有偏向杜诗特点的明显意味，比如对七律的重视磨砺，西昆体的一些诗人还被认为"诗类杜甫"②。他们以李商隐为楷模，而李商隐却是学步杜甫的。薛雪《一瓢诗话》说过："有唐一代诗人，唯李玉溪直入浣花之室。"《岘佣说诗》也说："义山七律，得于少陵者深。"因此，西昆诗人虽以七律作为唱和应酬、娱己遣兴的工具，但在这种有限的形式框范之内上下翻腾、反复雕琢、抟弄技巧的结果，却使宋初的诗摆脱了晚唐以来贾岛体和白体的枯淡，在形式上显露出一种自觉反省的理性精神，这无疑是和杜诗特别是他的七律的内在精神有某些相通之处的。这样，后来许多诗人从李商隐或西昆诗出发而学习杜甫，创造新体就不奇怪了。王安石是最佩服和竭力追踪杜甫的，他认为"唐人知学老杜而得其藩篱者，唯义山一人而已"③。黄庭坚的诗甚至被认为是"独用昆体工夫，而造老杜浑成之地，今之诗人少有及者"④。

从白体诗和西昆体诗的倾向来看，杜诗在宋初虽仍未引起足够的重视，但新的变化却已在诗坛上鼓荡，宋诗将要走向肯定和推崇杜甫的趋势已经出现。白体诗和西昆体诗虽然角度不同，取径不一：一推崇白居易，追求浅易通俗；一宗法李商隐，提倡典雅富缛，但白、李二人的源头都在杜甫。一旦这两条线索纠结为一，白居易所崇尚的杜甫忧国忧民、兼济天下苍生的博大情怀与李商隐所追踪杜甫的沉郁凝重的风格、精心安排的形式结构汇而为一的时候，杜甫就会成为诗人们尊崇的对象，宋诗也就会以与唐诗不同的风姿出现。

白体诗和西昆体诗虽然隔推重杜甫只有一步之遥，但终于没有跨过这一步。因为，宋初诗坛基本上承袭晚唐五代诗风，所谓"国初诗人""规规晚唐格

---

① 刘攽《中山诗话》说："杨大年不喜杜工部诗，谓为村夫子。"
② 工禹偁《小畜集》卷十八《荐丁谓与薛太保书》说，丁谓"其诗类杜甫"。丁谓亦为参与西昆酬唱之诗人。
③ 蔡宽夫：《诗话》，《苕溪渔隐丛话》前集卷二十二引。
④ 朱弁：《风月堂诗话》卷下。

调,寸步不敢走作"①,"国初沿袭五代之余"②。这种情况下,在晚唐五代不受欢迎的杜甫也不会受到尊奉。深一层看,宋初的文物建制、政治制度基本上是承袭五代规模的。宋初主持和参加文化建设的主要人物,活跃的诗人文士大多数是由五代入宋的官僚世胄。这样的文化氛围,自然不会产生与前代迥乎不同的诗风,也不利于充满"村夫子气"的杜诗的传播及其卑隐地位的改变。

杜甫被宋人予以高度评价是在景祐、庆历之后,也就是被视为与唐诗不同的宋诗风格正式形成确立的时期。蔡宽夫《诗话》说:"景祐、庆历后,天下知尚古文,于是李太白、韦苏州诸人,始杂见于世。杜子美最为晚出,三十年来,学诗者非子美不道,虽武夫女子,皆知尊异之。李太白而下,殆莫为抗。文章隐显,固自有时哉。"③"三十年来"指的大约是从庆历到元祐初的三十余年,跨仁宗、英宗、神宗、哲宗四朝。这个时期,正是崇尚古文和"学诗者非子美不道",推崇杜诗已成为社会风尚的时期,也正是宋诗的代表人物欧阳修、梅尧臣、苏舜钦、王安石、苏轼、黄庭坚的先后活跃时期。他们在尊异杜甫的文化氛围中耳濡目染,也在为这种风尚而推波助澜。

一般认为,与前代不同的宋代诗风的演变是从欧阳修开始的。宋人说过:"嘉祐以来,欧阳公称太白为绝唱,王文公称少陵为高作,而诗格大变。高风之所扇,作者间出,班班可述矣。"④今人郭绍虞也指出:"宋诗之变,始于欧阳修。"⑤这个时期,宋代对杜诗的评价也开始有了较大的变化,这种变化在欧阳修身上体现得比较充分。刘攽《中山诗话》和陈师道《后山诗话》都说过欧阳修不怎么喜欢杜甫,而推重李白、韩愈。对此,刘攽就已表示大惑不解。他说:"吏部于唐世文章未尝屈下,独称道李杜不已。欧贵韩而不悦子美,所不可晓。"实际上,欧阳修很多地方都表示出对杜诗是十分推崇的。他说过:"昔时李杜争横

---

① 刘克庄:《江西诗派小序》。
②③ 蔡宽夫:《诗话》,《苕溪渔隐丛话》前集卷二十二引。
④ 《豫章先生传》,《苕溪渔隐丛话》后集卷八引。
⑤ 《沧浪诗话校释》,人民文学出版社1983年版,第31页。

行,麒麟凤凰世所惊。"(《感二子》)"杜君诗之豪,来者孰比伦。"(《堂中画像探题得杜子美》)他在《六一诗话》中津津乐道于陈从易诸人对杜甫"身轻一鸟过"的"过"字的叹服;还把杜诗书写在绫扇之上①。欧阳修不只欣赏杜诗,还在创作实践中加以模仿学习。《雪浪斋日记》指出,欧阳修诗"'晚烟寒橘柚,秋色老梧桐',岂不似少陵?"②明代杨慎也认为欧阳修诗《梦中作》,一句一截,各自独立,两两对偶的方法是承继了杜甫"两个黄鹂鸣翠柳"绝句的③。苏轼也看到了这一点,他指出,欧诗"苍波万古流不尽,白鸟双飞意自闲""万马不嘶听号令,诸番无事著耕忙"是学习师法杜甫"旌旗日暖龙蛇动,宫殿风微燕雀高"一类诗的④。欧阳修的这类诗被后人称为"宋诗杜样"⑤。欧阳修还曾经不无炫耀地对儿子说:"吾诗《庐山高》,今人莫能为,惟李白能之。《明妃曲》后篇,太白不能为,惟杜子美能之。"⑥从中也可以看出他对杜甫的崇敬。依据这段话,仇兆鳌甚至说"欧公推服子美,固在太白之上"⑦。仇氏的说法可能出于对杜甫的偏爱,但也不是没有根据的编造臆说。这些都至少证明欧公不喜杜诗的说法实在是一种误解。欧阳修是推崇杜甫的,或者是同样地推崇李、杜、韩三家的。即使这样,和宋初的鄙视杜甫的情况相比,杜甫的地位已经在明显上升了。

如果说,欧阳修还出入于李、杜、韩三家而不偏执一端的话,王安石则扬杜抑李,把杜甫抬到了至尊的地位。他说"予考古之诗,尤爱杜甫氏作者。其词所从出,一莫知穷极,而病未能学也"⑧。"吾观少陵诗,为与元气侔;力能排天斡九地,壮颜杀色不可求。"(《杜甫画像》)甚至涕泗横流地表示"愿起公死从之游"

---

① 沈括《补笔谈》曰:"欧公又以子美诗书于一绫扇上。"
② 《苕溪渔隐丛话》前集卷三十引。
③ 《升庵诗话》卷十一。
④ 《苕溪渔隐丛话》前集卷十引。
⑤ 钱锺书:《谈艺录》,中华书局1984年版,第172页。
⑥ 叶梦得:《石林诗话》,《苕溪渔隐丛话》前集卷二十九引。
⑦ 《杜诗详解·咏杜附编》上卷注。
⑧ 《杜工部后集序》,《临川先生文集》卷八十四。

(同前);还不免有些气馁地说:"世间好语言,已被老杜道尽。"①对杜甫佩服得不得了。王安石编集四家诗,以杜甫排列第一,而把李白排在最末,放在欧阳修、韩愈之后。当有人问起这种排列次序的缘由时,王安石说:"李白识见污下,十首九说妇人与酒"②"豪放飘逸,人固莫及,然其格止于此而已,不知变也"③。就是说李白人格理想、对社会人生的思考认识和诗歌的内容低下,多少有些缺乏理性,诗歌风格只是一味地飘逸豪放,缺少变化。而杜甫诗歌却能做到内容的无施不可,风格的变化多端,达到"绪密而思深"的境界④。"绪密",指的是形式结构、语言秩序上的精密设措、自觉追寻和理性安排。"思深"则指思想内容、义理见识上的独到深刻、精湛透辟,体现出对事理、对人生,对社会和历史的自觉的深湛思考。杜甫诗之所以伟大,正在于把"绪密"和"思深"完满地结合在一起,并且淋漓尽致地做了发挥。王安石也正是力求从这两方面追踪杜甫的。王安石的笔触较为尖锐地接触到了当时严重的社会矛盾,十分关注和深入思考各种社会问题,诸如冗兵冗员、官府逼榨和人民困苦不堪等。他的咏史诗突出地表现出对重新认识历史,建构新的社会的渴望和执着。这种情调甚至在他那些被认为是闲淡的咏物抒情诗中,也透过孤桐古松、寒梅乱笛顽强地表现出来。这自然是对"思深"追求的结果。在形式结构秩序方面,为了达到"绪密",他学习杜诗的句法,力求对句精切,诗律精严,用事琢句精妙,"造语用字,间不容发"。并且千方百计把"思深"与"绪密"结合起来,追求"意与言会,言随意遣,浑然天成"⑤,托意深远,使一句或一联诗,"包含数个意"⑥。出于对形式结构和思想义理的双重追求,从而达到杜诗"妙绝古今"的境界,王安石强调像杜甫一样"读书破万卷,下笔如有神"⑦。这样发议论,用典故,以文为诗,集句为诗就通过

---

① 陈辅之:《诗话》,《苕溪渔隐丛话》前集卷十四引。
② 《钟山语录》,《苕溪渔隐丛话》前集卷六引。
③④ 《遁斋闲览》,《苕溪渔隐丛话》前集卷六引。
⑤ 《石林诗话》,《苕溪渔隐丛话》前集卷三十六引。
⑥ 王直方《诗话》,《苕溪渔隐丛话》前集卷三十三引。
⑦ 《东皋杂录》,《苕溪渔隐丛话》后集卷五引。

王安石的诗得到更多的推广,开始形成了与唐代不同的诗风,开了东坡、山谷的先河,所谓"王介甫创撰新奇,唐人格调始一大变。苏黄继起,古法荡然"①,"及荆公苏黄辈出,然后诗极于高古"②。这种诗风诗格的转化,确实是和学习杜甫、推崇杜甫联系在一起的。

王安石以后的宋代诗人,对杜甫的评价基本上是遵循着"绪密而思深"的路子进行的,苏轼也不例外。苏轼自称是喜爱陶渊明、刘禹锡、白居易、柳宗元的,因此历来的诗论者似乎都不愿意把他和杜甫联系起来。实际上,苏轼之推重杜甫,即使与王安石相比,也可以说是有过之而无不及,只不过他的取径除了杜甫之外还有陶白刘柳而已。苏轼说过:"谁知杜陵杰,名与谪仙高。"(《次韵张安道读杜诗》)又说:"李太白、杜子美以英玮绝世之姿,凌跨百代,古今诗人尽废。"③似乎对李杜一视同仁,但是更多的时候,苏轼却明显地把杜甫作为无与伦比的楷模加以推崇和学习。他说"若夫发于情、止于忠孝者,其诗岂可同日而语哉!古今诗人众矣,而杜子美为首,岂非以其流落饥寒,终身不用,而一饭未尝忘君也欤"④,"杜子美诗,格力天纵,奄有汉、魏、晋、宋以来风流,后之作者,殆难复措手"⑤,"诗至于杜子美","天下之能事毕矣"⑥。"子美之诗,退之之文,鲁公之书,皆集大成者也。"⑦概言之,苏轼推崇杜甫,主要在两点,一是止于礼义忠孝,流落饥寒,却一饭未尝忘君;二是奄有历代风流,为集大成者。这两点可以说是"思深"和"绪密"的另一种说法。从前一点,使人很容易想到为什么苏轼一生屡遭贬谪,窜徙飘零,却始终身在江湖、心存忠义!可以说,杜甫忧国忧君忧民的伟大精神已成为苏轼人格力量的一部分,因而他虽然时常受庄禅出世思想

---

① 胡应麟:《诗薮》。
② 陈善:《扪虱新语》。
③ 《书黄子思诗集后一首》,《东坡集》九。
④ 《王定国诗集叙一首》,《东坡集》二十四。
⑤ 《书唐氏六家书后一首》,《东坡集》十三。
⑥ 《书吴道子画后》,《东坡集》二十三。
⑦ 陈师道:《后山诗话》引。

影响,却始终没有飘然而去,遁入山林。即使在晚年流放惠州、海南期间,他还写出了忧国忧民,"貌不袭杜而神似之"的《荔支叹》①;逸笔书写"颜平原死不忘君,握拳透爪"②。这可以说是"流落饥寒,终生不用,而一饭未尝忘君的"绝妙注脚。因而,他学习杜甫,在诗中追求有为而发,有意而发,追求思深,追求深意,说"夫诗者,不可以言语求而得,必将深观其意焉"③。又说:"子美诗外尚有事在也。"④这里说的都是对杜诗的鉴赏,但又何尝不能看作苏轼创作上的追求呢?追求深意,使他的许多诗成了说理谈玄论政的载体,也使他向杜甫议论为诗的一面靠拢。甚至可以说,他提出的重神似而不重形式的艺术创造理论,也是追求深意的一种必然结果。在诗的形式上,他把杜甫看成是可以学习规摹的集大成者。他的许多诗都是明显地取法杜甫的。他曾经不无得意地说,他的诗"令严钟鼓三更月,野宿貔貅万灶烟""露布朝驰玉关塞,捷书夜到甘泉宫",都是学习杜诗的⑤。他对杜甫《秦州杂诗》十分钦佩,说:"数千里山川在人目中,古今诗人殆无可拟者。"⑥因而认真摹拟作了《荆州十首》⑦。前人指出过,苏轼近体诗中两两相对的《题真州范氏溪堂诗》、扇对格的《和郁孤台诗》等,都是模仿杜诗⑧。他的古体诗,全篇对属精切,语意贯穿的《在岭外游博罗香积寺》《同正辅游白水山》《闻正辅将至以诗迎之》等篇都是"老杜体"⑨。至于在诗中大发议论,着意使用流动自如的散文句式,一般认为是苏轼也是宋诗的一个重要特点,它体现了苏诗及整个宋诗在形式技巧上的自觉追求和刻意翻新,而它的源头也正

---

① 《荔支叹》作于绍圣二年谪居惠州期间,苏轼时年六十岁。纪昀评点本《苏文忠公诗集》评《荔支叹》曰:"貌不袭杜而神似之,出没开合纯乎杜法。"
② 《冷斋夜话》《六砚斋笔记》都记述了苏轼谪居儋耳时为海南老媪书写"张睢阳生犹骂贼,嚼齿断龈;颜平原死不忘君,握拳透爪"。"断龈",《冷斋夜话》作"穿龈"。
③ 《既醉备五福论》,《东坡后集》十。
④ 《评子美诗》,《东坡题跋》二。
⑤ 《苕溪渔隐丛话》前集卷十引。
⑥ 朱弁:《风月堂诗话》卷上引。
⑦ 纪昀评点本《苏文忠公诗集》评《荆州十首》曰:"此东坡摹杜之作,纯是《秦州杂诗》。"
⑧ 《苕溪渔隐丛话》前集卷九。
⑨ 《苕溪渔隐丛话》前集卷四十七。

从对杜甫的评价看宋代诗风的演变

好在杜甫那里。

比起苏轼来,黄庭坚的取径并不怎么广泛驳杂,而是像王安石那样一心一意地尊崇规摹杜诗。他推崇杜诗,也沿着王安石、苏轼的路径进行,从绪密而思深两方面着眼的。黄庭坚诗歌创作和对杜甫的学习,一般认为只是注重形式技巧上的雕琢,被说成是形式主义者,这实在是一个误解。事实上,他推崇杜诗,是同时并重"意"和"文"即内容志意和文字技巧的。他在评论杜甫《赠韦见素诗》时说:"意举而文备,故已有是诗矣。"①写诗立意,必须像杜诗一样,做到"命意曲折"②,达到"非广之以国风雅颂,深之以离骚九歌,安能咀嚼其意味"的境界③。他把杜甫东西川诗和夔州诗称作是"大雅之音"④,自然不仅只着眼于形式技巧上的肯定,无疑也是从内容志意上加以张扬的。因而,他把杜甫夔州后诗作为"以理为主,理得而辞顺,文章自然出群拔萃"⑤的典型,认为杜甫东西川诗和夔州后诗,都寄托着深痛沉郁、忧国忧民的志意。黄庭坚在诗中这样说:"探道欲度羲皇前,论诗未觉《国风》远。""愿闻解鞍脱兜鍪,老儒不用万户侯。中原未得平安报,醉里眉攒万国愁。生绡铺墙粉墨落,平生忠义今寂寞。"(《老杜浣花溪图引》)这些评价是和黄庭坚的诗歌理论相一致的,他说过:"文章者,道之器也。"⑥以"合周孔者"作为诗文创作的高标准⑦。又说:"文章功用不经世,何异丝窠缀露珠。"(《戏呈孔毅父》)把这些理论与他对杜诗的评价结合起来看,我们怎么能说黄庭坚只是在形式技巧上学习杜甫呢?这里还涉及杜甫东西川诗和夔州后诗的评价问题。黄庭坚认为,杜甫这个时期的诗是寄存着千古是非、百年忠义的"大雅之音"。而大多数论者却认为,杜甫东西川诗和夔州后诗较多地写生活琐事,春游秋兴,村居饮酒,江花春雨,在形式上精雕细琢,大量地

---

①② 范温,《诗眼》,《苕溪渔隐丛话》前集卷十引。
③④ 《刻杜子美巴蜀诗序》,《豫章文集》十八。
⑤ 《与王观复书三首》,《豫章文集》十九。
⑥ 《次韵报杨明叔》,《豫章文集》六。
⑦ 《题土于飞所编文后》,《豫章文集》二十六。

使用七律和拗体,而没有像"三吏""三别"那样反映社会重大事件。毫无疑问,"三吏""三别"是杜甫反映安史之乱的伟大诗篇,但在杜甫东西川诗和夔州后诗中,也有像《茅屋为秋风所破歌》《蜀相》《岁暮》《岳阳楼》这样充满着忧国忧民的深厚情怀的千古力作。其实,即使像《秋兴》《诸将》《咏怀》《白帝城最高楼》这些杜甫曾在形式上倾注了大量心血、精益求精的七律中,也依然饱含着他忠爱仁厚的深厚情感,而且显得更为沉郁顿挫、深痛悲凉,只不过,它是流动在精美的形式结构和艺术境界之中。叶嘉莹氏指出过,杜甫"这些诗中所表现的情意,已经不是一种单纯的现实之情意,而是一种经过艺术化了的情意"。这个时期的杜甫,已经阅历尽世间的一切盛衰之变和人生一切艰苦之情,而且这些阅历都已在内心中经过长期的涵容酝酿。在这些诗中,杜甫所表现的,已不再是像从前"穷年忧黎元,叹息肠内热"的质拙真率的呼号,"朱门酒肉臭,路有冻死骨"的毫无假借的暴露,而是把一切事物都加以综合酝酿后的艺术化了的情意,它已经不再被现实的一事一物所拘限了①。这样看来,黄庭坚肯定和效法杜甫东西川诗与夔州后诗,从义理深刻、忠义寄存和形式技巧、章句韵律两方面大力加以张扬,尊之为"大雅之音",真可以说是慧眼独具了。在具体创作中,黄庭坚虽然也写过类似《流民叹》《戏和答禽语》《送范德孺知庆州》等爱民忧国的诗篇,但更多的诗却学杜甫东西川诗和夔州后诗,描述个人经历、亲友情谊、生活琐事,从而表现自己的理想、抱负和失意感慨,以及对人生和社会的思索,这无疑是与杜诗的内在精神相一致的。在学习杜诗的形式技巧,并且加以发展创新上,大家都公认,黄庭坚是最卓有成绩的一位。他的诗像杜甫东西川诗和夔州后诗一样,追求法度谨严,精心熔铸而又奇正相生,浑成自然。他发扬光大了杜诗中在唐代并不怎么引人注目的那些诗法技巧,如颠倒语序、倒装句、变用词性,使用虚字、散体对偶、俚语俗语、拗律,以议论为诗,以文字为诗等等。黄庭坚对此津津乐道,在诗中,大量地有意识地使用这些技巧方法,并且还作为写诗的不二法

---

① 《迦陵论诗丛稿》,中华书局1984年版。

门传授给亲友①。值得注意的是，黄庭坚把自己学习杜诗和创作的经验，总结成一套完整的规矩方法，把诗歌创作中的立意、句法、章法、炼字、韵律的安排设措都纳入了一个理性的秩序系统中，使学诗者有法度规矩可以依循，吸引了不少跃跃欲试的诗客骚人。这样，黄庭坚对杜诗特别是东西川诗和夔州后诗的推重，黄庭坚异乎唐人、面貌新奇的诗歌及其创作方法，也就影响到了一大批诗人，很快成为一股力量强盛的诗派，这就是风行宋代近两百年而不衰的江西诗派。江西派诗人都毫无例外地把杜甫尊为不祧之祖，杜诗中在唐代并不吃香的东西，诸如七律及拗体、议论为诗、日常琐事、对社会人生的冷静思考以及形式技巧上的各种尝试，成了他们最得意的风调，并且冠之以诗理、诗意、诗体、诗格、诗法等名称。从他们的创作中，我们再也感受不到唐诗那种飞扬超踔的精神或雍容超妙的气度，却明显看到了对于个人生活琐事或社会人文秩序思考的絮絮叨叨，对于形式技巧和秩序结构的刻意追求。这说明被后人称为"宋诗""宋调"的诗风完全成熟了。

从上面的论述，可以清楚地看到，王、苏、黄及江西诗派活跃的时期，也就是杜甫至尊地位确立的时期。当时，无论新党旧党，官僚巨卿，布衣谪臣，方外隐逸，都众口一词极力推崇杜甫，成为普遍风气。杜甫的光亮很快遮掩了其他唐代诗星。苏辙说："唐诗人李杜称首，今其诗皆在。杜甫有好义之心，白所不及也。"李白"不知义理之所在也"，白乐天"望老杜之藩垣而不及也"②。秦观则从集大成的角度推崇杜甫，把他与孔子相提并论，说他是"圣之时者"③。这大概就是所谓"诗圣"的最早说法。苏辙和秦观的说法是和王安石、苏轼、黄庭坚们的主张一致的，推重的是杜甫诗歌的义理和法度。义理和法度，既是评判前人、推崇杜甫的标准，也是诗歌创作所着力追求的目标。正是从这两点出发，他们对前人的取径只能思深绪密的杜甫，而不可能是李白或其他什么人；他们的诗歌

---

① 《苕溪渔隐丛话》前集卷四十七。
② 《诗病五事》。
③ 《杜工部草堂诗话》卷一引。

创作也必然同时偏向于命意构思的深刻独到和句法韵律的曲折精严,于是也自然造成了议论为诗,以理入诗,刻意追求形式技巧的完整新奇。也正是由于这两点,使得杜甫地位的提升与宋代诗风的形成自然紧密地纠结在一起。至于为什么宋人在诗中要竭力追求思深和绪密、义理和法度,则有着更深刻的社会文化的原因所在,而这已经不在本文讨论的范围了。

原载《思想战线》1990 年第 5 期

中唐诗乐关系及其社会功能的理论重构
——以《箧中集》《新乐府》诗论转变为中心

张之为

倡导复古是中唐诗歌理论最显著的特征,白居易的《新乐府》诗论可谓这方面的代表。学界已注意到白氏诗论与元结《箧中集》在复古精神上的共通性,并由此构筑起盛唐到中唐时期诗歌理论发展的基本链条,形成文学史的经典论述,但多停留在两人皆以文学为政教工具,是儒家文学观之归复这一点上。值得关注的是,近年来吴相洲先生在乐府学研究视域下,以歌诗传唱切入,考察新乐府的体式、题材、风格,涉及声律与风骨、情与志、俗与雅等一系列文学史重要问题,突破并拓展了新乐府研究的视野与范式。本文以诗乐关系为着眼点,转向诗歌理论的纵向演进考察,阐释元结、白居易面向复杂的政治环境、多元的音乐系统,整合传统资源、呼应政治风向、建构诗论系统、设计实践路径的努力,多维度地展示文学理论发展演变的复杂进程。

一、诗体的回归:《箧中集》的"复古主义"

乾元三年,元结选编其友沈千运、王季友、于逖、孟云卿、张彪、赵微明及从弟元季川七人的诗歌共二十四首,结为一册,是为《箧中集》。全书仅收诗二十四首,规模很小,但所选作家背景相似,诗歌风格统一、体裁一致,皆为"雅正"的

五言古体诗,显是编者排沙拣金、去粗存精的结果。元结在《箧中集序》中明确地阐述了选诗标准:

> 元结作《箧中集》。或问曰:公所集之诗,何以订之? 对曰:风雅不兴,几及千岁,溺于时者,世无人哉?……近世作者,更相沿袭,拘限声病,喜尚形似,且以流易为辞,不知丧于雅正。然哉! 彼则指咏时物,会谐丝竹,与歌儿舞女生污惑之声于私室可矣。若令方直之士,大雅君子,听而诵之,则未见其可矣。①

又永泰元年所作《刘侍御月夜宴会序》云:

> 文章道丧盖久矣。时之作者,烦杂过多,歌儿舞女,且相喜爱,系之风雅,谁道是邪? 诸公尝欲变时俗之淫靡,为后生之规范,今夕岂不能道达情性,成一时之美乎?②

元结的"复古主义",针对的是诗歌体式,明确古体与近体的分判,崇古而抑近。考察元结的创作史,此论有迹可循。天宝六年元结作《二风诗》十篇,天宝十年作《补乐歌》,又有《系乐府十二首》,皆为拟古之作。对这些诗歌,传统诗家评价很低。《随园诗话》卷二云:"凡古人已亡之作,后人补之,卒不能佳:由无性情故也。束晳补《由庚》,元次山补《咸英》《九渊》,皮日休补《九夏》,裴光庭补《新宫》《茅鸱》:其词虽在,后人读之者寡矣。"③又《养一斋诗话》卷八曰:"元次山《补乐歌》,皮袭美《补九夏》,皆可已而不已者也。如元补伏羲《网罟歌》为首章……元平日虽有古奥之笔,到此亦成伪体。"④从品鉴文学的角度出发,评价可谓中肯,这部分拟古之作在艺术上并不成功。然则元结的创作原不以审美性为指归。《二风诗论》明确阐述创作宗旨:"欲极帝王理乱之道,系古人规讽之流。"⑤《系乐府十二首序》也表达了类似的观点:"天宝辛未中,元子将前世尝可

---

① 元结著,孙望校:《元次山集》,中华书局1960年版,第100页。
② 同上书,第37页。
③ 袁枚著,顾学颉点校:《随园诗话》,人民文学出版社1982年版,第35页。
④ 潘德舆著,朱德慈辑校:《养一斋诗话》,中华书局2010年版,第134页。
⑤ 元结著,孙望校:《元次山集》,第10页。

称叹者为诗十二篇,为引其义以名之,总命曰'系乐府'。古人歌咏不尽其情声者,化金石以尽之,其欢怨甚耶哉!尽欢怨之声者,可以上感于上,下化于下,故元子系之。"①创作目的在于"规讽""感上""化下"。元氏诗论对诗歌功能的认识与儒家一脉相承,核心是政教中心论,在这种极富功利性与实用性的理论体系中,文学的价值取决于其政治功用。是否有益于国家政治,是判断文学价值的尺度所在。

值得注意的是,两篇序言对近体的批判,都联系、强调了其音乐背景:"会谐丝竹,与歌儿舞女生污惑之声于私室","歌儿舞女,且相喜爱"。在元结的认知里,近体诗是与俗乐结合、用于娱乐消遣的诗歌样式。此认识是否符合历史事实?

二、元结诗论的文化溯因与现实诉求

安史之乱后,唐代政治、经济、社会文化各个领域均见巨变。宴乐的流行是当时最显著的文化景观②。中唐时期描述宴饮娱乐的诗歌陡然增多,就是文化风俗转变在文学领域的呈现。翻检《全唐诗》,例子俯拾皆是。初盛唐时期,宴乐诗虽亦有所见,但多集中于宫廷、京城,宴会性质多为公宴,参加者主要是高级京官,有一定的礼仪性。中唐以后,宴乐风气蔓延到地方,延及普通士人,即所谓"盖工于举场,而盛于使幕"者也。性质转变为私宴、家宴,纵情声色、歌舞相娱,目的纯为享乐。

---

① 元结著,孙望校:《元次山集》,第18页。
② 《唐国史补》所记甚确,多为学界引用:"长安风俗,自贞元侈于游宴,其后或侈于书法图画,或侈于博弈,或侈于卜祝,或侈于服食,各有所蔽也。"又叙饮宴娱乐云:"古之饮酒,有杯盘狼藉、扬觯绝缨之说,甚则甚矣,然未有言其法者。国朝麟德中,壁州刺史邓宏庆始创'平''索''看''精'四字,令至李稍云而大备,自上及下,以为宜然。大抵有律令,有头盘,有抛打,盖工于举场,而盛于使幕。衣冠有男女杂履舄者,长幼同灯烛者,外府则立将校而坐妇人,其弊如此。又有击毬、畋猎之乐,皆溺人者也。"参见李肇:《唐国史补》,《唐五代笔记小说大观》,上海古籍出版社2000年版,第197页。

在音乐制式上，中唐时期，小曲、杂曲勃兴，声乐日益受重视。《教坊记》所载资料证明，盛唐教坊已经掌握了相当数量的大曲。大曲是结构复杂的大型乐曲，兼备歌舞，如《破阵乐》《千秋乐》《凉州》等，都需要大型乐队才能正常演出，这样的配置民间私宴难以具备。因此，大曲摘遍为小曲、杂曲，由大型化转向小型化，成为一种必然趋势。安史之乱导致宫廷乐工涌入民间，随着音乐人才流布全国，曾经被朝廷垄断的曲调也传播开来。此乃中唐宴会所用俗乐的一个重要来源。同时，就现所见资料看，中唐酒宴音乐表演的受众当中，文士所占比例甚大，部分经济条件优裕的文人如白居易等甚至能畜养家伎，这一群体理所当然地要在音乐活动中发挥自己的优势作用，即参与歌辞创作。

唐代文人赋诗，以诗入乐的情形，多见于文献载录。白居易《醉吟先生传》自叙："性嗜酒、耽琴、淫诗……自居守洛川泊布衣家，以宴游召者，亦时时往。每良辰美景，或雪朝月夕，好事者相过，必为之先拂酒罍，次开诗箧。酒既酣，乃自援琴，操宫声，弄《秋思》一遍。若兴发，命家僮调法部丝竹，合奏《霓裳羽衣》一曲。若欢甚，又命小妓歌《杨柳枝》新词十数章。放情自娱，酩酊而后已。"①其"新词十数章"，当为白自作矣。薛能《柳枝词五首序》亦云："乾符五年，许州刺史薛能于郡阁与幕中谈宾酣饮醋酊，因令部妓少女作《杨柳枝》健舞，复歌其词，无可听者，自以五绝为《杨柳》新声。"②唐代音乐文艺研究名宿任半塘先生有关唐声诗的研究，即建立在有唐一代诗与乐广泛结合之基础上。

与俗乐结合的歌辞，体式多为五七言绝句近体。胡仔《苕溪渔隐丛话》引蔡宽夫《诗话》云："大抵唐人歌曲，本不随声为长短句，多是五言或七言诗，歌者取其辞与和声相叠成音耳。予家有《古凉州》《伊州》辞，与今遍数悉同，而皆绝句诗也。"③《唐声诗》对"声诗"概念的认定，其中关键一条即必须为"近体诗"："唐

---

① 白居易著，朱金城笺校：《白居易集笺校》，上海古籍出版社1988年版，第3782页。
② 彭定求：《全唐诗》，中华书局1960年版，第6519页。
③ 胡仔：《苕溪渔隐丛话（前集）》，人民文学出版社1962年版，第140页。

代结合声乐、舞蹈之齐言歌辞——五、六、七言之近体诗。"①任半塘、王昆吾所编《声诗集》是隋唐五代燕乐齐言歌辞之总集②,共辑得一千六百零三首③。应当说,唐代与俗乐配合演唱的诗歌,以近体为主,具有历史事实依据。

元结诗论始终高度重视"乐"的方面,因为乐不但具有"其感人深,移风易俗"的教化作用,关键的是它承担着整合诗、舞、礼等社会文化形态的重要功能。"诗"的"规讽""感上""化下"诸般功能,必须通过"乐"这一媒介与途径,才能得到实现。此认识具有很强的发生学印迹,却构成了儒家诗论最重要的理论基石,历代传承。当代流行的娱乐性俗乐注定无助于襄赞王化,那么,与它紧密结合的诗歌类型——近体,亦归属于同质文化属性。这正是元结批判近体,标举古体的最根本原因。

实际上,从辞、乐配合的技术层面而言,古体并非不能与新兴时曲结合。唐教坊曲《何满子》就是显著的例子。此曲来源,白居易《何满子》有载:"世传满子是人名,临就刑时曲始成。一曲四词歌八叠,从头便是断肠声。自注云:开元中,沧州有歌者何满子,临刑进此曲以赎死,上竟不免。"④此曲为开元时歌者何满子所创,原为体制短小之曲子,中唐时又扩制为大曲,歌、乐、舞兼备,更流入民间,颇见于声伎⑤。《碧鸡漫志》引《卢氏杂说》云:"甘露事后,文宗便殿观牡丹,诵舒元舆《牡丹赋》,叹息泣下,命乐话情。宫人沈翘翘舞《何满子》词云:'浮云蔽白日。'上曰:'汝知书耶?'乃赐金臂环。"⑥"浮云蔽白日"出自《文选》《古诗》第一首:"浮云蔽白日,游子不顾反。思君令人老,岁月忽已晚。"又"浮云白日"

---

① 任半塘:《唐声诗》上册,凤凰出版社2013年版,第40页。
② 在任、王先生的唐代音乐文学研究体系中,"燕乐"概念为隋唐五代雅乐以外的全部艺术性音乐的总称,尤其是各种新兴俗乐。参见王昆吾:《隋唐五代燕乐杂言歌辞研究》,中华书局1996年版,第4页;又王昆吾、任半塘:《隋唐五代燕乐杂言歌辞集》,巴蜀书社1990年版,第6—8页。
③ 据王昆吾、任半塘《隋唐五代燕乐杂言歌辞集(声诗集)》统计。
④ 白居易著,朱金城笺校:《白居易集笺校》,第2457页。
⑤ 关于此问题,参见拙文《何满子相关问题考论》,《南京艺术学院学报(音乐表演版)》2012年第3期。
⑥ 土灼:《碧鸡漫志》,古典文学出版社1957年版,第84页。

之喻,据《文选注》,乃言"邪佞之毁忠良,故游子之行,不顾反也"①。联系甘露之变的背景,指意甚确。这是唐代古体诗入时俗音乐的实例。

由此可见,近体入乐或是古体入乐,并不存在一些学者所阐述的技术难题。元结强调古、近之分,实际是试图通过对诗体的细分,分判古、近两种诗体的二元化功能属性,明确前者为具有"规讽""感上""化下"诸种政治功能的"诗",后者为娱乐之"歌"。元结诗论的内部逻辑非常清晰:不同诗体具有不同功能(严分古近),诗体的价值决定于其政治功用,而诗体的政治功能通过音乐途径来实现(褒古贬近)。由此,元结凸显了诗歌体式、音乐类型、社会功能三个要素的关联性。

早在天宝年间,诗坛已呈现明显的复古倾向。李白创作了大量的乐府诗,标举"将复古道",杜甫主张兴寄,写出大量摹写民病、反映现实的诗歌。元结更被认为是《新乐府》的先声。他们的共同主张是要求诗歌"复元古""念淳古"。这种"复古"实是从诗歌与政治关系的角度提出的。天宝"复古"群体的形成有其特殊背景,葛晓音先生《盛唐"文儒"的形成和复古思潮的滥觞》指出,开元礼乐兴盛的局面是孕育天宝复古观念的温床,天宝年间在文坛上崭露头角的文人,大多带有浓郁的儒家色彩,主要原因在于他们受到开元学风的熏陶,或是由开元文儒所荐拔,中唐复古思潮亦由此滥觞②。随着二张退出政坛,李林甫等吏能派官员掌权,礼乐热潮逐步降温,这批在开元时期成长起来、接受礼乐思想、诗礼教育的士人必然受到压制。天宝六年,玄宗欲广求天下之士,"命通一艺以上皆诣京师"③,打算亲自对策听选,结果被李林甫巧言劝止,令试如常吏,最后以"野无遗贤"不了了之。杜甫、元结皆在其中。天宝十年,玄宗举行三大礼,杜甫即献三大礼赋,元结则作《补乐歌》。以礼乐雅颂晋升,是天宝文儒的共同追求。政治上被排挤压制,理想无法实现,激起了他们的强烈愤慨。"乐"本来就

---

① 萧统编,李善注:《文选》,中华书局1977年版,第409页。
② 葛晓音:《诗国高潮与盛唐文化》,北京大学出版社1998年版,第274—300页。
③ 司马光编,胡三省注:《资治通鉴》,中华书局1956年版,第6876页。

具有"颂"与"讽"两大功能,人生遭际与复古思想结合,引导他们产生了以诗讽政、批判现实的自觉意识。

楼颖序芮挺章《国秀集》云:"仲尼定礼乐,正雅颂,采古诗三千余什,得三百五篇,皆舞而蹈之,弦而歌之,亦取其顺泽者也。近秘书监陈公、国子司业苏公,尝从容谓芮侯曰:'风雅之后,数千载间,词人才子,礼乐大坏,讽者溺于所誉,志者乖其所之,务以声折为宏壮,势奔为清逸。此蒿视者之目,聒听者之耳,可为长太息也。'"[①]秘书监陈公即陈希烈,国子司业苏公即苏源明,于天宝十二年七月后征调入京为国子司业,约与元结同时。两人指出"词人才子"的创作"务以声折为宏壮,势奔为清逸",说明他们也意识到了当代诗歌与礼乐相脱离的问题。诗、乐、礼三者关系的颠覆,结果是"乐"失去了整合"礼"意识形态的功能,"诗"则失去了匡扶政治的功能,从政治工具蜕变为娱乐工具。

此乃元结标举古体之现实根源。名为复古,实即通今,要求复兴古体的背后,隐藏着重新整合诗、乐、礼,恢复礼乐系统在国家政治体系中的地位与功能,从而实现文儒群体以诗礼晋升的现实诉求。

三、历史经验整合与现实政治互动:白氏诗论的建构

元结诗论的影响有限,主要原因有两个,一是倡导者缺乏政治话语权,二是缺乏特定的政治环境。安史乱后,局势转变,时机终于到来。

学者早已发现并充分阐释元结、白居易诗论的共通性,两者在以文学为政教工具的精神上完全一致。白居易与元结的区别在于,他更充分地整合、利用了传统资源,更积极地呼应政治风向、调动政治资源来贯彻文学理论。下面从历时性的历史经验与共时性的社会互动两方面进行梳理。

首先是历时性的历史经验。

[①] 元结、殷璠等,《唐人选唐诗(十种)》,上海古籍出版社1958年版,第126页。

新乐府运动的触发点是元和三、四年间，李绅作《新题乐府二十首》，然原诗已佚。元稹《和李校书新题乐府十二首序》云："予友李公垂贶予乐府新题二十首，雅有所谓，不虚为文。予取其病时之尤急者，列而和之，盖十二而已。"①白居易又推衍为《新乐府》五十篇，即其自序所言"凡九千二百五十二言，断为五十篇"②者也。

《新乐府》虽然名系乐府，其资源却来自《诗经》。结构形式上，《新乐府》五十首是一组经过严密组织构建的系统化诗作，有总序，每篇前有小序，乃模仿《毛诗》大序、小序，而每篇首句标目，则效仿《关雎》以首句名篇之例。陈寅恪《元白诗笺证稿》认为白居易《新乐府》五十首乃是"唐代《诗经》"③，诚为的论。孔子诗教的思想核心在于复兴周礼、重建文化秩序与精神信仰。唐代当时之人的意识，视安史之变叛为戎狄之乱华④，形势与周"四夷交侵"的历史多有相似，《新乐府》与《诗经》的同一性，其根本点体现在两者高度一致的思想追求：重整文化秩序与精神信仰，振兴国家。

其次是共时性的社会互动。

贞元中，权德舆论科举"两汉设科，本于射策，……近者祖习绮靡，过于雕虫，俗谓之甲赋律诗俪偶对属。况十数年间，至大官右职，教化所系，其若是乎？"⑤，透露了政治风向转变的信息。

元和初年白居易的《策林》可视为这一变化的呼应。《策林》七十五目是白居易为应制举而作，其《序》言："元和初，予罢校书郎，与元微之将应制举。退居于上都华阳观，闭户累月，揣摩当代之事，构成策目七十五门。"⑥《策林》第六十八、六十九、七十篇都与文学密切相关。六十八《议文章（自注：碑碣词赋）》将文

---

① 元稹著，周相录校注：《元稹集校注》，上海古籍出版社 2011 年版，第 717—718 页。
② 白居易著，朱金城笺校：《白居易集笺校》，第 136 页。
③ 陈寅恪：《元白诗笺证稿》，上海古籍出版社 1978 年版，第 120 页。
④ 参见陈寅恪：《元白诗笺证稿》，第 145 页。
⑤ 董诰：《全唐文》，中华书局 1983 年版，第 4994 页。
⑥ 白居易著，朱金城笺校：《白居易集笺校》，第 3436 页。

章视为"惩劝善恶之柄""补察得失之端"①,故主张"俾辞赋合炯戒讽喻者,虽质虽野,采而奖之;碑诔有虚美愧辞者,虽华虽丽,禁而绝之"②,实现其稽政、惩劝、补察的功用。六十九《采诗(自注:以补察时政)》承前发论,要求建立采诗制度,保障诗歌政治功能的顺利运行。而七十《纳谏(自注:上封章、广视听)》更承之,阐述君王纳谏之重要性。此三篇以六十二《议礼乐》、六十三《沿革礼乐》、六十四《恢复古器古曲》为纲,是一个整体。其思想结构、内部逻辑,甚至话语使用,皆是汉代《诗》学的再现。所谓"揣摩当代之事",深味其意,《策林》反映的不仅是白氏个人对社会现实的思考,更是对决策层思路的敏锐洞察与回应。

元和三年,白居易为府试官,拟《进士策问五道》,第三道为:"问:大凡人之感于事,则必动于情,发于叹,兴于咏,而后形于歌诗焉。故闻《蓼萧》之咏,则知德泽被物也,闻《北风》之刺,则知威虐及人也,闻'广袖''高髻'之谣,则知风俗之奢荡也。古之君人者,采之以补察其政,经纬其人焉。夫然则人情通而王泽流矣。今有司欲请于上,遣观风之使,复采诗之官,俾无远迩,无美刺,日采于下,岁闻于上,以副我一人忧万人之旨,识者以为何如?"③即出自《策林》六十九《采诗》。

上述材料反映出贞元到元和间,决策层对文学功能认知的再次归复,思路、方针转变,并落实、贯彻于国家主导的科举考试中,引导、掌控新晋士人。

从元结到白居易,重新提出诗歌的教化作用,有深刻的社会根源,最根本的就是国家由盛转衰的大历史背景。但这两个群体又有差异。以元结为代表的诗人群提倡"复古",与李林甫等吏能派上台,开元时期成长起来的一批饱受礼乐文化熏陶的文人受到政治压制有关。到白居易再倡诗教说时,经历了安史之乱,国家如何实现中兴,已经成为迫在眉睫的现实问题。礼乐作为强调正朔、明辨华夷、强化王权、建构信仰、统合社会上下层的思想工具这一优越性再次凸显

---

①② 白居易著,朱金城笺校:《白居易集笺校》,第3547页。
③ 同上书,第2865页。

出来。科举考试开始排斥以文辞浮艳为能,转而重申礼乐诗教,正是朝廷政策的必然延伸。这是古老的诗教说能够在中唐获得巨大反响的现实基础与根本原因。

四、诗、乐关系的重构:新乐府理论的实践路径

从"沿"与"革"两个角度考察,白居易诗教系统的继承性强于创变性,思维架构并没有溢出汉代以来的礼乐文化系统,以"诗"为载体,"乐"为传递渠道,统摄于"礼"之下。在这一框架下,白居易不可能忽略"乐"的部分。《新乐府序》曰:

> 凡九千二百五十二言,断为五十篇。……其辞质而径,欲见之者易谕也。其言直而切,欲闻之者深诫也。其事核而实,使采之者传信也。其体顺而肆,可以播于乐章歌曲也。总而言之,为君、为臣、为民、为物、为事而作,不为文而作也。①

白氏创作的新乐府诗,明谓"可以播于乐章歌曲",是准备进入音乐演唱的,在文学创作之初,就已预设了一个与之互相依存的音乐系统。这是音乐文体"乐府"传统的延续。"为君、为臣、为民、为物、为事而作"之语,论者多语焉不详,仅笼统解释为补察时政、刺上化下的功能。白居易此语,实出自《礼记·乐记》:"宫为君,商为臣,角为民,徵为事,羽为物。五者不乱,则无怗懘之音矣。宫乱则荒,其君骄;商乱则陂,其臣坏;角乱则忧,其民怨;徵乱则哀,其事勤;羽乱则危,其财匮。五者皆乱,迭相陵谓之慢,如此则国之灭亡无日矣。"②白居易借用了《礼记·乐记》的话语,标示了《新乐府》乃是为了警醒"君骄""臣坏""民怨""事勤""财匮","五者乱,迭相陵"的国家危机而作,是对《新乐府》讽谏宗旨

---

① 白居易著,朱金城笺校:《白居易集笺校》,第136页。
② 陈澔:《礼记集说》,上海古籍出版社1987年版,第204—205页。

的明确表述。

元和十年的《与元九书》是白居易诗歌理论系统化的标志,其云:

> 自登朝来,年齿渐长,阅事渐多。每与人言,多询时务,每读书史,多求理道。始知文章合为时而著,歌诗合为事而作。是时皇帝初即位,宰府有正人,屡降玺书,访人急病。仆当此日,擢在翰林,身是谏官,月请谏纸,启奏之外,有可以救济人病,裨补时阙,而难于指言者,辄咏歌之。欲稍稍递进闻于上。①

又《寄唐生》曰:

> 我亦君之徒,郁郁何所为?不能发声哭,转作乐府诗。篇篇无空文,句句必尽规。功高《虞人箴》,痛甚骚人辞。非求宫律高,不务文字奇。惟歌生民病,愿得天子知。②

与《新乐府序》一样,《与元九书》《寄唐生》两文皆申明白居易的新乐府诗乃是准备播于歌咏,唱入音乐的。随着诗体分化,不同的诗歌体式延伸出不同的功能,士人对不同文体的价值也有不同体认。元结批评近体诗,立足于它与俗乐结合的娱乐性功能指向。而白居易所创制的新乐府,也具有明确的音乐背景,定位是一种音乐文学。

如前所述,白氏诗论沿袭了"诗—乐—礼"的文化结构与思维框架,在迥异于前代的多元音乐、文学背景下,如何使这一古老的系统焕发生机并贯彻落实?此乃白氏诗论研究最关键之处。此问题可以从诗体、音乐、诗乐结合三个维度深入。

首先,在诗的维度上,白居易最关键的策略,是规避与俗乐紧密结合的近体诗,自辟蹊径,转而创造全新的诗体,这就是新乐府。

对于"新乐府"概念内涵的认定,学界争议良多。编于宋代的《乐府诗集》已

---

① 白居易著,朱金城笺校:《白居易集笺校》,第2792页。
② 同上书,第43页。

有"新乐府辞"一类,对新乐府的定义是:"新乐府者,皆唐世之新歌也。以其辞实乐府,而未常被于声,故曰新乐府也。元微之病后人沿袭古题,唱和重复,谓不如寓意古题,刺美见事,犹有诗人引古以讽之义。近代唯杜甫《悲陈陶》《哀江头》《兵车》《丽人》等歌行,率皆即事名篇,无复倚旁。乃与白乐天、李公垂辈,谓是为当,遂不复更拟古题。因刘猛、李余赋乐府诗,咸有新意,乃作《出门》等行十余篇。其有虽用古题,全无古义,则《出门行》不言离别,《将进酒》特书列女。其或颇同古义,全创新词,则《田家》止述军输,《捉捕》请先蝼蚁。如此之类,皆名乐府。由是观之,自风雅之作,以至于今,莫非讽兴当时之事,以贻后世之审音者。倪采歌谣以被声乐,则新乐府其庶几焉。"[1]其所谓"新乐府",取义于三方面:一是"唐世之新歌",二是"未常被于声",三是"刺美见事"。这种观点将"虽用古题,全无古义"的古题乐府也归入新乐府之中,实际上是扩大了新乐府的范围。到近代,胡适提出,贞元、元和之间,存在着一个"新乐府运动",进一步扩充了新乐府的概念。值得注意的是,近年出现了一个颠覆性的观点,主张"新乐府"是一个诗体概念。如谢思炜先生从《白氏文集》的编排体例入手,考得"'新乐府'在《白氏文集》中已成为一种诗体分类"[2]。杜晓勤先生则通过对日藏旧抄本《白居易集》编撰体例的考索,还原白氏手定本卷首标注之原貌,判定"新乐府"是一个诗体概念,是与"古调诗"相并列的一种诗体。古调诗是五言体,而新乐府是杂言体[3],比较使人信服。

  白居易新乐府的特征,主要有以下两点:一是用新题与首句标目、卒章显志的结构格式;二是句式参差,韵律自由。《乐府诗集》谓"倪采歌谣以被声乐,则新乐府其庶几焉",可谓中的。作为一种新式诗体,新乐府具有与音乐结合的强烈预期,在这方面,它仍以旧乐府为模范。第一,用新题而不用古题,所谓"即事

---

[1] 郭茂倩:《乐府诗集》,中华书局1979年版,第1262—1263页。
[2] 谢思炜:《白居易与"新乐府"诗体》,《文史知识》1999年第5期。
[3] 参见杜晓勤:《秦中吟非"新乐府"考论——兼论白居易新乐府诗的体式特征及后人之误解》,《文学遗产》2015年第1期。

名篇,无复倚旁"者,起于杜甫,而白居易沿袭之。乐府之题,实即所用之乐调,抛弃旧题,不但摆脱古题对诗歌内容的束缚,更重要的是摆脱了旧乐府所依存的音乐系统。当然,这种新诗体仍准备被以声乐,进入演唱,但与之结合的是一种新的音乐系统。第二,三七言特征性句式。陈寅恪认为,这种体式即来自民间歌谣、俗曲之体:"乐天之作,则多以重叠两三字句,后接以七字句,或三字句后接以七字句。此实深可注意。考三三七之体,虽古乐府中已不乏其例……但乐天新乐府多用此体,必别有其故……寅恪初时颇疑其与当时民间流行歌谣之体制有关,然苦无确据,不敢妄说。后见敦煌发见之变文俗曲殊多三三七句之体,始得其解……然则乐天之作新乐府,乃用毛诗,乐府古诗,及杜少陵诗之体制,改进当时民间流行之歌谣。"①新乐府三七言的体式特征,音乐性极强。

其次,在乐的维度上,新乐府是一种新型诗体,在白居易预设的体系中,它的讽喻功能需要通过音乐来表达。新乐府上达天听的关键一环,就是朝廷采诗制度,这也是对汉乐府"采歌谣以被声乐"传统的继承。白居易在《新乐府》《策林》《进士策问五道》中多次力倡"遣观风之使,复采诗之官",正是出于这一原因②。

与何种音乐结合,是新乐府在创作之初就面临的一个问题。白居易显然考虑到了这一点,在《新乐府》五十首中,即有数首专以乐舞为主题,如《法曲歌》《立部伎》《华原磬》《胡旋女》《五弦弹》。这批诗歌带有自注,创作主旨十分明确,分别为"美列圣正华声""刺雅乐之替""刺乐工非其人""戒(用胡乐之)近习""恶郑之夺雅"③,一言蔽之,即反对胡乐,要求重振华夏正声。一些文学中以为,

---

① 陈寅恪:《元白诗笺证稿》,第120—121页。
② 左汉林《唐代采诗制度及其与元白新乐府创作的关系》曾引敦煌《沙州都督图经》(伯2005号)所见"歌谣",文献明谓"唐载初元年四月,风俗使于百姓间采得前件歌谣,其状上讫",证明初唐有风俗使采诗活动,证据甚确。参见左汉林:《唐代采诗制度及其与元白新乐府创作的关系》,《山东大学学报》2006年第6期。笔者认为中唐时期,白居易多次敦请恢复采诗之官,当时很可能已经不存在严格、规律、制度化的民间采诗。
③ 白居易著,朱金城笺校:《白居易集笺校》,第145、150、153、161、188页。

这部分诗篇说教堆积,是为凑足五十篇而作,枯燥乏味,不耐咀嚼。然而,如果从重建诗乐系统的角度看,这些议论当代乐舞的篇目具有非常重要的意义,它们反映出白居易在他试图建构的全新诗乐系统中,对于音乐层面的思考。

再次,诗乐结合的维度。元稹的《乐府古题序》是关键。这篇文章是研究古代乐府史的重要文献,与白居易《与元九书》互为表里。它提出了音乐、文学结合中的最关键问题——"选词以配乐"与"由乐以定词":

> 《诗》讫于周,《离骚》讫于楚,是后诗之流为二十四名:赋、颂、铭、赞、文、诔、箴、诗、行、咏、吟、题、怨、叹、章、篇、操、引、谣、讴、歌、曲、词、调,皆诗人六义之余。而作者之旨,由操而下八名,皆起于郊祭、军宾、吉凶、苦乐之际。在音声者,因声以度词,审调以节唱。句度短长之数,声韵平上之差,莫不由之准度。而又别其在琴瑟者为操、引,采民氓者为讴、谣,备曲度者总得谓之歌、曲、词、调,斯皆由乐以定词,非选词以配乐也。由诗而下九名,皆属事而作,虽题号不同,而悉谓之为诗可也。后之审乐者往往采取其词,度为歌曲,盖选词以配乐,非由乐以定词也。而纂撰者由诗而下十七名尽编为乐录。乐府等题,除铙吹、横吹、郊祀、清商等词在乐志者,其余《木兰》《仲卿》《四愁》《七哀》之辈,亦未必尽播于管弦明矣。后之文人,达乐者少,不复如是配别,但遇兴纪题,往往兼以句读短长为歌诗之异。①

"选词以配乐"与"由乐以定词"是乐、诗结合的两大主要途径。诗、行、咏、吟、题、怨、叹、章、篇,"皆属事而作",与音乐结合的方式是"采取其词,度为歌曲,盖选词以配乐",先诗而后声;而操、引、谣、讴、歌、曲、词、调,则是"因声以度词,审调以节唱""由乐以定词",与音乐结合的方式是先声而后诗。学者多从辞乐配合的技术层面对这段材料展开阐释。先诗后声,还是先声后诗,并不仅是技术操作的问题,它关涉乐府的古老文化传统,关系到诗与乐的伦理关系。这两者的区别实际上也正是乐府合乐方式与唐代新兴歌辞合乐方式(歌、曲、词、

---

① 元稹著,周相录校注:《元稹集校注》,第673—674页。

调)的区别。在唐代知识分子的文化视野中,"诗"与"歌"代表的是截然不同的文化品格与社会功能。

在《序》中,元稹想要申明的核心问题是:"诗"与"歌"区分的关键是什么?元稹认为,两者的根本差异,不是世人所以为的"句读短长"的体式区别,而表现在辞乐结合方式的差别。是"诗"还是"歌",应该通过合乐方式来进行判定。为何元稹要专文提出、详尽阐释这两种合乐方式的对立?根本原因在于元稹的理论乃是以元白倡导新乐府为背景的,这从《与元九书》《乐府古题序》两文的写作时间上亦可见出。在当代知识分子的观念中,"诗"是诗人之诗,"歌"为乐人之诗,体有尊卑之别,功能有讽喻娱乐之差。是否具有服务国家政治的功能,才是"诗"与"歌"最本质的差异。

元稹之所以强调不以"句读短长"作为判断是"诗"还是"歌"的依据,正是因为新乐府本身就是一种杂言诗体,在中国诗学传统中,这被认为是一种格调不高的杂体、俗体。强调以辞乐结合方式作为判断标准,目的是抬高新乐府的文化品格,昭明其严肃的政治功能,从而与流行的娱乐性歌辞划清界限。这才是元稹突出"选词以配乐"与"由乐以定词"两者对立的深层考虑与根本原因。

新乐府理论涵盖了诗、乐、诗乐结合三个维度,全面体现出重整当代诗乐伦理关系,建构全新诗乐系统的努力。将白氏诗论置于中唐转型期的政治文化背景、多元的诗乐生态系统下,重新审视其思想资源、文化谱系、理论路径、思维模式,可以发现,文学理论的建构不但受制于特定的社会政治环境,更依赖于文化传统的巨大惯性力量。古代诗论的形成、建构,依存于稳定、共同的文化体系与知识系统,对文学理论的检讨、阐释,如果脱离了这一视野,也将止于孤立、浅层与片面。

原载《文学遗产》2018 年第 2 期